何玉茹

短篇小说

精选集

天外之音

何玉茹 著

2002—2017

花山文艺出版社

图书在版编目（CIP）数据

天外之音：何玉茹短篇小说精选集 / 何玉茹著. —石家庄：花山文艺出版社，2017.9
ISBN 978-7-5511-3626-6

Ⅰ.①天… Ⅱ.①何… Ⅲ.①短篇小说-小说集-中国-当代 Ⅳ.①I247.7

中国版本图书馆CIP数据核字(2017)第200827号

书　　名：	天外之音
	——何玉茹短篇小说精选集
著　　者：	何玉茹
责任编辑：	于怀新
责任校对：	李　伟
封面设计：	果亚楠
美术编辑：	胡彤亮
出版发行：	花山文艺出版社（邮政编码：050061）
	（河北省石家庄市友谊北大街330号）
销售热线：	0311-88643221/29/31/32/26
传　　真：	0311-88643225
印　　刷：	大厂回族自治县正兴印务有限公司
经　　销：	新华书店
开　　本：	700×1000　1/16
印　　张：	33.25
字　　数：	460千字
版　　次：	2018年1月第1版
	2018年1月第1次印刷
书　　号：	ISBN 978-7-5511-3626-6
定　　价：	68.00元

（版权所有　翻印必究·印装有误　负责调换）

写在前面的话

　　这本小说集收入的全部是短篇小说,发表时间均在2000年之后,总共39篇,是从100多篇短篇小说中选出的。20世纪80年代和90年代分别出版过两部小说集,收入过的便不再重复收入。计算了一下,从1986年到2017年发表的短篇小说,总共已有160余篇,中篇小说也有50余篇,与这些数字相比,出版的小说集自是太少了。少一次出版,不知要失去与多少读者的相遇,因此非常感谢花山文艺出版社给予的这次机会,也因此对小说的挑选格外用心,不图多,只求自认为好,企盼每一篇作品都能经得起读者的阅读。

　　顺序是按发表时间排列的,由后而前。排后才发现,头篇是《天坛之恸》,末篇是《天地之间》,而书题又是《天外之音》。小说里唯有这三篇是天字打头的,就觉得这种巧合似乎很有些神缘。

　　《天外之音》是排列前就想好的书名,不因它写得多好,只因它无意中暗合了诸多小说的神往。卡夫卡曾经有一段话:"生命就像我们上空无际的苍天,一样的伟大,一样无穷的深邃,我只能通过'个人的存在'这细狭的锁眼谛视它,而从这锁眼中我们感觉到的要比看到的更多。"我觉得这既是在说存在,也是在说小说,就是说,小说更重要的不是看到的世界,而是感觉的世界。就像《天坛之恸》里的男主人公与天的对话，与逝去的妻子的对话；也像《天地之间》的男女主人公与神灵、虚无的交流；还像诸多小说里诸多主人公们对天外美好之音的向往，以及他们对现实世界诸多状态的敏感和质疑。

　　写到这里，忽然感觉，这样一本小说集似早就等在这里，等我将它们挑选出来，等慧眼的出版界朋友将它们编辑成书，以能和更多的读者相遇。诚挚地祝福它，祝福它和读者相遇之际还可能有的心灵相契。

何玉茹
2017年5月26日

目 录
CONTENTS

天坛之恸	/1
北风那个吹	/11
回 乡	/23
互为镜像	/38
海边一日	/54
兄 弟	/68
她们的城市	/86
我们的小姨	/98
悲 伤	/111
看戏去	/121
我和兰芳和兰芽	/135
过 程	/149
情临窗下	/162
村路与爱情	/174
三个清洁工	/180
夜深沉	/190
堂姐和堂嫂	/202
我们走在大路上	/215
一无所有	/235

去安村	/248
母亲和死亡	/260
一公里	/277
扛锄头的女人	/290
吃饭去	/305
一辈子	/316
过　年	/329
浅薄的女人	/343
父　亲	/355
天外之音	/368
劳动在1969年	/384
红沙发	/396
飞翔的豆芽	/411
榜　样	/425
到一棵柳胡同去	/444
高跟鞋	/458
地久天长	/471
杀猪的日子	/484
母女之间	/498
天地之间	/510

小说和犹豫不决（代后记）

/522

天 坛 之 恸

梁地看一会儿电视，啪地关掉。翻一会儿手机上的微信，又关掉。走到窗前望向窗外，见篮球场上，几个小伙子在练三步上篮；小树林里，一群老头老太太在打太极拳；两个牵了狗的女人沿篮球场一圈一圈地走着，狗是一条白的，一条黑的，一条大的，一条小的……梁地看呀看的，一切却又像没看见一样。

儿子说过，别总憋在家里，出门就是公园，转转去嘛。梁地当然去过公园，可他觉得太闹了，唱歌的，唱戏的，跳广场舞的，踢毽子的，大鞭子啪啪地抽陀螺的……公园里多是附近的居民，居民又多是刚搬进楼房的村民，这从土气的装束和风吹日晒过的脸就能看出来。其中还有不少年轻人，好像没什么工作，玩儿了一天算一天的样子。他猜他们一定是拆迁得了不少补贴，一年两年甚至三年四年不工作也没关系。他鄙视他们的见识短浅，就算不工作也不能把时间耗在唱歌上，就算唱歌也不能把音响弄得山呼海啸一样，就算音响闹得慌也不能拿了话筒摇头晃脑站没站相坐没坐相的样子……

梁地再也没去过小区对面的公园。这儿从前是北京的东郊，如今已划入市区，但角角落落都还不能跟真正的市区相比。梁地年轻时对村人就有些小视，他从没跟他们打过交道，他们在他印象里是一个模糊的整体。但讽刺的是，这辈子与他相濡以沫的老伴儿，当初却正是这整体里的一员。

梁地穿好衣服、鞋子就往外走，待锁好门将钥匙在锁孔里转了两圈，才忽然意识到自己的出门。他想，这是要往哪里去呢？他穿的是一身灰色运动装，一双带气垫的鞋子，都是儿子陪他从迪卡侬买的，说不上贵，却也算不上便宜。要是陪他的是老伴儿，他一定不会买的，衣服有的穿还要买新的，不是浪费吗？

梁地还是任其自然地走下楼梯，走出单元防盗门，在楼前一辆红得耀眼的小越野跟前停了下来。红色让他的心疼了一下。他打开车门，坐上驾驶座，熟练地发动起车子。这辈子他从没想过要开汽车，每天听到的车祸让他日益在心里夸大着汽车的危险。可儿子有兴趣，儿子还硬把一辆开过的旧车送给了他和老伴儿，以致使他出门再也不想骑那辆破旧的自行车了。

梁地就这么开车出了小区，他随了车流，无目的地行进着。副驾驶座空落落的，那是老伴儿的位置。只要老伴儿在，他的耳边甭想安生。他从没遇到过像老伴儿一样爱说话的女人，任何事情到她嘴里，都可以噼噼啪啪爆豆一样没完没了。当初媒人介绍他和她见面时，他正是被她噼噼啪啪的说话吸引的，他一点不觉得她是农村人，当意识到将来要同她的农村家人们打交道时，他已经有些离不开她了。事实上，他并没有同她的家人们打交道，婚前他就解决了工作调动，带她回到了那个千里之外他从小长大的城市。他不知她用什么办法说服了她的家人，他们从没来过他的城市，他们也从没要求过他去拜见他们。当然她的家人只有哥嫂两人，父母早已过世。但他仍知道有些过分，而老伴儿只当他是拙嘴笨舌怕见生人，比起见家人她更愿意做一个他的保护者。

梁地的前面是一辆蓝色斯柯达，他一直跟在斯柯达后面，斯柯达变道他变道，斯柯达转弯他也转弯。他不是有意的，但这斯柯达对他却莫名地有种吸引，不知不觉地，上了五环，下五环又上了四环，下四环又上了三环，眼看着，二环都要到跟前了。他看看表，将近两个小时了吧，真是奇怪，多长的路程，多少个转弯，还有数不清的红绿灯，竟是不离不散，一路跟下来了！他觉得这斯柯达就像是他的导航，他心甘情愿、规规矩矩地紧随着，就看下面，它要把他导到什么地方去了。

他也不去看指示牌，在什么地方也不去在意，只觉得两边全是从车窗里看不到顶的高楼大厦，而前后左右的车辆就如同一个汽车业的超大卖场，整齐有序却又漫无边际。

前面是个挺大的十字路口，没有警察，只看见上方的红绿黄灯轮番闪烁着。梁地看到斯柯达打了左转指示灯，才意识到自个儿正在左转车道上，便也跟着打了左转指示灯。但让他没想到的是，十字路口的左转箭头刚刚亮起，斯柯达刚刚启动，他不过一只脚松了下离合的工夫，一排高高大大的旅游车便排山倒海般地横在了左前方了。正看了旅游车纳闷儿，前面的斯柯达忽然不见了，左看右看，从旅游车的间隙看，哪哪都不见它的踪影，就如同从地面蒸发了一般。

惊异间，旅游车总算缓缓地向前开动了，梁地的车子也动起来，随了最后一辆旅游车移出视线，就如同一道幕布被缓缓拉开，出现在眼前的景象让梁地不由得惊愕不已，原来这并不是一条左转街道，而是一片开阔的门前场地，门也十分宽大、醒目，上方白底金字，赫然写着：天坛公园。天啊，原来是天坛公园到了啊！

梁地踩动油门，毫不犹豫地朝门口右侧的停车场开去。天坛公园是老伴儿最向往的地儿，每回来北京，问她去哪儿，她总是说，天坛。他便笑她，就知道个天坛。后来他们果真就去了一次。停了车，梁地想起那个斯柯达，便四处望了又望的，却终也没见到踪影。他在车的一排排的夹道中往外走，浓重的汽油味儿一阵阵扑向他的鼻子。他曾问老伴儿，若咱自个儿买车，你要什么牌子的？老伴儿不假思索地说，斯柯达。他问为什么，老伴儿说，它有蓝色。他便笑她，什么牌子没有蓝色，你也就见过一辆斯柯达吧。一整个停车场静悄悄的，在瞬间的安静中梁地忽然觉得，斯柯达上也许是坐了老伴儿，是老伴儿把他梁地引到这儿来的。这荒唐的念头让他自嘲地咧了咧嘴角，但他仍是由不得自个儿地将整个车场转了一遍。自是没找到，新开进来的几辆车也打破了场上的安静，他只好有些失望却又有些放心地往售票处那边去了。

梁地进的是天坛公园的东门，放眼望去，左侧是一片气宇轩昂的老松树，松树下有数不清的同样是气宇轩昂的练拳人；右侧可望见一条红色长廊，廊中永远响亮着高亢又柔婉的京胡之声；正中呢，远远可见一座高高的圆塔形的大殿，梁地知道那是著名的祈年殿，是过去皇帝祈求好年景的地方，据说是春祈谷，夏祈雨，冬祈天，每年要来三回呢。虽说那大殿蓝顶红柱，气象不凡，虽说那前来祭祀的皇家队伍浩浩荡荡，可梁地总觉得那祭祀的心态有点像个靠天吃饭的老农民。这话梁地上回在祈年殿前提起，老伴儿是不以为然地连连摇头，她说，快别这么说，哪儿跟哪儿啊，扯到靠天吃饭去了。她是真喜欢天坛，喜欢金碧辉煌的大殿，喜欢雕花的汉白玉栏杆，喜欢青砖铺就的长长的开阔的似通向天门的甬路，喜欢用青石铺成的圜丘坛的坛面，更喜欢那坛面中心的圆心石，那回她站在圆心石上，破天荒地叫了他声"梁地"……她早就叫他老梁了，他也早就叫她老伴儿了，以至让他怔在那里，都不敢跟她亮闪闪的眼睛对视了。总之，天坛的角角落落都叫她喜欢，那一棵一棵的大松树，她伸手摸了又摸；树下练拳的，她看呀看呀的也没个够；廊下唱戏的，她听了一遍又听一遍；就连那坐在廊下手拿钩针、织物切磋钩织技艺的，她都不由得要摸摸看看。她连连说着真好，这儿也"真好"，那儿也"真好"，说得他都有些不耐烦了。他说，你呀，也就是个刘姥姥吧。她就说，这么好的地方，任谁都会成刘姥姥的。他说，我就不是。她忽然一笑说，是不是，不是你自个儿说了算的。他至今记得她那一笑，好像有些不屑，又好像有些心不在焉。这在她是很少有的，让他好不舒服。那天给他的感觉，天坛就仿佛一个突然闯入的第三者，以不由分说的优势占据了他对她统领的位置。

  他自以为他对她是个统领者，多少年来，她的确也听他的，因为她是个随和的不爱拿主意的人，凡事总要问他，你说呢？但有时候他却是怕她的，在她不再问他"你说呢"的时候，在她眼睛发亮发直的时候，在她忽然安静下来不再噼噼啪啪说话的时候，他就觉得，眼前的她像是换了个人，像是有什么事情要发生了。其实，这辈子什么事情都没发生过，顶多就是她停止说话，独自坐在窗前没完没了地朝天上望，仿佛天上有个什么让她思念的人儿。年轻时，有一天他下班回来，看见她就这么坐在窗前朝天上望，他问她，在看什么？她说，看你呗。他说，我在天上？她说，也怪了，看什么都是你的影子。那一回，说得他眼睛都潮湿了。

  天坛的确是好，皇上与天说话的地儿，能不好嘛。梁地在来来往往的游客中穿行着，一边与无数的人擦肩而过，一边体味着天坛的好。天坛是大气的，身在其中会不由得被这大气裹挟；而那无数擦肩而过的人中，不时会有老伴儿的身影显现出来，有时像极了像极了，他禁不住赶上去细看，那身影立刻就变了样子，让他是一阵沮丧。不过他还是理性地认为，在天坛与天说话和在随便什么地方与天说话是一样的，因为高度没什么分别。这么认为的时候他仿佛会听到老伴儿极力反对的声音：不是高度问题，天坛与天之间绝对有一条不为人知的神秘捷径！

不知不觉地，梁地穿过长长的开阔的甬路，来到了青石铺就的圜丘坛的坛面。他再一次看到了坛面中心的那块圆心石，再一次看到了游人排了长长的队伍，一个一个地在那圆心石上站一站，有的拍照，有的只为说点什么，以证明那话音的洪亮。老伴儿正是站在圆心石上，意外地叫了他一声"梁地"……那时老伴儿从圆心石上走下来，他为她耐心地讲解了坛面的结构，说坛面不是平的，中央微微突起，跟周围栏杆栏板形成了一定反射角，声音的洪亮是反射角造成的回音。她听着，不反对，却也没表示赞同，目光朝了远方，一副心不在焉的样子，使他感觉自个儿的讲解很有些徒劳。他一向是崇信科学的，老伴儿也一向赞服他的崇信科学，而一旦老伴儿对他的科学心不在焉时，他竟会无来由地心慌起来……直到现在，他仍坚信自个儿是崇信科学的，可不知为什么，内心却还顽强地响亮着另一个声音：站到圆石上去，站上去你就跟天有了联系！他克制着自个儿，绝不靠近那长长的队伍一步，有一刻不知不觉中站到了队伍的末尾，直到又有人站到他的身后他才幡然醒悟，立刻有些羞愧地离开了队伍。

他走向台阶，试图走下坛面，谁知这时台阶处呼啦啦拥上来一群小学生，天蓝色校服，鲜艳的红领巾，就如同一片蓝天烘托着一朵朵红云……他只好站在台阶口处等待。却一拨儿又一拨儿，一拨儿又一拨儿，左等右等，也不见孩子们收尾的迹象。向下望去，天啊，浩浩荡荡，一直都连到了圜丘坛的南天门外了！一时间，他竟有些恍惚，这场景好像是经历过的，好像是一次再现？没错，是再现，正是和老伴儿来的那回，也正是要走下坛面的时候，呼啦啦拥上来一群小学生，天蓝色校服，鲜艳的红领巾……他和老伴儿只好站在台阶处等待，却一拨儿又一拨儿，一拨儿又一拨儿，左等右等，孩子们仍浩浩荡荡，没完没了……奇怪的，是一直站在他身边的老伴儿不知什么时候不见了，只剩了他孤零零一个人，面对着一群闹哄哄的孩子。记得那时他才清楚地意识到，他是多么讨厌孩子！当初儿子怀在老伴儿肚子里时，他没一点要当爸的感觉，有的只是莫名的烦躁，刚生下来的孩子还不如一只猫大，哭了该咋办？拉了尿了病了该咋办？再长大淘气了该咋办？磕了碰了没完没了地惹是生非该咋办？他觉得一个一个的困难简直无法克服，他甚至建议老伴儿把孩子做掉。老伴儿被他气得哭了又笑的，说，没见过你这样的，放心吧，有我呢！儿子自是老伴儿一手带大的，他呢，对别的孩子仍是烦得不行，对儿子却是一天比一天地喜欢着了，无论怎样地哭喊怎样地淘气都没办法减弱他的喜欢……老伴儿曾说过他，你这个人我是看准了，越不稀罕什么越来什么，越来什么就叫你越离不开什么，老天逗起人来，想不接茬儿都不行。他没接老伴儿的话茬儿，心里却吃了一惊，说这话的哪像老伴儿，倒像是老奸巨猾的老天呢。那天，他走下圜丘坛，一路寻找，看遍了天坛的大殿，踩遍了天坛的青砖，拍遍了天坛的栏杆，寻遍了天坛的老松树，终于重返圜丘坛，惊喜又惊愕地看到了站在圆心石上仰面朝天的老伴儿……他问她在做什么，她说在和天说话儿；他问都说了些什么，她说那些话儿只能跟天说；他说你知道我找你找得有多苦吗？她说你知道我找天找得有多苦吗？他听着，从未有过的挫败感就如同渐渐浓重起来的夜幕，一点点糊满了他的心内心外……

　　眼下，就如同情景重现，只是身边没有了老伴儿。他没有再四处寻找，也没有走下坛面，而是坚决地义无反顾地向了坛面中心的圆心石走去。

　　这圆心石，周围环绕了九块扇面形青石，九块周围又环绕了18块，18块周围又环绕了27块，以此按9的倍数类推，最上层坛面是九环81块，再加上中层坛下层坛，总共27环3402块扇面青石，多么精巧，又多么庞大啊。不知为什么，梁地理性的脑子忽然觉得，这3402块扇面青石看似一派纯然明了，其实是内藏玄机，意蕴深长呢。就比如他的老伴儿，从小居住在千里之外，这天坛和她有什么关系？可她和9有关系，生日是1

月9日，结婚是2月9日，生儿子是3月9日，去世是4月9日，还有所在过的班级，所住过的楼层，所经历过的大事要事，好像也都有个9字，就连儿子给的那车，车牌号是4K919，数字正巧是她的生日呢。车号是儿子买车时随机选的，将车送给他们时儿子才恍然悟到这数字的巧合。可老伴儿似并没理会9不9的，她只自顾站在圆心石上，任由喜悦如同水中的涟漪一波连了一波。直到依依不舍地走下圆心石，走出北天门，走在开阔得有些奢华的甬路上，她才忽然说道，咋就哪哪都觉得那么可心呢？她像是在问他，又像是在自个儿问自个儿。他没理她，心里却惊异无比：她的心原来好高好远啊！

此时，梁地见圆心石上正站了一位身材匀称的女子，她背对了他，身穿一件灰白色风衣，一头乌黑的短发，短发和风衣之间是一条酒红色丝巾，丝巾在身后随风飘起，就仿佛要飞向高远的蓝天……梁地立时有些恍惚，天啊，这不是年轻时候的老伴儿吗？他不由得加快了脚步，几乎是快步如飞，几乎自个儿也年轻了不少，嘴里还情不自禁地喊了声小影。小影是老伴儿的名字，已经很多年没叫过了，这时的脱口而出，他自个儿也吓了一跳。那女子显然听到了喊声，回身怔怔地看他，然后问，你怎么知道我叫小影？梁地定睛细看，女子是小眼睛小鼻子小嘴巴，哪里有半点老伴儿的影子！梁地只好尴尬地一笑，心里却沮丧得几乎都要哭出来了。

待梁地离开女子，再次来到刚才的出口处，见原本浩浩荡荡的小学生队伍已踪影全无，巡视整个坛面，也并无一个小学生的身影，他想，奇怪，刚才莫非是自个儿的幻觉？

他慢慢走下三层坛面的27级台阶，每走一级，心里的悲伤就多一层，待走完最后一级，他的眼睛已不知不觉糊满了泪水。是啊，老伴儿已经走了，永远地走了，她怎么可能在天坛再次出现？就在今年的4月9日，他和她去过天坛的那个夜晚，她早早地睡下，早早地起了鼾声，谁知到第二天早晨，她却手脚冰凉，与他已是阴阳两界之人……

医生明确地诊断为脑溢血过世，梁地对这诊断也并不反对，但他内心总有个上不得台面的念头一冒再冒：死是老伴儿自个儿选择的，那天她站在那块圆心石上定是与天有了约定，她是义无反顾地奔往天上去了！

梁地怎么也想不明白，老伴儿这么个人，不过小学文化程度，乐呵呵地扫了一辈子大街，谁都以为她是最没志向最好打发的人了，可她站在圆心石上仰面朝天、目光炯炯的样子，又该如何解释呢？

梁地坚信，这辈子他对她是好的，她对他也是满意的，虽说有过小不快，但她管不住自个儿的嘴，很快就又开始噼噼啪啪地说话了，在他的记忆里，每回都是她先来找他说话，他却还要扭捏地摆一阵脸子。有时他甚至会恶声恶气地吼她，气得她大叫，再吼我就死给你看！但过后她还是拗不过他，又一次地先找他说话来了。她的主动让他始终没把他们时有的不快放在心上，即便她曾多次认真地问他，为什么主动的总是我而不是你呢，他也不过一笑了之，在心里连个印痕都没留下。

不快的原因，在梁地看来就更不值一提了，比如他有对饭菜挑剔的毛病，咸了淡了，油多了油少了，横刀切还是竖刀切，青菜够不够新鲜，菜的搭配够不够合理，等等等等。他知道说多了不好，可又忍不住，看老伴儿不过是瞬间的不快，便索性愈发地由着自个儿了。其实老伴儿做的饭菜还算合他的口味，但美中总有不足，那点不足他是习惯了要说出来的。还有上街买东西，他从没陪过老伴儿，老伴儿也从没叫过他，至多问一句去不去，他说声不去，她便头也不回地出门去了。他觉得这样挺好，各做各的，互不干扰，他有太多的书籍要看，他可不想把时间浪费在购物上。看书跟他的工作无关，纯属爱好，但在他眼里，无论看什么书，都比上街购物要高一等的。老伴儿从没说过什么，他猜她一定知道他对上街购物的小视，她不说，他就认为她同意他的看法，便愈发理直气壮地待在家里看书了。

这一切鸡毛蒜皮的小事，从没在梁地的脑子里停留过，可不知为什么，老伴儿一走，小事们全回来了，一件件的，你唱罢了我登台的，倒像是来替代老伴儿的，又像是老伴儿走得太急，没来得及理论清楚，这会儿却要暗暗地跟他算一算总账了……他想，不会吧，老伴儿是什么人，大大咧咧，亮亮堂堂，有话她总不会憋一辈子的。可是，那些鸡毛蒜皮，在眼前晃过来晃过去，咋就总也不肯走了呢？

这时，梁地已不知不觉地走到西天门，出西天门再走不远的一段路，便是天坛公园的北门了。那回来,和老伴儿便是进东门,出北门,在北门外,有几家老北京的小吃店,两人喝了豆汁,吃了炸圈、酱菜,很是满足,因为听对面一位老北京说,这在北京是正宗老店,你们是吃着了。老北京还说,豆汁下火,生了气上了火,喝碗豆汁就没事了。这时老伴儿就问,口疮呢,治不治口疮?老北京说,口疮不就是上火嘛,百分百地治啊。当时他问老伴儿,长口疮了?老伴儿说,都好几天了。他说,咋没听你说啊?老伴儿说,这种事你不想听的。回到家吃晚饭时,老伴儿的口疮果然就不那么疼了,老伴儿喜形于色道,值,这回去天坛,值啊!他听着,觉得她应该说喝豆汁值,一碗豆汁才一块钱,却治好了多天都不见好的口疮,可她说的却是去天坛。她的高兴也有点过,眼睛亮得吓人,嘴张得老大,牙床子都露出来了。

  梁地站在西天门的台阶上,不知为什么总觉得不能这么轻易地离开,想想,却又想不出任何再待下去的必要。他挪动脚步,本是决定了往北门去的,一双脚却奇怪地走了相反的方向,且有些疾步如飞,生怕有人阻拦似的。他就这么诧异地任随自个儿的脚,再一次奔了圜丘坛去了。

  这时,天已是正午,圜丘坛上只剩了很少的几个游客。待梁地停下脚步,发现自个儿已稳稳地站在坛中央的圆心石上了。他仰面朝天,看到天是蓝的,太阳亮得刺眼,他不怯懦地与天相对,仿佛要看到更多想看到的东西。他发声道,小影,你在哪儿?你在哪儿啊?他说,老天,你能告诉我,那天小影站在这儿,跟你说了些什么吗?他说,我这个人,这辈子看谁都是陌生的,看哪哪都是陌生的,有了小影才开始想,陌生就让它陌生去,我他妈的什么都不怕了!他说,可你不能太狠心,把小影夺走不算,还要把她也变成个陌生人,小影我比谁不熟悉,她的每一根汗毛每一寸肌肤都印刻在我心里呢,你是枉费心机,枉费心机啊!他说,小影你说实话,离开我是因为对我不满还是受了什么蛊惑?要是对我不满,我宁愿我们重来一次,这次我什么都听你的,再不惹你着急上火了,再不挑剔你做的饭菜了,再不让你一个人孤单单地上街购物了,再不会认为看书比购物高一等了。你这一走,让我这个从没买过东西的人可怎么活?我不知道菜市场在哪儿,去了菜市场各样的菜也是陌生的,我都能想象人们朝我投来的目光,他们会把我看成个白痴,一整个市场会对我这个从没来过的人充满敌意。他说,小影你不必说不会,不必说你有多了解我,其实我内心深处这世上没有一个人知道。我这个人是有点孤傲,但比孤傲更多的却是自卑,我整天喜欢埋在书里就是证明。因为一出门就难免遇到人,一遇到人就难免把人家当成可能攻击自个儿的假想敌。而你噼噼啪啪地喜欢说话,对我来说也是种安全感,你总说总说的我就可以少说或是不说了,我就可以把内心深处的自卑藏得严严实实的,让你一辈子也发现不了。这事我还真做到了,不但你没发现,连我自个儿有时候都忘了,都以为自个儿是高明的,当真地不屑起许多人、许多事来……其实,你走了我才知道,一切都因为有了你,你就如同一座房子的基石,基石一旦抽掉,房子也就呼啦啦倒下来了……他说,小影,我想过一百回我们会有一天离开人世,但从没想过你会先我离开。我自作聪明,以为你是不懂烦恼的,不懂烦恼的人自会久活于世,可没想到,你的烦恼也许正来自于我,我正是害死你的罪恶凶手呢!小影,回来吧,或者把我唤去,是苦是福,我都愿意和你在一起,只不要把我一个人留下……

梁地站在圆心石上,一句句的话不知不觉噼噼啪啪地从嘴里吐了出来。他从不是个喜欢表达的人,他为这些话惊异着,更为这些话的声音惊异着,它们就如同放飞的鸟儿,扑棱棱地由此及彼,愈飞愈远……那悠远的回声,真就如同传往了天边,又从天边传了回来。

不知什么时候,梁地周围已站了不少的人,他们有男人有女人,有老人有孩子,他们看他的目光形形色色,有惊奇,有不屑,有怜悯,有耻笑……好在梁地意识到时,他已经幸运地感觉到小影的回应了。那回应有些微弱,但真确无比:好啊,你这样的人,这么说话,好啊……梁地听了一会儿,便带了几分欣慰走出了圆心石。他是从人群中穿过去的,他的目光有习惯式的孤傲,但原本紧张、悲伤的一张脸,已有了从容、平和的模样了。

原载《长城》2017年第2期

《中华文学选刊》2017年第5期选载

北风那个吹

那天上午我的运气不错，跟她一说，竟没费什么周折她就答应了。

其实我无所谓，是几个戏友说我运气不错，说这地儿已有不少人盯着了，她把得死死的，一个也没松过口。

地儿是小区活动中心的一间音乐室。活动中心本是张师傅管着的，可张师傅家里事多，就把各个活动室的钥匙交给活动者们了。她是音乐室的一个活动者，她喜欢掌管钥匙，为把这钥匙弄到手，她赶在张师傅分发钥匙的前一天，跑到张师傅的家里要到的。听说想掌管钥匙的还有一位，那位因没拿到钥匙跟她翻了脸，再也不来音乐室活动了。

活动中心总共有四个室，音乐室、书画室、棋牌室，还有最大的一个室——舞蹈室。舞蹈室其实也是乒乓球室，平时设有两个乒乓球案子，到舞蹈组要活动时，就把乒乓球案子收拾起来。原本一个室该有四五把钥匙的，另外几把也不知在张师傅那儿还是在物业那儿，反正分下来的就是一把，人们为这一把争来争去的，却也从想不起过问一下那另外几把的下落。

她，在小区我是见过多次的。平时我很少下楼，偶尔下去，几乎每回都能见到她。有时她是在打拳，有时是在唱歌，有时是在闲聊，还有时是在小区的舞台上演出。无论做什么，都能一眼认出她来，她的声音尖厉，手臂一挥一挥的，就像个头领似的。可从打拳、唱歌上看，她都算不上多好，连一般都说不上。她个头不高，长得黑乎乎、胖墩墩的，一双粗眉毛被常耸的眉头害得几乎要挨起来了。眼睛却又是细小的，眉头耸起来时眼睛像是要被眼白填满了，使她那张黑乎乎的圆脸愈发地有一点丑了。我跟她不熟，也不知她叫什么，若是可能，我一定会告诉她，再不要皱那个眉头了，这么皱下去，丑不要紧，人会老得快的呀。

跟她第一次说话，就是为这音乐室的事了。那时她正和几个老头老太太拉二胡，准确地说是在学拉二胡，因为那声音难听极了，没有一个音是准的。但我还是听出他们拉的是《北风那个吹》，我说，大夏天的，哪来的北风啊。他们为我听出了曲子很是高兴，问我是不是也要学，想学就来凑个热闹。我摇摇头，问他们谁是管事的。这时她便开口道，什么事？跟我说吧。她坐在那几个的前面，二胡依然放在腿上，脚下蹬了块厚厚的砖头。我觉得这时她应该站起来的，但她的眉头是紧耸的，脸上没有笑容，很有点像我们单位那个整天煞有介事的科长。我只好微微弯下腰，跟她说有几个戏友，想在这音乐室唱唱戏。看着她的眉头我生怕遭她拒绝，又赶紧说，哪怕一星期只半天呢。她问，什么戏？我说，京戏。她又问，有拉弦儿的没？我说，有。她说，咱小区的？我说，不是，但他是从专业剧团下来的，退休了。她的小眼睛亮了亮，又问，戏友呢，不会也是外面的吧？我说，哪能呢，见了你就知道了，全是咱小区的。她说，那还好，不然大家要有意见了，活动中心能要下来，大家可是费了九牛二虎之力呢。我连连点着头，心里却已开始反感，行就行，不行就不行，哪来这么多废话啊，又不是来干图谋不轨的事。最后她总算点了头，答应每星期三的上午把地儿给我们，上午8点半她来开门，11点半她来锁门。我说你放心吧，我们会记得锁门的。她说，没有钥匙，门是锁不住的。那时我想，这么跑来跑去的，她倒也不嫌累。

不管怎样，我还是很高兴，立刻给堂哥打了电话。堂哥就是那个拉弦儿的人，他原在市京剧团，虽说退了休，却比没退时还忙，市里大大小小的票房，哪个都想让他去呢。可他有个怪脾气，愈是火爆的人人皆知的大票房，他就愈不屑去，反是隐在小区里不知名的票房，他倒很少拒绝人家。堂哥那边只说了声"行吧"就挂了，好像也跟我一样，无所谓。但我知他是从不失言的人，答应得再潦草也会认真去做的。况且他就住在附近，步行五六分钟就到了。做这件事我其实全为了几个戏友，他们格外地迷京剧，但去票房唱又轮不到他们，只好就把堂哥请来，委屈他一下了。几个戏友说，没关系，每回唱完了咱请你堂哥吃饭。我就说，吃饭也轮不到你们请啊，那是我堂哥呢。他们说，戏轮不到唱，饭也轮不到请，就甭活了呗。我说，那就去死呗。他们说，可死也轮不到呢。这几个戏友是汪姐、刘姐、李哥，他们都比我大一两岁，眉头都是舒展的，都不怕开生死的玩笑。

那天是周日，隔了两天，就到了我们活动的日子了。活动中心前面是个广场，广场上安设了各样的健身器材，正有不少人在上面活动着肢体。老远地，就看见活动中心的门已经开了，隐隐约约能听到二胡的声音，当然还是那种拉不准音的。这时，我看见汪姐、刘姐、李哥也前前后后地朝这里走来了。我停下来等了一会儿，待他们走近，听到高声大嗓的汪姐张口就说，知道她叫什么了，姓高，叫高振英。是我曾问过他们她叫什么，他们当时都没说上来。我听了，觉得这名字跟她倒是相配，有点愣，还有点男不男女不女的。汪姐又说，有人背地里叫她北风那个吹，因为她常在音乐室拉《北风那个吹》，都拉好几个月了。我们便笑了，北风那个吹，跟她好像也是相配的。

音乐室里，高振英正在一本正经地拉着《北风那个吹》。见我们进来，她没停下，让我们不得不忍受着这世上最刺耳的琴声。好在还没拉完，堂哥就到了，高振英立刻站起来和堂哥握手寒暄，常耸的眉头开了许多。我们冷眼看着，猜想她一定是有求于堂哥了。

果然，没待堂哥把他袋子里的京胡拿出来，高振英就把手里的二胡递给堂哥，说，你是行家，先给拉一个。堂哥看看她，却没接，一转身解他的袋子去了。那是个黑色的长袋子，左一道拉链右一道拉链的，每一道拉链拉开，都有一把京胡躺在那里。堂哥接连拿出了三把京胡，然后小心地将它们靠在墙角，才在它们旁边的一把椅子上坐了下来。

高振英的二胡一直那么悬着，我一边暗笑一边也有些替她难为情，便看了堂哥道，这就是高姐，我给你说过的，你看……

堂哥将一块帆布搭在腿上，拿起把京胡放上去，看了我说，我是拉京胡的，不懂二胡。

高振英竟笑了说，怎么会，人家都说，京胡比二胡还难拉，会拉京胡还能不会拉二胡吗？

我发现她笑起来眼睛是两个小月牙，嘴巴是一个大月牙，镶在一张圆脸上，已经不那么丑了，却有点滑稽。

堂哥说，这你就不懂了，京胡和二胡的指法、弓法不一样，左右手的难度不一样，持弓的角度不一样，拉的曲子更不一样，别看同样是两根弦一张弓，两码事呢。

堂哥说这话时仍看着我，好像是我要让他拉二胡似的。我知堂哥这人，不喜欢的人，看也不想多看一眼，一定是这高振英，长相、举止都让他不待见了。

我生怕高振英不高兴，她一不高兴我们这地儿都难保住了。哪知她又一次笑了说，到底是行家，说起来一套一套的，你不懂二胡也没关系，我拉个曲子你听听，听听你总会听吧？

我吃惊地望着她，她可真敢啊，音还没找准呢。我堂哥是谁，从前市京剧团的第一把京胡，要不是为了给他的学生腾地儿，团里是绝不肯让他退休的。

堂哥说，是《北风那个吹》吧，我刚才听见了。

高振英说，那不算，没头没尾的，我给你拉个完整的。

说着她就坐下来，将二胡架在腿上，不容分说地拉起来。

我不想让堂哥再次拒绝，说，听听听听，我们也想听听呢。

旁边的汪姐、刘姐、李哥他们也直说，对，我们也想听听。汪姐的大嗓门尤其响，让人觉出了某种起哄的味道。我看看她，她朝我挤了挤眼睛。

堂哥只好不再说什么，说什么其实也来不及了，高振英的《北风那个吹》已经开始了。

高振英这个人，太叫人服气了，正襟危坐，脸不红心不跳，好像是一次自以为得意的演出似的，好像面前的堂哥是一普通的观众似的，至于我们几个，压根儿就是不存在的，充其量不过是那些只会在健身器材上活动肢体的人吧……

琴声终于停止了。大家都沉默着，没有掌声，也没有夸奖。汪姐他们平时可不这样，和他们去公园唱过几次，他们总是宽容地给每一个初学者鼓掌。

高振英正目不转睛地看着堂哥，等待着。

我也去看堂哥。这回，我倒是有点怕堂哥不高兴了，堂哥大约还从没被人这么勉强过。

好在堂哥的表情还算平和，他看了高振英说，除了二胡，你还有别的爱好不？

高振英说，有，唱歌，我唱戏不行，但喜欢唱歌。

说着高振英站起来，放开喉咙就唱：山丹丹那个开花哟……

我们几个都被吓了一跳，定下神来才知她是在唱歌。她的嗓门还真大，只是不像在唱，而是在喊，有点声嘶力竭的。

堂哥没等她唱完就阻止了她，堂哥说，比起拉二胡，你还是更有条件唱歌，二胡就甭拉了吧。

高振英诧异道，为什么？

堂哥说，你手不行。

高振英伸出手说，怎么不行？

堂哥说，手指太短。

我们看去，果然见高振英的手指又粗又短，手掌厚厚的，手指甲扁扁的，没有一处赏心悦目的地儿。

可，这不过是个爱好，又不是考艺术学校。

我不由得把这话说了出来，因为我看到高振英的眉头已经耸得很高了。

堂哥却毫不让步，说，爱好也不能瞎耽误工夫，往后学倒把，她这手肯定倒不过来。

对二胡我们都是外行，我们只能眼看着高振英的两条粗眉毛愈挤愈紧。终于，就见她腾地站起来，一言未发，咚咚咚地往门外去了。

我们几个相互看看，明白事情有点不妙。汪姐说，坏了，生气了。刘姐说，她一生气，不知谁要倒霉了。李哥说，甭管她，咱快唱吧，看看都

15 北风那个吹

几点了。我看一下手表，可不，都九点多了，往常去别的活动点儿，8点半就开始了呢。

这时堂哥的京胡已经响起来了，他也像是早憋不住了，京胡拉得山响。他的表情倒显不出什么，像是各种的人事见多了，这点事压根儿算不了什么。我听到他说，发什么愣呢，你的段子。我一听，可不，《太真外传》里的"忽听得侍儿们一声来请"，只顾得胡思乱想了，竟是没听出来。

这回我唱得并不好，挺熟的段子，竟是有两处忘词，有一次唱抢了，一次却又张口晚了。

堂哥显得很不高兴，问我怎么回事，我哪答得上来，自个儿也有点莫名其妙，这种事从没有过的呀。

堂哥不高兴起来喜欢咕咚咕咚地喝水，他随身带了个保温瓶，比惯常的保温瓶大一倍，喝够了，往桌子上砰地一放，也不看谁，只说，下边谁来？

堂哥长有一张棱角分明的硬铮铮的脸，原本就少有笑容，这会儿就更只剩了棱角似的。汪姐和刘姐都有些胆怯地捅捅李哥，要他先唱。李哥便说，《乌盆记》吧，"未曾开言泪满腮"。

这是个反二黄的段子，不大好唱，但好听，是李哥的最爱。李哥唱京戏很有些年头了，老生的段子几乎没有他不会的，但他一唱嗓子就哑，发音的奥妙好像始终没悟出来。

李哥自是唱得很顺畅，板眼、音准都没什么问题，但唱着唱着，堂哥的京胡就停下来了，问李哥，你唱的是个什么人啊？李哥说，是个鬼魂啊。堂哥说，知道是鬼魂就好。接着京胡起，李哥又唱了下去。可没唱两句，京胡又停了下来，堂哥说，不是个鬼魂吗？李哥说，是啊。堂哥说，鬼魂怎么还摇头晃脑的？李哥立刻不好意思地连连拱手道，我的错我的错，重来重来。

我看李哥的脸都红了，赶紧打圆场说，没事，咱这又不是演出，唱对了就算不易了。

谁知堂哥说，什么叫没事，身上摇头晃脑唱腔也就会摇头晃脑，唱对唱不对，你说了算啊？

我暗气堂哥的较真，嘴上只得说，你说了算，你说了算还不行吗？

堂哥说，不是我说了算，是人物说了算，唱腔说了算。

堂哥一副不容置疑的口气。人家吃了一辈子的专业饭，我一个外行能说什么呢。我猜他在票房拉琴，一样是这态度，那些在全国大赛中得过奖的名票，哪个喜欢听人挑三挑四的，人家在中央电视台露脸的时候，操琴的都是国家级的琴师呢。堂哥不喜欢去大票房，八成就是怕遇到不喜欢听他挑三挑四的名票吧？的确，有的名票，大师级的演员、琴师人家都见识过了，你一个市级京剧团的琴师，人家凭什么就得听你的呢。

好容易，李哥的段子唱完了，他拱手向堂哥致了谢，便往室外去了。我看他脖后汗津津的，后背湿了好大一块。已经立秋很多天了，我们几个人身上都干爽爽的，他显然是唱得太紧张了。

接下来，便是汪姐和刘姐了。她俩是最近几年才学的，水平不相上下。一个唱了段梅派的《霸王别姬》，一个唱了段荀派的《红娘》。虽堂哥没叫停，两人都唱得有点磕磕绊绊，唱完了眼巴巴地看着堂哥，期望他能指导一二。这一回，堂哥却耷拉了眼皮，长也不说短也不说了，倒像是没的可挑了似的。

还是汪姐，仗了胆子问道，我们，哪儿唱得不好？

堂哥仍没抬眼皮，却是答道，唱唱再说吧。

汪姐和刘姐相互望望，不知往下该怎么说。我便说道，听着板眼还行，咬字、发音是不是还得练练？

我本是看了堂哥说的，堂哥却一言不发，汪姐和刘姐只好搭腔道，是啊，是还得练练。

堂哥端起保温杯，咕咚咕咚喝了几口，然后看了大家，要说话的样子。

我们期待地望他。

谁知他说的却是，下边，该谁唱了？抓紧！

我只好站出来，开始了下一轮。

后来我们几个，一段一段地唱着，谁也没再敢征求他的意见，好像他说了个抓紧，我们就响应着要赶快多唱几段似的。

汪姐趁拉了我上厕所的当儿，忍不住问我，你堂哥什么意思啊，不是我俩唱的不值得他一说吧？我只好说，怎么会，猜他是没想好，没想好的话说出去，他不是也没面子嘛。汪姐听了，也只好将信将疑地点了点头。

整整一个上午，堂哥一直坐在那里拉呀拉的，厕所都没顾得去一趟。我们几个，一边有些过意不去，一边也恼火着他的态度，不就在一起乐一乐嘛，何必那么煞有介事，京剧你是内行，人家李哥是个中医，汪姐是个裁缝，刘姐写得一手好字，论这些行当，人家又是内行了呢。人啊，彼此彼此吧。

看各人的表情，我能肯定他们也是这么想的。有一时，我向李哥请教了一个中医问题，他脸上立刻恢复了自信，且还耷拉了眼皮，有意地推迟片刻才做回答，仿佛他面对的真是一个无知的患者。其实我有替堂哥抚慰他的意思，但无意中却让我发现了他与堂哥的大同小异的傲慢。我暗笑着，对堂哥的恼火竟莫名地消去了一些。

尽管这样，各人唱时还是有一份难以抑制的兴奋，因为堂哥的京胡太难得了，不由自主地就带人进去了，你这里稍有闪失甚至绊个跟头，它都能不显山不露水地扶你起来，继续前行。汪姐有一次唱完一段，竟忘掉前嫌地向堂哥伸出了大拇指，说，到底是行家，还从没这么过瘾地唱过呢。

大家似并没指望堂哥说什么，可这一回，堂哥却接口说道，可惜，今儿没请动月琴，月琴要来了，效果就更好了。

堂哥说的月琴我知道，姓洪，也是从市京退下来的，跟堂哥是老搭档，月琴弹得好，锣鼓也都拿得起来。我说，老洪不是跟你挺有交情吗？

堂哥叹口气说，再有交情，也架不住场合的吸引啊。

我明白那场合的意思，便开玩笑地说，哥，你可不能让场合吸引了去，你走了，我们上哪儿唱去啊。大家也都随了说道，是啊，你可不能走，你走了我们哪儿唱去啊。

眼看着，这话让堂哥脸上有了笑意，那棱角分明的脸显得柔和了许多。

气氛至此，我已是十分满足了。谁知，堂哥似还不能尽兴，忽然说道，我给你们拉一段《夜深沉》吧。

大家当然求之不得，谁不知道京剧曲牌《夜深沉》啊，好听得简直难以言说，况且还是专业的琴师操琴，即便买张票现场聆听，也不会有如此近的距离啊。

就看堂哥换了把京胡，对好弦，眼睛一眯，手指一动，弓子拉开，亮亮的宝石般的一条音就飞了出来。它盘旋在小小的音乐室，华丽而又优雅，反显出了音乐室的狭小、简陋。我们身在其中，莫名地有一种幸福感，也有一种难以言说的不安，仿佛离得这华丽之声太近了，有点消受不起似的。我们想，天啊，这还是刚才的堂哥吗？

我们安静又兴奋地听着，有的手脚打了拍子，有的眯了眼睛摇头晃脑，有的瞪大了眼睛盯了天花板，仿佛那声音是从天花板里传出来的。我们都尽量不去看堂哥，生怕一看堂哥那个刚才的堂哥又会回来似的……

就在这时，我们感觉到有个人站在了门口。我们都没顾得去看，堂哥就更顾不得了，那起起落落的急促又放松的旋律，叫人心里有点紧巴，还有点畅快，有点伤感，还有点迷醉……

可是，门口的这个人像是没耐心再等我们，她忽然用什么东西哗啦哗啦地在门上敲击起来。

干扰，太是一种干扰了！我们有些恼火地转过身去，堂哥也不得不让自己停了下来。

我们看到，门口站着的竟是高振英，她手里拿了串钥匙，想必是来锁门的吧。

我看看表，果然已将近11点半了。

但我还是问了句，有事吗？

高振英说，有事。

我说，什么事？

高振英说，演出的事。

我说，谁演出？

高振英说，小区门口有家超市开业，请我们出几个节目，你们要算一个。

高振英说得斩钉截铁，不容置疑。她的脸上，没有笑容，也没有恼怒，一副公事公办的样子。

我看看大家，他们也像我一样有些惊诧，汪姐说，我们唱得八字还没一撇儿呢，出什么节目啊。刘姐和李哥也说，就是，我们可不够演出的水平。

高振英说，不唱可以，那就来个京胡独奏，京胡不是专业的嘛。

高振英说这话时看着堂哥，仍没笑。

没等堂哥答话，我急忙抢过去说，不行不行，只一个京胡太单调了，没配乐不好听。

高振英说，专业的找几个配乐还不容易，甭推了，就这么定了。

说罢，高振英将一串钥匙里的一把塞进门锁孔里，等待锁门的样子。

这时，堂哥开始一件件地收拾自己的东西，高振英的话，他像是没听见一样。那个长长的黑袋子，渐渐地变得饱满起来。

我问堂哥，你可听见了？

堂哥说，听见什么？

我说，演出的事啊。

堂哥说，谁演出？

我说，人家刚才说的，都定了啊。

堂哥说，她说定就能定啊。

高振英说，你这话什么意思？

堂哥背起他的袋子，提起他的水杯，慢悠悠地说道，以为你是谁啊，我们团长定节目还得商量着来呢。

高振英说，那你是不答应了？

堂哥冷笑道，还指望我答应啊，甭说一个小超市，就是卖票的剧场，我不高兴也敢说个不字。

说完堂哥抬腿要走。高振英两手叉开，像堵枪眼似的挡在门口，说，不行，房子都占了，不出节目打我这儿就过不去！

高振英的一张圆脸由黑变红，又由红变紫，眉心结得山一样高，一双小眼睛几乎都要瞪圆了。

我们一时都有点傻。情急之中，就听汪姐叫道，房子是大伙儿的，又不是你北风那个吹一人的！

我们几乎要喷出笑来，顺势起哄道，是啊是啊，房子是大伙儿的，又不是你一人的！

高振英的鼻子都气歪了，紫茄子似的脸丑得都叫人不忍看了。她哆嗦了嘴唇想说什么，但到底没说出来，忽然，一只手抢在了嘴巴前面，将塞在锁孔的钥匙顺势一拉，咣当，门就被她关得死死的了。还没待我们反应过来，钥匙已被她在锁里转了两圈，我们几个，被一扇门与外界相隔，是再也休想出去了。

这音乐室，一侧是一家商铺，门开在小区的外面，一侧则是楼梯，楼梯上面是另外三个活动室，楼下只剩了音乐室和一条小小的走廊。窗户在走廊上开着，因此音乐室没有窗户。就是说，除了这道门，我们出去不可能再有别的办法。

我们安静了片刻，开始拼命地敲门，拼命地喊叫。我们感觉高振英早已不在门外，这个北风那个吹，这个煞有介事的女人啊！期间，只有堂哥没敲没喊，只是坐回到他那椅子上，不停地咕咚咕咚地喝水。

好在，楼上活动室还有人没走，听到声音，立刻跑了下来。后来，是那人找来总管张师傅，张师傅拿出他的那把钥匙，才将我们几个从音乐室解放出来。

我们当然向张师傅述说着高振英的不是。张师傅好像听得蛮有兴致。然后他说，她锁门是她的不对，她勉强你们演节目也欠妥，已经有不少人对她有意见了。不过她也有她的不易，她丈夫刚查出了癌症，儿子又不孝顺，心里难免不痛快。我们奇怪道，那她怎么还有心又拉又唱的？张师傅说，要不拉拉唱唱，日子不是更难过了？

一时间我们都沉默下来，不知该说点什么。张师傅的钥匙仍提在手里，也是一串，哗啦哗啦的。我忽然问道，张师傅，音乐室的钥匙还有几把？

张师傅有些警惕地看着我，反问道，怎么了？

张师傅的表情和语气里有一种冷冷地置人于千里之外的意味，生怕有人图谋他的钥匙似的。我只好不便再说下去，只说，不怎么。

走出音乐室，张师傅很快离开了我们。我们几个站在门外，开始商量今后的打算。我们原是下决心要跟高振英对着干的，坚决不出节目，还得坚决把音乐室占领下去。可现在，大家似都不再那么坚决。节目自是不能让堂哥出的，他好歹也是个腕儿，岂能为一个小超市捧场，不然，我们几个就豁出去唱上一段，好不好的，反正也没几个真懂京剧的。

没想到，堂哥却提出了完全不同的意见，他说他既不想勉强大家演节目，也不想继续在这儿活动下去了，把音乐室还回去，就算让了那高什么一步吧。他说他要到自个儿住的小区想想办法，若能行，会即刻通知我们。我们几个自是表示赞同，并执意要请他去饭店吃午饭。堂哥说，今儿没心情，改天吧，改天有的是时间呢。

我们把堂哥送出小区大门，又一同往小区里走。我听到李哥忽然说，要我说，以后就甭让你堂哥费心了，人家是傍角儿的人物，给我们拉琴……就算了吧。我刚要反对，没想到汪姐和刘姐一齐响应，说，是啊，就算了吧，跟我们一起，委屈了人家呢。

我说，你们真这么想？

他们点了点头。

我说，不是有点怕了他吧？

他们笑笑，又点了点头。汪姐说，说实话，跟你堂哥的弦儿唱真是过瘾，可也真是紧张，都这岁数了，不想再为什么紧张了。刘姐则说，要是没有紧张，我们可巴不得请他拉呢。

不知为什么，我的眼睛忽然有些潮湿。我知道，不是万般无奈，这话他们是不会说出来的。离开堂哥，我还好，可以去票房或随堂哥去什么地方，可他们呢？

我抑制住自己，装作高兴的样子说，好，那我就告诉他，让他甭费心了，我们还到公园打游击去，一枪换一个地方，自由自在！

他们没再说什么，久久地沉默着。显然，我的话并没让他们高兴起来。直到分手，直到往各自的楼房走去。

原载《当代》2017年第1期

回　乡

今天，我们到万庄采摘园去。

他开车，我坐车。这样他是喜欢的。若是相反，他会有点伤自尊。他这个人，是愈发地像个小孩子了。

车外一辆接一辆的汽车，看得人眼晕。想起当年骑自行车上班时，那蚁群般的自行车，也是叫人眼晕。如今，那成千上万辆的自行车也不知哪里去了，万花筒似的，稍稍一转，就换了成千上万辆的汽车了。

我跟他一起学的开车。我的车感好，倒车、爬坡、过路障，都好过他，唯有最后的上路，竟远远地不如他了。是因为，对面一有车开过来，我就觉得人家是要撞上来，早早地就往人行道上躲。而他，像是巴不得对面有车，有车开过来他就不由得要加速，要迎了人家去了。这样，他自是要超车的，一辆一辆地超，一辆一辆地迎，身边的教练都常常要吓出汗来了。

现在，我们当然都从容多了，但他超车的毛病还是没改，他把前面的车视为障碍，不冲破障碍他心里不痛快。我呢，躲车的毛病也还是没改，离前面的车永远不少于10米，倘若有车加塞儿，会毫不犹豫地礼让。对这类车，我总会生出恐怖的想象。

你什么时候能改改呢？我说。明知他改不掉，我还是忍不住要说。

他不吱声。

不吱声就意味着你说的是废话。每天每天，我多半都在说着类似的废话。他抽烟，饭后一支烟，睡前一支烟，开车前一支烟，下车后一支烟，无所事事时一支烟，忙了累了一支烟，这都是铁定的，谁说也不肯改的。但我还是要说。说的结果，他是一支没少抽，只从屋里转到阳台上抽去了。他还喜欢排队买便宜的东西，说不清是为了俭省，还是喜欢那东西，还是长长的排队吸引他，不知不觉地，他的两条腿就往那里去了。和我一起时，我会拽了他，让他的两条腿跟我走；可到一个人时，他就管不住自个儿了，一大堆塑料袋包裹的东西，买回来往案台上一放，白花花的，散发出混杂的难分辨的气味儿。我一样一样地收拾着，嘴里也开始着又一轮的废话。常常说着说着回头一看，背后空空的，那被说的人早不知哪里去了……

　　老杨，听见了吗？我说。我不能容忍他的不吱声，虽说大半辈子了他都这样我还是不能容忍。

　　听见了。

　　听见了你总得说点什么。

　　有什么好说的。

　　那你说，超车是好事还是坏事？

　　天天是这话，就不能换点别的？

　　只要你不改，我就天天说，月月说，年年说。

　　哼，又不是阶级斗争。

　　我便有些想笑，要他改正的顽念一下子瓦解了不少。我们的谈话，多半便是这样不了了之了。

　　也不知打哪天起，我就叫他老杨了。楼里的小孩子也管他叫爷爷了。他只大我一岁，但还没小孩子叫我奶奶。为此他有喜也有忧。我感觉他的喜占了大半，对我有好处的事，他从来是真心喜欢的。可我自个儿已开始紧张，就像一段扑朔迷离的距离，说不清哪会儿，距离的尽头就到了。那像是段强加于身的距离，跟自个儿压根儿没关系似的。

　　立秋已很有些天了，车里却还是离不开空调。车窗关闭得紧紧地，窗膜就如同隐身衣，让人有一种舒适、安全感。我看到窗外骑自行车、电动车的人，一个一个地闪过去，男的、女的、老的、少的、带孩子的、带东西的……一个与我年龄相仿的女人，好像车链子掉了，弯腰查看，摸了一手的油。她就那么挓挲了一只手，无助地站着，满头、满身的汗水，后背的衣服都湿湿了。她的车筐里，五颜六色的蔬菜挤挤攘攘地探出头来……我想起自个儿也有过这难堪，因此他才最后下了买车的决心。如今骑自行车的人，吸汽车的尾气不算，还要躲闪与行人争道的汽车，也实在骑不得了。这车不过十几万元，却是我们的全部积蓄。这对他一个俭省惯了的人，是须要咬咬牙的。当然他也是喜欢汽车的，原来他开火车，汽车比火车还小不少，他自是不甘心只做个旁观者。可空气一天比一天差起来了，谁都知道这跟汽车尾气有关，汽车尾气又跟权钱有关，老杨他也知道，但他有时站在窗前，看到马路上一辆挨一辆排了长队的汽车，就仿佛看到超市里人们的排队一样，两条腿便不由自主地走动起来了……

万庄在城东50公里的地方，那里有大片的果园，还有红薯、花生、毛豆等等。据说万庄的土地没分给个人，一直还吃着大锅饭，改革开放都三十多年了，万庄人仍然是集体劳动，集体享用劳动的果实。

我对万庄没什么兴趣，他说过多次，我总是摇头。我从小就是在那样的村庄长大的，一直长到近三十岁，才跳出火坑嫁给了城市里长大的他。每说到火坑，他总是一脸的麻木，毫不为之所动，因为我也曾把他所在的城市叫作火坑。这一回，是我看出他太想去了，那万庄的梨园都进到他的梦里了，说一个挨一个的黄梨吊在树枝上，直打他的脑袋。我便只好说，就跟你跳一回火坑去吧。

自打买了这车，我们已经有过许多次的出行了，或远或近，或乡村或城市，或山区或水乡，虽没有太多的惊喜，却也其乐融融。我喜欢坐在车里看车外的感觉，何况是坐行上百里上千里呢。可去这万庄，我怎么也难高兴起来，看着窗外，莫名地会有瞬间的心烦；偶尔在十字路口处，什么影子嗖地一闪，窗缝便插上来一张名片，明知是假发票广告的散发者，心里还是会吃一惊，仿佛处在了难料的危险之中。

我转过脸看老杨，见他的头发好像又白了不少，脸上也多了几分粗糙。他从不用护发素什么的，脸上也不抹护肤霜，说那都是女人用的，男人涂来涂去的像什么话。有一天我翻到一张他年轻时的照片，瞬间还以为是哪个不相干的人的，白净，俊气，一头的黑发……待终于明白过来，还是不能把照片上的人和跟前的老杨联系起来。

我说，老杨，那瓶大宝快要过期了。

他说，给儿子吧。

我说，儿子才不用大宝呢，人家用的是兰蔻。

儿子在北京工作，他不用大宝不是不想用，是他的老板和员工都不用。现在一个老板的权力，不知为什么常让我想起过去时代的生产队长。

他说，那就给大哥。

我说，是我给你买的。

他说，早说过我不用那玩意儿。

我说，有空也照照镜子，看那脸还能要不。

正在十字路口处，黄灯已开始闪了，他一加油门，车就越出白线，紧随前面的车去了。

我终于急道，又抢了又抢了，你就不能不抢啊？

我知道，说了也是白说，急了也是白急，可我还是忍不住要说，忍不住要急。

车子驶出市区了，视野渐渐地开阔起来，近的树木，远的庄稼，总不像高楼大厦那么挡得慌了。可马路没显出宽来，车辆也没显出少来，特别是又高又长的货车，也不知打哪儿冒出来的，前后左右几乎都能见着它了。货车司机居高临下地看着我们，就像一只大象看一只蜗牛。这时的老杨倒是来了精神，他可以名正言顺地超车了，轿车当然是不能甘于货车之后的。超过一辆，于他就好比打败了一个敌人吧。可有时这"敌人"也不是好惹的，它们双双地挡在两条道上，好半天也不肯闪开。它们突突突地喷发着尾气，尾气是黑色的，升到空中，使本就藏在云后的太阳愈发地不敢出来了。空气灰蒙蒙的，路两边的树叶子、庄稼叶子都不那么清爽了，蓝底白字的路标也不那么醒目了，就连环卫工人鲜亮的工作服都须走近了才能看见了……唉，乱糟糟，乱糟糟啊。

老杨在大车之间左左右右地穿行着，我盼他早早地突围出去，却又不喜欢他那股劲儿，他像是在乱糟糟的路况中变得暴躁、粗野了，前倾的脑袋就像时时准备着要跟人决斗一样，有时，嘴里竟会意外地甩出句脏话来。我冷眼瞧着他，并不认为是那黑烟和高高在上的司机逼出来的，反感觉他的情绪里，有几丝不易察觉的兴奋和得意，也许，他巴不得有这机会骂一骂人呢。

终于，从大车堆里突围出来了，周围显得清爽了许多。虽是暂时的，我还是长长地舒了口气。

这一回，我没因他的粗野再说"废话"，反而久久地沉默着。

他侧脸看看我。隔一会儿，又侧脸看看我。我目光朝了前方，嘴巴闭得紧紧地。

我听到他说，生气了，又生气了。

听不到应答，他又说，还真生气了？

他就是这样，我说话的时候他不肯听，不说话了他又着起慌来。

我自是不大高兴，他明知我不喜欢听脏话的。他还知道我不喜欢听脏话是因为年轻时挨过一个生产队长的辱骂。他大概觉得这是太久的事了，早已不算什么了，一个人长到六十岁，没挨过骂才是怪事。

我听到他说，那些脏话搁在肚子里会长成疮的，得把它们扔出去。

他又说，如今出门就是不讲理的事，谁还不骂个脏话。

我说，我最恨的就是骂了人还有堂而皇之的理由。

我想起那个贫农出身的生产队长，每天有上百个理由辱骂劳动中的社员，锄掉了一棵苗或是留下了一棵草，干慢了或是干快了，干活儿的时候唱歌了或是话多了……不仅因为劳动，还因为出身。母亲由于出身富农，就成为他第一个批斗的目标。母亲站在一圈人中间，一圈人想骂什么就骂什么。因为他们有比劳动中的失误更钢硬的理由，那理由来自国家统一的不可违抗的指令。母亲的事我从没跟他提起过，不是不想，是说出来好像要费太大的劲儿，就像连根拔起一棵庄稼，地要湿润土要松软手还要有力气，不然庄稼会拔断，手也会伤着的。

他说，你呀，这辈子最受不了你的，就是小题大做了。

我说，老杨，你以为我是小题大做？

他听出了我的郑重，赶紧偃旗息鼓说，不以为，我没以为，是我大题小做了。

我便也不再说什么。

但心里，却有一种莫名的痛。这痛在身体里不知不觉地扩散着，渐渐地，扩散到了身体的表面，脸有些发热，一双手却又冰凉，想抓住点什么又实在没东西好抓……

老杨看一看我，悄没声地打开了音乐。是一首忧郁的大提琴曲，我最爱听的。对音乐他说不上喜欢，也说不上反感，我听他就随了听，我不听他也从想不起。现在，他竟想起了大提琴曲，我便以长长的一口叹气做了回应。

在我们终于到达万庄的时候，我的第一个感觉，就是我们车里的音乐和万庄的音乐太不和谐了，万庄的大喇叭里播放的是明快、简单的《社会主义好》的歌曲，那雄赳赳的气势，一下子就把大提琴压过去了。好在老杨知趣地关了"大提琴"，在"社会主义好"的旋律中向万庄的采摘园驶去。

采摘园在万庄的村东，我们从村西先经过万庄，然后经过大片的玉米地，再经过大片的棉花地，便看见那采摘的进口处了。

万庄村里没留下太深印象，不过是普通的北方村庄罢了，平顶的房屋，宽大的门洞，没有树木的灰秃秃的街道，街道中心一两家卖食品或卖百货的铺子。街上人很少，偶尔碰上一个，也是低了头匆匆行走的样子。好容易抓住一个多说了几句，才知那人是某生产队的保管员兼出纳。我告诉他，我也曾干过生产队的保管员兼出纳，是个费心费力还遭人忌妒的活儿。他眼睛一亮说，就是就是，一沾钱物人们想法就多，这差事啊，非得找那跟钱物不亲的人干才行。言外之意，他便是跟钱物不亲的人了。他已是五六十岁的样子，而我干时只有二十来岁，不过只干了半年，就因为母亲的出身被另外的人顶替了。我看了他想，我就是个跟钱物不亲的人，那半年里，仓库里保存的花生种子，我一颗都没吃过。

离开那人，老杨问我，你当过保管兼出纳？

我说，是啊。

他说，怎么没听你说过？

我说，你没听说的多了。不过你的事，我没听说的也多了。

他说，你想听什么，我讲。

我说，不必。

一些事，也许只有两人共同经历或熟悉的，才有兴致听或说吧。这么想着，我的心思仍在那人身上，感觉他就像40年前顶替我的那个人物，平头，粗短的身材，一双脚有些内八字，走起路来腿之间能越过一条狗去……

那片玉米地紧挨了村子，给人的感觉万庄人依然是靠地吃饭，不像时下的许多村庄，出村就是高高的脚手架和圈起的田地，为了乡村城镇化几乎是有点夸张地折腾着。

这是一条长长的土路，坐在车上晃晃悠悠的。两边的玉米棵子高高地挺立着，就像威严的被检阅着的士兵。走啊走，好半天也走不出这绿森森的世界。正有些急，就见从玉米地里走出来十几个提了锄头的汉子，往地头上一坐，你递支烟我点个火的，抽起烟来了。

这情景是太熟悉了，不就是劳动中的放歇嘛，前晌一歇，后晌一歇，再苛刻的生产队长也不能坏了这规矩的。那时候，我们一下地就盼着这一歇，就像盼着天大的解放一样。因为几十号甚至上百号人在一起劳动太紧张了，谁都想拔个尖给人看，谁都不想让队长逮着辱骂的机会。只要一说放歇，队长他就等于下岗了，没一个人肯再看他的脸色了。

我让老杨把车停下来，隔了窗跟放歇的人说了会儿话。

我说，你们是在放歇吧？

就像是对上了行话，他们立刻眉开眼笑起来，说，是啊是啊，你是……

我说，早先我也是生产队的。

他们说，噢，老前辈到了啊。

我说，是啊，那会儿你们约莫还没上小学呢。

他们说，那如今你是……

我说，退休了。

他们说，退休了好啊，省得听旁人的了。

我说，如今还是要听生产队长的？

他们说，是啊，谁让人家有权呢。

我说，好省心啊。

他们说，想费心人家也不干啊。

我说，你们，其实是想自个儿干的？

他们说，唉，平头百姓，想也是白想。

我说，收入咋样？

他们说，不咋样，跟物价涨势没法比，这村的后生媳妇都快娶不起了。

我说，那还等什么呢？

这时，我觉出老杨在背后直捅我，我却有些不管不顾的，说，再不分，这辈子可就没机会听自个儿的了。

我说得有些认真，他们便呵呵地笑起来。这一笑，我便知他们是不认真的了。我想起从前生产队总有一伙这样的人，喜欢发发牢骚，说说风凉话，却甭指望他们干成任何事情。

我还想说点什么，车却开动了，很快就拉开了和他们的距离，只剩了和他们招招手的机会了。

我说，我说错什么了？

他说，你没说错，可没必要。

我说，我知道没必要，可就是想说。

他说，你想说不是分不分的事，是因为亲近吧。

我诧异道，跟谁亲近，跟他们？

他说，这些年，你跟陌生人还从没这么热情过。

我看着他，吃惊着他的敏感。我一向认为他对任何事都是漫不经心甚至是迟钝的。可他说的"亲近"，是我自个儿也没意识到的。我可不想认为我跟这些人有什么亲近，可自个儿的热情，又是打哪儿来的呢？

再往前走，便是那片棉花地了。棉花棵子长得足有一人高，叶子绿得发黑，枝条们旺盛地伸展着，若有什么人走进去，一准儿会被吞没的。

车窗被我打得大开，看不见一个人影，却又分明有隐约的女人的笑声。棉花地是属于女人的，或者说女人是属于棉花地的，锄草、喷药、掐尖、打杈、摘花，哪一样都是女人来干的，偶尔有男的加入，也显得笨手笨脚的，会猛遭女人们的耻笑……却有一个遭女人耻笑过的男人，有一天用他的嘴皮子把女人们征服了，他讲《红楼梦》，讲《聊斋志异》，专讲里面的女人，一天讲一个，讲到林黛玉的死时，他在我心里却活起来了，一天到晚耳边都是他的声音，想不听都不行了。直到有一天，他替代原来的生产队长也开始一个人说了算了，我才心惊地发现他也是个会骂人的，肚子里除了林黛玉还装了更多的脏话……

老杨坚持说没听到什么声音，他怀疑我出现了幻听，他甚至说我有点不对劲，面色苍白，眼神呆滞……没等他说完我就往棉花地里一指，欣喜地叫道，看，那是什么？

就见远远的地方，有女人的脑袋从绿色中露出来，有的戴了草帽，有的扎了头巾，有的则是乌黑的发辫。她们大约是在掰棉花杈吧，身子弯得太久了，需要站起来伸一伸懒腰了。

可奇怪的，是老杨还是坚持说什么都没有，既没有声音也没有什么女人。我有些生气地让他停下车，自个儿开门跳了下去。他说，你要干什么？我没理他，顾自往棉花地里走，那群女人吸引着我，我要与她们攀谈，也要证明我是对的，他是错的。

走在棉花棵子之间，才知自己的个子好像矮了不少，那时是可以露出头顶的，现在却只看得见眼前密不透风的枝叶和灰蒙蒙的天空。我就这么深一脚浅一脚地往里走，脚下是松软的土地，泥土混杂了绿叶的味道，是一种久违的难以言说的香气……我不由得停下来，觉得这香气里像是还有点什么的，嗅啊嗅，想啊想，忽然明白了，香气里原来含了太多的人气呢！女人们率真的笑声，那个讲故事的男人的声音，还有，一种羞答答的喜悦和甜蜜……那时候，每天下半晌，一个叫杨和平的年轻人就在地头上等她了。他骑了辆飞鸽牌自行车，一身蓝色路服，纽扣是鲜亮的金黄色。他的自行车铃只响一声，但足以令她惊心动魄了，她便在女人们的哄笑声中不管不顾地朝地头儿跑。太阳落山才能下工，但他来的时候太阳离山顶总还有一拃的距离。女人们说小心扣你的工分啊，那个讲故事的男人说你要错过一个好故事了啊。她却头都不回一下，工分、故事，比起她的杨和平，就什么什么都不是了。有一回碰上生产队长，他往地里走她往地外走，他问她去干什么，她说有人等她；他说是那个铁路的吗，她说是；他说那就叫他等，这会儿工夫都等不了还搞鸡巴什么对象。她不再理他，转身就走。他说，你敢走，扣你一天的工分！她说，你随便。他说，妈拉个×，你娘反革命，你也想反革命啊？她回过头看了他，说，你再说一遍。他说，再说一遍咋了，你心思不往社会主义集体上使，天天他妈的搞资产阶级男女关系，我一句话，你就得在社员会上做检查！她把嘴唇咬了又咬，忽然弯下腰抓把土，准确地打在了他的脸上……在这之前她可是万万不敢的，有了杨和平她仿佛有点胆大包天了，什么什么都不怕了。就这么，她不管不顾地等他，他也不管不顾地来接她，接她到20里外的他家所在的城市看场电影，然后再把她送回村。她整整掰了一星期的棉花杈子，他就往村里跑了一星期，她坐在他的自行车上，脑袋贴在他的后背上，那份幸福，那份心无他顾啊！他是在外地跑车，回来休探亲假的。杈子掰完了，他的探亲假也休完了，那片棉花地，就像是他们恋爱的一个见证呢。可多少年后，提起棉花地，杨和平却没一点印象了，他说村口的果园倒是记得，好像他送她回来，他们总在果园边上告别。那时正是树上挂满梨子的时候，他太想体验一下摘梨子的感觉了，可她不提，他到底也没好意思说出来……而她这里，刻骨铭心的却是队长扣了她整整一星期的工分，还要开她的批判会，要不是所有的姑娘媳妇都站在她这一边，队长还真就得逞了。姑娘媳妇们说，人这辈子不就搞一回对象，谁那时候不是糊涂的，就饶了她吧。据说队长老婆都跟队长说这话了。那时的她却坚持说，我没糊涂。女人们说，还不是哄他的话，谁让人家管着咱呢。即便这样，那以后她也再没理过队长，她暗下决心，以不跟他再说一句话作为对他辱骂的惩罚。当然，她也为此付出了代价，派给她的活儿总是又脏又累；多少次到城市打工的机会都因他拒绝开证明信而泡汤；她的工分也多少次无缘无故地被扣罚。即便这样，她仍执拗地坚持着，不看他，不理他，无视他的存在。直到有人替代了他的生产队长，直到他后来得脑中风，自个儿先失去了说话能力……

我在一人高的棉花地里走啊走。早已看不见老杨的身影了。渐渐地，对面的地头儿都能望见了，那里有一座机井，机井周围有几棵粗大的杨树。可就是看不见女人们的身影，她们的笑声也奇怪地消失了。我心想，怪事，莫非真是幻觉？

我没耐心再往前走，只好原路返回。途中我听到了响亮的汽车喇叭声，一声接一声的，无疑是老杨着急了。我想到了当年那个叫杨和平的青年，他摁的是自行车铃，只是一声，却足以令我惊心动魄了。不知为什么，我鼻子一酸，眼泪哗哗地流了下来。摁汽车喇叭的老杨，和摁自行车铃的杨和平当然是同一个人，可是，他们当真是同一个人吗？

万庄的采摘园里有不少的采摘项目，葡萄、苹果、鸭梨、花生、毛豆、红薯……它们的价格都高得吓人，能超过市场价的2到3倍。一向俭省的老杨，在这里却像换了个人，葡萄要摘，苹果要摘，鸭梨要摘，就连花生、红薯，也拿起镢头兴致勃勃地刨了一份。我有些不以为然地随他去了这里又去那里的，觉得他到底是城市人，来到乡村，什么都稀罕，什么都变成好的了，喜欢的样子简直有点夸张，就像有意要在宽厚的村人面前撒一撒娇作一作态似的。事实上如今的村人哪里还有宽厚，高得惊人的定价，还要加上每人20元的门票，哪里还有宽厚啊。

梨园是我们最后光顾的地方。进口处是个四五十岁的女人把守。她戴了顶草帽，脸色稍黑，牙齿很白，眼睛很亮。我们把门票给她看，她瞟了一眼就放我们进去了，人也没跟进来。不像前几处，总有个人相跟着，生怕你有什么破坏的举动。

真走进梨园，来到梨树下，才知梨树真大，一棵树的枝叶真多，就像一个人挑了数不清的担子，人不高，担子却重得惊人，每一个枝头，都挂了数不清的金钟一样的梨子。从枝头下走过，当真是要被打到脑袋的。

我看到老杨不去摘梨，只仰了脑袋傻瓜一样地乐。继而过瘾似的在树下来来回回地走动，有意让梨子敲打着他的脑袋……

我说，老杨，做梦呢？

他说，是啊，跟我梦见的一模一样。

我说，好，梦想变成了现实了。

他示意我别吱声，想起了什么似的停下来，鼻子急促地抽动了几下。

我问，怎么了？

他说，好熟悉的一种味儿。

我说，什么味儿？

他说，梨园的味儿。

我说，废话。

他说，不是这个梨园的味儿。

我说，梨园的味儿还不都一样。

他忽然一拍脑袋，说，想起来了，你们村的梨园！

我说，我们村梨园早没了，岂止梨园，村子都没了，变成一片高楼大厦了。

他说，知道早没了，是过去的梨园，记得不，我送你回家……

他又提起送我回家的事。我当然记得，每回送到村口的梨园，他都像个贪婪的孩子，要吻我一口才肯离开……可他却不记得那块棉花地了。我便说，不记得了。

他说，怎么会不记得，你怎么会不记得呢？

我说，就是不记得了。

他说，梨园的味道还是你先说的呢。

我说，怎么可能。

他说，你在一封信里说的，一下就把我对梨园的感觉说中了。

我茫然地回想着，却怎么也想不起来了。那时候我们身居两地，互通的信件是很多的，谁记得哪封信里说到了梨园呢。不过说起信，倒让我想起我们那些年的不易了，自从和我认识之后，他开始千方百计地做一件事，就是从千里之外的一个城市调回到我身边。这事他历经艰难，一直坚持不懈地做了八年。八年中的种种阻力他很少说起，就像村里的种种不如意我也很少说起一样。后来终于调动成功来到我身边的时候，我竟意外地发现，他有时也会骂一骂脏话了。有一回他解释说，是让那些权力在握的人逼的。我不容置疑地回应他说，我也被那些人逼过。

我说，是信让你记住了味道呢，还是味道让你记住了信呢？

他说，都有。可惜信找不到了，肯定是有这么一封信的。

这些年，我们不知搬了多少次家，先是住在市郊的我家，后又搬到城市的他家，后又搬到我城市的家（我在城市找到一份工作，并分了房子），后又共同买了属于我们两人的房子。那些信，不知怎么就见不到了，好像它们自知已完成了使命，自个儿就悄悄地离开了。抑或是，我们只顾了当下的日子，生养孩子，照顾老人，打拼工作，应对人事，而有意无意地将它们丢弃掉了？

他说，知道不，你嘴里也有股梨园味儿。

我怔了一下，说，梦还没醒呢？

他说，是那时候的你。

我们已有很多年不知对方嘴里的味道了。但即便是那时候，也从没听他说起过。

奇怪的，是我的脸竟有些发热，不自觉地转过脸，以摘梨子来掩饰自个儿不该再有的窘迫感。

好在，这时不知从哪里有歌声传过来，是一段老旧的歌曲：

金瓶似的小山，山上虽然没有寺，美丽的风景已够我留恋。明镜似的西海，海上虽然没有龙，碧绿的海水已够我喜欢。东方那边的金太阳，虽然上山又下山，你给我的温暖却永在我身边……

我终于听出是从梨园安设的音箱里传出来的，它也许是作为红色歌曲播放的，可却是我青少年时期的最爱。杨和平那时也知道的，因为我曾无数次地为他小声哼唱过。

正当我摘下一个鸭梨，转身要递给老杨的时候，却惊愕地发现，老杨竟伴随了歌曲手舞足蹈起来了！

老杨是一个唱歌就跑调的人，他的节奏感也不敢叫人恭维，可眼下，他竟以他老迈的身体、笨拙的姿势跳得激情澎湃，跳得自由自在、无拘无束。

我看着，眼睛不由得有些湿润。我扔下梨子，也情不自禁地加入了进去。

梨树间的趟子平坦而又宽阔，趟子里铺满了树叶、杂草，我们舞在上面，发出沙沙的有节奏的声响。

我的加入，倒使老杨有些不好意思了，他没跳一会儿就停下来，看我一个人跳，他说，这辈子，跳舞、唱歌是赶不上你了。

我说，那就等下辈子。

他说，好，就等下辈子！

我想起我们争吵的时候都似曾说过，下辈子死也不会跟你做夫妻了……我不由得十分地想笑，终于忍不住笑出了声来，终于笑得舞蹈也停了，只剩了咯咯的抑制不住的笑了。

他说，你笑什么？

我不答，仍是笑。

他说，笑我下辈子仍不如你？

我笑得更欢了，眼泪都要流出来了。

他不再理我，开始仰起脑袋，抬起双手，选摘中意的梨子。

我最爱的歌曲结束了，接下来是一首雄赳赳、气昂昂的《飒爽英姿五尺枪》。我停了笑，将目光也投向了树上。

我们各自只摘了十个鸭梨，但已是相当满意。我忽然感到，这最后的梨园之舞，才更该算作此行的意义吧。

那个脸色稍黑、眼睛发亮的女人在出口处迎着我们，她露出雪白的牙齿表现着她的热情和亲切。这使我又忍不住和她聊了一会儿，有一刻我甚至把她当作了我的早已过世了的母亲。我奇怪着这不该有的颠倒，我的年龄比她几乎要大出十几岁呢。

我们终于满载采摘的收获，离开了万庄。

坐在返程的车上，我把对那女人的感觉告诉老杨。老杨说，你这哪是去采摘，你是回乡呢。

我不由得吃了一惊，那个生我养我的乡村如今已经不在了，莫非我是在想念它吗，那个曾被我叫作火坑的地方？

老杨又说，其实我也是在回乡。

我说，你回什么乡？

老杨说，回你的乡，就想起我的乡来了。

他一副少有的若有所思的模样。我看着他，想不到他竟可以说出这话的。是啊，哪个人的心里，没有一个属于自己的家乡呢。

一路上，路还是那么宽，车还是那么多，老杨却没再骂一句脏话。我的"废话"也少了许多。我们更多地在谈论着万庄的前景，他认为万庄的集体模式不会坚持多久了，因为干活儿的人中已看不到一个年轻人。可我却坚持说外出的年轻人早晚会回来的，万庄会永远有一批上了年岁的人来经营，因为如今的年轻人，除了权力相逼还有金钱相逼，他们在这境况下很难坚持到老。只要他们回来，只要有棉花地有梨园有集体的耕地，他们就不愁没个着落。他问我什么着落？我一时有些发怔，脱口说道，青春，青春的着落。我心想，没错，我们这代人的青春，不都是在那种地方度过的？但我内心深处好像还有个声音在说，物转星移，一切都不过是昙花一现吧……在谈论着这些的时候，我看着老杨那只右手熟练地挂挡、换挡，手脚的配合和谐而又流畅。一瞬间，我忽然发现，他右手的食指和中指有浅浅的黄色，那是与他第一次见面我就发现过的颜色，一个抽烟人的手指必有的颜色。可此刻，我却透过手指，依稀看到了当年的杨和平的影子……

原载《人民文学》2015年第9期

入选"2015年度河北小说排行榜"

互 为 镜 像

这是一架从石家庄飞往韩国襄阳的客机。机舱里韩国空姐笑容可掬，但实惠的服务总也见不到，比如可口的小点心，比如香喷喷的咖啡，比如热乎乎的红茶……这些东西都是从表姐的粗大嗓门里嚷出来的，她只坐过一次国内的飞机，那飞机上的餐饮服务丰富无比，她便一路上做着对比，无论我怎样解释打折与不打折票价的区别她仍是喋喋不休，引得前后的人直探头看她。大约在漫长的40分钟之后，餐饮服务总算来了，可不过是每人半杯果汁，杯是小小的纸杯，透过纸杯手指可感到冰冰的凉意。表姐拒绝了这半杯果汁，问空姐有没有热水，空姐疑惑地重复"热水"二字，显然不懂热水为何物。有人便说就是开水，空姐立刻舒展了眉头，为她端来了半杯开水。说是开水，其实不过是稍稍有点热气的温水，表姐老大不情愿地喝着，嘴里说，要不是看她长得好，态度也好，我一定得给她上一课，什么叫热水，什么叫温水，什么才叫开水。一旁的人忍不住笑起来。我却坚决地不露一丝笑意。我也不喜欢喝凉东西，可我喝了，大家也都在喝，你以为你是谁？这飞机上的人，随便拉出一个问问，所坐过的飞机，所经历过的餐饮服务，哪个不比你更有资格站出来说话？

果然，我的脸色让表姐收敛了许多，她闭了嘴巴，开始捧起一本书看。她比我只大一个月，有时候，我觉得我更像她的表姐。书名是《朴槿惠传》，来之前她刚买的，只为了这趟韩国行，说了解了国家的领导人，这个国家也就不在话下了。我攻击她是书呆子，说这种书是如何的不靠谱，远不如实地感受来得可靠。可眼下，我更愿意她埋在书里，因她而引起人们的注目是我最不想要的。

表姐坐在我左边，我的右边是个与我年龄相仿的女人。我注意到她坐下之前穿的是件浅色风衣，现在却已是件咖色针织开衫了；脚下的便鞋好像也是换过的，登机前我排在她身后，记得她穿的是双低跟的深色皮鞋。她的行李很简单，不过一只能随身登机的小小的拉杆箱，可她却能变魔术似的因时因地变化自己的穿戴。她的面相是谦和的，每次无意识地与她相对，她总会抱以友好的一笑。她笑的时候很好看，眼睛弯弯的，嘴角翘起来，有一种与她年龄不大相符的天真气。笑一旦收起来，天真气也就随之没了，换上的倒是一种常见的老女人的沧桑。她也许很知道这种差别，嘴角便总是稍显上翘，流露出微微的笑意。这种种的细节，我多么想跟一个人说出来，可表姐她是没兴趣的，她会十分扫兴地问，跟我说这些，什么意思呢？

好在，我右边的女人先开口说话了，她问，你们是姐妹？我说，表姐妹。她说，怪不得。我说，怪不得什么？她说，听你喊姐，心里还直想，不像，太不像姐俩了。她的话让我很受用，表姐是齐耳短发，我却是长长的马尾。表姐是高声大嗓，我却是柔声细语。表姐的脸是黑的，身材是粗壮的；我的脸却是细白的，身材是苗条的。于是我便不再矜持，与她的话渐渐地多起来。

我了解到，她和我同岁，也是刚刚退休，也是第一次随旅行社的团出来。更巧的是我们都曾是石家庄北新街的老住户，北新街小学也都是我们上的第一所学校。这让我们的关系立时亲密了不少，在机舱嗡嗡的噪音中，我们尽量压低声音愉快地交谈着。她时常眼睛弯起来，嘴角翘起来，发出咯咯的少女般的笑声。她笑时表姐这边就抬头看她一眼，可由于听不清我们说的什么，表姐只好把自己重又埋进书里。我相信即便表姐听得见，她也是不感兴趣的，因为我们谈的多是儿时琐事，比如上小学都在过哪位老师的班里，北新街哪家铺子的咸菜最好吃，哪家电影院离学校最近，清明节去烈士陵园是坐车还是步行，等等等等。那时表姐在桥东区住，而北新街则属于桥西区。但烈士陵园这关键词还是被她听到了，因为她打断我们说，听说过林昭吗？我认为林昭应该进烈士陵园，这样的人值得全国人民来祭奠！我们都被她的粗嗓门儿吓了一跳，我说，哪儿跟哪儿啊？她说，不是烈士陵园吗？我说，是小时候。这时，我谈话的伙伴看了她说道，你说林昭？我听说过这个人。表姐立时来了精神，说，是吗？你说我说得对不对，林昭这样的人该不该进烈士陵园，该不该动用央视的力量宣传宣传？表姐往这边探了脑袋，要不是安全带的约束，她都要扎到我怀里了。

我右边的人说，完全应该，我们国家太少宣传喜欢思考的人了。

我左边的人说，是啊是啊，在整个民族都陷入盲从、迷信、狂热的时候，唯她独醒，唯她是用自己的脑子思考的。

我右边的人说，可贵的，是她的批判不是破坏性的，而是建设性的。

我左边的人说，是啊是啊，她提出农村应实行耕者有其田，提出应允许私人开业经营，提出应引进外资，加强和世界的联系，这些五十年前的反动言论，今天不都一一照做了吗？

我右边的人说，更可贵的，是她宁愿流自己的血，也不愿以血还血，即使对直接向她施暴的人，她也从没有你死我活的念头。

我左边的人说，是啊是啊，监狱里没有纸笔，她便以血为墨，以床单为纸，表达自己的思考……

我的左边、右边一来一去地谈论着，我被夹在中间，说不出一句相关的话来，因为我实在不知林昭是谁。我看到表姐眼睛发亮，一脸的兴奋，右边那个倒还平静，仍像与我聊小时候的事一样。

我说，要不要换换位置？我是对右边说的，她立刻摇头说，不用不用。然后看了我说，你这表姐挺爱看书的吧？我说，她没事就捧了书看，不像我，看见书就头疼。表姐张开嘴想说点什么，我又抢了说道，我这头疼就是看书看的，过去，我看书比她可多，是吧五子？我有时叫姐，有时就叫表姐的小名，可表姐不知为什么竟没吱声。我便愈发顾自谈起自个儿早年的读书，谈起那些书的来源，以及哪一本书于我最是爱不释手。右边的女子是个善于倾听的人，她的眼睛总会及时做出善解人意的回应。我看到表姐又一次埋到书里去了。我一句换位置的话，换来的却是自个儿的说话。我并没想说这么多的话，可话们像一群漏网的鱼儿，不可抑制地向外跑。当然也跟表姐有关，她说话总有股劲儿，这劲儿叫人觉得有点过头，我不喜欢她的过头。我明白表姐已经在不高兴我了，一边暗自笑着，一边停了说话，累了似的眯起了眼睛。这样，我们三个便沉默了一段时间。时而会响起韩国播音员甜甜的播报声，只是中文说得七倒八歪的，听着好笑。然后又是沉默。我觉得挺好。我愿意认为自个儿想要的，更是这样的相安无事的沉默。

襄阳终于到了。从窗口望出去，异国的机场灯火通明，一架架停在机场上的飞机，跑来跑去的工作人员，随风飘扬的异国旗帜，不远处的无边的黑暗，都如巨幅漫画般给人不真实感……回过神来，发现右边的她不知什么时候已穿好风衣，换回了皮鞋，她还细心地嘱咐我和表姐，襄阳是韩国最冷的地区，加上件衣服吧。她从行李架上取下了她的小型拉杆箱，我和表姐的双肩背也被她顺便一一取下。我道着谢，心里却像许多次这样的离开一样，已习惯性地与她拉开距离。可表姐好像并无我一样的感觉，向舱外走时，她和新结识的她一直在并肩说话，已从林昭谈到了国家体制。当然多是表姐一个人在发言，且声调激昂。我走在她们身后，很是替表姐难为情，我们身上已感觉到了襄阳的凉意，我们的肚子也已咕咕地叫起来了，实在不是说话的时候，况且还是这种激昂的说话。我看不到那女子的表情，换了我也许会顾自扬长而去的。可从那女子沉着而有节奏的步态，就能想象出她此刻的脸是平和的，仿佛能容纳一切，仿佛天塌下来她都不会逃走的。

旅行社安排我们在江源道的度假村住了一夜。干净宽敞的异国木屋扫去了我们一路的劳累以及微妙的别扭。我们光了脚，在暖烘烘的木地板上走来走去；我们坐在餐桌前，清脆又熟练地嗑起瓜子；我们还拉开窗帘，对窗外灯光照耀下的陌生世界看了又看……我们自然是我和表姐，两人一个房间，导游早已把我俩的名字画在一起。我们不知那飞机上的旅伴被安排到哪里去了，但我们谁也没再提起她。我烧好了一壶开水，然后为表姐放好了洗澡水，还为她从衣柜拿出一床棉被。不然她会一问再问，只要和我在一起，这些细节她是从不过脑子的。我看到表姐脸上一直挂着孩子般的笑意。待我关灯睡下，她那间卧室里台灯仍亮着，时而传来唰唰的翻书声。我猜她又在看那本《朴槿惠传》了，在朴槿惠的国度里，看她的传应是又一种心情吧。谁知，刚刚有些睡意，就听得有踢踢踏踏的脚步声。睁开眼睛，见穿了一身睡衣的表姐已来到床边，张口就问，你说，她是做什么工作的？我说，谁，朴槿惠？表姐说，什么朴槿惠，挨了你坐的那个。我说，我怎么知道。表姐说，你看人看得准，你猜猜。我说，怎么想起她来？表姐说，也没想，是朴槿惠的照片上好像有她的影子，赶也赶不走。我恼也不是，笑也不是，只说，你没病吧，明儿还得起早呢。她叹口气，只好又踢踢踏踏回自个儿的房间了。我这边，倒受了传染似的，满眼竟也都是那女子的身影了，心里还忍不住地想，是啊，她是做什么工作的呢？

　　第二天，韩国的一辆旅游大巴带了我们从江源道向首尔进发。这个团总共三十几人，五六十岁以上的老人几乎占了半数。老人们多是一对一对的，彼此已没了话说；而那半数的年轻人，都怀了对异国的新奇，面朝窗外看了又看；再加上韩国导游沿路的介绍，因此车内几乎没什么私下说话的声音，大声地说话就更没有了。

　　我和表姐自是坐在一起。可我们同时又都在注意那让我们不易忘记的女子。那女子叫陶明，吃早饭时表姐问过她。那时她刚吃下一口酸甜的白萝卜丁，正想称赞萝卜的好吃，表姐却问起了她的名字。她只好说了，但说得有点潦草，明显是还要回到萝卜上去。表姐却看不出，她即刻夸奖说，好敞亮的名字！陶明只好又礼貌地朝她一笑，才开始对萝卜的称赞。她是真喜欢吃那萝卜的，将一小盘萝卜吃光了不算，表姐又帮她盛了一盘，她竟又一次吃光了。可现在，陶明由于上车晚，坐到最后一排去了。且导游宣布说，现在的位置就是今后几天各自的位置了，希望大家不要坐错，以免上车耽误时间。表姐对此显然是遗憾的，她站起身向后望了两回，坐下来总是同一句话，少了个说话的人。我就说，挺好，省得你瞎来劲了。她没吱声，一副不屑理我的样子。

　　韩国导游是个瘦瘦的戴眼镜的小伙子，他对中国年轻人热捧的金秀贤、李敏镐竟一无所知，说到政治、经济，比如朴槿惠，比如韩国人的团结一心以及近年看好的经济形势什么的,倒很知道一些。而这方面恰恰也是表姐感兴趣的,她边听边频频地点头,在导游稍有迟疑的地方,她便及时地接上去,让导游和一车的人都惊讶地看她。不能不说表姐的记忆力是极好的,导游说到朴槿惠母亲被刺杀的年份时停顿了一下,表姐立刻接上去说,1974年,1974年8月15日被朝鲜间谍枪杀身亡,原本凶手是冲了朴槿惠的父亲去的。导游说汉语本就有些障碍,遇上表姐这样的急性子,就更显出了迟缓,他只好反主为客道,那大家说朴槿惠的父亲是谁呢?表姐毫不迟疑地说,朴正熙,是你们韩国从1963年起连任18年的总统,1979年10月27日凌晨被他的情报部长枪杀。话音一落,车内包括导游在内,一齐为她哗哗地鼓起掌来。表姐本就有些人来疯的,听到掌声就更来劲了,她说,知道朴槿惠听到父亲被杀的消息第一句话是什么吗?有好奇的年轻人就问,什么?她郑重地一字一句地说道,前方有无异常?前方是什么,三八线啊,三八线都知道吧,韩国和朝鲜的边界线,要是这时候边界线上出了问题,那才是更大的危险呢。在一桩家庭惨剧面前,朴槿惠,一个27岁的弱女子,忍住悲痛,表现得竟是如此镇静,你们说,这样的人将来不当总统谁当总统啊,是吧同志们?这回,连导游都频频地点头了,他说,这位女士,您读的书一定不少吧?表姐说,不多,反正喜欢瞎看。导游说,了不起,了不起啊。

　　一时间,车上的老老少少,都关注起表姐来了,纷纷问她是做什么的,有的还说,一定是大学教授吧?表姐则始终笑而不答。一车的人只有我知道,表姐不过初中毕业,她的大半辈子都是在一家工厂的车间里度过的。我跟表姐大同小异,唯一的优势是高中毕业,比表姐的墨水多喝了三年。我捅捅表姐小声说,见好就收吧。表姐说,怎么了?表姐一副无辜的模样,我忍无可忍地说,不怎么,求求你了。不知为什么,在表姐得意的时候,我往往会有一种莫名的烦躁和担忧。

　　这时,那韩国导游忽然说道,我说这位女士了不起,是指她的读书。我看到过一组数字,说中国每年人均读书是0.7本,韩国人均读书是7本,日本是40本,俄罗斯是55本,以色列最多,64本。中国和韩国显然都太低了,在普遍不读书的环境里,这位女士还不忘读书,自然就是了不起的了。

　　导游是拿了话筒说的，脸上带了笑意，声音也软软的，尾音像韩语一样歌唱般地拉长，但他的话还是十分清晰地传到了每一个位置。这组数字大家也许都不是第一次听说，但从韩国导游嘴里说出来，立刻显得不那么寻常了。

　　大家沉默了一会儿，就听表姐忽然说道，这位导游，你夸奖我我表示感谢，可你说的这组数字，是什么人统计出来的？有可靠依据吗？

　　表姐粗大的嗓门颇有气势，一点不亚于话筒发出的声音。我抓住她的胳膊问，你想说什么？她却不理我，仍有些咄咄逼人地望着导游。

　　导游大约没想到会有这样的问题，结结巴巴地说道，应……应该是媒体报道的吧。

　　表姐说，甭管媒体也好什么体也好，我认为这种统计都是不靠谱的，比如我，我一年读0.7本还是70本还是700本谁能知道？比如你，你一年读多少本跟人提起过吗？还有在座的各位，你们都是不读书的吗？不能吧？我不敢说别人，只我和表妹两家六口人，每年人均读书量至少也得二十几本吧。我不明白这个0.7本是打哪儿来的，你年岁小可能不了解，中国自古是一个把读书看得很重的国家，不说古代，只说我和表妹，父母在家说得最多的一句话都是：念书去！只要看我们在念书，他们就担起所有的家务，扫地的笤帚都不让我们碰一下。我相信全中国不只我俩的父母这样。我俩的父母还都是普通工人，工人这样，更别说知识分子了。至于农民，对读书就更看重了，家里出一个大学生，据说全村的人都会到家祝贺呢！

　　表姐嘴皮子好使从前在厂里是有名的，她专好替人打抱不平，却也经常被人当枪使，不然她不会一辈子窝在车间里得不到提拔。可是，跟一个国外的导游为这种事较真，在我看来比被人当枪使还要不值得，况且你较的果然就是真吗，出一个大学生全村祝贺，不正说明读书程度的低下吗？因此我使劲掐了下她的大腿，她哎哟了一声，我正想严词相告，却已经被另一个人的严词抢在前头。

　　这另一个人是坐在我们身后的一位白发苍苍的老者，他说，刚才这位女同志说得太对了，中国自古是文明之邦、礼仪之邦，讲的是万般皆下品，唯有读书高，虽说这说法总挨批判，却也说明中国对读书的重视程度。就说韩国电影电视剧如何如何火爆，美国大片如何如何渗透，常看这些的，我就不信比常看书的人还多。咱不妨把车上的人先做个统计，是常看书的人多，还是常看韩剧、美剧的人多？

这老者竟也是个较真的人，在表姐的热情配合下，当真就一个个统计了一遍，统计的结果，是常看韩剧的只有两个人，常看美国大片的只有三个人，常读书的竟达到了十几个人。

我和表姐注意到，坐在最后一排的陶明每一次统计都没举手，她面朝了窗外，仿佛车内的统计与她毫不相干。我和表姐自是纳闷儿，她本应属于常读书之列吧，就算不属于，也该举手支持一下吧，在表姐和韩国导游之间，她当然应该站在表姐一边的！

没等我们看到导游尴尬的表情，《来自星星的你》的拍摄基地就到了，这是去首尔的必经之地，导游很快转换表情，进入了对基地的介绍和游览的时间安排。

几乎有三分之一的人没有下去，当然多是老人，他们压根儿没看过《来自星星的你》，他们仿佛也以此对抗着导游，一个瞎编出来的外星人的故事，能有多少文化！

表姐也没下去，下去的人中我和陶明可能是年龄最大的了。我是要去厕所，陶明为什么我就不知道了。她脖子里挎了只长镜头相机，在一座座彩色、尖顶的城堡般房子之间徘徊一会儿，然后走进了一个五彩缤纷又古香古色的如童话世界的房子。我从厕所出来，见她仍在那里，啪啪啪地拍个不停。那里有成群的五颜六色的公鸡，有满墙精致、典雅的挂盘，有古老的时钟、油画，还有琳琅满目的好看的摆件、挂件……

我问她，你看过《来自星星的你》吗？她摇了摇头。我又问，你是摄影师吗？她又摇了摇头。我说，你可不像个不常读书的人。我还从没有这么直接地询问一个和我没关系的外人。我看到她怔了一下，转而便笑了。她说，知道你指什么，我是没举手，我不想把读书的事和另一种东西搅在一起。我说，另一种东西是什么？她说，我也说不清，反正是一种情绪，读书恰恰不是情绪的事。我说，那你认为0.7本靠谱吗？她说，先甭管它靠不靠谱，我先问你，这组数字你若在国内听到，会是什么反应？我说，担忧。她说，担忧就等于你承认它是靠谱的，既然靠谱，我就不能加入车上的统计，一个三十几人的统计，能说明什么呢？要是只为了对付一个年轻的导游，就更没意义了。当然，你表姐这样的人我很喜欢，怎么想就怎么说，可如果0.7本是个事实呢？如果是事实，韩国人能认可他那个也好不到哪去的7本，我们怎么就不能坦然面对这个0.7本呢？看看我们周围的人，包括刚才在车上举手的，他们真就是经常读书的人吗？

我默然无语，心想这其实是个比表姐还要较真的人呢。

我和陶明是一起回到车上的，陶明经过表姐时朝她笑了一笑，表姐却装作没看见，把目光转向了一边。然后表姐不高兴地质问我，你什么时候对韩剧也感兴趣了？我没理她。她又说，见到金秀贤了？没跟他合个影什么的？我说，见到了又怎样，合个影又怎样？反正比你扯谎心里踏实。表姐说，我怎么扯谎了？我说，你敢说刚才的统计不是个谎言？表姐一下子不说话了，沉了半天才说，我还不是为了咱国家。我说，导游如果认定0.7本是个事实的话，他会更瞧不起这个国家的。表姐说，因为我？我说，因为什么你就想想吧。表姐看看我，忽然说，这些话是不是陶明跟你说的？刚才你还没这么说呢，刚才统计的时候你不也举手了嘛。我的脸不由得有些红，我说，甭管谁说的，你说是不是这么个道理？

下午，我们的大巴车在高速路也不知行驶了多长时间，终于驶进了首尔市区了。有些困乏的大家立时来了精神，纷纷将脑袋倚在窗口。林立的高楼，狭窄的街道，琳琅满目的店面，五彩缤纷的招牌，还有早有耳闻的景福宫、青瓦台……导游在车上开始了一一的介绍。有时会有人打断他问点什么，他也蛮热情、耐心地解答。有时会有批评的声音，他或笑笑，或随声附和。比如说街道太窄了，楼房又太高了，且都跟火柴盒似的，没什么特色。他便说，是啊是啊，韩国的建筑就是这个样子。他谦和的表现让大家很是受用，大家便也不吝啬地夸奖起首尔，比如干净顺畅的道路，随处可见的樱花，女人们漂亮的化妆，老年人勤恳的工作……首尔的出现，让这一车的人莫名地都有了改变，就连表姐也忍不住指了景福宫不计前嫌地问导游，景福宫是多少年前的建筑？导游说是500年前，并说500年前的建筑早毁掉了，现在的景福宫是近年新建的。表姐心直口快地说，那就没什么意思了，比起我们的故宫……话没说完好像意识到什么，又说，不过新建的也值得看看，毕竟是你们韩国的一段历史吧。导游笑笑，又面向大家教了几句常用的韩语，大家小学生似的齐声学着，软软的唱歌似的韩语使车上笑声不断，竟是一派暖融融的气氛了。

晚上，我们在一家进门需要脱鞋的饭店进餐，大家四人一桌，盘腿而坐。我看见表姐一只脚的大拇指探出了袜子。我知她的大拇指格外长，袜子常常是有洞的，可在这样的场合，真有点替她尴尬。晚饭是每人一份韩国式的人参炖童子鸡，鸡肉十分酥软，鸡汤也格外清香，只是除了几小碟泡菜外，不见一点新鲜的青菜。在家里吃饭，青菜通常是最重要的部分，这真叫人不习惯。我们只好以泡菜代替青菜，吃完了一碟再盛一碟。我们桌上的另外两个是陶明和一个年轻女孩，她们坐在里面，我和表姐则挨了过道。表姐几次要站起来去盛小菜，都被我坚决地制止了，我宁愿自个儿一趟趟地起来又坐下。我身边的陶明问，怎么了，你表姐不舒服？我说，没什么。谁知表姐那边倒没好气地答道，袜子破了个洞，被她管制起来了。陶明和那年轻人哈哈地笑起来，陶明说，这下好了，有跟我做伴的了。就见她伸出一只脚来，递到我眼前。天啊，好好的雪白的棉袜，偏偏就有一只大拇指顶了出来……她问表姐，你是不是大拇指？表姐说，是大拇指。她问，是不是大拇指偏长？表姐说，是大拇指偏长。她说，跟我一样，真是不可救药的大拇指啊。说罢她竟站起来，跑到表姐那边跟表姐比较去了。

看得出表姐十分开心，开始陶明坐下来时表姐还有点爱答不理的，现在已是一脸的明朗。比过大拇指之后，她甚至请身边的年轻女孩来我这边，让陶明代替女孩的位置，她说她跟陶明有话要说。

陶明的表现让我吃惊不小，我想，就算大拇指长，也不能让它在出国这短短的几天里露出来吧，除非她是和表姐一样不拘小节的人。可她怎么会是表姐一样的人呢？

我听到表姐又和陶明谈起了林昭。表姐说，陶明你真的喜欢林昭？

陶明说，是啊。表姐说，那你喜欢她什么？陶明说，我最喜欢她独立的建设性的思考。表姐说，我跟你不一样，我最喜欢的是她宁折不弯的血性，没有这点血性，什么思考也谈不上。陶明说，我倒觉得，没有她的独立思考，就不足以支撑她的血性。我明白表姐想说什么，便打断她说，快吃快吃，一会儿凉了，五子你不是最怕吃凉吗？表姐却没听我的，有一刻竟放下筷子，做出了专心谈论的架势。

我问身边的女孩，林昭是谁你知道吗？女孩摇了摇头。我说，你喜欢听她们说话吗？她又摇摇头说，听不懂，只觉得她们好认真啊。我看到女孩一杯一杯地喝着玻璃瓶里的凉白开，每张桌上都有这么一瓶凉白开，却没有热水。我站起来去找热水，回来时见表姐已是面红耳赤的样子，陶明却仍一脸的笑意。我听到表姐说，咱们国家坏就坏在不团结不一条心了，都像你一样，一车的人就被人家一个人轻而易举地打败了。陶明就说，事实上你已经败给人家了，搞一个虚假的统计正说明了咱们的不自信。表姐说，你怎么证明是虚假的统计？陶明说，我不能证明，但你也不能证明你的统计是真实的。我把两杯热水递给她们。陶明说，不用，我喝凉的就行。说着陶明就将玻璃瓶里的凉白开倒进杯子，咕咚咕咚地喝起来。满脸通红的表姐接过热水，却又忽然放下，说，今儿我也要喝凉的！她学了陶明的样儿，将凉白开倒进杯子，也咕咚咕咚地喝了下去。陶明笑了说，好，好啊，就得这样，什么样的水我们也能从容对付。表姐却没笑，只说，我可学不了你这样的从容。

这天晚上，表姐的肚子果然不从容起来了，先是咕噜咕噜地叫，后是捂了肚子喊痛，再后就是跑厕所拉肚子了。还好，我烧了热水给她喝，很快就没事了。躺在床上，我听到她说，怪事，我一个工人出身，怎么还不如她的肚子好呢？在首尔我们住的是一家四花酒店，两人一屋，一张大床。为避免对方呼噜的干扰，我和表姐一个头冲床头，一个头冲床尾。我在床尾这边说，你怎么知道她就不是工人出身，说不定她还是农民出身呢。床头那边的表姐说，不可能，你没看见她的穿戴，她的走路，每回吃完饭还要去卫生间补补妆，你我哪个去过？我惊奇着表姐这回的细心，我坐起来看了她说，既然你对她这么在意，明儿不妨就问问她是做什么的，省得你总嘀咕了。表姐没吱声，啪地一下将灯关了。我知道她是不会问的，因为她不想让人家问到她自个儿的出身。我心里暗自感叹着时世的变化，20世纪六七十年代我们作为工人阶级的一员曾是多么自豪，表姐肯嫁给知识分子的表姐夫还是对他的恩典呢。我的丈夫也是知识分子，他和表姐夫都是工厂的技术人员。现在我们都退休了，他和表姐夫却因有知识在身工厂仍离不开他们……我忽然听到表姐说，按常理说，一个人对她爱答不理的，她就该知趣地躲开了，是不是？我没答话。表姐又说，她是找不到说话的人吧？我仍没理她。表姐说，好像也不是，看她跟谁都能说上几句，今儿跟那个韩国司机还比画着聊来着。屋里是全黑的，我闭了眼睛，说，睡吧睡吧，求求你了。

在首尔的一天安排得十分紧张，参观景福宫、青瓦台，游览南山公园、华克山庄，购物于海苔博物馆、高丽人参公卖局，还有东大门商场、免税店什么的。去的地儿多，就显得匆匆的，脚跟还没站稳，便要离开了。且去的这些地方，到处都是中国人，一开口说话，东北的、江浙的、山东的、河南的，仿佛中国的旅游团全都聚集到韩国来了。就连卖货的服务员，也多有讲一口流利的汉语的。一时间，竟有一种在国内商场购物的感觉。吃饭呢，更是急慌慌的，不是火锅就是石锅拌饭，说不上好吃，也说不上难吃，稀里糊涂填饱肚子，还要抓紧时间到厕所排队，到饮水桶前排队。常常还没排到呢，桶里热水没了，门口导游的小旗子也催上了，连厕所的队都白白地排了。不过，到底是在国外，人们的时间观念是很强的，到了规定时间，车上早已是座无虚席了。一次在东大门，两个年轻女孩记错了时间，让大家在车上集体等了她们半小时。那半小时里，可想而知大家对她们有多么不满。可待她们上来，出口指责她们的却只有表姐一个。我当然对表姐又捏又掐的，可一点没管用，表姐就像一个家长一样数落她们的"不像话"，又像一个英雄一样在全体人的沉默中谈论自由主义的危害。

我发现，在后来的行程中，大家对表姐并没因此就多几分尊重，对女孩也没因此就多几分小视，好像这事从没发生过，好像表姐"正义"的指责其实半分不值。表姐为此情绪低落了很长时间，购物中很是打不起精神。她本就是节俭的，带的钱很有限，对大家蜂拥而至的东西，如人参、化妆品什么的，她索性就躲得远远的。我始终与她在一起，因为我也必须节俭，一个只靠工资生活的家庭，从来没有过想买什么就买什么的自由。最后上车时，大家都是大包小包的，只有我和表姐手里轻巧地攥了把不锈钢的筷子和一套精美的韩国邮票。邮票是我陪表姐离开购物队伍到两站地外的邮局买的，表姐喜欢集邮，我看了韩国邮票的精美设计也心动不已，我们便都不犹豫地选了一套。我们拿了集邮册出现在车上，许多人纷纷凑过来观看。我看到表姐的情绪立时好了许多，她跟大家讲邮票，更讲买邮票的过程，跟韩国人怎样问路，跟韩国人怎样讲价钱等等，逗得大家哈哈大笑。她还乘兴由问路讲到了骑自行车去西藏，她说，整整一个月的最接地气的行走啊。果然，大家从邮票开始关注西藏，纷纷对表姐这一壮举赞叹不已。这时，我注意到陶明也从后面走过来了，直向表姐打问去西藏一路的经过。表姐对陶明能感兴趣格外高兴，她索性把陶明的手一拉说，一言难尽，走，上你那儿聊去。最后一排只陶明一个人。我很想阻止表姐，但看陶明也一脸的开心，像是求之不得，便罢了。心想这陶明，到底也不知做什么的，有时颇有见识，有时又如小孩子一般，什么都有兴趣听听。

我坐在前面，始终能听到从后面传来的表姐压低了的嗡嗡嗡的说话声。一直到住处，人们一个个地提了大包小包往车下走，这嗡嗡声仍继续着。

回到房里，我先去洗了个澡。从卫生间出来，见表姐正拿了件什么东西在呆看。走近了，才知是张精美的书签。书签上镶了把金属制作的圆扇，扇上有盛开的樱花，还有宽衣宽袖五颜六色的韩服，拿在跟前看，圆扇竟如一面镜子，隐约可见自个儿的身影。我说，哪来的？表姐说，陶明送的。我说，不错，没白白地费口舌啊。表姐说，我就跟她说西藏来着，她喜欢听，我也乐意说，怎么了？我说，不怎么，挺好。表姐说，在飞机上，你跟人家说起小时候，不是也一样没完没了嘛。我没想到表姐会这么说，我说，我的没完没了跟你的没完没了可不一样。表姐说，一样都是说话，怎么就不一样呢？我看着表姐执拗的表情，一时竟不知说什么好了。是啊，怎么就不一样呢，在陶明那里，也许和那金属圆扇里的影像一样，我们都是模糊一团没什么分别呢。

后来表姐从卫生间洗澡出来，像忘掉了刚才的谈话似的，忽然说，哎，你信不信，陶明只买了一套书签，就像我们只买了一套邮票一样。我惊奇道，怎么会呢？表姐说，的确，下车时除了这套书签，她两手空空。

我想起陶明在购物场总是什么都要看什么都要问，一起走不了几步就不知她哪里去了。我们都认为她一定会买很多很多的东西。

第二天，我们从首尔坐飞机到济州岛。济州岛的美丽让大家心旷神怡。我们在海边留影，笑闹，奔跑，歌唱，有人还把手圈成喇叭，面向大海啊啊地大喊。我们都仿佛换了个人，再不是那个老老实实坐在车上的人了。就连那个白发苍苍的老者，竟然也一抖腕子，随了哪个的歌唱跳起新疆舞来。舞跳得一般，却生气勃勃，就像他年迈的躯体里藏了另一个与他对抗的人。表姐的拿手好戏是美声唱法，老年大学里刚学来的，她的一支《我的太阳》赢得了所有人的叫好声。其实她早想唱一唱了，在车上她就向导游提议过，请大家唱唱歌长长精神，可导游也许担心司机会受到影响，就没理会这建议。现在好了，现在再不必有什么顾忌了，唱吧，跳吧，尽情地疯吧！我们看到，陶明在这其中最是极端的一个，她不跳不唱，不喊不闹，竟悄悄地站到一个尖尖的石峰上去了。也不知谁先发现的，大家一时间都有些安静，就见她黑发飘飘，风衣飞扬，十分美，也十分险，石峰只够占她两只脚的，而峰下就是滔滔的海浪……

最替陶明担心的就属表姐了，要不是我的阻拦，她早急慌慌地跑上去了，可她上去，只会惊扰到陶明，徒增危险。最后，陶明总算安然无恙地下来了，可我的一只手，已被表姐抓出了血印子。我伸出手给陶明看，陶明情不自禁地张开手臂拥抱了表姐，弄得表姐反倒一脸的通红。

到吃晚饭的时候了，海边离我们就餐的餐厅只有五六百米。我们徒步而行，途中经过一块白萝卜地，地里有成堆的刚拔下来的萝卜。让我没想到的，是表姐忽然离开大家就往地里跑，待转回时，手里竟提了一只好大的萝卜！我不由得恼火地喊，五子你疯了！

但表姐没理我，依然是提了萝卜往这边走。竟有热心的好事者围拢去，有的递上矿泉水，有的递上小刀，将个白萝卜又洗又切，转瞬间就变成一个个小块，递到了大家的嘴边。

我听到表姐大声喊着陶明，陶明应声而去，表姐就如一个权力分配者一样，自作主张递给陶明最大的一块。我看到她们快乐地啃了一口又啃一口。

表姐当然也喊了我的名字，可我动也没动。我不喜欢表姐做大家都没去做的事情，况且是在异国，谁知道随便拿人家的东西会有什么后果？好在，韩国导游和韩国司机都没说什么，反脸上带了笑意，像是很高兴大家能喜欢这儿的萝卜。

我知道，表姐多半是为了陶明，陶明喜欢吃白萝卜。

晚饭时，表姐和陶明以水代酒，推杯换盏，亲密异常。当然陶明不像表姐那样外露，她与表姐碰杯时，也总要和我碰一碰，她说，真高兴认识你们，为这最后的晚餐，干杯！有一刻，我看着陶明清澈的眼神，竟也有些动情，不由自主地又跟她说起小时候，说起那些陈年往事，甚至还说起在那条共同长大的北新街里发生过的自个儿的初恋故事。陶明听着，那双会说话的眼睛不断地鼓励我一说再说。而我若稍有停顿，表姐就迫不及待地接了过去，陶明便将目光又转移到表姐身上，鼓励她那边一说再说……

这顿晚饭吃得太久，其他桌上的人好像也一直在说啊说的。终于结束时，陶明递给了我和表姐一人一张名片，我们看到名片是淡黄色的，只正中写了一行小字：写作者陶明，她的电话号码、邮箱什么的印在背面。表姐问，写作者是什么意思，作家，还是记者？陶明有些羞涩地说，我写小说和剧本。表姐说，那就是作家了？陶明点了点头。后来，我们就没再说什么，各自往自个儿的房间去了。到了房间，才想起竟忘了给陶明留个电话了。

这天晚上，我和表姐很长时间都沉默着，白天的快乐仿佛烟消云散，踪迹全无。躺下来后，我听到表姐长长地叹了口气，说，真没想到。我说，是啊。表姐说，难怪她什么都听得津津有味呢。我说，是啊。表姐说，我也就罢了，你怎么也……我打断她说，你怎么就罢了呢？表姐说，算了算了，不说咱俩了，你说，她，对咱们，总有几分是真的吧？我说，不知道，只有去问她了。表姐说，那我明儿就去问。我说，傻一回就够了，还想再傻一回啊？表姐就再没吱声了。

　　第二天，我们从济州岛坐飞机到襄阳，再从襄阳到中国的石家庄，一路上，我们生怕再跟陶明挨在一起，有时远远地看见，把头一低，不认识似的。还好，两段航程我们都相隔很远，心里好轻松。

　　谁知到了石家庄，天竟下起雨来了，雨线细细的，却是很急。我和表姐只好拎了行李，站在大厅门口等候公交车的到来。这时，就见陶明忽然出现在我们面前，她仍穿了那件浅色风衣，手里仍是那只小型拉杆箱，眼睛弯弯的，嘴角翘起来。我看着，忽然有一种重现初次见面的感觉。但她却是满眼满脸的老友般的亲切，她说她丈夫的车马上就到，要我们一定坐她的车走。

　　果然，话音刚落，一辆灰色小车就停在了离大厅门口不远的地方。我们却都对她摇了头，坚持要坐公交车走。她显得很失望，从包里掏出把雨伞塞给了我们。离开几步，忽然又回过头看了我们说，我跟你们一样，也是工人出身。

　　我们怔怔地看着她转身离去，怔怔地看着她钻进小车。她从车窗里向我们招手时我们都忘了把手抬起来。然后，我和表姐面面相觑，几乎齐声说道，她怎么知道我们是工人出身？停了会儿，表姐又说，她怎么能不知道，一个作家。我呢，却回味着她塞给我们雨伞时的那份执拗，那股劲儿，跟表姐竟是有些相像的。

　　公交车终于来了。我和表姐撑开陶明的雨伞，走出大厅，向了雨雾中的公交车走去。

原载《十月》2014 年第 6 期

海 边 一 日

下午四五点钟的时候，海上起风了。

眼看着一浪一浪的海水争先恐后地朝岸上涌来，坐在岸边的王霞和李云不由得站起来伸出了双臂。在震耳欲聋的海浪声中，她们"啊——啊——"地做着回应。岸上还有其他的游客，但她们宁愿认为，海浪是为了欢迎她们而来。

她们住在千里之外一个见不到海的城市里，空气是污浊的，树叶子上永远挂了一层尘土。

想起早晨还在那座城市，眼下居然就坐到海边来了，她们总有一种不真实感。

她们当然不是头一回见到海，但她们却是头一回自由自在地搭伴同行。今年年初，她们前后脚地办了退休手续，然后就是这次出行的计划。要紧的不是出行，是自由自在，没有工作的拖累，没有丈夫们的牵绊，只她们俩，啊，只她们俩，多么好啊！

她们看到，大海就像一个深沉而有激情的巨人，明明是一眼望不到底，却又如小孩子一般，顽皮地翻卷浪花打湿了她们的鞋子。她们伸出手去，试图将某一朵浪花归为己有，可一次次的，总也不能如愿。她们相互看看，咯咯地笑着，仿佛在嘲笑自个儿的可笑。嘲笑的另一头儿，隐约站着她们的丈夫，比起丈夫们的嘲笑，她们对自个儿的嘲笑倒更像是欣赏吧！

这景点的名字叫"海天一色",她们却看到,海是灰蓝色的,明净的天空则是湖蓝,在遥远的天际,湖蓝和灰蓝的界限,之间只靠了一条纤细的线条来区分。这线条,多么柔弱,却又是多么庞重!也许在另外的天气,真可以看到"海天一色",但她们宁愿认为眼前的颜色是唯一的,因为界限一定是存在的,无论什么样的天气都会存在,就像她们和她们的丈夫,无论多么长的时间,无论什么样的环境,她们和他们的界限都没办法彻底弥合。

天的蓝色在渐渐地淡下去,海的蓝色也一点点地在消失,变成了灰茫茫的样子。远方的太阳孤零零地望着大海,就像一个随时要离开海边的游人。游人们也真的在离开了,一个又一个,一拨儿又一拨儿的,在太阳只剩下半个、另半个已沉入大海的时候,海边就只剩了王霞和李云两个人了。

这又一次让王霞和李云兴奋起来,她们两手卷成喇叭,冲了海水喊,大海,我们爱你!她们又喊,大海,你爱我们吗?

海水像是同样兴奋地回应着她们,翻卷的浪花一次比一次地靠近着她们,先抚摸她们的鞋子,然后抚摸她们的衣服,有一刻,竟然都够到她们的头上来了。

她们愈发地来了精神,一个索性脱了鞋袜,挽起了裤腿,另一个也跟了脱,跟了挽。海水凉森森的,并不像她们想象的那么友好,可她们精神的火焰烧得太旺了,这点凉远不足以抵御火焰的热度。她们一个说,让寒凉之气见鬼去吧!另一个就说,让养生之道见鬼去吧!她们不由得哈哈大笑,两手拍打着海水,被海风吹动的头发高高地飞扬着,就如同两个不知深浅的年轻人。

疯过了闹过了,她们总算过了把瘾似的从海水里走出来,朝了租住的小区走去了。

那小区离海边不过十分钟的路程,一路上人、车稀少,路面干净得就像刚用墩布墩过似的。想起租住的房子,她们又是一阵忍不住的高兴,两个两居室,全套的家具,地板擦得干干净净,床单是新铺上去的,四壁白得耀人眼睛,就连她们最不看重的电视,也是液晶42寸的。不过,将近小区时，李云还是忍不住说道，好家伙，一下就定了两套，怎么想的啊你？房是王霞从电话里预定的，王霞便笑道，要彻底的自由！李云说，我跟你一屋就不自由了？王霞说，我睡觉打呼噜。李云说，我不怕。王霞说，你不怕我怕，怕你打。李云不由得叹道，唉，转眼到了打呼噜的年龄了，真他妈的快啊！王霞说，是啊，真他妈的！两人相互看看，不禁又一次哈哈大笑起来。

很多年前，她们开会住在一屋，睡觉都安静得像猫一样。她们都有好看的体形、白皙的皮肤，更重要的，是她们都认真地有过独身的念头。可是如今，体形都胖了不少，皮肤也粗糙了，白头发一天天地在多起来……那个独身的念头，多年来两人再没提起过，不是忘记了，是羞于提起，年轻时代的一切都是美的，连同许多个幼稚的念头，不美的只是无情岁月，如今再提，就如同一个白发老翁向妙龄少女求爱一样，她们无论如何是开不了口了。

将近小区的时候，街上也热闹了许多，两边的铺面灯火辉煌，一边是一个挨一个的小超市，另一边则是一家挨一家的小吃店。两人不约而同地朝小吃店那边走去。先吃了一家的烤鱼，又吃了一家的清煮皮皮虾，最后吃了一家的水煎野菜盒子。吃烤鱼和皮皮虾时还要了白酒，她们把玻璃酒杯碰得又脆又响，在她们听来就如美妙无比的音乐。平时她们很少在外面吃饭，不是舍不得，是总有丈夫的牵扯，也做不了肠胃的主，这一回，她们把丈夫、肠胃统统扔在脑后，是执意地要豁出去一回了。

从小吃店走出来，她们仿佛仍意犹未尽，一个搭了另一个的肩膀，小姑娘似的唱起歌来。她们唱的是《花儿为什么这样红》，这是她们年轻时代的最爱，歌好听，唱得也好听，柔美流连，千回百转。听着歌声，她们自个儿都感到了吃惊，天啊，几十年没开过口了，开口的这是哪一个呢？

小区门口黑底黄字写了"海韵"两个字，字写得龙飞凤舞，老远看就仿佛两个人在恣意地舞蹈一样。王霞醉眼蒙眬地指了"海"字说，这是王霞吧？李云便指了"韵"字说，这是李云吧？两人又呵呵地笑了一阵，便往各自住的楼房去了。王霞住的是1号楼的一层，李云住的是3号楼的3层。王霞说，3层最好，不算高，还明亮。李云就说，那咱换换？王霞说，我要是双好腿，巴不得呢。王霞曾做过膝关节半月板手术，一上下楼腿就疼得厉害。不过，这小区一层的下面还有层地下室，地下室的大半在地上，就是说一层的实际高度，几乎都相当于二层了。

两人就这么一直带着笑意开了各自的房门，但打开门的一瞬，笑意就都僵在了脸上了。

先说王霞。王霞首先看到的是那台42寸的彩电竟是被打开了，电视里正在播什么电视剧，一对年轻男女四目相对，正一步步地深情地走近对方……电视对面的沙发上坐了个十六七岁的女孩，嘴里嚼了东西，眼睛痴痴地盯了他们。王霞的开门进屋，女孩竟毫无察觉。

王霞一脸吃惊地走到女孩跟前，问她是谁？

女孩也像是吃了一惊，见是王霞目光就又到电视上去了。她说，这是我们家的房子。

王霞这才长长地嘘了口气，可又想，她家的房子她就可以随意坐在这里看电视吗？

这时，电视里的年轻人已经紧紧地抱在一起……

王霞还是说道，这房子我已经租下了。

女孩没有吱声。那对年轻人开始接吻……

王霞又说道，你听到没有？

接吻过后男孩和女孩动心动肺地说着情话。

王霞觉得，那情话幼稚得可笑，可那女孩的眼里却似闪了泪光。王霞说，哎，跟你说话呢！

女孩看也不看王霞，只问，什么？

王霞说，我说我已租下这房子了，是你妈租给我的。

女孩飞快地说，我没有妈。

王霞说，那……刘小梅是谁？

女孩说，她爱是谁是谁，反正我没有妈。

王霞说，那咱就一块儿找刘小梅去。

女孩这才转过脸说，找她干吗，不就是你租下这房子了，谁也没说你没租呀。

王霞说，姑娘，我喜欢一个人，不希望有人打扰。

女孩说，没打扰你啊，我只看电视，看完就走。

王霞说，你家没电视吗？

女孩说，这就是我们家电视。

王霞说，我是说没别的电视吗？

女孩说，有，可我想看的电视剧刘小梅不让看。

这时，电视里出现了片尾的字幕，女孩站起来，要往门外走的样子，却又忽然停住，看了王霞说，我来这儿的事，你能不跟刘小梅说吗？

王霞说，为什么？

女孩说，一说她该把钥匙藏起来了。

王霞说，你还要来啊？

女孩说，明天后天，最后四集，看完最后四集就不来了。

女孩期待地看着王霞。女孩的眼睛里有一种令王霞心动的东西，她不由得点了头。女孩心满意足地走了。她穿了条牛仔短裤，一件花格子衬衫长得兜住了屁股，从后面看就像只穿了件上衣。王霞想，要是我的闺女，一定不让她这么穿的。王霞又想起那个刘小梅，长得五大三粗、圆盘大脸的，跟这女孩还真没什么相像的地方，可这女孩又是她的什么人呢？

再说李云，一开门看见的不是电视，不是女孩，而是一个剃了光头的半大小子和满地的瓜子皮！这小子正坐在客厅的一角，手握鼠标，面对了一台电脑玩儿游戏呢！

李云也是一脸吃惊地问，你是谁？

男孩回过头来，倒轻松地反问，你是谁？

李云说，我是房客啊。

男孩说，我是房东。

李云说，你妈让你进来的？

男孩说，没有，进自个儿家还要她让啊？

男孩有些挑衅似的看着李云，仿佛李云倒是个侵犯者了。

李云的脸色便有些不好看，咚咚咚地进卫生间拿了把笤帚，开始唰唰地扫地上的瓜子皮。

男孩随她扫，屁股下的转椅轻轻一转又玩他的游戏去了。

李云扫到男孩跟前，停下来说，哎，电脑你可以搬走，我用不着。

男孩头也不回地说，能搬走就好了，那破地下室，没宽带接口。

李云说，你家住在地下室？

男孩说，好好的家给你住了，不住地下室住哪儿？

李云说，你可以不租啊。

男孩说，不租钱从哪儿来？

李云说，是啊，又想挣钱又想玩游戏，好事不能全归你吧？

男孩说，你是在赶我走？

李云继续唰唰地扫了下去，她说，不是你赶我走，就是我赶你走，你只能选一样吧？

男孩说，你这个人，我在我们家玩会儿游戏怎么了？要搁我妈，巴不得人家来家里玩儿呢。

李云说，我可不是你妈。

男孩说，哼，怪不得我妈说你们。

李云说，说我们什么？

男孩说，两人租两套房，一对独槽子驴！

李云看着男孩，圆头圆脑肥肥胖胖的，一身的孩子气，气恼之余，不由得又有些想笑。她说，我朋友住的那家，也住地下室吗？

男孩说，他家更得住了。

李云说，为什么"更"呢？

男孩说，房子是灵子亲妈住过的，灵子后妈住着别扭呗。

李云说，灵子亲妈呢？

男孩说，死了。灵子好可怜，幸亏我是亲妈。

李云笑道，你是亲妈，不也一样住地下室？

男孩说，那可不一样，我妈是为了我，她没工作，我爸又跟她离婚了，全仗了房租呢。

李云说，你妈为什么不找份工作呢？

男孩说，她有病，因为有病我爸才跟她离的婚。

李云说，什么病？

男孩说，糖尿病。糖尿病这不能吃那不能吃，我爸嫌烦。

李云说，你爸做饭吗？

男孩说，不做。

李云说，不做他烦什么，真可恶！

男孩说，我也这么说，可我妈也烦了我爸了，她说，少做一个人的饭，她巴不得呢。

李云看着男孩，忽然想到自己的丈夫，他也曾对她说过，少做一个人的饭他巴不得呢。可他从没提出过离婚，倒是她，时而会有点没良心地想，什么时候才能逃出他的照顾呢？

男孩玩到很晚才离开，出门时哐当一声门响才让李云从睡梦中醒过来。她坐在沙发上，电视里正在播晚间新闻，好像在说地沟油当食用油的事，她啪地把电视关了，这事耳朵都磨出茧子来了，地沟油却像扫不尽的尘土，今儿扫了明儿又出现了。

王霞送走女孩，返身回到屋里，先进卫生间洗澡，然后穿了睡衣去往卧室。

打开卧室门口的开关，卧室一下亮了，王霞来到床前，揭开床被的一角。

不知为什么，她忽然觉出了一种不对劲，屋里冷森森的，仿佛有什么东西罩住了这小小的房间。她朝阳台上看了看，门窗关得好好的，觉不出什么异常；又环视了一下屋内，衣柜、挂衣架、床头柜，也都安然无恙；然后就是床头上方那幅刘小梅和她丈夫的大照片了……目光移上去，王霞不由得吓了一跳，那张大照片上，刘小梅和她丈夫不见了，取而代之的，却是一个黑衣素面的陌生女人！陌生女人长有一张瓜子脸，眼睛不大，却甚是冷峻，就像一眼能穿透整个世界。她的脸形跟刚才那女孩十分相像，特别是尖尖的下巴，有些下拉的嘴角……莫非，这照片是女孩换上去的？就见照片四周镶有黑色的边框，框上方搭有一段黑纱，显然是一张遗像！

王霞没敢躺上床去，转身去了另一个卧室，她想，在一个死人的注视下她无论如何是没法睡的。

另一个卧室在阴面，没有阳台，在王霞的印象里要更小些。小了好，小了更有安全感，把门关得死死的，活人、死人的就都不去管她了。

这一回，王霞打开房灯，先看床头上方，天啊，那张遗像仿佛从大卧室又跟过来了，一模一样，下拉着嘴角，冷眼瞧着一切……王霞的冷汗立时就下来了，灯也顾不得关，逃也似的朝客厅去了。

王霞坐在客厅的沙发上，电视机的遥控器就在手边，她却也不敢轻举妄动，生怕手指一摁，电视那边也会闹出怪异的动静。她从不迷信，从不相信邪的歪的，但她睡眠极差，任何反常都可能导致她通宵难眠。

电视的屏幕闪了暗光，屏幕四边是遗像一样的黑框，黑框里隐约可见一个女人的影子。王霞明知那是自个儿，可还是害怕地把目光移开了。她想，再不能待下去了，再不能了。

她睡衣也没顾得脱，将沙发上的一件上衣胡乱套在身上，便打开门匆匆地跑出去了。

她自是要投奔李云去，在这陌生的城市、陌生的小区里，唯有李云那儿是个去处了。好在只隔了一栋楼，又到了睡觉的时间，小区里没见到一个人影，她很快就悄无声息地隐没在3号楼的一个单元里了。

她埋下头，忍了膝盖的疼痛，一级一级地向上爬。楼道里黑洞洞的，她咳嗽了一声，不见灯亮，又触摸楼梯一旁的按钮，仍没反应，只好绝了念头，紧紧抓住了扶手。

好容易爬到3楼，正要抬手敲李云的房门，门却忽然打开了！

门里站的李云，门外站的王霞，两人都吓了一跳，一个问，你怎么来了？一个就问，你要去哪儿？

原来，李云开门也正是要往王霞那儿去呢！

李云没等王霞述说缘由，便拉了王霞去看卧室的床铺。就见床单、被子、枕头什么的都干干净净的，床头上方是一对喜滋滋的年轻人的巨幅婚照。王霞想到自个儿那里的遗像，便说，怎么了，这不挺好的？

李云不由得冷笑一声，伸手把床单揭开了一角，就见那干净的床单下，是一层脏兮兮的看不出颜色的床被，床被下面是厚厚的席梦思，席梦思的花色已模糊不清，几乎和床被一样不清不爽。李云又扯起床上的棉被，哧一声拉开被罩的拉链，就见那干净的被罩里，包裹的同样是变颜变色的棉絮。床头的枕头也是一样，枕套洁白，枕芯却发污，王霞看见，那枕芯的裸露处黑乎乎的，就像藏了只叫人恶心的老鼠。

接着李云又带王霞去了厨房，台面看上去倒也干净，只是拉开橱柜，散发出的也不知什么味道，手一摸，锅碗瓢勺、盆盆罐罐到处是黏糊糊的，细看上去，件件器物几乎都沾了污垢。

李云长长地叹了口气，这才顾得问王霞道，莫非你那儿也没法待了？

王霞说，没法待了。

李云说，跟这儿一样？

王霞说，比这儿还可怕。

李云不由得张大了嘴巴，说，那还能脏成什么样子？

王霞说，倒不是脏，是一张遗像。

李云说，什么遗像？

王霞便把刚才发生过的事述说了一遍。

李云说，这就对了，那女孩叫灵子，遗像上的是她亲妈，房东刘小梅是她后妈。李云把男孩说的以及男孩父母离异、母亲多病的事都一并说了一遍。

王霞听完，一时怔怔的，半天，才自言自语道，难怪呢。

李云说，难怪什么？

王霞说，她是不想把亲妈住过的房子租出去吧。

这海滨城市将近旺季，她们的租金是每天一百八十元，已交了十天的，房东说，按规矩，十天以内的房租是不退的，即便住一天也一样。交房租的时候她们答应得好好的，她们还对人家房东说，十天也许还不够，说不定还要多待些日子呢。

可是眼下，李云看着王霞，王霞看着李云，似乎都是去意已决的样子了。

不过，她们毕竟是退休的人了，一天下来坐车、游玩，又刚刚一番折腾，这会儿都显出了疲惫，不由自主地，脚步就移到沙发边上，一屁股坐下去了。

她们都没再去查看沙发罩的下面，生怕这唯一的栖身之地也生出变故似的。

王霞说，住是不能再住下去了。

李云说，当然。

王霞说，可钱怕是也退不回来了。

李云说，那就认了？

王霞想找个靠垫靠一靠，沙发上却空荡荡的，只好脱掉鞋子，将身子向后挪一挪，靠在硬邦邦的沙发背上。她说，我都有点想家了。

李云仿照王霞的样子，也将身子靠上去。她说，我也是。

王霞说，不是想人，是想家。

李云说，我知道。

王霞说，自个儿的家，哪哪都是自在的。

李云说，是啊。

王霞说，可咱正是嫌不自在才出来的。

李云便笑了，说，人啊，就是这么左也难右也难。

王霞说，哎，你说，假如没有家里那个人，我们会真的自在吗？

李云说，你又来了，这话问了一辈子了，还有意义吗？

两人便不再说话。她们面前是那台42寸的平板电视，电视的四周也是黑框，两人的影子隐约闪现在黑框里。

过了一会儿，李云忽然说，那个灵子其实挺可怜的。

王霞说，是啊，要不是看她可怜，我早找刘小梅去了。

王霞又说，其实那男孩也挺可怜。

李云也说，要不是看他可怜，我早找他妈去了。

王霞说，哎，你说，这事要搁咱年轻的时候会咋办？

这时的王霞侧过身子面对了李云，眼睛亮得一闪一闪的。

王霞总爱这么发问，但逢到她眼睛发亮的时候，李云才会认真地回应。她说，也许，会向男孩、女孩伸出救助之手？

王霞说，不是也许，是肯定。

李云发现王霞的眼睛更亮了，说，怎么，你又要发慈悲之心了？

李云想起自个儿就受过王霞的"救助"，年轻时从农村到城市打工，原本与王霞素不相识，只因一次有关独身主义的谈话，王霞就激情难抑，调动自己所有的关系，过五关斩六将，帮李云找到了一份固定的称心如意的工作。还有王霞的丈夫，最早是王霞的下属，因欣赏他的才华，便一次次地向领导举荐，结果一升再升，最终升成了比王霞还高两个级别的领导。两人成婚后，王霞的丈夫却再也没提过王霞的举荐，仿佛娶王霞为妻，已足以将那举荐抵销了。王霞曾多次说，我们是因为相爱才走到一起的，跟其他没一点关系。可她也多次说，他为什么就再不提了呢？是羞于提还是不屑提呢？

李云听到王霞说，奇怪，岁数越大才越该有慈悲之心的，可对那女孩，我怎么是漠然、旁观的心态呢？

李云说，这还不明白，她对你不好，吓到你了呗。

王霞说，可对男孩也是。

李云说，男孩是因为远了一层，你没看到他，跟他没一点关系。

王霞说，你真这么认为？

李云看到王霞一脸的质疑，她不由得有些脸红，她说，你这个人，就是太爱较真儿，怪不得睡不着觉呢。

王霞固执地看着李云，说吧，说心里话，我不怕。

李云站起来，坐得离王霞远了些，说，你真想听？

王霞说，真想听。

李云说，岁数越大越该有慈悲之心，这话不假，可还有另一句话，岁数越大，对人情世故就看得越透。

王霞说，怎么讲？

李云说，看得越透，漠然之心就越重呗。

王霞说，可这不是我的本意，你知道，这些年我一直，不，我和你一直在跟漠然抗争，今天一起来海边就是证明。

李云说，我当然知道。可漠然这东西，总不以人的意志为转移。

王霞不服气地说，慈悲也一样，也不以人的意志为转移。

李云说，我明白你想说什么，那就付诸实施吧？

王霞说，我会的，明儿一早我就开始。

李云说，怎么开始？

王霞说，把属于灵子的空间还给灵子。

李云说，你没有这个权利，刘小梅不会答应的。

王霞说，那我就把事闹大，逼迫刘小梅答应。

李云又一次笑了，她相信王霞的能力，王霞一生都在干记者，对付一个刘小梅是轻而易举的事；可她也相信，明儿一早王霞的眼睛就不会再发亮，就像她李云一样，空有帮助男孩的愿望，却又懒得做点什么。

可李云还是说，好样的，支持！

王霞却又不放过李云地说，你呢，明儿一早你做点什么？

李云说，退房不退钱，就算是对男孩的帮助了吧？

王霞连连摇头说，这不能算，这是人家做的，不是你做的。

李云说，那就也把事闹大，找回那个负心的男人，逼他对老婆孩子负责。

王霞也说，好样的，支持！

李云说，我们是不是有病啊，自个儿吃了亏，还要帮助让我们吃亏的人？

王霞说，这才是我们和世上俗人的区别，这叫大慈悲。

李云说，好好好，大慈悲，向王霞同志学习。

看李云笑嘻嘻的样子，王霞收起笑容，正色问道，李云，你难道不相信我的诚意？

李云说，相信啊。

王霞说，我看是不相信，说吧，把你心里想的全说出来！

李云对王霞是太了解了，反过来，王霞对李云也太了解了，李云只好实话实说道，我相信你的诚意，却不敢相信你的作为。你没觉得，这些年你的作为越来越少了吗？我也一样，原本就不如你，作为就更少得可怜了。

王霞点点头，表示接受。沉默了一会儿，王霞忽然说，我原打算租一套房的，和你一块儿做饭、吃饭，一块儿去海边疯闹，一块儿没完没了地说话儿……可话到嘴边，不知为什么就变成了两套了。

李云说，我知道为什么。

王霞说，为什么？

李云说，漠然。

王霞说，胡扯，对谁漠然我也不会对你漠然。

李云说，不是对我，是对你自个儿。

王霞说，接着说。

李云说，两个卧室两张床，睡觉把门一关，甭说打呼噜，就是梦游也不妨碍的。

王霞说，还是说对你漠然吧？

李云说，你听啊，既然打呼噜是个借口，那真正的原因就是不想夜里说话儿，夜里说话儿是要往深里走的，你不想走得那么深，不是漠然是什么？

王霞说，你怎么知道我不想往深里走？

李云说，因为我自个儿就不想。知道听你说租了两套房，我是什么心情吗？

王霞说，有一点失望，更多的是窃喜。

李云说，知我者，王霞也！

王霞说，你还真他妈的窃喜啊？

李云说，当然，因为我他妈的也是漠然的啊！

两人脸上笑着，眼睛却都有点湿润。她们别过脸去，装作困了似的都眯起了眼睛。后来，背靠的沙发太硬了，她们不约而同地侧过身，背靠了背地坐着。不知什么时候，她们都真的睡着了，一个接一个地打起了呼噜。呼噜声不算小，但她们谁也没听见谁的。

第二天早晨，王霞和李云各自收拾了行李，又给各自的房东留了字条，钥匙压在字条上，便相约着往火车站去了。她们当然想到过帮助男孩、女孩的事，还想到过找新房东的事，但也只是想想，因为早晨一觉醒来时，王霞的第一句话就是，走不走？李云就说，当然。王霞二话没说，拉开门就奔自个儿的楼房收拾东西去了。她们觉得身体内似有一股说不清的力量，她们不由自主地受着它的支配，那些想过的事，就好像没有温度的月亮，遥远而又纤弱，远不足以与它抗衡。

　　去往火车站的出租车一直沿海边行进着，她们隔窗望着大海，谁也想不出要说的话来。昨日在海边小孩子般疯闹的情景，历历在目，可只一个晚上，她们就仿佛和大海疏远了不少。她们看见海水仍如昨日一样，深沉而有激情，翻卷起的白色的浪花就如同与她们告别的手臂。她们谁也没好意思伸出自个儿的手臂，就如同一个失信者，又如一个战场上的逃兵……

　　火车站是愈来愈近了，大海渐渐落在了她们身后。没有谁阻拦她们与大海的亲近，可她们坐在出租车上，到底是一动没动，一直到了火车站的进站口……

原载《当代》2014年第2期

兄　弟

　　夫妻俩手牵了手从公交车上走下来。车缓缓地开走了，他们也缓缓地往离汽车站不远的一块菜地走去。在他们的感觉里，车和他们一样，年岁大了，各个部位不那么灵活了，启动慢，走得也慢，一路上颠颠簸簸的，就像坐在破旧的牛车上一样。

　　牛车是王运说的，车的颠簸让他想起了自个儿的童年，那时候，牛车也是不好坐的，好容易偷偷地趴上车尾，车把式那长长的鞭子就甩过来了，他只好暂且心有不舍地滚下来，等待机会再上。杨华听着就笑了，笑的时候她的手仍被攥在王运的大手里。夫妻俩同龄，今年都已经66岁了。

　　说是菜地，却更像是一块荒地，大部分地块都瞎着，只有几小片的绿色，那是常见的菠菜、葱苗什么的。挨了一小片绿色，有个孤零零的坟堆，老远看去，就像是一头蜷卧在地上的老牛。坟堆里有王运的父母。每回来上坟，这么看着王运都会鼻子一酸，原来这里是好大一片坟地的，一说拆迁，房屋留不住，坟也留不住了，坟里的人都被迁到村里新建的纪念堂去了，房里的人呢，则租房的租房，买房的买房，一时间也都四散去了。往常上坟，会遇到不少的村人，见哪个都要说上几句，可这几回，坟里的父母孤单，坟外的他们也一样地孤单了。

　　杨华抬头看了王运一眼，说，王兴两口子来不来？

　　王运说，来吧，清明呢。

杨华说，他那人，跑村委会总比上坟要紧。

王运说，也不知跑得咋样了。

杨华说，咋样跟你也没关系。

王运叹口气，不再吱声。

王兴是王运的弟弟，一直住在这郊区农村，坟的事，房子的事，王运都有点插不上嘴。王运打二十多岁就从部队转业在城里工作了，那时家里总共四间土坯房，王运早就表态房产全归弟弟，自个儿绝不会跟弟弟争一草一木的。即便是如今拆迁，王兴至少可以得到三百平方米三套房子，王运也没有动过心，他对杨华说，君子一言，驷马难追，说过的话就得算数。杨华没点头也没摇头，只说，王兴跑村委会若是有结果，至少就是六套房了，六套房你不动心，才算得上君子呢。王兴跑村委会王运是知道的，王兴和父母一直没分家，户口本是一个，房产证也是一个，到如今要拆迁了，一个房产证三套房，王兴立刻有点傻，当初要是分了家，就是六套房了，要是老大王运也有个房产证，就是九套房了，多少像他这样的人家，都早早地分了家，手里握了两三个房产证啊。这亏吃的，是忒他妈的大了！因此这些天王兴一直在跑村委会。王运也盼着他能跑出个结果。但王运知道，即便跑下来跟他也没关系的，因为王兴的嘴在这事上从没跑过偏，界线划得像一道墙一样不可逾越，有时王运不小心碰到了，王兴立刻会警觉地将他引开，生怕他越了界，跑到他王兴的地盘上似的。

王运的头发已经全白了，杨华却仍一头黑发，她长得小巧玲珑，几乎比胖壮的王运矮了一头，远看上去王运就像牵了个孩子。可这个"孩子"，在凹凹不平的菜地里却全仗了王运的搀扶，稍有疏忽她那里就哎呀一声吓人一跳。她的膝盖曾做过半月板手术。自从手术以后他们出行就总是手牵着手了。

就在他们绕过一小片葱地来到坟跟前时，王运的手机忽然响了。是王兴打来的，说他们马上就到，要王运等他们到了一块儿烧，因为他们没来得及买烧纸。

王运和杨华便把带来的烧纸、鲜花、供品放在坟前的一块方石上，然后站在那片葱苗跟前等王兴。葱苗长得有半尺高了，绿油油的，只是垄子间长了不少的杂草。王运蹲下身去，一棵一棵地拔着杂草，拔一棵，就告诉杨华一种草的名字。杨华从小在城市长大，这种事知道得太少了。杨华问，这小葱是开春栽的，还是跟麦苗一样是冬前栽的呢？王运说，不是栽的是播的，秋后播的种子，出了苗潜上一冬，来年6月份栽植，到11月份，才能长成咱们平时吃的大葱呢。杨华吃惊道，哎呀呀，一个大葱，要长一年多，比生孩子还费时啊。王运说，所以说，王兴两口子也不容易，守了菜地起早贪黑的。杨华立刻反驳说，是大凤起早贪黑，不是王兴。王运无话，只又一次叹了口气。

　　这时，就见王兴骑了辆大红的摩托车，身后带了老婆大凤，突突突突地往这边来了。老远地，王兴就招了手喊，哥，嫂子，你们早啊！

　　王运不答话，只站起来看了他们。杨华说，我看人家种菜的都是骑辆三轮，带老婆带菜都方便，他骑辆摩托也不知图啥。王运说，显摆呗。王运想起王兴小时候，从不肯穿他的旧衣服，母亲为迁就王兴，反倒是把王兴的旧衣服改了给他这当哥的穿。王兴的嘴甜，哄得父母什么都听他的；后来父母老了，为他做不了什么事了，他的嘴就再甜不起来了，反倒话里话外夹枪带棒的，砸得父母不得不有一天投奔王运来了。不过他们在王运这里住了不到两年，就一个接一个前后脚地走了。也不知是王兴让他们过于地伤心了，还是住在城市太憋屈的缘故。反正王兴对人是这么说的，两大活人住巴掌大块地儿，还不憋屈死？我哥嫂又是正经人儿，有话说一句，没话绝不会像我似的乱放屁。不过也甭小看这乱放屁，二老稀罕爱说话儿的，乱放听着也高兴，即便一时生了气，家里也是见活气儿的，总不至于听不见个人声儿，闷也闷死了。王运听了，懒得跟他一般见识，还是杨华忍不住说了句，到底是王兴，反正话都让你一人儿说了，我们这会做的，到头来反不如你这会说的了。

　　王运见王兴放下摩托，大步朝这边走来。大凤也不知怎么了，僵了两条腿动也不动，朝王兴招手，王兴也不理她。

　　王兴穿了件皮夹克，黑亮亮的，却有点皱巴，一看就是地摊儿上的便宜货。他的脸本就是黑的，皮夹克一衬就更黑了。他一身上下只有头发是花白的，却又用一顶大红的旅游帽遮住了大半，旅游帽上醒目地印有四个字：国际旅游。杨华的目光停在那字上，不由得就想笑，正好王兴到跟前又叫了声嫂子，杨华就趁机彻底地笑起来了。王运看一眼杨华，也不明就里地现出笑容。是啊，好久不见了，亲哥俩，总是要笑一笑的。

今天的王兴像是格外高兴，要搁以往他会对杨华的笑一问到底的。他看似粗粗拉拉，有时却也心细如发，他容不得任何人的小视。特别杨华这个从小在城市长大的人，虽说她都这把年纪了，虽说她过得如今还不如个农民，可骨子里的那股傲气一遇机会就会发散出来，而他王兴仿佛总能成为她的机会。

笑过了，杨华就问王兴，大凤怎么了？王兴说，没事，她能有啥事。大家向大凤望去时，大凤已经没事人似的往这里走来了。她是个高个子女人，但长得松松垮垮的，走路一脚深一脚浅的，边走边用她那粗哑的嗓门喊，没事了，腿麻了会儿，都是大兴烧包，哪如买辆电动三轮啊！杨华看了王兴说，我也觉得电动三轮更适合你们。王兴却不看杨华，一转身凑近王运说，哥，你知道人这辈子最高兴的事是啥不？王运忍受着王兴喷来的唾沫星子，说，骑摩托？王兴连连摇头说，骑摩托算什么，是机会，是你正想有一辆摩托骑骑的时候，机会就来了；你正想住一住楼房的时候，机会就来了；你正想有一笔财路的时候，他妈的机会就来了！

王运看着王兴，见他高兴得嘴巴都要咧到耳朵上去了，一双小眼睛变成了两条缝，那长了颗黑痣的蒜头鼻因此愈发地突出，鼻孔里伸出两根弯曲的鼻毛，竟然还是白的！

王运转身往坟那边走。王兴也跟了走。王运说，房子的事，跑成了？王兴说，岂止是房子，过渡费、房屋补贴费也给了，你兄弟现如今租了套150平方米的大房子，哪天带嫂子去看看，比你那90平方米的可舒坦多了！王运说，好事啊，祝贺你。

王运说这话的时候并没回头看王兴，王兴赶上一步，看了王运说，当然是好事，可你好像并不咋高兴。

王运说，没有啊。

跟在后面的杨华和大凤也听着，杨华说，你哥他是想到自个儿了。

王兴说，哥，这事你得想得开，三十年河东三十年河西，风水轮流转，你住楼房都40多年了，咋也该轮到俺住一住了。再说你就是面积小点，又没真让你住回土坯房不是？

杨华说，这叫什么话，我们非住了土坯房你才过瘾解气啊？改革开放是让大家都过上好日子，你可好，风水轮流转起来了。

王兴说，嫂子你就看我不顺眼，咱都是一家人，扯那么远干啥，不就想给你们宽宽心，解解闷，省得看别人好了自个儿着急上火的。

杨华说，别人好了我兴许会着急上火，你好了我绝不会，因为你有钱没钱有房没房都一个样。

王兴说，啥意思？

这时，大家已经在坟前站成了一排，挨在杨华身边的大凤忽然说，这还不明白，说你没文化，不读书，不会穿衣、吃饭，不懂生活呗。

至此，大家一直是带了笑意，用了开玩笑的口吻，好像一家人说什么都不会有关系的。

王运蹲下身去，把坟前的一沓纸点着，黄色的纸变成了黑蝴蝶一样的轻盈的残灰，随了一丝丝风在大家身边上上下下地飘荡着。

大家一时都有些沉默，并发现王运蹲在地上的样子与生前的父亲十分相像，也是一头的白发，也是胖壮的身材，也是低了头若有所思的样子。

就听王运说，爸，妈，我和王兴和妯娌俩看你们来了，我们都好，甭惦记。王兴尤其好，郊区搞旧村改造，要盖成30层高的楼房了，王兴将来能换到六套房子呢。你们要活着，就再不用跟我们挤在一套房子里了……

王运手里拿了根树枝，一边拨弄着纸灰一边念叨着。他是一张扁平的圆脸，五官匀称，这样的脸通常都是平静的，安详的，即便眼下，也好像并无王兴说的"不咋高兴"，也无杨华说的"想到自个儿了"。

逢到"说话"的场合，王兴的嘴自是不会闲着的，但让大家没想到的，是他在王运的念叨声中忽然咕咚一声跪了下去，他打断王运的念叨几乎是扯了嗓子喊道，爸，妈，兴儿给您二老磕头了！

大家都被他吓了一跳，还以为他要跟哪个拼命呢。大凤呢，像是跟惯了王兴，也咕咚一声跪下，随了王兴喊道，爸，妈，大凤也给您二老磕头了！

以往上坟大家都是鞠躬的，岁数大了，好跪不好起了，特别是杨华，膝盖像是废掉了，压根儿都跪不下的。

总共四个人，两个跪的，一个蹲的，站着的就只杨华一个了。杨华先是有点发慌，后索性就退一步，不声不响地站在了王兴夫妻身后。她看见大凤的裤子破了个洞，露出了鲜红的内裤；王兴呢，袜子有一只埋在鞋里看不见了，另一只仍完整地套在脚上，两只脚就像是两个人的。袜子的颜色也跟大凤的内裤一样是鲜红的，让杨华忽然想起大凤曾煞有介事地说过，穿红避邪，还能带来好运气。她想，这下好了，运气果然来了。她的嘴角立刻有些上翘，但想到坟里的公婆，还是将那嘲笑压抑了下去。逢到有人这么愚蠢地说话，杨华总觉得自个儿也被玷污了一样，她从小在城市的少年宫长大，阳光，正气，最见不得装神弄鬼，要不是个头矮了点，要不是当年王运追得紧，怎么可能和大凤这样的人做妯娌。可如今，像是变得村不是村城不是城了，城里像大凤、王兴这样的人到处都是了，连国家的大公司大企业也都毫不掩饰地在讲运气、风水了。可杨华就是有一种被玷污的感觉，这个世界太奇怪了，过去大家都认可的唯物主义，一下子说转就转到唯心主义那边去了，问题是那些曾认可唯物主义的人都还在啊，他们是怎么转的啊，有没有脑子啊？为这，她已经跟王运不知争论过多少回了，王运总是说，人就是这样，什么主义都能说出一大堆的理由，人家的唯心主义，也不就是你认为的封建迷信，你的唯物主义，也不就是你认为的阳光、正气。她和王运都是工人出身，在工厂里都当过劳模的，虽许多理论搞不明白，却也不甘随波逐流，弄得跟天天琢磨健身长寿的老头老太太一样。可是，也就仅此而已，再往前，似半步都难迈出去了。

这时，就听跪在地上的王兴大了嗓门儿说道，爸、妈，今儿当了哥嫂的面，兴儿要亲口告诉你们一件事。对，房子的事，就像我哥刚才说的，六套房，六百平方米。可我哥只知六套房，却不知我为这六套房费了多少口舌，跑了多少趟村委会啊。软的，硬的，不软不硬耍二皮脸的，豁上我这张老脸，能用的我都用上了。你们不是总嫌我懒嫌我不上进嘛，这回我可是起早贪黑、绞尽脑汁，连吃饭、睡觉的工夫都搭上了。爸、妈，你们要活着就更好了，凭了我这三寸不烂之舌，没准儿九套房都能弄到手呢，那样我都能送给我哥两套了。可眼下，虽说六套房其中三套是以我哥的名义要下的，可我还有个儿子，儿子也跟我似的没个正经工作，不像老大两口子，旱涝保收，靠了退休金一辈子饿不着冻不着。唉，这世道，甭说没房，就是有这六套房攥在手里，心就能放下了？没准儿哪天房价大跌，一套房还抵不住一车大葱了呢！所以，如今是有机会就得拼命抓住，哪怕它是根稻草呢，抓住总比两手空空叫人心里踏实。爸，妈，这事吧，我还真得感谢我哥，要不是我哥大人大量，早就说下不跟我争一草一木的话，就算我费心费力地跑下来，我哥想要一份，我不还是空忙活一场？哥、嫂子，今儿当了咱爸咱妈，兄弟我也给你们磕头了！

王兴这头磕得突然，一边的大凤愣了一会儿，才伏下身也随了说道，哥、嫂子，大凤也给你们磕头了！

王运拨弄的纸已都烧完了，黑色的碎片有的落在地上，有的飞呀飞的，直飞到看不见的地方去了。王运大约蹲得太久了，往起站时踉跄了一下，但到底支撑住了，然后绕过跪着的一对夫妻，与老伴杨华站在了一起。

杨华伸出手，习惯性地把手放进了王运的大手里。王运把杨华的手攥了攥，不知是在安慰孤单的杨华，还是对王兴、大凤磕头的下意识的反应。

前面的一对夫妻仍跪在地上，在等待着他们的回应。

王运终于开口了，王运说的却是，爸、妈，我和杨华给你们鞠躬了！

接着，王运和杨华深深地弯下了腰，一下，两下，三下。

跪着的两个人，不由回过头看着他们。

王兴说，哥，你不会说话不算数吧？

王运看看他们，用他惯有的比王兴低了八度的语调说道，快起来吧，用不着这样，我要想要，你们跪也没用的。

王兴爬起来，疑惑不解地看了王运说，那你是要还是不要呢？

王运反问说，你说呢？

王兴皱了眉头，目光在王运的脸上打量了又打量的，忽然拍拍腿上的土，咧开大嘴笑起来了。他兴奋地踢一脚仍跪在地上的大凤，说，傻娘儿们，还不快谢谢哥啊。大凤也一骨碌爬起来，连连说起感谢的话来。

这时，杨华忽然开口道，王兴，那三套房既是以你哥的名义要的，也该事先说一声吧。

王兴怔了一下，很快说，嫂子，你说得太对了，我这人脑子就是少根弦，光顾了跟村委会那帮狗日的折腾了，忘了跟哥说了。今儿你们来得正好，合同手续还必须本人签字摁手印，本人不到场，手续还办不了呢。

杨华说，噢，明白了，你是为了签字摁手印，才来坟上跟我们说这事的吧。

王兴说，哪能呢，我又不怕你们说话不算数，是吧哥？说罢王兴自个儿先嘿嘿笑了两声，见没人笑，只好收敛了，忽然想起什么似的说，对了，咱还得抓点紧，办手续那妮子今儿下班早，去晚了你们还得再来一趟，挺大的岁数了，别人不心疼我还心疼呢。说罢推了王运就走，急不可待的样子。那边大凤也匆匆拉起杨华，跟在他们身后。

一时间，王运和杨华都有些被绑架的感觉，但事已至此，还能怎样呢。路过那小片的葱地时，王兴还不忘说了句，看见没有哥，你兄弟就像这葱苗一样不容易，一冬天的冰霜严寒，竟然还活得好好的。不是你兄弟迷信，从开春我天天都来看一趟，它们长得油亮亮的，房子的事就有盼头；它们弱不禁风的，事就有点悬；它们死了没活气儿了，事就彻底没戏了。我信，百分百地信！结果咋样，你们都看到了吧！杨华听罢不由得冷笑道，你可真是，唯心唯物两不误啊。王兴说，什么唯心唯物？不待杨华答话，王运说道，你天天来看，怎么还长了满地的草呢？王兴说，拔不得啊，自然生长最好，人一插手就不灵了。王运不由得也嘿嘿笑了两声。王兴说，有些事由不得不信呢。杨华这回索性不掩饰地哈哈大笑起来。王兴皱皱眉头，到底也没去理她，只对了王运说，看见我这旅游帽没有？儿子买的，无意中给我买了个宝贝呢。王运说，怎么？王兴说，哼，天机不可泄露。王兴的语气得意又郑重，仿佛以此对抗着杨华的哈哈大笑。

王运看见，葱苗在他们杂乱的脚步声中安静地挺立着，垄里的杂草瞬间像是又长出了不少。王运担忧地看它们一眼，很快就被王兴搭在他肩膀上的一只手推走了。

上完坟的第二天，王运和杨华就开始着手搬家的准备了。

两人默默地收拾着，一个收拾衣柜的衣服，一个则收拾房间的杂物。要搬去的地儿是租来的，不是自个儿的，他们格外地不情愿。但儿子的生意做砸了，住房抵出去了，他们不能眼看着心爱的孙女没有个稳定的家，要想让儿子一家稳定，他们就只好自个儿先不稳定了。

在坟上，王运和杨华对搬家的事都只字未提，他们在王兴面前一向是骄傲的，即便王兴说出了六套房的消息，即便王兴拉了他们在一份三套房的合同上签上了王运的名字，他们也没想对王兴有半点流露。可是，回来的路上，两人等车、坐车，再等车再坐车，几乎一个半小时里，竟没再说一句话。就仿佛王兴把他们折腾得太累了，他们要好好地安静一会儿了；又仿佛，那合同上的签字渐渐地有了分量，压得他们呼吸都有点不畅了。可是，那签字于王运分明又是最没分量的，因为一切都跟他毫无关系。

杨华把衣服分作了两类，即扔掉的和留下的。她没几件值钱衣服，大多是廉价的过时了的，趁了搬家有了扔掉它们的理由。有时她会跑到王运那边，也不说什么，只拎起几件她认为没用的东西与要丢弃的衣服一起扔进一个废物箱里。若遭到王运的阻止，她就会爆发似的嚷，家都没有了，留它们有个屁用！嘴里嚷着，眼泪也跑出来凑热闹，手一抹，脸上花里胡哨的，自个儿却也不知，还嚷，还哭。

这么闹了几回，王运就把手里的活儿停下来，看了杨华说，房子的事，你要真过不去，我就找王兴说去。

杨华说，我说过不去了吗？

王运说，王兴这事确是过分了。

杨华说，过分不过分是你兄弟俩的事，跟我没关系，我是不明白，咱辛辛苦苦一辈子，到头来不是领导阶级也罢了，没有自个儿的房子也罢了，就连自个儿花钱买来的房子都保不住了。而王兴他们，一家一户的，房子多得都要生蛆了，为什么？这到底是为什么啊？

王运说，国家的事我说不清，咱自个儿的房子保不住你就不能怪谁了，儿子要是个会做生意的，至于把房子赔进去？

杨华说，你这话我就不爱听了，儿子不傻不呆的，生意咋就会赔？就是国家的问题，什么什么都混乱无序，什么什么都不能按常规出牌，你想规规矩矩地做生意，不赔才怪！

王运看看杨华，无心与她争辩，儿子做的是餐饮业，正常的运转他懂，潜规则他懂得就不多了，不懂潜规则是他的问题还是国家的问题，谁又能说得清呢？

杨华却仍追了他说，你说是不是？是儿子的问题还是国家的问题？王运你说呀，一到这时候你就哑巴了！

王运正在拾掇一堆奖状，那是他和杨华一生工作的见证。奖状有大有小，有镶镜框的有只简简单单一张纸的，它们被整齐地叠放在五斗橱的大抽屉里，每个抽屉都满满的。这些年来，杨华一直想把内衣放进这些抽屉，可一看到奖状就把想法放下了，它们像是有灵的，集到一起一下子就有了战退她的想法的力量。可现在，杨华倒是要跟它们真正地较量一下了，新租的房子不过一室一厅，五斗橱都要没地儿放了，还要它们这些累赘干什么！对，累赘，此刻她就是这么看它们的。于是，她推开王运，抱起一沓奖状，噔噔噔地就往废物箱那边走去。还没待王运醒过神来，那沓奖状已哗啦一声混到废物堆里去了。它们散乱无序的样子让杨华一时间感到了陌生，她看了它们想，你们不是有灵吗？你们的灵你们的力量哪里去了？

让杨华没想到的，是王运竟没来阻止她，他只是站在原地怔了一会儿，然后低低地说道，随它们去吧。

杨华的眼圈不由得又一次红了。王运从不跟她吵架，顶多就是这种无奈的样子。而这一回的无奈，分明是带了剧烈的心痛的，因为她看见他的手指在抖，他的嘴唇也在抖，他的低声，只是为了抑制他自个儿的情绪罢了。

可杨华再无意把那些曾无比珍视的东西捡回来了，她只是对王运说，你要舍不得，就还留下它们。她看见王运摇了摇头，头一低腰一弯，将一个抽屉整个搬了出来，然后哐啷一声，抽屉被反扣在了地上。王运的样子有点粗野，就像跟谁赌气似的，就像把那不便对杨华使用的粗野一股脑要发泄在这堆奖状上。奖状们在抽屉下探头探脑的，它们可从没有受过这么粗暴的对待，它们一定吃惊得要命，天啊，发生什么了啊？

杨华再次说道，你要舍不得，就还留下它们。这回她用了诚恳的语调。王运却还是摇了头，他又一次低头弯腰，拉开了另一个抽屉。哐啷一声，抽屉仍被粗野地反扣在地上……杨华闭上眼睛，狠了心想，随它们去吧！

奖状们被王运扔到废物箱一部分，箱里装不下了，只好就堆在客厅中央的地板上。接下来，两人一个去了厨房，一个去了卧室，各拾掇各的，相隔了好远。但拎了要扔掉的东西往客厅走时，必是要经过地板上那堆奖状，他们都不由自主地要被它们吸引，如同萤火虫扑火趋向前去，却又立刻醒悟了似的疾身离开。即便这样，那上边"劳动模范""优秀党员""学毛著积极分子"等字样仍在眼前不停地闪现，每一个字样后面都似跟踪着一段黑白电影一样的当年的画面……后来，他们索性抬了头，看也不去看它们，噔噔噔地就过去了。他们努力地想，房子都不怕丢掉，难道还怕它们丢掉不成！

他们手脚不停地拾掇了一天，到了晚上，连看电视的力气都没有了。他们洗了把脸，泡了泡脚，很快就上床睡去了。

他们住的是两室一厅，各有各的房间，各有各的床铺。这个年纪身体的亲密早淡去了，他们更习惯眼睛的看到，只要看到对方的身影，一切就都踏实下来了。

两人都是多梦的人，白天累了，夜里梦就更多了，且怪梦、噩梦一个接了一个，起来去趟厕所，躺下还接了做。噩梦让他们胸口像压了块石头，动动不得，喊又喊不出。倒是杨华，有一刻总算喊出了声，可声音难听得要命，像是另一个人的。而王运，仿佛是对这声音的感应，一骨碌爬起来，跳下床就往客厅去了……

到第二天醒来，两人照常地先去厕所，再洗脸刷牙，再收拾床铺……这么走了两趟，两人都觉出了哪里有点不对劲，细细看去，不禁都吃了一惊，客厅里那一堆奖状，包括废物箱里的，竟是全不见了！两人四目相对，询问对方，却都是不解、无辜的表情。一个说，我哪里知道？一个就说，莫非屋里有鬼了？最后，他们终于发现，在靠近废物箱的地方，矗立着一个方方正正的纸箱子，纸箱子周身捆绑着白色的玻璃绳。

屋里的纸箱子倒也不少，都是他们为搬家四处搜集来的，但装上东西的却不多，捆上玻璃绳的就更没有了。

他们看看纸箱子，又相互看看，一个问，你弄的？一个就答，没有啊。一个说，好奇怪。一个就说，奇怪得很呢。

还是杨华心细，一下子发现那玻璃绳的捆法跟王运背包的捆法一模一样，三横两竖，不偏不倚，打结的地方留了活扣，手一抽，整个背包立刻松动下来。早年王运从部队转业到厂里，每回出去集训、开劳模会什么的，他都这么打个背包。杨华抽动了那活扣。纸箱被打开了，那不见了的奖状，果然都在里面，层层叠叠，浩浩荡荡！

王运却一口咬定不是自个儿，他说，又不是老年痴呆，做过的事不可能没一点印象。杨华说，你做梦没有？王运说，做了。杨华说，做的什么梦？王运说，记不清了。这跟做梦有什么关系，躺在床上，一动不动的。

说着一动不动，王运忽然觉得，自个儿半夜好像是下过床的，不是去厕所，去干什么竟是一点想不起来了。莫非是梦游吗？可他这辈子从没梦游过啊。

两人争执了半天，终也没争出个结果。事情真是蹊跷，没有任何人的介入，一箱子物件却真真切切就在眼前，除非这些物件变成了童话故事里的精灵？

虽说如此，活儿还是要接了干下去，因为搬家的日子已经定了，搬家之前，他们是要把所有能装箱打包的东西都装箱打包的，不然那些搬家公司的小伙子，可没耐心侍候零碎的小东西的。

很快地，搬家的日子就到了。王运的儿子、儿媳说好了来的，可头天晚上忽然来了个电话，说是孙女发烧住院了，不能来了。老两口也只好不指望了，反正有搬家公司呢。谁知，搬家公司的人刚到，王兴和大凤竟也来了，嘴里喊着哥哥、嫂子，伸手就帮了提这扛那的。王运、杨华一问，才知他们并不知搬家的事，就是来看看。既然来了，搬家要紧，也就顾不得细问了，一趟一趟，上楼下楼，几个人便同搬家公司的人一起忙碌起来。

　　王运和杨华住的是五楼，没有电梯，还是工厂没倒闭前盖起来的，后来花一万块钱买下来，厂里就再没管过了。如今楼梯角已经磨圆了，楼道的墙面灰秃秃脏兮兮的，小区里除了一个老式的自行车棚，没有任何公共设施，就更不必说绿地、汽车位什么的了。忙碌中，王兴、大凤得知王运要搬去的不过是一室一厅，还是租的，便有些怔怔的。大凤说，他们也不知咋混的，一辈子就混了这么套破房，如今连这都没了，等于顶无片瓦了呗。王兴叹口气说，我早说过，风水轮流转，三十年河东三十年河西啊。不过大凤对废物箱里的东西倒很是不舍，她扯了件花色上衣叫道，嫂子，这好好的就扔掉了？又拿起一条纤维面料的七分裤说，嫂子，还新着呢，就不穿了？她拿一件就搂在怀里，拿一件就叫声嫂子，到后来，怀里都要搂不住了，只好就放在地板上，腾出两只手在废物箱里倒来倒去的。除了衣服，她还看中了一只不锈钢锅、几只蓝花瓷碗，还有一套花色不齐整的瓷盘。她像得了宝贝似的，一边欣赏，一边拉住杨华郑重地说，我明白你们怎么混成这样了，大手大脚，铺张浪费，过日子不知道打算，这是我看见了，我没看见的，还不知有多少呢！一直冷眼看她的杨华说道，那是你没眼光，不信咱就打个赌，拿一件扔到大街上，看它有人捡不？大凤说，我才不赌，万一赌没了我不是要不上了？反正在我眼里，它们件件都是好的。

　　大凤正得意时，王兴上前来看见了，忽然就给了大凤个耳光，嘴里骂道，你个下贱货，捡人家扔下的东西，丢不丢脸啊？大凤捂了脸哭道，捡你哥的东西，有啥丢脸的？王兴说，你他妈的还敢顶嘴！说着手又举起来，杨华挡了他说，干什么，这可是我的家！王运闻声也赶来了，自是指责王兴不该打大凤，说东西甭管好坏，只图个喜欢，甭说扔掉的，就是没扔的，喜欢拿去就是了，又不是外人。王运说得有情有理的，王兴虽不便再对大凤动手，却无论如何不准大凤要那些东西，他手指了大凤说，你敢拿回去一件，就甭想再做我王兴的老婆！王运和杨华相互看看，不明白王兴今儿是搭错了哪根筋了，先是破天荒上赶了来家里看望，这又不准大凤占一点便宜，他王兴可是那有情义又不想占便宜的人吗？再说了，几件要扔掉的东西，至于要说那做不做老婆的话嘛。杨华看王兴仍戴了那顶红色旅游帽，帽下有呼呼的热气冒出来，便忽然说道，瞧你热的，还戴什么帽子，摘了吧！王兴立刻敏感地后退一步，怕人抢去似的，说，摘了可不行，它是我的命呢。杨华笑道，大凤你就摘了试试，看他还不能活了？大凤说，我可不敢，跑了财气，我还不被打死？杨华说，什么财气？王兴手一捂大凤要张开的嘴，骂道，闭嘴闭嘴，败事的娘儿们！杨华说，天机不可泄露？王兴说，天机不可泄露。杨华哼了一声。王兴说，你也甭哼，当年毛泽东定国都，还找出家人算了一卦呢。杨华说，明白了，不准大凤要我家的东西，是怕沾了晦气把你的财气吓跑吧？这么一捂就顺了，不然怎么想都想不出你不占便宜的缘由来。王兴说，好男不跟女斗，今儿来我是要跟我哥说件大事的，那事说出来，看你还敢挤对我。杨华说，什么事，说出来我听听？王兴说，说也不能跟你说，跟我哥说也还不是时候，等把家搬完了，安顿下来了，我再慢慢细说，省得早说了那个一激动，心脏病犯了，家搬个半截子，可咋弄啊。

　　王兴说得不急不慌的，倒叫王运、杨华心里有些七上八下的，但把他的话当真，两个又实在不情愿，正巧有搬家公司的师傅扛了只衣柜晃晃悠悠地走过来，大家便一阵躲闪散去了。搬家公司的几个人还算不错，有力气，且懂得轻拿轻放，车也装得实在，原本估摸要走两车的，结果一件一件地挤，东西装得严丝合缝，一车就装下了。也是王运看那司机面熟，聊了几句，方知两人多年前曾在一起开过劳模会的。那时他就是司机，搬运公司的，比王运小了好多岁，后来搬运公司倒闭了，他就干上这行了。劳模就像个本来面目，一下被人识破，高兴之余也要有本来面目的付出。司机便自始至终负责装车，不允许一丝的糊弄。王运在一旁由衷夸赞了他，他就愈发认真，仿佛重又做了回劳模似的。

　　一切装齐，车厢门关上，王运坐上副驾驶座，以便给司机引路。眼看车都要走了，就见王兴忽然从五楼窗口探出头来，尖声喊道，哥，还落了个纸箱子呢！

　　很快地，王兴就抱了纸箱子从楼上下来了。

王运看着，心不由得一沉，忙忙乱乱的，竟忘了它了；不过倒也巴望着把它忘掉，让它不显山不显水地永远消失在视线里……唉，王兴这个多事的啊。

王运听到司机说，老哥，你看见的，车里实在没地儿放了。王运紧忙说，我知道。

这时，王兴已来在车跟前了，他把纸箱子放在地上，气喘吁吁地擦着满脸的汗水，说，哥，这箱子好沉，啥东西啊？

这时，杨华和大凤也相跟着下来了，杨华说，早跟你说了，一箱废纸，你偏要搬下来。

王兴说，既是废纸，干吗还占个纸箱子？干吗还捆得左一道右一道的？哥，你们不能忒过分，好好的东西说扔就扔了。我是一定不要的，可那不都便宜了外人了？

王运说，你嫂子说得对，就是一箱废纸。

王兴说，真是废纸？

王运说，真是废纸。

王兴怀疑地看看王运，一只手就不由得抽开了那玻璃绳的活扣。玻璃绳是杨华解开后王运又重新捆上的，他也说不清为什么，里面的东西都不想要了，捆它还有什么意义。可他停不住自个儿的手。杨华也不阻止，站在一旁静静地看他捆了一道又一道的。

现在，是王兴又在抽开活扣了。就见那玻璃绳已松松垮垮地退到箱下，箱子的几片折盖正在被王兴掀起……

车上的王运和车下杨华都不约而同地移开了目光。

他们听到王兴吃惊地叫道，哎呀，这不都是奖状嘛！

他们听到大凤也叫，哎呀呀，都够装个车皮了！

他们还听到司机说，老哥啊，还留着呢，我那些东西早不知哪儿去了。

他们都不由得一下子红了脸，仿佛那些东西让他们感到了羞愧。

而后，王兴弯了腰低了头，一张一张地翻阅着，那兴头，就像那天在村委会里翻阅房子的合同一样。

司机踩住离合器，发动了车子。王运说，甭管他，咱走吧。

谁知，这时王兴猛然直起了身子，他指点了车里的王运说，你，你这不是在造罪吗？

王运说，我咋造罪了？

王兴说，这是功德啊。

王运说，什么功德，就算是功德，也是我的功德，你急的哪门子？

王兴手一挥说，错，你是谁？你是我哥啊。你我是谁？是王家的后代啊。你把功德扔了，不等于断了王家的功名利禄啊！

王运不由得就笑了，说，哪跟哪啊。旁边的司机也说，老哥，你这兄弟可真能扯啊。王运又一次说，甭理他，咱走吧。

汽车开动了，王兴急得，黑脸都变成了紫茄子了，他说，哥，求你了，带上它吧！

王运说，真是装不下了。

王兴说，真不要了？

王运说，不要了。

王兴说，哥，你不要我可就要了！

王运说，你要它干什么？

王兴说，贴墙上去！知不知道，这东西是要叫人看见的，你们藏在箱子里还要扔掉，怪不得日子越过越憋屈呢……

王运不想再听他说下去，撺掇司机加了油门，汽车便呜的一声开出老远去了。

剩了王兴、大凤和杨华，以及搬家公司的几个人，也先后打了车，前往新租的房子去了。王兴不顾杨华的阻拦，坚持把那纸箱子弄上了出租车，王兴说，嫂子你就信我一回吧，这么着对你们好，对我们也好。杨华只无奈地说了两个字，愚昧。

其实，王兴这么做，王运和杨华虽一百个不屑，心里也多少有了些着落，那些奖状，到底没和垃圾一样从此彻底消失。他们听说，王兴和大凤回去后，果然就把所有奖状都贴在了墙上，一百五十多平方米的房子，竟是贴得里里外外都满满的了。而王运这边，新租的一室一厅里，到处是没拆解的纸箱、包裹。已经两天了，除了吃饭、睡觉所需的东西，其余他们全无心打理。一是这一室一厅太狭小了，拆开来似也没地儿安放；二是王兴当真说给了他们一件大事，那大事也不知怎么的，让他们只想懒懒地待在那里，再想不起做点什么。

王兴说的大事，是要把六套房中的一套送给王运。起初王运和杨华都不相信，直到王兴把房屋合同拿出来，白纸黑字将这意思写在合同的背面时，王运和杨华才开始追问原因。王兴只说是对王运的感谢，要没有王运的签字，他哪会有这么多套房子。王运说，要想送签字那天就送了，何必等到今天。王兴对他们的追问很不高兴，说，这事搁别人早给我磕头作揖了，你们可好，问东问西的，倒像欠了你们的。王运和杨华却毫不理会他的不高兴，坚持要他说个明白。最后他终于说了实话，是因找人算了一卦，说他这辈子至多有五套房的命，再多了就凶多吉少了。王运和杨华听罢，是笑也不是，哭也不是，亲兄亲弟，他是想给就给，想不给就不给，给与不给，则全为了他的凶吉，与他们毫不相干！王兴公布这大事时，又是在狭小的堆满了纸箱、包裹的租房里，王运和杨华，这辈子几时过得这般窝囊过！

两人只记得，当时谁也没应承这事，却谁也没有拒绝。在王兴面前骄傲了一辈子的他们，其实是太想拒绝了，可拒绝的话，直到王兴离开他们也没说出口来。他们知道，一旦拒绝，他们会后悔一辈子的，再说那房子原本就该有他们的，他们为什么要拒绝呢？

又一天过去了，两人的房子里仍没什么变化。让他们没想到的，是这一天傍黑时，大凤忽然来了。她说她是特意捎给他们两句话的，那天她和王兴抱了纸箱子离开这里后，王兴说了句，就是没有算卦的事，他也不能眼瞅着他哥住那种房子的。后来回到家里，满墙的奖状贴好后，他又说了句，他俩这辈子的傲气，全是这东西闹的，不过话又说回来，得这东西就像小葱长成大葱一样，不易啊。大凤还说，你们就甭端着了，给他打个电话应了那事吧，他正巴巴地等着呢。说实话，这辈子他尽是仰了脸看你们了，你们就不能把脸儿放一放？王运和杨华没想到大凤会说出这样的话来，一时间，竟不知说什么好了。杨华问，是他让你来的？大凤说，哪敢让他知道，我是偷偷来的，想着你们听了他的话一准儿高兴，就忍不住来了。

　　说完大凤就转身走了，身上穿的正是杨华那件要扔掉的花上衣。花上衣穿在她身上又瘦又短，里面的衣服露出一大截，可她扬了胳膊，挺了胸脯，走得美美地。杨华望着她走下楼梯，忽然觉得，作为嫂子，这辈子对她的关心似是太少了……她转回身来，看了王运问，电话，打是不打？王运说，就为了他两句话？杨华便笑了，笑得竟是有些上气不接下气的，笑得王运也忍不住笑起来了。这一笑，像是身上来了精神，两人不约而同地，开始一件一件地打理起地上堆放的东西来了。

原载《芒种》2014年第9期
《中华文学选刊》2014年第11期选载
入选"2014年度河北小说排行榜"

她们的城市

冯美兰最得意的，就是自个儿的一头黑发了，近六十岁了，不见一根白头发。她剪的是最普通的短发，不烫、不染不做养护，在小区门口的理发店，10块钱就解决问题。但她人长得白，身条儿挺拔，普通的短发在她头上也是好看的，相比之下，小区里那些举目皆是的同龄女人，不要说普通的短发，就是把头发烫成了花儿、把脑袋染得跟外国人似的，也没一个能比得上她。

这说法来自冯美兰楼下的林英之口，林英和冯美兰都是在市中心的四中路上长大的，一起上小学、中学，又一起待业、找工作，直到工作、结婚才各奔东西。想不到几十年后，两人竟搬到一个小区里来了，有一天在电梯里两人相互认出时，快乐的心情可想而知。

这小区名叫和平绿洲，建在城市的东南方向，与市郊的一个村子搭界，与她们从小长大的四中路相隔了几十站地。四中路如今还在，只是路两侧的低矮住宅已变成了一栋栋林立的商厦、酒楼了。

商厦、酒楼她们倒不稀罕，挨了四中路有一座人民公园，如今人民公园又扩建了不少，环境比当年不知要好出多少倍来，她们现在的年龄，公园该是最好的去处了，可偏偏倒去不得了。开始她们还有些不甘心，一大早起来，从小区门口坐83路再倒2路，在人民公园转上一会儿，便心满意足地再坐车回来。可这样去了几回，花钱花工夫不说，早饭还在家吃不上，每回回来晌午饭都该吃了。自知不是长久之计，她们只好叹一口气，老老实实把晨练改在自个儿住的和平绿洲了。

她们的晨练不过就是沿了小区的甬路走上几圈。小区的甬路呈环形，一圈0.6公里，走下来约莫十几分钟。林英拿跑步器试过，跑步器显示的距离是无可置疑的。早晨这么走圈的人还真不少，有年轻人，有中年人，更多的是老年人，有时走着走着，一些人会搭起伴儿来，一群一伙的，闹哄哄的就像是去赶集一样。

林英就是在这时候，发表了她对冯美兰头发的看法的。冯美兰明白她是有意而为，前前后后走着的一些人，单看打扮，就知道跟这城市没什么关系，不是靠儿女住在这里，就是在老家发了财，跑到省城买了房了。果然，从他们的只言片语中，会听出周边郊县农村的口音，可真土啊！走在其中，她们不由得有一种鹤立鸡群的感觉。林英用下巴指了前面一个穿高跟鞋、裤线笔直的女人说，穿高跟鞋晨练的，一定是小县城来的。而此时冯美兰正盯了一个穿浅花睡衣睡裤的女人，这女人臃肿的身材，大圆脑袋，乱蓬蓬的一头烫发，她笑一笑问，她呢？林英说，穿戴差之千里，却是一样的小县城味道。冯美兰不由得呵呵地笑起来，和这林英，到底是一起长大的，几十年过去，心还是没隔多远。她们显然对这城市的外来人口都是反感的，原本城市是她们的，公园是她们的，电影院是她们的，街道是她们的，连同街道上的井盖，一脚踏上去，那份熟悉、亲切都简直难以言说。而如今，一切都像是反过来了，街道上，公交车上，电影院里，到处都是不明来历的外地人，就连市中心的人民公园里，那些穿了太极服飘然、淡定的打拳者，那些打扮时髦、热情奔放的舞者，一张口说话，都免不了是土得掉渣儿的方言土语。而她们，这些生在市中心长在市中心的人，如今却被赶到了城市的边缘！她们坚持用"赶"这个字，她们认为正是这如潮般涌入的外来人，才使原本属于她们的东西一下子离得她们远远的了！那些外来人，不要说穿衣打扮，不要说头发，不要说口音，只看他们的举手投足，就见出他们与这城市有多不和谐了。还有一些人的脸，暗淡而少光泽，裸露的手臂粗糙而又青筋毕现，这当然不是他们的错，怪只怪农村多年的风吹日晒吧，可正因为这样，他们才更应该回到与他们和谐的农村去吧！

这样的共识，让冯美兰和林英的友谊有了突飞猛进的发展。其实她们年轻时关系平平，由于林英的长相和学习都不出众，冯美兰是很不把林英放在眼里的。可如今不同了，时间仿佛一把超大的抹子，一切都被抹平了，只剩了她们共同的年龄和共同的境遇，更重要的，是共同的不平。她们很快就相互串了门儿，介绍了老伴儿，频繁地交往起来了。

频繁首先是因为林英，每天早晨6点半，林英都会准时从楼下跑到楼上，按响冯美兰的房门。冯美兰和林英各自的老伴儿都是好脾气，任由着她们的交往，也任由着她们的不平和刻薄。

这一天早晨，二人双双地从楼里走出来。她们住的是2号楼，楼前是一个几百平方米的小广场，广场的一侧设有种种的健身器材。广场上已有了十几个打太极拳的人，伴了《春江花月夜》的音乐，在慢悠悠或是漫不经心地比画着；一边的健身器材上，也有人在上下左右地活动着肢体。

冯美兰注意到，那太极拳打得太低级了，只看得见手脚的比画，看不出太极的味道，不如改做广播体操算了。冯美兰和林英都没学过太极拳，但冯美兰是有眼光的，她看什么都不会差到哪里，这从年轻时林英就深有领教。比如那时候有人给林英介绍对象，林英拽了冯美兰保眼，冯美兰只看了一眼就说，没戏。林英问她谁没戏，冯美兰说当然是男方没戏，不靠谱儿。林英问她从哪儿看出来的，冯美兰说，眼睛，他说话眼睛东张西望的。后来林英又打听那人的同事，果然同事也是一个意思，不实诚。

这会儿，林英循了冯美兰的目光就问，打得咋样？冯美兰说，村级水平。林英就呵呵地笑起来。她相信冯美兰的评价，有了冯美兰的评价，也就有了她林英的评价了，她喜欢身边有这么个人，这让她心里有一种踏实感。

冯美兰穿了件深绿色运动衣，下身是灰白色运动裤，脚上是绿白相间的旅游鞋。林英羡慕地走在冯美兰身边，冯美兰挺拔的身材穿什么都是好看的，这样的年龄，绿色是很咬人的，可偏就不咬她。林英也不甘落后，专门跑到一家专卖店买了身深灰色运动衣。她个子不高，还稍显粗胖，穿衣服只能尽量地不让自个儿显山露水。她们晨练是一定要穿运动衣的，她们发现，小区里相当多的人不穿运动衣，她们就愈发地要天天穿了。天天穿，就天天和那些不穿运动衣的有了区别。那些穿了软塌塌的家常衣服甚至花里胡哨的睡衣就跑出来晨练的人，简直叫人深恶痛绝。至于穿制服、穿高跟鞋甚至穿旗袍的人，就更不知怎么说他们好了，权且就统统称他们乡下人好了。乡下人，倒也再没有比这更合适的称呼了，几十年前对农村来的临时工她们就是这么称呼的，她们各自所在的工厂都有临时工，临时工在她们眼里从来都是影子一样的模糊，她们永远分辨不清张三李四，当然她们也从没想过要去分辨。

她们的目光离开小广场，沿了惯常晨练的路线走去。甬路上的人已是不少了。不断有跑步的年轻人从她们身边超越过去。年轻人大多穿了短裤，裸露的双腿很是醒目。当年她们也是这样子，不知冷不怕大人们惊愕的目光，仿佛有意要跟季节对了干。对年轻人她们是宽容的，无论什么样的打扮她们都会投去善意的目光。

这时，一个从她们身边跑过去的男孩忽然回过头来，大喊了一声："妈！"

她们吓了一跳，就见这男孩的目光越过她们，叫的显然是她们身后的人。回头望去，果然有几个结伴同行的中老年女人，其中答应的，竟是前些天看见过的那个"旗袍"！她们怎么也想不明白，晨练的时候为什么要穿旗袍？这不，还是那天那件旗袍，月白色的底子，簇簇拥拥的艳红艳红的牡丹花……布料看上去有几分像丝绸，但亮晃晃的，显然是雪纺一类的东西。那天冯美兰说，雪纺这东西，是天热它跟了热，天冷它跟了冷，不过样子货，便宜得很呢。林英就说，是啊，还以为别人不知好赖呢，不知好赖的也就她自个儿吧！

眼下，她们向男孩投去怜悯的目光，觉得这男孩也和他妈一样是个不知深浅的，当了这许多人，一个穿旗袍的母亲竟不让他有一丝的难为情！

男孩好像在嘱咐母亲走慢一点，脚下留神。那"旗袍"向男孩摆一摆手，继续和同行的几个女人说着什么。从传进耳朵的只言片语里，她们听出"旗袍"在炫耀旗袍的来历，而几个女人则发着由衷的赞叹。其实她们一点不想听这些人说什么，她们只不过从话里听出了口音。一个是西边山区的口音，话出来有些生猛，一句话就像扔出个棒槌一样；一个是东边某县区的口音，吃字不说，还曲里拐弯的，像是心怀了鬼胎，有意不让人听清似的；还有一个是南边接近河南省界的口音，声儿高得像是拿了麦克风，引得前前后后的人直看她；而那"旗袍"，则是一口带了浓重乡音的普通话，听不出她到底来自哪里，但那普通话就像是她身上的旗袍一样，给人悬在半空的不稳定感。她身条还行，却长了一张圆盘大脸，烫过的头发像是将她的脸又扩大了一倍，远看上去就犹如一株细身子大脑袋的向日葵一样。

这时，冯美兰忽然说道，要是以为是人都可以说普通话，那就太愚蠢了！林英就说，是啊，我这普通话圈儿里长大的人，到今儿说得还东倒西歪的呢！冯美兰便笑了，林英说的是实话，她从小住的是大杂院儿，普通话是上学后才开始说的，但她再东倒西歪，也是城市人说出来的，不一样呢。

在这小区里，真正的城市人也很有一些，有时在晨练中碰上了，点个头，笑一笑，就又各走各的了。不像那些"乡下人"，认识不认识，只要一搭话，就热切得一家人一样，还非摽在一起不可了。就看那成群结伙的，那走路一歪一斜的，那裸露的部分呈棕黑色的，那口音南腔北调又高声大嗓的，一准儿非"乡下人"莫属了。在冯美兰和林英的印象里，过去的乡下人是腼腆、安静的，人多时总是躲在角落里的，可是如今，这些乡下人都翻身做了主人一般，人愈多就愈吆五喝六的，尤其是那发了财的，吃得肥头大耳，男人的肚子比孕妇还惹眼得慌，女人的头发比卷毛狗还闹腾得慌。出门就坐车，脑袋从大开的车窗里露出来，跟晨练的人们高声打着招呼……好嘚瑟啊，不就几张纸币嘛，看把他们烧的！更让她们受不了的，是那些人在小区里还要耍一耍有钱人的派头了，有一回找到林英，问她能不能帮着打扫卫生，一小时20块钱；还有一回找到冯美兰的丈夫，要雇他开车每天接送上下学的孩子，一天30块钱。林英和冯美兰的退休金都不算高，丈夫们的收入与她们也不相上下，但她们都毫不犹豫地拒绝了。林英对那雇主说，以为你是谁，当年我在汽车修造厂上班的时候，你兴许还没见过汽车呢！冯美兰的丈夫从前则是给厂长开车的，冯美兰对丈夫说，你要敢答应这事，我就跟你离婚！当然冯美兰的丈夫没有答应，但他也没有冯美兰一样的激愤，他像是开了一辈子的车，走过的路太多了，早已不大容易动气了，他只是说，你不干他干，有钱人是不愁找不到缺钱人的。果然，很快地就有人主动上门了，一个是下了岗的工人，一个是退了休的老司机，两人竟双双都是生在这里长在这里的老城市！冯美兰和林英为此愤愤了很长时间，她们恨这两人的不争气，更恨那有钱人的烧包，擦地、抹桌子这种事都懒得动手了，就差把饭喂到他嘴里了！还有那雇司机的，自个儿的车自个儿不开，还要花钱雇人，不过一个农村出来的包工头儿，就以为他是皇帝老子了，子孙也当了王子、公主了，烧包吧，早晚叫他把车胎烧爆喽！

  冯美兰走起路来很有点舞蹈演员的范儿，挺胸，抬头，收腹，脚步轻盈得就像重量全在了头顶上。她上小学时在少年宫学过舞蹈，"文化大革命"中又因独生子女躲过了下乡，一直待在一家兵工厂的文艺宣传队里，所以很好地保持了体形。林英虽体形粗胖些，到底站有站相坐有坐相，走起路来不像乡下人把重心都无节制地搁在脚上，咚咚咚咚的，像是在砸夯一样。眼下又有冯美兰的影响，林英就愈发地有了方向，一样地把头抬起来，把胸挺起来，把气提起来，一脚踩下去，跟那打夯一样的声音显示着鲜明的对比。这感觉真是好啊，某一瞬间，她几乎都觉得自个儿跟冯美兰一般般高了呢。

  可那些"乡下人"，好像一点没注意到冯美兰和林英与他们的区别，他们只顾走自个儿的路，说自个儿的话，时而与她们擦肩而过时，竟看都没看她们一眼。看得出区别的人才是聪明人，她们真是奇怪，这些人是靠什么在城里站住脚的，就算做生意，看不出个眉眼高低，生意也要做砸的呀。

  她们就这么怀揣了不满，一圈一圈地行走着。她们的习惯是走五圈，五圈正好是3公里，既出了汗，也还没多累。她们看不惯一些人，十圈二十圈地走，汗湿的衣服紧贴在身上，头发像是刚洗过的，嘴张得老大，呼哧呼哧的喘气声听上去像要不行了一样。这些人晨练过火，干别的也一定是过火的，即便当中有她们能一眼认出的城市人，她们也宁愿把他们看作乡下人。上千万的工人一下子失了业，这事够过火了吧；又有上千万的乡下人拥进城市，就更过火了；还有她们这些正宗的城市人，如今被分拆得七零八落的……唉，她们觉得，一切都是过火造成的，一切都是"乡下人"造成的，凡做事过火的人，统统就叫他们乡下人吧！

在走到第三圈的时候，她们看见那小广场的一角，闹哄哄地围了一群人，也不知在干什么；那些打太极拳的、健身器材上的，有的也在开始围上去。

她们不屑地转过脸，目不斜视地继续向前走去。她们要显示出自个儿的见识，绝不会为一点风吹草动就跟了起哄。如今跟了起哄的事太多了！

又走了一圈，她们发现那广场的一角围的人更多了，《春江花月夜》的音乐已停止，广场上几乎所有健身的人都围拢去了。

她们本想继续不屑下去，但脚步不由得就慢了，眼睛不由得就往那里望了又望的。有一刻，林英还停了脚步拉了冯美兰的手说，听，有音乐呢！冯美兰不得不也停下来听，果然，是一段比《春江花月夜》快得多的曲子，好像还伴有歌唱。冯美兰说，无非是健身舞之类，少见多怪。冯美兰当然是指围观的人，林英听了却有些别扭，她说，打拳的人都被吸引了，我看不一定。冯美兰说，想去你去吧，反正我是不去的。林英松了冯美兰的手，却也没有自个儿走开，她说，谁说想去了，就算不是健身舞，就算是个耍猴儿的，又有什么好看的？

两人便继续走了下去。甬路上晨练的人少了许多，像是都跑到广场上看热闹去了。甬路两边是绿色的草地、树木，草地上有工人在清除杂草，那人戴了顶大草帽蹲在地上，就如同长在草地上的大蘑菇。她们认识他，曾是她们的中学同学，如今也从市中心搬到这里来了，清除杂草的活儿是他自个儿找的，他老婆常年有病，两人的退休金还不够买药的。草地上的树木大大小小的，有成行的，有成群的，不过槐、柳、杨之类，不像市中心新建的居民区里，搞不清从哪儿弄来的树种，颜色、形状在北方都很少见，听说有的一棵就十几万块钱呢！

十几万块钱买一棵树，真是想不明白，过去她们的市中心，大多也都是槐、柳、杨之类，走在树荫之下，她们从没觉出过树们的低贱。若是将这钱搁在她们那同学身上，比一棵树不更值得？可过去的那个城市，就像是她们的年龄一样,是再也不可能回来了!

她们很快走完了第五圈,又一次停在了小广场前。身后就是她们居住的2号楼,身前则是那个热闹的人群。音乐好像放大了些,歌词她们都可以听得清了:

苍茫的天涯是我的爱,
绵绵的青山脚下花正开,
什么样的节奏是最呀最摇摆,
什么样的歌声才是最开怀。
……

听着听着,她们忽然都觉得有些耳熟,相互看一看,不由得齐声说道,人民广场……

对,对对,正是去人民广场那几天,她们听到的这歌儿,伴了这歌儿,上百个人在舞蹈。动作一点不复杂,是个人都会跟了跳,不过是又一类的健身舞罢了。当时林英还撺掇冯美兰去跳,冯美兰说,小儿科的动作,我才不跳。林英说,那你就跳个不小儿科的。冯美兰说,还别说,我不跳则罢,一跳会让他们看我一个!林英连连点头,她十分地相信,也巴不得见到这样的场面。可是,冯美兰到底也没跳,冯美兰说了一个伤悲的不好辩驳的理由:这公园已不属于她们了。

后来她们听说,这歌儿叫《最炫民族风》,不光在中国火起来了,在亚洲在美国有不少老外也跟了跳呢。她们实在不明白,那旋律说不上多好听,歌词也说不上多特别,它火的到底是哪门子呢?

眼下,这歌儿竟火到她们住的小区里来了,可真是啊,中心,边缘,角角落落,全不放过,好像到处都属于它似的。

冯美兰没有回楼里的意思,林英就更没有了,林英捏了下冯美兰的手指,冯美兰竟像被鞭打了的马一样,不由自主地就朝着人群去了。

挤进圈子,果然是有人在舞蹈。就见舞者是一老一小,老的约莫五十多岁,红衣蓝裤,一双老旧的黑皮鞋。他的皮肤比皮鞋的颜色稍浅些，一双摇来摇去的手远看上去就像是两只飞来飞去的黑鸟儿。他的头发是花白的，脸上有刀刻一般的皱纹，但一双眼睛炯炯有神，散射出来的光亮就像是一个年轻人的一样。说是舞蹈，其实不过是两条胳膊前后左右地伸展，两条腿齐步走一样地机械运动，偶尔跳起来，胳膊腿却又你是你我是我的没了章法地各自飞舞，就仿佛它们得了太大的自由，恣意地想怎么样就怎么样了。这时候，围观的人就像专为了这一刻似的，会哄地笑起来。舞者倒也不恼，依然故我地挥动着四肢。这个舞者啊，真是自我感觉太好了，可他的每一个动作都是可笑的，那些动作显然都是他自编的，比如两只手扣在肩上，两条腿像小孩子似的胡乱地踢腾；比如左右平展开来的手臂忽然变成双手合十，其间的过渡生硬而又倏忽不定；比如一只手托了脑袋，另一只手伸展向前，两条腿则一顿一踢，那下顿的腿却又总不在节奏上……林英和冯美兰看着，肚子都要笑破了，她们可从没见过这样的舞者，脚底下点儿都踩不准的人，他舞的是什么呢？而旁边那小的，不过十五六岁，他跳的是一套街舞，扭胯、送臀、屈腿、滑步……要紧的，是节奏感十分好，伴了那"民族风"，身体的每一个部位都似在舞蹈一样。她们真是有点搞不懂了，这样两个风马牛不相及的人，如何就在了一起呢？

这时，林英又一次捏了捏冯美兰的手指。冯美兰说，干什么？林英说，上吧。冯美兰吃惊地看看林英，发现她两眼发亮，兴奋得脸都红了。冯美兰自个儿也被音乐的节奏搅得心有点乱，她故作镇静地说，我不与"乡下人"为伍。林英说，谁让你与他为伍了，让他长长见识，你一上去，看他还敢跳下去不？冯美兰撇撇嘴说，跟他，不值得。林英手指一松说，你上不上，不上我可上了。冯美兰说，你就更不能上了。林英问为什么，冯美兰说，上了就得打败他，你打得败吗？话一出口，冯美兰自个儿也感到了吃惊，打败，以为是场战争呢？林英倒也没觉得什么，她说，我是打不败，可你不上，我不是着急吗？

两人说话的当儿，就见人群中又走出一个，加入了二人的舞蹈。天啊，原来是那个"旗袍"呢！穿了旗袍自是行动不便，两人见她只敢摆动小臂，小心翼翼地走开了十字步，大脑袋却是无顾忌地左摇右晃的，像是要用脑袋跳舞似的。

两人吃惊地看着她，她可真敢啊！林英说，"旗袍"都上了，你还渗着啊？冯美兰说，她上了，我就更不能上了。林英说，就算是高射炮打蚊子，蚊子也得有人打不是？

正当冯美兰"渗着"之际，与"旗袍"一起走圈的几个女人，仿佛受到了"旗袍"的鼓舞，也你推我我推你地出场了。

女人们扭的是秧歌步，节奏比那老者还要乱，脚不对点儿不说，相互间还总"打架"。那最初的两个舞者，由于更多人的加入，舞蹈的兴致更浓了，男孩子先是占据了中心位置，黑皮肤的老者不甘心，用他笨拙的姿势抢了过去。"旗袍"则更是争强好胜，很快就用她细碎的十字步撵走了老者。而女人们瞅准时机，把"旗袍"围在中间，愈发巩固了"旗袍"的中心地位。

这时歌里正在唱：

弯弯的河水从天上来，
流向那万紫千红一片海，
哗啦啦的歌谣是我们的期待，
一路边走边唱才是最自在，
我们要唱就要唱得最痛快。
……

林英拉了冯美兰的手，一副跃跃欲试的样子。有一刻，就在林英手一使劲要把冯美兰拉上场时，冯美兰却执意抽出了自个儿的手，让林英防备不及地一个人上了场。好在这时，又有七八个年轻人上场了，林英索性壮一壮胆量，丢开冯美兰一个人跳起来。她跳的还是前些年学过的老十四步，比那几个女人跳得好，比年轻人就远远不如了。她不时地向冯美兰招着手，冯美兰却仍"渗"在那里，一副宁做旁观者的样子。

紧接着，更多的人加入了进来，男的、女的、老的、少的、会跳的、不会跳的、说普通话的、说外地方言的、黑皮肤的、白皮肤的、城市的、乡下的……大家跳啊、扭啊、扭啊、跳啊，那《最炫民族风》的旋律，就如同咒语一般，一时间，将在场所有的人都"控制"了。

是的，所有人，林英从人群的缝隙中看到，冯美兰最后也加入进来了，她跳得真好，跳得跟所有的人都不一样，跳得的确值得让所有的人看她一个。只可惜，太晚了，夹杂在这混乱的个个自以为是的人群里，哪个会顾得去看她一眼呢！

不知什么时候，旋律终于停下来了，恣意舞蹈的人们像是忽然被解除了咒语，开始松散了身体，朝了各自的楼房散去。

太阳升起来了，小广场被照得一片金黄，林英和冯美兰就站在金黄里，你看了我我看了你的，像是有些不确定刚刚发生的一切。

半天，冯美兰才自言自语道，过火……

林英说，你说什么？

冯美兰说，我说过火。

林英说，谁过火？

冯美兰说，所有的人，包括你，还有我。

林英说，我们有什么过火的，设想一下，所有的人都跳，唯独我们俩不跳，过火不过火？

冯美兰没想到林英会这样说，她看了林英满是热汗的脸，说，我不是反对跳，我是怕。

林英说，怕什么？

冯美兰说，怕这歌儿不火了，还会有什么别的火起来。

林英说，火起来怕什么？

冯美兰说，歌儿不怕，怕的是别的。

林英看着冯美兰，忽然明白她在说什么了。是啊，自打她们懂事起，怕的事难道还少吗？林英说，怕也没用，是你说了能算还是我说了能算？不如不去想它吧。说着挥挥手，仿佛真不去想它了似的。林英又说，那个跳街舞的，我听到他叫爸了。

冯美兰说，叫谁叫爸？

林英说，开头跳的，穿红上衣的那个。

冯美兰惊诧道，不像。

林英说，是啊，太不像了。

冯美兰说，他爸那种人，水平不高，还自信得要死，八头牛都难撼动他，真有点可怕呢。

林英说，是啊，竟然还带起了一场舞来。

冯美兰忽然坚决地说，从明天起，我绝不会再跳了。

林英没说不跳的话，只是跟着点了点头，却又不由得看着冯美兰笑了笑，像是对这话不大相信似的。

接下来，两人便没再说什么，一个在前，一个在后，慢慢地朝自个儿住的楼里走去了。

原载《芒种》2013年第2期

《中华文学选刊》2013年第4期选载

我们的小姨

现在的时间是19点21分，我想象，那趟慢车已经缓缓启动了。我的小姨坐在硬卧车厢里，一脸兴奋的表情，由于兴奋那双大眼睛几乎年轻了四十岁。

没错，小姨今年已经六十五岁了。她比我大了整整二十岁。

火车票是我去买的，送站也是我开的车，我只是没把小姨送进站去。一路上我很不痛快，车开得快了，跟车跟得紧了，绿灯变黄灯了，小姨她总要发出一声惊叫，弄得我比她还要紧张。她却比我还不高兴，惊叫之后她总是说，为什么就不能慢一点呢？我说，没看见大家都在开快车吗？她就说，他们开他们的，你开你的，方向盘不是在你手里？我说，慢比快还要危险，你懂不懂？小姨说，我才不信，别以为我没开过车就是好哄的，找个警察问问，是慢危险还是快危险？

这倒也罢了，停在十字路口等红灯，小姨总是要摇开窗户，把那些发小广告的人招惹过来，她说，小孩儿们也不容易。对年轻人她一律称作小孩儿，其实如今的年轻人哪一个都比她处事老到，跟年轻人比她自个儿倒更像个小孩儿。将近火车站时，她手里五颜六色的广告宣传单已有一大摞了。她就那么一手拿了那堆废纸一手拎了包下了车，我要她把那些废纸扔回车里，她说火车上还看呢。我本想存了车送她进站，她却坚辞不让，说，求求你了，就让我自在会儿吧。

可是，刚把车调转头，我就从后视镜里看到小姨在施舍一个抱孩子的脏兮兮的女人，那摞宣传单已被她放在地上，她正从挎包里掏出她的钱包，女人巴巴地望着钱包，那个孩子在她怀里东张西望的，天知那是谁的孩子！小姨的钱包是蓝花布缝做的，我家的抽屉里也有一个，小姨送的，我却从没用过。

  我非常地想去阻止她，可"让我自在会儿"的话又使我坐了没动。我看她拿给女人的是一张纸币，然后她装好钱包，拿起地上的宣传单，向进站口走去。小姨梳了两条不长不短的辫子，跟年轻时的梳法一样，两条辫子背在脑后，被一条小手绢儿扎在一起。纯布面的小手绢儿已有很多年没卖的了，那也是小姨缝做的，白底黄花，就像辫子上落了只黄色的大蝴蝶。她上身穿了件短款的夹克，下身一条紧身牛仔裤，显得两条腿长长的。她的头发是全黑的，奇迹般地没一根白头发，从后面看，说她二三十岁也一点不夸张。

  进站口前排起了长长的队伍，那是在验证车票和身份证。小姨的影子变得模糊起来，隐没进队伍之后，就再也看不见了。每次进站，小姨总是抱怨，坐个车还要验明身份，我们那会儿可从没有过。她总爱说"我们那会儿"，好像她那会儿是个再美好不过的年代，其实那年代大家都知道，虽说人是单纯了点，可各种各样的不如意也多得很，她是把不如意统统删去，独剩了那点单纯了。

  今年，小姨这么独自出行大约都有七八回了，开始是杨明送她，只送了两次，杨明就跟她吵翻了。后来的几回就都是我送了。杨明是小姨的女儿，外甥女比不得女儿，不好到吵翻的地步，但我心里的气也常一鼓一鼓的，鼓得多了，免不了会放出一点，那一点却依然是克制的，就像缓缓吐出的一口烟气，绵软软的，不便显现什么锋芒。

  小姨去的是千里之外的一个县份，那县的名字很咬口，我总也记不住，小姨好像也懒得重复，只说"北边"。家人们都知道，小姨一回又一回的出行都是在去"北边"，"北边"有一群喜欢她的孩子，那群孩子需要她。这话是小姨说的，家人们却都不大相信。家人们包括杨明和她的丈夫刘克，还有我的丈夫李行，还有大姨家的表姐洪雁。洪雁一直还没结婚，大姨、大姨父，我的父母，包括杨明的父亲，也就是我的小姨父，都先后脚地去世了，老辈人只剩了小姨一个，洪雁的婚事就更少有人提了。其实小姨曾多次替洪雁张罗过，只是对小姨的看法洪雁跟我们一样，每张罗一次，洪雁就拒绝一次，直至彻底浇灭了小姨的热情。对小姨的出行，我们和洪雁都一致地认为有点出格，首先，"北边"果真有那么一群孩子吗？原本是说去看知青点的老房东的，结果人家老房东死了，还有什么再次去看的必要？莫非那孩子们是老房东的后代，老房东死前有过嘱托？就算有过嘱托，千里之遥，也当不得真啊！再说了，就算人家当了真，就算那群孩子当真喜欢她，她除了那点退休金，又能给人家带来什么呢？想到退休金，大家还给小姨算了笔账，每月3300元，若每月去一次"北边"，除去来回的车票钱，除去住宿、吃饭的钱，再除去资助孩子们的钱（大家猜资助一定是有的，即便没那群孩子也会有，因为那是个偏远的山村，下了火车还须坐很远的汽车才能到达），她的退休金也就差不多全交代了。最着急的自然是杨明、刘克两口子了，因此他们很快就跟小姨吵翻了。他们在意的当然不仅是小姨的退休金，还有她来去的安全，他们一再表示要陪小姨一起去，小姨总是坚决拒绝，说他们会破坏她的感觉。杨明说，什么感觉，不过是为她更自由自在地做傻事吧！

　　小姨的确是有点傻的，有人敲门，无论熟人还是陌生人，她都问也不问，拉开门就让人家进来。从前有小姨父还好些，如今剩了她自个儿，杨明就担心得很，不知提醒过小姨多少回，小姨却总是不以为然。她说，在你们眼里，天下好像没一个好人，可我活一辈子了，还从没遇见一个坏人呢。杨明让她看中央电视台的《今日说法》和法制节目，那些节目里入室抢劫、害命的案件好像每天都在发生着。小姨看了几回，就再不肯看了，说，人不能总提防着过日子。杨明说，害人之心不可有，防人之心不可无，这都是老话儿了，还需要我来说给你听吗？小姨说，老话儿里我最不喜欢的就是这话了，一防人就跟人远了，跟人一远活在世上还有什么意思。

　　记得小时候，老一辈人中小姨是最叫我们喜欢的，她爱背一个蓝格子的布包，包里装得鼓鼓囊囊的，见了我们，就从包里变戏法似的变出我们想要的东西，一只好看的发卡，一块诱人的点心，一本向往已久的画书，一件漂亮的衣服……她还教我们唱俄罗斯民歌，跳新疆舞，为学新疆舞里的动脖子，我们每天都把自个儿卡在墙角里……再大了些，我们开始把话藏在心里，拒绝和大人们交流，唯有对小姨，我们不视为大人，想说什么就说什么。小姨也对我们说心里话，比如哪个大人误解了她，或者她求人帮助碰了壁什么的。那时候我们对杨明羡慕极了，有这样一个朋友似的母亲，多么幸福啊。后来，也不知什么时候，我们对小姨的心里话就不再那么在意了，我们自个儿的心里话也懒得再跟小姨说了。仔细想想，也许是在成家以后，或者再往前，谈男朋友的时候。记得小姨给我们几个都介绍过男朋友，我们自个儿谈的男朋友也得到过她的支持，但这些男朋友其他大人都是坚决反对的，最终我们也没拗过大人们，选择了大人们的选择，也就是我们今天的丈夫。不过没多长时间，我们就意会到了大人们的苦心，对大人们为我们选择的生活满意起来。我们觉出，小姨和我们自个儿的选择是不计后果的，而其他大人们的选择至少是让我们安定的，衣食无忧的。因此，刘克和李行对小姨都不由自主地有些疏远，尽管刘克是小姨的女婿，他却是由我父母选定并为杨明做的主，当然杨明自个儿也没怎么反对。

　　小姨的工资在几个大人里是最高的，她业务好，在一家少儿出版社做到了副总编的位置。可她的存款是最少的，因为她的工资总是装在钱包里，随花随拿，同事、朋友吃饭、看电影，或是和我们上街，她永远是掏钱最快的一个；见了要饭的，她从不远远地避开，反要迎上前去；她还背了家人资助过一个入室偷盗的年轻人，那年轻人向小姨做了保证，永世再不偷盗，可花完了小姨的钱，立刻就把保证忘了个一干二净。家人们知道这件事时，小姨已经要第二次资助那年轻人了。在家人们的强烈谴责下，小姨才不得不罢了手。后来由我父母做主，让小姨父掌管小姨的工资，家里才多少攒了些钱，为后来的买房、杨明办婚事打了点底子。这也是杨明动不动就跟小姨吵翻的原因，杨明说，要不是我爸，我怕还难嫁出去呢。

　　我的姥姥、姥爷去世得早，大姨是个只顾自个儿的人，能疼小姨的只有我的母亲。可母亲的为人处世和小姨太不一样了，不见面心里惦记着，见了面却又样样合不上拍。小姨喜欢送点小东西给大家，一只唇膏，一副杯垫儿，一个手机套什么的，母亲手里接着，嘴上却说，有什么用，净瞎花钱。小姨先以为母亲嫌弃，下回买了条精巧的彩金手链儿给母亲，却没想到母亲接也不接了，说，有钱烧得你啊，搁进银行还赚几分利息呢！小姨也不肯相让，出口就攻击母亲送她的一饭盒饺子、一瓶西红柿酱、一块疙瘩头咸菜什么的，说，那东西可有用，俗，俗不可耐！气得母亲把小姨给过的小东西找出来，统统扔给了她，仍气不过，还要把小姨给我的东西也扔给她，我没肯那么做，只把哭得满脸是泪的小姨送回了家。那以后，我猜小姨再不会送东西给人了，可时间不长，小姨出了趟差，又买回来一堆东西，给母亲买的是一条丝巾，托我转给了母亲。母亲呢，仍照样要我送给小姨一饭盒饺子什么的。两人好像都有些后悔当时的冲动，而弥补的办法，只能是继续以往的方式。背过小姨，母亲仍要嘟囔几句小姨的瞎花钱，可有一天，我发现母亲扔还给小姨的东西，又原封不动地出现在母亲的柜子里。去问母亲，母亲叹口气说，唉，你小姨是个有情有义的，比你大姨强百倍，可就是有点傻，老大几时关心过她，她还每回都送老大一份儿。我笑道，原来你是忌妒啊？母亲说，我忌妒？我是心疼你小姨，有一天没了我，你小姨没个大人样子，看谁还拿她当回事？我说，好像你挺拿她当回事似的。母亲说，我可以不拿她当回事，你们不能，听见没有？我连连点着头，心想小姨她再傻，也是我小姨，况且我上高中、大学的时候，想买母亲不准买的东西，肯解囊相助的总是小姨，凭这我也会一辈子对小姨好的。

　　老人们相继去世后，我们小辈人对小姨确是蛮关心的，我虽不再像母亲一样给她送饺子，但做了好吃的或是到饭店吃饭，每回都不忘叫她。杨明跟小姨分开住，但也常常去看她，帮她打扫卫生、洗衣服什么的。洪雁呢，我们原以为是指望不上的，谁知大姨去世后，她有时也会给小姨去个电话，问候一声。她这样我们已经很知足了，大姨教导出来的孩子，能关心别人简直是个奇迹呢。可后来我们发现，小姨对我们的关心好像并不领情，每回请她吃饭或是帮她做点什么，她都推三阻四的，有两次她甚至说，你们就让我自在会儿吧！再后来这几乎成了她的口头语了，动不动就说，求求你们了，让我自在会儿吧。对小姨这样的人她说什么我们也不会太放在心上，我们只觉得对她是负有责任的，好歹她也是我们的长辈。相反我们说什么，相信她也不会太放在心上，她那么个大大咧咧、没心没肺的人。

从车站回来，我就到杨明家去了，告诉她已送走小姨。杨明和刘克正在看电视，电视里一个戴了白色高帽子的厨师正在对案子上的一条鱼一刀一刀地切割。他们从不看电视剧，因为小姨爱看，小姨爱看的东西他们都习惯地视为幼稚。正要说起路上的不痛快，洪雁忽然来了，她说吃完饭出来遛弯儿，顺便进来看看。大家难得聚齐，我索性也打电话给李行，说，赶紧过来吧，都在这儿呢！

其实，我很想趁这机会说一说小姨，小姨总这么一趟一趟地往山区去，万一有点闪失，跟我们这些做小辈的可是有脱不开的干系！不知为什么，送小姨一趟，就觉得小姨离危险近一步，倒不是那山区有多可怕，是小姨的这种不管不顾的执拗的出行，总让人想到刹车失灵的下滑的汽车，若不及时制止，谁说得准会发生什么。

话一提出来，杨明立刻把电视关了。杨明说，是啊，我们也正为这事上火呢。

杨明比我小3岁，个子却比我高了半头，很像她的高个子父亲。小姨正是看上了小姨父的高个头儿才嫁给他的，说高个头儿的人像座山，能依靠。可一过日子，才知小姨父是个不爱拿主意的人，凡事总爱问小姨，你说呢？杨明小的时候，家里事全听小姨的，待长大了，就想替小姨拿主意了，杨明拿的主意，一般都是反其道而行之，小姨说东，她就说西，小姨说南，她就一定说北。

这时，杨明看了我又说，姐，你小姨跟你说了点北边的事没有？

杨明从不说我妈，总是你小姨、你小姨的。我摇了摇头。

杨明说，怪了，北边到底有什么吸引了她呢？

洪雁说，你跟刘克去一趟不就什么都明白了？

刘克说，不去也一样明白，蓝天白云、纯洁少年呗。

大家便都笑了。刘克这个人，永远是一副懒洋洋的样子，仗了有一份稳定的机关工作，还有两套可以出租的房子，从没见他对什么事上心过。小姨先是以长辈人的身份说过他，见他当耳旁风，就让杨明去说。杨明却说，你就甭操心了，谁有谁的活法，除了傻热心，你又上过什么心呢？这话让小姨想起来就掉眼泪，小姨跟我说，幸亏没跟他们一起住，人老了，话就没人愿意听了。我当时心想，怕不是老不老的事吧。可我又怎么能跟杨明一样去说，你就是个傻热心呢？

我说，笑归笑，小姨的事还是得想个办法，北边有吸引她的东西，咱南边就不能找样东西吸引住她？

刘克说，南边既没有蓝天白云，也没有纯洁少年，怎么吸引？

杨明打一下刘克的胳膊，说，少废话，姐说得没错，这样东西能找到最好！

接下来，大家便一样一样地说开了，有说打麻将的，有说玩儿电脑的，有说参加舞蹈班、练唱班、京剧班的，还有说开办幼儿园的。开办幼儿园是刘克说的，说他可以把出租的房子让出来，这样既有孩子们陪伴，还可以赚些外快，一举两得。

杨明又打了刘克一下，说，想什么呢，多大岁数的人了，还给你们家打工啊？

刘克说，你不觉得妈是闲出来的啊，不找份工作，扯旁的都没用。

洪雁说，我觉得刘克说得不是没道理，再聘几个阿姨，也用不着小姨做什么，还能让小姨高兴。

杨明说，你是太不了解你小姨了，凡她喜欢的，都是没用的，一旦有点用，她准就不喜欢了。

洪雁说，那她喜欢什么？

杨明说，舞蹈，唱歌，京戏，都喜欢过。

洪雁说，不能是一般的喜欢，得是着迷，着迷得顾不得去北边才行。

杨明看了我说，姐，你说吧，你小姨跟你最近了。

我说，屁话，再近能比上你这做闺女的？

杨明说，不信你问刘克，跟我们净夸你了，说你懂事，不喜欢她也不像我们那么露骨地表现出来。

我笑道，这是夸我还是骂我呢？

正说着，李行推门进来了，手里提了个兜子，兜子里鼓鼓囊囊的。还没说话，杨明就把兜子抢过去，眉开眼笑道，还是姐夫心细。

东西一样样地掏出来，堆放在茶几上，不过是一包瓜子，两包爆米花，几个苹果，还有一排黄亮亮的香蕉。

李行就是这样，细心又勤快，花不了几个钱，却能让大家高高兴兴的。可细心有细心的麻烦，他小心眼儿，常常为针鼻儿大点事翻不过去。因此杨明若以李行为榜样教导刘克的时候，刘克就说，我要真成了李行，你还会看得上我吗？当然，我若以刘克的漫不经心教导李行的时候，李行也会说，要是我真成了刘克，你还会看得上我吗？我便知道，这世上的事是不能求全的，世上的人也是千人千面，谁也成不了谁的。

尽管这样，与小姨比较，我们几个还是相近了许多，若小姨在场，会拿出做工精致的果盘摆放这些东西，兴许由此还会念叨起另外的东西，比如咖啡，比如巧克力，比如国外的小点心什么的。小姨有时兴致来了，会把它们买来，让精致的果盘派上用场，让她浪漫的想象充分显现。小姨还买过日本产的茶具，德国产的炊具，她自个儿吃饭用的瓷碗、瓷盘是韩国产的。这些东西自是工艺精良，却价格昂贵，似我和杨明、洪雁之辈是绝舍不得买的。我们和小姨争辩说，一块钱一个的碗吃饭一样不差味儿。小姨就连连摇头说，不一样，感觉不一样，味儿也不一样，不信你们就试试。我们谁也没肯试过，用不试对抗着小姨的偏执和可笑。我们当然知道那是好东西，但在习惯了的日子面前，好东西不一定就属于我们。比如我们每天端了一只两百块钱的饭碗吃饭，岂不会变得小心翼翼，哪里还顾得饭菜的味道！

大家嗑着瓜子，吃着水果，继续讨论小姨的问题。

我说，小姨这会儿也不知有没有东西吃，为赶车晚饭都没吃上。

杨明说，放心吧，车上有卖的。

洪雁说，车上的饭多贵啊。

杨明说，要是考虑贵贱就不是你小姨了。

刘克说，说不定还不止买了一份。

李行说，什么意思？

刘克说，助人为乐呗。

大家便又笑了。

不知为什么，这么吃着东西笑着小姨我心里挺不是滋味儿，便扯到刚才的话题上说，我倒觉得，小姨是个念旧又爱热闹的人，能不能把她的小学同学、中学同学都联系联系，今儿他来，明儿你来，总有些相好不错的，对了心思，拴住了身子，不是就不想着远处的事了？

杨明说，唉，同学聚会早就有过，聚会一回，你小姨就兴奋得失眠一回，要是总聚会总失眠，岂不更麻烦？

我说，那是偶尔一回，三天两头地交往起来，自然会习惯的。

洪雁说，我看不妨试试。

刘克说，死马当活马医，不妨试试呗。

杨明说，你又胡说，谁是死马啊？

刘克说，我说的是事儿，又不是人，会不会听话啊你？

杨明说，一天到晚就是你怪话多，要不是你，她也不能跟咱分开住。

刘克说，说的什么屁话，分开住是你和妈的意思，跟我什么相干？

两人本是笑着的，这时刘克就有些变颜变色的，刘克说，说个死马当活马医就成怪话了？那总比你说妈是傻瓜是弱智好听得多吧？

我和李行和洪雁听着，怔怔地看着刘克，一向觉得他凡事不过心的，没想到他也有计较的时候。人一计较，话就没了分寸，像杨明说小姨的这话，在我们听来就不免有些刺耳。

这时，就听咔嚓一声，一只杯子摔在了地上，灯光下，溅起了晶亮的玻璃碎碴。是杨明，由于刘克的揭发，脾气火爆的杨明作为女儿，显然感到了难堪。她说，该死的，那是话赶话赶出来的，再不好听，也不像你刘克，在你刘克眼里，她怕是连傻瓜、弱智都不如呢！

刘克像是被杨明的摔有点吓住，却又不甘心，继续逗了强说，既这么说，咱就得好好掰扯掰扯了，在我眼里，妈好歹还是个老人，可在妈眼里呢，我是个什么？你问问她，自打结了婚，她正眼瞧过我没有？

杨明说，看不出啊，你还是个有心的，她老人家连我都懒得瞧了，瞧你个外人有屁用啊？

刘克说，看看，连你都把我看成了外人呢！

杨明和刘克互不相让地争吵着，我和洪雁一人拉一个劝说着他们，李行则拿笤帚打扫着玻璃碴子。李行眼里永远是有活儿的，我为此感动，也为此不满。"琐碎顾得多了，人就不容易大气。"这是小姨针对李行说过的，我不想放在心上，可有时会莫名地对李行不满起来。

李行把玻璃碴装进个塑料袋里，要开门扔出去，我便趁此机会跟杨明告别，与李行一起离开了她家。洪雁这老姑娘没个眼色，还直朝了我问，这就走了？我咋觉得话还没说完呢？

从杨明家出来，是李行开车。我说，多转一会儿吧，看看夜景。李行说，都住这儿半辈子了，有什么好看的？我说，看！李行就不再说什么，转动方向盘朝了繁华的街道开去。

车里时间屏上的红色数字是21:30，小姨还需在火车上度过漫长的8个小时。不过在她的感觉里，也许并不漫长，因为她是"自在"的。

城市的夜景，无非就是灯景吧，这些年的变化，是灯的颜色、种类、数量都愈来愈多了，走在街上，就像是走进了令人眼花缭乱的灯市。虽说每年的元宵节市里还是要组织灯会，可看的人一年比一年少了，灯会上的灯，有的还不如马路边上的灯好看呢。记得小时候，办个灯会就等于是全市所有人的大聚会，挤在其中脚不沾地就能从街东头到街西头。小姨是最喜欢看灯会的，每回都拉了我和杨明、洪雁，来来回回地看不够。我仨个头儿小，看的人比灯还多，可兴奋劲儿一点不比小姨差。有一回为看"孔雀开屏"灯，我仨松了小姨的手，从人的腿缝里挤了进去。我们以为，这回要把小姨急坏了，可谁知，小姨也只顾看"孔雀开屏"了，竟毫无知觉，待看够了，才发现手已空空的了。我们听她一个一个地喊着我们的名字，故意不吱声，直到她带了哭声，才忽然挤到她跟前，把手放到了她的手里。那以后，母亲再也没肯让我们跟小姨看过灯会，母亲自个儿也从不去看，她说，人一多就是看人景了，人景有什么好看的？就说灯景，还不是哄了人往虚幻里走，全是假的。母亲对世事仿佛永远是明白、透彻的，不像小姨，什么都心存好奇，什么都容易当真。

想什么呢？

我听到李行忽然问。

我说，想小姨呢。

李行说，送小姨去车站，八成又不痛快了吧？

我说，你怎么知道？

李行说，不然你不会去杨明家。

我说，小姨是杨明的妈，送完总得去跟杨明说一声吧。

李行说，打个电话也能说啊。

我说，你到底什么意思啊？

李行说，没什么意思。

我说，小心眼儿。

李行说，你心眼儿大，对小姨也没见你好到哪里。

我看着他，没想到他会这么说我。

李行说，你没觉得，小姨一趟趟地往北边跑，是因为不想在这边待吗？

我说，为什么不想？

李行说，这还不明白，刘克说小姨没正眼瞧过他，他又几时正眼瞧过小姨？加上咱们几个，对小姨就正眼瞧过？心里，我说的是心里。

我说，你的意思，小姨是被咱几个逼走的？

李行说，我可没那么说。

接下来，车里一直沉默着，我和李行都没再说什么。

前面是个十字路口，向左就是最繁华的市中心，已可见那里的灿烂一片了，那高耸入云的楼顶的灯光，与闪烁的星星们连在一起，更使俗世的灿烂有了几分虚幻之感。向右，则是我们回家的路，我不由自主地向右指了指，李行也不问什么，顺从地驶入了向右拐的车道。

三天之后，小姨从"北边"回来了。

我们都很奇怪，往常小姨总要待上十天半月的。

仍是我去车站接的小姨。正是吃晚饭的点儿，我让李行安排了饭店，并通知杨明两口子和洪雁也一起去。李行说，杨明在电话里说，饭钱让小姨出，她不能尽顾着外人不顾家人。

在出站的人群中发现小姨时，我不由得有些吃惊，刚刚三天，小姨像是变化了不少，细看，仍是那身衣服，上身夹克衫，下身牛仔裤；仍是那样的发式，两条辫子背在脑后，被一条小手绢儿扎起，小手绢儿白底黄花，就像辫子上落了只黄色的大蝴蝶。可是，到底是不一样了，对，眼神，眼神像是黯淡了许多，再也不是那双年轻四十岁的眼睛了；还有脊背，也似不再那么挺拔；原本十分快捷的两条长腿，现在却明显有些迟缓……

小姨坐在车上，一言不发，我问一句，她才肯答一句。将近饭店时，小姨才忽然问道，这是去哪儿？我说去饭店吃饭。小姨说，不想吃，还是送我回家吧。我说，杨明他们都等着呢。小姨竟害怕似的蜷缩起身子，说，不行不行，你们还是让我自在会儿吧！我却不肯听小姨的，仍顾自向前开。我自觉有充分的理由：不管怎样，饭总是要吃的。我甚至还有些气鼓鼓的，大家等你一个人，你却不吃了，哪有这么不通情理的长辈啊！

谁知，在饭店前停下车时，小姨却呜呜地哭起来了。

我原是想对小姨好一点，才安排了这次晚饭的。我还想着，吃晚饭的时候也让大家对小姨好一点，小姨说什么也不要反驳她，更不要嘲笑她。可是……

我耐下心来，把手放在小姨的肩膀上，问她，为什么？

小姨哭得更恸了，有些上气不接下气的，似小孩子一样的哭法。

我说，路上出什么事了？

小姨摇摇头。

我说，是"北边"出什么事了？

小姨又摇头。

我说，那是"北边"的人对你不好了？

小姨仍是摇头。

我不由得有些急，说，到底怎么了？

小姨这才停了哭说，是我……我对他们不好，他们要到城里来，我拒绝了。

　　我不由得松了口气，说，拒绝就拒绝了，有什么好不好的。

　　小姨说，拒绝了他们，也就拒绝了自个儿了，往后……再不好去了。

　　我说，不去就不去，大老远的，也省得我们担心了。

　　小姨说，唉，小姨这儿疼……疼得要命呢！

　　小姨指了她的心口，那手指竟微微地有些颤抖。

　　我说，那我就不明白了，你为什么一定要拒绝呢？

　　小姨说，还不是……因为你们？

　　我惊讶道，我们？

　　小姨又一次沉默下来。

　　半天，小姨才说，在你们眼里，小姨也许是个一无是处的傻瓜，可在他们眼里不是，我说的每一句话，唱的每一支歌，讲的每一个故事，他们听来都是好的。他们崇拜我，崇拜，你懂不懂？

　　小姨闪了泪花的眼睛忽然变得亮亮的，就仿佛我也变成了她的崇拜者了似的。

　　我看着小姨，总算明白她为什么要一趟一趟地往"北边"跑了。可还是不能明白，她的拒绝和我们有什么关系？是怕遭我们的责怪？还是怕她的崇拜者进了城会像我们一样不再对她崇拜？不管怎样，小姨不再去"北边"了，"拒绝"总还是一件好事。

　　这时，杨明他们大约等得着急，全都从饭店跑出来了。我拿纸巾替小姨擦掉脸上的泪痕，拉起小姨，迎了他们走去。我知道，这顿饭小姨一定还是会像以往一样，抢了付钱的。

原载《当代》2013年第3期

入选"2013年度河北小说排行榜"

悲 伤

这块约百十平方米的土地面儿，呈椭圆形，两侧配有木制的长椅，长椅后面是一排排胳膊粗的高高的小杨树。

我压腿，踢腿，下蹲，做着种种打拳前的预备动作。

刚下过一场雨，地面是湿润的，却不沾脚。

只我一个人。真好。

土地面儿成了我这回离家租房的理由，打太极拳，是需要这种土地面儿的。丈夫意外地没阻拦，他大约是厌烦了我这套了，动不动就要离开家，这回他索性就大撒把，你爱去哪儿去哪儿吧。

我打的是杨式太极拳，跟一位苏姓师傅学的。这苏师傅打得还不错，只是脾气不好，见谁做错了动作劈手就打过去，弄得人家很下不来台。要紧的不是脾气，是这脾气的后面，是人人都可能会有的支配欲。我虽从没挨过他的打，却不能忍受他日益膨胀的支配欲，八十八式只学到六十六式就离开了他。我猜他会把我看作一个虎头蛇尾的人，或是一个忘恩负义的人。我其实很在乎他的看法，因为这两种人我都不是。可我若是不离开比背负他的看法还要难以忍受。人就是这样，永远没有一个最好的选择，除非像其他学员那样，做一个心甘情愿任他支配的人。可谁又知道，那些学员果真就心甘情愿吗？

丈夫坚定地站在了苏师傅一边，他说，人家学费都不要，还不让人家支配支配？丈夫总喜欢两码事混在一起说，我明白他不是为苏师傅，是为他自己，他就是个支配欲极强的人。我一次次地要离开家，就是为了逃离他的支配。

事实上这辈子我只离开过两次家，且两次都没有离开过丈夫的帮助，比如用他的车和司机，比如求他办过事的人为我租到最称心如意的房子。为我租房子的人总是感到奇怪，你们这样的人，怎么可能只一套住房呢？我就对他说，因为我们干净，我们没往家拿过一件不属于自个儿的东西。我说得一点不过分，丈夫是个厅级干部，归他支配的钱很有一些，但他不贪，他只享受支配的过程。当然，我们的婚姻能到今天，绝不仅这一个冠冕堂皇的理由，他是个强势的人，因为强势我想离开他，可也因为强势我有些离不开他。他大约早就看出了我这一弱点，所以他一直不肯改变他面对我时的姿态。

地面儿上有一队蚂蚁，正在由东向西匆忙地行走着；还有一只蜗牛，试探着伸出了它长角的脑袋；两只蝴蝶在小杨树间忽闪着翅膀，引得几只飞虫嗡嗡嗡地跟随着它们；一群鸟儿呼啦啦从树上飞起，撞掉了叶上的雨滴，下起了一阵急雨；急雨惊动了柔弱的草们，它们摇晃着身子几乎都要倒下去了，可再次挺起身时，像是忽然长高了一截……一场晨雨，或者说一场湿润，仿佛为万物都带来了生机。

我莫名地湿润了眼睛。

我让自个儿从肩到肘，从腰到胯，从腿到脚，一节节地放松，然后迈出左脚，平分乾坤……苏师傅说，第一个动作至关重要，就像唱歌儿一样，头儿起得好，整首歌唱好就没问题了。可我认为，第二个动作第三个动作第四个动作……同样重要，太极拳是在用腿用胳膊用身体画一个又一个的圆，这些圆靠气和意贯穿着，或者说缠绕着，一个圆画不好，满盘皆输。画圆的话也是苏师傅说的，不过他在强调第一个动作的时候，就似乎把画圆的话给忘掉了。我当然不可能当面反驳苏师傅，但正因为不能当面反驳我心里的认为才愈来愈强烈。在他教太极拳的日子里，几乎每天我都有和苏师傅在心里的对抗，比如他总喜欢让做错动作的人重复错误的动作，引起大家的哄笑；还比如他总是要放音乐，以求得一致的节奏。在他站在队前为大家做示范的时候，我感到他身体的每个细胞都是张扬的，特别是他的肩膀，张扬得都要耸起来了。而太极拳讲的是松、沉、柔、慢。师傅他当然也知道松沉柔慢，可一做示范他就有点由不得自个儿了。

我离开了丈夫，离开了苏师傅，真好！我才不会放什么音乐，真正的意境是在心里，只要自在、自由，残缺的六十六式也比让音乐束缚的八十八式要好！我还可以不必每天把地擦得干干净净把被子叠得整整齐齐的了，我做饭时也再不必去想蛋白质、维生素什么的了。丈夫除了支配欲还喜欢生活细节的挑剔，让他的挑剔以及苏师傅张扬的肩膀都见鬼去吧！

噢，一并见鬼的，还有我的单位，这比离开丈夫和苏师傅更为重要。我的单位是一家报社，在我当编辑的几十年里，我送上的稿子被毙的远多于被用的。我认为不是稿子的问题，是总编太强调他的意图了，其实也不是他的意图，不过是对别人的意图的模仿罢了，而我总不自觉地要打破他的意图。几十年里，我由编新闻稿改为编文艺稿，又由编文艺稿改为编娱乐稿，临退休的两年，总编索性让我去编吃喝拉撒睡的稿子了。我的工作一路下滑，这是我永远的痛。不能原谅的，是丈夫也一直站在总编一边，指责我的"不称职"。他和总编是多年的朋友，看问题一致得就像一个人一样。总编见到我总是和气、亲切的样子，该得的待遇从没落下过我，可我在乎的不是他的样子，也不是什么待遇，我在乎的，他这辈子都从没给过我。我几次要调别的报社，都被丈夫坚决地拦下了，他说，天下的报社是一样的。他这话很是挫伤了我的勇气，包括婚姻，因为我很快就想到了同样一个句式：天下的男人是一样的。

第一个动作是起势，两臂向前方缓缓平举，然后两腿屈膝，两掌下按。这时候，苏师傅总是说，心里想着气沉到了脚底，两只手就像按了个水里的气球一样。苏师傅也许是对的，可我反感他那种真理在握的口气，更反感他有时会把气球说成是要袭击你胸部的敌人。因此我总也找不到气和气球的感觉。

接下来是揽雀尾，这一式就更具攻击的意味了，是说敌人的手臂好比雀的头尾，用双手持取它，并顺势掤、捋、挤、按，旋转上下。苏师傅为了让大家更明白些，有一次把我当成了假想敌，手臂被他掠夺过去，上旋下转，疼得我呀呀直叫。他却得意地笑着，仿佛真的打败了一个敌人。我的臂膀整整疼了两天，他当然是无意的，但他对"敌人"的狠是切切实实地让我体味到了。

　　我是为了更多占有独处的时间才学太极拳的，因此从太极拳里我更多地看到了"自在"，也因此更喜欢太极拳的画圆，大的小的，横的竖的，正的斜的，顺的逆的，内的外的，手画的脚画的，腰画的胯画的，心画的意画的……我自个儿执拗地认为，把圆画好了，太极拳自然也就打好了。可苏师傅不这么认为，他的标准是他自个儿，一招一式只要跟他的一模一样就是好拳。其实公正地说，苏师傅对我还是很另眼相看的，他曾多次表示，我有希望成为他的第19个徒弟。他的徒弟们我很认识一些，男的女的老的少的各行各业的都有，只是还没有一个"知识分子"。我觉得苏师傅对我还是不够了解，他以为只要拜他为师我就会像其他的徒弟一样以他为中心画圆。因此我对苏师傅的表示只能一笑了之。太极拳里的圆，是互为依存、交叉而又相对独立的，我想我不能没有自个儿的圆，一个丈夫一个总编已经干扰我大半辈子了，我可不能一错再错。

　　揽雀尾下来是单鞭，单鞭下来是提手，提手下来是白鹤亮翅……我一式一式地做了下去。我惊喜地意识到，每一个动作的开始，其实就是画圆的开始了，腰脊，手间，胯下……简直有数不清的圆，这些圆形成了一招一式，或者说这一招一式成就了数不清的圆。圆们融合而又独立，纠缠而又各自显现，几乎就如同一个和谐的小世界一样了。这世界我从前可没有过这么细腻、深刻的体会，我感到自个儿的身体，自个儿的腰胯、手臂、腿脚，也像是灵活而又凝重了，就如同两侧的小杨树，树根牢牢地扎在地下，树枝则轻盈地随风摇荡……我想，幸亏有了一个人的机会，幸亏啊！圆们画得是愈来愈多了，我的身体也愈来愈自在、自如。有一刻，我几乎说不清是我在画圆，还是圆们在画我了；还有一刻，我的身体似是还融入了两侧的小杨树，融入了脚下的土地，融入了头上的天空，融入了东边初升的太阳……太阳真圆，月亮也是圆的，地球也是圆的，地球除了外画圆以外，自个儿也在画着内圆，就如同四肢围绕腰脊画圆一样，它们自个儿，也在完成着一个又一个的圆。而整个宇宙，又何尝不是星球旋转，由数不清的圆世界组成的呢！

一式一式的，我终于打到了六十六式。这八十八式是残缺的，我却从未有过地体味到了太极拳的圆满。做完收势的动作，我正要在一侧的木椅上坐一会儿，却忽然发现，木椅上早已有人了。

就见是一老一小，老的白发苍苍，小的则不过四五岁的样子。老的将一头白发挽在脑后，突出着一张皱纹纵横的脸。小的是一头黑发，大眼睛忽闪忽闪的，如同两片湖水，使原本就柔润的小脸蛋儿更添了几分晶莹剔透。

小的坐在椅子上，老的则弯腰面对了他，像是正等待他做一个决定。

老的身体是个半圆，小的身体先是个直角，慢慢地，脑袋垂了下来，脊背也有些弯曲。

老的问，冬冬，说话，跟奶奶还是跟妈妈？

小的的脑袋垂得更低了，几乎都要挨着腿了，挨着腿就是个圆圈了。

老的像是弯腰弯累了，身子挺了起来，她伸出手去，托起孩子的下巴，迫使那孩子的脸对了自个儿的脸。孩子是张圆脸，老人也是张圆脸，祖孙二人还真有点像。

就见那孩子的大眼睛里，忽然淌出了两颗晶亮亮的泪水！

孩子的眼泪像是把老人吓着了，托下巴的手赶紧改为了擦眼泪，一边说，别哭别哭，哎呀你哭什么呀？

是啊，跟奶奶还是跟妈妈，这是个多么重大的决定，孩子的腰脊岂是可以支撑得住的？

可是，老人像仍有些不甘心，她一边替孩子擦着眼泪，一边又问孩子，奶奶家好还是妈妈家好？

孩子哽咽着说，都好。

老人又问，奶奶亲还是妈妈亲？

孩子说，都亲。

老人说，那奶奶做饭好吃还是妈妈做饭好吃呢？

孩子沉默了一会儿，说，奶奶做饭好吃。

老人说，那就跟奶奶走，奶奶天天给你做好吃的。

孩子又一次垂下了脑袋。

好吃的对孩子一定是个诱惑，可他垂下的脑袋说明他一定还有别的诱惑。我终于忍不住说道，看孩子可怜的，就别为难他了。

老人大约没想到外人的插话，她猛地回过头来，有些敌视地看着我，好像我要跟她争抢孙子似的。

她说，你是谁？打哪儿来的？我怎么从没见过你？

离得近了，她那张皱纹纵横的脸显得更突出了，虽说眼睛里含了敌视，皱纹里却满是隐藏不住的悲伤。

我不由得有些惊愕，细看她的眼睛，觉得她并没有表现得那么老。还有她全白的头发，也不像是苍老的标志，而更像是悲伤的结果。我曾看到过这样的脸，也许已少有泪水，却是由悲伤的细胞组成，就像树上的年轮一样，那刀刻般的皱纹，正是一次次悲伤的见证。我自己，虽说没多少皱纹，也没多少白头发，但已经不止一个人这样说我：你的日子不如意。我问是怎么看出来的，人家就确定无疑地说，脸上全刻着啊。我一次次地在镜前寻找刻着的不如意，却到底也看不出个究竟。

不知为什么，面对老人，我忽然有一种在镜前的感觉。我有些害怕地避开她的目光，更不敢答话，转身要走，却忽然听那孩子叫道，阿姨！

我吃惊地回过头，就见那孩子跳下长椅，飞快地朝我跑来。

老人在我和孩子之间，孩子从她跟前跑过时，她竟没反应过来，直到孩子躲到我的身后，她才急切地来拉孩子。她大喊道，冬冬！

孩子却拽了我的衣角，死也不肯撒手。

我说，冬冬，奶奶叫你呢。

孩子说，不想回家，我谁家也不想回！

老人试图抠开孩子拽我衣角的手，孩子却灵巧地躲避着，这只手抠开了，另一只手又拽住了。我成了他们的圆心，两人围了我一圈一圈地旋转着。终于，有一刻孩子没来得及拽紧，被老人一下子抓到了。孩子哇的一声哭起来。那哭声的悲恸，就仿佛一个被人丢弃的再也找不回家的孩子。

孩子就这么哭着被老人带走了。两人的影子一长一短，太阳在天上远远地望着他们。

我觉得心一时被他们搅得乱乱的，为尽快安定下来，决定重新再打一遍"六十六式"。

谁知，刚开始做起势，就被一个似乎从天而降的女人吓了一跳，只见她披头散发，满脸满眼的惊慌，两只发凉的手抓住我的胳膊，近乎绝望地叫道，救我啊！

还没等我醒过神来，一个小个子男人已到了跟前，女人只好放开我，沿了椭圆的土地面儿一圈一圈地躲闪着男人。就见男人的眉头耸得好紧，眼睛里带了血丝，拳头攥得就像随时要砸下去的铁锤，两条腿如同两股风似的嗖嗖地对女人紧追不放。

我几次试图拦下男人，都被男人的身体撞在了一边。那身体好硬，就像石头一样觉不出一丝弹性。

我的阻拦只是让那女人多跑了几圈，最后还是被男人追上了。我看到在男人靠近女人的一刻，女人忽然扑通跪下了，双手抱住男人的腿，嘴里喊道，饶我一回吧，我再也不敢了！

男人却像没听见没看见一样，只听任早就攥紧的拳头雨点般地砸了下去。

我不顾一切地冲上去，拼命地扯那男人，扯不动，又反过来去护女人。拳头落在了我的身上，可真疼啊！

好在男人感觉到了，他停了打，一脸怒气地嚷，起开起开，少管闲事！

我说，你不能再打她！

男人说，打她是轻的！

男人的嘴唇颤抖着，身体也有些抖，布满血丝的眼睛里除了愤怒，似还藏了无尽的忧伤。

但我还是不肯起开，我说，以为她是什么，她是个人！

男人说，她是个贱人！

我说，你打人才贱！

男人说，你是谁？打哪儿来的？我怎么没见过你？

我从未和一个陌生男人这样近的距离，男人脸上的汗毛孔好大，像是每个毛孔里都藏了和这女人的故事。

女人的手仍抓了男人的腿不放，我说，起来！越跪他越不拿你当人的！

想不到女的却说，是我不好，是我先不是人的。

男人说，听见没有？这可是她自个儿说的！

这时，已招来一群观众，他们不说什么，脸上却充满了观看者的期待。

好像由于众人的在场，也由于女人的认错，男人倒没再使用他的拳头，只狠狠甩开女人的手，长长地叹一口气，顾自离开了现场。

女人被甩得歪在了地上，男人的离开似让她更加惊慌，她一骨碌爬起来，大喊着"等等我啊"，便跟跟跄跄地朝男人追了过去。

众人对二人的离去很有些失望，一个人说，这就完了？另一个人说，只看了个片尾。还有个人直接面对了我问，咋回事？

我望了他和大家期待的眼神，一言未发，转身朝了自个儿租住的楼房走去。我听到有人问，她是谁？打哪儿来的？怎么从没见过她？

一连十几天，我天天在这块椭圆形的土地面儿上打拳。

说也奇怪，每天的拳都不能打得尽兴，不是遇到伤心哭泣的，就是遇到吵吵闹闹的，有一回还见到个拿了上吊绳儿的，说什么也得把自个儿吊死在小杨树上……那种与天地与万物融在一起的感觉，仿佛一天天地在减少。更叫人恼火的，是晚上一个人躺在床上，白天发生的事依然如在眼前，那一张张伤心的或是悲愤的、惶恐的或是绝望的表情，就像织成了一张表情的大网，笼罩在我狭小的房间里。我几次冲出卧室，冲进客厅，试图摆脱那些表情，却总是徒劳。表情的大网如同蜘蛛网一样粘在身上，我在哪里，它们也就在哪里，不仅有表情，还能发出各自的声音。说是各自，其实在我听来，全都似一种声音，一种秋天的悲凉又含混的风声……

在这期间，丈夫几乎天天都会打来电话，他总是说，回来吧，别耍小孩子脾气了。从他的声音足可以听出他的居高临下，为这居高临下，我总是一言不发就挂掉电话。他已经习惯对我这么说话了，我却不能习惯，我无数次地跟他说过，我不是你的下属。可他却只把这话当作我性格的执拗，就像现在把我人生的重大行动当作耍小孩子脾气一样。看来，我的圆和他的圆是永远无法交叉、融合了，可老天却生生让我们做了一辈子的夫妻！

这天早晨，还未起床，丈夫就又来电话了。他那边的声音听上去好像有些虚弱，他说，我正在医院里……

我想起上次离开家，他就是这么把我骗回去的。刚要挂电话，就听他说，别挂别挂，这次是真的，回来吧，我……需要你，我离不开你……

我怔怔地听着，泪水不知不觉地涌了出来，不是为他的病，只为他的"我需要你"！

他在电话里细细述说着他的病情，不过是可以治愈的肺炎罢了，可这个从没住过院的男人，这个强势的骄横的男人，却像大难临头了一样，近乎可笑地低下了他一辈子都高昂着的脑袋。我好像听到了他心里的声音：在身体和意愿面前，当然身体要紧！

其实，我要的不过就是个平等相处吧，可要了一辈子，最终解决这事的却是身体……不管怎样，我也是要回去了。我想起那一对老人、孩子伤心的背影，想起那男人眼睛里无尽的忧伤，还忽然想起，丈夫那高傲的脸上，偶尔闪现出的难以掩饰的愁苦……丈夫的"愁苦"不由得让我的心颤抖了一下，那愁苦的原因，来自哪里呢？

我并不觉得自个儿做错了什么，但我却深信，这个世界是由微妙而又神奇的因果链组成的，因果链就像那千变万化的圆世界一样，相互交叉，相互依存，又相互融合……我祈盼着，我真的没有做错什么，我和那"愁苦"的前因无任何瓜葛，可是，它却又总是有什么前因的吧？

丈夫的司机已经等在楼下了，我顺从地下楼，顺从地坐上了丈夫的专用车，一辆黑色的奥迪。

天刚放亮，这大约是城市最安静的时刻，偶尔急驰而过的车辆似有了默契似的，听不到一声喇叭。天边上有只月亮，与城市的路灯遥相呼应。它们像是在做着最后的坚持，坚持着与太阳的亮光交接的一刻。一辆洒水车缓缓而过，路面湿漉漉的，两边的花草也湿漉漉的，我打开车窗，情不自禁地贪婪地呼吸着。

护城河是车的必经之地，我看到护城河边那片空地上，正有几十名排好了队列的人，在一曲《高山流水》的乐曲中开始舞动拳脚。我还看到，前面领队的，正是那个高耸了肩膀的苏师傅。

我让司机把车停在路边，远远地看了一会儿。若是昨天，我也许还非常地想告诉他们一个人打拳时的体会，那没有音乐束缚的与天地交融的体会，可是现在，我却不由得有些心虚，因为那感觉，就像是天边的月亮，正在一点一点地与我远离……

我在心里默默地祈祷着，祈祷那感觉再次降临的时刻。从远离到降临，或者从降临到远离，也可说是一个圆吧，我仿佛看到，这圆庞大而又沉重，我身在其中，虽不是伤痕累累，却也已是疲惫不堪……

前面是座立交桥，在立交桥下绕个圈子，就可看到丈夫住的那座医院了。

原载《中华文学选刊》2013年第9期
《新华文摘》2013年第23期选载

看 戏 去

春天了，村里许多人家的炕火都灭了，太阳升上来的时候，屋外比屋里还要暖和得多了。

街上的人多起来，你来我往的，棉衣还没脱掉，脸上却已先换了季节，要忙点什么的样子了。

大人忙，小孩子也不肯闲着，你找我我找你的，跳绳儿，踢毽子，捉迷藏，冬天的衣裳穿在身上，小脸儿热得红扑扑的，却也想不起脱，春捂秋冻春捂秋冻，大人们整天说啊说的，多了就说成了习惯了。有的小孩子身后还跟了条小狗，一路汪汪地叫着，墙头上的公鸡比赛似的也伸长了脖子打起鸣来，惊得树上的几只鸟儿忽地扑棱棱地飞走了。人们循声望去，鸟儿不知哪里去了，却见树上的枝条绿茸茸的，那嫩芽就像一下子冒出来的，真奇啊。

跳绳儿的孩子里有个叫胖丫的，不知怎么，总也跳不过去，不是绳儿绊了脚就是脚踩了绳子。她的脸胖嘟嘟的，脑袋上扎了两根又细又黄的小辫子。跟她一拨儿的女孩子叫小瑞，她跳不过去，小瑞也就跳不过去，小瑞就很不高兴，举了拳头要求划拳裁决，重新分拨儿。牵了绳儿的两个女孩儿说什么也不干，把绳儿扔给小瑞、胖丫，等待着自个儿一拨儿的开跳。

就在这时，一声喊把胖丫和小瑞解脱了出来，胖丫！小瑞！大家望去，原来是胖丫的奶奶。胖丫的奶奶站在大门口，正老远地朝这里招着手。她也是个胖子，大屁股大脸，肚子也是大的，要不是岁数大了，人家会以为她有六七个月的身孕呢。

小瑞家和胖丫家住在同一个大门里，大门里还有一家，是一对老头老太太，没有孩子，光秃秃的就他们俩，小瑞和胖丫叫他们春爷爷、春奶奶。

事情就是春爷爷、春奶奶发起来的，他们要约上小瑞的奶奶和胖丫的奶奶看戏去。

小瑞和胖丫来到大门口时，小瑞的奶奶也从家里出来了，她比胖丫的奶奶矮了半头，也瘦了不少，两人站在一起小瑞总觉得奶奶有点可怜巴巴的。

接着春爷爷和春奶奶也出来了，他们住在尽里头，没有墙院，出屋是几个畦子的菠菜和香菜，一进大门就能看见。他们一前一后，一高一矮，高的是春奶奶，矮的倒是春爷爷。

小瑞和胖丫一听说去看戏，高兴坏了，手拉了手就往村西口跑。谁知春奶奶的一声呵斥，把她们的兴头扫了一半。春奶奶说，跑什么跑，知道出东口还是出西口啊？

小瑞和胖丫当然希望是出西口了，出西口去的是省城，出东口去的是县城，她们才不想去县城的破戏园子呢，泥土地，长板凳，坐上去颤巍巍的，台上的人只能看见半个脸。上回从县城的戏园子里出来奶奶们就说，下回吧，下回保准让你们去带座的戏园子里看一回。长板凳不算带座的，这一点奶奶们跟她俩是一致的，所以她俩一直就盼着这下一回呢。

她俩停了脚步，回头看几个大人站在那里，也像是还没说准出哪个口。她俩相信自个儿的奶奶是要去省城的，而春爷爷和春奶奶八成是要去县城。每回他们都主张去县城，因为县城的京剧团有个叫江英的演员是他们的外孙女，戏一散他们就到后台看外孙女去了，把她们几个丢在空荡荡的扔满瓜子皮的泥土地上，好没意思。有一回小瑞和胖丫也悄悄跑到了后台，她们看到那个刚才在台上戴了凤冠霞帔的神采照人的江英，原来跟普通人没什么两样，一头的短发，脸也没刚才那么白，眼睛也没刚才那么大，一说话就更露马脚，竟是和春爷爷、春奶奶的口音一模一样，当然和她俩的口音也一模一样。正是如此才让她们一下子和江英疏远了，台上的江英，在她们心里原本是一个天上的人儿一样，她们从没真的把她和春爷爷、春奶奶联系起来过，这会儿眼看再难变回天上去，心里的滋味儿可想而知。胖丫为此掉了眼泪，回去的路上谁都不理，或是远远地跑在前头，或是磨蹭着落在后头。除了小瑞，谁都不知她为了什么，急得她奶奶一路上直夸小瑞，看人家小瑞，你咋就不能学学小瑞呢？小瑞是大人们公认的好孩子，从不任了性儿来，而胖丫在人们眼里，一直是个难缠的孩子。两人从小玩到大，两人的对比也就愈来愈突出。

胖丫冲小瑞伸出小指，说，拉钩吧。小瑞问做什么？胖丫说，要是还去县城，咱们就坐地上不走。小瑞看看自己新换的干净裤子，说，要坐你坐，我不坐。胖丫说，你还真愿意去县城啊？小瑞说，不愿意，可我也不想坐地上。胖丫收回小指，身子一拧给了小瑞个背身。小瑞知道胖丫又生气了，她一天到晚地总爱生气。

可喜的是，几个大人像是做了决定，一致地朝她们这边走来了。她们的奶奶走在前面，春爷爷、春奶奶走在后面，奶奶们全是大襟褂子，褂下是打了裹腿的八字脚，走起路来摇摇晃晃的。特别是春奶奶，个儿高脚小，摇晃的时候叫人直担心那脚会撑不住，一下子让身子倒下来。她们自个儿的奶奶也是小脚，裹过的，只不过胖丫的奶奶裹得不彻底，落了个半大脚，她的鞋胖丫穿上还富裕一截；而小瑞的奶奶虽说跟春奶奶一样是真正的三寸金莲，可她个子矮，再摇晃也没春奶奶那么可怕。要说，这几个人里最不该摇晃的就是春爷爷了，他的脚不痛不痒的，肥得蒲扇一样，却偏偏就属他摇晃得厉害。这全要怪他的两个脚尖，老要你找我我找你的往里凑。春奶奶说他那叫内八字。除了脚小，春奶奶比春爷爷倒更像个男人，声儿粗火气旺，一说话就把春爷爷罩得气都听不见出了。

胖丫和小瑞看着看着，不由得就笑了，胖丫又要来拉小瑞的手，小瑞没让，自个儿先朝了村西口跑去了。

村西口有个河坑，坑边的几棵柳树，已是绿莹莹的长满了叶子，坑里的水却还结着冰，几只麻雀忽而落下忽而飞起的，仿佛把冰面当了打麦场一样。

　　打麦场还早着呢，地里的麦苗刚刚睡了一冬，还没完全醒过来的样子。一些人在远处的麦田里，正弯了腰对垄沟修修补补，准备灌溉了；还有一些人，在没有麦苗的闲地里，有的举了木榔头，有的拿了铁锨，也不知在忙些什么。

　　小瑞每看到地里干活儿的人，心里总会生出一份骄傲，因为这些人是受她爹指派的，她爹是生产队长，生产队长让干什么，这些人就得干什么。

　　再往前走，就是那片柏树坟了，柏树坟被围在大片的麦田之间，老远就能看见一片重色。柏树约莫有百十棵，长得蓬蓬勃勃的，走近了才能看见树下那一个挨一个的石碑和坟头。小瑞的爷爷就埋在那里，有时奶奶会拉了小瑞到坟上站一会儿，嘴里嘟嘟囔囔也听不清说的什么。小瑞从不问，但深信奶奶的嘟囔是为了爹，奶奶总说爹是家里的主心骨，爹好了全家也会好的。小瑞有时也会和胖丫来这儿，她们在竹竿上绑了带钩的铁丝，钩下一篮子柏树枝，回家烤米面馒头吃。胖丫其实也就是个伴儿，从头至尾都是小瑞来干，胖丫绑的铁丝总是松松垮垮的，伸出去的钩子也总晃晃悠悠的套不准。胖丫干不来事小瑞倒也不嫌，只要她高高兴兴的不使性子，小瑞就谢天谢地了。

　　这时，胖丫已经跑在小瑞的前面了，小瑞没让拉她的手，胖丫赌着气呢。胖丫经过小瑞身边时，说了句，有个秘密，谁都不知道，我奶奶都不知道。

　　胖丫穿了件花棉袄，脚下是一双千层底的花棉鞋，走一步就有一股尘烟冒起来。小瑞看看自个儿的脚下，干干净净的，没有一点尘土，便知道胖丫是有意踢腾的了。因此胖丫说的秘密小瑞并不在意，胖丫不高兴的时候总爱"秘密""秘密"的，她爹在大队部里掌管着印章和档案，知道的"秘密"就比旁人多些，像谁谁要登记结婚了，谁谁在旧社会做过什么，谁谁在外面犯了事，派出所的人调查来了等等。那都是些大人的事，小瑞听了转身就忘了，可胖丫不知道小瑞的忘，还掌握了生杀大权似的得意得很呢。

小瑞回头望望，几个大人也快赶上来了，他们的脚交替得很快，只是走不出路来，能赶上她就算不易了。春爷爷的那双大脚，仍是走在最后头，他正捏了小嗓儿唱那段"苏三离了洪洞县"。他一开口就是苏三，好像这辈子真把自个儿当苏三了。苏三的戏小瑞看过，是一个穿红衣白裙的好看女人被冤枉入狱的故事，那女人悲悲切切的样子让小瑞总也忘不了。

小瑞也穿了件花棉袄，只是小碎花儿，不像胖丫那件，是大朵的牡丹花，看了都叫人闹心。小瑞看见奶奶手上拿了件一样碎花儿的夹袄，知道那是自个儿的替换衣裳，一会儿走热了，棉袄要换夹袄的。奶奶总是想得很周到。胖丫的奶奶就没拿，两手空空的，胳膊使劲地前后甩着，不甩那肥胖的身子就挪不动似的。这时候，小瑞又觉得胖丫的奶奶有些可怜，她那身子就够重了，哪还顾得替换的衣裳啊？

小瑞任胖丫往前走，她停下来等着奶奶，因为柏树坟就要到了，不知奶奶会不会去看爷爷。

几个大人走近了，问小瑞怎么不走了？小瑞看看奶奶，又看看坟地那边。大人们立刻明白了，一边夸小瑞懂事一边撺掇奶奶去看看，说顺便也跟奶奶一起去。

麦田里有一条小路，走上几十米，就到了小瑞爷爷的坟跟前了。坟前有块青石碑，左右前后都是碗口粗的柏树，浓郁的树香直冲大家的鼻子。小瑞从没见过爷爷，但听奶奶说爷爷去世那天春爷爷哭得死去活来，比女人哭得还恸。

几个大人站在坟前，倒也不拘束，各说各的话，仿佛坟里的人当真能听见一样。奶奶一反往日在坟前的自言自语，放大了声儿说，他爹啊，看你多福气，大伙儿都来看你了，有春哥、春嫂，有他秋婶子，还有你孙女小瑞。小瑞快叫爷爷啊。小瑞怯怯地叫了声爷爷。紧接着秋婶子也就是胖丫的奶奶快嘴快舌地说，老哥啊，你要是活着多好，好歹路上不闷得慌，春哥他除了哼哼唧唧地唱，屁话都没一句呢。春奶奶就抢过去说，大兄弟甭听她的，你活着的时候她可这么夸过你？她这个人谁不知道，活着的人在她眼里没一个好的。你就安心歇着吧，趁她还没去那边，过几天安生日子，有一天她去找你了，你就甭想好了。胖丫的奶奶说，老哥你听见了吗，这些年他们就是这么欺侮我的，你老早甩甩手走了，说公道话的人也就没了啊！小瑞的奶奶在一旁抿嘴笑笑，说，春哥也总念叨着要跟你说话呢。斗嘴的人安静下来，等着春爷爷开口。春爷爷却又像是嘴边上涌了千言万语，到底也不知该说哪句，张了半天的嘴，刚叫了声大兄弟，忽然就听一个奶声奶气的声音嚷道，你们搞封建迷信，看我回去告诉我爹去！

大家吓了一跳，回头望去，见是胖丫正叉了腰站在路边，一副小大人的样子。大家便又气又笑，说，这孩子，还知道"封建迷信"了。胖丫的奶奶说，甭理她，春哥接了说，大兄弟怎么着？春爷爷就又叫了声大兄弟，还没说出下面的话来，只听胖丫又嚷道，走不走啊你们？不走我可回家了，回家真告诉我爹去！说着就往村子的方向走，小步子一顿一顿的，赌了天大的气似的。

大家有点着慌地去望胖丫的奶奶，倒不是怕胖丫爹知道，是怕扰了大家的兴头，让看戏的事砸了锅。就见胖丫的奶奶也有点慌，甩开半大脚就追胖丫，嘴里喊着，胖丫回来，胖丫回来啊！

胖丫见奶奶追，愈发走得快了，胳膊甩得老高，小辫子都翘起来了。

大家哪还有心思待在坟上，随了胖丫的奶奶也往外走。小瑞拉了奶奶的一只手，奶奶放开她说，小瑞，你去追吧，你秋奶奶追不上胖丫。小瑞答应一声，在几个大人的视线下撒开腿向胖丫跑去。小瑞在小学的短跑比赛中得过第一名，追上胖丫是太容易的事了，她想，让胖丫往回转也不难，一拉胖丫的手，保准就乖乖地跟她走了。

小瑞果然很快就超过秋奶奶，把胖丫挡在了路上。小瑞说，真小性儿，不就没让你拉手嘛，给你，拉吧拉吧，想怎么拉就怎么拉。小瑞把手伸到胖丫跟前。

胖丫今儿却不知怎么了，对小瑞的手看也不看，还是要倾了身子往回走。

小瑞说，你不想去看戏了？

胖丫说，不想了！

胖丫骄傲地昂了头，像是对小瑞和所有的人都不屑去看似的。小瑞有些尴尬地把手放下来，搞不清胖丫的骄傲打哪儿来的，平时她也骄傲过，只是从没这么有主意，就像背后有多大的靠山似的。小瑞说，不去就不去，有什么了不起，还封建迷信，你爹就没给你爷爷上过坟吗？

胖丫说，我爹就是没上过，奶奶骂他他都不去，他说他是唯物的，不搞那些歪的邪的。

小瑞说，上坟就是歪的邪的了？你爹不上坟倒是好的了？

胖丫说，你敢说我爹，我爹是共产党员，你爹呢？

小瑞说，我爹是生产队长！

胖丫说，生产队长算什么，你爹的秘密在我爹手里，只要我爹一说，你爹的生产队长就甭想干了！

小瑞心里一惊，说，什么秘密？

胖丫说，秘密是不能说的，说了还叫什么秘密？

这时，胖丫的奶奶也气喘吁吁地赶过来了，说，胖丫啊，要是不想听奶奶的话，就回去挨你爹的巴掌去，你爹就是把你打死，奶奶也不会再管你了！

听奶奶这么一说，胖丫才不再坚持回去了，她爹打孩子出名地狠，一巴掌下去就是五个手指印。但胖丫提出来要挨了奶奶走。奶奶说，跟小瑞一起多好，边走边玩儿，不累。胖丫说，你要再说，我真就不走了。奶奶只好说，行行行，挨了奶奶走，你这孩子啊，活脱像你爹，死拧，还犯混。

一行看戏的人总算又上了路。胖丫拉了奶奶的手，小瑞也拉了自个儿奶奶的手，春爷爷、春奶奶走在她们的后面。春奶奶小声在春爷爷的耳边说，好不懂事的孩子，害得你也没跟大兄弟说上话儿。春爷爷就说，是啊，没说上话儿。春奶奶说，也怪了，一个孩子咋就不知道怕呢？春爷爷说，怕什么？春奶奶说，死，一个人早晚要死的，死了就要埋进坟里，这事她该知道吧？知道了就该怕吧？春爷爷说，像她爹，她爹就是个不知怕的主儿。春奶奶说，你我也快去坟里了，上坟真成了封建迷信，往后来跟咱说话儿的人都没了。春爷爷说，一个孩子的话，还当真了？春奶奶说，你个戏痴，孩子的话才有来头呢，没看这阵子村干部开会又多了？会一多难说会有什么事，不让上坟还好，怕的是坟头啊、石碑啊都给你平个干干净净。春爷爷说，敢，反了他们了！春爷爷说这话时忽然抬高了嗓门儿，把前面的人吓了一跳，胖丫的奶奶问，说谁呢，反了谁了？春奶奶没好气地说，说你呢！胖丫说，不许说我奶奶！大家怔了片刻，不由得笑起来了。春奶奶说，倒是你这有孙女的，说话不吃亏。胖丫的奶奶针锋相对地说，倒是你这有外孙女的，看戏不吃亏。春奶奶说，不知好歹，我是在夸你呢。胖丫的奶奶说，你知好歹，我也没骂你啊。胖丫说，春奶奶的外孙女不是亲的！胖丫的话来得突然，大家一时都有些发怔，胖丫的奶奶甩开胖丫的手说，少胡吣，听谁说的？胖丫不甘心地又拉住奶奶的手说，我爹，我爹对我娘说的，我爹还说，春爷爷和春奶奶是搭伙过日子，奶奶，什么叫搭伙啊？

　　这时，两边的麦田渐渐高起来，中间的土路渐渐低下去，一行人愈走，就愈像走进了一条深沟里，最后，连个子最高的春奶奶都望不到两边的麦田了。

　　半天，除了胖丫奶奶的骂声，其他人都沉默着，就像走在深沟里有些害了怕似的。前后没有一个人影，只人们走的地方腾起了一片尘雾，尘雾与麦田平行着，远看就仿佛麦田升起的晨雾一样。

　　这条路早该修一修了，雨天里是半人深的水，晴天里是脚脖子深的车辙，稍不小心，就可能把脚崴进去了。

　　几个大人小心翼翼地走着，小瑞扶了奶奶，春爷爷扶了春奶奶，胖丫要扶她的奶奶，却被她奶奶又一次甩开了。

　　这样的路足有三四里，走了一会儿，大家脸上就都冒出汗来。小瑞的奶奶给小瑞换上了夹袄，胖丫闹着也要换，她奶奶给了她后背一巴掌，她索性往地上一坐大哭起来。大家围了她你哄几句我哄几句的，她却愈发哭闹得厉害。她奶奶说，甭理她，咱们走。大家试着走了几步，就见她脑袋一仰，一整个人都躺在了地上，发出的哭声，如同要遭残杀似的叫人心惊。

　　这样大家就更不能走了，返回了又去哄她，春奶奶拿出了煮好的鸡蛋，小瑞的奶奶把豆腐干递到她跟前，她奶奶也掏出了一把炒好的黑豆子。这都是平时难吃到的，再好不过的东西了，馋得小瑞都要流口水了。可胖丫还是不肯起来，只不过把大哭变成了小声的哼哼唧唧。她奶奶急得直拍自个儿的大腿，说，小祖宗，你到底想要什么啊？没想到胖丫一下子停了哭，口齿清楚地说道，我要你说，什么叫搭伙？

大家又一次怔住了，这孩子真是死拧啊！

她奶奶伸出巴掌要打，被春奶奶拦下了，春奶奶说，闺女，你奶奶不想说，听春奶奶讲给你听，不过你得先答应奶奶，好好走路，再不哭闹了，行不？

胖丫竟是点点头，听话地站了起来。她已是满身的尘土，她奶奶狠狠地给她拍着，一边说，春嫂甭理她，想躺叫她还躺着去！

总算，路是又走下去了。胖丫想挨了春奶奶走，春爷爷没让，他说，前头扶你奶奶去！春爷爷的脸一直沉着，戏也没再唱一句。胖丫虽噘了嘴不痛快，却还是乖乖地去前头了。就听春奶奶说道，闺女，你爹说得不差，江英不是我亲外甥女，我跟你春爷爷也没拜过天地。江英是我捡来的，就在你刚才躺的那地儿，正好你春爷爷赶了马车过来，问我是哪村的，我说逃荒过来的。又问孩子是咋回事，我说刚捡的，还有口气儿呢。你春爷爷看看这个又看看那个，最后说了俩字：上车！江英那时不过三四岁，睁开眼张口就叫姥姥、姥爷。这么着，我和江英和你春爷爷就搭伙过起日子来了。什么叫搭伙？记住了闺女，就是一个人过不下去了，要另一个人帮衬着才能活，才不会被埋到坟地里去，明白了？

春爷爷和春奶奶、江英的搭伙村里有岁数的人都知道的，后来江英长到十几岁又被亲娘找到领走了，大家也都知道，但由春奶奶嘴里说出来，这还是头一回。大家新奇着，却也暗怪着那胖丫的不懂事。谁知胖丫又问，春奶奶，你跟春爷爷为什么不拜天地呢？春奶奶倒也不回避，说，因为穷呗，拜不起。胖丫的奶奶说，行了行了，你春奶奶都说得明明白白的了，省点心吧你。胖丫却说，我爹说了，按规定搭伙是不合法的。

你爹说的是个屁！

大家吓了一跳，明知说话的是春爷爷，还是吃惊地回了头。就见春爷爷脸涨得通红，眼睛瞪得老大，一双厚厚的嘴唇都有些抖起来了。

老实人生起气来是吓人的，连胖丫一时都闭了嘴，直往奶奶身边躲。

春爷爷说，回去跟你爹说，春爷爷、春奶奶归生产队管，不归你爹管！

胖丫的奶奶也说，就是，你爹说的是个屁！

胖丫一听奶奶说话，又长了胆量似的，说，我爹是大队干部，大队是管小队的！

奶奶说，你爹也就管个章，哪个小队听他的？

胖丫说，要是小队队长是国民党，他得听共产党的吧？

奶奶说，什么国民党共产党的？

胖丫看看小瑞，得意地说，哼，这是个秘密。

小瑞说，你什么意思？

胖丫说，什么意思还不明白吗？

小瑞要使劲挣脱奶奶的手，奶奶却死死攥了她不放。小瑞问奶奶，她说的什么意思？奶奶不答话，脚下却使了劲，很快就走到胖丫她们前面去了。小瑞又问，我爹真是国民党吗？奶奶说，胡说，如今都是共产党，哪有什么国民党。

小瑞终于有一刻挣脱了出来，她回身就冲胖丫去了。

胖丫见小瑞满脸通红，一头的短发都要飞起来了，她不由得松开奶奶的手，拔腿就往坡上的麦田里跑。

胖丫岂是能跑过小瑞的，在离大人们几十米远的麦田里，大人们登坡看到小瑞追上胖丫，一手扯住她的胳膊，一手打在了胖丫的脸上。那声音真是响亮，大人们几乎不相信自己的眼睛，这个听话、懂事的小瑞啊，竟是会打人的！更意外的，是胖丫这回没有哭闹，只捂了脸手指了小瑞说，你跟你爹站在一边，就是跟国民党站在一边！小瑞又要动手，却被奶奶的一声喊吓住了，奶奶说，小瑞，你爷爷看着你呢！

这时，一辆马车呼隆呼隆地从坡下开过去，腾起了一片尘雾，大人们怔怔地去看尘雾，仿佛那里有小瑞爷爷的影子似的……

渐渐地，又可以看到路两边的麦田了，再走上一段土路，就是宽宽绰绰的柏油路了。柏油路上有个公交车站，花八分钱坐上去，经过十几站，就到了大家要去的省城的戏园子了。

　　可是，这一路发生的事，就如同一团阴云笼罩在大家头上，喜欢说话的胖丫奶奶话少多了，春爷爷的"苏三"也不再唱了，春奶奶的一双小脚像是走累了，慢腾腾地走在最后头，小瑞的奶奶是几个人里最平和的，这时也是心事重重的样子，一句话没有。胖丫和小瑞呢，原本都想挨了自个儿的奶奶走的，可奶奶们都是一样的话：一边去！她们只好各走各的，一个远远地跑在了前头，一个则跑到麦田里踩了畦埂走着，那夻了胳膊晃晃悠悠的样子就像走的是一条钢丝。大人们看在眼里，仍是无话，只小瑞的奶奶忽然说了句，唉，人过日子不过如此吧。话说得平和，大家听了却有些心惊，想想看戏原本是件高兴事，没料到竟弄成了这样，就像日子里有个看不见的鬼跟随着，看戏的日子它都不肯放过。

　　气氛的和缓是从公共汽车上开始的，胖丫的奶奶身体肥胖行动迟缓，大家都先于她找到了座位，待她要找时，人已坐得满满的了。这时，胖丫和小瑞都站了起来，抢了给她让座，她自是坐了胖丫的位置，然后让胖丫坐在了自个儿腿上，同时小瑞也博得了奶奶的一笑。

　　两个孩子都是头一回坐公交车，公交车就像是个大玩具，一下子让她们开心了不少，年轻的女司机，一口普通话的售票员，还有整齐的座椅，明净的车窗，大房子一样的空间……真是看哪儿都是好的。更让她们开心的，是隔了车窗看两边的街景，高大的楼房，宽敞的街道，街道上的车辆、行人，什么什么都能看到。她们还吃惊地发现，城市里已经有人穿裙子了，好早啊！还有人行道上的自行车，多得就像成群结队的蚂蚁，村里的自行车总共不过十几辆呢；公交车站旁边，总有一两个小人书摊儿和围了书摊儿看书的人，那书摊儿上的小人书足有上百本，好叫人眼馋！还有她们早听说过的人民公园，隔了花墙，里面的山啊、水啊、树啊、游人啊，她们都看得真真的，其中一对男女手挽了手脑袋靠了脑袋的亲密样子也让她们看到了，她们别过脸去，自个儿都替他们害羞了，这些城市人可真敢啊。原本她们还算安生，很快地就坐不住了，一会儿贴了这边的车窗看看，一会儿贴了那边的车窗看看，在她们眼里哪哪都是新奇的。看着看着，两人就挨在一起了，一个指点了窗外的什么，另一个就不由自主地惊叹；另一个发现了什么，这一个就更是兴奋异常。爷爷奶奶们自也在看，也有兴奋，但看跟看、兴奋跟兴奋到底是不一样的，两人现在的感觉，好像比和奶奶还要近了，一路上的不快，都奇妙地烟消云散了。

要去的戏园子叫新世界剧场，当售票员报出"新世界剧场"的站名时，大家都不由得有些激动，几个小脚老太太在售票员的搀扶下下了车，春爷爷则一马当先地往剧场那边走，仿佛剧场的主人一般。

这一站下来了不少的人，大家以为全是去看戏的，却见一个个都奔了不同的方向，最后往剧场走的，只剩了他们老幼六人。再看剧场门前，也有些奇怪，大门关闭着，售票口的小拱门也关得死死的，门前冷清清的见不到一个人影。往常门口一侧的巨幅剧照不知哪里去了，只剩了光秃秃的一面纸板，纸板的一角贴了张白纸，白纸上有几个龙飞凤舞的黑字：暂停演出。

大家的目光最后都落在了这几个黑字上。

春爷爷不甘心地跑到售票口，咚咚咚地敲那小拱门。敲啊敲的，眼看没了希望，转身要走时，小拱门却唰地打开了，里面传出一个女人不耐烦的声音，敲什么敲，没看见"暂停演出"啊？春爷爷喜出望外地问，同志，多会儿才演啊？女人说，那谁知道，演不演上边说了才算。春爷爷说，今儿哪个戏园子有演的？女人哼一声说，哪个戏园子还敢演啊，剧团都搞整顿呢！说罢小拱门又唰地关上了。春爷爷探了脑袋仍是与那女人说话的姿势，脸前却是一面死寂的木板。一旁的春奶奶拍一下发怔的春爷爷说，算了算了，反正戏是看不上了，跟她还废什么话？胖丫的奶奶也说，就是，春哥就甭费事了，活该咱今儿倒霉。

这时，也不知哪里飘来了饭菜的香味儿，大家抬头看看，见太阳已爬上了新世界剧场尖尖的房顶，可不，是吃午饭的时候了呢。

大家找到附近的一家包子铺，无精打采地吃了顿包子。春爷爷执意为大家付了钱，说，这事是我张罗的，就当我请大伙儿来省城吃包子来了。大伙儿这才露出了些儿笑容，却也都是苦笑，仿佛强迫出来的。

戏没看成，省城总该转一转的，春爷爷一问，除了胖丫和小瑞，其他人都连连地摇头，没了精气神儿似的。胖丫和小瑞要转的是公园，公园正在来时的路上，大家便说，先坐上车再说吧。

在站牌下等车的工夫，胖丫和小瑞发现马路对面是一座学校，正有背了书包的小学生往学校里去。她们羡慕地望着他们，在这里上学，他们看戏是多么方便啊！

汽车来了，大家一个个地上了车。新世界剧场渐渐离开了大家的视线，一路上，谁也没再提起它。车路过公园时，胖丫和小瑞靠了车窗竟都睡着了，大人们也有些乏，便没叫她们，一直坐到了终点站。

下了车，胖丫由于没去成公园，又开始哭闹，却没有一个人哄她，她的奶奶也不哄，顾自走自个儿的，把哭闹的胖丫远远地落在了后面。不知什么时候，胖丫竟悄悄地跟上来了，只是不理大人们，单和小瑞一个人说话。路过那片柏树坟时，小瑞忽然问胖丫，你说我爹的话，真的还是假的？胖丫讨好地说，小瑞我再不会说了。小瑞却坚持问真的还是假的，直到胖丫认真地点了头。大人们没听到她们的对话，因为柏树坟也让他们在说着什么。

村子愈来愈近了，春爷爷问大家，明儿去不去县城的戏园子？开始没一个人吱声，后来小瑞的奶奶说了声，去，为什么不去？春奶奶和胖丫的奶奶便也说，对，去，为什么不去？都像赌了一口气似的。胖丫和小瑞这回倒没说去的话，她们问，省城的戏园子都停了，县城的戏园子还会开吗？爷爷奶奶们没一个回答她们的问话，不知是不知道，还是不想理睬她们。

天已是下半晌了，街上仍有玩耍的孩子，忙碌的大人，汪汪叫的小狗，打鸣的公鸡，扑棱棱飞来飞去的鸟儿……一行人在这熟悉的气息中，很快就消失在一个大门里了。

后记：很多年后，胖丫和小瑞都定居在了省城，她们住的小区都离新世界剧场不远，可惜爷爷奶奶们没赶上看到。那次去省城看戏的第二天，爷爷奶奶们果真又去了县城，可还是白跑了，看到的仍是"暂停演出"。

谁知这一停就是十好几年，爷爷奶奶们喜欢的古装戏直到去世也再没看到。这些年来，胖丫和小瑞各有各的事要忙，很少见面，只每年的清明节才会在柏树坟相聚。有时也会见到来上坟的江英，她早退休了，人老得会让人想起她的"姥姥""姥爷"，但毕竟给过她们"在天上"的印象，说起话来她们总称呼她"您""您"的。柏树坟的柏树已没了，石碑也没了，坟头是"文化大革命"结束后重修起来的。可如今这片坟地又被房产开发商圈起来了，说要搞旧村改造，平房改造成楼房，而坟里的人，村里建起了纪念堂，往后都要迁到纪念堂里去了。胖丫和小瑞见面时，常回忆起那回去省城看戏的点点滴滴，这么些年，她们历经坎坷，阅人无数，在爷爷奶奶们的坟前，实在有许许多多的感悟要说的，比如这世上的人多是喜欢以自个儿为中心的，所以才纷争不断，灾祸不断；比如……但也许，她们今天的感悟爷爷奶奶们当年就有所明白吧，只不过那时她们年小气盛，一副天下第一的样子，跟她们说了也是白说的。

原载《中国作家》2012年第8期

我和兰芳和兰芽

兰芳和兰芽，听上去就像一对姐妹，其实一个姓王，一个姓伊，和我都是多年的同事。

我和她们的关系，远没有她们之间更亲近些，多年来，她们一致站在一个姓彭的同事的对立面，自诩是冰心玉洁，与一摊污泥浊水在顽强作战。如今，老彭已是两鬓斑白、即将退休的人了，她们也已退休在家，穿了平底鞋，着了肥衣肥裤，很难再见当年收腹挺胸、西装短裙、高跟鞋嗒嗒响的样子了。有一次在菜市场遇上她们，我很是吃了一惊，两人都显得有些灰头土脸，一个挎了篮子，一个提了布兜，一个背有些驼，一个腰有些粗，要不是她们的声音没变，我还真以为是两个陌生的龙钟老太呢。

后来我知道，那天我看到的她们有些失真，菜市场是带顶棚的，光线让她们吃了大亏，那双平底布鞋，其实是北京内联升的真货，那肥衣肥裤，也是上等的丝织布料，来自北京的瑞蚨祥。至于背驼腰粗，那是我只注意了她们的身材，没注意她们的眼睛，不夸张地说，她们的眼睛，至少要比她们的实际年龄年轻二十岁。

这些，是我再次见到她们时才注意到的。

我先见到的是王兰芳。

一天下午，兰芳来单位找我，说没什么事，就是想聊聊天儿。她知道我已是快退休的人了，班上的时间要比班下还多。

兰芳先是支吾了一会儿，后终于被我的神清气定慑服，想说的话不由得哗啦哗啦全倒了出来。

不知为什么，在兰芳和兰芽面前我总能做到神清气定，总能保持一定距离，不疏远，却也绝不亲近。

兰芳说，她和兰芽产生了重大分歧，已经近二十天没来往了。我问为什么？兰芳说，你知道，从前我们的谈话内容多是开阔、无私的。她停顿了一下，等待我的认可似的。我只得说，我知道。兰芳说，可现在兰芽变了，变得自私、庸俗了。兰芳说了个细节，说她和兰芽一起去逛书店，从前总是关注社科、文学类的，可最近一次也是最后一次，兰芽直奔了医学就去了。她还以为兰芽身体出了问题呢，一问，才知兰芽从此要关注自个儿的身体了，不管身体以外的事了。

我说，她不是身体真出了问题吧？

兰芳连连摇头，说，兰芽只是有一次小小的肌肉拉伤，在大夫面前她指了肝的部位说是胃疼，引得大夫大为惊讶，说没见过你这样的，活了大半辈子，自个儿的胃在哪儿都不知道。那天她沮丧透了，跟我说，人要是没这身体就好了。

我说，关注一下自个儿的身体，也没什么错啊。

兰芳说，问题是她不想管自个儿身体以外的事了啊。

我看着兰芳认真的样子，笑了说，自个儿身体以外的事，你们管过吗？

兰芳说，你什么意思？

我说，你们不过是谈论而已。

兰芳更认真地说，谈论难道还不够吗？你就遍地看看，饭桌上，企业里，机关、学校里，人们谈论的都是什么，除了赚钱就是养生，有一个谈理想谈精神的没有？

我一时不知该怎样作答，心里倒也不反对她的说法，谈论的意义，或许远不止谈论本身。

我说，那你需要我做什么呢？

兰芳没好气地说，不需要，你又能做什么？

是啊，我又能做什么。

但我还是说，我和兰芽住一个小区，没准儿哪天会见到她。

兰芳不说什么，只是从我对面的座椅上站起来，转身打开她身后的书柜，随便拿本书翻看着。而后又将书放回去，关了柜门。我注意到，那柜门留了道两指宽的缝隙。

我不由得暗自笑了，兰芳还是那毛病，关什么不肯关严，她家的冰箱为此要比常人家多付出几乎双倍的电费。我看到她走出去，随身带了一下的房门也被她同样留下了缝隙。她让我想起我家的小狗，哪扇门若是关闭起来它立刻会变得焦躁不安，仿佛担心哪个要将它丢弃一样。

通过缝隙，我可以看得清她脚上的布鞋，布鞋以上的丝织衣裤。我能肯定是兰芽帮她选的。在她身上，还一直留存着我们那代人年轻时的印迹，即服装上的无分别。她甚至穿过五块钱一件的上衣，她说，怎么了，它难道不是衣服吗？

走出大约十几步远，就见兰芳又返了回来，进屋关好门，一脸郑重地问我，新疆暴乱的事听说没有？

我点点头。我注意到了她的生动，眼睛的生动，以及一整个人的生动，那个没退休的兰芳的精神头儿丝毫未减。

兰芳说，你怎么看？

我说，不奇怪。

兰芳说，不奇怪是什么意思？

我说，新疆，西藏，不一直是多事之地嘛。

兰芳说，完了？

我说，完了。

兰芳说，你呀，怪不得兰芽说你是个干净人儿。

我说，我本就不脏。

兰芳说，少装糊涂，你明白兰芽的意思。

我当然明白，她不就说我这人缺枝少叶，生气不足，冷漠有余嘛，可既是这样，她们为什么还要来找我说话呢？

那以后的一个周日，我在小区的一条长椅上闲坐。

长椅后面是几棵洋槐，上面挂满了槐花，就像在长椅之上撑起了几把白帐篷。我更喜欢的是槐花的香气，它总让我想起小时候的饭香，因为我家的饭桌永远是摆放在院儿里的两棵洋槐树下。

我很少跟人说这类感觉，在人们的印象里，我大约是个理性大于感性的人，用兰芽的话说，干净人儿。久而久之，我自个儿也有些认同了，因为我从没像别的女人那样，动辄就笑得捂起了肚子。我知道多数男人都喜欢这样的女人，但更知道，不能为了男人就把自个儿变成那样儿。那样儿，我也确实不觉得有什么好的。

我眯了眼睛，闻了花香，坐在槐树下的长椅上。

一位拄了拐杖的老汉，嗒嗒嗒地由远而近，他的一条腿，每画个圈才能前进一步。

我闭上眼睛不再看他。我想若是我会选择从长椅后面走过去，以躲避人的视线。

可是，老汉的拐杖愈来愈响在了我的前面，有一刻我竟是被震得睁开了眼睛。我发现老汉仰了脑袋，挺了胸脯，示威似的从我面前走了过去。

我对自己说，不奇怪，一个病人，这样儿，不奇怪。

接着，是一位年轻的母亲推了童车走过来。她只顾和车里牙牙学语的婴孩说话，像是压根儿没发现我的存在。

我又对自己说，不奇怪，那时候的自个儿也这样，孩子就是自个儿的整个世界。

后来，便是伊兰芽了。

我们很少在小区里相遇，她走过来的时候，我毫不以为是她，只觉得是个大脸盘的女人，便再次闭上了眼睛。我不喜欢这种女人，她们通常是肥胖型的，上身长，下身短，屁股大。

可兰芽不是。她虽显肥胖，身材却还匀称，两条腿甚至比上身还要长些。待她在我身边坐下来，熟悉的气息扑面而来，我才颇感意外地睁开了眼睛。

我们谈了一会儿眼前的小区，槐花儿、楼房、保安什么的，有一刻，兰芽忽然问我，你见到兰芳了吧？

我说，你怎么知道？

兰芽说，从你看我衣服的眼神。

我便笑了，点点头。

兰芽说，前些天，我俩去了趟北京。然后她说到了内联升和瑞蚨祥。

我说，不错。

兰芽说，什么不错？

我说，你们不错。

兰芽说，兰芳没跟你说什么吗？

我说，说了，但分歧更说明你们不错，精神头儿不错。

兰芽说，你呀，永远是正确的，但也永远是说了等于没说。

跟兰芽说话，远不像跟兰芳一样随意，兰芳是心直口快，说得多想得少，兰芽却是说得多想得也多的。

我说，谁不是说了跟没说一样，你和兰芳说了大半辈子，也没见你们说出一座楼来，说出一棵树、一朵花来。

兰芽呵呵地笑起来。先是轻笑，后是大笑，最后笑得竟是捂起了肚子。

她的笑声比她的眼睛还要年轻，年轻得我都有些替她难为情了。

我感觉到她有比兰芳更心直更纯粹的部分，只是这部分，她并不轻易向人显露。

好不容易笑够了，才听她说，你的话让我想起一个人来。

我说，谁？

她说，李鸿章。

说完她又一次哈哈大笑起来。

那个"卖国"的老头儿？我也笑起来。

我听到兰芽又说，今天要真有李鸿章这么个人，我就找他去。

我说，干什么？

兰芽说，干实事。

我说，那还不好说，如今的实业家、外交家不遍地都是嘛。

兰芽说，你以为盖座楼建个厂跟老外打打交道就是李鸿章啊，他的聪明在这儿呢。

兰芽指了指自己的脑袋。她的脸大，脑袋也大，前额稍有些突出，一双眼睛陷在额下，忽闪忽闪的，是那种不容易被忽略的眼睛。

我想起在单位的时候，类似的话兰芽也说过，但那时她说的是一个西方哲学家，什么名字我已想不起来了，只记得那哲学家强调的是个人主义、自由意志，与强调干实业的李鸿章相去甚远。她甚至跟我说，西方哲学和西方小说应是中国人的必读书，什么时候能做到人手一本，天天读年年读了，中国人就有救了。她尤其反感中国人对孔夫子的推崇，说在孔夫子眼里只有整体没有个人，个人的生命是多么丰富多彩，而他那套理论只适用于整体不适于个体。

她认为中国人里老彭这样的人太多了，目光短浅，自私自利，对生命的事麻木不仁，对生命以外的事却斤斤计较。在单位开会，兰芽和兰芳永远坐在离老彭最远的位置，若是老彭不小心坐近了些，她们会立刻站起身走开，不会给老彭一点面子。当然老彭对她们也从没有过什么善意，他对她们公开的评价是，一对神经病。

老彭对她们没有过善意，却有过妥协，有一次，老彭在关系到自己晋升的投票的前一天，忽然找到我，要我将两盒上等的茶叶转送兰芽和兰芳。我说没用的老彭，算了吧。但老彭坚持试一试，他说，共产党和国民党，多大的过节儿，不也有握手言和的时候嘛。结果拿到她们面前，果然被她们嗤之以鼻，说，亏他做得出来，我俩就值两盒茶叶啊。还捎带数落我，这事可不像你干的，不怕脏了手？

我看着兰芽，觉得李鸿章跟她到底是风马牛不相及的，李鸿章可以和他的敌人义正词严，但同时也可以妥协到"卖国"的地步，更有他那通晓世故的油滑或曰聪慧，她可以吗？她能做的，也许除了谈论还是谈论。

果然，我听到兰芽叹了口气又说，不过是说说而已，也许，我是对从前的自己有点腻烦了，空谈，空谈，空谈……有什么意义呢。

我想起兰芳的话，便安慰似的说，谈论的意义，其实远不止谈论本身。

兰芽说，从前我也是这么认为的，可要是这谈论被巨大的喧闹声所淹没，就还不如不谈。

　　我并没有把兰芳和兰芽的分歧放在心上，几天后甚至忘了和她们的谈话，直到一天晚上，兰芳忽然给我打来了电话。

　　兰芳没提兰芽，只说和丈夫吵了一架，要是不跟个人说说，闷也闷死了。我问为什么，那边沉默了一会儿，忽然就呜呜地哭了。

　　在我的印象里，兰芳和丈夫是最没有可能吵架的一对，兰芳的丈夫最初是个军人，后来转业到了市直机关，由科员到科长，由科长到副处，直到退休。这个经历自是平平，但他有个一般男人难具备的优点：脾性好。无论兰芳怎样任性，怎样地不讲理，他都可以做到骂不还口，打不还手，面不改色，过往不答。这么一日两日好做，一年两年也不算难，但要坚持几十年，天底下也就是小李子了。兰芳的丈夫姓李，虽比兰芳大两岁，但是个瘦小人儿，走在兰芳身边比兰芳还逊个头顶，兰芳一直小李子小李子地叫，叫到今天也没见改过口。

　　我们单位的同事，差不多都认识小李子，小李子的单位和我们单位只离一站地远，夫妻俩上班下班，从来是结伴而来，结伴而归，兰芳不会骑自行车，全靠小李子的自行车将她带来带去，直到近些年通了公交车，才将小李子解放出来。解放是我们同事的说法，人家小李子并不一定认同，因为公交车开通后，小李子自个儿也不骑自行车了，坐了公交车仍与兰芳结伴而来，结伴而归，仿佛是兰芳的一个终身保镖，至死都要护卫着了。

　　兰芳还有一样不会的，就是做饭。与小李子生活的几十年里，她几乎没做过一顿饭，开始两人是各吃各单位的食堂，后来食堂散了，做饭的重任就落在小李子身上。小李子做饭其实也不在行，但总做总做的，简单的饭菜就也做顺手了，兰芳吃饭又不是个爱挑剔的，简单做就简单吃，常常地，一顿午饭就是一盆炸酱面，一根整了吃的黄瓜；一顿晚饭就是一盆棒子面粥，两个凉拌菜。兰芳家吃饭不用碗，吃食堂时的两个洋瓷盆，一黄一白，一大一小，一直用着，有一回同事去她家里，她手忙脚乱地没找到茶杯，便将饭盆拿来代替，同事见那盆漆已掉了几块，水上漂了油花，一闻，一股油兮兮的炸酱味儿。见同事不喝，她还一再热情地催促，喝吧喝吧，别客气！

　　我们单位的同事常常奇怪，骑自行车，做饭，这种事小孩子都会的，她兰芳怎么就不会呢？凡这时候兰芽就出来替兰芳辩护说，你们知道什么，人各有志，他们的志不在俗事上。

　　据兰芽说，他们结婚的时候就立下誓愿，这一生不为柴米油盐所缠，要做一对高尚的人，一对脱离了低级趣味的人。那时候，他们双双都是学毛著积极分子，先人后己、助人为乐是他们的座右铭，在别人需要帮助时，他们从来是不加犹豫，倾囊相助。他们真是庆幸，两人竟是这样地志同道合，步调一致，就看周围的夫妻们，有多少陷在柴米油盐里，为一分钱一两粮票大打出手啊。更重要的，是他们在一起总有谈不完的话题，他们订有各种的报纸杂志，八小时以外，他们就埋在这些报纸杂志里，边看边谈论，一个兴奋，另一个跟了兴奋；一个感叹，另一个跟了感叹，从国内到国际，从城市到农村，从社会主义到资本主义，是无话不谈，无谈不一拍即合，偶有争论，也多半是兰芳在有意地不讲理，待小李子识破真相，两人便愈发快乐地一致起来。他们两个，一个高中毕业，一个高中只上了一年，谈论自是说不上有多深入，不过是随潮流而动的谈论罢了。但他们自个儿对自个儿，已是相当满意了，至少，他们跳出了世俗的圈子，不为物质所动，大到分房，小到分几个水果，他们从不争不抢，而国家需要他们的时候，比如上山下乡，比如捐款救灾，比如计划生育，他们倒能抢了上。他们看着为一点俗物就打得头破血流的人们，总是居高临下地带了嘲讽的微笑。

　　兰芽说，她之所以跟兰芳成为好友，就是因为兰芳的不世故，在机关工作几十年，到退休都跟世故无缘，这简直是个奇迹呢。

　　我知道，兰芽这么说兰芳，其实也是在说她自个儿。不过兰芽和兰芳又有不同，比如捐款捐物，若是组织性的，兰芽不会少捐，但也绝不会比别人多捐，她在意的，似更是那种感觉性的资助。有一回，她一下就拿出两万元资助了一个刚刚获释无家可归、令她顿起怜悯之心的男孩。可那男孩拿到钱后就从这个城市消失了，再也没露过面。每提起此事，兰芽却从没后悔过，她说，给钱是我的事，花钱是别人的事，我给过了，快乐了，就跟我再没关系了。兰芽这样的人，也因此是永远无望成为学毛著积极分子或别的什么积极分子的。

兰芳和兰芽的不同，还表现在她们的谈话上，虽说兰芳比兰芽还大两岁，但一开始兰芳就在受着兰芽的引领，她们成为同事时正是兰芽对个人主义、自由意志着迷的时候，兰芽一吐口，兰芳就顿觉过瘾，仿佛周遭的空气都新鲜起来了。

有了兰芽的参与之后，兰芳和丈夫的一拍即合自是受到了影响，原本兰芳试图像兰芽引领自个儿一样去引领丈夫，但丈夫远不像她那么容易受到引领，丈夫固执地停留在原来的层面上，只对自个儿已知道的发生兴趣，比如贫富差距问题，比如贪官受贿问题，比如中国在世界的地位问题等等。他是非常忠于这个国家，但他对这个国家用得最多的一个词就是"唉"，他甚至对兰芳的变化也颇有微词，说，你呀，到底是个女人，今儿这样明儿又那样。兰芳就说，你呀，就是想自个儿想得太少了，没有自个儿，哪来的国家啊？好在，他们不为物质所动的观念仍保持着一致，其他的不一致，于他们就难形成大碍。

不过小李子关于女人的说法，倒令我心有所触，按他的标准，我也许一样是个"女人"，因为我总是容易摇摆，在旁人说兰芳和兰芽的不是的时候，我多半会站在她们一边；但在她们批评旁人的时候，我总觉得那旁人里似也含了个我的。有时我会不甘心地想，怎么会，我和旁人怎么可能是一回事呢？但愈这样想，含了自个儿的感觉就愈强烈，有时强烈的，对兰芳和兰芽都有些恼恨着了，心想，你们可以对一个不相识的释放犯轻易放过，对身边相识半生的同事如何就不能宽容些呢？

听着电话里兰芳的哭声，不知为什么我脑子里会涌出这大堆的印象来。我听到兰芳擤了把鼻涕，而后说，小李子，小李子他，不说话了。

我说，刚才不是还说吵了一架吗？

兰芳说，就是因为他不说话才吵的，我逼了他说，就吵起来了。

我说，那他怎么说？

兰芳说，只是一句话，不想说。

我说，怎么会这样？

兰芳说，我猜他是从网上看了什么东西了，网上的东西他是不跟我说的，因为我拒绝上网。你知道，从前我们也是有分歧的，分歧不怕，就怕他不说话，再加上和兰芽的分歧，我真不知该怎么办好了。说着又呜呜地哭了。

我早知兰芳是拒绝上网的，因为兰芽也拒绝上网。据说兰芽的拒绝上网跟丈夫有关，她的丈夫是一所大学的哲学老师，他不仅拒绝上网，还拒绝和兰芽谈论问题，他对兰芽唯一的要求，就是在家做一个贤妻良母。这可说是兰芽的心底之痛，她曾对我说，我们是阴差阳错结合在一起的，他低估了我，以为我只配做个贤妻良母，而我是高估了他，以为世界万物他都可以明察洞悉，其实，身边这么个大活人他都搞不明白。尽管这样，兰芽还是常偷看丈夫看过的书籍和笔记，然后变成自个儿的话去跟丈夫谈论。但丈夫像是一眼就能识破她的伎俩，对她的谈论永远是面带嘲讽地一笑了之。愈是这样，她就愈是要勉为其力地与丈夫较量，为此她可说是努力了一生，但除了引领了个兰芳，在丈夫那里她几乎一无所获。她这个人，却又固执地不喜收拾房间，地面、桌面永远蒙了一层尘土，窗台上永远摆满了没用的瓶瓶罐罐，卫生间里的脸盆、便盆永远挂了一层污垢，还有他们的卧室里，永远散发着丝丝缕缕的臭袜子味儿。她的丈夫像是把这些看得和他的书同等重要，常常为此面红耳赤地责怪兰芳。兰芳则把这计较看成男人的小肚鸡肠，她说，不管这个人有多深奥，只要他计较鸡毛蒜皮的事，就证明他做学问还不那么纯粹。而她自个儿，没有刻意地去看重这些，也许比她的丈夫还纯粹些呢。她曾郑重地对我说过一句话：真正的智者，应与社会潮流保持一定距离，做一个有终极关怀的人。说完她稍稍有些脸红，凭直觉，我猜这话不是她自个儿的，大约是从她丈夫的笔记里来的吧……

我觉得很对不起兰芳，她在那边哭，我却在想些不着边际的事。我努力收回自己的思路，说，兰芳，你不用着急，也许他们都有自己的理由。

兰芳说，怕的就是他们有理由，只要有理由，他们这种人我敢说，八头牛都拉不回来了。

听兰芳这话，她的丈夫和兰芽倒像是一类人了。

我说，那你需要我做什么？

这一回，兰芳没再说不需要的话，沉吟一会儿，就听她说，我想让你帮我做个判断。

我说，判断什么？

兰芳说，我和兰芽，包括和小李子的谈论，有没有意义？

我说，有。我肯定地说。

兰芳说，怎么个有法？

我一二三地尽量有说服力地谈了有的理由。

兰芳听了颇有些兴奋，她说，我也这么想，让你一说，我心里就更踏实了。

兰芳又说，我还想让你帮个忙。

我说，说吧。

兰芳说，不知为什么，兰芽和我的疏远，除了看法上的，我总觉得跟那次去北京有些关系。原本我俩说好了的，退休后从北京开始，把全国各地想去的地方全走一遍，读万卷书行万里路嘛，到那时候，我们的谈论很可能就是另一个境界了。一说起这个计划我们就会兴奋激动，兰芽还说，凭你我的悟性，说不定会是一次新生命的开始呢。可只去了趟北京，兰芽就再不提出行的事了，还直说不想再管身体以外的事了。

我说，去北京，发生过什么吗？

兰芳说，没有啊，无非是参观了几个建筑，国家大剧院、鸟巢、水立方什么的，看了场人艺的话剧，会了兰芽的两个同学。

我说，同学跟她说什么了？

兰芳说，我一直在场，嘻嘻哈哈的，也没记得说什么了不得的话。

我明白兰芳要我帮她的意思。但我不再说什么。

兰芳说，能不能帮我？

我说，帮不了，我又不是她肚子里的蛔虫。

兰芳说，那你就不能见她一面？

我说，见过了。

兰芳说，什么时候？

我说，几天前。

兰芳说，你们谈什么了？

我说，没谈什么，在小区里散步碰上的。

兰芳像是有些失望，叹了口气，要放电话的意思。却忽然又说，对了，有瓶舒乐安定，在北京时兰芽错放在我包里了，这对我没用，对她可是天天离不开的，哪天我拿到单位，你转交她吧。

这一天上班前，我带了那瓶舒乐安定，来到兰芽家里。

我看到兰芽拿了块抹布，正认真地擦拭桌上的灰尘。说她认真，是指她头上包了三角巾，腰里系了围裙，胳膊上戴了套袖，一副庄重地劳动的样子。

我说，真的开始干实事了？

兰芽说，不用讽刺我，反正我比一个既不空谈又不干实事的人要好。

我说，是啊，你是比我好，我从没否认过。

我说的是真话，我这个人，什么都明白，但对什么都少份激情，如果说对她们有时是嘲讽，那对自个儿有时就是讨厌了。

我想起兰芳的失望，便径直问起她和兰芳出行的事。

兰芽说，有时候，不一定非行万里路，也许行百里路就够了。

我说，就像这家务劳动，有时候不一定就会影响一个人的纯粹。

兰芽怔了一下，很快呵呵地笑了。

趁此机会我提起了她和兰芳的北京之行。

兰芽说，今儿是怎么了，关心起别人的事了？

我只笑笑，明白自个儿不为兰芳，只为自个儿也想知道。

我说，你身体没事吧？

兰芽说，没事啊。

我说，那就是大夫的问题了，其实一个人，不一定非得哪哪都弄得明明白白，身体是个整体，能感觉这个整体就够了。明白哪个局部，该是大夫的事。

兰芽说，这个兰芳，真是存不住话，什么都跟你说。

我说，你说我说得对不对？

兰芽没点头，也没摇头，只说，事情并不像兰芳说得那么简单，不光是身体的事。

我说，不管怎样，也不至影响你们外出啊。

我看到兰芽很坚决地摇了摇头。

我不甘心地说，就算不外出，也不至影响你们的交往啊。

兰芽看了我，说，今儿你这份热情，真是难得。

不待我答话，兰芽又说，跟你正相反，我是腻烦了，一天比一天多的腻烦，腻烦自个儿，腻烦兰芳，腻烦一切……

我说，为什么？

兰芽说，不知道，我自个儿也不知道。

兰芽说着褪去套袖，解下围裙，摘掉头上的三角巾，统统将它们扔在地板上，说，你真以为我喜欢干这些啊，还有那些医学的书……我是害怕，我总得抓住点什么。

我诧异地问，害怕什么？

兰芽说，害怕我变成一个冷漠的没有激情的人。

我的心像是被什么刺了一下，一阵难以言说的疼痛。

我拿出那瓶舒乐安定，试图转移谈话的方向。

兰芽接过去，却继续说道，那天在北京，我吃了三片安定都没睡着，兰芳的呼噜太大了，对兰芳的腻烦，或者说对我自个儿的腻烦，那天晚上就像忽然蹿出来的一条野狗，死死地咬住我，再也不肯松口了……

我的心继续疼痛着。我当然不相信兰芳的呼噜会有改变一个人的力量，但我相信兰芽的腻烦是真的，兰芽的害怕也是真的。

这时，我听到兰芽家的书房里传来一个男人的咳嗽声，猜测那定是兰芽的丈夫，一个与社会潮流保持距离的人，一个与女人计较琐事的人。我想，兰芽这回的改变，与兰芳有关，与她自个儿的丈夫有没有关系？我不由想象着兰芽偷看丈夫书籍、笔记的情景……我想，若真有关系，莫非她的丈夫也一样地飘移不定，今儿这样，明儿又那样了吗？

我疼痛着，同时也为那个被蒙在云里雾里的兰芳叫苦，这回，可要完全地靠她自个儿了。不过，这天底下的人，有谁真正地靠过自个儿？又有谁真正地靠得住过别人呢？

　　我从兰芽家告辞出来，向小区门口走去。正是上班的高峰期，门外的车流、人流，就仿佛两道永无停息的河流，不见头，也不见尾。一轮太阳金灿灿地挂在天边，如同以往地照耀着世界。我的疼痛感仿佛减轻了些。我明白，是因为这世界太大的缘故，我和兰芳和兰芽，在这世界面前算得了什么呢。

原载《北京文学》2011年第5期

《小说月报》2011年第7期选载

入围《小说月报》第十五届百花奖

过　　程

　　站在对面的，是一位戴了黑边眼镜的先生。对，先生，古素珍愿意这么称呼他。因为他是和气可亲的，只买他一副花镜，他就对她讲了一堆预防花眼的办法，比方经常眨巴眨巴眼啦，经常上下左右地活动眼球啦，经常拿支铅笔竖在前方，目不转睛地盯上几分钟啦等等，还格外强调说，眼睛老化是不可逆转的，这么做也不能阻止老化，只不过可以让它稍稍老化得慢一点吧。

　　他和气的样子和可亲的语气让古素珍非常受用，她这个人没有什么远大的志向，只盼望着这世上的人相互和气友善，不暴跳如雷不强迫于人就好。如今做生意的人多了，似这先生和气可亲的有，似那急于赚钱强迫于人的也不少见，前些天一个上门推销地板清洁剂的年轻人，她说过不需要了他还硬是推开门进来了，从一个纸袋子里拿出三瓶产品，打开其中的一瓶，找来墩布就开始拖地。当然只肯拖很小的一块，为的是跟大面积的地板做个对比。在一通阻止不住的忙碌之后，看她仍没买的意思，他就一屁股坐在沙发上说，你要不买下我今儿就不走了。好在这时她的丈夫刘毅回来了，那小伙子才没当真不走。

　　古素珍同眼镜店的先生告了别，又去了一家医院的外科。接待她的是一位长了一口雪白的牙齿的中年大夫。对他牙齿的印象是因为他常谦逊地一笑。他不笑的时候脸是长的，嘴角还有点下拉，远没有笑着好看。他对她的膝盖摸了摸敲了敲，又伸直蹲起地反复了几回，然后肯定地说，这是退行性骨关节病，还不大严重，针先甭打了，回去多抻抻大腿，少蹲，少盘腿，少登山爬楼，省着点用它，会好些的。说完还做了个绷紧大腿的示范。过程中他多是笑着的，谦逊的笑，使她不能不相信他的真诚。她原是要来打两针玻璃酸钠的，这些天干活儿蹲得久了，膝盖疼得要命，听人说打这针很见效，大夫也乐意给打，因为它价钱高。结果却是这样，叫人意外，也叫人高兴。

这回进市，古素珍要办的两件事都办完了，且都是很好的过程，这使她骑了自行车走在回家的路上时，心里充满了喜悦，偶尔遇到熟人，会抢先跟人家打招呼，即便是陌生人，也禁不住像那大夫一样谦逊地一笑，使那陌生人先就解除了防人之心。

古素珍住在市郊的银地村，离市里不过十几里地，她种了一亩多地的蔬菜，种累了就骑了车往市里走一走。她喜欢转各种各样的铺子，市里的铺子跟银地村的铺子到底不一样，它装修得好看，气味也好闻，都是小超市，都是一个厂家的东西，她宁愿舍近求远，从市里的小超市买回来。她的丈夫刘毅原是村里的小学老师，刚刚退休，他的志向也不远大，说要和她一起种菜，他多干，她少干，省得她再胳膊腿疼了。

骑到家时，古素珍见刘毅正站在院门口迎了她。他总是这样，说路上开车的"二把刀"多，他不放心。她就说干吗非站在门口，屋里坐着等不是一样？他说不一样，我不一样，你也不一样。古素珍其实知道不一样，她不过是心疼他罢了。

刘毅最初可不是这样的，他喜欢干涉她，不高兴时会对她吼，逢到出家门，他会刨根问底没个完，有时甚至会阻止她，她若不听，他就把门关死，把自行车上锁，让她变成笼子里的鸟儿。若她终于趁他不备逃出去，再回来迎接她的一定是紧闭的大门。这样有了段日子，古素珍就提出了离婚。刘毅说我是在关心你啊，古素珍说我不想接受你这样的关心。刘毅是个聪明人，看她坚决的样子，恍然有些明白她了，说给他半年的时间，若半年后还想离婚，他再不会拦她了。果然，那以后刘毅就表现得很好了，不再干涉，不再对她吼，甚至做爱时也不再急匆匆、强迫性地进入，懂得关心她的感受了。刘毅后来对古素珍说，都是当老师当的，把老婆也当了学生管了。古素珍说，对学生也不该吼，一吼你不知道自个儿有多难看。刘毅知道她是对的，但他更喜欢学生们在他跟前低眉顺眼的感觉。古素珍喜欢看京戏，京戏里的梅兰芳很让她痴迷，她觉得梅兰芳的美不在艳丽、妩媚，而在平和、大气。只可惜，生活中梅兰芳太少了，人们肚子里就像是装了炸药，一不小心就可能燃起一场硝烟战火。

这一回，刘毅在门口等的不仅是古素珍，还有一个村委会主管拆迁的干部。

拆迁的通知已下来二十几天了，村委会和开发商签了合同，以村址为代价，换回一个三十二层高的楼区。村委会以为是给村民办了件好事，但却迟迟没得到村民的响应。响应的实际行动是到村委会签一份合同，领取拆迁补助，然后搬出银地村。至于搬到哪儿，是租房还是买房，就不关村委会的事了。听说这二十几天里，只有少数几户人家签了合同，主管拆迁的村干部正分头到各户做着工作。

古素珍对拆迁这事，从心里是抵触的，她倒不像多数人想的是房产上的吃亏沾光，她是觉得，宅基地是自个儿的，开发商要买，甭管价钱高低，总得自个儿点了头才能作数吧。现在是，自个儿还没点头，开发商买地的事说都没说一声，拆迁的通知就发下来了，她心里堵得慌。再说，这房子还是古素珍和刘毅一砖一瓦垒起来的，那些年没有包工队，帮工又不好请，两人索性就不靠神仙皇帝，全靠自己。备料，砌砖，上梁，抹墙，没找任何人，每一块砖每一坨泥每一根木料，都浸透着他们的劳苦，也浸透着他们的恩爱。而在刘毅那里，有的还不只这些，这宅基地是刘家祖上传下来的，刘毅的曾祖父是个秀才，据说那时常约了识文断字的人来家里谈诗论画，刘毅虽没见过，但有时夜深人静，坐在院中树下，他仿佛还能嗅到他们的儒雅之气。还有他的爷爷、奶奶、父亲、母亲，更都是他童年、青年的陪伴，他们的气息白天里都还若隐若现地存在着。若是合同签了，人搬走了，那他就再不能和他的祖辈们在一起了。

刘毅一边替古素珍放着自行车，一边说着村干部要来的事，说上午村委会打的电话，没说是谁，这都下午了，还没来呢。

古素珍说，那就等吧，有什么办法。

古素珍说这话的时候，脸上仍是进门时的样子，喜眉笑眼的。她比刘毅大了两岁，齐耳的短发不见一根白的，常令刘毅自叹不如。

刘毅看着古素珍，说，今儿这趟市里，看样儿是没挨骂。

古素珍就笑起来。那是上回的事了，她骑车前行，一辆轿车右转，她觉得轿车理所当然该让她的，没想到那车忽地加速从她车前开了过去，要不是她猛刹闸，车轱辘就撞上去了。可气的，是那司机反打开窗朝她骂起来，倒像是她的不是了。

古素珍走进厨房，看到刘毅为她留的午饭，一碗白米饭，两个素炒菜，汤温在火上，哒哒地冒了热气。灶台是擦过的，盛饭菜的碗、盘是她喜欢的奶白色，整个厨房整洁、有序。一切都是可心的，连同他们的客厅、卧房，连同他们的院子。院子里有两棵枣树，两棵梨树，两棵桃树，当桃花、梨花盛开的时候，他们的几只母鸡都变美丽了，他们方方正正的房屋都变柔和了，他们自个儿的心情，也如花一样灿烂着……这就是家吧，要是没有了这一切，他们的家会是什么样呢？

从厨房的窗口望出去，古素珍看见刘毅正坐在院儿里的石凳上捧了本书看。刘毅由于有些近视，眼睛竟是不花的，不戴镜子也可以看书看报，身材也没发胖，没驼背，还是年轻时的样子，只是头发意外地全白了，老远看，就像是一个年轻人顶了白帽子。

古素珍将饭菜端到院儿里的石桌上，一边吃一边讲起眼镜店的先生和医院的外科大夫。

刘毅听着，时而往院门口那边看看。院门敞开着，一只大黄狗经过门外时，往他们这边望了望。一会儿走回来，又往这边望了望。

这狗是东邻张强家的，他们知道一叫"大黄"，那狗就会颠儿颠儿地跑过来。但他们没叫，大黄一来，张强就可能趁机跟了来，他们不喜欢张强来。

他们没有西邻，若画个地图，银地村有点像这条黄狗，他们就住在黄狗的脑瓜顶上。黄狗的腰身是村委会和各家的商铺，相当热闹。他们有时会转转商铺，但村委会是不大去的。村委会是一栋四层的楼房，大门口挂了大牌子，屋门口挂了小牌子，就如一个真正的办公机关一样。机关里的人多是称刘毅老师的，但刘毅明白，他们早已不再是当年的小学生了，他们对村人喜欢高声大嗓地吼，村人们愈是低眉顺眼，他们的感觉就愈好。刘毅是熟悉这种感觉的，凡这时候，他就会想起古素珍的话，"一吼你不知道自个儿有多难看"。

这时，古素珍正说到外科大夫的笑，她说，在病人面前大夫该是有权威的吧，可他笑得那么谦逊，倒像病人是他的权威似的。

刘毅就说，那是因为你谦逊，你谦逊才能发现别人的谦逊。

古素珍笑道，日头打西边出来了，学会夸奖人了。

刘毅说的是真心话，古素珍有一张安静、舒展的脸，听古素珍说到谦逊，他忽然感到她的安静、舒展正是打她的谦逊来的。他还喜欢看古素珍的眼睛，她从没离开过这村子，但和村里的女人们大不一样，明亮，清澈，仿佛他教过的小学生一样。

两人正说着，忽听到有人叫刘老师，转头望去，见院门口站了个黑瘦的男人，男人身后跟了大黄，原来是张强，他们的东邻来了。

张强来并不意外，意外的是这声刘老师，他一向是叫刘叔的，都多少年的邻居了，怎么说改口就改口了呢？

张强走进来，又叫了声刘老师，有些神秘兮兮地压低了嗓门说，甭等了，没人会来了。

刘毅奇怪地看了他，说，你怎么知道我在等人？

张强说，我是谁，这点事看不出来还想当村主任？

张强不过四十多岁，却早早地秃了顶，他的脑瓜顶比他的脸还要白些。他的耳朵上像是夹了支烟卷，细看才知是一支裹了几层白纸的圆珠笔芯。他一直在为下一届的村主任做着努力，上一届他就努力过，可到底也没弄成。

张强说，挨了打了，都在楼里说事呢。

刘毅说，谁挨了打了？

张强说，还能有谁，败家子儿们呗。不信你去看看，挨打的骂，打人的骂，不挨打不打人的也骂，楼里都乱成一锅粥了！

张强总是把村委会说成楼里，把村委会干部说成败家子儿，一届一届的，在他嘴里没一届不是败家子儿的。

刘毅说，为什么？

张强说，人家不想搬，有人就砸了人家的玻璃。

刘毅一下子站起来，说，有这种事？

张强说，这种事还稀罕，往下说不定还有砸房子砸人的呢。不是吹牛，要是我当了村主任，这种事绝不会发生。

这时，古素珍已吃完饭，把碗筷收拾停当，从厨房走出来，她说，张强你有什么办法？

张强说，老百姓还不是怕吃亏，每家多给上十平方米，拆迁费多给上一两千块钱，保管皆大欢喜。不能像他们，见钱眼开，净想着塞自个儿腰包。

古素珍说，要还是不想搬呢？

张强说，那就再给。

古素珍说，再给还是不想搬呢？

张强说，那就不能客气了，凡事总得有个限度。

古素珍说，怎么个不客气法？

张强说，我准定不会打人砸玻璃，把派出所的叫来蹲他几天，看他还老实不老实。

古素珍说，看看，到底露出真面目来了。

古素珍说的真面目，还有些指张强的打老婆，他打老婆时古素珍常去劝阻他，可他总也改不了。

张强说，婶子啊，知道你看不得动粗，可遇上浑人，不动粗事就解决不了，好比刘老师，有一回我没完成作业，他就罚我站了两节课，我不但不知错，站在那儿还骂骂咧咧的，刘老师气得上来就是一脚，踢得我小肚子疼了两天，还罚我做了一礼拜的卫生。婶子你说，对我这样的浑学生，不动粗行不？

张强说出这样的话来，让古素珍和刘毅都没想到。古素珍想，他原来也是刘毅的学生啊；刘毅想，我几时教过这么个学生呢？

在刘毅的记忆里，张强说的这种事太多了，从二十多岁就当老师，没完成作业的学生不计其数，挨罚的学生也不计其数，像踢一脚打一巴掌的事有时也是有的，可这个张强，还是他的邻居，他怎么就没一点印象呢？

刘毅坐了下来，他示意张强也坐下来。大黄一直卧在张强的脚边，这时见主人坐下来，它放心了似的眯起了眼睛。

刘毅说，那时你上几年级？

张强说，四年级。

刘毅说，这就不对了，我一直教五六年级。

张强说，你是一直教五六年级，可有一学期，教四年级的王老师生孩子，你代她教的。

刘毅隐约想起是有代课这回事的，可王老师他都记不起来了。

刘毅说，那时你就在这儿住吗？

张强说，那时在街东头，娶了老婆才搬过来的。

刘毅说，怪不得。

张强看着刘毅，不知他为什么对过去的事问来问去的，这个一向对他张强对许多人都不放在眼里的傲慢的家伙，这时的脸上竟像是多了几分谦和。

张强又看看古素珍，见古素珍的目光正在刘毅身上，若有所思似的。这女人虽说平和，从没听她高声大嗓过，可会咬人的狗不叫，连刘毅都敬她几分呢。

这时，张强忽然就啪地往自个儿脸上拍了一下，说，看我说到哪儿去了，把正事都给忘了。说着从耳朵上取下圆珠笔，又从兜儿里掏出一张卷成筒状的纸来，将它铺展在石桌上。

刘毅和古素珍看去，见是一张横格纸，纸的上端锯齿一样，像是从哪个孩子的作业本上撕下来的。上面写了几行村人的名字，字迹各不相同，有的工工整整，有的歪歪扭扭，还有的龙飞凤舞。

张强说，要是反对拆迁，就签个名吧。

刘毅说，干什么？

张强说，群众的呼声啊，给他一张贴向上一反映，看那群靠卖地发财的败家子儿还能张狂到几时！

刘毅说，就在这么一张纸上？

张强说，纸好纸坏，重在内容嘛。

刘毅说，还是为了你那个村主任吧？

张强说，明人不做暗事，不为了当村主任，我也不能这么一家一户地奔波，看看那些美国总统，克林顿、小布什、奥巴马，哪个上去是容易的？

刘毅看着张强，先有些想笑，却没待笑出来，又忽然郑重了说道，那件事，假如真是我做的，我向你道歉。

张强说，哪件事？

刘毅说，上学时那件事。

张强说，踢我一脚？哎呀刘老师，你踢得对踢得好啊，实话跟你说吧，要不是那一脚，说不定我今儿还不会有当村主任的雄心呢。

刘毅的心忽然疼了一下。

张强说，我这辈子，不只挨过你的踢，挨得越多，就越想有一天能踢别人，能踢别人了，才能证明你出息了，你说是不？

张强说，刘老师这可是我掏心窝子的话了，也就是跟你说说，冲了这话，你也该屈尊写个名吧？

张强将圆珠笔举在刘毅的眼前，巴巴地等待着。

刘毅却迟迟地不去接，他两手抓在膝盖上，手上的青筋裸露，像是十分用力，生怕张强触犯到它们似的。

半天，刘毅才开口说道，这个名我不能签。

张强说，为什么？

刘毅说，岁数大了，经不起你的踢了。

张强说，瞧你说到哪儿去了，你是我老师，踢谁也不能踢你呀。

刘毅说，就是踢别人，也难免被伤到的。

张强说，唉，踢不踢的不过是个比方。再说了，真当了村主任，还用得着自个儿亲自上脚？我要学婶子的样儿，和和气气的，不到万不得已，绝不暴露真面目。

张强说着自个儿先嘻嘻地笑起来。

刘毅却没笑，他的两只手仍抓在膝盖上，动也不动，只说，你婶子你可是学不来的。

张强不得不收起笑容，转向古素珍说，刘老师不签，婶子你替他签吧，看我这胳膊都举疼了。

古素珍心疼他的胳膊似的接过圆珠笔，却又将圆珠笔放在了那张卷了边的横格纸上。

张强的脸便有些难看，说，你们是都不肯签这个名了？

古素珍肯定地点了点头。

张强拿起那圆珠笔，笔尖朝上敲了纸说，你们不签名，这村主任我就没戏；村主任没戏，我就出息不了；出息不了，刘老师那一脚不是白踢了？

刘毅说，张强，对不起，我再次向你道歉。

张强呼地站起来，有些急扯白脸道，你们怎么就不明白呢，我来不是要道歉的！

古素珍说，你要不要他也应该道歉。可签名这事，总是不能强迫人的。

张强冷笑道，不过写几个字，就是强迫了？比起踢人一脚，比起砸人家的玻璃，还差得远呢！

张强的声音高了许多，有些嘶哑，还有些尖厉，原本就黑的脸更显得黑了，原本就秃的头顶更有些亮乎乎的。古素珍和刘毅看着他，一时间竟是不知说什么好了。

在他们不知所措的当儿，就见张强将那纸笔揣进兜儿里，狠狠地踢了眯了眼睛的大黄一脚，说，咱们走！大黄惊叫着站起身，乖乖地随他往院门口走去。要出门时，张强忽然又转回身手指了他们吼道，有一天我当上了村主任，就不是写几个字的事了，走着瞧吧！

张强走后，刘毅和古素珍好半天才回过神来。古素珍要去关门，刘毅阻止了她，说，我想去村委会看看。古素珍说，做什么？刘毅说，还没想好，就是想去看看。古素珍要陪他一起去，他也没拒绝，抓了古素珍的手，就像刚才抓自个儿的膝盖一样，十分用力，却没有一句话。

一路上两人就这么抓了手走着，街上的人惊奇地看着他们。

古素珍知道刘毅需要她，任他抓着。

街道已不像往常那么干净了，风里有了纸屑、鸡毛，街角有了砖头瓦块。只街两边的房屋安静地矗立着，房前房后高大的树木忠实地护卫着它们。这些年的房屋愈盖愈好了，砖房不算，有的还盖了瓦房、楼房，一栋两层小楼，少说也得花去二十万吧。那住进楼房的人，岂是一纸通知说搬就肯搬的？

街上的老人、孩子和女人，看似如往常一样，逗着孩子，说着闲话儿，却有一位白发白须的老汉，忽然间就拦住他们，向他们报出了自己的年龄，他说，九十，我已经整九十了啊！他们无声地走了过去，从老人忧伤的脸上，他们猜是与拆迁有关的，据说老年人是不好租到房子的，万一有什么变故，他们不能回到银地村不算，人家房东还不准在那里办丧事。不只老人，年轻人结婚据说也是不受欢迎的，住在人家的屋檐下，就难免要受人家的限制。但生老病死婚丧嫁娶，哪个又躲得开这过程呢。

其实，拆迁的事远不止这些，每家都有每家的一笔账算，大到房产小到一砖一瓦，更有千人千面的男女老少，实在是一个浩大的复杂的细致如发丝的过程呢！

他们一边走着，一边仿佛都意识到了"过程"。刘毅忽然说，我觉得我很失败，人生的过程很失败。古素珍没说话，只是将那只被抓的手反过来攥紧了对方。

刘毅又说，当老师都当不好，更不要说去当这个村主任了。

古素珍惊奇地看看刘毅，说，你想过要当村主任吗？

刘毅说，想过，也就是想想，还以为自己是能当的。

古素珍说，真没看出来。

刘毅说，以为自己能当村主任的人其实一定是"二把刀"，就比如这拆迁，远不是多给房多给钱就能解决的事，他们不知道，需要做的事太多了，太多太多了。

古素珍没再说话，只是把刘毅的手攥得更紧了。

他们在街上还遇到了几个年轻人，年轻人都叫着刘老师，刘毅却支支吾吾地应答着，有些羞于这老师的角色似的。

他们穿过了两条街，走过了一条夹道，终于看到村委会的四层楼了。

这楼是红色的，楼前是一个圆形的喷水池，喷水池里干巴巴的，从没见有水喷出来过。他们对村委会的印象仅此而已，他们从没去过楼里，楼里的人也从没找过他们。

老远地，就能听见楼里传来的闹嚷嚷的声音了。楼附近的商铺都敞开着，逛商铺的人被楼里的声音所吸引，正愈来愈多地往楼里聚集着。

刘毅和古素珍也不由得加快了脚步。但走进楼里的一刻，古素珍忽然问刘毅，我们这是要去做什么呢？刘毅怔了一下，脚步却没肯停下来，他说，看看再说吧。其实在刘毅的心里，正存着一个强烈的渴望，就是把他对拆迁的感觉讲给任职的村干部听，过程过程，这是一个不能草率从事的过程！村干部总共十一个他是知道的，但十一个都是谁、谁又是什么职责他就搞不清了。他想若遇到哪个是他的学生，他一定不能错过机会，他要让他知道，他这个老师是失败的，正因为失败，他才有了对"过程"的感觉……

两人就这么走了进去。

一楼还好，进门的大厅里，三人一群五人一伙的，虽议论纷纷，虽时而还有高声大嗓，却也仅止于此。

到了二楼，两人就有点傻，长长的楼道里，全都是黑压压的人了，这一个对了那一个，这一拨儿对了那一拨儿，到处是对抗的声浪，此起彼伏，就仿佛一个个愤怒的旋涡，不要说找到村干部，就是拉一个普通的村民出来，怕是也难有耐心听他的了。

两人失望地站在人群里，插不上一句话，也不想插话，这么个乱糟糟的局面，说什么都会等于没说。

但他们若想离开，已不是太容易，愈来愈多的人在往二楼拥来，他们身后的楼梯上都是黑压压的人了。

他们还从没看到过这样的阵势，仿佛每个人都在说话，每个人都有一种被强迫的情绪，反对拆迁的有，赞成拆迁的也有……他们听着看着，看着听着，心绪也奇怪地变化着。在离他们不远的两拨儿人忽然打起来时，他们竟已变得相当激动。

那两拨儿人，一拨儿是村民，一拨儿好像是村干部的家属，不知哪拨儿先动的手，也不知为了什么，但噼里啪啦的殴打是确实的。刘毅和古素珍，这时相互望了望，拉着的手不由自主地就松开了。

就看他们拨开身边的人，不管不顾地朝两拨儿人冲去。他们拼力拉开扭打的人，站在他们中间，试图扭转糟糕的局面。

但他们不去还好，这一去，反更激怒了两拨儿的人，两拨儿人都认为他们是对方的人，拳头、腿脚、唾沫，纷纷落在了他们身上……

这两个平和、谦逊和敬重平和、谦逊的人，这两个自以为了悟了"过程"的人啊，这时候，平和没有了，谦逊没有了，过程没有了，一切都像是没有了，有的，只是他们自以为早已远离了的怒吼。

古素珍早就说过，一吼你不知道自个儿有多难看。

但现在的古素珍，从她看见一只拳头落在丈夫那全白的头上起，她就毫不羞惭地吼起来了。不仅吼，她还将拳头伸向了那人。她的拳头打在那人铁板一样的背上，那人不痛不痒，但在她已使出了全部的力量。她还从没这么打过人，这使她感到痛快也有些奇怪，这个怒吼着的打人的女人，这个头发散乱的泼妇一样的女人，她是谁呢？这时已有另外的人来打她了，是一个男人的拳头，打到她的前胸，疼得她几乎都要倒下去了，幸好她的丈夫也及时进行了反击，丈夫用的是脚，一脚踢在了那男人的肚子上……

殴打持续的时间不长，不过几分钟吧，因为早有人报了警，在刘毅夫妻俩上楼时警车就已停在楼外了。

最后的结果，是凡动手打人的人都上了警车，刘毅和古素珍自也在其中。

刘毅和古素珍肩挨肩地坐在一起，谁也不敢看谁一眼，刚才瞬间的经历，在他们就如同做梦一样。

车里的其他人，却都在看着他们，这俩人，从没见他们反对过拆迁，也没见他们赞成过拆迁，打架呢，是既不向了这一拨儿，也不向了那一拨儿，那他们又打的哪门子架呢？

这时候的古素珍，知道大家在看着自个儿，她抵御这看的办法，就是使劲儿地想梅兰芳，使劲儿地想那眼镜店的先生和医院的外科大夫。以往她可不用这么使劲儿，仿佛她就是他们，他们就是她了，可眼下，他们成了画上的人儿似的，稍不使劲儿便飘飘悠悠地往画上去了。有一刻，她扯动一下嘴角，试图做出一个谦逊的笑来，却没待笑出来，眼泪先哗哗地流出来了。

刘毅没看到她的眼泪。他只想着他那一脚，那踢在人家肚子上的一脚。他已记不清踢的是谁了，但张强说的那一脚，看来是确有其事了。

大家坐在车上，气氛安静了许多，刘毅和古素珍本来可以有机会解释，他们是拉架的，不是打架的，他们原本有着多么好的愿望，但他们只顾想自个儿的事了，警车飞快地行驶着，没多一会儿，银地村附近的派出所就到了。他们只好随了大家，在警察的视线里向车下走去……

原载《当代》2011年第6期
《小说月报》2012年第2期选载
《作品》2012年第1期选载

情 临 窗 下

这条狗，像是有点傻，头一回见面，眼睛就痴痴地望着我，不咬不叫，尾巴还讨好似的摇来摇去的。这样子跟它凶悍的长相可大不匹配，它是条成年的狼狗，有一刻它的前爪搭在主人的手上，个头儿比主人还高出了一截。它的脖子上没拴链子，我和主人说话的当儿，它就尥开长腿自由自在地跑跳着。主人家的院子真大，它从我们站着的房前跑到院门口的时候，眼睛、尾巴已是看不大清了。

主人是一个五十来岁的女人，一张圆脸，头发扎在脑后，体态稍显肥胖。但她有一双年轻人似的眼睛，黑亮亮的，望了我说话时，也有些痴痴的样子；她的声音也很年轻，笑起来会让我想到我那远在外地的调皮的女儿。她对我说，不用害怕，大黄它从没咬过人。

我的行李已全部带来，就算害怕，也不好打退堂鼓了，况且我并不害怕，与她（它）们的一面之交，我甚至还有了种莫名其妙的感动。

这天夜里，我就从城市的楼房睡在了这郊区农村的平房里了。

我所在的服装厂倒闭了，好在我学了打样技术，从另一家服装厂找到位置还算不难，算上眼下这家，我做过的服装厂已是第五家了。

我经历过的厂子，没有哪个厂头儿对我的技术不满意的，但他们都有个共同的毛病：抠门儿。由于要供养上大学的女儿，每一回我都是分毛必争，但每一回他们都不肯让步。他们还有个让人不能容忍的毛病：说话时不看对方的眼睛。他们当然不是因为害羞，在我看来他们的心全在钱上，他们的眼睛自就不会好好看人了。我离开后来的几家服装厂，多少都与这有关，一股气上来，说走就走。要说，干自个儿的活儿挣自个儿的钱，管它什么眼睛不眼睛的，可我管不住自个儿的腿，心里还在犹豫，两条腿早走出厂门外去了。

这一夜睡得很不好，每回开门上厕所，大黄都要汪汪地叫上一阵。它的窝垒在院门口的一侧，厕所离它的窝只有两三米远。就是说，每去一回厕所，便等于往遥远的院门口跑一趟。我想起在城市的家里，厕所和卧室只一步之遥，去厕所都不必睁眼睛。好在，大黄它只是叫，并不从窝里跑出来，就像是在示意我，你呀，做什么我都是知道的。它的叫声虽说让我睡意大减，却也让我不再畏怯。院子里种有两排枣树，影影绰绰的，给夜色更添了一层黑暗，风一吹，树叶子哗哗地响，有的还会飘在脸前，就仿佛忽然而至的什么暗器，让人猛地一惊。我想，幸亏有个大黄呢。

第二天早晨，听到窗外有唰唰的声响，我才睁开了眼睛。从窗口望出去，看到是房东正抱了把扫帚在扫院子，院子里有一层薄薄的枣树叶，叶下是干净的土地，扫帚一下一下地扫过去，房东身后便一片一片地变得清爽起来。

看着发黄的枣树叶子，我才意识到，秋天已经开始了，想不到，对季节的提醒，竟是这农村的枣树叶子。我忽然有些难过，穿好衣服打开房门，便朝房东走过去。

我从房东手里夺过了扫帚，像房东一样一下一下地将枣树叶子扫起来。叶子们发出哗啦哗啦的声响，就像一堆相撞的小金属片一样悦耳；它们身下的土地，湿润，清新，散发出一阵阵好闻的气息。

这感觉让我有说不出的好，有多少年没这么扫过院子了？仿佛还是十几岁的时候，我住在一个城市的大杂院里，也是土院子，地上也有树叶子，每天早晨，院子里的人家会一人一把笤帚，热热闹闹地把院子打扫得干干净净……

我庆幸这意外的收获，村里的楼房我也看过几家，最后定下平房，多半是为了租金的低廉。可比起租金，我也许更喜欢这扫院子的感觉。

我听到房东说，往后这点活儿，你就甭管了，反正我闲在家里，比不得你们有工作要忙。

房东正拿了簸箕，将树叶子装进一只荆条筐里。她这话是停下来看了我说的，脸上带了笑意，微露的牙齿白白的，嘴角两边显出浅浅的酒窝。说完她又低头去做。她做事跟说话一样认真，落掉一片树叶也要捡起来，那手捏了叶子的样子，就仿佛叶子有知觉一样。

那个大黄，在我们扫院子的时候乖乖地卧在院门口，大眼睛痴痴地望望这个又望望那个，看院子终于被扫完了，它便忽然地一跃而起，绕了院墙一圈一圈地跑起来。

房东说，它这是在晨练呢。我不由得笑起来，以为她在开玩笑，房东却说，它真是在晨练，跟我学的，每天早起我跑它也跑，我扫完院子它还要跑几圈，没跑够呢。

正说着，就见大黄朝我们跑来，到了跟前，两条前腿一抬，身子直立起来，巴巴地望着房东。我吃惊地问房东，它要干什么？房东说，不是拉就是尿。我说，它不随意大小便？房东说，从不，它只认房后那块菜地。我惊奇地看着房东为大黄打开了院门，大黄被解放了似的，箭一般地冲了出去。我想，这狗多么傻啊，可又是多么聪明！

我看到门外是一条小街，偶尔有人从街上走过；四周多是砖砌的平房，不知哪一座平房的烟囱，正冒着缕缕的青烟。我听说，这村的人大都搬到楼房去了，住在平房里的，不是舍不得平房就是买不起楼房的，我猜这房东定属于舍不得平房的，因为她厨房里的厨具，包括液化气灶、抽油烟机、微波炉什么的，几乎样样俱全，厕所里也是抽水马桶，隔壁还有个太阳能洗澡间，洗澡间里放了台滚桶式洗衣机。楼房里有的，她这平房里几乎全有了，楼房里没有的（比如宽绰的院落，比如成排的枣树，比如大黄），她这里倒很有几样。把平房做成跟楼房一样的设施，自是要有大的花费，但更要有大的决心，因为谁说得准这片平房，哪一天不会被满世界的推土机推成平地呢？

我新到的服装厂，不过是两间被废弃的小学教室，正在村里的楼房和平房之间。老板原是这村办工厂的工人，因为不平工人和厂头儿的工资差距，才自个儿出来当了老板。我初来乍到，不了解他这里工资差距有多大，但用工的狠我是亲眼看见的，早晨八点上班，一直干到晚上九点，之间只有半小时的午饭时间，午饭由老板娘来做，每人两个馒头一碗大锅菜，晚饭则下班后自己解决。那样的午饭，很难坚持八九个小时，我每天老早就饿得肚子咕咕叫了，那些工人们自也饿得够呛，可没一个人要求早下班。工人们多是从外地来的，找到一份工作已属不易，哪个还敢再节外生枝。老板也一直待在车间里，没见他吃过一点东西，他仿佛在给大家以身示范。他最常说的一句话就是：我跟你们吃一样的饭，干一样的活儿，还要我怎么着？他的车间十分简陋，没有空调，没有暖气，只房顶有几只电扇，墙角堆了几个铁炉子，老板也不是置不起，他总是说，人不能太舒服了，太舒服了就干不了活儿了。老板对我倒还说得过去，每月一千八百块钱，一些事也能认真地向我求教，但我真不敢保证，在这没有暖气的车间，我能坚持度过冰天雪地的冬天。

　　每天晚上回来，我都累得只想倒头就睡，饭都懒得做，但每次到厨房，我都能看见餐桌上放的一份饭菜，一尝，竟还是热乎的！房东的厨房跟我是分开的，我占的厨房，据说是房东的儿子的，那儿子搬到楼房去了，换的全套的新家具，原来的家具就全留下了。第一次，我找到房东问那饭菜，房东有几分羞涩地说，是给你的，只要你不嫌弃。我正饥饿难忍，高高兴兴吃了下去，给房东送碗盘时，还大夸她做饭的手艺。到第二天、第三天……竟是天天一份热乎乎的饭菜！且早晨扫院子的事，我再也没机会干过，每天一睁眼，院子早已扫得干干净净的了。大黄的晨练也已结束，躺在窝里安详地睡着。我想到房东脸上的那几分羞涩，觉得她简直属于另一个时代的人，如今，哪还有什么害羞的人，不要说做好事，做了坏事还脸不变色心不跳呢。不过转而又想，就算她是难得的好人，也不必天天这么做啊，莫非她有求于我？我一个四处奔波工作都没着落的人，她能求我什么，或许，她一个人待着寂寞，需要一个说说话的人？可她在这里居住多年，街乡邻里有多少相识，哪就轮到我这个陌生的房客？想来想去想不出个结果，索性就不再想，她留，我就吃，到月头儿交房租时，把饭钱算出来就是了。

心里刚踏实下来，有一天晚上房东却来找我了。往常吃过晚饭，很快就躺下了，这天由于跟女儿通话，睡晚了些，我听到房东在窗外喊，小林，睡下了吗？

打我住进来，房东还从没找过我，我想，就算她不来，我也该去她那儿说说话了。我打起精神，让自己做好了晚睡的准备。

房东却没进屋，仿佛执意要在窗外说话一样。我只好打开窗子，问她，有什么事吗？她说，今儿天好，洗澡水挺热的，去洗个澡吧，解乏。

我看她转身要走，急忙跑进厨房，将用过的饭碗拿出来还她，我说，太麻烦你了，真不知该怎么谢你。她依然有几分羞涩地说，再别说这事了，还不是顺便的事，反正我也要做饭吃的。

她接过饭碗又要走，我竟有些失落似的看着她，说，你找我来，就是为说洗澡的事？她说，对了，还想跟你说，就是顾不上洗澡，也该每天泡泡脚，总这么下去，会累出毛病的。

她边说边走，我不知该怎么留她，只好跑到门外送她。她走得很快，两条腿迈得跟年轻人似的。我说，你身体真好。她说，早晨跑步，晚上打拳，又没什么事操心，没个不好的。我说，打什么拳？她说，太极拳，杨式的，四十八式、四十二式、二十四式，都打。

我只不过随便问问，她却说得十分认真，她又说，太极拳实在是好东西，从去年打上它，感冒都没闹过，你要是想学，我可以教你。我说，好啊，哪天有空了一定向你请教。

这话我依然说得随便，可想不到，却被她牢牢地记在心里了。

接下来的一些天里，我仍可以吃到现成的晚饭，一次也没落过。我发现房东真是个心灵手巧的人儿，这从她做的饭菜就可看出，味道、颜色、形状，没一样不叫人喜欢的，每回我都会把它们打发得干干净净。我对房东说，这么下去，我怕是要发胖了。房东说，我儿子儿媳也喜欢吃我做的，给你才做一顿，给他们要做两顿呢。我说，他们也下班挺晚吗？房东说，不晚，是我自个儿揽的，要不闲在家里干吗呢？

她总说她闲在家里，这样算下来，她在家里的闲其实并不多，她做的饭菜，馒头都是自个儿发面蒸的，面条都是自个儿和面擀的，至于包子、饺子、烙饼，更是不去街上买现成的，她说她喜欢干事，日子让事塞满了心里才踏实。就连各样的蔬菜，也是来自她房后的菜地，她自个儿种了十几个畦子十几个品种，足够她一家人吃了，有时，还见她抱了菜一家一家地送，没送到的，有的还讨上门来，她也不恼，一样打发人家满意而归。那街坊四邻，像是真把她当成了闲人，小孩子没人带了，过红白事要帮忙了，下雨了窗户没人关，天黑了被子没人收……什么什么都乐意靠给她，什么什么她都满口答应。她哪里是什么闲人，她也许比我这个忙人还要忙呢。

待这么细细地替她算一算，倒把我吓了一跳，我想，就算月底把饭钱给她，也不好心安理得地继续吃下去了。

这一天，老板发善心，准给我两个休息日。当然，也因为我曾对老板说过，从小到大我没进过医院，要是在你这儿倒下来，我就再不会给你干了。对那些一人一台机器的工人，老板可没这么好心，他明白告诉他们，没有休息日，不准请假，实在要歇了，扣双倍的工资。他太知道，一个不想干了，还有十个会踏进门来，他不愁。愁的倒是我这样的，在正规企业学的技术，有近二十年的工作经验，他这样一个个体小厂，若我真不干了，他一时上哪找去？

我决定充分利用这两个休息日，把缺的觉补回来，把欠的人情还回来。城市的那个家，回去也是独自一人，不回也罢。

我一直睡到了上午十点，阳光隔了窗帘的缝隙，不客气地爬到了床上，我懒懒地眯了眼睛，觉得睡它三天三夜似也能睡下去。外面响起大黄的叫声，对它的叫我早已习惯，就像习惯城市里汽车的鸣叫一样。我动也没动。

忽然，窗玻璃传来嗒嗒的声响。我不得不爬起来，揭开窗帘的一角。

就见一红衣女子站在窗外！灿烂的阳光与红色交相辉映，几乎把一整个窗玻璃都映红了。

我一时有些晕眩，闭上眼睛重又睁开，见那红衣女子正在朝了我笑，牙齿白白的，眼睛黑亮亮的，嘴角两个浅浅的酒窝，眼睛看人有些痴痴的……天啊，这不是房东嘛！

细看她那红衣，原来是一套太极服，中式立领，灯笼裤腿，浅色的绲边，脚上一双白色系带运动鞋。由于服装的宽松肥大，倒遮掩了她那稍显肥胖的身材，一整个人儿，竟显得英武、俊气，年轻了十岁一般。

隔了玻璃，就见她嘴巴在动，手也在摆，仿佛在唤我出去。我穿好衣服将窗子打开，与她脸对脸眼睛对眼睛的，才明白她是要我去院儿里，跟她学打太极拳。她说，是不是休息了？那这点空得抓紧，别看太极拳简单，学起来可要些工夫呢。

听她的口气，像是我早跟她说好了一样，不容置疑。

我自个儿就够认真的了，对世上那些不认真我曾深恶痛绝，可在她面前，我是自愧不如。我却又实在没心思学打太极拳，就算从认真的角度讲，我觉得还有比这更值得认真做的事。

我便说，谢谢你，这事以后再说吧。

房东说，为什么要以后呢？

房东的眼睛里满是真实的不解，这样的眼睛让我不由得想起她捏了树叶的情景。我索性对她实话实说道，今儿我想为你做一顿饭。

这么说着，我的眼睛竟是有些湿润。

她怔了一下，眼睛似比平时更有些痴了。

我不由得躲开了她的目光，与她萍水相逢，就这样表露情感，自个儿都有些别扭。这些年的眼泪，多半是一人待着的时候才肯往外流，我不喜欢同人走得太近，无论男女，握手是最后的界限，对一些喜欢勾肩搭背以示友好的女人，我一律退后一步。有时我对自个儿也难弄懂，既痛恨世间的严酷无情，又疏远世间的人情友好，可对人情友好又分明敏感得要命，有时这敏感就仿佛一个待机打劫的盗贼，来得是猝不及防，比如眼下该死的"湿润"。

好在，房东忽然呵呵笑道，你呀，当什么事呢，做饭也用不了一天啊。我答应你，午饭在你这儿吃，可你也得答应我，一小时以外，全得学拳。

房东说得开朗、自然，仿佛刚才的一切都没发生。我想，莫非她与我一样，也懂得要退后一步吗？

　　房东教我的是一套杨式二十四式，她说她就是从二十四式学起的，学会了打上一年半载，再学其他的就快多了。她像一个真正的教练一样，先郑重其事为我示范了一遍，然后从起势开始，一式一式进行起她的教授。

　　大黄也跑了过来，卧在地上，有情有义地望着我们。

　　不学不知道，一学才知太极拳真不那么简单，按房东的话说，太极拳大大小小的动作都是画圆，可大大小小的动作又都有对立在里头，有一左就一定有一右，有一前就一定有一后，有一放就一定有一收，看似柔和，柔和里又都有刚劲，这叫以柔克刚。开始不懂这些不要紧，但身体至少要中正，不能歪斜，肩要垂下来，肘要松下来，以腰带动全身。记住了，腰是关键的关键，四肢都得随了它动，不能胳膊是胳膊腿是腿的各顾各。

　　我本就没什么学拳的心思，听她这么一说，就更想打退堂鼓了，特别她的那遍示范，很有些刺激我，她的举手投足，一招一式，都那么洒脱，那么漂亮，在这之前，我真不知太极拳还可以打得如此之美。我甚至对她有了一点忌妒，我想，一个衣食无忧的人，当然可以有时间琢磨打拳的事。

　　第一个式子是野马分鬃，房东先做了一遍，然后让我自个儿做一遍。我做得自是照葫芦画瓢，她说的那些要领一条也没记住。她不停地纠正着我的身体，怎样动怎样静，脚在哪里手又在哪里。她还鼓励我，不错，一上路就像回事，你一定能学成。

　　我问她，学成你那样得要多长时间？她说，要是每天坚持，最多两年。我说，我肯定不能坚持。她说，学会了你就能坚持了。我说，算了，我真没耐心学它了。她说，不行，刚开个头就没耐心，不就二十四个动作嘛，比你侍弄服装还难？我说，侍弄服装有钱挣，再难也得干。她说，身体好了不用花钱看病，也一样是挣钱。我说，我跟你不一样，挣钱比我这身体重要。

她不再说什么，只一心一意地教拳，仿佛不想把争辩再继续下去。到了中午，饭是在我的厨房做的，但东西都是房东拿过来的，她无论如何不准我出去购买。我问她儿子、儿媳不来吃饭了？她说早打电话了，今儿不让他们来了。

不知不觉地，一天就过去了，到了做晚饭的时候，房东回她的厨房，我累得腰酸背疼，到洗澡间冲了个澡，才懒洋洋往自个儿的厨房走。正想着做点什么，忽听得有人敲窗子。我跑过去，见窗外的房东正端了盘热气腾腾的饺子！

打开窗子，我惊奇道，你不是变出来的吧？

房东不答话，只是笑，脸上还带了几分羞涩。

我说，这下，欠你的情我更没法还了。

房东说，你非说欠，那就算欠着吧，有一天你搬走了，想起欠的情来，还会回来看看。

我接过饺子，房东便转身回她的房间去了，她说吃过晚饭她还要去村里的广场上打拳，那儿有五六十个人在等她，她是领队。

房东的饺子是三鲜馅儿，非常好吃，我心里温暖着，同时也奇怪着和房东的交往。以往的朋友，通常是以交谈为主的，到了惦记对方吃饭的地步，已是相当地知根知底、无话不说了。可跟房东，却还从没有过一次像样的谈话。我不能肯定这份温暖能维持多久，但能肯定的，是它正在激起我谈话的愿望，我想了解房东，也想让房东了解我。确定这一点时我自个儿先吓了一跳，自从丈夫离开家后我还从没有过这样的主动，我自以为已经习惯了与人交往时退后一步。

这天晚上，我没有早早睡去，我等待着大黄的叫声，大黄见到房东时叫得声音低沉、柔和，很容易分辨出来。

大约两小时之后，伴了大黄的叫声，我听到了院门在被打开，我急忙迎了出去。在这两小时里，我心里一直翻腾着自个儿经历的往事，怨恨，恐惧，悲伤，绝望……同时我也在猜想着房东的过去，那过去一定不像她表面这样简单、快乐。

我随房东到了她住的房间。她请我上炕坐。我发现她的房间里没有沙发，只有一盘大炕和硬冷的桌椅，她说，习惯了，弄别的反倒不舒服。

我和她都坐在炕上，之间摆了一张小桌，小桌上放了只空杯子。她问我喝不喝水，我说不喝，她还是拿起杯子倒了递给我，然后问，有事？

我说，没事。

她说，是不是哪个动作想不起来了？

我说，嗯……不是。

她说，有什么事尽管说，别不好意思。

我说，真没事。

她说，要不这样吧，我把教你的那几式再做一遍，你不用做，看着就是了。

她说着就站起身来，开始在房间的空地上做那几式动作。

我看着，心里翻腾着的往事，一时间竟不知到哪里去了，我想，她也不可能有什么"过去"了，或许，她压根儿就是简单、快乐的，压根儿就没什么要跟人谈的。

我终于趁她停下来的一刻，装得若无其事地离开了房间。我听到她在我身后说，就走了？你真的没事？我说，没事。我心想，就算她简单、快乐，就算她没什么要跟人谈的，她又有什么错呢？

第二天吃过早饭，我对房东说，今天不能学拳了，老板打电话来了，厂里有事要我去。房东有些失望地说，今儿一天就学差不多了，等到你再休息，学的那点也忘了，咱还得从头来。我说，没办法。

其实我知道是我对自个儿没办法，自个儿完全没必要占用休息日到厂里去，可是，我忍不住就要辞掉房东的教授，就如同一个小孩子跟大人的赌气，你不是说学拳要紧嘛，我偏要不拿它当回事；你不是没什么话跟我说嘛，我偏要找到说话的人，我回厂跟同事说去。

到了厂里，老板自是高兴，不问原因就给我派了活儿。但到中午吃那碗大锅菜时，我听到两个女工咬耳朵说，她们每月的工资只有六百块钱。我再问，她们便于我千里之外的样子，再不肯说了。她们显然把我当成了老板的亲信。

这让我很难过，当即就不管不顾地找到老板，指了那些工人问，给他们开多少钱？老板说，怎么了？我说，到底多少？老板说，多少关你什么事？我说，如果你太过分，我会选择离开的。老板怔了一下，看看围上来的工人，忽然嚷道，他妈的随你便，三条腿的蛤蟆难找，两条腿的人可满世界都是！

　　这事只发生在一瞬间，若在以往，我绝不会为别人的事这么冲动这么不管不顾的。我不知自个儿怎么了，仿佛满身都是要迸发的激情。

　　我开始收拾自个儿的东西。

　　老板大约为他的话有些后悔，把工人们驱散后，他走到我跟前，压低声儿说，要是嫌给你的少，咱可以再商量。

　　我没有理他，虽说下一步还不知向何处去，但我却无法控制自个儿的行动。

　　我很快回到了房东家。大黄朝我叫了几声，大约是奇怪我为什么会这么早回来。我听到房东的厨房里有人说话，猜想是她的儿子、儿媳吃饭来了。我没吱声，径直到自个儿的住房收拾行李。既是没了这里的工作，还有什么理由在这里住下去？

　　一会儿，大黄又叫起来，叫得欢快而又急切，我知道是房东在往外送她的儿子、儿媳。房东很快就会到我这里来了。

　　果然，窗玻璃被嗒嗒地敲响了。

　　我打开窗子，把这些天的租金交给她，我说，我要回去了。

　　房东吃惊地问，为什么？不是要长期住吗？

　　我说，我被老板炒了。

　　房东没再问为什么，只是有些不解地看着我。

　　我想，只要她问，只要她肯走进来问一问，我就把今天的一切以及以往的一切讲给她听。

　　可是，她始终没问。她的那双黑亮亮的大眼睛，甚至有些游离。厨房里响起水开了的哨音，我明白了她"游离"的原因，宽容地朝她笑笑，看她慌慌地朝厨房跑去。

　　我提了行李走出房门，头上是灿烂的阳光，脚下是被踩得唰唰响的枣树叶子。房东家的院子真大，唰唰的声响持续了好一会儿。

院门口的大黄从窝里跑出来，一边叫一边痴痴地望着我。

忽然，身后响起房东的喊声，小林等等，钱多给了啊！

我转回身，看到房东气喘吁吁地跑过来。我的眼睛又有些湿润。我想，这样的好人，这样举世难找的好人，为什么还要苛求她？我放下行李，决定跟她好好地告个别。

原载《当代》2010年第3期
《小说月报》2010年第7期选载
入选中国作协创研部选编《2010年中国短篇小说精选》（长江文艺出版社）

村路与爱情

　　那时候的玉村，出门都是弯弯曲曲的土路，马车走个对头，不轧半畦子庄稼是过不去的。逢到下雨，骑自行车的人要变成车骑人，车下的人一步一打滑，不知什么时候，就连车带人地摔倒了，满身满脸的泥，沉甸甸的，试上几回也爬不起来。若是遇上马车就更惨了，玉村的马车从来都是行人给它让路的，呼隆呼隆的，像开火车一样，什么什么都不在它眼里的。那摔倒的人，这时仿佛被吓出了力气，身子还没站起来，车子先已被他扛在肩上，就听"嗨"的一声，连车带人，竟是晃晃悠悠地站起来了。待让马车过去，倒霉的人才想起骂一句，该死的，该死的啊！

　　梁玉明就是个骑自行车的人。他在市建筑公司下属的一个工程队上班，每天要从玉村赶到工程队，再从工程队回到玉村。倒也不远，十七八里地吧，只是土路占了一大半，好好一辆车，颠跶再颠跶的，过不了多久，掉链子，闸失灵，车胎被扎，车座子过于灵活……毛病就一个一个地全出来了。

　　梁玉明的车是永久牌，跟飞鸽牌没法比，比白山牌却要强上十分，就好比带人，永久牌带个人不显，白山牌带个人就晃晃悠悠的，车架子软得吓人。跟梁玉明一路做伴的王好，骑的就是白山，他人长得瘦小，车在硬得硌脚的土路上几乎要蹦起来，压不住；若后座有人坐上去，蹦是不蹦了，却又吱吱呀呀地叫，要散了架子似的。

　　梁玉明有车后，心里一直存着个愿望，就是用他的车带一回谭跶儿。

每天上下班，梁玉明都可以看到人群里的谭踺儿，或锄草，或间苗，或坐在地头上放歇，无论做什么，无论和谭踺儿一起的有多少人，他都能将谭踺儿一眼认出来。

这愿望，梁玉明对王好都没说过，不是交情没到，是觉出王好对谭踺儿也是注意的，每回梁玉明朝了谭踺儿那边看，王好也跟了看，看了也不说看的是谁。况且，两人虽都在工程队干小工，王好却是拿真工资的，他接的父亲的班，不像自个儿，临时工，工资要交生产队换成工分，下班想看场电影都要跟家里张口。更不妙的，是梁玉明还觉出，谭踺儿对王好好像比对自个儿还好几分，比如走个对面，她只将目光对了王好，脸上的笑和说出的话也都给了王好，就仿佛没看见自个儿一样。有一回上班，正遇上谭踺儿匆匆往地里赶，上工的人群远远落下了她，她显然有些急。梁玉明便朝她喊，踺儿，坐上来吧！她回头看看梁玉明，不说坐，也不说不坐，却忽然隔过他，一跃坐上了王好的车子。还有一回，刚下了场大雨，梁玉明和王好在土路上硬撑了一会儿，车瓦盖里的泥塞得满满的，车轱辘转都不转了。梁玉明便嗨的一声，先把车扛到肩上去了，想着身后的王好也会跟着扛起来，可没想到，王好没下车，要做给谁看似的，一咬牙一猫腰，竟是从一摊淤泥中冲了过去。淤泥是冲过去了，接下来的车辙却没躲过去，车辙是又深又窄，车轱辘又不帮衬，王好再有冲劲儿也难过去了。梁玉明呢，是只顾替王好提着心了，脚下一滑，连车带人地也倒了。他挣啊挣，两只脚却不听话，挣一下就滑一下，滑一下就倒一回。这时，忽听得一阵笑声，哈哈哈哈……原来，是一群雨后上工的人过来了！梁玉明红着脸，头都没敢抬，好容易爬起来时，发现王好也正在起来，旁边还有谭踺儿在帮他扶车……事后，梁玉明问王好，你早看见她了？王好说，谁？梁玉明说，少跟我装傻。王好不再吱声，脸却红了。梁玉明说，我说呢，命都不要了。王好将车把抓得死死的，车身却仍莫名地抖晃着。梁玉明看他窘得实在可怜，便说，你小子还挺有眼力，要不要我牵线搭桥啊？王好吃惊道，哥哥少拿我取笑，能配上她的，也只有你了。

王好这话，让梁玉明记得牢牢的，他想，好兄弟啊，只要能带一回谭踺儿，别的他宁愿什么都不想了。

王好对梁玉明也实在好，从前在生产队劳动的时候，梁玉明干的尽是苦力活儿，出身富农，墨水又喝得多，队长就格外苛待他。王好管不了队长，却能管自个儿，梁玉明干什么，他就求队长派他干什么，拉捣子，出大圈，刨棒子，是梁玉明在哪里，他就一定在哪里。活儿苦活儿累，有个伴儿总是要好些的。后来，王好要接父亲的班了，他又求父亲把梁玉明带出去，哪怕临时工呢。父亲那里办成了，村里却不肯放人，说他一个富农子女，凭什么？王好不甘心，索性悄悄把父亲的飞鸽牌自行车换给了那不肯放人的人，那人的车是白山牌。王好自是挨了父亲一顿臭骂，梁玉明却因此如同再获新生。梁玉明上班前特意买了永久牌车要和王好换，王好是死活不肯，说，反正不带人，一个样。

其实，梁玉明还是有机会带谭踺儿的，玉村附近有家化肥厂，化肥厂每周六晚上都演场电影，谭踺儿和女伴儿们回回都去。她们步行，梁玉明和王好骑车。但她们人多，带谁不带谁呢？就算他俩敢带谭踺儿，人家谭踺儿肯不肯呢？再说，他们的车走土路走的，多多少少都有毛病，万一带上了，出丁点毛病都是难堪的，比如掉链子，装是好装，但一捅就是满手的油，他们总不能带了满手的油跟人家去看电影吧。这么一犹豫，车就从她们身边过去了，一回又一回的，每一回过去，梁玉明心里都空落落的，仿佛丢失了什么似的。

这一天，又是周末了，工程队发了工资，梁玉明从中抽出三张两毛的，趁午休时间去电影院买了三张电影票，一张给王好，一张留给自个儿，另一张他计划送给谭踺儿。王好接了票，要替他补上那六毛钱，说交生产队一分都不能少的，少了他往后甭想干了。他说没事，不过六毛钱，找家里还是好要出来的。这么说着，他心里其实也没底，为买自行车，已经用完了家里所有积蓄，到年底队里分红还有大半年呢。

让梁玉明高兴的是回到村里，他将电影票交给谭踺儿，谭踺儿竟是没拒绝，只问了问有谁就接下了。吃过晚饭，梁玉明叫了王好，又和王好一起叫了谭踺儿，就向市里的电影院出发了。比起化肥厂的露天电影，电影院里的电影要有吸引力多了，何况还有谭踺儿。

梁玉明的车好，自是由他来带谭踺儿。谭踺儿这回倒没拒绝，只是话不多，梁玉明问一句，她才肯说一句。不过这已经很好了，终于带了回谭踺儿了！谭踺儿的身子真灵，坐上去像只猫似的，几乎让他感觉不到；她的清香的气息，却又时时地将他包围着。他想，真好，今儿晚是多么好啊！他看出来，骑在身边的王好也很高兴，不时地跟谭踺儿说点什么；谭踺儿呢，仍如平时一样，跟王好说的话，远比跟他梁玉明说得多。梁玉明开始有一点小小的别扭，但很快就说服了自个儿，人在自个儿车上坐着，还想怎么样呢？

梁玉明的车也很争气，从玉村到电影院，又从电影院回到玉村，竟是没出一点毛病。他们看的是样板戏电影《沙家浜》，剧情虽说已是烂熟得很了，但他们仍是很认真地看到了电影结束，没说一句闲话。当然，也由于他们的座位，谭踺儿与他俩之间隔了条过道，想说也说不好的。

不过，回来的路上，王好的车却很是出了几回毛病。一回是闸皮磨了车胎，一回是掉了链子，一回竟是后车胎嘣的一声，爆了。

掉链子的时候，梁玉明和谭踺儿就在前面的一段距离等。除了远处城市和村落的灯光，哪哪都是漆黑的。沉默了一会儿，不知谁先说起了王好，两人便像是找到了话题，王好王好地说起来。

当然一直是在说王好的好，梁玉明说，谭踺儿也说，有的是对方知道的，有的是对方不知道的，一句接一句，一段接一段的，仿佛没有王好就没话了似的。

黑夜里，梁玉明只看得清谭踺儿亮闪闪的大眼睛，但谭踺儿的兴奋甚至激动，他还是感觉出来了。他印象中的谭踺儿，总是有些冷傲的，他想，她的兴奋和激动，是因为王好，还是因为他梁玉明呢？

有一刻，梁玉明问远处的王好，好了没有？王好答道，马上就好！

王好的应答让梁玉明莫名地生出了躁性儿，他想，再不说点什么，就要错过去了。其实他也不明确自个儿要说什么，只觉得时间逼人，王好逼人，夜色也逼人，连灰蒙蒙的土路都让他有了紧张感。

他便忽然问道，踺儿，你知道王好的车为什么总出毛病？

谭跬儿说，牌子不好呗。

他说，不是。

谭跬儿说，那为什么？

他说，紧张闹的，他一见你就紧张得要命。

谭跬儿笑道，我又不是老虎。

他说，不是开玩笑，他是真紧张，因为他喜欢你。

谭跬儿怔了一下，仍笑道，喜欢谁就紧张啊，那你呢，你紧张不紧张？

他也怔了一下，转而故作轻松地笑了，说，我有什么好紧张的。

谭跬儿不再问他，回过去又说王好，说，王好他喜欢的人多了，还有你，还有……

他打断她说，你知道我说的喜欢是什么，我看出来了，你好像……也喜欢他。

谭跬儿又怔了一下，忽然大笑道，你什么意思，不是要学习德一试探阿庆嫂吧？

谭跬儿的笑很是泼辣，全然不是平时安静的样子了。他有些被动地朝她望望，说，不，我……是认真的，我想听你一句话，只要你愿意，王好那边……我来负责。

谭跬儿紧跟了问，我愿意什么？你又负责什么？

谭跬儿虽是笑着，那语气却透着不屑。梁玉明就觉得，像是被谭跬儿逼到了一个墙角，有些可怜兮兮的，接下来的话，他还哪敢再说出来。他也不知怎么就走到这一步了，怪只怪自个儿太笨了，对谭跬儿这样的女孩，岂是可以随口就来的？

好在王好很快地赶上来了，梁玉明稍稍松了口气，见谭跬儿不声不响离开他，坐上了王好的车子。

一路上三人也没说话，只听得到王好那车吱吱呀呀的声音。将近玉村时，谭跬儿的座下嘣的一声，三人才跳下车，为这事故议论起来。车是不能再骑了，王好建议梁玉明先将谭跬儿带回家，谭跬儿却死活不肯，一定要自个儿走回去。两人只好推了车子，陪她走完了最后的路程。

这以后，谭踺儿就再没坐过梁玉明和王好的车子了，对王好，话也比从前少了许多。有一次，他俩下班回来，正有一辆三套马车从对面呼隆呼隆地闯过来，二人躲闪之际，竟发现谭踺儿端坐在车沿上！车轮腾起滚滚的尘烟，赶车的是个叫二愣子的年轻人，他将鞭子甩得啪啪响，响声中谭踺儿目光朝了前方，就像没看见他们一样。

王好问梁玉明，到底跟谭踺儿说过什么？梁玉明说，都是些蠢话。王好说，可惜了。梁玉明说，可惜什么？王好说，你们俩啊。梁玉明挥挥手说，甭我们俩了，说说咱们俩吧，你就看咱俩走的这路，叫路吗？没待王好回答，梁玉明又说，再看看这一群一群的人整日耗在地里，有意义吗？王好和梁玉明待久了，知道他是有些书生意气的，平时还算谨慎，这样的议论不会随意出口，现在说出来，显然都因谭踺儿而起。想着谭踺儿，王好不知为什么忽然地想哭，眼圈一红，竟是落下几滴泪来。

原载《文艺报》2010年10月13日

三个清洁工

她们三个是：春阳，小雪，新月，年龄都在三十岁左右，一样的一把抓的发式，一样的深蓝色工装，不同的，是春阳那一把抓又粗又硬，小雪的一把抓又细又软，新月的一把抓则是烫过的，曲曲弯弯的，看上去就像一把火炬。现在，她们正每人手里端一滴了水的拖把，站在村委会的大礼堂里，唇枪舌剑地在戗戗什么。

她们的工作，是清洁村委会大院儿的里里外外。村委会大院儿前排，是一座崭新的三层高的办公楼，办公楼之后，是一排旧有的带走廊的平房，平房后面，则是一座与办公楼高矮不相上下的礼堂。平房的各个门口，与办公楼里的门口一样，也都挂了白漆红字的牌子。就是说，楼房和平房的每一间屋都没闲着，都有人在办公，也就都需要她们的清洁。这倒没什么，村子大，人口多，最近几年又拥进来太多的外来人口，需要办事的多，办公人员自就要多些。这些不是她们能关心的，她们关心的，是办公人员多，清洁工也就要多起来，前些年只有春阳一个人，后来添上了小雪，现在又添了新月，相当于春阳时候的三倍了。人一多，嘴就杂，你说东，我说西，你说南，我说北，说着说着免不了就要戗戗起来。别看新月来得晚，却一点没有晚来者的谦卑，她过去一直在市政府大楼里做清洁工，由于市政府搬迁，离这里的家太远了，她才不得不回村来了。她眉宇间常常跳跃着几分傲气，动不动就说，我在市政府的时候怎样怎样。她这么说的时候小雪很少吱声，因为她知道春阳是一定会吱声的，春阳一吱声会顶她小雪十个。春阳会说,你在市政府做什么?管人事,还是抓宣传?新月就说,以为市政府就管这两样啊,多着呢,光清洁工就大几十个,你就算算吧!春阳说,我甭算,它再大再好,你不也是拎拖把的?在市政府拎拖把跟在村委会拎拖把莫非还两样儿吗?春阳的话,在小雪听来已是说到底了,新月不可能再有话对答了,可没想到,新月不急不慌地答道,当然两样儿,你说,村委会的办公人员跟市政府的办公人员能一样吗?春阳说,我倒想知道,怎么个不一样?市政府的人是不吃不睡还是不拉不尿呢?新月仍不急不慌地说,能吃能睡能拉能尿就是人啊,那小狗小猫算不算?春阳张一张嘴,竟是没答出话来。春阳在村里可是有名的一张利嘴,轻易就败在新月嘴下岂不恼火,下一回,有机会又会和新月戗戗起来。新月却也是个不饶人的,一旦戗戗,就定要分个高下。愈是这样,春阳就愈要戗戗,不将新月的势头压下去不罢休似的。春阳却又总压不下新月,戗戗一回,就张口结舌地败一回。有一回春阳私下里对小雪说,以为我真想跟她废话啊,我是要她明白,除了她还有人呢,要是你不吱声,我也不吱声,她更得把尾巴翘到天上去了。小雪一边点头,一边恨着自个儿的拙嘴笨舌,要是能助春阳一臂之力,新月岂会如此得意?她知道,她是必须要站在春阳一边的,春阳有理无理她都不能背叛春阳,因为是春阳推荐她来做清洁工的,春阳的叔叔是管清洁的村委会委员。可有时候,小雪又觉得新月的话不是全无道理,就比如眼下的这回戗戗,新月说,这礼堂地面色儿太浅了,座椅色儿又太重了,给人头重脚轻的感觉;还有主席台上那一溜儿太师椅,太土了,跟下边包了黑皮革的靠背椅不搭调。这感觉,小雪其实早就有了,只是不知该怎么说,想不到,新月一句话就把这感觉说清了。还有墙面,新月说这叫什么,平塌塌的,一说话四处是回音,就算不设隔音板,也该弄成吸音墙吧。这让小雪更有同感了,村里每回在这里开大会,都是乱糟糟的效果,台上讲的什么台下永远听不清。小雪竟是不由自主地点了点头,却立刻受到了春阳的抢白,她说,小雪你瞎点什么头啊,前阵子市里领导来,还夸礼堂盖得好呢!新月不放过地问,市里哪个领导?春阳说,哪个领导你认识啊?新月说,没准儿呢。春阳说,怕是你认识人家,人家不认识你呢。新月说,就算不认识,我也知道人家不会夸这样的礼堂。说着新月拿拖把一指礼堂的墙面，看见没有，才几天啊，就起了皮子了。又一指天花板，看，防水没做好，雨都漏进来了。小雪看着天花板上的几块水痕问，什么叫防水啊？没等新月回答，春阳就抢过去说，以为她真懂啊，就蒙你这不懂的呢！

这一回，像是真把春阳气着了，因为新月所指之处，的确都是不容置疑的缺陷。败在新月的嘴上是个原因，小雪知道，还有个原因是春阳更在乎的，那就是当初负责修建这座礼堂的是她的叔叔，说礼堂不好，就等于说她的叔叔不好，说她的叔叔不好，她这做侄女的也会跟了丢脸面，她是个要强人儿，丢脸面还不如让她去死呢！于是小雪听到春阳说，我看着挺好，哪哪都好！新月说，你看着好，那是你没见过市政府的礼堂。春阳说，市政府的礼堂就是标准了？人民大会堂，国家大剧院，它比得上吗？新月说，比得上比不上，反正我不会说这样的礼堂挺好。春阳说，就是挺好，俺们乡下人要求不高，开个会看个戏，不风吹雨淋、不用自个儿拎小板凳，就心满意足了。新月便冷笑道，那还不如搭个席棚钉几排长凳呢，一样不风吹雨淋，一样不用拎小板凳。春阳说，搭个席棚也没什么不好，省得有人见天拎个拖把，搅得好好的块地儿鸡犬不宁了。新月说，你什么意思？春阳说，什么意思你自个儿明白。新月说，我不明白，我怎么搅了？怎么就叫鸡犬不宁了？

这样，又像是把新月气着了，她满脸通红，眼睛都成红色儿了。其实，凡长了眼睛的哪个看不见啊，从前的礼堂什么样儿？尘土飞扬，狗屎遍地，是她新月来了之后，礼堂才彻底变了样，一只野狗被她赶出去了，几窝小鸟儿被她放飞了，角落里的垃圾被她清理了，满地满桌子的尘土被她擦净了，大块儿的窗玻璃被她冲洗得锃明瓦亮，连椅掌儿上的尘土她也没剩下。她对那两个说，这叫细节，有时候一个细节忽略了，整个效果都完了。那两个呢，任她自个儿干，一点不肯帮她。不帮她也罢了，还要说她搅得鸡犬不宁，若说这就叫鸡犬不宁，她宁愿天天这么鸡犬不宁呢！

春阳和小雪看着新月，就觉得要想让她和她们一致起来，这辈子都不可能了，她那样子，仿佛着了魔似的，哪里有尘土就到哪里去，眼里真正是容不得一粒尘土呢。倒也不是春阳和小雪懒惰，礼堂的事，春阳的叔叔确实交代过，说什么时候开村民大会什么时候再打扫，平时反正没人来，扫了也是白扫。可新月一来，对春阳叔叔的说法立刻表示了反对，她说，没人来就不扫了？市政府的礼堂也不是天天开会，可照样天天打扫呢。春阳说，这是村委会，又不是你的市政府。新月就说，甭管是哪儿，有土就得打扫。春阳说，庄稼地里尽是土，你打扫去吧。新月说，你讲不讲理啊？春阳说，不讲，反正我们是没见过市政府的，我们怕什么？新月气得一张圆脸拉得老长，连连地说，难怪，难怪呢！春阳说，难怪什么？新月说，难怪村里这么落后呢！说罢，新月拎了拖把，噔噔噔地就往礼堂去了。新月总是这样，倔强得就像一头牛，干起活儿来也像一头牛，干不到一会儿，衣服就湿得贴到了背上，头发就汗成了一绺儿一绺儿的。这会儿，她又一次变成了牛，头一低，腰一弯，屁股一撅，将水湿的拖把摁在地板上，推了门大炮似的擦啊擦，擦啊擦……衣服又一次湿了，头发又一次汗成了一绺儿一绺儿的了，连屁股后面都湿了一大块，看上去像是汗湿，又像是忽然来了月经似的。春阳和小雪，本是下了决心要看到底的，可这一回，看着她的屁股，手里的拖把不知怎么的，有些儿不听使唤，先是自个儿落到了地上，不知不觉地，将她们的腰也拽了下去……地面是浅色儿的抛光砖，她们记起抛光砖也被新月批评过，说一踩一个脏脚印儿，跟亚光砖差得远了。她们不太清楚亚光砖和抛光砖的区别，但她们想，就算亚光砖踩不上脚印儿，她新月又有什么了不起呢！

　　仿佛是由于春阳和小雪对打扫礼堂的参与，礼堂里一下子安静了许多，没有了嗡嗡的话音，只听见唰唰的擦地板的声音。

　　新月从礼堂的这头儿擦起，春阳和小雪则从礼堂的那头儿擦起，渐渐地，擦到了中央，三人便聚了头。却仍无话，各自低了头，谁也不看谁，擦完最后一块地板，又转身寻了抹布去擦桌椅。这么过了一会儿，小雪便先有些沉不住气，开口叫了声春阳，没话找话似的问，村民大会什么时候开啊？春阳就说，什么意思，刚打扫干净就惦着来铺排啊？小雪说，没人铺排村委会也不能用咱们啊。春阳眼睛一扫新月，说，问领导去，领导知道。小雪果真就又叫了声新月。新月说，它就是不开，咱打扫得干干净净的也不吃亏。小雪说，谁说吃亏了，我不过是随便问问。春阳说，你这叫没事找事，也怪我，撺掇你问什么领导，可谁知道有人就真把鸡毛当了令箭呢？

这一回，新月竟是意外地没跟春阳戗戗，她正在主席台上擦那一排太师椅，擦了椅坐擦椅背，擦了椅背擦扶手，擦了扶手又擦椅腿儿，那认真劲儿，就像太师椅是她自个儿家的。开始是小雪在主席台上擦来着，一把椅子还没擦完，新月就扔下手里的活儿上来了，说，我来吧。小雪只得又下去擦台下的座椅，但她到底也不明白新月的意思，是担心她擦不好领导会责怪？还是因为太师椅不好擦，新月在学雷锋抢重担？无论哪一条，小雪都有些不舒服，她想，她以为她是谁呢？春阳将这些看在眼里，有一刻就小声教导小雪，这都看不出来，她是在亲近领导呢。小雪说，那是椅子，又不是领导。春阳说，那是领导的椅子啊，一旦领导哪天高兴了，问谁擦的啊，不就显出她来了？小雪说，领导还会问这种事？春阳说，谁说得准，反正领导问不问，她是巴望着问的，不然她跟你抢这干什么？小雪说，她还总说椅子土呢。春阳说，是啊，说归说，做归做，一做狐狸尾巴就露出来了。

两人正嘀咕着，就听主席台上的新月忽然说道，村民大会下个月就要开了。

两人便是一怔，原来她是真知道呢！春阳不服地问，你怎么知道的？

新月说，村主任说的。

春阳说，村主任怎么说的？

新月说，村主任跟我开玩笑说的。

春阳说，村主任还跟你开玩笑？

在春阳和小雪的印象里，村主任是天底下最不爱笑的人了，一张黑脸，永远是阴沉沉的，走个面对面，他的眼睛不是看天就是看地；去打扫他的办公室，他的脑袋对了一份材料抬都不抬一下。连春阳的叔叔提起他来都有几分躲闪，总会说，不提领导，不提领导。哼，开玩笑，跟一个才来几天的清洁工？吹吧她就！

可是新月有鼻子有眼儿地告诉她们，村主任确实跟她开玩笑来着，就在他的办公室里。村主任说，下月就要开村民选举大会了，你这市政府的人，要不要屈尊参加竞选啊？新月就说，想倒是想，就是没资格。村主任说，咋没资格啊？新月说，市政府的人呗。村主任就哈哈大笑起来了。新月说，村主任不笑是不笑，一笑震得一整座楼都听得见呢。

春阳和小雪听着，先是有些信了，可又一想，村主任的办公室一直是春阳去打扫的，她新月怎么可能去呢？

新月对她们说，她是提建议去的，她认为，礼堂既然建起来了，就该充分地利用，村民大会一年才开几回啊；她认为，对村民来说重要的不是开会，而是各种活动，比如敲腰鼓啊，跳健身操啊，打太极拳啊，开办学习班啊，它们是天天都需要场地呢，况且它们通常都在晚上，又不影响办公。可现在是，好好的场地闲在那里，野狗野猫都能进，人却进不得。新月说，这话她跟春阳的叔叔也提过，春阳的叔叔当时就有些恼，说，你才来几天啊，就一口一个认为的，还什么野狗野猫的，这话给村主任听见，立马就得开了你，别以为村主任同意你来打扫卫生就也会同意你的什么认为！新月不相信春阳叔叔说的，索性就直接去找村主任了。

新月这话，春阳和小雪可是头一回听说，她们才明白，原来新月当清洁工找的是村主任呢。她们想，她可真敢啊，还提什么建议！春阳忍不住问，那村主任怎么说？

新月说，村主任没说行，也没说不行，跟我开了个玩笑就接电话去了。

小雪也问，后来呢？

新月说，没有后来了。

小雪说，那就是不行呗。

新月说，也难说，没准儿他们正研究呢。

春阳冷笑道，这种事还用研究？占耕地盖楼是多大的事，还是他一人儿说了算呢。

新月看看台下的春阳，说，他不会是忘到脑后了吧？

春阳说，忘到脑后有什么奇怪，他不忘才是不正常呢。不要说你，那些村委会委员提的建议，他还不是说忘就忘了？能跟你开个玩笑，就算高抬你了！

新月停了手里的活儿，有些忧心忡忡地说，我也不是没想到，可万一呢？

春阳说，万一没忘？不可能，就是有万一，他也不会丢下面儿来听一个清洁工的话的。

新月说，清洁工怎么了，在市政府的时候，我还给市长提过建议呢。

春阳冲小雪眨眨眼睛，说，又是市政府，还把市长搬出来了。

新月说，副市长。

春阳说，甭管正副吧，市长的办公室是那么好进的？

新月说，谁说进办公室了？

春阳说，那在哪儿，你家啊？

新月说，院子里。

春阳说，你家院子里？

新月说，甭管哪儿的院子里吧，反正建议我是提了。

春阳哼了一声。

小雪问，提的什么建议？

新月说，我认为，礼堂里固定的桌椅是种浪费，应该去掉，像人家国外领导人一样站着开会，实在需要桌椅的时候临时再搬都来得及。就是说，礼堂应该灵活多变，什么样的活动都能举行。还有，办公的人一年比一年多，院儿里汽车一辆挨一辆，我们打扫卫生都困难了，该解聘的就得解聘啊。

春阳和小雪不由得笑起来，说，你真这么说的？

新月说，不信去市政府打听打听，当了一群人，副市长还夸我了呢。

小雪说，夸你什么？

新月说，有公民意识。

小雪说，后来呢？

新月说，没有后来了。

小雪说，唉，跟村主任那儿一样呗。

春阳说，要是提的建议还没一个屁有点响儿，就不如不提。

春阳这话显然有点刺激新月，就见新月忽然激动地一挥手里的抹布，说，错！一个人的建议没响儿，一百个人一千个人一万个人的建议总会有响儿吧？怕的倒是你这样的，你这样的人太多了，有你这样的人在，社会就甭想进步！

春阳怔了一会儿，才有些反应过来似的，啪地将抹布一摔，说，我这样的怎么了？还社会，还进步，社会进步不进步跟你有什么关系？噢，都站了开会，省几把椅子社会就进步了？做梦吧你！

两个人像是又一回地被气着了，新月围了台上的太师椅转来转去的；春阳则在台下座椅间的通道上走了一趟又一趟。新月说，我就做梦，有梦就比没梦好！春阳就说，有梦那是还没睡醒呢！新月说，你那不叫睡醒，那叫浑浑噩噩！春阳就说，你进步，你有公民意识，可你怎么单拣领导的椅子擦啊？

春阳这一说，仿佛将新月哪里击中了似的，新月竟是一下子不吱声了。

春阳看看小雪，说，怎么样，我没说错吧？

小雪就去看新月，见新月停了转，有些懒洋洋地坐上了一把太师椅。她不胖不瘦，只是属上身长下身短的那种，坐在上面两只脚悬在半空，有点没着没落的；屁股呢，只占了座位的一半，另一半的闲置就愈发突显出来，仿佛证明着她与太师椅的各不相干。

新月就这么坐在那里，耷拉了眼皮，睡着了一样。

小雪说，她怎么了？

春阳说，没话说了呗。

小雪又大声问新月，你怎么了？

小雪的声音在礼堂里久久地回荡着，待没了回音，才听新月缓缓应道，没事。

小雪不甘心地又问，你还真想亲近领导啊？

新月说，我这个人，总也改不掉这毛病。

小雪说，亲近领导的毛病？

新月说，不，对别人不放心的毛病，在市政府，主席台上的桌椅也是我擦。

春阳说，那台下的呢，台下的桌椅你就放心了？

新月说，春阳你不用这么刻薄，要是你叔叔没在村委会，你不怕吗？

春阳说，怕什么？

新月说，不知道，反正我有点怕。

春阳说，你怕可你敢提建议，我们怎么就不敢呢？

新月说，我这个人就这样，又想进步，又怕保不住自个儿的饭碗，所以总是，没有后来就没有后来了。

新月的声音有气无力的，让春阳和小雪忽然觉得她有些可怜。她们想，谁不怕保不住自个儿的饭碗，她们也怕呢，只是她们不像她那样，一边怕一边还总想着进步的事，要是不想，她其实是个挺不错的清洁工呢。她们却又被自个儿的想法吓了一跳，难道她们俩，一直想的是退步的事吗？

这一天，她们三个，不知为什么回去得很晚，办公楼里的人都走光了，她们仍坐在礼堂里饳饳来饳饳去的。不过到底也没饳饳出个所以然来，天下让她们不明白的事太多了，只一个进步和落后岂是可以说清的？她们终于站起身来，多少有些不舍地朝礼堂外走去，她们各自的家里，都有几张嘴在等着吃饭呢。

村委会的大门外面，是一条宽敞的马路，一头儿通到城里，一头儿通到她们自个儿的家里。她们一边往家里走，一边看到已经有人背了腰鼓，拿了扇子，穿了花花绿绿的服装，在往村委会这边走了。村委会门前的马路，是村里唯一够他们活动的场地了，只是来来往往的车辆，时常会打散他们的队伍。有一刻，春阳忽然问新月，你会打腰鼓吗？新月说，不会。春阳说，跳舞呢？新月说，也不会，可我喜欢看，原来天天看，后来见他们总被车辆赶得跑来跑去的，就不想看了。

三人沉默了一会儿，新月忽然开口道，你们说，村主任说的竞选的事，真是开玩笑吗？春阳说，开玩笑不是你说的嘛。新月说，是我说的，那是我没敢想过竞选的事，可我，还有你们，为什么就不敢想呢？小雪说，你想吧，打死我们也不敢想。新月不理小雪，继续说，要是我当了村主任,就聘你们俩当副村主任,我认为三个人足够了,其他办公人员一律解聘!小雪说,谁搞清洁呢?新月说,当然也是咱仨,咱仨是熟门熟路,换了别人还不放心呢。春阳笑道,做梦吧你就!

新月却没笑,脚步也不由得快起来,像是真要当村主任了似的。她脑后的头发随了脚步一下一下地跳跃着,愈发像一把火炬了。春阳和小雪走在后面,觉得新月的两条腿实在是短了些,头发再怎么跳跃,都难走得更快了。

原载《广州文艺》2009年第7期
《小说月报》2009年第9期选载

入选中国作协创研部选编《2009年中国短篇小说精选》(长江文艺出版社)

入选由美国MerwinAsia出版社翻译出版的小说集(2013年)

夜 深 沉

他们三个，一个拉京胡，一个弹月琴，一个拉京二胡。晚上，他们提了乐器，从各自的家里走出来，到一公里外的一个大车间会集。这大车间属于一个废弃的工厂，车间前后长了荒草，荒草间被他们踩出了一条小路，星光下，小路现出一缕亮色，他们便沿了这亮色，熟门熟路地隐没到大车间去了。

车间里空荡荡的，只剩了几个破旧的工具箱，喊一声，会有大礼堂里一样的嗡嗡的回音。由于每天来，工具箱和水泥地都是干净的，他们将工具箱围成个半圆，占了车间的一角，而后坐在工具箱上，开始从琴盒里取自个儿的乐器。

他们相互的称呼，是大哥、京二、月三儿，其中的京二，是最喜说话的，待坐下来，乐器架在腿上，他总是忍不住要说，世界又是我们的了。那两个也不搭腔，只是手腕上用了力，高亢又柔婉的琴声，就如同奔涌的水流一样，顿时灌满了车间的角角落落。

他们前面摆了谱架，一人一个，都由那月三儿做成。月三儿是个巧人儿，大到飞机模型，小到袖珍的录音机，都样样拿起来过，这阵子，他又琢磨着做起月琴和京胡来了，他说，不做不知道，一做会吓你们一大跳的。大哥只笑笑，不知是信还是不信；京二说，这玩意儿可不比飞机模型，飞机模型好比男人，京胡、月琴好比女人，女人可没一定之规。月三儿说，没一定之规才好，规矩大了就轮不到咱了。月三儿说得谦虚，口气却自信得很,令那两个不由得看他一眼,又一次笑了笑。

他们拉的是《夜深沉》,著名的京剧曲牌,这段子,就像是长在了他们的琴上,手指一挨,准就是它了。他们一遍一遍地拉,每拉一遍,京二就咂了嘴说,哎呀呀,哪儿来的高手?不会是北京的燕守平吧?那两个低了头,不看他,也不说话,仿佛掉在《夜深沉》里出不来了。京二继续说,不错,是真的不错,你们难道没觉出来吗?那两个沉默半响,就看大哥忽然抬起头,像个孩子似的,眼睛亮亮地说道,有一会儿,我像是要飞起来了。月三儿的眼睛也亮起来,说,哎呀大哥,我也是啊!大哥说,只那么一小会儿。月三儿说,我也是。京二说,你也是你也是,我还也是呢,岂止一会儿,从头到尾我都要飞起来了。大哥不理京二,只看了月三儿问,哪一小会儿?月三儿便拨动琴弦,弹出了一小段来。大哥听着,摇了摇头,用自个儿的京胡也拉了一段,仍摇头道,可惜,回不来了。京二说,那就再来一遍,看它敢不回来!月三儿说,以为是你老婆啊,说往东不敢往西?京二说,唉,我老婆如今也不行了,说往东偏往西不成,个头儿往小里抽抽儿,脾气倒见长了。

正在这时,就听得门口忽然有人应道,说谁呢?跑这儿嚼舌头来了,怪不得见天不肯在家待呢!

三人望去,应声的竟正是京二的老婆,个子不高,小头小脸儿的,声音却高得特别,尾音如同刀尖划过玻璃一样,尖细得让听到的人都忍不住要看她一眼。她身后跟着的,也是两个女人,一个粗壮,一个瘦弱,一个昂首挺胸,一个则含胸低眉。她们呀,三人真是再熟悉不过了,只望一眼便不再望,继续拉他们的《夜深沉》了。

那粗壮的一个嗓音也是粗的,脚下迈得咚咚咚响,她说,好大的架子,看我们来,也不言语一声!

京胡的声音响的,几乎要冲破车间的房顶,再加上月琴、二胡,轻而易举地就将粗嗓门淹没了。

那瘦弱的一个似自知声儿也弱,索性闭了嘴一言不发,只将一只工具箱推到三个男人的对面,自个儿先坐了一角,又将另一角指给两个女伴儿。

这一来，三个女人当了观众似的，挤坐在工具箱上，瞪大了眼睛，看看这个看看那个的。

女人们的目光像是有毒的，忽然，大哥的京胡就停了下来，他看看月三儿，说，不行，这样不行。月三儿也停下来，有同感似的望着大哥。大哥又转向女人们说，不行，这样不行！

大家就看大哥的脸都红了，眉心的几道皱纹深不见底。

粗壮的一个说，哪样不行？

瘦弱的一个说，瞧这点出息，仨人看看就怕了？

嗓门尖细的一个说，不是怕，是嫌俺们吧？

大哥避开她们的目光，一言不发。

京二说，大哥，甭理她们，咱拉咱的。

月三儿说，对，甭理她们。

两人摆好了姿势，等待着大哥。

大哥将腿上的胡琴正一正，像是要听从两人的，重新开始了。可是，胡琴还没出声，又忽然站了起来，一副不知所措的样子。就这么怔了一会儿，然后将胡琴放在工具箱上，拿起身边的一个茶杯，疾步往挨近门口的一只电热壶去了。

电热壶是京二拿来的，三个人都喜欢喝茶水，烧水的事京二就管了。这种地方，水、电还都通着，门口处有个电插座，离插座不远有个水龙头。

京二说，大哥，水还没开呢！大哥却像没听见，依然走啊走。这车间太大了，灯光也太暗了，待大哥走到门口处，已只能看见个模糊的人影子了。

月三儿叹口气说，我知道，不是理不理的事。

京二说，那是什么事？

月三儿说，你不懂。

那三个女人，像是被大哥的举动吓了一下，一时间谁也不再说什么。

京二偏又是个不饶人的，指了女人们说，你们啊，不给点颜色看看，就不知自个儿姓什么了。

粗壮的一个说，咋不知姓什么，俺姓王。

瘦弱的一个说，俺姓米。

嗓门尖细的一个说，俺姓汤。

说完三个不由得哈哈大笑起来，笑得你推我我搡你的。

好容易止住了，瘦弱的一个说，俺们今儿来也没旁的意思，就是吃完饭出来走走，碰巧走到一堆儿，说来就来了。也不知犯了哪条戒律了，这么嫌俺们。既是嫌，就该吃饭的时候也嫌，睡觉的时候也嫌，咋那时候没见哪个抬屁股就走呢？

那两个女人齐声附和，是啊是啊，既是嫌俺们就甭再回家，不吃饭不睡觉才叫本事！

瘦弱的一个又说，一家一户的多少烦心事，你们哪个操过心？不操心也罢了，俺们跟前凑凑都不行了？俺们不行，莫非有比俺们行的？

粗壮的一个说，自然是有，唱青衣的，唱老旦的，唱老生、花脸的，哪一个不比咱们行？

京二说，打住打住，小心人家听见！

京二的老婆说，哟，还怕人听见啊，你嚼人舌头的时候咋不怕人听见呢？

正说着，就见大哥一手拿了水杯，一手提了电热壶，重又走回来了。

粗壮的一个上前看看水杯，嘟哝道，又忘带茶叶了吧？随即从衣兜里掏出个小巧玲珑的茶叶盒来，打开捏出一撮儿，放进茶杯里，又回转头，去寻另两个水杯。早有两个女人一人一只地递到跟前，且嘻嘻直笑。粗壮的一个说，笑什么，占了便宜还不怀好意，你们大哥老实，大嫂也老实，生来就是叫人沾光的。瘦弱的一个说，一点茶叶就叫沾光啊，俺们那个，上千块都花出去了呢。这时，月三儿瞪她一眼，手指猛地拨响了月琴，就如同一串冷脆的冰凌柱子，噼里啪啦就将那弱声儿盖过去了。弱声儿却仍不服地嚷，看啊，就是这么霸道，话都不让说呢！

大哥重又坐回了位子，脸上的表情已松弛了许多，他端起水杯喝了一口，仿佛真的就为了一杯水离开的。那两个，也分别接过老婆递过来的杯子喝着，一个说，好茶，一个一只手翻动着谱子，说，大哥，咱来《沉醉东风》吧?

　　大哥没吱声，只将谱子一页页地翻到《沉醉东风》，算是同意了。京二说，这才叫无奈之举，你们在，也只好来这不必用心的了。

　　京二老婆说，你什么意思?

　　月三儿老婆说，这还听不出来，咱不是知音呗。

　　大哥老婆说，俺们不是知音，说说，哪个是知音呢?

　　那两个便也嚷，对，说说说说，哪个是你们的知音?

　　京二说，好好好，你们是知音你们是知音，你们是知音还不行吗?

　　大哥老婆说，不行，一定要说出一个来!

　　那两个也说，对对，一定要说出一个来!

　　这时，京胡和月琴忽然响了起来，京二不由得有些发怔，好家伙，一个声若金石，一个音若泉水，就算不是《夜深沉》，哪个又敢来比? 京二拉动琴弦，忙不迭地跟了上去，却还不能挡住自个儿的嘴，朝了女人们说，看见没有，知音在这儿呢，知音会听得直发怔，你们怔一个我瞧瞧?

　　《沉醉东风》比《夜深沉》显得轻快了许多，这是他们曾经喜欢过的曲子，有了《夜深沉》之后，《沉醉东风》便被他们冷落了。

　　这三个男人，此刻像真是不大用心的，脸上的表情平和甚至有些呆板，在家的时候他们就这样，平和，呆板，半天不说一句话。这让女人们倒不由得嘘了口气，身心竟是有些松懈下来。

　　听了一会儿，女人们便有些走思，家里那些烦心事，一件一件地涌上来，那轻快的曲子，仿佛是被风吹动着，渐渐地，愈来愈远去了。

　　女人们先是相互咬耳朵，看男人们没反应，声儿便放肆地大起来。即便大，也大不过男人们的声儿，好在除了嘴巴还有眼睛，眼睛盯了那说话人的嘴巴，连听带猜的，一件一件的烦心事便都听明白了。比如京二的老婆，一直在为没孙子堵心，不是不能生，是儿子儿媳不肯生，说周围几家村办工厂抽地下水抽得太狠，到孙子那辈儿水都没得喝了，他们不忍心让孩子遭那份儿罪。京二老婆说，你们听听，因为孙子就不要儿子了，俺一家绝根断代事小，天下人要都绝根断代，世界不就完了吗? 而月三儿老婆的烦心事，是自个儿的男人癞狗扶不上墙，村民投票选了他当村主任，他却死活不肯当，说都没跟家里人说一声就让给了别人。如今的村主任，哪个上去不得花个几十万，听说，邻村那个一家一户地送钱拉选票，花了足足一百万呢！大哥的老婆呢，烦心事就不止一件了，自个儿承包的菜地，有人通过关系就悄悄地更了名，一级一级地上告，人家都以更过的名字为准，没一个为她说句公道话，连自个儿的丈夫都说，不就一亩八分地啊，谁种不是种？还有房子，村里说是拆平房换楼房，平房是拆了，楼房也盖起来了，可到自个儿头上，房子没了，让先在小学校找间房将就将就，等下批吧。大哥倒是小学校的老师，校长也答应了他将就，可答应了又不甘心，见面就拿话噎人，说学校是学习知识的场所，不是解决吃喝拉撒睡的地方，要是让学生刚听你讲完x+y，就看见你老婆、孩子的过日子，学生会怎么想？说得他呀，屁都放不出一个来。他一天到晚地就知道抱个胡琴，打跟上他就抱着，到今儿老了还抱着，他真正的老婆，其实是那把胡琴呢！更叫人糟心的还有呢，儿子，那个一直人见人夸奖的儿子，大学毕业了，女朋友也谈上了，可忽然有一天跑到寺庙里不肯出来了，过年过节面都不照一个，说是今生今世与佛有缘，要在寺庙里度过下半生了……

大哥的老婆一边说，一边不由得抹起眼泪来。那两个，在这样的事面前似甘拜了下风，放下自个儿的事，一心地安慰起大嫂。京二老婆说，大哥也真是，搁我早没心出来玩儿了。月三儿老婆就说，他们这路人都这德行，天塌下来也不会管的。好歹多少都有个进项，要是没个进项，咱何苦跟他们呢？大哥的老婆像是把要说的话都说尽了，只是不住地点头，不住地抹眼泪。三个女人，平时都说过另两个的不是，可这会儿的心，却前所未有地靠近着。或许也由于那边《沉醉东风》的缘故，仿佛不如此靠近，她们就没办法再待下去一样。

男人们那边，自是不肯听这些的，但偶尔传进耳朵里只言片语，便能明白话的全部，那些事都是他们的亲历，她们烦，他们也烦呢！只是他们不想跟她们一块儿烦，她们的烦是世俗的烦，是要拿出解决的办法的，而他们是，什么都可以拿得出，就是拿不出解决的办法！这辈子，他们明白自个儿是永远不会跟老婆心往一块儿想劲儿往一块儿使了，有时想想，真是十分同情老婆，又十分可怜自个儿，就仿佛一对孤儿，被分别抛弃在两个世界里，是谁也不可能帮谁了。幸运的，是他们三个的相遇，就如同绝处逢生一般，是意外而又惊喜。三个人，都是那么平和，又都是那么无奈，都是那么着迷京戏，又都是那么形单影只！还有这个大车间，就仿佛是上天赐给他们的安身之地，他们真是欢喜得很，知足得很！现在，他们简直不敢想象，若是没另外两个人，若是没这个大车间，他们的生活会怎样进行下去？京二是个话篓子，他说十句通常有八句会被另两个放过去的，但京二有一句话，却让另两个永世不忘，京二说，夜再深沉，也赶不上生活深沉，生活不必说一句话，就够咱们扑腾一辈子的。另两个想，是啊，够人扑腾一辈子的深沉，是多么可怕，幸亏我们走到了一起，三个总比一个要有些依仗了。

  女人们热闹了一阵，渐渐地风平浪静下来；《沉醉东风》也已结束，男人们在唰唰地翻动着谱子。女人们的目光盯在男人们的手上，一时不知该说些什么。这些手，是她们再熟悉不过的，它们细长柔软，有点像女人的，她们从不让它们洗衣、做饭，也不让它们握锹扛锄，仿佛一使用就要受伤似的。但愈是这样，它们就愈易受伤，偶尔握一回扫把儿，手掌都会硌出个血泡来；偶尔洗一回衣服，手指肚都会磨出血丝来。说也怪了，手指肚一天天被他们磨在琴弦上，也不见哪个有过血丝，就像是天生和琴弦有缘的，他们自个儿都说，今生今世，唯爱这一样。可既是有缘，就该被哪个剧团招了去，一心一意地结缘，却偏偏坐机关的坐机关，当老师的当老师，不做机关不当老师的，也有份村里的事项拴着。让女人们跟了吃苦不说，他们自个儿还振振有词：喜欢它，就不能拿它挣饭吃。女人们就是不明白，挣不来饭吃的喜欢，要它何用呢？

  女人们不明白的，还有戏段子间的区别，在她们听来，段段都是同一个调调儿，比如这《沉醉东风》和《夜深沉》，实在听不出有什么不一样的；还有梅派的《女起解》和张派的《女起解》，就更听不出了，可它们的谱子分明不在一页纸上，这从男人们不停翻动的手就可以看出。让她们不舒服的，是她们听都听不明白，却有女人可以把两个《女起解》唱出来，那个在村办工厂打工的外地女人陈花，每回唱《女起解》，都要先唱一遍张派，再唱一遍梅派，显摆她的能耐似的。好在男人们对她并不欣赏，说，唱张派就唱张派，什么都唱，什么都不会唱好的。可那女人不听，再唱，还是要左一遍张右一遍梅的。相比之下，唱老旦的虎子媳妇要谦虚得多，她从不自告奋勇地唱，待有人点到她时，她才羞答答地站起来。可男人们对她也不欣赏，说她唱得太面了，没劲儿；而对那外地女人的评价是太白，没味儿。女人们不懂劲儿不劲儿味儿不味儿的，只为不欣赏她们而高兴。可要说他们欣赏哪个，掰指头数数，却也数不上来一个。唱花脸的隆爷，他们说人家太闹得慌；唱老生的老笨，他们说人家不在板眼上；唱小生的二林，他们说人家太女人气。人家也都看出了他们的不欣赏，却不生气，还是回回来。他们对京戏都显得有一搭无一搭的，一星期才来唱一回，即便是生气，一星期过去气也早没了。只有他们三个，是天天地来，就仿佛忠于课堂的小学生，风雨无阻，虔诚之至。

她们还注意到男人们的脸，平和、呆板里面，似还有一种说不出来的孩子气，它们奇妙地组合在一起，使得这脸忽然有了些儿陌生感。这让她们多少有些不安，却同时，又会有几丝虔敬莫名地生出来。她们对这虔敬倒不气恼，他们做的事，她们到底是望尘莫及的，不只她们望尘莫及，全村的人也都没一个能比，就算是没用，也是别人弄不来的没用吧！

这时，车间门外忽然响起了踢踢踏踏的脚步声。女人们望向门口，很快地，见有一男一女一前一后地走进来。

原来是那个外地女人陈花和唱老生的老笨。女人们交换着眼神，不明白他们今儿怎么来了，离每星期约定的日子还差几天呢。

走近了，陈花和老笨巴结似的朝女人们笑笑，然后看了男人们说，他们是想趁旁人没来多唱几段，一个要找找梅派和张派的味道，一个则要对对板眼。

大哥说，找味道对板眼这种事，全靠自个儿，别人帮不了的。

大哥就是这样，话不多，一开口就是直来直去的。陈花和老笨便有些尴尬，转脸儿跟女人们搭讪道，这天儿不冷不热的，又是这么安静的地界儿，你们这三对，多么浪漫啊。京二老婆张口答道，是啊，再加上你们这对儿，就更浪漫了。大家便哈哈地笑起来。陈花和老笨，一个中年，一个青年，一个精明，一个木讷，一个外地人，一个本地人，哪哪都不挨边的，大家没一个拿这话当真。可是，女人们却注意到，这两个意外地红了脸，陈花还连连摆了手说，我们算什么一对儿，小汤你可不能乱说啊！女人们奇怪着，不是一对儿，还用她自个儿出来分辩吗？

男人们到底是平和的，意识到两人的尴尬，《女起解》的开场儿便忽然奏响了。老笨欣喜地示意陈花，你的段子。陈花却说，我不想唱《女起解》了，学了新段子了。

胡琴、月琴立刻停了，大哥问，哪个新段子？

陈花说，《太真外传》里的，听宫娥在殿上一声启请。

大哥说，这段可没有张派。

陈花说，我知道。

大哥便低下目光，一页一页地翻着谱子。月三儿和京二，也开始一页一页地翻。

一直翻到了最后一页，大哥说道，唱不了，没这谱子。

陈花有些失望地看看月三儿和京二，说，怎么会没有呢？

京二刚想说什么，月三儿抢了说道，是没有，谱子是我抄的，当时没找着这段。

大哥说，还唱《女起解》吧，张派的。

说着京胡响起来，月琴和二胡也跟了上去。这段开头是个很高的拖腔，不一心一意攒足了气力是唱不下来的，陈花只好调整自个儿进入状态……

陈花唱，女人们便听，就觉得她那样的声音，她们一辈子都不会发出来的，什么有味儿没味儿的，唱成这样也算不易了。由于男人们的态度，她们反有些同情陈花了，细心的月三儿老婆甚至说，他们是故意的，一定有那谱子。大哥老婆说，别瞎说，你们大哥可是老实人，不会说谎的。京二老婆说，我看也是故意的，没见我们京二直想说话吗，他才是个不会说谎的老实人呢。月三儿老婆说，那也不能叫说谎，月三儿说过，大哥最喜欢梅派了，谁唱得不好，他一晚上都会堵心。京二老婆说，真没看出来，大哥这样的人，还会耍一点花活呢。大哥老婆说，是不是花活还不一定呢，你们识文断字的，一会儿看看那谱子里是有是没有不结？那两个听出大嫂话里的一点酸意，便不再吱声。她们知道，大嫂是个要强的人，一字不识，更不懂京戏，堵心不堵心的话，大哥自是不会跟她去说，能跟大哥走过来这些年，已是相当地不易了。

陈花唱完张派的《女起解》，没再要求唱梅派的，只一指老笨，你来吧。显然，陈花也感觉出了什么，却不露声色，脸上还挂了几丝谦和的笑意。

老笨唱的是《三家店》。老笨只要唱，就是铁定的《三家店》，从头一天就没换过段子。只这段，板眼还总纠缠不清。

这一回，京二替他想出个主意，要他一边唱一边拍巴掌，随了巴掌张嘴就行了。大家都说好，老笨也同意，可真唱起来，顾了巴掌顾不上嘴，顾了嘴又忘了巴掌，有时巴掌、嘴是一齐上了，可死活跟板眼对不上，反更显得乱套了。

三个女人看在眼里，想笑又不敢出声儿，身子不由得抖作了一团，她们想，这个老笨啊，可真是笨得可以！她们就听京二说，好家伙，我都急出汗来了。月三儿说，你呀，出一百个主意也没用。大哥这时弯下腰去，手上换了把京胡，嘴里说，回家练去吧，练对了再来！

一时间，气氛就有些紧张，这样的话在大哥还是头一回，且大家注意到，大哥一反平和的表情，脸上竟有些气冲冲的。

老笨自是没料到大哥的气冲冲，难为情地笑着，两只手握在一起搓了又搓，怕冷似的。

陈花看了大哥手上的京胡，问，我的吗？

大哥不说是，也不说不是，头一低，琴弦上便淌出了金亮亮的声儿来。

京二和月三儿正想跟上去，却又觉不对，这不是梅派的《别姬》嘛，陈花哪唱得了？

陈花似也听出来了，说，要我唱梅派吗？

京二说，唱得了你就跟了唱。

陈花倒也不客气，张口便唱，劝君王……

一句没唱下来，陈花摆摆手道，不行不行，太高了太高了！

以往这样的情况，胡琴是要停下来把音往低里调一调的，可现在，三个人却不理她，依然按原来的音高继续了下去。

车间里只剩了胡琴和月琴的声音，持胡琴、月琴的人，手指一样地颤动，身体一样地起伏，琴声也一样地和谐、美妙……

不知什么时候，《别姬》已变成了《夜深沉》了，三个人，谱子也不再看，目光朝了前面的一个窗口。窗口外面黑洞洞的，偶尔可见几颗星星一闪一闪的……

女人们发现，陈花和老笨已不在车间里了。她们不由得有些犯困，打了哈欠站起身来。她们发现，那边的男人们，却是眼睛发亮，脸上闪了光泽，身体随了节奏起伏自如，是愈发地像个孩子了。她们中的一个忽然问，陈花和老笨赶明儿还会来吗？一个就说，没想到会这样。另一个则说，不就一起拉拉唱唱嘛，男人们过分了。

三个男人，仿佛一点没发现她们的离去，在车间的一角，依旧沉醉在他们的世界里。

……

那天以后，三个女人吃完晚饭出来走走的时候，再没碰到一起过，也就再没去过那个大车间。但她们知道，男人们还是每天每天地去，一天都没间断过。她们还知道，那些唱戏的人也还是到了约定的日子就去了，包括陈花和老笨，只是陈花和老笨再没单独去过。

有一天晚上，她们坐在各自的家里看电视，忽然看到一条新闻说，从哪里到哪里要开通一条新的公交线。她们高兴地注意到，这公交线的终点站，离她们的村子只有一公里呢！村子离城市本就不远，这样，来来去去地进城就更方便了。可同时她们又发现，终点站所占的地方，恰好就是那个废弃的工厂，电视里说，这些破旧的厂房，很快会被拆除，变成公交车歇脚停靠的场地。她们怔了一会儿，随即拿起电话，相互通报了这个消息。

这时候，三个男人还正在车间里，他们如痴如醉地将那《夜深沉》

拉了一遍又一遍，拉一遍，京二就说，我也飞起来了，这回是真的飞起来了！那两个便笑，开心得什么似的。月三儿说，知道为什么吗？因为胡琴、月琴是咱自个儿做的！这一天，月三儿将自个儿制作的一把京胡一把月琴一把京二胡全拿来了，大家用它们拉了一遍，大哥颤了声儿说，好，这一回，我从头到尾都飞起来了！月三儿说，我也是！京二说，我也是，这回是真的飞起来了……

原载《山花》2009年第7期

堂姐和堂嫂

　　我的堂姐很多，长得漂亮的也很有几个，我写的这一个，是堂姐中最不漂亮的。她的肤色很黑，脸上还有大大小小的疙瘩，印象中她经常请人为她挤那些疙瘩，前脚挤了后脚又有新的长出来，就像旺盛的野草，多少年里长了除、除了又长，永远都见不到个尽头。

　　仿佛是疙瘩的缘故，她的心情也总是疙里疙瘩的，这从她永远紧皱的眉头就可以看出。她的额头其实是很宽的，只是她的眉头太紧了，让人只记住了眉头，反把她的额头忽略掉了。那年我回村时，她已经有26岁了，她的姐姐已经出嫁，她的妹妹也常有人上门提亲，只有她，提亲的事一次还没有过。我觉出，人们对她是有一点疏远的，她的眉头犹如一把门上的锁头，人们自知不好打开，就都知趣地躲开了。但愈是这样，她的眉头就锁得愈紧，她曾对我说，你刚出校门，不知道村里人有多坏，我要是你，死也不会在村里待的！她说这话时嗓门压得低低的，眼睛里喷放着愤怒的火焰。我问她怎么个坏法，她说，慢慢你就知道了，不过也难说，像你这样的，怕是坏到你头上也觉不出来呢。

　　这样的话她不只对我一个人说过，她的姐姐，她的妹妹，她的哥嫂，甚至她的父母，她都对他们这么说过。因此她在家里也很孤单，没一个人可以跟她志同道合。特别是她的嫂子，跟她的差别太大了，一天到晚脸上笑吟吟的，就像天下所有的人都是她的亲人。堂嫂有一口整齐雪白的牙齿，由于爱笑，牙齿就总露在外面。眉头自也是舒展的，与宽大的额头连在一起，就像一片无云的晴空。但堂嫂长得有些男相，脸上不该见棱角的地儿却有棱角突出出来，即便笑，那棱角依然存在，就如同那些扮了青衣的男人，无论多么柔媚男人的影子仍挥之不去。当初相亲的时候，一家人都认定她是个厉害的女人，只有堂哥不这么看，堂哥说，说她是个傻女人还差不多。待娶到家里，才知堂哥是对的，她一天到晚地笑不算，还一天到晚地替别人着想，别人做了对不起她的事，她的眉头也不见皱一皱，就像没知觉似的。为此，堂姐几乎恼死了她，一见到她笑，堂姐的拳头就不由得会攥起来，我曾几次见到堂姐指了堂嫂的牙齿狠狠地说，你就不能把它藏起来吗？堂嫂反问她，怎么藏法？堂姐说，怎么藏法还要问我嘛，它长在你嘴上。堂嫂习惯地笑笑，事情就算过去了。而那一口牙齿，依然令堂姐失望地露在外面。堂嫂原是个下乡知青，不知为什么嫁给了堂哥，在知青们千方百计调往城里的时候，她却一心过起自个儿的日子，毫不为其所动。堂姐曾问她，你不觉得农村是座地狱吗？堂嫂说，不觉得。堂姐说，你在城里至少不用下地。堂嫂说，下地多好，我喜欢下地。堂姐恼火地说，你还喜欢什么？堂嫂说，喜欢农村的人。堂姐说，农村的人好在哪儿？堂嫂说，对人亲。堂姐说，怎么个亲法？堂嫂说，见人就笑。堂姐更恼火地说，那是说你自个儿吧？堂嫂说，你说得对，我这个人，天生就属于农村，一下来就有找到家的感觉。堂姐恨恨地说，我跟你正相反，我天生不属于农村。堂嫂说，那你属于哪儿？堂姐没有回答。但堂嫂听人说，堂姐认为她属于城市。堂嫂觉得，那是堂姐太不了解城市了，真去了城市，她一定就不那么认为了。

　　那一年的冬天，也就是堂嫂嫁给堂哥的头一年，堂姐的家里十分热闹。是因为一个女人向堂嫂诉说裁剪的难处，堂嫂慷慨地答应帮助她，一传十十传百的，女人们就都闹哄哄地来找她了。倒也不都是为了来学裁剪，有的就是冬天里闲来无事，凑个热闹来的。堂姐家一向是冷寂的，忽然热闹起来，除了堂姐，一家人都有些兴奋，堂姐的妹妹小四儿，还殷勤地把自个儿屋里的凳子往哥嫂的屋里搬。小四儿和堂姐住一屋，堂姐不许她搬，她就跑到正屋里搬父母的凳子，那兴奋无法抑制了似的。待大家走后，堂姐就向堂嫂大发雷霆，说做人不能太贱，靠一点雕虫小技讨好别人，咱家还从没人这么干过。她的父母阻止她,她索性就把怒火转向他们,说都是你们怂恿的,她笑你们比她张的嘴还大,可你们知道不知道,这有多愚蠢吗?他的父母不服地说,怎么就叫愚蠢呢?堂姐说,愚蠢就是愚蠢,说你们也不懂。父母气急了说,天下的人就你聪明,聪明得婆家都找不到了!这一说,像是捅到了堂姐的痛处,堂姐随手抄起一只凳子就朝窗玻璃砸过去,窗玻璃立时哗啦啦碎了一地。大家看着,一时间安静下来。堂嫂一声不响地去捡地上的玻璃,却被堂姐一把夺了过去,堂姐说,你就不能不做讨好的事吗?玻璃划破了两人的手指,鲜血一滴一滴地滴在地上,堂姐仍不放过地说,看到了吧,这就是结果,你想讨好,受伤的是你自个儿!

　　这一天,如同以往一样,女人们又闹哄哄地将堂嫂的房间占满了。

　　女人们聚在一起,不由得就要疯一疯的,嗓门儿大了许多,话也放肆了许多,动不动就哈哈哈地笑上一阵,震得窗玻璃都颤颤的,上面的霜雪也吓着了似的,一瞬间就化得没了影子。一个叫淑娴的女人,平时蔫蔫的,这时候却眼睛发亮,嘴上抹了油似的,滔滔不绝地说她的丈夫,甚至把丈夫强迫她行房事的细节都说出来了。她一带头,别的女人仿佛被提了醒儿,手里的鞋底子也不纳了,将针噌地别上去,纷纷数落起丈夫的不是来了。但数说着不是,女人们却也不难过,脸上反而是兴奋的,就像是将那不是当了荣耀似的。

　　堂嫂拿了把尺子,在一块布料上比来比去的,她的目光不看说话的女人,脸上不断变幻的笑意却说明那话已一句不落地听进她耳朵里了。也不知是哪个女人,忽然就将堂嫂的尺子夺在手里,说,不行不行,这不公平,你不能光听不说!大家也起哄似的,说,对对,这不公平,你得说说,说说你男人的不是!堂嫂依然笑着,从那女人手里夺回尺子,贴在布料上,继续比来比去的。大家的呼声愈发高了,一个女人再次去夺堂嫂的尺子,堂嫂这回有了准备,身子一闪,尺子背到了身后。却没料到,背后还有女人,那女人夺过尺子,连堂嫂的手都一并抓了,让堂嫂成了个被捆的俘虏似的。

　　催逼之下,堂嫂无奈却坚定地答道,他没有。大家问,没有什么?堂嫂说，没有不是。大家说，一点没有？堂嫂说。一点没有。一个女人说，那他放的屁拉的屎也是香的？堂嫂只笑不语。大家逼问，快说快说，是不是香的？堂嫂笑道，是香的又怎么样？大家便哈哈大笑起来，纷纷指了堂嫂说，好一个贱骨头，天下再没有你这样做老婆的了！

这时，一个女人忽然问道，那三珍呢，三珍有没有不是？

三珍便是我的堂姐了，大家虽觉这么问有些不妥，却都看了堂嫂，盼着她的回答。

堂嫂果然答道，她又不是她哥，有没有不是有什么要紧？

那女人说，我们就是想要听听，你是只对她哥贱骨头呢，还是对所有的人都贱骨头？

这一说，大家找到了理由似的，说，对对，快说快说，三珍有没有不是？

就听堂嫂答道，没有不是。

堂嫂笑吟吟的，语气里却没有一点开玩笑的意思。大家对这样的回答似有些失望，一个心直口快的女人脱口说道，她那样的人要没有不是，全天下的人就都没有不是了。

堂嫂说，我倒觉着，一个家，一个村子，就像是在台上演戏，每个人都有每个人的角色，一想到他担着的角色，就不会去想他的不是了。

堂嫂的话，说得大家竟是静默了一阵，一个女人围了堂嫂前前后后走了几圈，说，哎呀呀，你不是从天上下凡的神仙吧？

这天女人们离开后，堂嫂发现自个儿房里少了一把剪刀，两块粉饼，还有一块剪剩下的布头儿。堂嫂到厨房帮婆婆做饭，对此事只字未提，心里却是慌的，把擀面条的面和得稀软，打卤时又忘了放盐。吃饭时，婆婆问她怎么了，她说没事。却没想到，堂姐忽然冷笑道，是被人偷了吧？

堂嫂吃了一惊，问道，你怎么知道？

堂姐说，我还知道，每个人有每个人的角色。

堂嫂说，你都听见了？

堂姐说，她们是多想让你说我一顿不是啊，你怎么就不说呢？每个人有每个人的角色，说得多好，好得都有人要当一当小偷的角色了。

见堂嫂不吱声，堂姐问，你就不想知道是谁吗？

堂嫂说，不想。

堂姐说，为什么？

堂嫂说，一条街上住着，知道了还怎么见面？

堂姐说，你呀，是她们偷了还是你偷了？

公婆问堂姐，是谁？

堂姐说，还能有谁，铁锁媳妇和顺子媳妇呗。

公婆问，你看清楚了？

堂姐说，我不用看清楚，她们在这村里也不是偷了一回两回了。

堂嫂说，要不是她们呢？

堂姐说，不信这就到她们家去，东西一准儿能找出来！

堂嫂说，怎么好上人家去，要真是她们，赶明儿她们一定就没脸来了。

堂姐说，哼，她们才没那么好脸皮呢，你呀，说你什么好呢，赶明儿我就跟她们说去，偷吧偷吧，把她偷得光光的，我保证她屁都不会放一个！

这时，一直没吱声的堂哥忽然开口道，不就一把剪子嘛，这么鸡一嘴鹅一嘴的，叫人饭都吃不好。

堂姐正想反驳，就听公公厉声喝道，屁话！这是一把剪子的事吗？手都伸到家里来了，往后还有安生日子过吗？

婆婆也正色道，自个儿的东西，丢了就该找回来，这么悄没声的，倒像自个儿理亏了。

公婆一表态，一家人都不好再说什么。吃完饭，照样是堂嫂收拾碗筷，小四儿要帮她收拾，她笑笑拒绝了。堂姐看在眼里，气不打一处来地说，都什么时候了，她居然还能笑得出来！

第二天，女人们又来找堂嫂了，铁锁媳妇和顺子媳妇依然在其中。

接着，堂姐阴沉了脸走进来，看看大家，又看看铁锁媳妇和顺子媳妇，不说什么就出去了。

大家相互望望，然后问堂嫂，三珍是什么意思啊？铁锁媳妇和顺子媳妇也说，是啊，她什么意思啊，看俺俩的眼神儿跟仇人似的。

堂嫂朝她们笑笑，说，没什么，她就那样儿。

这一天，堂姐往堂嫂房里去了三趟，一样地阴沉了脸，一样地看看这个又看看那个，不说什么就出去了。

最后一趟，大家像是再也忍不下去了，纷纷把同情的目光望向堂嫂，说，快把她嫁出去吧，这怎么得了？大家的目光十分亲近，即便是铁锁媳妇和顺子媳妇，堂嫂也觉得那亲近是一点不少的。

可是，这一天大家离开后，堂嫂发现又少了尺把布料，还少了挂在脸盆架上的一条毛巾。堂嫂心里难过极了，不是为被偷的东西，是为那份感受过的亲近，她不认为那亲近是假的，但东西被偷了也是真的，她想，莫非真像三珍说的，是自个儿把话说错了吗？那话是她的母亲曾说过的，母亲不是任何宗教的信徒，却几十年如一日地信奉着和气可亲，她说，你对人家笑笑总归没坏处的。她深信母亲是对的，特别是下乡以来，对人笑比在城市更加有效，甚至，农村人还给她的笑，似比她自个儿的还要真切。有时她会觉得，自个儿就像是一个春种秋收的农人，种下的是一粒种子，收获的却是数不清的果实。可是现在……

在接下来的几天里，东西仍在一件一件地丢失着，一双手套，一条围巾，一块肥皂……有一天，大衣柜的抽屉里放的二十多斤全国粮票竟也不见了，那是堂嫂一斤一斤地找人换下的，结婚时想旅行结婚，就因为全国粮票不够数没能去成，她和堂哥打算着，攒够三十斤了就去补那趟旅行呢。

这一切，堂嫂是愈发地不能对家人说了。堂姐不再问她什么，整天只会一声一声地冷笑；公婆呢，由于她不肯把事情公开，把东西要回来，已变得对她待搭不理的；虽说小四儿和堂哥对她好些，但有时也会忍不住责备她，咱家又不是招待所，你干吗这么强撑着接待她们？堂嫂自个儿，也变得有些失魂落魄的，裁剪衣裤，连连地差出尺寸，做的饭菜，不是咸了就是淡了，有一回刷碗，六个碗竟是碎了三个，把公婆心疼得，一整天都没跟她说一句话。

一天晚上，堂嫂像是再也撑不下去了，她打开房门，不知不觉就往堂姐的房间走去。堂姐住在她对面的西屋，之间不过四五米远，可这四五米仿佛是一道难以逾越的鸿沟，她从没往堂姐那里去过。这天晚上，她也不知自个儿是怎么了，一门心思地要跟堂姐说点什么。说的结果也许是最坏的，但就算她奔了最坏去又怎么样？她觉得自个儿心里有一种可怕的破坏的力量，是这力量迫使她去找堂姐的。她知道自个儿应该停下来，停下来就可能找到别的办法，可身子不听她的，从打开房门的一刻起，如同一只鸟儿得了解放似的，扑扑棱棱地就往对面去了。

小四儿不在屋，只有堂姐和一个叫五星的男人。

堂嫂知道，五星早年在城市待过，由于划成右派才来到农村，是那种心高气傲又有心计的男人。他常来找堂姐聊天，不是因为喜欢堂姐，是因为只有堂姐才喜欢听他对世人刻薄的议论。他比堂姐大十几岁，在堂姐面前他就像一位深谙人心的导师，只有听他讲话时堂姐的眉头才会舒展开来。堂嫂本能地觉出，自个儿跟五星这种人是不可能有亲近感的，他有一种城市人一样的漠然，而她恰恰是不要漠然的。她认为生活原本是简单的，由于漠然，生活才变得复杂起来了。

但在堂姐和五星的注视下，堂嫂却无法让自个儿简单、从容起来，她甚至有些神色慌张，语无伦次，她说，我……你们……我没事……你们聊吧。而后竟逃也似的离开了他们。

回到房里，堂嫂半天都恼火着自个儿的慌张，她问自个儿，生活原本不是简单的吗？你难道想认同他们的复杂？

堂哥也不知到哪里去了，房里到处是女人们坐过的印迹，椅凳上，坐柜上，炕头上……堂嫂想起一个坐在炕头上的女人，有一刻忽然四仰八叉躺倒在炕说，知道什么是天堂吗？这就是天堂，一个人躺在炕上，没有男人。女人们便说，对你是天堂，对你男人可就是地狱了。女人不说话，却忽然噗地放了个大屁，女人们立刻笑了个人仰马翻……堂嫂不由得张开嘴唇笑了一下，但面对着空荡荡的房间，她却愈发地感到孤单了。

第二天吃早饭时，堂姐坐在堂嫂的对面，不说话，只是冷笑。堂嫂说，你笑什么？堂姐说，我知道你为什么去找我，你没办法了，对那些女人你笑不出来了。堂嫂低下头，一口一口地喝玉米粥。堂姐说，你没办法我有办法，为了这个家，我早应该行动了。堂嫂停了喝说，你要干什么？堂姐说，我要让她们脸面丢尽。堂嫂说，你可不能乱来。堂姐哼了一声，没再说什么。饭桌上的人没人表示支持堂姐，但也没一个人表示反对，对堂嫂，就更没有响应的意思，仿佛对这事已经烦透了，只要有人来解决它，是好是坏都顾不得了。

这个上午，堂嫂的心便一直悬着，她看着女人们一个一个地来到房间，脸上的笑堆得更多了，倒像欠下了她们的。她无数次地想象着堂姐可能做出的行动，也无数次地想着对付那行动的办法，她现在的焦虑，已莫名其妙地从女人们转到了堂姐身上，她甚至有一刻想，还是不要什么行动的好，偷就让她们偷下去吧！

女人们中，也有几个当真想跟堂嫂学一学裁剪的，每天来得最早，走得最晚，堂嫂屋里的活儿，抹桌子、扫地、和煤泥什么的，她们全包了，堂嫂阻止她们，她们就说，自家人不说两家话，你要拿我们当外人，我们可就不来了。而这几个人里，恰恰铁锁媳妇和顺子媳妇也在其中的！今儿上午，铁锁媳妇还从家里包了一兜炒豆子，说是送给堂嫂吃的，虽说被大家一抢而光，但那香喷喷的气味让堂嫂心里暖了半天，她想，不可能，怎么可能是她们呢？

大家又笑又闹的，很快半天就过去了，待要离开时，才见窗外白花花的，老天竟不声不响地下起雪来了。大家的脚步就有些急切，争了抢了往屋外走。来到院儿里，见地上全白了，正想踩上去，发现雪地里早已有几行脚印了，不大不小，秀秀气气的，像是先从西屋走到这东屋，又从东屋往院门口去了。抬头望去，院门口果然站了个人，不高不矮，不胖不瘦，只是脸有些黑，还有些疙里疙瘩的，眉心里有几道深深的皱纹。大家一看就有些心冷，原来是三珍呢，大雪天的，她一人儿站在雪地里做什么呢？

走近了，才见院门已被她插上了，想上前打开，却被她的身子死死地挡着，她就像是个守门的将士，任谁也休想从院门溜出去了。

有女人便说，三珍你要干什么？想留我们在你家吃饭啊？

另一女人说，留吃饭也不是这留法啊，黑了鼻子白了眼的，要杀人似的。

这时，屋里的女人们已全都走出来，愈来愈多地集到院门口来了。就见堂姐的目光从她们身上一个一个地闪过，然后说道，嫂嫂、婶婶们，你们来我家，我三珍欢迎，可有一样，我家的东西得留下，我家没有生财的宝贝，拿走一把剪子还能生把剪子，拿走一副手套还能生副手套，那东西没了就永远没了。我三珍没我嫂子大方，她可以没事人似的，我做不到。我请大家把东西留下再走，放回屋也行，交到我手里也行，要是不肯，可就别怪我不客气了！

三珍的举动，真是太出乎大家的意料了！就见雪花一片片地落在她的头上、脸上，瞬间就融化了，她的话说得客气，她的身上却像积攒了太多的火气，连她脚下的雪，都像是怕了她似的，化掉了很大的一片。

一时间，女人们都有些摸不着头脑了，她家的东西，哪个拿了她家的东西了？还什么客气不客气的，还把门也插了，不是把我们当贼了吗？

慢慢地醒过味儿来，女人们不由得也生出火气来了，她们七嘴八舌地指责三珍，你怎么能这样，把我们当什么人了？谁拿了你家的东西你找谁去，我们还要赶回去做午饭呢！其中一个手快的女人，上去就扯堂姐的胳膊。堂姐踉跄一下，反手推了那女人一把。女人倒退几步，脚没站稳，一下子摔了个屁股蹲儿。女人就那么坐在地上嚷，看啊看啊，三珍她打人了啊！

这一来，女人们的火气更大了，平白地把我们当贼，还打我们，反了她个小妮子了！女人们不由自主地都往门口拥，那从地上爬起来的女人，伸手就揪住了三珍的头发，问她，开不开门？三珍的脑袋贴着门插，手抓了门板，一副视死如归的样子，她说，不把东西留下，谁也甭想回家！

这时，一个女人忽然嚷道，和平呢？把和平叫来！咱是找和平来的，跟她三珍说不着！

和平是堂嫂的名字，女人们也都醒悟了似的嚷，对，叫和平来，和平！和平！

一边嚷着，女人们一边回过头朝堂嫂的东屋望。却没想到，一个熟悉极了的身影，这时就站在她们的身后呢！

女人们一下子安静了下来，这个一上午都在笑着的和平，现在却把嘴闭得紧紧地，她的头上、身上，已挂了浅浅的一层白雪，显然，她站在院子里已有一会儿了。可是，她们有些不大相信，眼看着三珍对她们蛮不讲理，她却可以一言不发？

一个女人看了和平问道，到底咋回事，真少了东西了？

堂嫂牵动了下嘴唇，似乎想笑一笑，却终也没笑出来，她说，三珍不该这么对你们，可你们也不该这么对三珍！她的声音有些颤抖，在冰冷的空气里显得十分微弱。她说，少东西的事，是我对三珍说的，东西真的天天都在少，今儿上午还少了一件！这么少下去，我都怕了，即便三珍不这么干，我也想这么干了，不是为找回东西，是想找回人心，我和平活在世上不求别的，就是求个以心换心！

女人们一声不响地听着，刚才还觉得尽是三珍的错呢，堂嫂这一说，倒像是她们的不是了。可是，东西到底是谁拿走的呢？女人们相互看看，相互在心里猜疑着，渐渐地，她们的目光就集中到铁锁媳妇和顺子媳妇身上去了，这种事要真有，也就是她们这种人了吧。

雪是越下越大了，铁锁媳妇摘下围巾，开始摔打着身上的积雪。她边摔打边说，和平啊和平，你求个以心换心，大伙谁不是求个以心换心啊？你让大伙儿就这么冻在冰天雪地里，你的心又在哪儿呢？

女人们一听，立刻又很有同感地将目光转向了堂嫂，是啊，我们来是好心待你，你这么待我们，你的心又在哪儿呢？

这似被伤害了的目光，让堂嫂心里难过极了，她想，往后她们再不可能来她的家了，也再不可能和她亲近了。她几乎都想跟她们说，算了吧，东西少了就少了，都在一村儿住着，谁用不是用？可她又万般委屈地想，这些天她一直在帮她们，而她有了难处，她们为什么就不能帮一帮她呢？比如少的那东西，至少她们该一样一样地问一问吧？

这么想着，心里那股破坏的力量又来了，她的目光不由得寻向三珍。恰好，三珍的目光也在寻她，她听到三珍说，嫂子，甭跟她们废话了，做贼的几时自个儿跟人承认过？搜身吧，也省得人家清白的人跟了背黑锅。

立刻就有女人响应说，对对，搜身搜身，今儿不弄个水落石出，往后还不好做人了呢。

也有女人说，没拿就是没拿，搜什么身啊，我们又不是囚犯。

那响应的女人就说，即便是囚犯，咱也不能白当一回，得先说明白，三珍她搜不出来咋办？谁能保证就一定不是家贼干的呢？

女人们便纷纷喊对，说，三珍、和平，你们说，搜不出来咋办？雪地里也不能白白地冻一回啊！

堂嫂一点没想到，事情会弄到搜身的地步，她看了堂姐说，不行，不能这样！

堂姐说，不这样该咋样？东西都偷了，还不许别人查一查啊。然后不容分说地转向女人们，要是搜不出来，就请嫂嫂婶婶们打我的耳光，每人一个！

女人们说，说话算数？

堂姐说，一言为定！

搜身开始是由堂姐一个人进行的，后来女人们等得急，强迫堂嫂的手伸进她们的口袋，堂嫂也不得不参与了进去。堂姐问堂嫂今儿少的什么？堂嫂说是一只银手镯。堂姐说我哥给你买的？堂嫂说你哥从没给我买过手饰，是我妈送我的。堂姐说，这就对了，我买双袜子老头儿老太太还舍不得给钱呢。

堂嫂发现堂姐搜得很仔细，袄兜、裤兜、袖筒里、手腕上，甚至系得结结实实的棉鞋也要人家脱了检查。堂嫂说，差不多就算了，下雪呢。堂姐说，我可不想挨她们的耳光。就见堂姐一双眼睛亮得吓人，两只手老鼠似的蹿上蹿下，头上竟还呼呼地冒出了热气。那样子，堂嫂觉得她不是出于对耳光的害怕，倒像是对搜身的兴奋了。而堂嫂自个儿，脸上一阵白一阵红的，眼睛也不敢与那被搜人对视，倒像自个儿偷了似的。可同时，手又像是充满了渴望，摸完一处又摸一处，想停都没办法停下来了。她听到有女人说，怎么觉得跟"文化大革命"那会儿似的。另一个女人就说，三珍你是打哪儿学来的啊，是五星教你的吧？又一个女人说，三珍你可要小心，五星在家天天打老婆呢。三珍说，他打老婆跟我有什么关系？那女人说，还不是怕他打习惯了，顺手把你也捎上啊。大家便嘻嘻地笑起来。忽然，那说话的女人尖叫道，哎哟！疼死我了，三珍你怎么掐人啊？

女人们一个一个地经过堂姐和堂嫂的身边，被搜过的，并不着急回家，顶了雪花站在门边，等待着那最后的结果。

眼看女人们已不剩几个了，连铁锁媳妇和顺子媳妇都仔仔细细地搜过了，可银手镯仍不见一点踪影。

堂姐便有些急，一张脸涨得通红，她问堂嫂，你那手镯放在什么地方？堂嫂说，放粮票的抽屉里。堂姐说，粮票不是被偷了？堂嫂说，是被偷了，抽屉里就剩一只手镯了。堂姐说，活该！明知人家盯上了还不换个地儿！

这时，剩下的几个女人也被搜完了，没有手镯，也没有任何属于堂嫂家的东西。

堂姐望望堂嫂，堂嫂也望望堂姐，她们感到，女人们此刻也正在望着她们。

堂姐脸上出现了从未有过的慌乱。

人一慌乱就容易出差错，堂姐这时若是原地不动，事情也许不会那么糟糕，可是，她却表现得像个被人发现的小偷一样，竟拔腿往她的西屋跑去。

这跑，如同一道号令似的，使正不知该怎样对她的女人们忽然一拥而上，将她围了起来。

堂姐望着女人们，近乎绝望地用双手捂住了脸。

一个女人不容分说将她的手拽开，另一个女人则率先向她的脸啪地打去。

接了是第二个女人，第三个女人，第四个女人……耳光有重的，有轻的，有响亮的，也有没什么声儿的；还有一些女人，不打，也不阻止，只揣了手站在一旁，颇有兴致地看着：这个对人心怀恶意的三珍，这个从没有帮助过我们的三珍，这个对我们不知有多少回言语中伤的三珍，今儿也许正是她的报应吧！

被冷落在圈外的堂嫂，听着那啪啪的声响，几乎不相信自个儿的耳朵。她怔了一会儿，忽然不管不顾地冲进人群，拼命把堂姐身边的女人推开，身体挡了堂姐说，要打就打我吧，你们，你们这群混蛋！坏蛋！混蛋！坏蛋！

堂嫂也不知哪儿来的力气，被推的几个都扑通倒在了雪地上。待她们爬起来，对堂嫂也一并恨着了，她们说，打就打，反正搜身的也有你一份儿，你们姑嫂谁也甭想逃脱！一个女人果真就向堂嫂抡起了巴掌。

疼痛中，堂嫂看到女人们的目光，竟如同三珍搜身时的目光，专注，兴奋，亮得吓人。她还发现，这几个女人里没有铁锁媳妇和顺子媳妇，而三珍搜她们搜得最狠，腰带都让她们解开了，内裤的衣兜都翻过了……有一刻，堂嫂仿佛听到堂姐在叫着五星的名字，她说，五星，救我，五星，救我啊！不知为什么，堂嫂的眼泪一下子流了出来。她想，三珍她心里也有亲近的人啊！堂嫂奇怪着自个儿，这时却想不出任何可以叫得出的名字。丈夫又不知哪里去了，小四儿也像是不在家，公婆呢，是那种只会在家里凶在外面却毫无主张的人，他们一定正躲在屋里不知如何是好呢。而自个儿，却正是为了与人的亲近才走进这个家，留在这个村的！

随了泪水愈来愈多的涌出，堂嫂忽然哇的一声，发出了撕心裂肺的号啕大哭。

女人们的手停了下来，被堂嫂的哭吓住了似的。这个每天都在笑的女人的哭，她们还是头一回看见。

这时，不知哪个女人已将院门打开了。女人们不想看着堂嫂哭，却也不好劝说什么，便从她和堂姐身边走开，陆陆续续出了院门。那一会儿她们安静得出奇，若不是天上的雪花、地上的积雪，她们还以为刚才是一场梦呢。能肯定的，是她们身后的小院儿，今后是再不可能来了。

空荡荡的院子里，只剩了堂姐和堂嫂。她们站在雪地里，呆呆的，谁也不看谁一眼。雪下得更大了，落在她们身上的雪片已不再融化，一片一片地积起来，渐渐地，连她们的头发、眉毛都是白的了。

后来，小四儿从外面回来了，看见她们的样子，吓了一跳，正要扶她们进屋，脚下不知什么东西硌了一下，低头一看，雪地里一件东西半隐半现的，闪了光亮。将雪扒开，天啊，原来是一只亮闪闪的银手镯。

原载《鸭绿江》2008年第10期

《小说月报》2008年第10期选载

我们走在大路上

　　那一年的大白菜，种得铺天盖地的，从菜地的这头儿，望不到菜地的那头儿。老远地，城市的楼房和烟囱参差林立着，就像是，大白菜的那头儿跟城市连起来了。其实我们知道，菜地离城市远着呢，首先隔着的是一条河，河那边是另一个村子的菜地，菜地那边是几家大工厂，越过工厂，才可见到城市真正的模样。如果步行，这段距离少说也要走上俩钟头呢。

　　当然我们谁也不肯步行的，去市里时，没自行车借一辆也要骑了车去。不是怕累，是要一种感觉，一种飞起来的感觉。平时总猫在菜地里，跟一群老头儿老太太（其实只长我们一辈，不过四五十岁）打交道，全身心有说不出的憋屈。骑了自行车你追我赶地往市里去，那就像是我们年轻人的节日。

　　可是，那一年的大白菜，却把这节日破坏得不轻，因为太多了，马车、牛车运不过来，队长就把我们年轻人召集起来，两人一辆小拉车，一步一步地把大白菜运到市里去。

　　想想，空了手走俩钟头还不乐意呢，还要像蜗牛一样地负重而行，我们那抵触的情绪啊，大得几乎都能把队长淹没了。

　　可我们知道，队长的话最终还是要听的，我们总不能看着大白菜烂在地里，大白菜收不好，年底的分红就不会好，分红不好，我们连双新鞋子都甭想买了，更不要说那打算买自行车的了。再说我们听队长的也听惯了，地里种什么听他的，每天干什么听他的，出工收工听他的，花多少钱吃多少口粮还是听他的，要是有一天听不到他的发号施令了，我们还真不知该怎么办呢。

大约是十一月中旬的一天，窗外还是浓重的夜色和雾气，我们就听到了队长的哨音：嘟——嘟——嘟嘟——

生产队是有一口钟的，但队长从不敲它。队长是个急性子，他将哨子含在嘴里，从街东头吹到西头，又从街西头吹到东头，就像一下下敲打着人家的窗户。遇见还没着灯的窗户，他会径直到那窗前嘟地吹上一声，吓得那窗户立刻亮起来了。他的哨音制造了一种兵营一样的紧张气氛，在这气氛下，无论懒怠的，无论勤快的，都不由自主地添了几分急切和麻利。于是，咚咚的脚步声，隆隆的车轱辘声，都伴随了哨音响起来了，渐渐聚合起一支影影绰绰的队伍，这队伍，便朝了野外愈发浓重的夜色和雾气走去。

所以起这样的大早，队长是有他的计算的。我们这一支队伍，总共是二十几辆车，四十几个人，一辆车装一千斤的话，二十几辆车就是两万多斤，一辆车跑两趟的话，那就是四十几辆车四万多斤，再加上马车、牛车，一天送上七八万斤是没问题的。送白菜是个大工程，既是上级派给的任务，也涉及队里大家的分红，早送完一天，就早放心一天。即便这样，百十亩地的大白菜，送完也得要十天半月，在这十天半月里，谁敢保证不出点问题，特别是那四十几个人里，每天两趟两趟地跑，有多少人能一天不落地坚持下来？往少里说有十个人请上三两天的假，那送菜的时间就定要延误了。而队长这个人，做事是绝对不允许有延误的，平时上工，他的哨子一响，若还有人在家里磨蹭，他会通知记工员，给这人少记半个工；若是他自己有什么延误，他会罚自己去出大圈，不记工分。大家都知道出大圈有多么累，因此也只得跟了他的哨音紧张起来。他知道大家是不喜欢紧张的，有时甚至不喜欢到了背地里骂他的祖宗。他却也不在乎，认为村里的事历来如此，谁管事谁都要挨骂，要是怕，除非不当这个队长。但他知道自个儿，是有一点当队长的瘾的，他喜欢哨音一响全体出动的感觉，喜欢全队百十双眼睛盯在他一个人身上，他的每一句话，都可以顶普通人的十句、百句，遇上胆子小的，见到他会像老鼠见了猫一样，紧张得话都说不出来。因此比起挨几句骂，他是宁愿要做一做猫的。

队长的这些心思，他不说我们也能感觉出来，因为他一个人在台上，我们大家都在台下，他的每道皱纹每根发丝的变化都逃不过我们的眼睛。我们对他的心思，是很有几分不屑，却也很有几分无奈的。

这一天，全队几乎所有的劳力都出动了，年轻人拉车运菜，岁数大些的有的负责打白菜叶子，有的则拿了铁锨负责把白菜齐根抢下来。一时间，白菜地里有些闹哄哄的，到处是人影子在晃动，到处可听到寻找什么人的大呼小叫。所有的声音里，队长的声音是最引人注意的：粗犷，果断，不由分说；他一开口，别的声音就如同见了日光的云彩，立刻弱了下去。队长是个矮个子，但站在人群里，谁也不觉得他矮小，这和他的声音有关，也大约和他的目光有关；他的目光太亮了，射在谁身上谁就会有不适的感觉，射不到的时候，人们也都能感觉到他的存在。

就这么热闹了一阵，夜色终于淡去了许多，不知什么时候，东方天际处忽然现出了一道白色，天，一下子就亮起来了。

人们这才看清了各自的面目，都是再熟悉不过的人，但与平时还是有些两样：脸是青白的，嘴唇是紫色的，眼睛多少显些浮肿，一呼气，便有一团白雾生出来，这里一团那里一团的，就像是被一团一团的冷气缠绕住了。身上呢，多了件深冬才穿的棉袄，棉袄袖子上套了套袖，手上戴了手套，得空就摘下手套，将手揣进袖筒里，尽情地暖和着。虽说是刚刚立冬的节气，但野外的早晨，已是相当寒冷了。若没有队长的哨音，这时躺在被窝里，是多么暖和多么舒适啊。人们自是明白节令不等人的道理，但还是不由自主地生出了怨气，去望队长，却见队长棉袄也没穿，套袖、手套也没戴，全身上下与平时一样，一色的夹衣。人们正替他有些冷，又发现队长的脑门儿上竟还有一层晶亮的汗珠！人们便明白，这队长的身体有多不一般了，这不一般也如他的目光一样，让人们感到了不适，人们索性不再去看他，低下头，干自个儿的活儿去了。

不大的工夫，白菜们就横七竖八地躺了一地，我们开始一棵一棵地把白菜装进车里。今年的白菜种的是青麻叶，长出来又粗又长，抱在怀里就像抱了个大孩子。不过也有个别营养不良的，手一捏是个空心，不用抱，俩指头一提就起来了。凡这样的我们就扔进车厢里，而将那又大又瓷实的码在外面。这做法是队长教我们的，因为我们送去的蔬菜公司，是要一车一车地检查、划价、过秤的，让人家看见，会影响到整车的价格。我们当然应该把空心白菜扔掉，来保证整车的质量，可空心白菜也有斤两，有斤两就有价钱，对农民来说，一分钱一厘钱也是金贵的。这也是队长说给我们的，我们对这思路很不以为然，觉得这是典型的农民意识，眼光只盯在一分一厘上，是注定做不成什么大事的。可我们也绝不去跟他较真，对一个只配做做生产队长的人，又能指望他做成什么大事呢。

"我们"，真算起来，其实也不过十几个人。这十几个人，来自不同的十几个家庭，家庭之间不一定亲近，却并不妨碍我们之间的亲近。比如和平，他的父母因跟建设的父母吵过一架，很多年没有来往，但和平天天往建设家跑，拉车的搭档，他也非建设不找；比如端正，上过中学，出身富农，他却喜欢跟贫农出身的小学都没上过的顺子搭伴；还比如立之，他是队长的亲侄子，但我们背地里说队长的坏话时，他也一样跟了说，丝毫不袒护他的叔叔。就是说，我们这些人，多少是有些逆反心理的，大人们越是看重什么，我们就愈是轻视什么。我们把大人们看重的东西一律叫"世俗"，比如村里的辈分，我们十几个小到孙辈，大到爷辈，几乎辈辈都有的，但我们之间从来是直呼名姓，不以辈分相称。我们中有少半的人在城市中学经历了"文化大革命"，然后响应号召回乡，虽说回来后前途渺茫，但在村里人面前，还是有很强的优越感的。我们愿意以不同于村人的姿态出现，从脚上的鞋子到头上的发式，从坦然自若的表情到万事不放在眼里的心态，我们相信这在村里都会独树一帜。而那几个没上过中学的，由于对城市的向往和对农村的失望，一下子就跟这回乡的几个亲近了起来。不过，他们也并不白白地亲近，由于干农活儿是他们的强项，他们便尽其所能，帮回乡的几个掌握本领。也就是一两年的时间，两拨儿人就在农活儿上拉近了距离，到这一年送大白菜的时候，他们干起活儿来已是不相上下了。而在不同村人的姿态上，没上中学的一拨儿，也始终诚挚地做着努力，至少鞋子和发式，与回乡的几个已难分上下，鞋子是白塑料底，黑春富尼面，松紧带鞋口，发式是刚刚显露出一点头皮的板寸，两者都是正在城市流行的样式。我们走在街上，一两个人还好，若是十几个人聚齐了，所有人的目光都会转向我们。我们心里真是有说不出的得意，表面却装出若无其事的样子，顾自走自己的路，说自己的话，对那些目光仿佛没看见一样。

建设在我们这拨儿人里，个头儿最高，威望也最高，应该说，那几个没上过中学的，多半是冲了建设才跟我们亲近起来的。建设是老初三，比和平高一届，比端正又低一届，我们几个里，唯有端正是上过高中的，可由于出身的缘故，他很少说话，要不是建设信任他，我们是很难走近他的。我们聚会的地方，是建设住的那两间东屋，每天吃过晚饭，我们就往那里去。也不知谁首先学会了抽烟，很快就一人一支地抽上了，在烟雾缭绕中大家天南地北地聊啊聊，真是开心极了。

慢慢地，我们在东屋里说的话，拿到外面去说，外面的人竟是听不大懂了。这就更让我们开心，这证明，我们跟村人们到底是不一样的，他们的农活儿我们可以学会，我们的思想他们要学可不大容易。我们便愈发要在村人面前说着他们听不大懂的话题，比如中国对于世界的意义，比如事物对立又统一的矛盾，比如什么叫联合国等等。这些问题其实我们也是一知半解，但说总比不说要好，不说这些，就会去说那些吃喝拉撒睡之类，就会为了钱物跟家人争吵。我们不止一次地听到某个年轻人为几块钱跟家人闹到了自杀的地步，这样的年轻人，即便真死了，我们也不会为他难过，因为他的死轻于鸿毛。

我们觉得，这样的年轻人，跟队长的思想其实是一脉相承的，而他们都是对物质看得太重的人，仿佛人活在世上就是为了多花一块钱、多吃一口饭、多穿一尺布一样。我们当然也花钱也吃饭也穿衣，但我们和他们的区别，是我们看重的是精神，他们看重的是物质；我们的目光远大，他们的目光短浅；我们是无私高尚的，他们则是自私低俗的。就说鞋子和发式这两样，看起来是物质的事，其实仍属于精神，因为我们没在意它们花钱多少，选择它们全由于我们的喜欢。它们只跟喜欢有关系，跟实际的经济价值没一点关系！不过说到队长自私，我们之间也很有争论，有人说，他当这个队长，工分不多挣，钱粮不多分，耗费的心血却是最多的，他对物质再看重，不是也没把东西拿回自个儿家吗？有人就说，自私不能仅指为个人，为小集体也是自私，重要的，是他这种自私对村人的影响。又有人说，假如换个队长，换了不看重物质的队长，对村人的影响会是什么呢？大家便笑了说，那他一天也甭想干下去了，人们总不能选一个只讲空话的人当队长吧！笑过之后，大家忽然有些沉默，说了半天，倒像是说到自个儿头上来了，我们这拨儿人，这拨儿看重精神不看重物质的人，难道只不过是一群讲空话的人吗？但很快地，有人就从沉默中觉悟过来，说，看重精神跟讲空话是截然不同的，比如建设，要是他有一天当了队长，他就绝不会是一个只讲空话的人！建设自是叫我们最服气的，但把他跟队长联系起来，还是让我们感到了别扭。有人就说，当什么队长，要当就当个国家干部，建设这样的当队长，不是大材小用了？我们赶紧点头表示着赞同。国家干部当不当的，至少断了建设跟队长的联系，不当队长的建设，才该是我们这拨儿人的建设吧。

　　因此，我们对待队长的态度，始终是有一种居高临下的嘲讽意味的，对他的分派我们很少对抗，干起农活儿来我们也不惜力气，只是，我们从不像其他人一样跟他套近乎，也从不像其他人一样骂得他狗血喷头。我们就像一群从远方飞来的鸟儿，暂时地栖居在这里，对这里一切都看得清晰无比，但又无心过问，觉得总会有飞走的一天的。队长呢，像是也顾不得我们，即便我们十几个聚齐的时候，他看我们的目光跟看别人也没什么两样。他还常常叫错我们的名字，把和平叫成建设，把顺子叫成端正，就像我们这些人在他心里从没有位置一样。我们当然很不舒服，但想想，在他这样的人心里有没有位置，又有什么要紧呢。他的穿衣也很不讲究，有时过于肥大，有时又过于瘦小，有时甚至破破烂烂。他的头发对他就像一种累赘，夏天他总是像清除杂草一样剃得光光的，冬天便被他捂在一顶破旧的三块瓦棉帽子里，瓦片向上挽起，帽子的两翅儿从不系带儿，有时一撮头发从某个破洞里冒出来，风一吹，与帽翅儿带儿一个方向飘摇着，就像凭空多出一个帽翅儿来了。

　　现在，队长就戴了那顶棉帽子，从这辆车走到那辆车，一一地查看着，嘴里嚷着，快装快装，响午还要赶回来呢！有时会听他骂道，哪个狗日的干的，好好的白菜就这么扔下了？有一刻，就见他在一辆车前停下了，手拿起捆菜的绳子，一头儿拴在车上，一头儿抓在手里，猛地一用力，砰地绳子就断了。接了听见他嚷，这也叫绳子？叫头绳儿吧！你们捆的是上千斤的白菜，不是女人的头发！队长又说，看看你这脑袋，看看你这脚上，钱都花在这玩意儿上了还有钱买绳子？哼！

我们听着，不由得吃了一惊，定睛细看，原来是端正和顺子的车子。我们知道，绳子一定是顺子的，顺子干活儿的家什总是最差的，他弟弟妹妹们还小，吃饭的人多，干活儿的人少，一年到头，酱油醋都没买过，脚上的鞋子，是端正送给他的，理发的钱，则是我们几个一起去市里的理发店，建设一人儿全包的。队长当然不知道这些，但他把这些叫作玩意儿，可有点让我们恼火。

这种事，端正一向是不吱声的，他不敢。就听见顺子说，绳子说绳子，你说什么脑袋不脑袋的？

队长说，小兔崽子你还不服气了？让大伙儿瞧瞧，这叫绳子吗？你糊弄我行，糊弄白菜可不行，到时候哗啦啦摔得满地都是，你不心疼我还心疼呢！

顺子说，你怎么知道会摔在地上？

队长说，你眼瞎了？刚才没看见绳子断吗？

顺子说，那是你给弄断的，绳子好好的你给弄断，你得赔我绳子！

顺子索性耍起不讲理来了。队长气得举起了拳头，说，我赔，我赔你个小兔崽子！

但队长的拳头刚举到半空，就被一只手抓住了，这人比队长几乎高了一头，他说，队长，要文斗不要武斗！

这人当然是我们的建设，他一出场，我们心里就踏实了，不管顺子多么理亏，不管队长多么蛮横，他总会有办法的。

果然，队长的拳头放下了，但放下时胳膊撞着了帽子，正好有一阵风，将撞歪的帽子掀到地上去了，露出了他一头杂草似的头发。大家看着，脸上乐，却不好发出声儿来，就见队长拾起帽子戴在头上，一脸的恼相问建设，你的车装好了？

建设说，还没有。

队长说，没装好来这儿捣什么乱？装你的车去！

建设说，我给他们送绳子来了。

队长看看建设，建设的手里果然拿了条绳子。队长说，挺仗义啊，给了他们你不干了？

建设说，这你就甭管了，我自有办法。

队长听着就更不高兴了，说，我甭管了？以为送白菜是闹着玩儿的？

队长咚咚咚就到建设的车跟前去了，发现捆车的绳子倒有，车耳朵上却光光的，没有拉菜的绳子。

队长说，拉绳呢？

建设说，一会儿会有的。

队长说，多大一会儿？回家拿可就误事了。

建设说，误不了事。

建设一直是平静的，表情平静，声音也平静。

队长像是有点受不了建设的平静，看看围观的人，又看看建设，忽然说，看看你们，这么双鞋，这么个头，像什么样子？告诉你们，真本事不在这上头，真本事得看你能拉多少斤菜！

说完队长就走开了，大家你看看我我看看你的，也都分头干自个儿的活儿去了。顺子和端正问建设，你车上咋办？建设从裤袋里掏出团东西晃一晃，说，有它呢，不怕。大家看清，那是一条白色的他用来当跳绳的绳子，稍细了些，但当拉绳是没问题的。

建设就是这样，总在大家没办法的时候他能拿出办法来。顺子和端正，高兴得都不知说什么好了，顺子捶一拳建设，学了队长的腔调说，看看你们，这么双鞋，这么个头，像什么样子？大家不由得哈哈大笑起来。

但谁也没想到，这边大家在笑的时候，那边队长也在装车了。不知是因为刚才的事，还是因为今年的运菜任务确实艰巨，队长不再像往年一样，骑了辆自行车在菜地和蔬菜公司之间跑了，他要亲自装车，亲自拉了小车往市里运菜了！

听了这消息，不知为什么我们都有些笑不起来了，队长的年龄跟我们父母的年龄差不多大，可没有一个人的父母加入运菜的队伍，队长他这是要干什么啊！

白菜地里一下子安静了许多，人们凝神屏气，把心思全放在活儿上了，白菜打得又快又好，装车的也一再往高里码，仿佛被队长这举动吓住了似的。

太阳露出半拉脸的时候，一列长长的运菜车队出发了。队长的车子走在最前面，他的搭档也是个40多岁的中年人。我们猜，他是成心要跟年轻人较较劲了。也有的说，他没准儿是找不到年轻人，哪个年轻人愿意跟他一车啊。就见他车上的白菜码得很高，车在土路上一走，菜垛都晃晃悠悠的。他的两个帽翅儿仍没系起来，在风中呼呼扇扇的，就像脑袋上插了两个小旗子。

从菜地到上级安排给我们的蔬菜公司，有二十几里的路程，路是一半的土路，一半的柏油路，柏油路上还有个地道桥，我们从桥下通过，是一条长长的坡道，下坡还好，上坡骑自行车都会骑出一身的汗来。不过我们也并不担心，有队长带队，就是天塌下来我们也不必去承担的。

我们更关心的，是我们和这城市的关系。我们这拨儿人，出现在城市的时候总是骑了自行车的，由于几年上中学的底子，我们熟悉这城市的每一条街道，甚至街道上的门牌号，我们看上去都有似曾相识之感。有时会觉得，这个城市也熟悉我们，只要骑了自行车，城市的角角落落都可以让我们通行无阻。可是眼下，不要说骑车，就是步行也十分艰难了，我们低了头，弯了腰，身后是一座山一样的大白菜，遇到行人，人家会说，看，大白菜！就是说，现在的我们已是跟大白菜一回事了，这个城市跟我们再熟悉，也不可能认出我们了。

我们就这么走在送大白菜的路上，有点沮丧，有点无奈，却又不得不使出全身的力气，以对付身后千斤的重负。我们几乎都能听到骨节嘎巴嘎巴的响声，不是成长的声音，是榨取的声音，是大白菜榨取着我们年轻的身体，或者说是这该死的土路在榨取我们最后的一点力气。对，就是最后，因为每走一步，我们都觉得已经把力气使尽了，不可能再有了，到了下一步，力气也不知从哪儿来的，就又使尽一次。这样使尽一次又使尽一次的，我们就觉得，这路实在应该修一修了，沟沟坎坎疙里疙瘩的，不是要人命嘛！当然修路是需要钱的，村里是甭指望了，到处都是队长一样打扮的人，一顶破帽子，一身打补丁的衣服，可队长他们这些村干部，可以到城市请求援助啊，总共十里的土路，跟柏油路不是说接就接上了？接上了，村里人方便了，城里人也方便啊，哪个食堂想吃什么菜了，开上大卡车就来了，当然他们得先从蔬菜公司开上计划单，只要路修好了，计划单的事不是太小的事嘛。

　　我们是在路上稍事休息的时候议论这些的。我们个个都满脸通红，大喘着粗气，湿透的内衣紧紧贴在身上，风一吹，凉飕飕的。即便这样，我们也不能闭住嘴巴，因为太苦了，不说出来这苦简直就不能忍受了。这时有人就说，以为大卡车不来是因为路不好啊，扯淡！那是蔬菜公司的计划单闹的，计划单压根儿就开不出来！有人就问，为什么开不出来啊？那人就说，你傻啊？那叫违反国家统一计划，要挨批的！这一说，大家就都不吱声了，什么修路，什么大卡车，全都是不沾边的事呢。还是顾眼前吧，把绳索放上肩，弯腰，蹬腿，用力，吱吱呀呀，车又一次走起来了。

　　二十辆车，虽说是小拉车，也是有一种气势的，排在路上，就如同一列绿色的小火车。这样的小火车，不远的前面有，不远的后面也有，那是别的生产队的，所有的生产队长，都和我们队长一样，把小拉车和年轻人调动起来了。不一样的，只是那些生产队长是骑了自行车的，而我们队长，自个儿拉车不算，还要打头儿，打头儿不算，还要后面的车随了他的车辙走。他像是长了后眼，哪个从他的车辙偏离出来，他立刻嚷，还想不想干了？不想干就滚回去！我们知道，一辆小车装载千斤的重量，车辙选不好，是随时都有危险的，别的生产队已经有翻车的了，白菜滚了一地，拉车的一男一女，一个在发怔，一个则抹起了眼泪。还有扎了车胎的，车上的菜捆得好好的，车胎却瘪瘪的，一步都动不得了。两个小伙子守在车边，看我们绕了他们小心翼翼地走过去，无奈地苦兮兮地笑着。可即便这样，队长他也犯不着像日本鬼子似的看管着我们，我们又不是他的劳工！

有时候，我们会不怀好意地想，这个老帮子，也不知他的内衣湿透没有？却又忽然想起来，他哪有什么内衣啊，他的外衣就是内衣，内衣就是外衣，湿透一件，便是所有的了。终于，有人悄悄从前面传过话来，说队长的那身夹衣干巴巴的，一点没湿。我们才又想起，这老帮子，据说一顿能吃下六个馒头，六个馒头塞到那么个小身子里，不像日本鬼子才怪呢。

有一刻，实在是走不动了，我们便自个儿做主停了下来。我们想，要是队长让我们滚回去，我们就当真滚回去。可这一回，队长却没再说让我们滚回去，就见他卸下拉绳，回身朝我们走过来了。

我们心里打着小鼓，脸上却装出满不在乎的样子，看也不看他。

我们听到他说：

绳儿捆得太松了，没散了架便宜你们了！

车胎气小了点，下一趟该打打了。

又走偏了，看我车轱辘打哪儿轧过去的？

猪脑子啊，我都说了一百遍了，我咋走你们咋走，没听见啊？

他像是在一辆车一辆车地做着检查。

最后，他在建设与和平的车子跟前停下了，看看车上的菜，又看看菜下的车，说，建设，你这辆车待会儿先别走，等别的车走完了你再走。

建设说，为什么？

队长说，帮我看着，我不停谁也不准半路停下！

建设说，为什么是我？

队长说，哪这么多为什么，我是队长，叫你干什么你就干什么！

建设说，我要不想干呢？

队长说，不想干你就甭干，有想干的，还多挣两分工呢。

建设说，两分工就想收买我啊，那你让想干的干吧。

建设说着竟还带出了笑声，这真叫我们羡慕，谁敢跟队长这么说话啊。因为菜车挡着，我们看不到建设和队长的表情，但我们相信队长会又是一脸的恼相了。

果然，队长咚咚咚地走开了，光听脚步声，就能知他有多生气了。

但没走几步，我们又听到建设把他喊住了，建设说，队长，我要是干,是干一天还是干到把菜送完?

队长停下来说,当然把菜送完。

建设说,干可以,但我有个条件。

队长说,说。

建设说,工分我不要,但我要是找到卡车,你得答应他们拉菜。

队长说,他们能开计划单吗?

建设说,不能。

队长说,开不出计划单拉个屁!

建设说,那就算了。

队长咚咚咚地走几步,忽然回头又问,拉几车?

建设说,你能答应几车他们就拉几车。

队长说,你小子不是在给我挖坑吧?

建设说,就算挖坑,也是我跟你一块儿往里跳啊。

队长说,屁话,我跳跟你跳能一样啊?

建设说,不就是个队长啊,队长是大伙儿选的,你为大伙儿办了事,大伙儿再选也不会忘了你的。

队长说,就甭说大伙儿不大伙儿的了,我是为了大白菜。

建设说,你答应了?

队长说,豁出去了,就应你一回!

队长和建设的话,有听见的,有没听见的,但很快地,就传到所有人的耳朵里去了。大家一下子高兴起来,虽说建设的卡车还没去找,但精神劲儿增了不少,要是真来了卡车,甭多装,装上万把斤吧,就能顶十辆小车呢。一辆顶十辆,要是它拉上七八趟,我们得少出多少力少流多少汗啊!

车子立刻又呼呼隆隆地走起来了。为了那卡车,也为了建设。再不走,就是跟建设为难了,不要说我们十几个不会跟建设为难,就是别人为难他,我们也不会干的。我们一边钦佩着建设,一边也觉到了队长的厉害,这小老头儿,看似对我们不在意,其实他在意得很呢,不然他怎么就一下选中了建设呢!

接下来的路像顺利了许多，还是要使尽全身的力气，但速度加快了，也没人再偏离队长选的路线。得说，姜到底是老的辣，按队长的车辙走，到走上柏油路时，二十辆车还真没一辆遇到麻烦，全都完好无损地过来了。

柏油路上可轻松多了，身子再也不用弯得像只虾米了，嘴再也不用张得老大地喘气了，腿也再不用绷得像弓上的弦那么紧了，只要两手握紧了车把，肩头使使劲，车轱辘就仿佛抹了油，呼隆隆地往前去了。

建设按了队长说的，一直走在队伍的最后面。但他没说一句话，看哪辆车要跟不上了，他跟和平就放下自个儿的车，帮人家推一把。看他这么做，我们也仿着他这么做，一时间，你帮我我帮他的，一整个车队，竟是空前地团结、亲密起来了。

这气氛，队长显然也感觉到了，过地道桥时，他先停了下来，指挥大家两辆车一组，相互帮忙，拉上坡去。坡顺利地上去了，他却又不甘心地说，甭看我俩上了岁数，上这种坡，不用帮忙也能上去，你们信不信？大家都没吱声，心里其实是信的，只是不想应和他，就算是能上去又怎么样，还不是个老帮子了？

城市街道还是老样子，来来往往的车辆、行人，高低不一的厂房、楼房，警察岗，电影院，以及大大小小的商店、饭店。这些农村都没有，因为没有我们就总也看不够。可是眼下，看不够也不能看了，我们得低头拉车。当然低头不单是为拉车，也是羞于让城市看到自个儿这拉车的样子。

终于，能看见蔬菜公司的磅房了，它斜嵌在马路的一侧，足足能赶进去一辆马车。它的外面，已有长长的一队菜车了，我们队的一辆马车两辆牛车也排在里面。我们看见队长在菜队的末端停了下来，我们也长长地舒了口气，做着停车的准备。这时候，一路拉动千斤的我们，却忽然有些手脚发软，仿佛到了云里雾里一样，一个身体弱些的，竟是不知不觉松了车把，幸亏那车是带腿的，车把才免于落地，不然早咔吧一声折断了。我们惊怕着，不得不再次振作精神，将车把抓得牢牢的，生怕再有什么闪失。

我们却不知道，这时候的队长，惊怕比起我们是要严重得多的。

队长的惊怕,来自蔬菜公司的两个人,老魏和小姜。这两个人,是专负责分级划价的,我们进磅房过秤之前,必须要先过他们这关。小姜还好,是个不相识的年轻人,老魏就不同了,年龄与队长不相上下,交道也打过不少次,每年的大白菜,都是由他来分级划价的。据说,老魏和队长的每次交道都不痛快,一个是要往低里划,一个是要往高里提;一个说是要为国家负责,一个说是要为群众负责;一个说对方是狡猾的农民,一个说对方是鬼精的商人,两人碰面,不管结果如何,一场唇枪舌剑总是免不了的。

我们听说了消息,赶到前面的队长跟前的时候,见队长和老魏早已交上锋了。

事情似乎并不像人们传说的那么严峻,两人都是面带笑容,相互拍了肩膀,十分熟悉、亲切的样子,特别是队长,平时很难见他笑一笑的,这时笑的,眼睛眯起来,嘴巴张得老大,连牙床子都露出来了。老魏呢,个头儿比队长稍高些,圆脸盘,戴一副眼镜,笑起来满脸的皱纹,就像不情愿笑似的。那个小姜,跟在老魏的身后,见老魏笑他也笑,显然一切都是听老魏的。两方正在对那几辆大车上的白菜进行交涉,老魏大约定的二级,队长不干,一定要老魏再提提。老魏说,够高的了,再提就是一级了。队长说,一级怎么了,你就看看,我这菜哪棵不够一级?老魏不看菜,只看队长,说,跟你说实话,今年我还没划过一级菜呢。队长说,白菜长在地里的时候你也去看过,你说,我的菜是不是最好的?老魏眯了眼,只笑不吱声。队长又逼问道,是不是最好的?老魏还是不吱声,却忽然将目光转向菜车,伸手就抽下一棵菜来,交到队长手里,说,你掂掂,掂掂就知道够不够一级了。

老魏交到队长手里的那棵菜,个头儿挺大,却有些松松垮垮的,一看就是没多少分量的。我们这才知道了老魏的厉害,那整车的菜,特别是露在外面的菜,几乎棵棵都是好的,那棵倒霉的菜,怎么就落在老魏手里了呢?我们甚至都没来得及看清他是从哪儿抽出来的,简直就像变戏法儿一样呢。

我们正替队长着急,就见队长将那菜嗖地又扔回菜车上,嘿嘿笑着,说，老魏，这鸡蛋里挑骨头的法儿我早领教过，你也换个法儿好不？我敢保证，除了这根骨头，你再挑不出来了，不信就卸车给你看。老魏也嘿嘿笑，说，我不是不想看，是没那工夫，算了吧老米，多少队长我都见识过，没一个像你这么难缠的。队长说，不能变了？老魏说，不能变了。队长说，老魏，那咱就得好好掰扯掰扯了，你说，一级菜该是什么样？二级菜该是什么样？三级菜该是什么样？你在我家吃饭的时候，是不是说过，你们队的菜是最好的？

我们听了，不由得吃了一惊，原来还有吃饭的事呢！我们见队长这么说着的时候，笑容已经没了，声儿也高了许多，就像刚才的笑都是假的，这会儿才是动了真格的了。

老魏脸上的笑也不见了，换了一副恼相，说，吃饭怎么了，吃一顿饭就得叫我不负责任啊，把我看成什么人了？放心，钱和粮票我早晚会还你的！

队长也恼了道，我是说你吃饭的事吗？我是问你，我的菜是不是最好的？

老魏说，那是在鼓励你，跟划价有什么关系？要是连这都听不出来，你这队长不是白当了？

队长说，老魏，甭说别的，我就要你一句话，我的菜是不是最好的？

老魏说，最好也不一定就是一级！

队长说，那就是最好了？

……

队长说，那就是说，我这最好的菜是二级菜，今年就不可能再有一级菜了？

……

队长说，好，这么着的话，我老米也他娘的就认了。

队长朝车把式挥挥手，说，走，过秤去吧！

这时，老魏却忽然醒过味儿来似的向车把式招了招手，说，慢着慢着，回来回来！

老魏转向队长，一脸的阴沉，说，你呀，真鸡巴拿你没办法！这样吧，刚才那棵菜公司的人都看见了，大车实在不好再变，小拉车全给你定成一级，行不行？

队长看着老魏，半天，才极不情愿地点点头，说，要不是我还得拉第二趟，是一定要跟你掰扯清楚的！

老魏说，掰扯个屁，你少得了便宜卖乖吧，你能保证小车里装的棵棵都是一级菜？

队长拍拍胸脯说，我就敢保证，不信就卸一车给你看！

老魏摆摆手说，行了行了，少来这虚招子，还不知道你？要不是看后边的等急了，我非叫你蹲回大底不可！

从蔬菜公司出来，我们二十辆小车分头到几个菜店去卸菜。那里有排成了长队的市民在等我们，我们压根儿来不及把菜卸在菜店里，就被市民连菜带人占领了。市民们相互争抢着，原来的队白排了，哪个跟拉车人讲通了，拉了车就走。我们提醒他说，一车一千斤呢。那人就说，要得了要得了，一千斤还怕不够呢。其他人却不能甘心，拽了车把不许拉走，说，不行不行，好菜不能归了他一人儿！我们站在其中被他们拉扯着，明白自个儿的菜的确是好的，心里一边得意一边又有些起急，这么下去，回家午饭都赶不上吃了。最后，还是由菜店的人出面，苦口婆心地劝解，才平息了这场争抢。

市民们大多住的是宿舍楼，遇到只有老人孩子的人家，我们还须替他们一棵一棵地搬上楼去。这样工夫可就搭苦了，待我们聚齐了回到村里的时候，看见下午出工的人已经开始往地里走了。队长说，吃饭麻利点，一会儿听我吹哨！

这顿午饭吃的，大都马马虎虎的，不是剩菜剩饭，就是干粮就白开水。我们从家里走出来的时候，看见队长手里拿了块凉饼子，吹一声哨子，啃一口饼子，有时饼子渣儿进了哨子里，哨音都变味儿了。

队长的脸色也有些变，变得更难看了，那架势，十个人上前胳肢他，也难叫他露出一丝笑来。我们纳闷着，上午他好歹也算赢了老魏了吧，还有什么不高兴的呢？到装车时，对空心菜的处理也变了，他黑了脸对大家说，不许装一棵空心菜，谁装了扣谁的工分！虽说空心菜不多，但垛在一起，也是挺大的一堆呢。大家看着他，谁也没问，知道只能按他说的去做了。

下午这趟，还是老样子，队长在前，建设在后，没出任何的差错。到了蔬菜公司，见菜车比上午少了许多，仍是那个老魏分级划价。还好，大车、小车全划的一级。大家正高兴地要离开时，老魏忽然截下了两辆小车，对队长说，老米，把这两辆车卸了吧。队长二话没说，上前自个儿动手解起绳子来了。

大家帮了将白菜一棵一棵地搬下来，老魏一棵一棵地拍着，捏着。两车菜查了个底儿掉，一棵空心菜也没见到。

这时，老魏脸上才现出了笑容，仍是那种皱纹堆集的不情愿笑的笑。老魏拍拍队长的肩膀，说，好啊老米，我算服了你了！

队长说，这就完了？

老魏说，还想怎么着？

队长说，你们公司的人得吃菜吧？

老魏说，你是不想再装车了？

队长说，我这是一级菜，你不会不想要吧？

老魏说，你呀，真鸡巴难缠，要，我要了还不行吗？

卸的两车菜，正好是建设与和平、端正和顺子的，队长替他们说话，也是为了让他们早脱身，联系运菜的卡车去。

建设走前跟我们说，他是要到我们中学食堂去，让我们卸完了菜，若是顺路就去找他们，不顺路就算了。

结果，这趟菜送得很顺利，直接卸在了菜店里，不必再往市民家送。我们几个拉了空车，也不管顺路不顺路的，奔了中学就去了。

到学校门口，正遇上建设他们出来，看他们满面高兴的样子，就知道事情办成了。建设说，是跟管后勤的胡老师谈的，胡老师的丈夫在搬运公司是管车的，搬运公司帮学校运了菜，自己也需要几车菜，这样两家车也有了菜也有了，我们呢，也省得起早摸黑地出大力流大汗了，真是三全其美呢！我们问建设，你怎么想到这点子的？建设说，队长逼的呗，谁想给他没完没了地当牛做马啊!

　　这时,天已经完全黑下来了,街上的行人、车辆在减少,我们几个拖了疲惫的身子,心情轻松地走着。昏黄的路灯一会儿把我们的影子缩得短短的,一会儿又把它们拉得长长的,陪伴它们的还有小拉车的影子。这些影子组合在一起,不禁让我们想起了上中学时,骑了自行车在路上狂奔的情景。也是这样的街道,也是这样的路灯,却绝没有这样的疲惫和轻松。

　　也不知是谁,忽然一嗓子唱道:

　　　　我们走在大路上!

我们也不由得随了他唱起来:

　　　　意气风发斗志昂扬,
　　　　毛主席领导革命队伍,
　　　　披荆斩棘奔向前方,
　　　　向前进!向前进!
　　　　革命气势不可阻挡,
　　　　向前进!向前进!
　　　　朝着胜利的方向!
　　　　……

　　我们唱得十分放肆,节拍长了短了,音调低了高了,全不去管它,只是唱啊唱。

　　许多行人都在看我们。一群小孩子,跟在我们身后,一直跟了好远才散去。

　　我们这群人,一样的白塑料底鞋,一样的板寸头,我们喜欢人们关注我们。歌唱激发着我们的情绪,有人竟是在车厢里练起倒立来;还有的,一只手扶了车帮,猴子似的跳上跳下;而那推车的人,时而会猛地撒了车把,让车自由地滑行,正当车上的人大声惊呼时,推车人已及时地又将车把接在了手里，其速度和节奏，都美得叫人难以言说。

这时候的我们，几乎有一种世界在握的感觉，什么队长，什么老魏，什么大白菜，仿佛和我们都没了关系似的。

可是，我们却不知道，在关注我们的人里，有一种人的关注将会给我们带来麻烦。

在我们唱完一曲的时候，几个警察忽然出现在我们面前，说，跟我们走一趟吧！

从派出所出来的时候，已经是深夜了。是队长来接的我们。他送菜回去后从大队部接到了派出所打来的电话。他骑了辆破自行车，头上仍是那顶棉帽子，但他在警察面前跟在老魏面前一样，不卑不亢，摆事实讲道理，同时也撒点小谎，比如他把建设说成副队长，他的搭档，把立之说成他的亲儿子，把大家说成是队里的骨干，大多是党员和团员。他说，没有比我更了解他们了，我要有一句假话，天打五雷轰！

从对我们的审讯中我们才得知，最近市里出了个叫"白鞋队"的组织，这组织的人抢包、偷盗，干了不少坏事，他们的鞋子和发式竟和我们一模一样！

我们从没跟派出所打过交道，警察那沉了脸训人的架势，让我们既不服又害怕，有胆小的，竟还呜呜地哭了起来。

队长赶到的时候，我们所有人的眼睛都有些湿润，包括平静、从容惯了的建设。我们看到建设的目光在队长那顶没系带儿的棉帽子上停留了一会儿，他一定和我们一样，有一种从未有过的亲切感。

回去的路上，怀了感激的心情，我们把卡车运菜的事告诉了队长。队长听后没说一句话，却也不自个儿骑了车走，跟在我们身边，只听到自行车咣啷咣啷的声响。

直到即将走出城市，走到最后一个路灯下，队长才忽然开口说道，卡车的事，辞了吧。

我们惊道，为什么？

队长说，你们怕进派出所，我也怕。

我们说，这跟进派出所有什么关系？

队长支好自行车，脱下棉袄的一只袖子，把后背对了我们说，看我这汗出的，比拉趟白菜还多呢。

我们看到，里面是他白天穿的那件夹衣，果然有些湿漉漉的了。

队长说，我早说什么了？出来一群，进去一伙，一式的头发、鞋子，像什么样子？不要说警察，过路人看你们都不顺眼呢！

我们自然是不能服气，觉得，从前的队长仿佛又回来了。

若搁在从前，我们也许会加快脚步，把他一个人甩在后面。可现在，为了那些卡车，我们竟在一个瞬间就一致向队长表示，只要不辞掉那些卡车，您让我们什么样子我们就什么样子！

可是，即便这样的牺牲队长也没向我们让步，他一言不发地上了自行车，只给我们留下了咣啷咣啷的声响。

前面的夜色仿佛更浓重了，我们已经无法看清队长的身影。一刹那，我们忽然感到，与队长之间，与许许多多事情之间，也许才只是个开始，我们的路，我们的疲惫，真还不知要持续多远，持续多久呢……

原载《天涯》2008年第3期

一 无 所 有

米六儿手拿铁锨，一脸凶相地追在老婆身后。

老婆头发乱蓬蓬的，两手沾满了白面，像是刚从厨房里跑出来。

老婆跑出院子，米六儿也跑出院子。老婆跳上院外的猪棚，米六儿也跳上猪棚。老婆从猪棚一跃跳到了当街，米六儿也紧追不舍跳到了当街。老婆在前面尖声地叫着，杀人了，杀人了啊！米六儿则也在后面喊，就是要杀你，杀死你这败家的老婆！

太阳刚刚升起来，两人的影子在当街拉得老长，一整条街，仿佛哪哪都是他们俩了。

村子只有这一条街，土路，硬得硌脚，有人在当街一跑，全村的人都能听见。

出来看热闹的人，倚在自个儿家门口，袖了手，只看，不靠前。

米六儿的那把铁锨在阳光下亮闪闪的，锨刃薄得就像杀猪刀一样，有人曾在那刃上削过红薯皮子，唰唰的，没有一点顿挫。人们却毫不担心，米六儿打老婆不是头回，拿铁锨也不是头回，有一回还真拿了把杀猪刀呢，他老婆不还好好地活在世上？

看热闹的大多是女人、孩子，男人们进城打工去了，城里的热闹看不上，村里的热闹是一定不能错过的。

米六儿住在街的西头，每回挨打米六儿的老婆总是从西头往东头跑，跑着跑着，住在东头的一个人就闻声赶出来了。

这个人一出现，就像裁判的哨子响起一样，两个人立刻就不打了。

这也是其他人只看不靠前的原因，事情自有它的归处，别人靠前也不管用的。

这个裁判一样的人生得高大粗壮，上身长，下身短，走起路来胳膊甩在身前，上身稍向前倾，像是随时要扑倒一样。每天晚上，他都这么要扑倒着一样在街上来来回回地走上几趟。遇上熟人，他的一张长脸便绽开来，露出一排不大齐整的牙齿。他的样子有些丑，还有些笨，却给人留下了和蔼可亲的印象，村里所有的人都不怕他，连小孩子都敢追在他的身后喊，老耗子！老耗子！

他姓陈名浩，是村里唯一一个陈姓人。村里的米姓人居多，米六儿敢打老婆，也是仗了有数不清的叔叔、伯伯、堂兄、堂弟什么的。有一回，米六儿还真动用了这群人，跑到老婆的娘家打了一架。老婆的娘家也有叔、伯、兄、弟的一群，但为了一个嫁出去的闺女，他们有些不大上心，还没待交手就先告投降，把逃回娘家的闺女交出来了。当然那还是不兴农民进城的时候，如今能进城的都进城去了，米六儿想动用也动用不起来了。他曾想过动用陈浩，他跟陈浩是多年的拜把兄弟，但陈浩这个人，求他干活儿行，求他打架他会把脑袋摇得拨浪鼓一样。

米六儿生就的矮个子，瘦身板，上小学时除了陈浩所有的男生都打过他，为此他才认了陈浩这个干哥。上学下学的路上，他们一高一矮，一胖一瘦，每天每天地形影不离，有想欺侮他的男生，一看陈浩的个头先就退却了。

这一回，米六儿的老婆跑的仍是陈浩家的方向，她不停地喊着，杀人了！杀人了啊！她的声音有些嘶哑，眼睛红红的，一张圆脸因惊恐而变了形。她的一双沾满了白面的手，高高地举过头顶，就像被淹在水里的人在向人呼救一样。那面有湿的有干的，落在头发上，花花点点的，老远地看，像是块黑底白花布蒙在头上。

后面的米六儿，样子也很可怕，眼睛里燃烧的尽是仇恨的火焰，脸上胡子拉碴黑不溜秋的，就像被那火焰烧焦了，再也没办法洗干净了。

他们这样子人们都看惯了，也不去多想什么，只是盼着，村东头的那个陈浩能从家里及时地走出来。

但今天的陈浩，似有一点异样，眼看米六儿老婆都到他的门口了，眼看那门口都要被越过去了，陈浩的身影仍然没有出现。

就见米六儿的老婆，越过陈浩家门口大约两三步的光景，忽然慢了下来，而后一个转身，径直就朝了陈浩家那扇紧闭的铁门去了。铁门显然是没插，女人瞬间就没了踪影。待米六儿赶到跟前，铁门又一次关闭起来，任他怎样地推也推不开了。米六儿像是被这从没有过的情景气疯了，陈浩的家，老婆能进，自个儿倒不能进了？他拿脚踹，拿锨把儿杵，拿身体撞，咚咚哐哐，哐哐咚咚，惊得一村的鸟儿都飞起来了。

米六儿老婆进到院儿里，又沿了一条长长的甬路进到屋里，里屋外屋寻了个遍，也没见到陈浩的影子。抬头望时，就见房檐处有两条腿耷拉下来，一双船一样的大脚，两条柱子一样的腿。脚上的棉鞋，腿上的棉裤，还都是她一针一线缝做的呢。

米六儿老婆站到可以望见这人的脸的角度，问道，浩哥，你没听见吗？

陈浩的目光望着天空，没有答话。

咚咚哐哐的声音响得愈发猛烈了。

米六儿老婆就又问了一遍。

陈浩说，听见了。

米六儿老婆说，那今儿是咋了？

陈浩又不答话了。

米六儿老婆说，以为你上了房就有理由不管我吗？

米六儿老婆的口气有些赌气，又有些儿撒娇。

陈浩低下目光，看了米六儿老婆一眼，说，你们的事，我不能再管了。

米六儿老婆说，为什么？

陈浩说，管也没用，什么时候是个头儿呢？

米六儿老婆说，他把我杀了就是头儿了。

陈浩说，他不会杀你的，他是喊给我听的。

米六儿老婆说，你怎么知道？

陈浩说，他曾问过我，他打老婆的时候我心里向着哪个。

米六儿老婆说，你怎么说？

陈浩说，我说我同情弱者。

米六儿老婆说，说得没错呀，这跟他喊要杀死我有什么关系？

陈浩说，他以为我说的弱者是你。

米六儿老婆说，那你说的是谁？不是我难道还是他吗？

陈浩说，是你，也是他，打人骂人是无能的表现，无能的人都应该算弱者。

米六儿老婆不由得冷笑了一声，说，你可真是个书呆子，照你的说法，打的被打的都是弱者，那谁是强者呢？

陈浩觉出了她的不快，便不再吱声。

外面的敲门声更巨大了，像是锨头儿都用上了，铁与铁碰撞在一起，响起震耳的回音。

米六儿老婆说，听听这声儿，弱者能这么样敲门吗？

外面的人声也更杂乱了，小孩子的欢闹，女人们的七嘴八舌，像是一村的人都在门外面了。

伴了敲门声，还有米六儿声嘶力竭的叫喊，滚出来！你们给我滚出来！李素青，我要杀了你！陈浩，我也要杀了你！

陈浩听了，脸上显得有些慌乱，米六儿这还是头一回把他牵涉进来。他把腿收回房上，站起身来来回回走了两趟，说，弟妹，你还是把门打开，跟他回去吧。

在米六儿老婆的视线里，站起身来的陈浩仿佛更拉大了与她的距离，她说，原来你是怕了他了，"老耗子"还真没白叫你呢！

陈浩说，不是怕……

米六儿老婆说，你怕他我不怕他，我这就开门去，反正早晚是个死，不如今儿就让他杀死算了！

说着米六儿老婆就往院门口走。

陈浩家的院子很大，米六儿老婆的背影在陈浩的视线里很是晃了一会儿，她穿了件蓝花棉袄，一条旧得看不出颜色的棉裤，她的肩膀很宽，屁股很大，个头儿比她的丈夫米六儿还高。陈浩觉得，这个身躯里似储藏了难以估量的能量，每走一步，这能量似都在跃跃欲试。你看她的头，高高地仰着，她的两只脚，踏在地上像男人一样地咚咚响，她的一整个身体，气势汹汹的就像要去堵枪眼一样。她的两只手臂有力地甩动着，时而一只手臂会停下来伸向上衣口袋，就像要掏什么东西一样。还好，手臂落下来时手上仍是空空的。

陈浩看着，不知为什么心还是提了起来，在米六儿老婆就要走近院门口时，他忽然喊道，弟妹你等等！

米六儿老婆回过头来，望了他等待着。

陈浩三步两步爬下房梯，跑到院门跟前，先米六儿老婆一步拉开门栓，打开了铁门。

陈浩知道，米六儿这个人打老婆是改不掉了，他曾无数次地劝说过米六儿，米六儿却总说，老婆就像一条狗，得听话，不听话不打怎么行？他说是这样说，陈浩却觉得是由于他的个头儿，他的个头儿比老婆还矮，他心里不踏实呢。他不肯出去打工，懒惰是一样，丢下老婆不踏实也是一样。他不出去，也不放他陈浩出去，他说，陈浩除了你我还有谁呢，你走了，我活着还有什么意思？陈浩说，不是还有弟妹还有孩子吗？他说，孩子还小，老婆不算，老婆终究是靠不住的。陈浩知道，由于米六儿的打老婆，不但老婆不喜欢他，街坊四邻也不喜欢他，出去串门儿，除了他陈浩这儿，的确已没有一处他可去的地儿了。但他求他留下来，也许还为了他承包的十几亩地，他力气小，人又懒，没人帮他是做不下来的。而帮他的人，除了他陈浩，他是找不到第二个人了。好在他老婆李素青还算勤快，干完家务就往地里去，十几亩地里，干活儿的常常是李素青和陈浩，米六儿倒总推说这事那事，赖在家里不肯出来了。

陈浩自个儿也不知为什么，米六儿求他留下来他就留下来了。他其实是不大喜欢米六儿的，但相处的时间太长了，从小到大，一天又一天一年又一年的，有些像同胞兄弟一样，不亲也有几分亲了。还有李素青，这些年自个儿身上的针脚全是人家的，都够得上一家人一样了。开始是米六儿催了李素青为他缝缝补补，后来不用米六儿催李素青就找上门来了。对李素青，他是不会有一点非分之想的，一是他的样子不招女人喜欢，多少回相亲的失败就是证明，二是李素青也不是他向往的女人。他是个喜欢读书的人，书给了他向往和做人的道理，凡事他喜欢按书里说的去遵守。所以，米六儿对李素青不踏实，对陈浩却是一万个踏实的。

可是，近些日子……

近些日子，米六儿有时会问陈浩，你一没老婆二没孩子，为什么不去城里挣钱，反要留下来帮我呢？陈浩奇怪道，不是你求我留下来的？米六儿说，噢，瞧我这记性，还以为是你弟妹求的你呢。有时，米六儿还会问陈浩，你说实话，我打老婆的时候，你心里向着哪个？陈浩说，你说呢？米六儿说，我觉得你向的是李素青。陈浩说，我同情弱者。米六儿说，看看，我说的没错吧，不过你向她也是白向，这辈子她都是我的了，变不了了。陈浩说，我同情的还有你。米六儿说，同情我什么？陈浩说，你有女人不如我没有女人，你心里不踏实。米六儿说，你心里才不踏实吧，我就不信你钻在被窝里没想过李素青！

米六儿的怀疑让陈浩懊恼，更懊恼的，是他还真让米六儿说中了，钻在被窝里，他的确是想过李素青的。不过他的想多半是李素青招惹的，在一块地里干活儿，李素青解手从不背他，他给她个背身，她还笑他说，真没见识，活在世上谁不拉屎撒尿啊。她还常常向他哭诉米六儿的暴虐，哭着哭着就摇摇晃晃要昏倒的样子，他只好将她抱住，她便愈发紧紧靠在他的怀里，半天也不肯离开。她的身体不算柔软，却有一种令他兴奋的味道，他努力抑制着兴奋，每一次都能成功地将她推开。

可是，今天成功了，明天成功了，他能保证永远成功吗？就算他能成功，米六儿能相信他的成功吗？这些日子，米六儿打李素青打得更勤了，就像要打给他陈浩看似的。不仅打，还要问他，我打老婆你向着哪一个？而李素青那边也不放过他，有一天竟然问他，假如我跟米六儿离了婚，你肯不肯娶我？他被吓了一跳，说，怎么可能？李素青说，是不可能离婚还是不可能娶我？他说，都不可能。李素青从上衣口袋里掏出一把剪刀，展开刀锋说，我是看透了，如今，我是什么都没有了，也就只剩了它了。他以为她要寻短见，正想夺下那剪刀，却见她又将刀锋轻轻合起，放回了上衣口袋。他记得她给他缝补衣服的时候，也是拿的这剪刀，银白色，比一般家用的大剪刀小一号，正好能装进口袋里。当时他看她绝望的样子，心里也有过些许的冲动，但手还没伸出去，另一个自己就把这冲动阻止了，这个自己告诫他说，他们的事，再不能管下去了。

铁门打开了，出现在陈浩面前的米六儿，手舞了铁锹，两腿不住地跳起来，就如同一头暴烈的难以控制的野牛。他后面是黑压压的一群村人，他们有的在笑，有的在皱眉头，有的在交头接耳，陈浩仿佛听到一群小孩子又在喊"老耗子、老耗子"的。特别是，米六儿见到他，铁锹并没有放下来，反而攥得更紧了，目光凶狠狠的，随时都要将铁锹拍过来一样。以往见到他陈浩时的那份安静，是再休想找回来了。

陈浩感到，那铁锹所以没很快地拍过来，是由于米六儿的目光同时在他与李素青之间变换着，他像是拿不准先拍哪一个，又像是在积蓄更大的力量，以向他们发起致命的一击。

米六儿一步一步地逼近着，陈浩和李素青则一步一步地后退着。李素青原本就靠后一步，这时更和陈浩拉开了距离，她看着米六儿的眼睛，浑身有些颤抖，就像被猫锁定的老鼠一样。有一刻，她的眼睛离开米六儿的眼睛，忽然就撒腿往院儿里跑去。

李素青不跑还罢，这一跑，反使米六儿确定了目标，就见他闪过陈浩，举了铁锹就追了过去。

李素青和米六儿，一个跑一个追，环绕在了陈浩家的院子里。

街上看热闹的人，也纷纷拥进来，将院门口堵了个水泄不通。

这一回的追赶，比街上可惊险了许多，因为院子再大也太有限了，两人的距离愈拉愈近，好几次，米六儿的铁锹眼看都要拍到李素青的后脑勺上了！在人们一次次的惊呼声中，李素青喊都顾不上了，只是拼命地跑啊跑。

陈浩呢，站在院子中央的甬路上，惊慌失措地看了两人在他的周围旋转。他也不知自个儿怎么站到中央去的，仿佛真成了个裁判似的，可现在这个裁判，已远没有能力控制打斗的局面了。

陈浩听到有人在喊，拦住他，要出人命了啊！陈浩想，自个儿何尝不想拦住，可得拦得住啊。他觉得他让他们转得有些头昏眼花的，哪个是米六儿哪个是李素青有时都分不清了。

这时，就见他们中的一个忽然脱开了旋转的路线，径直朝陈浩奔来，嘴里喊着，浩哥救我！

还没待陈浩反应过来，这人已躲到陈浩的身后。紧接着，手执铁锹的人也冲了上来。

这时的陈浩，是再不能犹豫了，他伸出熊掌一般的一双大手，牢牢抓住了冲上前来的铁锹。

手执铁锹的米六儿拼命挣扎着，人高马大的陈浩没有让他气馁，反使他愈发地暴怒了，他说，你果然是向着她的，你他妈的不是人，不是人！

陈浩手上的力量仿佛很是鼓舞了自己，他说，随你怎么想吧，反正是不能出人命的！

两人僵持着，铁锹把儿被他们扯来扯去，谁的手也不肯松开。

看热闹的有人在喊，米六儿家的，快跑啊，还等什么？

躲在陈浩身后的李素青听到喊声，醒悟了似的撒腿就朝院门口跑。刚跑几步，忽然想起什么似的，一只手伸进上衣口袋，拿出了一件银光闪闪的东西。

人们看得清楚，那是一把剪刀，阳光照上去，晃得人眼睛直发花。

一个常做针线的女人，身上带把剪刀并不奇怪，可这时候拿出来，人们就有些胆战心惊，只见这个持了剪刀的女人，脸色有些惨白，她反转回身，一步一步地朝了米六儿的身后走去了。

人们看得都有些傻，没有一个人阻止她，也没有一个人提醒米六儿。而米六儿，这时仍以全部的注意力对着陈浩。

就见米六儿家的，没有任何障碍地来到米六儿身后，举起剪刀，颤抖着向米六儿的脖颈刺去……

米六儿被送进医院的当天，陈浩和李素青也被一辆警车带走了。

这是所有村人都没想到的结果。这个结果把许多进城打工的村人都惊动了，至少米六儿的叔、伯、兄、弟从城里赶了回来。他们看着躺在病床上的奄奄一息的米六儿，原本要去找那对狗男女算账的，可听说他们已被关起来，只好带了一腔怒气去了法院。他们状告陈浩和李素青，通奸合谋，故意杀人。这意思其实也是米六儿的意思，米六儿躺在病床上，艰难地一字一字将这意思说了出来。

在看守所里，陈浩和李素青分别受到了审讯，审讯员那时并不知道起诉的事，但他们的思路，也和起诉书的思路十分一致。

问：你和陈浩是什么关系？

李素青：……他是米六儿的干哥。

问：你们两家常来往吗？

李素青：常来往。

问：你和陈浩单独在过一起吗？

李素青：在过。

问：在一起干什么？

李素青：干农活儿。

问：还干过什么？比如，男女方面的事？

李素青：没有。

问：那你丈夫为什么打你？

李素青：他……他脾气不好。

问：说具体点？

李素青：做的饭不顺心，孩子哭闹，话说的不对他的心思，哪件东西没经他同意借了人……他都打。

问：为陈浩打过你吗？

李素青：没有。

问：这一次是为什么？

李素青：他想吃面条，我蒸的米饭。

问：你为什么不做面条？

李素青：因为孩子们想吃米饭，也因为他没说想吃面条。

问：为什么打了你你要往陈浩家跑呢？

李素青：因为陈浩能制止他。

问：为什么？

李素青：不知道。

问：你们打架，陈浩向着哪边呢？

李素青：他……他同情弱者。

问：那就是向着你了？

李素青：他说，弱者也包括米六儿。

问：陈浩一个单身汉，就没打过你的主意？

李素青：没有。

问：你呢，喜欢不喜欢他？

李素青：喜欢，也不喜欢。

问：什么意思？

李素青：村里唯有他对我好，可他……太丑了，还有点呆笨。

问：你丈夫和陈浩，你更喜欢哪个？

李素青：陈浩。陈浩至少是个人，米六儿连人也算不上。

问：你丈夫什么时候开始打你的？

李素青：结婚第一年就打。

问：头一次打是为什么？

李素青：……记不清了，他这个人，大事小事都得听他的，不听就打，手边有什么就拿什么打，有一回拿的是三角带，打得我头上缝了八针。

问：你没想过离婚吗？

李素青：想过，他不答应，他说，我生是米家的人，死是米家的鬼，一辈子也甭想离开米家。

问：你没想过起诉他吗？

李素青：没想过，不知道起诉这回事。

问：那把剪子，你经常带在身上吗？

李素青：经常。做活儿用的。

问：刺他的时候你怎么想？

李素青：就是想杀死他。

问：现在呢？现在他躺在医院里，你还想让他死吗？

李素青：……不知道。

问：米六儿要是死了，你会嫁给陈浩吗？

李素青：不会。

问：为什么？

李素青：我知道他，他不会的。

问：你对他提出来过吗？

李素青：……

问：提出来，他怎么说？

李素青：他说不可能。

问：所以，你的剪子，说起来是做活儿用，其实是在等待时机，杀死自己，或者杀死米六儿，对不对？

李素青听了，不知该怎样回答，那把剪子的确不单是做活儿用的，用它杀死自己或杀死米六儿的念头也有过，但带在身上不是等待时机，更多的是因为害怕米六儿，就像一个怕狗的人，出门要拿块砖头一样，砖头拿在手里，心里是踏实的。至于那时候为什么会有杀死他的冲动，她自个儿也说不清。唉，反正事已经做了，随他们怎么说吧，就算你说不是等待时机，他们会相信吗？

在看守所的另一个房间里，审讯陈浩的过程是这样的：

问：你和李素青是什么关系？

陈浩：……我是米六儿的干哥，我叫她弟妹。

问：你们两家常来往吗？

陈浩：常来往。

问：你和李素青单独在过一起吗？

陈浩：在过。

问：在一起干什么？

陈浩：干农活儿。

问：还干过什么？比如，男女方面的事？

陈浩：没有。

问：那米六儿为什么打老婆？

陈浩：他说，老婆就像一条狗，得听话，不听话就得打。

问：他老婆挨了打，为什么要往你家跑呢？

陈浩：我一出面，米六儿就不打了。

问：为什么？

陈浩：不知道。也许就像米六儿说的，除了我他什么也没有了。

问：他不是还有老婆孩子吗？

陈浩：我也这么问过他，他说，孩子还小，老婆终究是靠不住的。

问：他们打架，你向着哪边呢？

陈浩：我这个人一向同情弱者。

问：那你就是向着李素青了？

陈浩：也不全是。

问：不全是什么意思？

陈浩：打人骂人是无能的表现，无能的人也是弱者。

问：你一个单身汉，就没打过李素青的主意？

陈浩：没有。我是一个喜欢读书的人。

问：喜欢读书的人就不想女人吗？

陈浩：……

问：你都读什么书？

陈浩：《圣经》《佛经》《孔子》《老子》，都读过一点。

问：那你，喜欢不喜欢李素青？

陈浩：……她，不是我喜欢的那种女人。

问：你喜欢的是哪种女人？

陈浩：我……我喜欢的女人还没遇到。

问：李素青身上常带把剪刀，你知道吗？

陈浩：知道。

问：她到米六儿身后的时候，你看见了吗？

陈浩：看见了。

问：看见了为什么不制止？

陈浩：我不知道她要干什么，等醒悟过来也晚了。

问：米六儿要是死了，你会跟李素青结婚吗？

陈浩：不会。

问：米六儿要是没死呢？

陈浩：要是没死，他会杀死李素青的。

问：会杀你吗？

陈浩：不知道，也许会吧。我……

问：你还有什么要说的？

陈浩：我真后悔。

问：后悔什么？

陈浩：后悔没进城打工。米六儿说他什么也没有了，李素青说她只剩下一把剪刀了，我心里还可怜人家，其实我自个儿才最可怜，因为我本来应该走另一条路的，走了另一条路说不定米六儿和李素青的路就不会是今天这个样子。我等于害了三个人，我的书真是白读了！

一个月后，米六儿伤口全部愈合，从医院回到了家里。他在村里放出话来，李素青和陈浩这对狗男女，早晚会成为他的刀下鬼的，他挨的这一剪子，全都因为他心太软了，没早早地把他们收拾掉！

有一天，这话传到了陈浩和李素青的耳朵里，他们都苦笑了一下，并没多么惊慌，因为，看守所的门口被持枪的警官把守着，米六儿是绝对伤不到他们的。他们甚至想着，这回若能在监狱里待上一辈子，倒也省心了，再不必去想路该怎么走、日子该怎么过的事了。

因此，在等待判决的日子里，陈浩和李素青都显得格外平静，平静得，让看管他们的警官都感到了惊奇。

原载《小说月报（原创版）》2008年第4期

入选《〈小说月报〉（原创版）2008年精品集》（百花文艺出版社）

去 安 村

从上车开始，卢小玫就在打瞌睡。魏真知道，上车前卢小玫吃了两颗感冒胶囊。

要不是打瞌睡，魏真会有许多话要说的，可是现在，她只好也陪了卢小玫闭上眼睛。

前座一对青年男女，手掌对手掌的，似在做什么游戏。女的输了叫，赢了也叫，叫的时候，魏真便会吃一惊，看没什么事，眼睛才又闭上。刚闭一会儿，女的又叫起来，魏真又会吃一惊。这样一次又一次的，魏真索性睁开眼睛，将目光朝向了窗外。客车还没驶出市区，窗外是数不清的汽车，一辆接一辆一排挨一排的，就像全世界的汽车都开到这条路上来了。路的两边是高耸入云的楼房，它们就像一个个可怕的巨人，随时都可能向路上的车辆、行人压迫下来。魏真想，要是她像卢小玫就好了，两颗感冒胶囊就能打瞌睡。

魏真觉得这大半辈子，卢小玫就像一个农民，拿起铁锨，就能铲一锨黄土，拿起镰刀，就能割一把麦子，是一丝的工夫都没荒废过。而她魏真，则有点像个流浪汉，既不想拿铁锨，也不想拿镰刀，两手空空地就过来了。她却又不像流浪汉那么安然，相反她是惶惶然，天天、月月、年年地惶惶然。因此她睡觉就很成问题，不要说坐在车上，就是躺在床上也难睡上一小会儿。她睡觉最好的时期是她的童年，那时她还在她的老家安村。在睡觉问题愈来愈显得迫切时，她几乎是尝试着在安村盖了几间平房,建了个方方正正的大院子,院子里种有几棵槐树,几棵枣树,还有几个畦子的蔬菜。在那里,睡觉似乎有了些好转。她认为她是做了件大事,因此她十分希望有人跟她一起分享。现在,她和卢小玫,正是从省城出发,到她的老家安村去的。

卢小玫的感冒,让魏真很有些不快,卢小玫总是在她们要去安村的时候感冒,这样的感冒已经有三次了,可安村她们还没去成过一次。这一次是第四次。魏真说,那就再改下次吧。卢小玫说,别改了,有再一再二,没有再三再四,有了再三再四,那就是上帝的意思了。魏真说,不必推到上帝那儿去,是你自个儿还没准备好,等准备好了再说吧。卢小玫说,你总说准备准备的,去一趟安村有什么好准备的?魏真知道卢小玫是明白准备的意思的,她只是有意地在装糊涂。许多时候都是这样,卢小玫心里明明白白的,硬是要装傻充愣,硬是要把她们之间该有的默契不露痕迹地破坏掉。魏真没有办法,只好陪她去,还由于,安村是她的老家,要去她的老家的朋友感冒了,她没有理由因感冒而阻止朋友。可是,这朋友又要去安村,又要在去安村的时候感冒,一句"上帝的意思",就能了结了?

客车开出了省城,路上的车辆少了许多,车子也开快了许多,卢小玫的瞌睡打得更好了,有一刻,她还将脑袋歪在了魏真的肩膀上。魏真趁机推了推她的脑袋。魏真希望她早些醒来,到安村还有两个小时,她不想让她们在无话中度过这漫长的时间。可卢小玫让她很是失望,那被推正的脑袋很快又朝另一边歪了过去,喉咙里甚至打起了小小的呼噜。

魏真觉得,感冒胶囊都可以是卢小玫的铁锹、镰刀,吃下这东西,卢小玫的觉立时就来了,非常及时地弥补了平时觉的不足。感冒,几乎就是卢小玫歇息的机会呢。卢小玫是个作家,她已经发表了上百篇小说,她的成就,可说就是靠的这种农民式的工作方式。可是,魏真想,她可不应该把去安村当作歇息的机会。

卢小玫的脑袋又一次歪过来了,魏真又一次推了推。这一次,魏真用的力气大了些，不只脑袋，一整个身子都歪过去了。歪过去的那边是空空的过道，魏真急忙又将她拽了回来。

卢小玫总算睁开了眼睛，她有些歉意地说，困死了。

魏真说，你总是跟我不一样，我愈是感冒就愈睡不着。

卢小玫打个哈欠说，都是感冒胶囊闹的。

魏真说，我吃感冒胶囊也睡不着。

卢小玫说，当然，你吃安定都睡不着。

魏真笑笑，说，我这辈子要不是睡不好，也会跟你一样写出来的，你信不信？

卢小玫也笑笑，说，我信。

魏真说，我知道你不信，可我喜欢听你说"我信"。

魏真又说，不过上帝是公平的，它让我没有作品，也让你没有安村。

卢小玫怔了一下，还是附和了说道，是啊，我没有安村。

魏真的表情依然是认真的，她说，你不觉得，没有安村这样的地方是人生很大的缺憾吗？

卢小玫说，也许吧。

魏真说，不是也许，是肯定，肯定是个缺憾。

卢小玫望着魏真，像是完全清醒过来了。魏真曾多次说过安村的话题，可把没有安村说成人生的缺憾还是头一回。魏真是一张瘦长脸，额头上几道浅浅的皱纹，嘴长得稍稍有些突出，不笑的时候，总给人噘了嘴赌气的感觉。现在的魏真就没有笑，岂止是没笑，似还有些不快，因为她的嘴比平时显得高了些，是真的噘起来了。

卢小玫又一次笑了笑。对魏真，卢小玫时常这样笑笑，以表示着理解和宽容。

可魏真并不领情，她继续追问道，小玫你仔细想想，它是不是个缺憾？

卢小玫说，是缺憾。

魏真说，怎么是缺憾？

卢小玫说，人不能老是做事，老是做事是不会有大出息的，他应该有足够的停下来的时间，安村就是个停下来的好地方。

魏真额头上的皱纹开始舒展开来，嘴角也似有了笑意。

卢小玫想，在我否定自个儿的时候她总是高兴的。

接着魏真也开始否定自个儿，她说，我这辈子，跟你正相反，总不做事，总在停下来，好容易做成了一件事，还是适合停下来的一件事。

卢小玫说，这么说，安村它应该是我的了。

魏真却更加认真地说，要是安村也不是我的了，这辈子我还有什么呢？

车正经过一个县城的十字路口，车们又一次地聚集起来。这一次的聚集，比省城的聚集规模小了许多，却也乱了许多，东西南北的车辆，一股脑儿都堵到了路的中心，车头对车头，是每一辆车都不肯后退一步。一名警察举了指挥棒粗暴地吼叫着，可汽车喇叭声比他的吼叫声大多了，人们只能看见他张大的嘴巴和青筋突起的脖子。

车上的人开始埋怨着警察的蠢笨，说总共几十辆车，闭了眼睛也拨拉得开。这时魏真忽然附在卢小玫的耳边说，要是我下去替那个警察指挥指挥，肯定比他高明。

卢小玫说，我也正这么想。

魏真说，你不过是想想而已。

卢小玫说，你也一样。

两人便都笑了，仿佛忽然间找到了一种默契。

魏真说，我这辈子，在脑子里干的事太多了，可真要付诸行动，就退缩了。

卢小玫说，我也一样。

魏真说，你不一样，写作你就没退缩。

卢小玫说，不是没退缩，是退缩到了不能再退缩的地方，这个地方就是写作，事实上是写作选择了我。

魏真说，你的意思是说，我还没有退缩到底？

卢小玫说，不知道，也许更多的人不是靠退缩，而是靠进攻来选择的。

魏真说，那我呢，是少数人还是更多的人呢？

卢小玫看看魏真急切的表情，不由得笑道，你呀，肯定不是更多的人，但也不像少数人，你魏真独一无二，天下只有一个。

魏真竟是颇感欣慰地笑了，她说，也就是你这么说我，还有我，也这么说我。

卢小玫看出魏真的笑是由衷的，她这样笑的时候，脸上有一种孩子般的纯真。她已经是五十多岁的女人了，但小孩子一般的表情常常奇妙地出现在她的脸上，卢小玫觉得，她这辈子酷爱写作却没有写成什么，也许是太在意别人的评价了，在意别人评价的人，一定是敏感的有激情的人，但真的运用语言写作的时候，这种敏感和激情是应该退后一步的。许多人，包括魏真，恰恰是不能做到这一点，他们对自己的敏感和激情太珍爱了，任何时候都舍不得抛下一点点。这话卢小玫曾对魏真说过，魏真却并不以为然，她觉得恰恰相反，敏感和激情恰恰是写作应具备的素质，而她是具备这素质的，她缺少的只是时间和环境。她在一所中学里教语文，中学老师要做的事太多了，尽管她以身体为由常常歇病假在家里，但她的心从没离开过学校，偶尔去一半天，老师们之间复杂的关系足够搅扰她很长一段时间。这些搅扰，她认为也足够她写成小说的了，但一次次地尝试，没有一次成功过，她的敏感和激情，一变成文字就什么都不是了。

反过来，卢小玫也知道魏真是如何看自个儿的，她觉得魏真是只知其一不知其二，只看到了自个儿农民一样地写作，却不知这写作是要付出思想和情感的，而这思想和情感又是不易跟人说出来的，不是不想说，是说也说不清。唯一适合表达的途径就是文字了。而魏真，又没有足够的耐心去看她的文字。

车们在十字路口僵持了足足半小时，终于有车后退，有车前进了。车与车的距离近到了能以毫米作计算单位，不要说车，就是一个人一条狗也难挤进队伍里。这时候的司机们似乎个个都成了开车高手，紧挨了前车的车尾，却又精确地伤不到车尾的一丝一毫。

卢小玫和魏真的位置离司机不远，卢小玫边听魏真说话，边注意着司机的操作。今年她在省城的一所驾校报了名，司机的举手投足对她都有榜样的意味。

魏真正在说她的小时候。

魏真的小时候卢小玫背都要背过了，那是一个在安村出生、长大的聪明、内向、受大家赞赏的小女孩。

但魏真很快就发现了卢小玫注意司机的目光。魏真说，你真的是还没准备好。

魏真又说，我不明白你为什么一定要学开车，在大家都抢了做一件事的时候，一个作家应该有勇气掉过头去。

卢小玫说，你把开车看得太重了，它在生活中不过是一只碗、一双筷子，我们没必要对碗和筷子掉过头去。

魏真说，可它不是碗不是筷子，它的危害远比碗和筷子要大得多！

魏真的声音高了些，脸也忽然地红了，明显是有些激动了。

卢小玫看看魏真，说，对不起，你说吧，还接着说你的小时候，我听着呢。

魏真也看看卢小玫，眼睛里忽然就闪出了泪花。

接下来，两人都没再说什么，一个靠在座位上闭了眼睛，一个则望了窗外，眼睛里的泪花变成了一行一行的泪水。偶尔卢小玫睁开眼睛望魏真一眼，被那泪水吓住了似的，立刻就又闭上了眼睛。

终于到了下车的时候，魏真和卢小玫走下车，向了公路左侧的一条土路走去。土路弯弯曲曲的，路面也坑洼不平，路上不见几个行人，更不见什么车辆，两边是绿色的麦田，麦田之中，时而会突起几棵树木，树上有鸟儿跳上跳下，鸟儿发出叽叽喳喳的叫声。

喧闹的公路近在咫尺，与这情景形成了强烈的对比，卢小玫忽然就觉得，她和魏真像是被世界给抛弃掉了，一下子变得有些无依无靠。

卢小玫问魏真离安村还有多远，魏真说十几里地吧。卢小玫问没有车吗，魏真说没有。魏真说着脚下一步没有停，把踌躇不前的卢小玫落了很远。

卢小玫走了几步，忽然对前面的魏真喊道，雇辆出租车吧！

魏真没有回头，也没有理她，继续走着。

卢小玫又喊，魏真你听见没有啊？

魏真仍没理她，仍继续走。

卢小玫抬手看看表，已将近中午12点了，这样一步一步地走到安村，少说也要到1点钟去。她不再犹豫，转身就到公路上截车去了。

公路上的出租车本来就少，又有不愿走土路的，待一名司机答应去时，魏真走在路上的影子几乎都要看不到了。

后来，出租车自是赶上了魏真，卢小玫硬是将执拗的魏真拉了进去。但魏真坐定了还是说道，她就像弄不懂卢小玫为什么一定要学车一样，也同样弄不懂卢小玫为什么一定要在这样的路上坐出租车，坐上出租车，去安村的感觉就全被破坏掉了。卢小玫指指手表，看看，都几点了？魏真竟然说，我们乡下人从来不看那玩意儿。卢小玫气恼地说，你可以不看，我不行，今儿我还要赶回去呢。魏真怔一怔说，就知道你是不肯住的。卢小玫说，我不能想象在这样的地方住上一夜，一下车我就有点发慌。魏真说，我说什么来着，你就是没准备好，没准备好今儿就不该来！卢小玫真想说，不来就不来，我这就下车往回走。可她到底没说出来，安村都近在咫尺了，她不想让这一天白白地过去。

出租车起起伏伏地走在路上。路上的人愈来愈少了。

好在，安村是真的快到了，向前望去，隐约都可见到树木掩映的房屋了。

安村在卢小玫的眼里，与其他平原上的村庄也并没什么两样，都是平顶的房子，房前都有个砖墙围起的大院子，院子里都有个画了彩色图画的影背墙，影背墙前面都有个宽大却有些呆板的门洞。真的没什么两样，连树木都是相同的，不过一色的槐树、杨树、枣树之类。但在魏真曾经的描述里，安村绿树成荫，瑞气缭绕，几乎就是个奇妙的天下独一无二的去处呢。卢小玫惊奇地看到，魏真从走进安村的一刻起，眼睛就格外地亮起来了，原本晦暗的脸色也有了光泽了，笑盈盈地张开的嘴巴也不那么突出了，扎在脑后的头发随了脚步一下一下地跃动着，脚步迈得是轻快又急切，就像一下子年轻了十岁。卢小玫想，她自个儿倒有点奇妙呢。

魏真自个儿的小院儿，也一样没让卢小玫觉得有什么特别，从呆板的门洞走进去，迎面是一堵画了几棵竹子的影背墙，墙的后面，是一个有树有菜有草的土院子，不过那草是杂草，不规则地这里一片那里一片的，连菜畦子里也长了不少，倒给这院子添了几许荒凉。魏真却像没一点感觉，她先在那几棵竹子前面停下来，兴致勃勃地问卢小玫，好看不好看？卢小玫不忍扫她的兴致，就说，好看。走进院子，魏真又指了院里的两棵槐树说，看，多高，多直溜，这么高这么直溜的槐树，别的地儿我还从没见过呢。接了又问卢小玫，你呢，你见过吗？卢小玫说，没见过。魏真的目光又转向了枣树，这枣树的树干很粗，树冠也很大，卢小玫便首先说道，这枣树我也没见过。魏真竟是信以为真道，真的？你看出来了？这是全村最老、结枣最多的一棵枣树呢！

接了就是房屋了，总共是四间，敞开的两间做了客厅，客厅左右两个单间，一间做了卧室，一间做了书房。客厅里摆了旧式的条几、方桌、圈椅，卧室里是一盘土炕，书房里则是书桌、书柜，书柜里摆满了颜色发黄的旧书。这些旧书卢小玫听魏真说过，她是专从旧书摊上买来的，全是中外名著。魏真说，她喜欢小说，等退了休，她就搬到这里来住，把这些书统统地读上一遍。但卢小玫知道，魏真已经很多年不读小说了，愈是不读她就愈是拼命地买，单为了退休那天做准备似的。其实，她现在也不是没有读小说的时间，情感电视剧她看了一套又一套的，有时一整个白天都在电视剧里度过，可她还是说没时间。她自个儿不读，还舍不得借人，一次卢小玫到处找一本小说，找到她家里，有是有了，就是拿不走，她说，在这儿看可以，拿走不行。卢小玫一气之下，到底将那书舍弃了。

魏真带了卢小玫，将房间一一看了一遍，每到一处，必问卢小玫，怎么样？卢小玫就点头说，好，好好。魏真有时还问，真好吗？卢小玫就说，真好。若是卢小玫小心地提一个建议，如墙上应挂些字画、家具少一套沙发等等，魏真就不容置疑地反驳说，我要的是彻底的简朴，城市生活的痕迹在这儿一点不能出现！魏真甚至批评卢小玫说，你缺少的正是这种彻底的简朴，有了它，你的小说就会有一个大飞跃的。

　　魏真说这话的时候，已带卢小玫看完全部的房间，要到厨房做饭去了。卢小玫心里颇有些不快，不由得十分后悔自个儿的随声附和，便借口到厕所去暂时离开了魏真。

　　厕所的地面倒还干净，但便池是个死坑，便池里爬了不少的蛆虫，几只大苍蝇直升机似的飞上飞下的，卢小玫便有意地大喊大叫，一脸恐怖地跑了出来。上完厕所要洗手了，卢小玫屋里屋外找了个遍，除了放在厨房的一只水缸，哪哪也没见到水的踪迹，她便又借机责怪这里的不便，说没有水管，吃饭、喝水怎么办？就算吃饭、喝水可以用水缸里的水，洗澡怎么办？洗澡总不能一瓢一瓢地舀了洗吧？卢小玫说，魏真这就是你说的彻底的简朴啊？要是这样，我宁愿不飞跃也不会要的。卢小玫边说边来到厨房，一眼看到魏真正在使用的液化气炉灶，更如同抓住了什么把柄一样，手指了炉灶叫道，这是什么？这难道不是城市生活的痕迹吗？

　　魏真在厨房里做的是疙瘩汤，锅已经开了，白面也搅好了，拌下疙瘩，再放进从院儿里拔来的菠菜，她们就可以就了从省城带来的馒头、烧饼、香肠吃一顿午饭了。卢小玫的喊叫魏真全听见了，她有意地不吱一声，不管怎样，这小院儿是自个儿的，不是卢小玫的，卢小玫说好说坏，都不会改变这铁定的事实了。虽这样想，卢小玫的喊叫还是影响了她，用菜刀切菠菜时，稍一走神，切着了手指，一股鲜血迅猛地涌了出来。魏真急忙将手伸进裤兜里，不动声色地回到客厅，从自个儿的包里翻出创可贴包好，然后继续不动声色地忙在了厨房里。

　　卢小玫没看到魏真的伤口，只看到了魏真的镇定自若，她有些怀疑地想，这么一所简陋的庄稼院儿，难道真能改变一个人吗？

吃过午饭，卢小玫坚持要走，魏真一再挽留，也没能使卢小玫改变主意。

院儿里安静极了。村子里也安静极了。连声狗叫都听不到了。树上鸟儿的叫声似也变得小心翼翼的了。

魏真说，小玫你听听，这种安静你见识过吗？

卢小玫说，没有。

魏真说，差不多都出去打工了，村里没剩下几个人了。

卢小玫说，难怪呢。

魏真说，就住下吧。

魏真的口气里，似乎有了哀求的意味了。

卢小玫看看魏真，又看看院子角落里的厕所，还有空旷的有些荒凉的院子，还是摇了摇头。

卢小玫觉得，自个儿也许是应该留下来的，因为魏真需要在她长大的村子对一个人说说她过往的一切。但那一切她卢小玫早就听过了，她们两人的友情，正是从相互的倾诉与倾听开始的，她们相互的了解，几乎超过了对她们自己丈夫的了解呢。卢小玫不否认，她在倾听对方的时候，通常是缺少一点耐心的，可反过来魏真对她，也一样地不够耐心。魏真曾责备她只关心自个儿的小说，她也曾责备魏真貌似神清气定，其实是心浮气躁，从没真正关心过别人的事情。她们心里都有些像长了草，听着别人的说又不由得想着其他的事情，过着今天的日子又不由得想着明天，来到安村又不由得想着离开……她们心里都明镜似的，但似谁也没有改变对方和改变自个儿的力量。卢小玫有时会惭愧地想，她们都是亲近文学的人，亲近文学的人都不能真正地沉下心来，还有什么资格来责备外面世界的浮躁呢？

这时，卢小玫已经在收拾自个儿的东西了，她将擦过手的毛巾、一只随手放在方桌上的小镜子，还有一只发卡统统装进包里，包里还有化妆品、牙膏、牙刷以及内衣之类。

魏真看着卢小玫收拾。卢小玫有一张保养很好的面容，白里泛红，透了光泽，但脸上的线条，与她魏真一样是向下拉的趋势，特别是嘴角与下巴之间的纹路，已愈来愈有了深度了。

魏真说，你是有备而来，你是要在这儿过夜的。

卢小玫说，没……没有。我没准备好。

魏真说，你是没准备好。

卢小玫说，你呢，走还是住下来？

魏真说，当然住下来，这是我自个儿的家，我怎么能走呢？

卢小玫想对魏真说句道别的话，但目光到底避开了魏真，朝门外走去了。

就在卢小玫走出屋门、走向院门的时候，外面忽然响起了一种声音！

这声音真是熟悉，也真是陌生；真是听而不闻，也真是震耳欲聋；真是与己无关，也真是叫人动心动肺！

卢小玫和魏真，就如同被使了定身法，一个屋里，一个屋外，一动不动地听着。

几乎是同时，卢小玫和魏真，忽然撒腿就往院外跑，跑出院子，跑过几户人家，跑到村口，就见一辆汽车，夹裹了尘土，威风凛凛地朝这边开来！

与她们一起跑的，还有被惊动的村里的小孩子和老人，他们为数不多，但聚在一起也有了小小的气势，他们欢呼雀跃，喜笑颜开，是由衷的过节一般的高兴。

汽车很快在人们面前停了下来。这是一辆深蓝色的货车，车帮上打了大红的横幅，横幅上写了：世外桃园酒，迷醉在桃园。车厢里则是几个油黑发亮的坛子，坛子外面一张红纸，红纸上四个金灿灿的大字：世外桃园。原来，是世外桃园酒的宣传车呢！

人们听到，车里还有悠扬的歌声传出来，是一首20世纪五六十年代的老歌，但歌词是新的，全是世外桃园酒的广告词。

卢小玫和魏真看着，听着，一时间竟有些犯糊涂：她们是在安村，还是在省城呢？

汽车开走之后，安村又恢复了以往的安静。

卢小玫继续着她的离开。

魏真随在卢小玫的身后，执意要送一送她。

卢小玫走出村口，走上了那条通往公路的弯弯曲曲的土路。

卢小玫一直没有回头，她觉得，只要她一回头，魏真就会跟上来的。可她又知道，魏真是多么不情愿跟上来。

有一刻，她还是听到了魏真惊雷似的叫声：小玫，你等一等！

卢小玫回过身来，发现魏真已经在往村里跑了，她跑得很急，就像一个害怕被大人落下的孩子。

没多一会儿，就见魏真返了回来，她身上多了件背包，走一步回头望一望，脸上再没有了在院子里的镇定自若，而依然是从前的惶惶然了……

卢小玫望着魏真，心里有些轻松，也有些沉重。待魏真走近，她却还是不由自主地笑了。

原载《芒种》2008年第7期

《小说月报》2008年第9期选载

母亲和死亡

李大乔一只手托起婆婆的脑袋，另一只手将枕头竖起靠在床头上，也不求人帮忙，自个儿"嗨"的一声，将婆婆一下子折成了直角，再"嗨"一声，就将婆婆拖得贴近了枕头。

坐在床边的金麦看得有些傻，她觉得自个儿的母亲在李大乔手里就像一样东西，横不管竖不管，嗨一声就挪开了，没有了自理能力的母亲，只有让她想怎么嗨就怎么嗨。她正替母亲有一种屈辱感，却听到母亲忽然呵呵地笑起来。

母亲的确在笑，嘴巴张得老大，脸上的皱纹聚集在了一起，眼睛比不笑的时候亮了许多。母亲自从瘫在床上以后，常常发出这样的笑声。李大乔就会说，听听，冲了这笑，咱妈的日子还长着呢！金麦却不这么看，她反倒有一点毛骨悚然，仿佛那笑跟死有什么关系似的。想到母亲的死，金麦就会有一种强烈的冲动：把母亲接到自个儿家去，再不能让母亲受到这么粗鲁的对待了！

金麦看到李大乔开始喂母亲一碗小米粥，粥的热气糊住了李大乔那张大脸，但仍可以清晰地看到，李大乔手里的那只饭勺儿在嘴边又吹又尝的，有时几乎含在了嘴里，而一旁的母亲，竟是将嘴张得大大的，仿佛一个饿坏了的孩子。在金麦的印象里，母亲是从不吃别人吃过的剩饭从不用别人用过的碗筷的，就连她心爱的小外孙吃剩的东西，她也星点没沾过，可是现在，她却张了大嘴，急不可耐地将李大乔含过的米粥吞咽了进去。

金麦涨红了脸，走近李大乔说，我来吧。

金麦该叫李大乔嫂子的，但她从没叫过，开始没叫过，后来就愈发地叫不出了。

李大乔奇怪地看看金麦，不知她为什么会生气。这种涨红了的脸李大乔是太熟悉了，婆婆过去也这样，生了气不说什么，只会将一张脸涨得红红的。如今好了，自打婆婆病了以后，脾气改了许多，难得红一回脸了。

李大乔还是把粥碗递给了金麦，她想起还有一堆衣服要洗，金麦替了她，她不能把工夫白白地浪费掉。

金麦看着李大乔走出房间，却无心喂饭，她放下粥碗，有些激动地抓住母亲的手，说，妈，您就不能听我一回吗？搬我那儿住去吧！

母亲却不理她，只将那只能活动的手指了粥碗。

金麦说，妈，您跟我说实话，李大乔她对你好不好？

母亲仍指了粥碗，费力地发出"吃"的声音。

金麦只好端起粥碗，将一勺儿粥送到母亲嘴边。

一碗粥很快地吃完了，母亲靠在枕头上，仿佛刚想起金麦抓她的那只手，她的目光停在那手上，半天也没离开。那是只右手，曾经生龙活虎地干过太多的事，做饭、洗衣、带孩子，给孩子们擦过眼泪，也打过孩子们的屁股，那些孩子，金麦和金麦的哥哥金秋，以及金秋的儿子金阳阳，如今都长大成人了，可那手现在却像一条干鱼似的，毫无生气地趴在那儿，指甲掐进去都不知疼痛。

金麦又一次将那手放在自己的手里，问母亲，李大乔，她到底对您好不好？

母亲没点头，也没摇头，却忽然眼睛里有晶亮的东西滚了出来。

金麦说，那就是不好？

母亲摇摇头。

金麦说，那您哭什么？

母亲不说话，眼泪却愈来愈多地流出来。

金麦看着，鼻子一酸，眼圈也不由得红了。她说，妈，什么都甭说了，今儿就跟我走，再不能让您在这儿待下去了！

金麦说着就替母亲收拾床上的东西。母亲试图去阻拦她，胳膊一使劲儿，原本坐成直角的身体一下子歪到床角去了。

床是张宽大的单人床，比母亲原来那张旧床，仍是窄小了许多。

金麦正欲将母亲扶起来，就听母亲坚决地说道，不去！

说得好清晰，就像病前的母亲似的，金麦吃惊道，为什么？

母亲说，不去！

再问，还是这俩字。

金麦费了好大的力气，才使母亲重新坐起来，她气喘吁吁地说，好好，不去就不去，也省得我费这劲儿了。

母亲却不领情地说，我就知道。

金麦说，知道什么？

母亲说，你没耐心。

金麦说，好，我没耐心。

母亲说，你挑剔。

金麦说，好，我挑剔。

这时，母亲的脸上仍挂了泪痕，却已换了副刻薄的表情了，她将目光移向窗外，不再看金麦。

窗外的天空灰蒙蒙的，树上的叶子已有些发黄，树枝摇动时，会有一两片叶子飘飘摇摇地落下去。

母亲的床紧靠在这扇向阳的窗前。窗台上有一盆月季，湛绿的叶子之中一朵白花正盛开着，阳光打在花上，让人恍惚会以为是朵棉花。

金麦知道，这盆月季跟随母亲许多年了，就像那张已坏掉的旧床一样，母亲离不开。

金麦说，妈，我不明白您为什么哭，可我明白李大乔不适合您。

母亲说，你更不适合。

金麦说，我怎么就不适合？我是您闺女啊！

母亲从窗外收回目光，看了金麦，忽然说，叫你嫂子。

金麦说，干吗？

母亲说，小便。

金麦又一次涨红了脸说，妈！

可母亲不容分说地朝她挥了挥手，说，叫你嫂子！

李大乔两手湿漉漉的就进来了。金麦急忙递给她一条毛巾。金麦能肯定，不给她毛巾，她就把母亲的衣服当毛巾了。但同时，金麦听到母亲对她说，出去！她叫道，妈！李大乔看了金麦笑笑，说，妈让你出去你就出去吧，这种脏活儿，也就配我来干。

金麦站在外间，听到里间传来哗哗的水声。李大乔说，嘀嘀，好大一泡啊，紧尿了就说一声，甭憋着，憋坏了尿泡算谁的？

金麦忍不住从门缝往里看，见李大乔正拿了块卫生纸，麻利地伸到了母亲的两腿之间。随后，一只手将母亲的屁股猛地一抬，另一只手抽出了母亲身下的便盆。金麦看到母亲咧了身子，屁股裸露出来，就像一只无力反抗任人宰割的羊羔。然后母亲平躺下来，长长地叹了口气。李大乔说，舒服了吧？往后千万听话，啊？金麦要是在跟前待上一天，你还一天不拉不尿了？

李大乔跟母亲说话的口气，完全像大人对一个小孩子。金麦注意到，自母亲病在床上后，李大乔一直就在用这种口气。这也是她想让母亲到自己家住的原因，她不能想象，一向心高气傲的母亲怎么能忍受李大乔这么对待她。当然李大乔对母亲侍候得还周到，吃、喝、拉、撒，甚至洗澡、理发，样样都不落下。或许愈是这样，她才愈要用这么个口气，做起事来也才愈有些没深没浅。奇怪的不是李大乔，奇怪的倒是母亲，母亲就那么不声不响地任李大乔说任李大乔做，仿佛铁了心，要把一整个自个儿交出去了。

金麦不由得想起，母亲从前是多么要强，70岁了还要坚持独居。父亲是在她60岁时去世的，她自己在这个城市的一间小平房里已经度过了整整十年。若不是拆迁，母亲也许还会稳稳当当地住下去，可拆迁一下子把母亲的生活打乱了，在等待搬进新盖的楼房之前，她不得不轮番住在儿子家或女儿家。没有谁要求她轮番住，是她自己没耐心，在这家住不到一个星期，就一定要换那家。她嫌金麦挑剔，又嫌大乔没深浅，没一个让她待见的，就是远在另一个城市工作的金秋，她也没说过什么好话，说如今的城市就是让金秋这样的人给糟蹋了，好好的房子，说拆就拆了，起的楼比云彩还高，一个吃五谷杂粮的人，怎么能住到云彩里去呢？金秋在一家建筑公司工作，一年四季很少待在自己的城市，照母亲的话说，他们是唯恐天下不乱，乱了自个儿，还要去乱别人。家换来换去的倒也罢了，每回她还要把自个儿那张双人床搬来搬去的，说别的床她睡不惯。大乔和金麦不想接受那张床时，她就以不吃饭来对抗，直到她们把原有的家具腾清，把她的双人床搬进去。那双人床其实并不金贵，不过是早就过时了的四条腿的木板床。床头已有些松动，人躺上去床板会发出吱吱呀呀的声响。母亲的固执实在让大乔和金麦气恼，因为她们不得不一次次地倒腾家具，一次次地雇人把床抬进抬出。她们不止一次地想象，那双人床在某个时刻会轰然倒塌，变成一堆再也拾掇不起来的劈柴。她们没想到，这想象有一天竟真的变成了现实，那双人床，在一个毫无预兆的早晨无缘无故地散了架子，而母亲，也随了床的倒塌再也站不起来了。

那真是个可怕的日子。

天刚蒙蒙亮。金麦就被母亲的叫声吵醒了。金麦很想多睡一会儿，因为是个星期天，不必早早地给学生上课。可是母亲一遍又一遍地叫，她只好开始坐起来穿衣服。她觉得母亲一点不懂得体谅她，只会说，做人不能懒，一懒就全完了。她甚至还拿李大乔做例子，说，别看大乔文化不高，可有股劲儿，放下锅台就是炕台，一刻不闲着。她要是有文化，比你强。金麦就说，妈您过了点吧，她家有炕台吗？母亲说，你还中学教师呢，比喻都不懂。金麦知道，母亲在这里夸大乔，在大乔那里也会夸她金麦，母亲会说，金麦没别的本事，就是会念书，书念得好，才有了一份不下岗的工作。有一次大乔把这话传给了金麦，大乔说，我知道我下了岗，妈嫌我。金麦说，你懂什么，她要嫌你就不夸你了。金麦便把母亲夸大乔的话说了。大乔立刻高兴地说，还别说，妈这点看得准，我要是有文化，没准儿就能比你强。金麦没好气地说，强你也强不过咱妈，她学都没上过，可一本《红楼梦》能看下来。大乔说，看下来《红楼梦》就算强吗？金麦坚决地说，当然。

可是，这个能看下来《红楼梦》的强女人，那天早晨却意外地软弱了下来。金麦先是坐在床上慢腾腾地穿衣服，待听不到母亲的叫声了，就又躺下来眯起了眼睛。她真是困，眯着眯着就又睡着了。也不知过了多长时间，她睁开眼睛，见已是满屋子的阳光了。开始她还有些奇怪，母亲怎么能允许她睡到这会儿？她叫了声妈，没有回音，便想母亲也许是出去遛弯儿了，面对一个懒在床上不起的人，她一定是忍无可忍了。金麦就这么想着到了母亲住的卧室，却见母亲正背靠了一堆床板坐在地上，脑袋垂在胸前，双腿蜷起，仿佛一个睡着了的婴儿……

金麦从没想过母亲会倒下来，且是在自个儿的家里，这不仅让她对自个儿的想象后悔莫及，还对大乔的抢白无话可答。大乔说，念书都念傻了，这么大的病，事前你就没点感觉？更要命的，是医生几次提到发现的时间，说若发现早些，走路、说话都不会有什么问题。医生这么说的时候大乔就看一眼金麦，好像医生责怪的是她金麦。为此她坚持守在医院里不离开，要赎自个儿的罪似的。

可母亲仿佛有意不给她赎罪的机会，每逢大小便她都让金麦走开，大乔在的时候喊大乔，大乔不在就喊护士，有时金秋在跟前，她宁愿喊金秋也不让金麦到跟前。要出院了，金麦坚持让母亲去自个儿家，大乔却死活不让，当了医院的大夫、护士，她神采飞扬地说，让妈说，妈说去哪儿就去哪儿。结果，妈举起那只活动自如的手，毫不迟疑地指向了大乔。这让金麦很长时间都困惑不解，她清楚地记得，母亲曾失望地说过，大乔不是咱家的人，怎么就进了咱家的门呢？

金麦当然还极不情愿地想起一些情景。她第一次看到母亲赤裸的下身，是母亲住进医院的第二天。那时病房里只有她和母亲，母亲说要小便，金麦掀开母亲身上的被单，脸一下子涨得通红。母亲的私处其实也没什么特别，只由于是母亲的，就让金麦莫名地生出了紧张。她尽量地装得从容不迫，便盆的进入和取出都无可挑剔，卫生纸伸入两腿之间时也轻柔得体，与大乔不同的，只是她从始至终没说一句话，她让病房安静得都能听到两人的呼吸。但她没有办法，若是发出点声儿来，那声儿一定不自然，不自然也许比安静还要可怕。那以后，母亲就再没让她侍候过大小便。她不想认为是母亲觉出了她的紧张和看到了她涨红了的脸，即便是觉出了和看到了，就至于为此计较，把自个儿交给一个"不是一家人"的大乔吗？

金麦还想起，一次走进病房，瞧见母亲正悄悄地掉眼泪，问她怎么了，她口齿不清地说，想死。金麦当成了"想吃"，问她想吃什么，她着急得直晃脑袋。待明白是"想死"时，又问她为什么？她说，房子没了。金麦说，别着急，再等一年，新房子就盖好了。母亲说，床也没了。金麦说，床没了就更好办了，家具店有的是呢。母亲说，人也没了。金麦说，什么叫人没了，您这不是好好的吗？母亲说，不好。母亲这么说着眼睛又一次让泪水糊满了。

那以后，金麦就再也没听母亲说过类似的话题，仿佛她的母亲，随了那次的泪水，当真"没"了一样。

从大乔家回来后，金麦一边想着母亲，一边身不由己地投入进了学校职称的评定。教师们就像一群抢吃骨头的狗，骨头没抢到，相互间却先撕咬起来，一位和金麦多年不错的同事，竟在评定会上全盘否定金麦的工作成绩，以达到评上自己的目的。这几乎把金麦气昏过去，她索性暂把母亲放下，全力以赴，与那同事对了干，会上会下，校里校外，宣扬自己的优长，散布那同事的劣迹，最终，让那同事败在了自己手下。尘埃落定的一天，金麦才想起很多天没去看母亲了，她不禁有些庆幸没把母亲接到自个儿家里，不然她与那同事耗神费力，哪里来的时间？但同时她又为这想法感到羞愧，那该死的职称评定，难道比母亲还要紧吗？

这一天，金麦又一次来到了大乔家。

一切仍是老样子，向阳的房间，宽大的单人床，大乔硬猛的动作，哄小孩子似的声调……只是，金麦发现母亲的下巴像是尖了，颧骨像是高了。

金麦看了大乔说，咱妈瘦了。

大乔说，想你想的呗，你整天不来，倒像不是你的妈，是我大乔的妈了。

金麦无言对答，只好把目光转向母亲。

母亲说，死了就好了，死了你就不用来了。

母亲的口齿更不清了，金麦却还是一字不落地听到了耳朵里。

大乔说，看看，我说得没错吧？

金麦说，妈，是我不好，今儿我就把您接回家去。

母亲说，谁的家？

大乔说，自然是金麦的家呗。

母亲说，不！

大乔说，你不是想金麦吗？

母亲又一次说，不！

大乔说，是不想她还是不去她家？

母亲说，不去她家。

大乔说，金麦你听听，又不想累着你，又想见着你，咱妈有多精啊！

大乔说着笑起来，母亲也咧开嘴，有些傻呵呵地笑着。

不知为什么，金麦觉得母亲这回的笑，竟有了些看大乔眼色的意思了，她见不得母亲这样，便有意沉了脸不笑。

金麦说，大乔你要是嫌累，就让我把妈接走吧。

大乔说，我什么时候嫌累了？不过你要接妈走，我这回也不会拦着了。

金麦说，真的？

大乔说，正巧阳阳从南方来信了，说是有了女朋友了，现在的孩子哪有个准儿，哪天张口要结婚了，我这什么都没预备呢，好歹也得做两床棉被吧。

金麦把目光转向母亲，说，听见了吧，大乔要忙您孙子的事，您就跟我走吧。

母亲仍说，不！

大乔说，就甭问妈了，到时找辆出租弄上车就得了，反正她也跑不下来。

　　大乔是笑着说这话的，但"弄上车"却像根刺一样伤着了金麦，金麦又一次涨红了脸，说，怎么能不问妈呢，她又不是件东西，说弄上车就弄上车。

　　大乔看看金麦，不相让地说，怪不得妈不想跟你呢，你也忒小性儿了，我要拿妈当件东西，妈能这么干干净净地躺在这里吗？

　　金麦想说，妈是干干净净地躺在床上，可一个干干净净就够了吗？但大乔就会说，既是不够，你金麦又做了什么？金麦害怕这样的问，她只好把话咽下去，一转身奔了卫生间去了。

　　从卫生间出来，金麦见大乔已不在母亲的房间了，她再次跟母亲商量，母亲仍是固执地说，不！金麦说，我耐心一点我再不挑剔了还不行吗？母亲说，不行。金麦说，那您说怎么办？母亲说，你来。金麦说，我这不来了吗？母亲说，天天来。金麦说，我不上班了？母亲仍执拗地说，天天来。

　　母亲这么说着的时候，眼睛里又一次有了泪水。金麦的心不由得疼了一下，她一边替母亲擦去泪水一边说，妈，您是不是受委屈了？母亲摇了摇头。金麦说，妈，有什么话别憋在心里，我来这儿，不就为了跟您说话儿吗？母亲沉默了一会儿，忽然说，你不如大乔。金麦惊诧道，我哪儿不如大乔？母亲说，大乔能天天看见。金麦气道，您不去我家怎么天天看见？母亲又沉默下来，但脸上的表情仍是不服气的。

　　到大乔再一次走进房间的时候，金麦已经拿定了主意：不再坚持把母亲接走，就按母亲说的，天天来。她对大乔说，这事还是要听妈的，她高兴在哪就在哪吧，我天天来就是了。大乔说，天天来，你不上课了？金麦说，上完课再来呗，你尽管忙你的，妈的衣服被褥留给我洗，妈的饭也等我回来做，你就甭管了。大乔说，等你回来做妈就饿成人干儿了，算了，妈不走你也甭来了，来了我还得管吃管住呢。金麦不快地说，放心，不会让你吃亏的。大乔说，看看，又小性儿了不是，开句玩笑，你还认了真了？

　　总是这样，金麦和大乔说话，就像拉一趟车用两股劲，永远地那么别扭。天天来大乔家，金麦自是十二分地不情愿，但为了母亲，她又有什么办法？她宁愿天天受累天天跟大乔别扭着，也不想违背母亲的意愿，把母亲"弄上车去"。

金麦住在这城市的西北角，若坐公交车，大约一个半小时才能赶到住在东南角的大乔家。好在金麦的学校在市中心，从市中心到大乔家，最多不过40分钟。每天，上完两节课金麦就往大乔家赶，她辞掉了班主任和年级组长的工作，只干干净净地剩了两节课，虽说为此校领导已相当不高兴了，但让他们高兴了，母亲就不会高兴，母亲自是比校领导重要得多的。

原本，金麦是要把做饭的事担起来的，可大乔死活不肯让她进厨房。她知道大乔不是跟她客气，是怕她挑剔。金麦家的厨房，就像大乔曾说的，干净得像一幅画儿一样。大乔不欣赏那样的画儿，她的日子，是要闹闹哄哄，有响动有实物，看得见摸得着的。大乔的厨房金麦也见过，锅碗瓢勺、菜刀、案板，各色的调料瓶子，以及冰箱、微波炉的里里外外，全都多多少少带了污垢，厨房永远散发着浑浊不明的气味儿。但她从没替大乔收拾过，她知道各家有各家的日子，东西可以收拾，日子却是不好改变的。这回来大乔家，她既打算做饭，就决意要先把厨房擦拭一番的，可没料到，做饭、擦拭都没能做成。大乔做的午饭，她只勉强吃了一点，到吃晚饭的时候，她坚辞不吃，说今天儿子要从学校回来，她要赶回去跟儿子一块儿吃。她的丈夫很早就跟她离婚了，她却并不怎么孤单，与一个处处不相适应的人一起生活，她觉得那才叫真正的孤单。

大乔的厨房倒没什么，别扭也没什么，要紧的是母亲这边，不知为什么，在母亲面前她总莫名地有些心慌。天天来，自是母亲对她的期盼，但也可能是一种预兆？特别是把预兆跟死亡联系起来的时候，金麦的心就更慌了。

开始两天还好，大乔在外面忙她的，金麦就陪母亲说话儿，为母亲读书、按摩什么的；母亲换下了内衣、被单，金麦就拿去洗干净；大乔做好了饭，金麦就盛了去喂母亲。金麦喂母亲，从没把饭勺儿含在嘴里过，她知道母亲不习惯,她自个儿也不习惯。除了大小便母亲仍喊大乔外,一切,都安然无恙。

但到了第三天,母亲的表现就有些异样,跟她说话,她沉默不语;给她读书、按摩,她也没什么反应,可一双眼睛睁得大大的,总盯在金麦的脸上不离开。金麦问她,您看什么呢?母亲也不说话,仍是看。母亲的眼睛很大,却被一堆皱纹包围着,皱纹以下是日益突显的颧骨,再往下是瘪瘪的两腮,向下拉得厉害的嘴角,尖尖的下巴……金麦对这样的一张脸有说不出的陌生感,仿佛它是另一个人的,跟母亲没多大关系,真正的母亲,仍是那个独自生活在小平房里的健康的母亲。她只好尽量地不去看它。可一直沉默不语的母亲,有一刻却忽然开口说道,金麦,我是不是快死了?

金麦吃了一惊,说,好好的说什么死啊。

母亲说,那你怕什么?

金麦说,我怕什么?

母亲说,你怕我。

金麦的心跳忽然加快了,血也一下子涌到了头顶,嘴里说,妈,说什么呢,我怕你干什么?

母亲说,你不敢看我。

金麦正在给母亲做腿部按摩,目光一直在那条没有知觉的腿上,腿很细,就像根干巴巴的木棍。金麦抬头看母亲一眼,立刻又将目光转到了腿上。

母亲说,你不如大乔,大乔就敢看我。

金麦非常想抬起头来去注视母亲,久久地注视,以证明母亲的谬误,可母亲的目光就如同一座山,压迫得她无论如何动弹不得,她觉得自己呼吸都变得急促起来了。

金麦几乎有些气恼地看了母亲的腿说,妈,我是您的闺女!

母亲说,可你不敢看我!

母亲执拗、较真儿的声音,在金麦听来既陌生又格外熟悉,也只有母亲这样的人,才可能在意看不看这种难以启齿的小事。可是,母亲对大乔又是怎么回事?

金麦听到母亲又说,你还嫌我。

金麦奇怪道,我怎么嫌您了?

母亲说,饭。

金麦说,饭怎么了?

母亲说,你没敢挨过饭勺儿。

金麦惊诧地抬起头,看着母亲。

母亲又说,大小便。

金麦说,我嫌您大小便了?

母亲说,嫌。

金麦不禁委屈地看了母亲道,妈,您还讲不讲理啊,是您嫌我呢,是您让我出去的啊!

金麦感到自己的脸在发热,同时看到母亲的脸上竟也生出了一点红晕,红晕使她原本病态的脸忽然像有了生气。

不知为什么,金麦鼻子一酸,眼圈一下子红了。

就在这时,大乔不合时宜地走了进来。她看看金麦,又看看婆婆,说,怎么了?

金麦说,没什么。

母亲说,小便。

大乔说,小便就小便,哭什么啊?

金麦说,你忙你的,让我来吧。

母亲说,不!

大乔说,听见没有,咱妈不会饶过我的。

金麦只好转身走了出去。她站在门外,闭起眼睛,想象着大乔那套硬猛的动作。有一刻,她不禁失声喊道,大乔你就不能轻一点吗?

她听到大乔说,哎哟,好大的尿臊味儿,能熏人个跟头,你闻闻,闻闻呀!接着是母亲呵呵的笑声。

大乔没有理她金麦。是啊,你金麦甩手不干,有什么资格挑三拣四?

大乔端了便盆从卧室走出来,看也没看金麦,就径直往卫生间去了。

接下来是母亲的午饭——一碗热热的面片汤。碗里有绿绿的菠菜，薄薄的面叶，冒着扑鼻的香气。

这一回，金麦拿起小勺儿，看着母亲，将一勺儿面片汤伸到了自个儿嘴边。她十分地不习惯，她相信母亲也不会习惯，但母亲却能习惯大乔，并以此来谴责她金麦。既是母亲喜欢这样，她金麦也不是不会，那就让她不习惯一回吧。

可是，没等小勺儿挨近嘴边，她就听见母亲急切地阻止了她。母亲说，不！

然后母亲示意金麦把小勺儿给她，用那只能活动的手，自个儿盛起一勺儿面汤，顺利地放进了嘴里。

金麦看着，有些愕然，也有些欣喜，她早就说过，那只能活动的手为什么不自个儿拿勺儿拿筷子？总不活动会废掉的。可没人听她的。母亲不听是因为大乔不听，大乔不听就不知为什么了，也许是为了"孝顺"？可也许是什么都不为，压根儿就懒得去想呢。

但这顿午饭母亲吃得很少，小半碗不到她就将碗推开，让金麦扶她躺下了。

金麦见母亲闭了眼睛，一脸的疲惫，仿佛自个儿吃饭真的吃累着了。

金麦端起饭碗，正要倒进卫生间的马桶里，却被大乔急火火地拦住了，说，可惜了的，说扔就扔了？

金麦像是被抓住的小偷，有些怯懦地说，倒了盛新的吧。

大乔说，什么新的旧的，自个儿妈还嫌脏啊，你不吃我吃！

大乔却也不吃，只站在那儿气势逼人地看着金麦。

金麦看看马桶，又看看饭碗，就像一个被逼到绝路的人，忽然变得大胆起来。她说，李大乔，你这么对妈，妈没办法，你这么对我，我可不会听你的！说着，金麦将那半碗面片汤哗地就倒进了马桶里。

大乔大约没想到金麦会有这样的举动，愣了一会儿，才醒过味儿来似的咚咚咚就往母亲的卧室跑，边跑边嚷，妈呀，您听见没有啊，我怎么对您了？您可得替我说句公道话啊！

金麦听到，卧室里的母亲又一次呵呵地笑起来。

这天的午饭金麦自是也无心再吃，只回到卧室，守了闭了眼睛的母亲，在心里无数次地反省自己。她想，再有这种事，喝就喝，还能死人不成？可她又想，要是比死还难受，为什么要喝？再说了，就算喝了，母亲是高兴是不高兴，都还说不准呢。

这天下午，金麦陪在母亲身边，先读了几页《红楼梦》，又为母亲按摩了一会儿，见母亲闭上眼睛，以为要睡着了，便站起身，想找点吃的填补空空的肚子。刚走出卧室，就听母亲喊，大乔！

金麦把各屋寻了个遍，也没见到大乔的影子。她只好返回卧室，拿起便盆说，妈，大乔不在，我来吧。

母亲却坚决地说，不！

金麦说，大乔不在怎么办？

母亲说，找她来。

金麦说，她不在家，上哪儿找去？

母亲仍执拗地说，找她来！

金麦气道，找她找她，她手头没轻没重的，您就那么喜欢她吗？

……

金麦说，妈，您就甭记恨我了，我跟您认错还不行吗？

……

金麦说，妈，您就让我侍候您一回吧。

……

屋里安静得，只听得见两人的呼吸。

母亲忽然叹了口气，说，金麦，不是你的错，是我不想。

金麦说，为什么？

母亲说，不知道，就是不想。

这么说着，两人忽然都莫名地有些难为情，不由自主地移开目光，一个看着房顶，一个看着窗台。

金麦发现，窗台上那盆月季，仿佛比以往少了精神，叶子不再那么湛绿湛绿的，白色的花朵也有些萎缩，在午后斜阳的照耀下，颤颤巍巍的，随时要掉下来似的。

　　金麦不知为什么有些心惊，她将目光转向母亲，见母亲的眼睛已微微闭起，脸上的表情异常安详，自个儿手上的便盆，母亲仿佛已不需要了。

　　直到天黑，大乔才从外面回来，进门就看母亲的便盆。金麦说，别看了，没解。大乔不加掩饰地说，我是故意躲出去的，就看离开我咱妈用不用你，还真没用啊？金麦有些不快地说，小声点，妈睡着了。

　　母亲像是真的睡着了，嘴微微地张开，打着均匀的呼噜。

　　大乔到厨房做饭去了，金麦正想回自个儿家去，却听啪的一声，什么东西落下来了，闻声看去，竟是那朵白花，就见它孤零零地躺在窗台上，已与那花盆，与那枝叶，没有任何的关系了。

　　金麦心里一沉，去看母亲，见母亲仍是睡着的样子，嘴微微地张开，打着均匀的呼噜。金麦往门口走了几步，不知为什么又返了回来，她觉得身体已不肯再听自个儿的，那力量强大得，已由不得她再思想什么。

　　这一夜，金麦就一直坐在母亲身边。先是大乔到跟前，神情激动地和金麦说了些话，然后金麦就一边想大乔的话，一边一下一下地打盹儿。也不知过了多长时间，金麦猛地清醒过来，去看母亲，见母亲嘴仍微微地张着，却已停止了呼噜，日光灯下，脸色苍白，没有一丝血色。金麦心跳着去摸母亲的脉搏，母亲的手，竟已是冰凉冰凉的了……

　　大乔和金麦说的话是这样的：

　　大乔：金麦，我一下午都想不明白，我对妈什么样？我大乔错在哪儿了？

　　金麦：妈在睡觉呢。

　　大乔：妈睡觉也不妨你说一句话，我大乔到底错在哪儿了？

　　金麦：你没错，是我错了好不好？

　　大乔：那你错在哪儿了？

　　金麦：没喝妈剩的面片儿汤。

　　大乔：我看倒不在喝没喝面片儿汤，是在你忘了一件事。

　　金麦：忘了什么？

大乔：这些年咱妈的生活费、医药费，都是谁在担着？

金麦：是我哥呀，怎么了？

大乔：还行，还没忘是你哥。

金麦：你们要觉得委屈，我就出一半，我早就要出一半，是我哥不让。

大乔：说得好听，你挣那俩钱，还养个孩子，拿得出吗？我不是委屈，谁让你哥挣得多，谁让他是儿子呢，我是说，钱是生活的根本，什么时候都不能把这根本忘了。

金麦：我明白你的意思，你无非是说我忘了根本，因为你出了钱，我没听你的话，没变成跟你一样的人。

大乔：我可没那么说，我只知道，做人要厚道，人家给一，你该还十才对。

金麦：你说得没错，不过咱妈几十年的养育之恩，还十个十也算不上多的。

大乔：嗬，到底是当老师的，转眼就把根本挪到咱妈那儿去了。

金麦：妈那儿当然是根本，我从来就没把钱当过根本。

大乔：可你怎么把妈当根本的？你给妈端过一回屎倒过一回尿吗？

……

大乔：你就知道念念书啊说说话儿啊看看花儿啊，你说你还干过什么？

……

大乔：就说这《红楼梦》吧，有没有它不一样吃饭睡觉？啊？

……

大乔：算了算了，跟你这样的人说话，还不如跟妈说话省力呢。

金麦：我承认我做得不好，非常不好，可李大乔你就没看出来，妈最近愈来愈瘦了吗？

大乔说：你什么意思？

金麦说：看不出来就算了。

大乔说：我是没看出来，我看妈挺好的，金麦，你他妈的到底是什么意思啊？

　　……

　　金麦一边想着她和大乔的话，一边慢慢地站起身，揭开了母亲身上的被单。

　　母亲穿了一身浅色的棉质睡衣，安静地平躺着。金麦想，自个儿和大乔的话，母亲不知听见没有？若是听见了，她会向着哪边呢？也许母亲实在是难做决断，才不想再这么为难地留在世上吧？金麦想，一定要在大乔醒来之前，给母亲擦净身体，换好衣服，轻手轻脚地，恭恭敬敬地，完成她一个女儿要完成的一切。

原载《人民文学》2008年第6期
入选《21世纪年度小说选·2008短篇小说》（人民文学出版社）

一　公　里

　　吃过晚饭，春儿从家里走出来，见太阳还在西山顶上巴巴地望着，舍不得离去似的，她不由得鼻子有些发酸。

　　春儿这阵子，见什么都有情有义的，鼻子一酸还殃及眼睛，弄得眼睛一天到晚都湿漉漉的。

　　春儿自个儿也不知为什么，她才十六岁，大人们说的生活的沉重她还远没体味到，她倒是觉得，生活是轻的，轻得就像天上的云彩，忽儿这里忽儿那里的，想切切实实地抓在手里感觉一下它的重量都难。

　　要说是为了生活的轻就想哭一哭，那人们准会笑她的，她自个儿也不相信。她一向不喜欢那些动不动就哭鼻子的女孩，在学校上体育课，从单杠上重重地摔下来，整整一星期，胳膊疼得字都写不好，她吭都没吭过一声呢。

　　现在，春儿从家里走出来，是要到村东那个一公里去的。

　　一公里是一条柏油马路，村里出钱修的，宽能排得下四辆汽车，长到省城的外环路，差不多是二里多地的样子，人们就把它叫作"一公里"了。一公里原是只为跟外环路接通，方便和省城的往来的，可想不到，除了这方便，还带来了散步的方便了，如今，这村子的人大多都进了村办工厂，活儿轻闲了，吃的东西停在胃里，像是不散步都不行了。吃过晚饭，人们走出家门，呼呼隆隆地就上路了。说呼呼隆隆，一点都不夸张，即便是陆续出门，你散罢了我登台，一公里的路上也黑压压的全是人了。村子大，吃饭的人多，散步的人就多，有时候，都大半夜了，还能见着来来回回走动的人影子。

　　对一公里，春儿可不是那么喜欢的，那儿人挨了人，大蒜味儿、汗臭味儿，还有屁味儿，总是散发得无遮无拦，把好好的一条路都弄腌臜了。她常去的地方，和大家正相反，是村西的一条土路。土路上没什么人，空气里尽是蔬菜瓜果的甜香，地的尽头有一颗太阳照耀着，遍地都是金子一样的颜色。鞋子上自是会沾些泥土的，但泥土怕什么，泥土比那些腌臜的味道总要干净多了。那些刚刚进了工厂刚刚不下地的人，才几天呀，就嫌弃起泥土来了，动不动就喊，到一公里走走去！真是矫情得很呢。

　　但土路上到底是冷清的，隔了些天，春儿就忍不住也要到一公里走一走了，那儿时不时地要遇上她熟悉的人，他们同她打着招呼，她一一应答着，冷清的感觉就跟风似的跑得没影儿了。她最喜欢遇上的，有初中同学李思，小学的音乐老师姚畅，本家叔叔章四虎，还有，一个不知名姓的外地青年……那个外地青年，从没跟她说过话，也没见他跟别人说过话，两只手插在裤兜里，沿了一公里的边缘，走过来走过去，走过来走过去，影子似的。她只知道，他是外地来打工的，租住在老街的平房里。她在心里称他"老外"，总见不着他的时候她便想，老外去哪里了呢？

　　李思他是个愤世嫉俗的青年，比她只大两岁，但他知道的政治、哲学什么的比她可要多得多。他说今天这个社会，到处都充斥着不公正，有人一天只挣到十块钱，有人一天却能挣到上百元、上千元，甚至上万元，为什么？因为不平等，因为剥削啊！他问春儿，读过马克思的剩余价值学说吗？又说，你当然不会读，不要说你，就是有文化的知识分子又有几个读过的？但不读，不等于这个学说不存在，听我给你讲讲吧！接着他就开始讲马克思的剩余价值，一公里的路程，不停脚地走个来回，他的剩余价值理论还讲不完。他讲的时候鼻子不时地要吭哧一下，仿佛在对鼻子做着清理，但也并不见有什么东西被清理出来。春儿知道这是他的老毛病了，上学时就是这样。她一边钦佩地听着，一边去看他的鼻子，只见他鼻头很宽，鼻孔很大，鼻梁也算周正，但鼻尖和鼻梁上长满了大大小小的疙瘩，倒像是鼻子的不通畅，是那些疙瘩们压迫的缘故。她便想，鼻子是小事，偏科可是大事，他要是和她一样考上了高中，懂得就更多，学问就更大了，可一个只迷恋政治、哲学的人，又怎么可能考上呢？好在他的伯父是村委会干部，给他在村委会安排了一个编写小报的工作。他的小报都是给村委会唱赞歌的，他自个儿的"剩余价值说"，一次也没见在小报上出现过。他对春儿解释说，他这是在沉默，早晚，不是在沉默中灭亡，就是在沉默中爆发。这些话，春儿是似信非信，她对他的好感，不是在他的愤世嫉俗上，而是在他见到她时的惊喜上，一个村子的人，唯有他见到她是惊喜的，眼睛亮的，就像多少年没见到她一样，就像早就盼着见到她一样。他的个子不高，肤色有些偏黑，鼻子还有"吭哧"的毛病，但她喜欢他的这份惊喜，它能让她感觉到自个儿的重要。

  姚畅呢，比李思可要帅多了，高个子，方脸庞，一张爱笑的大嘴巴，走到哪里，哪里都会响起笑声和歌声。有一回遇上他，他拉了春儿的手，唱了一路的周杰伦的歌儿。但下回再遇上他，他就像把春儿忘了似的，已经在拉了另一个女孩的手唱陶喆的歌儿了。春儿却也不沮丧，知道他这样的人，对每一个女孩都是好的，但也不会对每一个的好再添一分。一路多少个散步的人，唯有他是想唱就唱想拉女孩子就拉女孩子的，唱了拉了，女孩子高兴，前前后后的人也跟了高兴。所以，就是不拉春儿的手，春儿也是喜欢看到这个人的。

  还有章四虎，章四虎几乎比春儿大了一半的年龄，管理着这一村的治安。每回在一公里遇上他，他总是走走停停、东张西望的。要是问他，怎么不走了？他就绷了脸说，在等你啊。问他有事吗，他说，有事。问他什么事，他说，跟我派出所走一趟吧。他总喜欢跟春儿开玩笑，把春儿逗笑了他的脸还绷着。但有时候，他也会拿出本家叔叔的样子，对春儿说几句严肃的话，他曾说，春儿啊，你可千万别受李思的影响，他的那些话，他自个儿信不信都说不准呢，你想啊，剩余价值，自由平等，它不是一个村子的事，也不是一个国家的事，它是一个世界的事，李思那样的人去说一个世界，不等于放个屁啊。他还说到过那个外乡人，说那可是个人物，不叫的狗最会咬人呢。说李思春儿还勉强听着，说"老外"春儿就不爱听了，这些天，"老外"可是她最想见到的人呢。但不爱听她也不反感叔叔，只当他治安管理多了，对人自是要多几分挑剔的，他挑剔他的，和她有什么关系呢。和她有关系的，倒是叔叔那张紧绷的脸，开玩笑不开玩笑，它都一样地紧绷着，让她先自就想笑起来了。她喜欢见到他想笑的感觉。

　　当然，一起长大的女伙伴、女同学也是可能遇上的，但入了春儿的心的，几乎没有一个。她一向喜欢和男孩子交往，衬衫学男孩子的样儿掖进裤子里，两手插进裤兜里，头发也修得短短的，有时候，嘴里还吹出一两声口哨，引得男孩子女孩子都去看她。她的肩膀比别的女孩子稍宽些，胸脯稍平些，两条腿又细又长，混在男孩子堆里，也瞧不出有什么不自然，倒像是鱼儿游到了水里了。本来，一直都好好的，可自从上了高中，特别是这回放了暑假，她的鼻子好酸不算，还喜欢找清静地儿一个人待着了。她的男女同学们已几次约她早起到一公里跑步了，她跑起步来总是最快的，又总是一副漫不经心的样子，她这样子让同学们是又着迷又羡慕。可她都一次一次地拒绝了。一边是对人的拒绝，一边又是没来由的眼泪，她呀，真是自个儿都不明白自个儿了。

　　春儿现在走着的这条街，两边都是七层的楼房，青壁红顶，顶上带有很大的平台。她家就住在七层一个带平台的单元里，站在平台上，城市那边可以望到一幢幢的高楼大厦，村里这边则可以望到老街上的残垣旧壁。老街是她从小长大的地方，从前也没觉得什么，现在有新街比着，它就像个得了不治之症的老人，一下子就惨不忍睹了。但那个悄无声息的"老外"，还有和"老外"一样来打工的外地人，全住在那里。那里的房子租金便宜，一间房一月十几块钱。若是十几块钱也拿不出，就只好到田地里自个儿搭窝棚住了。搭窝棚住的还真大有人在，一些租了地种的外地人，为节约开支，就搭窝棚睡在地里，老婆孩子也相跟着，老远的这里一处那里一处的，就像从树上掉下来的鸟窝。田地里，现在是本村人一个也看不到了。本村人除了住七层的楼房，还有住两层楼的独门小院的。独门小院在另一条新街里，都是错落有致的红房子，都是紧闭的铁门，门前有时会停了各式的汽车。就像搭窝棚住的是少数一样，住独门小院的也是少数，多数还是春儿这样的和"老外"那样的。春儿和"老外"，多数和多数，差别自是不必说了，就是多数自身，一家一户也是有差别的，比如春儿家住的是七层，就比住三四层的人家差了不少。这些差别，有点像长在人心里的黑洞，是须要用钱财来不停地填它的，为此春儿的母亲经常埋怨春儿的父亲，一样的男人，怎么就没有一样的本事呢？

不知什么时候，春儿就生活在这样的差别里了。从前她可是想也不去想的，自从见到"老外"以后，她才开始和"老外"做着对比了。她对"老外"一无所知，对比自只是房子的对比，她想，要是让她再回到平房里去，她是绝不答应的，那叫什么房子，夏天嗡嗡地飞苍蝇，冬天咚咚地过老鼠，衣服的颜色都看不真，一张写作业的桌子都摆不下，叫什么房子啊。最叫她头疼的，是那种房子里穿不得白衬衫，头天穿上，第二天就有了星星点点的苍蝇屎，她又不喜欢花衣服，白衬衫可说是她的唯一她的至爱呢。但她惊奇地发现，住在那里的"老外"却总是穿了件白衬衫的，且那白衬衫又总是干干净净，不见半点的苍蝇屎。有一次她故意走在他的身后，仔仔细细查看了一遍，不要说苍蝇屎，就是发屑也没见落下来一星儿。他的头发像是刚洗过的，蓬松地盖在头上，他的脖子清清爽爽的，大热的天不见一丝光闪闪的汗水。这个人啊，不仅衬衫干净，身子也干净呢。她想，也不知他住的谁家的平房，可谁家的平房，也不能没有苍蝇啊。

走出街口，是一条南北的横行道，道的一边是绿崭崭的菜地，另一边是五花八门的商店，百货店、食品店、服装店、理发店、美容店、医药店……应有尽有，一家挨了一家。这条道虽说不宽，却是联结新街和老街的通道，新街和老街的人通过它买到自己必需的物品，也通过它在一公里上会合起来。当然，它于新街和老街的人绝不仅仅是买东西和散步，由于老街空出了不少院落，一些信耶稣的、信观音菩萨的，甚至打麻将、练武功的，都跑到那里聚会去了。老街的躯体说是老了，说是无药可治了，但在这破败的躯体之上，俨然也有了几分难料的热闹。世上的事，真是难说得清呢。

出了新街口，向北再向东，就是宽阔、平坦的一公里了；而老街的人到一公里，是出街口向南再向东，与新街的人是相对走到一处的。春儿的身前身后，已在走着不少出来散步的人，多是成群结伙的，不是一家子，就是一个厂里的，抑或是她这个年龄上下的男孩女孩，聚结在一起，不为散步，只为打发掉白天剩余的精力。不断有人跟春儿打着招呼，一个女孩还忽然蒙住了春儿的眼睛，待春儿将她的手掰开，她又顺势搂住了春儿的脖子，胳膊上黏糊糊的，像是给春儿围了一道汗腥的围脖儿。她的嘴里倒是嚼了口香糖的，但一丝也没能弥补胳膊给春儿带来的不快，有一刻，春儿终于忍无可忍，借口要等一个人，猛然从她的搂抱里挣脱了出来。春儿也的确是在等一个人的，只是那被等的人不知道，她自个儿也不能确定他一定会来。她便放慢了脚步，前前后后地张望着，只要有一个穿白衬衫的，眼睛就猛地一亮，但多少回，都白白地亮了。那穿白衬衫的，身材不是太胖就是太瘦，不是手没插在裤兜里就是衬衫的下摆荡来荡去的，还有的，白衬衫上扎眼地点了块污迹，或是领口一圈黑，腰间一片褶子，哪哪都是不能入眼的。眼看都上了一公里了，还是不见那个人的影子。好歹这期间，姚畅和李思她都看见了，他们邀请她一起走，她便高兴地随他们走了一段。先是姚畅，再是李思，但走着走着她的脚步就跟不上了，他们催促她快走，她便让他们先走，说自个儿答应了要等几个同学。姚畅倒是爽快地先走了，李思却一定要陪她一起等。她只好和他站在马路边上，听他不停地讲他的剩余价值。这一回，他不只讲理论，还联系起实际来了，他说村办工厂一天的利润是多少多少，而工人的工资是多少多少，这其中，外地工和本地工又有不同，管理人员和厂长又有不同。他说的差额，大到了叫春儿不大相信，他说，不信回去问你爸你妈去，你爸你妈也是被剥削者，你想想，厂长是人，你爸你妈这些工人就不是人吗？本地人是人，外地人就不是人吗？李思说的这些都像是铁定的，春儿找不到一点反驳的理由，况且，还涉及她的父母和那个"老外"，她似真的在受着他的影响了，她问李思，那怎么办，就不能改变了吗？李思叹口气说，我要知道该怎么办，就不在这儿跟你没完没了地念叨了。春儿正有些泄气，李思又告诉了她一个新消息，说今儿一大早村主任门口的汽车被人砸了，新买的奔驰，值一百多万呢。李思说，这就叫哪里有压迫哪里就有反抗。春儿问他，这样的消息，你的小报上能登吗？李思说，登是能登，角度就不是这样的角度了。春儿说，什么角度？李思说，还能是什么角度，刑事犯罪呗。李思说着把右手变成了拳头，使劲砸着他的左手掌，恨恨又无奈的样子。春儿站在他的对面，发现他真是有些矮小的，被疙瘩包围的鼻子只约莫和她的嘴巴比齐，头顶上的头屑她不费力就能看到，一些头屑落在了他的衬衫上，衬衫是深灰色的，头屑就格外地突出。就在这时，还真有一伙同学喊起了春儿的名字，春儿就撇下李思，奔了同学们去了。

也不知什么时候，太阳已落到山下去了，西山那边只剩了一片彩霞。彩霞虽不像阳光那样灼灼逼人，却也有它绵软的不动声色的力量，村庄、菜地、一公里，哪哪都留下了它美妙的颜色。春儿望着，从村庄望到菜地，又从菜地望到一公里上披了霞光的人群，她的鼻子不觉又一次地酸起来了。

李思说的消息，同学们还不知道，春儿告诉了他们。但同学们像是没多大兴趣，惊讶了两声，很快转到《超级女声》的话题上去了。《超级女声》都被他们议论了太长日子了，但还是在议论，他们对李宇春、张靓颖什么的各自视为己爱，比起她们的歌声、动作、笑容，一辆奔驰的被砸算得了什么呢。对李宇春们，春儿也是喜欢的，但有了"老外"，李宇春们就不那么重要了，毕竟她们只是活在电视里的人物。渐渐地，她的脚步也跟不上同学们了，好在同学们谁也没发现，她便一个人心安理得地走着了。

通常，"老外"总是喜欢走在马路的最右侧，右侧的菜地与马路之间有一排刚长大的白杨，有时候，"老外"会被散步的人群挤到白杨的另一边，鞋子都沾上了菜地的泥土，"老外"仍不声不响的，在菜地边上走一会儿，等马路上有了空隙，再不声不响地走上去。"老外"的走也是轻悄得听不到响声的，脚上是一双浅色旅游鞋，一条洗得发白的牛仔裤，牛仔裤的裤口不长不短正好与鞋口相接。他的个头比李思要高，比姚畅却又矮些，但比姚畅长得挺拔，姚畅大约是当老师的缘故，多少有些驼背，个子再高，模样再好，驼背总是不完美的。"老外"的模样，是叫春儿最难说得准的，他的眼睛不大，眉毛浅浅的，之间还有两三道年轻人不该有的皱纹，鼻子、嘴也见不出什么特点，但凑在一起，竟莫名地有了八分的俊美，那几道皱纹，给人更添了聪明、智慧的感觉。春儿想起叔叔说他"危险人物"的话，觉得，要说危险，至多不过是招女人爱、招男人恨的危险吧。你看，那些"挤"他的人，多半是五大三粗的男人，赤了膀子，只穿一条肥大的短裤，脚落在地上，咚咚咚咚，每一步都似要砸出个窟窿。他们的"挤"也许并不全是故意，但他们总是急慌慌的，脚下一步紧似一步的，身体则比一双脚更急，有时脚还没迈出去，身体先倾出去了。为保持平衡，身体只好左右摇摆着，胳膊打得老远，好似横冲直撞的醉汉一样，占用的空间，也双倍地扩大起来。因此对比他们的走法，"老外"显然是个异类，他们就是不想故意，也会由不得身体的摇摆，把"老外"挤到菜地边上去的。与他们同路的女人，多半是夫唱妇随，一样急慌慌的，一样胳膊打得老远，甚至比男人更慌，因为男人的步子大，她须加快步子的节奏才跟得上啊。自然也有浪漫些的，女的挽了男的胳膊，脑袋靠在男的肩头，走一步停两步。但来这里散步的人，大半抱了健身的目的，来来回回是数了遭数的，电视里说科学的散步每次要3公里，3公里约莫走完了，抬脚就往回走，半步也不会停留。这就使那浪漫的人儿有些不合时宜，走着走着，两人就身不由己地分开了。到后来，他们就犹如一两朵可怜的浪花，被大片的波浪裹挟着，是不走也得走，不慌也得慌了。而这其中，才格外显出了"老外"选择的聪明——马路的边缘，那波浪的力量就是再大，边缘也是有可能逃脱的。

　　现在，春儿的前面走了几个四五十岁的女人，她们正在谈论耶稣治病的奇效，她们你说一个病例我说一个病例，有的是亲耳所闻，有的是亲身体验，兴奋得，就像是在谈论一个神医。她们都似从事过多年的田间劳动，裸露的脸和手十分粗糙，一整个身体的重量仿佛都在两条腿上，脚抬得不高，落地却像打井一样，震得春儿的脚下都有了感觉。但声音又是不均匀的，有些轻一脚重一脚的，样子也一样地急慌慌，即使耶稣，也没能给她们带来半点的安静、从容。春儿的身后，听声音是一群在工厂上班的年轻人，他们在谈论奖金的事，这个月发了多少，扣了多少，上个月又是多少等等。其中一个，竟是从一月份开始，把每个月的奖金背诵了一遍，引得大家一阵惊呼，有人说，老笨呀老笨，原来你是最聪明的呀。春儿回头看看，也不知老笨是哪一个，只见齐刷刷的一排，都穿了短袖的浅蓝色工装，把马路几乎都要排满了。后面笑，春儿也不禁跟着笑了，她想，一个把奖金数目烂熟于心的人，是个什么样的人呢？

渐渐地，这群工人也走到春儿的前面去了，工人们后面是一家四口人，两个大人两个孩子，父亲手拉了儿子，母亲手拉了女儿，不说话，只是走，就像赶了送孩子去上学一样。再后面是一大家子，大哥、二哥、三哥、四弟，还有他们各自的老婆，与前面一家相反，他们是有说有笑，一个当嫂子的，还把小叔子的T恤衫扯了下来，说，不嫌热啊，你又没奶子给人看。大家便一阵哄笑。声浪盖到了前面，两个孩子回头去看，父亲和母亲立刻拨正了孩子的脑袋，继续无声地走啊走。

春儿不断被一拨儿一拨儿的人超过去，她发现，散步的人中，有两种人几乎看不到，一是村主任、厂长一类的头头，一是外地民工，她想，唯有"老外"，"老外"到底不一样呢。现在她的心里，"老外"和"奔驰"事件不由得交替闪现着，"老外"不出现也罢，"奔驰"事件却也像没发生过一样，听不到人们的什么谈论。也许，人们跟她的同学们一样，早就"惊讶"过了，跟他们又没什么相干，难道还能让他们没完没了地"惊讶"吗？

就在这时，一辆汽车由外环路方向开了过来，散步的人们左右躲闪着。一公里是条死路，外面来的车辆不多，傍晚时分的车辆就更少了，大家注意到，这是辆车顶上闪了红灯的警车。莫非，警车是为那"奔驰"而来？

议论声随了警车向村庄的驰去此起彼伏着。

原来，"奔驰"事件大家全都知道呢。

大家的议论，大都是对那砸车人的猜测，猜测又大都指向了外来的民工。民工挣钱是少了点，生活是苦了点，但这也不能成为他们做坏事的理由啊。自打他们来了，看看村里消停过没有？不是这家的鸡没了，就是那家的钱丢了，如今又砸了车，不整治整治，往后兴许还会杀人呢。但也有反对这说法的，说，拍拍良心想想，丢鸡丢钱的事是自打人家来了才有的吗？就是杀人，前些年不是也早有过？更多的人就说，你什么意思？莫非还要把脏水泼到自家人身上？那人说，泼到谁身上也不是咱说了算的，等破案吧，破了案就知谁是谁非了。人们哧一声说，破案？哪个案子他们破过？别说一辆车了，就是死个人，他们破得了吗？

　　人们不说是不说，一说就是激愤的，激愤先指向民工，由民工又指向公安，后来不知怎么又由公安指向了村主任、厂长，说村主任、厂长上百万上千万都挣了，你丢个鸡他还能放在眼里吗？有的，则借说村主任、厂长的当儿，把矛头转向了和自个儿有私怨的邻居、同事了，村主任、厂长毕竟隔得远，除了说人家钱捞得多，别的就什么都不清楚了，就是捞钱，是多是少谁又是真正清楚的？于是，愤怒的情绪就像一股失了方向的风，这里刮一阵那里刮一阵的。没根的风，总是不长久的，没多一会儿，风势就弱下去了。唉，还是散步吧，什么都不是自个儿的，除了自个儿的身子骨。走吧走吧，管它谁砸的车呢，谁砸了他抓谁去，反正来这儿练身子骨的人是不会惦记人家车的。

　　大家的散步继续着。一切由警车而起，警车过去了，一公里上又恢复了平静。这时，西山顶上的霞光已被大块灰暗的云朵代替了，菜地看上去还是绿的，村庄的房顶还是红的，但人们的脸色，已不像白日里那样亮堂堂，变得有些灰兮兮的了。

　　大家没想到，平静不过是暂时的，很快地，又一件事发生了，这一回，不是警车，换了人了，一个穿白衬衣的外地民工，一个可说得上俊美的年轻人！

　　就见这年轻人像兔子一样沿了马路的边缘奔跑着，后面是紧追不放的村治安干部章四虎，章四虎后面是几个持枪警察和提了棍棒的民兵。

　　一路人马旋风一样地就过去了，大家停了脚步，吃惊地看着，那年轻人他们都认识的，常常穿得干干净净的来这里散步，外地人里唯一一个散步的人。果然让大家说中了，果然砸车的是个外地人，可是，看着这么个人被追赶，大家反而有些将信将疑了，就算是外地人，也轮不到他这个外地人呀。

　　一公里上，最吃惊的，大约就要属春儿了，那件白衬衫，她是太熟悉了，等啊等的，不就是为了看见它嘛……

　　春儿脑子里先是一片空白，接着自个儿也没想到，噌地就把身子蹿出去了，前面的一个壮汉都被她撞了个趔趄。她也不知蹿出去要干什么，人家跑，她也跟了跑，就像一条受了惊吓的狗，想停都停不住了。

同时跟了警察、民兵跑的，还有几个爱热闹的半大小子，春儿的两条长腿，很快就把他们落在身后了。接着几个警察、民兵，竟也被她超过去了。她也没觉得怎么费劲，身子轻的，就像有人在身后推了一样。

路是早被人们闪开了，最前头的"老外"和章四虎，如同一股风一样把马路边缘扫荡得干干净净。几个警察、民兵，却呼哧呼哧地喘着，与他们愈来愈拉大了距离。

春儿在奔跑中，好像听到了李思的喊声，春儿！回来回来！有你什么事啊？

隔了会儿，又有姚畅的声音喊，春儿，快停下！小心枪啊！

一群女孩子的声音也在响着，别跑了别跑了，你疯了啊春儿！

春儿的耳边还呼呼地响了风声。前面的两个人已离她不远了，叔叔章四虎穿了件黑色的T恤衫，与"老外"一黑一白，在一排白杨树之间忽隐忽现。

此刻的春儿，忽然意识到了一种巨大的吸引，她有些明白，她的奔跑，其实全由于这一黑一白的吸引呢。比起这吸引，她身后所有的喊声，都显得那么软弱无力，甚至那么滑稽可笑。

章四虎不愧是治安人员，腿跑得快，嘴也不闲着，边跑边向"老外"喊话，周建明，你跑不了了！顽固下去，你会罪上加罪的！

春儿想，原来他叫周建明啊。

春儿已经在了章四虎的身后了，章四虎还以为是警察赶上来了呢，他头也没回地说，枪，开枪吓吓他！

春儿两腿猛一用力，追到了叔叔的一侧。

叔叔吃惊道，春儿……你来干什么？

春儿说，为什么抓他？

叔叔说，赶紧走开，这可不是闹着玩儿的！

春儿说，你们弄错了吧！

叔叔说，走开走开，听见没有？

春儿说，你们一定是弄错了！

春儿固执地说着，还固执地跑到了叔叔前面，挡住了叔叔的去路。

章四虎是又气又急，眼看与那"白衬衫"又拉大了距离，他一把将春儿推开，再次追了上去。

春儿在叔叔的后面喊，错了！叔叔！不可能是他！

章四虎不再理她，前面就是外环路了，上了外环路，让那逃犯搭上车就更不好追了。

春儿又一次追上了叔叔，这一回，她也没理叔叔，反而越过叔叔，径直奔了那"老外"去了。到了现在，她的意识倒是愈来愈清醒了，她深信"老外"是无辜的，既然无辜，她就要说服他别再跑了，只要不跑，她就再说服叔叔查清事实，不然，那警察万一开了枪，死伤一个可怎么得了！

这么想着，春儿自个儿都有点欣赏起自个儿来了，长这么大，她还从没有干涉过大人们的事，也还从没有这样清醒不疑地坚持一件事。她想起学校的一位老师曾说，人长大的时候是有感觉的。莫非，这就是她长大的感觉了？虽说整件事情，发生的缘由她还来不及细想，但坚持是肯定的了，任何人任何事也无法让她动摇！她听到叔叔在喊，站住！春儿你给我站住！不要命了？她没理睬叔叔，有坚持支撑着她，她一点没觉得害怕。

就在春儿与那"老外"愈来愈近的时候，"老外"已经跑到一公里的尽头，要往外环路上逃去了。春儿一边加快速度，一边想着跟"老外"说点什么。说点什么呢，我相信你，你是无辜的？可你相信他，他相信你吗？话都没说过一句呢。那么就索性直截了当地告诉他，我叫章春儿，章四虎是我叔叔，我会让他查清事实的。可万一他说，没什么好查的，砸车的人就是我呢？不会，不会的，万一会，那她就让他说出砸车的理由，他这样的人，做事不会没有理由的……

正当春儿张开口要与"老外"说话的时候，后面的枪声忽然响了，春儿的身子晃了两晃，就那么嘴巴张开着，不情愿地倒了下去……

她隐约听到了叔叔的呼唤，春儿！春儿啊！

她的眼前，依稀晃动着一件白衬衫，但这白衬衫，很快就被一群人一拥而上，抢劫去了。

她终于无声地叹一口气，闭上了眼睛……

一公里上，散步的人群黑压压的，就像天上涌动着的黑云彩。

云彩仿佛是被那枪声吓的，一下子就由红变成黑的了。

一公里两边清晰可见的绿色，也刹那间变得模糊起来了。

只有菜叶子上，星星点点地挂满了露珠。露珠在黑暗中闪了亮光，晶莹剔透，甚至是叮当作响。露珠也是突然间挂满的，弄得人们有点猝不及防，脸上、身上都湿漉漉的了。

不过，相比之下，人们还是显得从容多了，脚下的步子一刻也没停止，走啊走啊。枪声是枪声，散步是散步，总搅不到一起的。像春儿那样搅到一起的傻女孩，又有几个呢。

原载《莽原》2008年第1期

《小说月报》2008年第4期选载

扛锄头的女人

我是一个农村妇女，一个不识字的农村妇女。

我却有严重的失眠症，常常地，躺在床上，睁着一双大眼，一直睁到天亮。

我的眼睛真是很大，年轻的时候还很美，双眼皮，一张永远晒不黑的白里透红的脸。可如今，大是大，却多了黑眼圈，还多了一嘟噜波浪一样的眼袋，脸也再不是白里透红，而是黄里透黑了。

我住的村子，在一座省城的边上，省城一天天地在拆旧盖新，村里也在一天天地拆旧盖新。刚结婚到这村里的时候，住的是三间土坯房，后来土坯房换成了砖房，后来砖房换成了两层楼房，如今，两层楼房又换成了多层楼房了。

房子自是愈换愈好，可日子，却愈过愈有点糟心了。

我知道，我的失眠许多人不相信，他们会耷拉了眼皮说，不会吧，你？

我懂他们的意思，他们无非是在说，你，一个不识字的人，失的哪门子的眠呀？

我觉得他们那眼皮就像一扇紧闭的刀枪不入的门，它使一个被激怒的人找不到一点反击的办法。

外人也就罢了，有时这扇门还出自我的亲人。

我的亲人，丈夫李永志，还有女儿李小星。

我的父母早就去世了，丈夫和女儿是我唯一的亲人。亲人应该是最叫人放松的人了，可和他们在一起，我总是有点紧张，就像一只进了狼群的羊，随时都可能被伤害一样。

我知道不该这么想，亲人的关系怎么会是狼和羊的关系呢？可是，我管不住自个儿，一见到他们就紧张，一紧张就想到狼和羊，我不想做一只任人宰割的羊，就总是装得牛哄哄的，比他们还了不起的样子。

丈夫大学毕业，是一名中学老师，今年退了休，每月还能拿到2000多块钱；女儿高中毕业，在离村子不远的一家工厂上班，每月也有1000多块钱的进项。我呢，每月的进项，羞死了，只有300块钱，还一半是村里给的养老金，一半是分发报纸的报酬。

报酬高点的活儿其实也有，比如打扫街道，每月300元，可我不想干，我觉得那些瞧不起我的人会因此更瞧不起我。分发报纸虽说挣得少点，但报纸上有字，那些识字的人被一个不识字的人把字分在手里，这多少会给我带来一点莫名的快感。

我不知道日子怎么就过成这样了，当初结婚的时候，李永志不要说中学老师，小学老师还没当上呢，每天和我一样，扛了锄头下地，锄不了一会儿就被我落出好远，谁见了谁说，李永志你比你媳妇可差远了。女儿就更甭说了，今年28岁，一半的年头都是靠我来侍候她的，14岁之前，我上厕所她都要跟到厕所，半步不肯离开。

过去的这些事，每天都像电影似的在我脑子里过两回。但我是不能说出来的，一说李永志和李小星就讥讽我：屋里怎么一股霉味儿啊？他们显然是不愿回想过去的，因为他们过去不如我。唉，亲人又怎么样，亲人也一样地势利呢。

过去的事不能说，那就说当下吧，可当下的话他们更不想听，他们总是说，这话可别出去说，人家会笑掉大牙的。因为我总是把胡锦涛说成江泽民，把侯耀文说成侯宝林。我心里其实明白是哪一个，但不知为什么一说就错了。我说的都是当下报纸上的消息，是看报纸的人念出来的。我愿意把报纸上的消息说给他们。可李小星还刻薄地说，送报纸就送报纸，念报纸就免了吧。这时李永志就在一旁嘿嘿地笑，他也许是想缓解气氛，但也许就是幸灾乐祸，因为他笑的结果，总是让李小星对我愈发地不恭。

逢到这时候，我的儿子李大星就会出现在我的眼前。他和李小星是双胞胎，19岁的时候在一起车祸中撞死了。我想，要是他还活着，就不会是李小星这样子。可是，他当真不会吗？

那一年，大星开始交女朋友了，他爱那女朋友爱得发疯，可是有一天，女朋友忽然提出了分手，分手的理由竟是，她不想她爱的人的母亲是一个不识字的农村妇女。这话她是让李小星传给大星的，大星一听骑了摩托车就出门了，没多一会儿，就传来了摩托车和汽车相撞的消息。

那一年，我多少次地在大星的坟前哭得死去活来，我说，大星，该死的是你这不识字的妈啊！

我看见李永志和李小星也多少次地去过坟上，他们也都是单独去的，回到家里谁也不跟谁提起。平时他们也不提大星，就像大星压根儿没存在过一样。这让我的失眠更重了，我怀疑，他们是为了跟大星说我的不是才单独去的，在他们心里，一定是觉得大星的死全都该算在我的账上。

他们要把这话明白地说出来也就好了，可他们谁也不说，对我跟往常一样，不亲热也不疏远，看我歪在沙发上睡着了，他们还拿件衣服给我披上。一披我就醒了，但我不敢睁眼，一睁眼他们就会像做了见不得人的事似的，眼皮一耷拉就走开了。我一点不感激他们，他们要真对我好，就把眼皮抬起来，眼睛看了我说话。我也恨我自个儿，躺在床上睡不着，歪在沙发上倒睡着了，难怪人家说，失的哪门子的眠呀。

这一天，我送完报纸回到家里，见李永志正坐在阳台上的小桌前吃早饭。

每天我都能见到这样的情景：一抹阳光，一张小桌，两把藤椅，几盆月季花，明亮得叫人发晕的落地窗，一个坐在藤椅上吃饭或喝茶或看报的男人。我不得不承认这情景挺叫人心动的，要是我坐上另一把藤椅，和这个男人一起吃饭、喝茶或者看报，当然就更好了。但我知道，只要李永志在，那把藤椅我一辈子都不会坐上去的。因为那是他的地方。

他的地方还有书房，书房里有两个书柜，一张书桌，一台电脑。平时他不是在阳台上，就是趴在电脑跟前。不知为什么，我一直对他的地方耿耿于怀，我说，一张餐桌还不够你吃饭吗？一个茶几还不够你喝茶吗？就那两本半书，哪儿不能放，还非要占个房间吗？

这样的话我说过不止一遍，气得李永志多少天不理我，但我还是要说，他不顾我的反对，装修啊，买家具啊，做都做成了，我还不能说几句嘛！他的书当然远不止两本半，两个书柜还装不下呢，可谁让他搞得我总是没来由地发慌呢，不这么说心里就更慌了。李永志倒是说过，怎么是我的地方，你也可以进来啊，书你也可以……可以翻啊。他不得不把读说成了翻。我就愈发地恼火了，我说，我才不进呢，我才不会有俩钱就烧包呢。

我非常明白，李永志不是那种有俩钱就烧包的人，但我管不住自个儿的嘴。结果，我就不得不为自个儿的嘴付出代价：只要李永志在家，我就绝不靠近他的那些地方一步。

我不能靠近的还有李小星的"里间"。如今人们都把睡觉的地方叫卧室了，我却还是习惯叫"里间"。住平房的时候，大家都叫"里间"的，一住楼房，说改就改了，要是跟李小星说"里间"，她会装傻充愣地说，什么叫"里间"啊？我便会沉了脸说，别人忘本行，你李小星可不该。李小星也变了脸说，我说什么了你就至于这样？我和李小星常常这样地变脸，所以她的"里间"我也是绝不去的。最初她不在的时候我倒看过几回，窗帘、床单、沙发以及靠背垫都是大红大绿大黄的颜色，鲜亮得就如同走进了布店；地板上、窗台上、桌子上、床铺上……所有的地儿都干干净净，一尘不染。有一回李小星下班回来问我，你去我屋里了？我吃了一惊，嘴上说，怎么了，我就去不得了？李小星说，难怪地板上有根头发，我的拖鞋也撑得走样了。打那以后，我就再没去过她的"里间"。

我也有我自个儿的地方。我的地方是书房隔壁的一个小"里间"。对面是我和李永志共同的大"里间"，但我很少去，多半时间都在我自个儿的地方。

我的地方很简单，一个衣柜，一张三屉桌，一把椅子，一张单人木板床。木板床的下面，还有一张四方的小地桌，一个小板凳。吃早饭的时候，我就把小地桌和小板凳拉出来，一个人在这里吃。我喜欢明亮的阳台，但更舍不下这些旧东西，它们大多是我的陪嫁，我把它们当成一群穷亲戚，任何时候对穷亲戚都不能做势力小人的。它们确是样式老旧，做工粗糙，要不是我的拼力保护，李永志和李小星早把它们当垃圾扔掉了。我对他们说，扔它们就不如先把我扔掉。这话就像打架时忽然出现的匕首一样，吓得李永志和李小星立马就退却了。

从平房往两层楼房搬的时候，我也说过这话，他们也有过一样的退却，但我还是觉得自个儿输得挺惨，到了到了，就只剩了这几样旧家具为伴了。依我的心愿，是要把那几间砖房留下来的，那里的每一块砖上都流过我的汗水，李永志上大学走了，房子是我自个儿找人盖起来的，那里的每一样东西都和我情深义厚。可是，李永志他们不干，村委会的人也不干，因为按照村委会的规划，平房是要一律推倒的，推倒后要建大片的厂房。我可以吓住李永志他们，却吓不住村委会的人，他们要是真当垃圾一样把我扔掉，我是一点办法没有的。可两层楼还没焐热，村委会的规划又变了，要把两层楼房推倒，让大家住进鸽子窝似的单元房里去了。我坚持在两层楼房里住到了最后，直到推土机把围墙推倒，横冲直撞地来到窗下，我才被李永志和李小星一人一条胳膊拽了出来。

我来到厨房，往锅里添些水，准备做我的早饭。我的早饭是一碗棒子面粥，半拉馒头，几根咸菜。多少年都是这么过来的，李永志早先也是。可这些年李永志把早饭改成牛奶、面包了，说一吃棒子面就闹肚子。我也闹，却是喝了牛奶闹，有一回在李永志的撺掇下喝了半杯，半天肚子都胀鼓鼓的下不去。我便知道，我和李永志这辈子都要你东我西地扯锯着了。这真叫人难过，有时直想大哭一场，可是，一些事绝不会因为哭而改变一丁点儿的。

粥熬好了，我回到自个儿的"里间"，把小地桌、小板凳从床下拉出来。再到厨房盛粥时，发现李永志也在厨房，水管被他开得哗哗的，那只喝牛奶的玻璃杯在他手里反反复复地被搓洗着。

我站在他的背后说，浪费是极大的犯罪。这是报纸上早就说过的话。我最见不得他们在厨房哗哗地用水了。我把厨房也看成自个儿的地方。

李永志没有回应，水仍哗哗地流，杯子却忽然嘎巴一声，像是碎了。

果然，我看见他回转身，将一只碎成两半的杯子扔进了垃圾桶里。

我吃了一惊，但还是问，好好的咋就碎了？

他仍没回应，伸出一个指头在水里冲了冲，便离开厨房往他的阳台去了。

那根指头像是被划破了。我不甘心地问他的后背，说呀，好好的咋就碎了？

我听到他说，我怎么知道？

声音很大，像是真的不知道，又像是忍无可忍了。

我希望他是真的不知道，希望那是个劣质的杯子。可那杯子用了许多年了，有一回掉在地上都没摔碎。

我这边端了粥回到"里间"，听到阳台那边有个女声儿响起来：

"耳边厢又听得初更鼓响，思想起当年事好不悲凉……"

我知道是李永志又在用假嗓儿了，这唱法在戏里叫青衣，电视里常有又高又丑的男人这么唱。

我想，他要真是忍无可忍，就是因为我的那句话了，那句话干涉了他用水，还鹦鹉学舌学了报纸上的话，他曾说过，跟别人学倒不如说自个儿的话好。可就算是这样，他就至于忍无可忍吗？

我把小"里间"的门关得紧紧的。李永志的假嗓儿仍是无孔不入。我不喜欢李永志忍无可忍，更不喜欢他发出这声儿。这点李小星倒跟我一致，李永志一唱，我们就像老鼠躲猫一样躲进自个儿的"里间"里。

"遭不幸掳金邦身为厮养，与程郎成婚配苦命鸳鸯……"

李永志一张口就是这段，不知听了多少回，我才把戏词听出来了。我想，戏词安我身上倒合适，我是多么苦命啊！

吃完早饭，我就扛起锄头出门去了。李永志仍在唱，即便不下地，我也不能在家里待了。经过客厅时，见李永志站在窗前，面朝了窗外，肩膀随了一个长长的拖腔有些抽搐。我不能分辨他是真的在哭还是拖腔闹的，在门口站了一会儿，觉得他要回过头时，我急忙开门走了出去。

肩上这把锄头，也是和小地桌一样放在床底下的，它长把短身，玲珑轻巧，是我当年从娘家带过来的，锄刃磨得几乎都快如镰刀了。放在床底下的还有铁锨、三齿什么的。这些东西他们也曾要扔掉，说我承包的那七分地给别人种算了，这房子没地下室，往哪儿搁呀？我说，有我待的地儿就有它们待的地儿。其实，我觉得阳台上是放这些东西最好的地儿了，可李永志要在那里放圆桌、藤椅，我只好就把它们委屈到床底下了。我对它们说，你们是粗人，粗人是不能上台面的。可我又对李永志说，它们是宝贝，没有它们就没有你的今天。

我的言外之意，自是指他上大学那几年，我全凭了它们挣工分在养活他。李永志倒也没否认，他有些软弱地说，那就挂到阳台的墙上去吧。

我没有挂。我很想让他的软弱继续下去，只要不挂，他就会欠我一份什么。再说，他不在家的时候，我也想在藤椅上坐一坐，坐在藤椅上的时候，我也不想抬眼看见一堆粗笨的农具。

我提了锄头，走出楼房，走出村子，向村外的菜地走去。

我常常为自个儿的这种日子有些疑惑，住着城市人一样的楼房，下楼却扛了锄头；丈夫装了一肚子的学问，自个儿却大字不识一个；女儿每天骑了摩托车来来去去的，自个儿却连自行车都没敢碰过……

时而会遇到和我一样扛了农具下地的人，我便想他家的农具也不知放在哪儿？但我能肯定，谁家的农具也不会像我家一样放在床底下的。这么想着我便有些泪眼模糊。我把泪水抹在锄把上，一次又一次的，锄把被抹得都亮起来了。

一走出村子，就闻见地里的味道了，也听见地里的声音了。不常下地的人，是不懂这味道和声音的，别看李永志满肚子的学问，他也不懂，他只会说，什么什么绿了，什么什么黄了，什么什么红了。像茄子什么味道，黄瓜什么味道，西红柿掉在地上什么声音，地下的萝卜是怎么拱裂地皮的，他一概不知。菜地对他就像个没有来往的邻居，熟悉得很，也陌生得很。而菜地对我，却是一片树林子，我便是林子里的鸟儿，林子里的每一片叶子每一声虫叫，跟我都是亲的。

我种的七分地，临了一条田中的小路，小路上孤单单的一棵垂柳，正长在我的地边上。每回来地里，我都要靠了垂柳坐一会儿。长长的枝条垂下来，善解人意地抚摸着我。

从这边望出去，地的那头有一排溜儿低矮的房屋，房前时而有女人、孩子在走动。那是租种菜地的外地人自个儿盖起来的。我曾去看过，屋里没有一件像样的家具，吃饭拿砖头当饭桌，睡觉拿稻草当炕被，穿的衣服全是脏兮兮的深颜色，好像一辈子都没洗过。可房子里的女人笑容满面地迎接我，说不了几句话就能哈哈地笑一阵。我猜她在这房子里一定是如意的，如意的女人住哪儿都会笑的。

如今村里的地大多租给了外地人，本村种地的人是愈来愈少了。我想我这七分地，是到死都不会租出去的，没了它，我这只鸟该在哪里落脚呢？

在这七分地里，我种了青椒、茄子、黄瓜、豆角、香菜、生菜、土豆、西红柿等等，每个畦子都干干净净的，没有一棵杂草。今儿锄头是用不上的了，我早知道。但就像一个小学生的书包，没有功课做也是要背在身上的。

地边上的几个畦子种了茄子，茄棵子长得很旺，深绿色的枝叶散发出浓郁的青涩的味道。棵子上已隐约可见刚刚结上的拇指大的茄子。不过，有的棵子主干与枝干之间生出了疯杈，主尖也蹿得老高，这些一会儿都要把它们掐掉，不然茄子可就难长大了。

看着茄棵子，我忽然觉得自个儿就仿佛那拇指大的茄子，对自个儿的事做不得一点主，假如没人把疯杈、主尖掐掉，就注定要成废物了。可是，谁是那疯杈？谁又是那掐疯杈的人呢？莫非，还可能时光倒流，退回到自个儿能当家做主的年代吗？

我知道我又在胡思乱想了，这种想不会有一点结果，但它就像发酵的面起子，一遇机会就要酸上一回，挡也挡不住。

我想起李永志退休后也曾来过地里，他说要帮帮我。我很高兴，想想两人一起在地里干活儿，总比一起坐在阳台上要自在得多。可是，地里的活儿他总想指导我，总是说书上如何如何说的，好像一个不看书的人就种不了菜似的。我不甘心，就挑他的毛病，他前面锄草，我后面就再锄一遍，他前面扒畦子，我后面就再扒一遍。这样一次又一次的，他终于再不肯到地里来了。这让我真是痛快，但也真是伤心，不明白自个儿为什么一定要把他气走。我甚至还不管不顾地质问他，你干吗要来？我去过你的阳台去过你的书房吗？

有时想想，自个儿是不是太过分了？可要是依了他，这菜地不也成了阳台成了书房了吗？我想我不能一退再退了，平房搬楼房的事我挡不了，菜地变"阳台"变"书房"我是一定要挡的，我要记住，菜地是我的，是我自个儿的，不属于他们任何人。

我知道我种的这些菜们，远不如市场上的好看，可就像养孩子一样，好歹也是自个儿的，丑也觉得亲。有一回把几根又细又弯的黄瓜拿回家，李永志不放过地说，看看，要听了我的就不会长成这样子。我说，长成什么样我也不嫌。李永志说，可我嫌。李小星也跟了说，我也嫌。我不由得抬手就打了李小星一个嘴巴。李小星跑回房间哇哇大哭。我也哭了。李永志谁也没哄，一个人跑到阳台上唱"耳边厢"去了。

我猜，他们要我把地给别人种，大约也是把我看死了，觉得我注定种不出什么名堂了。可他们不懂，名堂不名堂不重要，重要的是我需要种它。只要种着，茄子小不小黄瓜弯不弯我就顾不得了。其实，我也挺恨自个儿，生产队集体劳动那会儿，我总是最好的，到这会儿，咋就成了最差的了？

我坐在地头上，想的时间大约是太长了，就听那边的西红柿地里有噗、噗的声音。我明白这是西红柿们等得不耐烦了，要我快些去照看它们呢。

沿了中间的一条垄沟往里走，两边高的矮的，红的绿的，清香的刺鼻的，平淡的惹眼的，一股脑地簇拥着我。我就像在接受着一场盛大的欢迎仪式。

我看到，架上的豆角们挨在一起，你碰我我碰你的，打着欢迎的拍子；一根根的黄瓜从叶子后面钻出来，抢了要我看见；纤细的香菜们挤在一起，摇头摆尾地向我打招呼；原本安静的青椒棵子此时也有些闹腾，趁了一股风呼呼涌涌地往我身边挤，其中一棵还绊住了我的一条腿。我不住地走着，不住地被绊得停下来。忽然，刺啦一声，不知被谁拽了一下，衣袖还被扯开了口子，正有些恼火，却见是竹竿搭起的西红柿架，还有两个红亮亮的西红柿躺在架下。我便明白，是它们在对我作提醒呢。

我一手一个地捡起它们，用衣襟擦拭着它们身上的泥土。我的衣襟经常带有菜们的泥土，为此李小星多次指责我不讲卫生。我说，你不懂，卫生是卫生，亲是亲，两码事。李小星就更不懂地说，什么亲不亲的，谁跟谁亲呀？

不远处有个正在浇地的女人，扛了铁锹，在她的菜地里走来走去。她喜欢读书，因为读书向往城市，因为向往城市嫁到了城里，最近退休了，就又回来种地了。她的菜种得也不好，可村里许多人都羡慕她，说，看人家闲在的，种起菜来了。人们对我，就没一个人这么说，就像不同人家的两个孩子，富人家的孩子，人们就可劲地夸。

女人的不远处是一片果树，果树下有个撅了屁股锄草的男人，这男人干过数不清的行当，木匠、瓦匠、裱糊匠、修鞋匠、菜贩子……可没一样干成过。如今，他又开始种果树了。据说他是最不屑种菜的，因为生产队那会儿他当过蔬菜技术员，干腻了。也许这辈子他最有希望干好的就是种菜了，可他偏偏不干。人们对他是愈来愈耷拉眼皮了，都说他这样的人，种果树也一准儿成不了。唉，人们就是这样的势利。

我抬头看了看太阳，太阳也正看着我，刺得我立刻把眼睛眯起来了。但这也让我喜欢，至少它不会对我耷拉下眼皮。太阳下是一片灰白的云彩，云彩下面是一片楼房和几根烟囱，烟囱里冒出的黑烟，很快就升到云彩里去了。我知道那楼房和烟囱就是李小星所在的工厂，因为那个工厂的存在，李小星才可以不必下地，才可以每月拿到1000多元，才可以不屑自个儿的不识字的亲妈。此刻，我不愿去想李小星，倒更关心天上的太阳，我想要是那片云彩愈来愈多，愈来愈黑，把太阳挡住了可咋办？

接着，我开始为喜欢喝水的黄瓜浇水。我发现，从机井里抽出的水量是愈来愈小了，流到我的垄沟里，只剩了浅浅的一个沟底。谁都知道，这些年工厂建得多，喝的水也多，比蔬菜喝的水多多了，听说，多少年之后，人喝水都难了呢。可是，没有一家工厂因为水少了就停建或者少喝一点。建工厂那些人，一准儿比李永志还有知识吧，却还不如我一个不识字的人呢，我给菜们喝水的时候，都能约束自个儿，只要湿遍了地皮，就再不会多给一点。我跟菜们亲，跟水们也一样亲。

水流得是太慢了，这边浇着黄瓜，我那边就去掰茄棵上的疯杈和疯尖，掰完了，又去摘了几个熟透的西红柿。回来再看，黄瓜地湿了一半还不到。我抬起头，见太阳都快到头顶上了。我想自个儿不回也得回了，该做午饭了，不回去，李永志和李小星又要进厨房去了。想到他们进厨房，我心里不由得就一阵发慌。

　　回到家里，果然见李永志和李小星已在厨房里了。

　　李永志和李小星，一人占了个水池，一个淘米，一个洗菜，之间的水龙头被他们拨过来拨过去的，哗哗的水量，浇两个畦子的黄瓜都够了。

　　我的出现，仿佛把他们吓了一跳，就像被大人发现的正做坏事的孩子，他们脸上都有些惊慌。

　　若是这惊慌继续下去，我也许会好受些，但只瞬间，他们就转过身，耷拉下眼皮，换了若无其事的样子了。他们一个继续淘米，一个继续洗菜，李永志还说，你甭管了，歇着去吧。

　　我手也没顾得洗，脸也没顾得擦，衣服也没顾得换，浑身上下挂满了尘土，两只手，一手拿了锄头，一手提了包在手绢里的西红柿（我的口袋里永远带着手绢，李小星用的手帕纸、湿巾什么的我从没用过）。我想我这样子一定引起了他们的嫌恶。

　　我说，为什么我就甭管了，不配给你们做饭是不是？

　　李小星转回身看了我说，妈，你还讲不讲理呀？

　　李小星的眼睛也很大，很像我的，只是没有眼袋，没有黑眼圈。她28岁了还不肯嫁出去，仿佛就为了在家和我这个当妈的作对。

　　我扔下锄头和西红柿，一步上前把水龙头关了，厨房里立刻安静了许多。我说，是你们不讲理！

　　我的嘴唇有些哆嗦，声音抖得都不像自个儿的了。

　　厨房里的地板、橱柜、灶具，都是全新的，锅碗瓢勺也是全新的，新得晃眼。但这些都不是我喜欢的，选买时，我喜欢的他们全都摇头。最后，他们只勉强同意了我的一条意见，就是把我用过的那只蓝花碗和那双炒菜炒煳了头儿的竹筷子留下来。

　　我把厨房当自个儿的，也许多少是在虚张声势，自个儿待在厨房的时候，其实跟它是很有些陌生，很有些慌乱不安的。

　　因此在厨房里吵架，我一点没有主人的气势，我的嘴唇依然不争气地哆嗦着。

但让我没想到的，是李小星的嘴唇也哆嗦起来了。她好像想说什么，只是哆嗦得说不出来。就见她急得眼圈都红了，紧接着，眼泪吧嗒吧嗒地掉了下来。

她还委屈得什么似的，她有什么好委屈的？

不知什么时候，李永志已退出去了，他总是这样，不屑跟我针锋相对。

我抢占阵地似的站在李永志的位置上，用淘米的水洗了手，然后开始继续淘米。

一边淘我一边等待着李小星的攻击，她会说，这是洗手的地儿吗？还有衣服，衣服怎么不换？

我会说，你妈洗手还要看地儿吗？你说说，这个家哪不是你妈的地儿？我还会说，谁规定做饭就得换衣服了？忘了你小时候了？我一身大粪味儿你还直往我怀里钻呢！

她会说，正因为小不懂事才往你怀里钻，这会儿打死我都不会了。

我会说，知道你不会，所以我才叫你明白，人不能忘了本，忘了本就不配做人了。

她会说，你用筷子炒菜、用手绢包西红柿就是不忘本啊，我还嫌那筷子烫手呢，还嫌那手绢擤过鼻涕呢！

我会说，那你就甭吃西红柿，甭吃我炒的菜。

她会说，不吃不吃，我饿死也不会吃的！

可米都淘完了，我也没听她说出什么。她的菜也没再洗，身子也没再动，只听到有轻轻抽泣的声音。

我到底没沉住气，还是先开口道，李小星你哭给谁看，要哭出去哭去！

李小星真的就向厨房门口走去了，好像甘心做我手下败将的样子。

可刚走出门口，她忽然又返了回来，眼睛睁得老大，不作声地望着我。

她的眼睛跟我的太像了，我心里不由得有些发毛。我说，你想干什么?

李小星开口说道,王大妹我知道你恨我。

王大妹是我的名字,她居然叫起我的名字来了!我提起那兜西红柿,气急败坏地朝她扔了过去。

李小星一闪身,西红柿正砸在了门框上,流出的汁液立刻把手绢和门框染红了。

李小星却没有被吓倒,她继续说,王大妹我就替你把心里话说出来吧,李大星是我李小星害死的,要不是我把话传给李大星,李大星也不会那么急了出去,不出去也就不会撞到汽车上了。我李小星天生是个成事不足败事有余的东西,传话就传话,可偏要比李大星还急,好像天都要塌下来了,分明是火上浇油在害他嘛!我说得对不对,你是这么想的吧?你还想,要是李大星活着多好,实在要死一个,也不该是李大星而该是李小星啊!

我吃惊地看着李小星。我是想过李大星活着多好,也想过实在要死该是哪个,但我想的绝不是李小星,我想的倒是我王大妹呢。

但我不想向李小星解释什么,她让我一时有些转不过弯儿来。原来大星的死她一直还在心上扛着?原来她一直以为我为这事在恨她?大星是因为我不识字才丢掉女朋友的,一家人该恨的是我才对啊!

这时,我听到李永志在门外说,李小星你刚才叫你妈什么?

李小星说,怎么了?

李永志说,赶快跟你妈赔礼道歉!

李小星说,爸你就少装好人吧,好歹我还没因为我妈不识字瞧不起她呢,不像你。

李永志说,我怎么瞧不起她了?

李小星说,哼,傻子都明白,你跟我妈说过几句话啊?去过我妈屋里几回啊?还动不动就唱"思想起当年事好不悲凉"。

李永志说,你懂什么,我现在说的是你!你妈就有一千个不是,也不该你那么叫她。

李小星说,我那么叫她不是瞧不起她,是她不想当我的妈,她只想当李大星的妈!

李永志说,混账!愈说愈不像话了!

李小星说,爸,别以为我看不出来,你心里未必就没像我妈那么想过,你和我妈的区别就是一个是恨我,一个是装着不恨我。对我妈你就更装着了,别看咱家换房啊装修啊你不肯依着我妈,其实你那是怕我妈,怕我妈提起过去,怕我妈说你忘本,怕你忘不了过去,你就什么什么都要新的!

李永志说,小星你是不是有病了啊?

李小星说,我没病,好着呢!这些话我早就想说了,可你们一天天闷葫芦似的,谁也不给我机会!

李永志说,你以为,你说出来就是对的吗?

李小星说,知道你们不会承认,我也没想让你们承认,可我自个儿不能不明白,我已经不是三两岁的小孩子了。

李永志说,明白明白,你明白个屁啊!

一向少言寡语的李永志,竟是骂起粗话来了!

就听他又说,有些话,我是不便跟你们说的,因为说也难说清。跟你妈说话少,去你妈屋里少,还有那段唱词,还有不依着你妈,都绝不是你想的那样。我只能肯定地对你说,第一,我没有瞧不起你妈;第二,大星的死跟你没关系,这一点,相信你妈也是这么想的。

李小星说,我不信,你说的我全不信!知道我为什么28岁还没有男朋友吗?不是不想有,是害怕!怕人家来家里看见你们俩这样子,怕你们跟人家提起大星的事,我实在不想让任何一个外人进这个家了!

……

我站在厨房里,一直一言不发地听着门外的对话。水管的水哗哗地流着,我却毫无知觉。

李永志大约在厨房外的小客厅里,我只能看见厨房门口的李小星,但他们的声音都一样让我陌生。

我知道,今晚我又要失眠了。

我知道，午饭也没办法再吃了。

我知道，地里的菜们又在召唤我了。

但我还是近于迟钝地想，他说有些话不便说是什么意思呢？

我不甘心，对这个家我所有的感觉都是错的，那样，在他们面前我就会更紧张了，因为我竟笨到与他们朝夕相处，却对他们一无所知！

当然，他们对我所知也多不到哪里，可那是他们不想知道，他们想自个儿想得太多了。可我想自个儿就少吗？对他们一无所知，到底是因为不识字还是因为想自个儿想得太多了？

我的脑子变得乱糟糟的，再也难想清楚了。

我又一次扛起了锄头。

从他们身边走过时，他们害怕似的不由自主地闪开了。直到走出家门，他们才醒悟了似的叫道，你去哪儿？

我勉强朝他们笑笑，说，扛锄头的人能去哪儿。

他们说，还没吃午饭呢？

我说，对我来说，睡觉比吃饭要紧，我得先找个能睡着觉的地方。

我不管他们再说什么，坚决地把门砰的一声关死了。

向楼下走时，我听到门又被他们打开了。还好，他们没追下来。这说明他们对我还是有所了解的，相信我不会去做让他们不放心的事，比如寻死什么的，顶多，不过是去菜地里哭一哭罢了。但他们不知道，眼下我是哭都顾不上了，想顾什么，自个儿也搞不清，只是扛了锄头一味地走了下去。

走出楼房。

走出村子。

走进田野。

我想，人要是可以不吃饭不睡觉，就这么永远地走下去该有多好啊。

原载《中国作家》2007年第11期

《小说月报》2008年第1期选载

入围《小说月报》第十三届百花奖

吃 饭 去

煤气灶上，这边的锅开了，那边的锅也开了，锅盖被掀下来，热气如狼似虎地向上蹿。挨了煤气灶，还有一只电磁炉，电磁炉上也坐了口锅，里面的水也咝咝地响起来了。抽油烟机嗡嗡嗡的，声儿大得能比过天上的飞机。可热气还是没被它吓倒，任性地躲了它，在不大的一点空间愈集愈多着。

胡小娟隔了窗玻璃向厨房望，热气将玻璃糊了一层，只隐约可见丈夫的身影。身影高大、胖壮，正背对了她，低头在剁着什么，当当——当当——一截东西被剁得飞起来，砰地撞着了玻璃，又落在了地上，胡小娟看清，那是一截葱段。

胡小娟想，葱段当然不必用那么大的力气，两人的饭更不必非用三口锅不可，大刘他是有意的，有意要在厨房里闹一闹了。

胡小娟觉得很委屈，自打结婚做饭的事就是大刘的，也不是一天两天了，四十年都有了，四十年厨房里都风平浪静的，现在大刘却失去了耐心了。

这样的"闹"已有好些日子了，胡小娟却也不好说什么，因为大刘每从厨房里走出来，对她说"吃饭吧"的时候，并不见失去耐心的样子，反是一脸的平和。胡小娟相信对那"闹"的感觉，却也不愿怀疑大刘的平和，但她还是敏感到，大刘那"吃饭吧"的前头，已经将"小娟"省略掉了。这省略好像在"闹"之前就出现了，她只是没在意，六十多岁的人了，还小娟小娟的，不叫也罢。可是，她这里可以不在意，他那里就可以无缘无故地省略吗？

　　大刘长有一副长脸庞，单看他的眼睛、鼻子和嘴巴，样样是说得过去的，可凑在他的脸上就十分不理想了，他的脸太长了，还有一个肉乎乎的双下巴，使脸上的东西就显得有些零散，差了尺寸似的。特别是他的眼睛，与鼻子的距离拉得太长，而上面的眉毛又像他的头发一样又黄又稀，一对双眼皮的大眼睛便显得孤单单的，给人以莫名的突兀感。总之，不认识他的人，看他一眼通常是要吃一惊的；而认识他的人，往往又会生出几分没来由的怜悯来。相比较，胡小娟的长相倒自然了许多，她是小眼睛、小鼻子、小嘴巴，一张紧绷绷的小圆脸，个头偏矮，身材偏瘦，脑后一把几十年如一日的小刷子。胡小娟比大刘只小两岁，但看上去却像两代人的样子，大刘的长脸已长出了许多皱褶，而胡小娟除了眼角有少许的鱼尾纹，脸侧有淡淡的几点黑斑，哪哪都还是饱满的，透了光泽的。和大刘在一起，胡小娟倒从不感到尴尬，多少年来她已经习惯于对大刘的依赖了，在一个可依赖的人面前，他的长相如何到底是不重要的。

　　胡小娟离开厨房，在客厅的沙发上坐下来，翻起一本20世纪50年代出版的外国小说。退休以后，她一直在搜集文学和医学方面的旧书籍，大约有上千本了吧，她很是以此为荣。退休前她是一家报社的副刊编辑，她深信文学和医学对人的重要，而旧书比新书又要可靠得多，因此对旧书的搜集，她看成是自个儿的一项重要工程。不过也很奇怪，她一边觉得重要无比，一边又没耐心去读完任何一本书，她只是翻一翻，一本书拿在手里至多三五分钟，就要换上另一本了。这有点像她跟大刘学京戏，她总是向人赞美京戏的美妙，可又从没耐心一字一句地学唱到底，学到艰深细微之处，她总是会说，哎呀不好了，肚子又疼了。她不是装出来的，真的是疼，在她焦虑不安的时候她肚子就会疼，她的肚子敏感得，就像是和脑子连在一起似的。她知道，唱京戏她一辈子都休想赶上大刘了，大刘这人，学什么都不会肚子疼，退休以后，他硬是凭了几盒磁带，学会了几十个唱段，虽说还差火候，但跟板眼唱下来是没问题了。京戏这东西，她也深知它的好，可就是太难了，就像文学和医学，多数的人，是只适合做一个欣赏者的。没退休的时候,她也试着写过小说,写过诗歌、散文,还订过中医杂志,有时给自个儿开开药方什么的,可哪一样都是,做着做着就难了,一难肚子就疼起来了。还有这做饭,四十年她都不进厨房,也是因为肚子疼。肚子疼告诉她,做饭同样是件难事,比起京戏,比起文学医学的难度一点不在其下。好在,厚道的大刘容忍了她的肚子疼,几十年如一日地担当起了做饭的重任。他还从没嫌弃过她的一事无成,在她偶尔自嘲的时候,他还安慰她说,你并没有一事无成,有一件事你就成了。她问哪样,他便说,让一个男人为你做饭啊。她便大笑起来,笑着笑着却又哭了,眼泪流了一串又一串的。大刘也不去在意,知道她泪窝儿浅,常常地说哭就哭。

这时,厨房那边忽然有大刘的声音传过来:完了,完了完了!

胡小娟吃了一惊,问,什么完了?

大刘说,饭做不成了!

胡小娟说,怎么了?

大刘说,断煤气了!

大刘的声音很高很急,但不知为什么,胡小娟总觉得那声音里似还掺杂了兴奋的。

断煤气的事从前也不是没有过,待上一会儿,很可能还会来的。但胡小娟还是从沙发上站起来,走到厨房,走到大刘的面前说,走吧,咱到儿子家吃午饭去!

他们的儿子刘壮壮,住在离这儿不远的另一个小区里,不必坐车,步行走上六七分钟就到了。他们已很长时间没见到儿子了,儿子在机关忙,儿媳在学校忙,他们的孙子正上高中,晚上住在学校里,比他的老子们更忙。儿子倒是常给他们打电话,电话结束时总是说,哪天不想做饭了,就这儿吃来吧。虽说这样的邀请只是随口说说,但他们还是记在心里了,这一回,他们真是有再充足不过的理由了:煤气没了,饭做不成了,附近又没有一家对口味的饭馆,不去儿子家又去哪里呢!

儿子和儿媳,果然很高兴地迎接了他们。看样子儿媳也正在厨房做饭，看他们坐下来，转身又到厨房去了。这个儿媳，自打和儿子结了婚，就没让儿子进过厨房，还总是今儿包饺子明儿烙馅儿饼地变换花样，馒头是她自个儿来蒸，面条是她自个儿来擀，肉是她自个儿来炖，外面的熟食她说一是费钱，二是吃了不放心，再说回到家里，也不能总盯了电视看啊。大刘曾感慨地对胡小娟说，世上竟还有这么喜欢做饭的女人。胡小娟没吱声，她想她能说什么呢，一个不能做饭的女人。不过她知道，儿媳是手有一份心也一份的，不管什么时候什么场合，她也不会甘心于服从的角色，她是喜欢别人来服从她的。有一回儿子从外面买了包子回来，她二话不说就扔到了垃圾袋里，儿子一气之下跑到父母这边，她竟也随即跟了来，手里提了自个儿和好的面拌好的馅儿，硬是让这三人放下快到口的饭菜，跟她一起包起饺子来了。

儿媳一个人在厨房忙活，这边客厅里三个人说着话儿。

厨房那边叮叮当当的声音一阵一阵地传过来，胡小娟随了声音不由得就站起来又坐下的。她去看大刘，见大刘反倒大腿压了二腿，坐得稳如泰山一般。胡小娟只好说儿子，你去帮帮她吧。儿子说，不用，去了她反会不高兴。胡小娟说，多两口人吃饭呢。儿子说，多三口人也没关系，您就放心吧。

果然，没多大一会儿，厨房那边就有香味儿飘过来了，随即还伴了儿媳的喊声：壮壮，叫爸妈吃饭了！

三人站起来往餐厅走。胡小娟注意到，大刘脸上有种掩饰不住的兴冲冲的表情。胡小娟便说，看把你爸高兴的。大刘说，怎么了？胡小娟说，应该祝贺你。大刘说，祝贺什么？胡小娟说，终于吃上现成饭了。大刘说，是啊，不用进厨房就吃饭，谁不高兴？胡小娟说，我早知道，你进厨房是不高兴的。大刘说，你呀，让壮壮评评理，我不高兴能坚持四十年吗？胡小娟说，不要提什么四十年，你那四十年无非是馒头、米饭，米饭、馒头。大刘说，嫌不好你来做呀，你为什么不做？

两人都是笑着的，说出的话，却是平时很少说过的。

两人都有些奇怪，老了老了，在儿子面前倒有些任性起来了。儿子呢，不说话，只是笑。

接下来，是三人轮番到挨了餐厅的卫生间去洗手。洗完手，外面餐桌上的饭菜已摆好了，就见菜是四凉四热，色泽鲜亮，气味诱人；饭是白米饭，盛在三只精致的蓝花瓷碗里；汤是酸辣豆腐汤，满满的一盆，热气腾腾，香气扑鼻。不过，怎么只盛了三碗米饭呢？正疑惑间，就见儿媳一转身进了卫生间，啪嗒一声，好像还从里面上了锁。胡小娟只当儿媳要方便，便示意大刘先别动筷子，老老实实地坐在那里等。

一会儿，从卫生间传出了水声——哗啦哗啦——竟是持续不断。

胡小娟和大刘相互望望，又都去望儿子。

壮壮冲了卫生间喊，今儿不洗了不行吗？

卫生间的儿媳也喊，不行！

壮壮冲父母笑笑，说，甭管她，咱先吃吧。

胡小娟说，她在洗澡？

壮壮说，不洗澡不能吃饭。

胡小娟说，等洗完不都凉了？

壮壮说，凉了再热呗。

胡小娟说，这几时有的习惯？

壮壮说，早了，儿子一住校就有了。

胡小娟说，我们要不在呢，不在你等不等她？

壮壮老实地回答，全在她了，她说等就等，她说不等就不等，反正也不是什么大事。

胡小娟不由得哼了一声，说，听听，还不是什么大事。

胡小娟有些赌气似的首先拿起了筷子。接着大刘和壮壮也将筷子拿了起来。

三人都没再说什么话，默默地吃饭，默默地听着哗啦哗啦的水声。儿媳的手艺挺不错，比大刘做得好吃多了。大刘显然很爱吃，一口接一口的，嘴张得很大，腮帮子鼓鼓的。刘壮壮也是没心没肺的样子，将碗端起来，扑扑啦啦地往嘴里送。胡小娟坐在他们的对面，觉得人吃饭的时候其实是很丑的，特别是大刘，嘴张开的时候那张脸更长了，就像个怪物一样。她移开目光，有点不忍心再看他们。

哗啦哗啦——吧嗒吧嗒——哗啦哗啦——吧嗒吧嗒——

胡小娟忽然觉得有点肚子疼，她放下筷子，再也不想吃下去了。

两人回到家里，胡小娟到自个儿的床上躺着去了。每回肚子疼，她不吃药，不看医生，就这么躺上一会儿便过去了。大刘知道她的毛病，也不去理她，顾自躲在自个儿的房间里听京戏。学京戏是要时间的，听一会儿是一会儿，学一句是一句，他学会的几十个段子，就是这么一分一秒地学来的。过去在工厂的时候就是这样，他不怕吃苦，勤于学习，从一个普通工人一直干到了车间主任。胡小娟就是他当车间主任的时候有人介绍给他的。那时胡小娟大学毕业刚分到报社，而他只是初中学历。可喜的是，胡小娟竟是对他满意，她说，她喜欢他的踏实肯干，喜欢他的高大结实，有这么个人在身边，她一辈子都会心安的。那时他也想对她说，他喜欢有知识有文化的人，还喜欢她脑后的小刷子，一见到那小刷子他就心跳不止。可这话，直到现在他也没好意思说出来过。现在，胡小娟的小刷子还在，他却早已不会心跳了，胡小娟呢，似也没了那些年的心安了，年岁愈大，心眼儿反倒愈小起来了，动不动就肚子疼，一肚子疼就要跟他分开睡。这些年，她和他几乎都够得上分居了。

大刘学的是《林冲夜奔》里的一段唱：大雪飘，扑人面，朔风阵阵透骨寒。彤云底锁山河暗，疏林冷落尽凋残。往事萦怀难派遣，荒村沽酒慰愁烦……这段唱腔好，词好，当红的老生于魁志唱得也好，学着学着，大刘竟是鼻子一酸，眼睛有些泪花花的了。他心里笑自个儿，动的哪门子情啊，人家林冲冤情深似海，你的冤情在哪里呢？

过了一会儿，大刘出来上厕所，忽听得胡小娟的房间里有呜呜的哭声。大刘先没在意，上完厕所出来，却听那哭声忽然变成了号啕大哭了，哇——哇哇——

大刘便有些吃惊，这样的哭，胡小娟很少有过呢！她哭的是哪一出呢？

大刘在门外转来转去的，到底也没敢推开胡小娟的房门。好容易听得哭声止住了，正要进去，倒见胡小娟走了出来。

胡小娟自是两眼通红,脸上挂满了泪痕,也不看大刘,低了头就奔卫生间去了。

过了一会儿又一会儿的,卫生间的门终于开了,胡小娟脸上的泪痕不见了,眼睛却仍是红的,她从大刘眼前走过去,径自进自个儿的房间,穿了件外出的衣服走出来。

大刘开口问,你去哪儿?

胡小娟说,吃饭去。

大刘说,哪儿吃饭去?

胡小娟说,彬彬家。

大刘说,不是吃过了?

胡小娟说,吃晚饭。

大刘说,怎么了?

胡小娟说,不怎么。

大刘说,到底怎么了?

胡小娟说,不怎么。

大刘说,你呀,就别闹了好不好?

胡小娟忽然冷笑道,是我闹还是你闹了?

大刘说,我闹什么了?

胡小娟说,你天天在厨房闹,以为我觉不出来?

大刘说,我在厨房闹,还天天?操!

胡小娟说,听听,人都骂上了。

大刘说,胡小娟,你是不是把在壮壮家说的话当真了?

胡小娟说,听听,我都改胡小娟了。

大刘说,你不叫胡小娟吗?

胡小娟说,我是叫胡小娟。

大刘说,胡小娟你都要把我气蒙了,要真拿那些话当真,不高兴的也该是我,别忘了话是你先提起来的!

胡小娟说,甭说那话不话的,我不过是到彬彬家吃顿饭,省得你给做了。

大刘说，我都做了四十年饭了，还在乎这一顿饭吗？

胡小娟说，又是四十年的饭。

大刘说，是四十年！

胡小娟说，四十年怎么了？

大刘说，胡小娟，你不要逼我！

胡小娟说，你想说什么？尽管说出来！

大刘说，胡小娟，你这么逼我，我恨你！

胡小娟说，你恨我，好，到底说出来了，我早知道，早知道你恨我，从不叫小娟的时候我就知道了。

大刘说，一个名字你就在乎了，我呢，一个大活人一天三回钻在厨房里，你在乎过吗？你进厨房看过我一眼没有？

胡小娟不由得怔了一下，但还是不肯认输地回应道，我跟你不一样，不看你不是因为恨你，是因为厌恶你！

大刘说，好，你也到底说出来了，你厌恶我，一个女人整天吃着男人做的饭，还说厌恶这个男人！

胡小娟说，我是整天吃着你做的饭，可我就是厌恶，厌恶你做饭，厌恶你吃饭，厌恶你那丑八怪的样子！

大刘说，滚，你给我滚！

彬彬是胡小娟和大刘的女儿，住在城市的另一头，之间有17路公交车连接起来。胡小娟不喜欢17这个数字，每回去女儿家，几乎都会有一场不愉快发生，她总觉得和这17有关。

彬彬见到母亲，先是吃了一惊，随即就说，怎么没打个电话来？胡小娟说，放心，吃完晚饭我就走，不误你的事的。彬彬说，看您说什么呢，又小心眼儿了。

彬彬是一位专职作家，为了写作至今孩子都没肯要，时间对她是第一重要的。

坐下来，胡小娟还是把跟大刘吵架的事说了一遍。说的时候，她还是忍不住哭了。她知道女儿是不会理解她的，女儿只理解她书里的人。果然，女儿听完没哭，反倒哈哈地笑起来了。

胡小娟恼火地说，你笑什么？

彬彬说，您当真说我爸是丑八怪了？

胡小娟说，说了。

彬彬说，您当真厌恶我爸？

胡小娟说，当真。

彬彬说，我不信。

胡小娟说，为什么不信？

彬彬说，因为您没肚子疼啊。

胡小娟说，又胡说了。

彬彬说，您想啊，厌恶一个人，还要跟他日夜厮守着，这是多大的折磨，可您那敏感的肚子，怎么就从没为这疼过呢？

胡小娟说，你怎么知道没疼过？

彬彬说，疼过吗？

胡小娟怔了一会儿，想想与大刘在一起的这些年，忽然就觉得，她所有的肚子疼，仿佛都与她和大刘在一起的日子分不开似的，这难那难，最大的难，也许正是这些日子呢！但即便这么想想，她也觉到了一种令她惧怕的难度。于是，她便懒得再想下去，只对女儿说，这是笔糊涂账，我也说不清了。

这么说着，胡小娟竟真的觉得肚子又唿唿啦啦地疼起来了。这时，她十分渴望往里填些东西，便说，彬彬，早些做饭吧，这星期该谁做了？

做饭的事，彬彬和丈夫是一递一星期来承担的。彬彬告诉胡小娟，是丈夫的星期，他就快下班回来了。胡小娟说，要不是肚子疼，我就进厨房做去了。彬彬笑道，别逗了，您进厨房，除非日头从西边出来。

彬彬又坐到电脑桌前去了，一点没做饭的意思。胡小娟知道女婿是个喜欢斤斤计较的人，多了口人吃饭，彬彬还不帮他，他会不高兴的。对这女儿，胡小娟也十分不满意，她心里就惦了写作了，话还没说几句，就又要去打字了。往日来这儿待两天，电视不让看，音响不让开，咳嗽重了她都皱眉头，更不要说陪了说说话儿了。胡小娟想，还作家，自个儿家人的心思都弄不懂，算哪门子的作家呀。

彬彬两手抚在键盘上，果然噼里啪啦地打起字来了。

胡小娟坐在女儿身后的沙发上，只能看到女儿的后背。

噼里啪啦噼里啪啦——

时间一分一秒地过去，渐渐地，天黑下来了，屋里暗起来了。

噼里啪啦噼里啪啦——

胡小娟觉得，女儿已是将她这个妈忘记了。她的泪水在眼睛里打着转儿，却又庆幸着女儿给她的后背，这使她有机会悄悄地站起来，悄悄地走向门口，悄悄地打开门走了出去。她将门关得死死的，生怕女儿追出来似的。她仿佛听到女儿在屋里喊，妈，干吗去呀？不是要在这儿吃晚饭吗？

街上的路灯已经亮起来了，两边的铺面也闪了五颜六色的光亮，铺面前的榕树上，缀了无数小星星一般的彩灯，飞驰而过的车辆，不停地将灯光打在树上，忽明忽暗，忽明忽暗……

这灯的世界，胡小娟已看了许多年了，实在没什么好看的了，但她还是没有马上去坐公交车，她沿了一家一家的玻璃橱窗慢慢走着，边走边看，仿佛一个闲在的无忧无虑的女人。但她的心里却在想，今天的晚饭，该去哪里吃呢？

胡小娟回到家的时候，已是晚上9点钟了。她看到大刘蜷在沙发上，眯了眼睛，像是睡着了；厨房里，仍是去儿子家之前的样子，三口锅坐在灶上，冷冰冰的。看来，他晚饭是吃也没吃，做也没做呢！

这时，大刘仿佛觉到了胡小娟的存在，他睁开眼睛，睡眼惺忪地问道，吃饭了吗？

胡小娟正往自个儿的房间走，听到问话，忽然鼻子一酸，眼圈一下子就红了。

原本，胡小娟是做了最坏的打算的，她想，如果他不想再做下去了，她就雇个保姆来做；如果他不想再过下去了，她就同他分开来过。

胡小娟停在自个儿房间的门口，背对了大刘答道，没呢。

大刘说，我也没吃，我这就做去。

大刘竟是真的到厨房去了。

灶火着起来了。

抽油烟机响起来了。

锅里的热气冒起来了。

大刘在热气中晃来晃去的。胡小娟看在眼里，脸上的泪水愈来愈多了。

要不是脸上的泪水，胡小娟几乎不敢相信眼前的一切，至少要有一场郑重的谈话吧？至少要有一次深刻的反省吧？至少要对那"恨"呀、"厌恶"呀做一做解释吧？可什么也没有，什么也没有就一切都似烟消云散了。

后来，胡小娟还鬼使神差地跑到厨房去了，自个儿拿了一头大蒜，不作声地剥着。

大刘看看她，也没有作声。

胡小娟一边奇怪着自个儿，一边又有些不甘心，她想，等饭做好了，抽油烟机停了，厨房里安静下来了，她还是要问一问大刘，"我恨你"，到底是怎么一回事？不过同时她又有些担心，要是大刘问她"厌恶"是怎么回事，她又该如何回答他呢？

原载《长城》2007年第3期

《小说月报》2007年第7期选载

《全球华语小说大系·爱情与婚姻卷》（新世界出版社）选载

一　辈　子

　　山药粥金黄金黄的，李芒和张和平，对坐在饭桌前，呼噜呼噜地喝。

　　桌上一盘全麦面馒头，一盘芹菜炒肉片儿，一盘糖醋拌莲藕，家常，清淡，还顺肠。

　　一年三百六十五天，一天三顿饭，天天吃年年吃，李芒和张和平已经这么对坐着吃了三十多年的饭了。因此，没有说话的声音，只听得见吧嗒吧嗒——呼噜呼噜——

　　山药粥盛在两只老旧的瓷碗里，碗上有两朵葵花，一个太阳。葵花是黄的，两边各有两片绿叶子；太阳是红的，上方有扇形的光芒，光芒上写了七个蓝色的草体字：大海航行靠舵手。画面上下，各有一条蓝色的边线，边线粗细不均，在白色的底面上，就像是一支粗劣的笔胡乱涂上去的。碗是张和平母亲的遗物，张和平的母亲去世后，张和平从一大堆遗物中只挑了这两只瓷碗。李芒问他为什么，他说，这是他母亲的奖品。李芒知道他母亲原是纺织厂的工人，她却不明白，奖品为什么会是两只瓷碗，倒不如两只瓷缸了。还有那图案，既没有大海也不见航船，大海航行靠舵手从哪里说起呢？当时张和平对李芒的发问是很不高兴，他说，奖品好坏并不重要，重要的是个荣誉！一说荣誉李芒就不吱声了，张和平是看重荣誉的，她李芒的荣誉他也一样看重，她每年的先进工作者的奖状，总是由张和平亲手挂在墙上，尽管他自个儿从没得到过什么荣誉。前些年的日子苦，吃的用的不讲究，张和平要用这碗，她也就依了他。后来日子好些了，市场上好看的碗也多起来了，李芒总想着换套新的，可一天推一天的，竟是一直推到了如今，推到了她和张和平退休的日子了！

张和平喝粥的动静儿很大，呼噜呼噜——把那边电视的声音都盖过了。电视里正在播报新闻，说的什么李芒一直也没去听，但意识到喝粥的声儿，她倒想听一听新闻了。她说，就不能小点声儿吗？

张和平抬头看了李芒一眼，继续喝，呼噜呼噜——

李芒说，又没人跟你抢。

呼噜呼噜——

李芒说，你听听，你自个儿听听。

呼噜呼噜——

张和平的声儿反而更大了。

李芒知道，他这是不高兴了，他是个很容易不高兴的人。

李芒只好暗自笑笑。

依李芒的性子，凡事都是要占个上风儿的，从前她是忙在学校里，占上风儿的事也在学校，家里上风儿不上风儿的，她就不那么在意了。可现在，她是退了休的人了，学校上风儿下风儿的事都跟她没一点关系了，有关系的就只这一个和张和平组成的家了。她想，日子还长呢，要是他总这么不高兴，她就总得这么暗自笑笑吗？这么想着，刚才的暗笑，不由得就变成了一股躁性儿，这躁性儿如同个毛手毛脚的小孩子，猛不防就将粥碗咚地一放，将筷子啪地一摔，一件原本可以无事的事情，竟一下子变得惊心动魄起来了。

凭李芒一个中学教师的修养，她自是不会和张和平吵架的，她只是将碗和筷子放重了些，只是不肯再喝一口粥，不肯再吃一口菜。即便这样，张和平还是吃惊不小，他一再地追问李芒为什么，他说要是只为他喝粥的声儿大就是她的不对了，多少年他都是这么喝的，也没见她说过什么，怎么今儿听着就过不去了？别看张和平平时没几句话，较起理儿来可一句都不少说。李芒听着，竟是理屈词穷，干张嘴，说不出一句应答的话来。她想，是啊，平时也没说过什么，怎么今儿就过不去了？可是，平时她是没注意过啊。可是，没注意过她怎么说得出口，一顿饭没注意，两顿饭没注意，难道几十年都没注意过吗？

李芒没想到，她退休后和张和平的第一次交锋，竟是以自个儿的失败而告终。

这天晚上，李芒躺在书房的沙发上，感到有一种东西从黑暗里走进了她的体内，这东西令她陌生，也让她有些儿害怕，要是让她给这东西起个名儿，她会叫它"孤独"。她明白孤独并不单单来自这次的失败，来自别的什么她一时也想不清楚，就像是，小时候玩儿捉迷藏，所有藏起来的人都被找到了，大家闹闹嚷嚷地相聚在一起，唯有藏在一个黑洞洞的角落里的她，没人发现，也没人喊她一声儿，像是彻底地被大家遗忘了。她这个人，原本属于积极乐观的一种，消极的东西是很少来搅扰她的，慌怕之中，她果断地将手伸向了日光灯的开关。日光灯亮了，不大的书房忽然亮如白昼，她看到，书桌上有她和她的儿子的合影，儿子的下巴抵在她的肩膀上，俏皮地笑着，身后是儿子和儿媳的新家；书橱里有一个胖瓷娃娃，红脸蛋儿，大眼睛，一副永无忧虑的模样儿。她睁大眼睛，努力地看着它们，竟是一种从此岸望彼岸的感觉。也不知过了多少时间，她的眼前变得模糊起来，此岸和彼岸的界限也不再分明，终于，眼睛不知不觉地合起来了。

第二天早晨，阳光如同一位体面的绅士，干干净净地就进书房来了。

外面的客厅里，已经有了响动儿，呼噜呼噜——那是张和平在喝牛奶，喝牛奶也是一样，呼噜呼噜——

阳光照在沙发的扶手上，李芒将一双脚丫子跷上去，顿时，脚丫子也变得干干净净的了。她看着脚丫子，想起昨晚的点点滴滴，心想，多么不同啊，又一天开始了。

李芒穿好衣服，叠好被子，然后到卫生间刷牙、洗脸、梳头发。待坐在饭桌前，李芒已经想好今天要做的事情了。

张和平早不在饭桌前了，李芒知道，他是看打麻将去了，小区的院儿里，到处都支了麻将摊子，每天，他像小学生上课一样准时。他比她早退两个月，两个月来他一直在看人家打麻将。他不是不想打，是害怕输钱，平时俭省惯了，每月又是有数的进项，自个儿的钱，无缘无故就跑进别人的腰包里去了，他受不了。他曾对她说，甭多输，就十块钱，要是买成山药，够煮多少顿山药粥啊。李芒总觉得，张和平说这话时有炫耀之嫌，或许，俭省在他看来也是一种荣誉吧。因此李芒一点不担心张和平有一天真的去打麻将。

吃完早饭，李芒从抽屉里拿些钱，也出门去了。她从一个一个的麻将摊子跟前走过去，发现张和平站在一张麻将桌前，弯了腰，探了头，嘴巴微微地张开，活像一只上了年岁的呆鹅。她不由自主地叹了口气，那个年轻的充满活力的张和平再也不复返了。当然，她也一样，眼角和嘴角的纹路一天天地在增多，脸上的光泽却一天天地在减少，但她绝不弯了腰探了头去看打麻将，她喜欢到处地走一走，出门前化一化妆，衣服拣浅艳的穿，走路挺胸收腹，节奏尽力地轻快。她就这么轻轻快快地走了过去，和麻将桌前的人们作着对比似的，尽管并没什么人注意她。

走出小区，李芒上了一辆通往盛福祥的公交车。盛福祥，是一家大超市的名字。

一路上，座位都满满的，李芒站在坐着的乘客身边，感觉十分不错，因为没有一个人给她让座，证明她还不那么老。甚至有两回空出了座位，她也装作没看见似的，任凭年轻人占了去。窗外是灿烂的阳光，阳光下有车辆、人群、绿地，还有一座座看不见顶的高层建筑。最近的一辆出租车上，一对青年男女正亲密地依偎在一起，那男的嘴巴不停地一张一合，也不知在说什么。李芒想，无非是女孩爱听的话吧。她想起她和张和平，当年恍惚也有过这时刻，这时刻张和平就是一整个世界。她不由得有些自嘲地笑了，张和平，一整个世界，哪儿跟哪儿啊。

盛福祥在市中心一条最繁华的街道上。这街道每天都像是沉浸在节日里，大大小小的广告牌，形形色色的霓虹灯，满天飘荡的气球、条幅，还有混杂的音响，川流不息的车辆、人群，花花绿绿的演出队伍……现在，盛福祥门前就有一支由中老年人组成的演出队伍，一式的粉红衣裤，一式的红脸蛋、黑眼圈，年龄不相上下，只是头发有黑有白，脸上的皱褶有深有浅。她们正在跳一曲《友谊地久天长》，手里各自拿了把粉红的扇子，时而打开，时而合上，打开、合上时，发出噗噗的声响。李芒站在人群里，看着看着就不由得笑了，外国的曲子，中国的跳法，多么有趣啊。想到自个儿昨晚的孤独，竟又是一种从此岸望彼岸的心境了，只不过此岸和彼岸倒了个个儿，从此岸望着的，倒是愈来愈渺远的孤独了。

伴了《友谊地久天长》的旋律，李芒近乎喜气洋洋地走进了超市。

这超市李芒只来过一次，因为离家太远了，自个儿居住的小区附近，就有大大小小五六家超市呢。那次还是这超市开业的头一天，几乎全市的人都挤到这里来了，她和张和平，手拉了手，被人群一会儿拥到这里，一会儿拥到那里，最后走出超市时，除了鞋子上被踩满的黑脚印儿，手里只提了一盒草莓酸奶。而草莓酸奶，自个儿小区的超市里就有呢。不过，李芒还是在这超市里发现了别处没有的东西，那就是瓷碗，各式各样五颜六色的瓷碗，一整个货架子上都排满了，货架子长得啊，几乎赶得上一个教室的长度，那气势，叫人心里扑通扑通都跳起来了。可是，身子被人群裹挟着，手又被张和平紧紧地拉了，李芒只能远远地望。她说，张和平你看，你看啊。张和平说，看什么？她用眼睛示意给张和平，张和平看啊看，总算看到了，却又扫兴地说，不就是碗嘛，有什么看头儿？随了人流的涌动，瓷碗很快地看不到了。李芒没再吱声，但她心想，一定要再来一次，再来一次。从那以后，她也不是没下过决心，但学校里太忙了，学校的事和瓷碗比起来，瓷碗总还属于小事。可是今天不同了，今天，瓷碗这件小事，似已变得空前重要！李芒自个儿也说不清那重要的理由，只觉得，瓷碗的事不解决，今天的饭她怕是都无心去吃了。

虽说只来过一次，李芒还是很快找到了瓷碗的货架，这一回她才算看清了，瓷碗的后面，还有一货架的瓷盘，瓷盘的后面，还有一货架的茶具，真是富丽堂皇，光彩夺目啊，李芒看着看着，眼睛不由得都潮湿了。

这时，一个穿红上衣的女孩笑吟吟地走过来，问李芒买什么？李芒说瓷碗，女孩便为她一一介绍起来，这一种怎样那一种怎样，什么叫釉中彩，什么又叫釉下彩、釉上彩，她还指了一只色彩艳丽的碗说，这就是釉中彩，你摸摸，有多平滑，你再敲敲，声儿有多正。李芒果然就摸了摸、敲了敲，却也摸不出什么敲不出什么，只觉得这花色是太漂亮了，在这一货架的碗中，它就像一个要出嫁的新娘，把天下最耀眼的颜色都占去了。其实它上面不过是一簇一簇五颜六色的小碎花，可这些不起眼的小碎花，到了碗上不知为什么就变得亮眼、尊贵起来了。李芒立时决定买下，她选出四只让女孩去包装，自个儿则继续恋恋地去看其他的碗。她发现，今天的碗里，再也没有"大海航行靠舵手"那样的大口碗了，她若是将它拿给女孩看，女孩一定会笑弯了腰的。可是，她和张和平却还使用着它，一张脸埋在那碗里，呼噜呼噜——她和张和平啊，唉！

　　女孩将那"新娘"包装好，又为李芒介绍了一种，这碗里外是一式的豆青色，颜色沉实又闪闪发亮，碗形朴拙又给人细腻别致之感，若说刚才选中的是"新娘"，那这碗就可称得上"新郎"了。有了新娘，新郎自然也该有的，李芒又一次选了四只，交给了女孩。女孩脸上的笑更多了，拿了碗又一次包装去了。李芒仍接了看，一只一只的，每一只都视作宝贝似的爱不释手。其中一只，就见是一色的乳白，上上下下没有一丝的装饰色，干净得就如同早晨那书房里的阳光。摸一摸，碗壁比"新郎""新娘"薄了许多，敲一敲，声儿似也脆了许多，拿远了看，碗上的光亮一闪一闪的，简直如一只无瑕的白玉一般呢。李芒惊喜着，拿在手里是再也放不下了。她想，用上这样的碗吃饭，那饭吃得该多高兴啊！她知道若是把"新郎""新娘"和这"白玉"全买回去，张和平还不知会怎样不高兴呢，可她更知道，不把它们买回去，她怕是连超市都出不去了。就算她想出去，她的手也不会听她的，你看它，拇指在里，四指在外，每一根手指都与碗身贴得紧紧的，那柔情蜜意，任谁都休想将它们分开了。她想，对不起了张和平，李芒是没有一点办法了！

　　似白玉一般的碗，价钱也高了许多，几乎是那"新郎""新娘"的三倍。这样，"新郎"四只、"新娘"四只、"白玉"四只，总共十二只碗，李芒竟花去了近两百块钱。但她在张和平面前，不提钱只提碗，她将碗一只一只地摆在餐桌上，看了张和平问，怎么样，这碗？

　　张和平看了碗们一眼，没吱声，转身就进厨房去了。他从菜筐里拿出几颗土豆，打开水龙头，哗啦哗啦地洗起来。

厨房和餐桌只隔了一层玻璃窗，张和平的一举一动李芒看得清清楚楚的。张和平的头发乱蓬蓬的，从外面回来没换拖鞋，也没换家穿的衣裳。李芒隔了玻璃喊，问你话呢！

张和平不理她，继续哗啦哗啦地洗。

李芒说，听见没有啊？

张和平洗完土豆，又从餐具架上拿下削皮刀，唰唰地削着土豆皮子。

李芒看看碗们，看看张和平，觉得这时的张和平非常暗淡无趣，倒还不如这些闪了光泽的碗了。李芒站到厨房门口，看了张和平说，知道你会不高兴的，可不高兴也得说话，你又不是哑巴。

唰唰唰唰——削皮刀像是用了劲儿，土豆皮子薄薄厚厚地飞了一地。

李芒说，要不是忙，换这些碗我是等不到这会儿的。

唰唰唰唰——

李芒说，奖品再好，它也是过去了，总不能一辈子捧着它。

唰唰唰唰——

李芒抬高了声音说，不就是几只碗吗，值得你这么唰唰唰唰的？

张和平停了削土豆皮子，忽然抬头问李芒，多少钱？

李芒怔一怔，说，怎么了？

张和平说，你不说我也知道。

李芒说，那你说多少钱？

张和平不吱声，头一低，又唰唰唰唰地削起来了。他手里的土豆，已被削得只剩了指头般粗细了，他拿土豆的手，好像还有些哆嗦。

李芒想，碗的价钱，他大约真是知道呢。但知道又怎么样，反正买回来了，他不使也得使了。

但李芒没想到，这顿饭张和平还真就没使，他将李芒用新碗盛上的一碗面条重又倒进了那只大口碗里，碗上的红太阳放着光芒，两棵葵花有黄有绿。

李芒看着太阳和葵花，不由得将那只倒空的新碗举了起来，那碗上的小碎花，在李芒头顶闪烁着艳丽的光泽。李芒说，你真不使它？

张和平看看李芒，说，不使。

李芒说，不使我就摔了它！

张和平说，随便。

张和平端起那只大口碗继续吃着面条，呼噜呼噜——

李芒说，我可真摔了！

呼噜呼噜——

就听"啪嚓"一声，那碗果然摔在了地板砖上。几块碗片碰到了张和平的脚，张和平跳起来躲闪着，一边吃惊地望着李芒。

结婚几十年，张和平还从没见李芒摔过东西，李芒总是说，没教养的人才摔东西呢。看着一地的碗片儿，张和平忽然觉得，李芒不再是李芒了。

在李芒举起第二只碗时，张和平终于屈服了，他夺过李芒手里的碗，将大口碗里的面条款款拨进了新碗里。新碗小了许多，面条拨进去尖尖的一碗，他一根一根地往嘴里送着，艰难如同在吃一剂苦药。

这顿饭，李芒也吃得少极了，"新娘"碎了一只，她自是心疼，更心疼的是她和张和平之间，仿佛也被她摔碎了什么，张和平那难吃难咽的样子，倒还不如看他使大口碗舒服了。她想，见了鬼了，怎么说摔真就摔了呢！

到了晚上，张和平看打麻将回来得很晚，饭是李芒做的，做好了左等右等的，看张和平仍不回来，便自个儿先吃了。待张和平回来，就看他仍从碗橱里拿了那大口碗，盛了粥，端了菜，没事人似的坐在了餐桌前，餐桌上备好的新碗他看也不看一眼。

原本，李芒是想和张和平说点什么的，看他这样儿，忽然就没了说的念头。她却也没再次发作，只是一转身进了书房，这个晚上，她想她仍是要在沙发上度过了。

又一个在沙发上醒来的早晨。

和上个早晨一样，先看到干净的阳光，然后是呼噜呼噜喝牛奶的声音，然后起床，然后上卫生间。不同的，只是李芒比昨天的李芒像是更多了几分坚定，行动的速度快了许多，弄出的声响也大了许多。

张和平又看打麻将去了。

李芒又从抽屉里拿了些钱。钱是一个人的退休金，每月由张和平从银行取出来，放进床头柜的一个抽屉里。钱的多少，李芒一向是心中无数的，花多花少，她想反正也是花在他们两人的手里。

然后，李芒又一次出门去了。

李芒仍奔了盛福祥超市，到超市仍奔了瓷碗、瓷盘的货架子。她先补买了一只小碎花的"新娘"，然后又选了两套样式、花色都令她喜爱的瓷盘，绕过瓷盘，见到一套蓝底白花、藤编提手的茶壶茶碗，眼睛不由得一亮，索性也将它选了，一并交给服务员拿去包装。服务员仍是昨天那个笑吟吟的女孩，女孩一边包装一边说，这套茶壶茶碗也是我最喜欢的，阿姨买走了，我可再也看不见它们了。李芒笑道，那就还给你留下。女孩说，就怕阿姨舍不得。李芒更笑起来，她一点不怀疑女孩的喜欢，这么漂亮的东西，若不喜欢才是奇怪呢！

这一回，李芒花的钱，几乎是上回的两倍。她知道抽屉里的钱她是心中无数，张和平却是有数的，可过日子，是钱要紧还是高兴要紧？当然高兴要紧！李芒毫无愧意地这样想。她明白这高兴，有些被张和平逼出来的，他若不是那么固执，她也许会缓一缓，不这么任性地一天接一天地往超市跑。不过倒也好，她可以借此机会，彻底地任性一下了。多少年来的学校生活，她大半都在克制自己，想做什么不能做什么，不想做什么偏要做什么，而今天，她终于可以想做什么就做什么了。不必说那些买到的东西，只这任性，就是多么叫人高兴的事啊！

女孩包装完，李芒不急了提走，又空手在超市里任性地转悠了一圈。超市里的东西样样都是叫她喜欢的，它们一件件地码在货架上，就如同一支支待她来检阅的整齐的队伍。而她从它们之间走过，除了欣喜，竟还有几丝庄严隐约地生出来。她不由得暗笑自个儿，天下最不庄严的地方，或许就是超市了呢。超市的味道也叫她喜欢，那是一种混杂的香气，就像天下所有的好味道都跑到这里来了，却又是淡淡的，不腻人的，就是待上一整天也熏不倒的。转到卖面包的地方，面包的香气就突出出来，它有点像个泼辣又妩媚的小媳妇,不容分说就将来客俘虏房了。李芒原本不想买的,但终于禁不住诱惑,两只手早伸出去,一手一个地拎了起来。接着是糖果类,这里的香气又不同,比面包气柔美了许多,再加上五颜六色的包装,倒有了一种少女的意味了。李芒又忍不住抓了些,盛在一个塑料袋里。再接下来,就是声势浩大的洗涤、化妆类了。李芒一排一排地走,鼻子贪婪地吸了又吸,这里的香气也许才是真正的香,清幽幽的,还伴了几丝甜味儿。但李芒不得不让自个儿走得匆匆的,停也不敢停,怕的是手再次不由自主地将什么拎起来。但离开时,手里还是多了两样东西,一样是维雅洗面乳,一样是索芙特洗发香波。她早听人说过它们的好处了,若是错过,无论如何是不甘心的。就这么一路走一路拎的,待回到买瓷碗的地方,竟是装下了满满的一筐了。

到款台结账,自是远远超出了李芒的预算,她把钱包的里里外外全翻遍了,才勉强凑够了钱数。她的鼻尖不禁沁出了一层细汗来,倒也不是心疼钱,是想到了张和平的不高兴,张和平对钱一向是敏感的。他的不高兴是一定的了,唉,他怎么就有那么多的不高兴呢?

回到家里,李芒为息事宁人,索性从自个儿的体己钱里拿些出来,放进了抽屉里。张和平仍没回来,李芒便戴了围裙,淘米,洗菜,坐锅,一样一样地忙起来。从前,饭多半是由张和平来做的,菜也是由他来买,李芒在学校占了上风儿评了先进的时候,回到家里就会对张和平说,军功章上有我的一半也有你的一半。可现在,李芒再也没机会得到"军功章"了,张和平做饭的积极性,似也大大地不如从前,做饭的质量似也一天天地在下降,有几回,竟是在切熟食的案板上切起生肉来了。李芒与他理论,他还不讲理地说,不干不净,吃了没病,看我不顺眼,你做啊,你为什么不做?那以后,李芒便开始做起饭来了,做的时候便想,张和平若也能拿回个"军功章"来,她情愿天天为他做饭。可她知道是不可能的,张和平天生是个看别人"打麻将"的人,一辈子也没在人前露过脸儿,如今年岁大了,是愈发不可能了。

果然,张和平还是不高兴了。抽屉里的钱没看到,买回来的东西他一眼就看到了。他仍如从前一样地使了大口碗,呼噜呼噜地吃饭,不理李芒，也不看她一眼，就像没她这人儿一样。

李芒呢，舍了体己钱，底气不由得就壮了许多，张和平不理她，她就去理张和平，她说，张和平你不想知道我今儿花了多少钱吗？

呼噜呼噜——

李芒说，518块。

呼噜呼噜——

李芒说，你不高兴我也要买，买了高兴。

呼噜呼噜——

李芒说，你回来又没换拖鞋。

呼噜呼噜——

李芒说，衣裳也没换。

呼噜呼噜——

李芒说，碗也不换。

呼噜呼噜——

李芒忽然提高了嗓门儿嚷道，张和平，你到底想怎么样？

张和平这才从大口碗里抬起头来，陌生人似的看着李芒，说，我倒想问你，到底想怎么样？

李芒说，我怎么了？我一天到晚为这个家忙碌，你呢，你在干什么？

张和平说，你为这个家？你是糟这个家吧。

李芒说，我怎么糟了？你说说，我怎么糟了？

张和平说，我问你，咱家吃饭没碗使吗？盛菜没盘子使吗？喝水没茶壶茶碗使吗？

李芒说，有，可我不喜欢，不喜欢你懂不懂？

张和平冷笑一声，说，不喜欢，你不喜欢的多了。

李芒说，什么意思？

张和平说，茶壶茶碗换了，茶几换不换？饭碗菜盘换了，碗橱换不换？餐桌换不换？将来家具换了，房子换不换？房子换了，人是不是也该换一换了？

李芒没想到张和平会说出这样一套话来，她气急了嚷，你……你混蛋!

　　张和平虽说气人,他的话却也让李芒犯了寻思,这天夜里,她躺在沙发上翻来覆去地难以入睡,她想,是啊,家具、房子都还是20年前的样式呢。可是,换套瓷碗容易,换套家具也还勉强,换套房子,钱从哪儿来?况且,她实实就是喜欢那些小瓷器的,家具、房子什么的真还没顾得想过,他的逻辑看似有理,其实是强词夺理呢。不过她又一遍遍地问自个儿,这么一天天地往超市跑,真就是对那些东西的喜欢吗?有没有对张和平的不喜欢?正迷迷糊糊要睡着时,忽然就觉得被什么人抱了起来,她拼力挣扎,但抱的人力大无比,竟是丝毫也动弹不得,直到将她放到卧室的大床上,她才得了解放似的一跃而起,重新跑回了书房。那力大无比的人倒没再来打扰她,她却再也睡不着了,她想,张和平,力大无比?看不出啊。

　　第二天早晨,李芒睁开眼睛,第一个念头就是:到家具城去!这念头将她自个儿也吓了一跳,但它就像一匹脱了缰绳的野马,一旦冲出来,就再休想收回去了。她早饭都无心再吃,就兴冲冲出了家门,边走竟还有些赌气地想,张和平呀,是你先说出来的,这一回就怨不得我了!

　　走过一个个的麻将摊子,李芒扫视旁观的人群,没见到张和平的身影。她不在意地继续走。

　　忽然,人群里传出一串笑声,有些沙哑,却格外开心。李芒不由一惊,循声望去,就见那笑的人坐在麻将桌前,双手抚在桌上,正哗啦哗啦地洗牌呢。那人侧对了她,脸上的笑容却是可以看清楚,眼睛眯起来,嘴巴咧开来,连鼻子也高兴地闪了光泽,与家里的那张脸简直判若两人!李芒望着他,就觉得他以往的一切不高兴,都似由于没打麻将的缘故,而今天,他终于真的打起麻将来了。

　　李芒心绪纷乱地向前走去。出了小区,本该在门口坐公交车的,却鬼使神差地往附近菜市场的方向去了。多少年来,买菜的事一直是张和平承担,李芒对菜市场几乎是陌生的,她也不知自个儿为什么要去菜市场,一双脚只是不管不顾地走啊走。她让自个儿想,这一走,家具是不可能换的了，房子更是不可能换的了。可她的脚不听使唤，脚像是在说，家具换完了呢？房子换完了呢？还有什么好换的？她的耳边也总响着那沙哑、开心的笑声。那是一个年轻的张和平的笑声，还是很多年前听到过的。她觉得，若是不这么走，那笑声会离她愈来愈远，她一生的"荣誉"也会愈来愈远，而那曾有过的可怕的"孤独"，倒会再次向她袭来的。可是，她又多么向往那家具城啊……

大街上，依然是大大小小的广告牌，形形色色的霓虹灯，飘荡的条幅，混杂的音响，川流不息的车辆、人群……李芒在其中走啊走。

前面是一个丁字路口，向左走不远，便是那家菜市场了；向右，则可以走向通往家具城的下一个站牌。

李芒在丁字路口停了一会儿，终于还是朝菜市场的方向走去了。

街上的阳光远没有干净的感觉，还在她身后拖了一条长长的影子。她走，影子也走，她抬胳膊抹眼泪，影子也抬胳膊抹眼泪，有一刻她似感觉到了什么，猛地回过头去，近乎陌生地望着它。但她知道，她和这影子，就像她和张和平一样，一辈子都不可能分开了。一辈子！

原载《当代》2007年第1期
《2007中国短篇小说经典》（山东文艺出版社）选载

过　年

　　这是个盛过衣服的纸盒子，盒子上写了"雅戈尔"的字样，我想起冯远那件雅戈尔上衣是去年买的，衣服旧了，盒子却还被他完好地放在柜子里。他这个人，看什么东西都是亲的。我拿出盒子，把姐姐送来的东西一样样地往里装。一张"福"字，一对灯笼，一个中国结，几幅剪纸，还有几串塑料做成的红辣椒。别的还好，只"福"字个儿太大了，整整多出个"衣"字旁，折又不能折，硬铮铮的，一摸，还沾了满手的金粉。我只好暂且搁置起来，将手洗干净，接着看我正在看的一本书。姐姐走之前看了看这本书，有些歉意地说，大过年的，总不能送你一本书吧？我知道，"福"字什么的于姐姐就算是虚物了，几乎可以和书本相提并论的，她常常以此为自己辩解说，我也是看重精神的呀。我和姐姐的交往，常常是她送我看得见的东西，我则只是在电话里送去一些出口就逝去的声音。我却私下认为，这些声音是强过姐姐的实物的。

　　我正在看的是列夫·舍斯托夫的一本书，列夫·舍斯托夫是俄国一位伟大的哲学家和文学批评家，那个时代，俄国有一批舍斯托夫这样的人，不在意物质，一心崇尚精神之路的远涉，给人不食人间烟火一般的感觉。我喜欢他们，视他们比姐姐还要亲近。我正读到：不是物质而是灵魂才是潜在的存在……

　　忽然，外面噼噼啪啪地响起了鞭炮声。

　　我的目光停在这行字上，等待鞭炮声过去。

多少年来都是这样，外面愈是热闹，我就愈要闹中取静，执着于自己的书本。我自觉已经嗅到了舍斯托夫们的气息，就差摸到他们厚重而又飘逸的衣衫了。比起他们，外面的鞭炮多么浅薄多么不真实啊。

可是，这挂鞭炮，就像铺了一公里那么长，噼噼啪啪噼噼啪啪噼噼啪啪……永无休止了似的。随了鞭炮声，无数汽车的报警器也凑热闹一样呜——呜——地响着。

我知道这是那种大号的浏阳鞭，一颗约有一寸多长，昨天冯远买回来几挂，曾兴冲冲地拿给我看。我的丈夫冯远，将鞭炮吊在他的胳膊上，满脸是过节的喜兴。他的脸上已开始有褶子了，但眼睛是大男孩一样的，逢年过节，这样的眼睛会把家里的角角落落都照得闹哄哄的。

鞭炮仍在响着，就像一场漫长的枪战。听冯远说，鞭炮有200头的，也有2000头的，还有上万头的。他还说，浏阳鞭声脆，天津鞭声绵，浏阳鞭用的是竹浆纸，天津鞭用的是草浆纸，这几挂浏阳鞭，还是他骑自行车，城东城西地跑了好几个销售点才买到的。

平时冯远是没这么多话的，因为我不想听。这些天，他仿佛拿节日作了倚仗，什么什么都要说一说了。

我耐心地等待着。鞭炮声侵犯着我的耳朵，我的皮肤，甚至我的心肺。有一刻，我忽然一跃而起，离开书房，走到阳台向楼下观看。

楼下的地上全是白的，甬路上，草地上，垃圾箱上，全是白的。冯远早起曾惊喜地喊我，快来看啊，雪，下雪了！他这个人，看雪都是亲的。

就见白色的甬路上，有一条红色的带子，带子看不到两头，也看不到主人，只听见噼噼啪啪噼噼啪啪的响。我想，这挂鞭炮，定是那上万头的了。

我认定鞭炮的主人是个有钱的年轻人，烧包、张扬的年轻人。但随了爆响的迫近，出现在我眼里的却是一个步履蹒跚的老者。从穿着看，这老者也并不有钱，一件黑色的棉大衣，一顶老式的护了耳朵的棉帽子，一双看不出什么颜色的布棉鞋。让我更感意外的是他的表情，虽是隔了三层楼的距离，仍能看出他的脸是严肃的，或者说是沉闷的，眼角和嘴角明显地拉下去，见不出一点喜兴，就像是在放一挂丧事的鞭炮一样。今天是小年三十，小年三十有人去世也是有可能的，可人去世通常是要放两响的大炮的，放炮的也不会指派一个老者，且这老者的脸上也见不出什么悲伤。

正是吃午饭的时候，外面几乎看不到人影子，红鞭炮和黑棉袄，在一片雪地里格外醒目。

我一直看着，直到鞭炮发出最后的爆响，直到那老者蹒跚的身影消失在一座楼房的拐角处。

我想起舍斯托夫在另一本书里说，"你的亲人已经不是亲人，而是陌生人。你既无权帮助别人，也不要指望得到别人的帮助。你的命运是绝对孤独的。"我觉得，那老者定是一个孤独、绝望的人，人可以由于喜兴放鞭炮，同样也可以由于孤独、绝望放鞭炮。

从阳台回到书房，我继续看我热爱的书本。

却有些奇怪，一行一行地看了两页，不知在说什么。返回头再看一遍，还是不知在说什么。

书房里安静极了，只听到墙上石英钟的秒针嗒嗒嗒嗒地响着。

要是冯远在家，就会听到厨房里叮叮当当的声音，还有烟火气和饭菜的香味儿。然后他冲了书房喊，开饭了开饭了！

我其实并不希望冯远在家，他不在家的日子是我最感幸福的日子，我可以不按点起床，不按点吃饭，桌上有了尘土也可以不擦，冰箱里没了蔬菜可以拿水果代替，水果没了就嚼饼干，饼干没了……不过，冯远不会让家里少了这些的，冰箱里永远码得一层层的，红白黄绿蓝……五颜六色的晃人眼睛。而我，倒是可能不理会它们，一整天地埋在书里。我常想，吃饭是多么无聊的事啊。冯远的班是这样上的：一天一宿在班上，两天两宿在家里。我们结婚时他是一个青年工人，现在他已经是个老年工人了。我呢，曾经是个小学老师，现在则是大学老师了。一周里我只有两节课，有充足的待在家里的时间。就是说，我和冯远，大半的时间是一起在家里度过的。所以，我喜欢冯远不在家的日子，我喜欢想象冰箱里没有蔬菜没有水果什么什么都没有的情景，那是一种摆脱物质牵累的纯粹，物质一天比一天丰富，但纯粹却一天比一天难寻。当然，这样的话我是从没跟冯远说过的，要是他知道我跟舍斯托夫们比跟他还亲近，他不知会怎么伤心呢。

我真高兴，在小年三十这样的日子，冯远上班去了，一天一宿。往年，三十是要包饺子、贴"福"字、挂灯笼的，还有数不清的琐碎的事情，比如擦洗地板、换洗床罩、被罩，备下初一要穿的新衣服等等。他一上班，三十就是我自个儿的了，我就不必包饺子、擦地板了，床罩、被罩也不必换洗了，新衣服更不必非今天备下不可了，至于"福"字、灯笼什么的，我想着装进纸盒子里给楼下陈师傅家送去，陈师傅家喜欢热闹，既哄了他们高兴，也去了一层牵累。要说，把自个儿的牵累送给别人，这本身就够不上什么纯粹，可若是扔掉，就更对不住姐姐了，姐姐一大早踏了雪路送来，并自认为送来的是我喜欢的"精神"，我不能对姐姐太过分了。

可是，现在，我的目光在书本上，却不知书本上说的什么了。

仿佛是那挂"上万头"的鞭炮，把我的心给搅乱了。

外面的世界和我心里的世界，一向都如天上地下一般，分明而又遥远，可这鞭炮，仿佛是它持续不断的爆响，或是它绵延升腾的烟火，出乎意料地模糊了这两者的界限。

我合上书本，在书房里难以自制地走来走去。我努力地去想，那个绝望的老者，他其实是把一个外在的事件和他孤苦的内心连在了一起，致使放鞭炮这浅薄的外表一下子有了形而上的意味。对，形而上，我的心是不可能受制于形而下的，"心乱"不过是由形而上而来。

即便这样，我也没能很快地回到书本中去，除了像一头困兽一样地走来走去，一时竟想不起做任何的事情。

忽然，一股饭香飘进了房间。

我知道这来自楼下的陈师傅家，一天三次，熟悉而又准时。陈师傅一家三代人住在一起，吃饭就显得格外重要。

冯远说，他最喜欢看陈师傅家吃饭了，一桌子饭菜，眨巴眼的工夫就光了，馒头嚼在嘴里都吧嗒吧嗒的，那个香，那个亲啊。我明白冯远的意思，我和他吃饭，安静得就像是两只猫，一个馒头分两半，他那一半吃完了，我这一半却只咬了两口，桌上的汤、菜，我也只动很少的部分。我和饭菜不亲，他不满意。我们双方的父母都去世了，一个儿子也去了国外，饭菜在我这里，愈来愈仿佛一件家常的衣服，每天每天地穿在身上，却从想不起去欣赏它。愈是这样，冯远就愈要站在我的反面，表现他和饭菜的亲近，我不动的部分，他一一都要装进他的肚子里，就是一点菜汤，他也要揪块馒头蘸个干干净净。拿馒头蘸菜汤，其实也不全是和我的赌气，在我的记忆里，这已是他一个多年的习惯。他曾对我说，他家兄妹六个，加上爸爸妈妈爷爷奶奶就是十口人，那时候吃饭，总是狼多肉少，菜还没吃上几口，盘子里就只剩菜汤了。看来，他的馒头蘸菜汤，多半是那时候养成的了。不过我也是从那个艰苦的年代过来的，我也用馒头蘸过菜汤，我们兄妹四个，比他们家才少两口人，物质丰富了以后，我怎么就再也没用馒头蘸过菜汤呢？对待书本，我倒有些馒头蘸菜汤一样的亲切，过去的十几年没书看，饿坏了，一本又一本，一天又一天，不把世上的书看完不能罢休一样。这期间，我认识了太多的人，法国的福楼拜，英国的劳伦斯，美国的福克纳，德国的托马斯·曼，奥地利的卡夫卡，俄国的妥思托耶夫斯基……到后来，我已不满足和小说家的交往，开始走进哲学家、心理学家的门户，尼采，荣格，叔本华，柏格森，弗洛姆，克尔凯戈尔，加谬，舍勒，舍斯托夫……这期间，我也同时开始忽略曾经认识的人，我的丈夫，我的兄弟姐妹，我的同事、朋友，甚至我自己的身体。我把自己的身体和认识的人们一样对待，漫不经心，随心所欲，人们还没表现出什么，身体却率先反目为仇，让我三次住进了医院。我倒也没被身体的报复吓住，反在和医药、器械的交往中愈发意识到，身体不过是一皮囊，是一物质，比起那些精神大师，物质又算得了什么呢！

　　对于我的身体，冯远却是比我还要在意，除了经心做饭，还买各样的营养品给它，到了晚上，还要和它共行房事。我有时疑心做饭、买营养品不过是手段，行房事才是目的，便拒绝他的营养品，饭也有意吃得更少，有一次，还把一堆成盒的营养品丁零当啷扔进了垃圾箱。那次冯远真是气坏了，拳头悬在空中，仇人一样地看着我，可最后，拳头还是落在了他自个儿的脑袋上。从冯远仇人一样的目光中，我看出了他对那些营养品的热爱，当然同时也热爱我的身体，打坏了，他还怎么行房事呢？不过那一次，冯远竟是一个多月都没碰我的身体，饭也做得潦草了许多，要不是我主动帮他做了几回饭，他怕都要永远潦草下去了。

那次主动，对我来说就像是一次身体对精神的反叛，又像是一次情感对思想的挑战。那些天，我一反往日对食物的漠然，忽然非常想吃油炸带鱼。也由于冯远已经很多天没给做过了，他像是赌了气，带鱼冻在冰箱里碰也不肯碰。有一天，我到底是忍不住了，自个儿跑进厨房，拿出冻得梆梆硬的带鱼，当啷当啷地就放进油锅里了。当然，也不全是为了食欲，还由于在我想吃油炸带鱼的时候，不知为什么竟想起了冯远的种种好处。想我读书的时候，他总是轻手轻脚的，看电视只开到1的音量，做饭把厨房门关得死紧，咳嗽一声都捂了嘴巴。想我们吃饭时，他总不时地夹菜给我，刚结婚的时候这样，今天依然是这样。想我爱吃的油炸带鱼，最初也是他做给我的，若没有他，我还不知它的好吃呢。还有他的气息，在书房里待久了，打开书房门，他的气息会从客厅、卧室、厨房、卫生间等每一个角落扑面而来，特别是他的洗干净的晾在阳台上的衣服，每回都是我一件件地收下来，一件件地叠整齐，他的气息和了洗衣液的清香，渗透在布缝里，说不出什么味道，但十分好闻。我自是知道，油炸带鱼这样的俗物，距离精神是太远了，依我的精神，是希望自由，不要沟通（因为人与人注定是不可沟通的）；希望独立，不要束缚；希望过单身生活，不要世俗的婚姻，而事实上，我的精神之路却阻力重重，首先的阻力，就来自我自己，比如我对油炸带鱼和冯远的气息的需要。这种需要，仿佛已注入到了骨髓，无论做怎样的努力都万难改变了。

我对精神之路的向往冯远自是不知，他只看到了我表面的主动，那些天每次到厨房，他都亲自为我系上围裙，指导我应该这样应该那样。他说，和老婆在厨房一起做饭，是他今生最大的幸福。虽有开玩笑的意思，但我知是他的真心话，我一边有些感动，一边也有些慌怕。厨房，这样一个集中了世俗的烟火气的地方，他自个儿沉在其中不算，还要拉我下去，做一对俗公俗婆，怎么可以？怎么可能啊？但一边想着不可能，一边还是忍不住要到厨房去，因为除了油炸带鱼的吸引，除了想冯远的种种好处，我还不可救药地喜欢欣赏各样的炊具。大到一只电饭锅，小到一只汤匙，都是我和冯远一样样地到商店挑选的，看着它们依次有序地排列在炊具架上，我心里的喜悦会油然而生。我不知自己为什么会喜欢厨房里的东西，原本想隐而不露，但时间长了，到底也没瞒过冯远，冯远想跟我一起逛商店的时候便对我说，刀架该换一换了。或者说，该买几个新盘子去。我呢，每次都找种种的理由拒绝，但最终都会不管不顾地随冯远而去。

有时想想，虽说不像冯远那样看什么东西都亲，但只这厨房的东西，也足叫人心生惭愧了，连冯远都了悟了一切似的说，不是一家人，不进一家门，你呀，除了多看几本书，和冯远也差不到哪里。我当然不会认可这话，我把这话斥为蠢话，我说，我和你冯远最大的差别就是在看书和不看书上，你把它除掉，那还是我和你吗？说是这样说，但心里仍多少有些发虚，倒还不如冯远有他自个儿的坚定了。

在书房里胡乱走了一会儿，我还是强迫自己坐了下来。

书房里一面窗户，其他三面全是书橱，我崇敬的大师们，在书橱里深不可测地沉默着。我拿了书本，坐在窗前的靠背椅上。我想，书房和厨房若逼我做一选择，我自会宁要书房不要厨房的。这房子新搬进来时，记得冯远的一个同事挨屋看了一遍，得出结论说，书房是最有重量的一个房间。他当然是在指书的沉重，但无意中也说出了我于其中的感受，是啊，重量，正由于大师们才有了重量，正由于重量，才能令我坐在这里，思考物质和灵魂的事情啊。

我再次翻开书本，接了刚才读到的句子向下读。

丁零零……电话忽然响了，我只好又站起来到客厅去接电话。

是嫂子打来的，她说，她要差儿子大民给我送来些年糕和蒸肉。

我急忙说，不必了不必了。

嫂子说，甭害怕，跟他说了，东西放下就走，酒不喝你的。

我听出了嫂子语气中的不满，往年这些东西早送来了，我猜是大民在她面前告我的状了。前些天，她差大民送来了些馒头、包子，结果大民和冯远喝起酒来，一喝就是大半天，临走时还把喝进去的酒啊饭啊一股脑儿吐到了沙发上。这也罢了，大民还开导他的姑夫冯远说，如今这世道，离开酒屁事也办不成，从他进厂到转正到一级级地晋升，哪一步都是酒灌出来的，要不是酒，他早他妈的下岗了。我为大民这话不由得大动肝火，骂了他不算,还把冯远准备送他的两瓶酒扣下了,我说,灌吧灌吧,早晚会灌死你的,人家没下岗的人多了,哪个像你一样?大民倒也不气,只是醉醺醺地求我把两瓶酒给他,他说,姑啊,你看书都看傻了,要是让我姑夫把酒灌到了,如今说不定厂长都当上了。我到底也没把酒给他,且挡了冯远不准送他,就那么看了他晃晃悠悠地走了出去。他要是因喝酒而恨酒,说不定我会欣赏他的,可他没有,他一副志得意满的样子,还亲酒贪酒,见了酒眼就发直。一个年轻人,倒还不如他的姑夫冯远了,冯远看东西亲便亲,却绝想不到拿它们去换个厂长的,那就太有点对不住它们了。

我不想见到大民,便对嫂子说,我要马上出去一趟,哪天让冯远去拿吧。

嫂子说,冯远上班去了?

我嗯了一声。

嫂子说,我肯定你还没吃午饭,没吃吧?

我又嗯了一声。

嫂子叹口气说,没见过你这样的,也就是冯远了,换个男人试试。

我和嫂子的谈话,通常是以嫂子这句话作结束语的,放下电话,我感到一阵轻松。嫂子总喜欢送给我她做的东西,她是个好强的女人,吃的、穿的、用的,能自个儿做就不买现成的,那些靠去超市买速食品做饭的女人,是最叫她瞧不起的。她在家务上的好强,和姐姐在工作上的好强有些相似,她们都是一件事接了一件事地做,不做事的时候,比如像我这样看一会儿书,她们就觉得是在浪费时光。但她们对我是有区别的,嫂子是送物给我,姐姐则是送"祝福"给我(尽管她把祝福也变成了物),嫂子是以物对我表示不满,姐姐则是以祝福对我表示附和。但我明白,姐姐的附和不是真的附和,她针对的更是嫂子的物,因为她就是那种常去超市买速食品的女人,她曾对我说,都什么年代了,还送人馒头、包子,俗!姐姐的附和有时还针对冯远,她觉得冯远这么个亲近俗物、不求上进的人,不要说和我,和姐姐她都要差十万八千里了。

我又一次回到书房坐了下来。

我看到书里说:我们的逻辑,辛勤谋生的人们的逻辑,根本歪曲了我们的认识能力，这种能力使我们养成了像我们尘世组织的利益所要求的那样进行思考的习惯。

我想，我要做的，应该是谨防这种思考习惯吧。

我的生活环境，其实就仿佛一个巨大的思考习惯的网，要想从网里逃脱出去，几乎是不可能的，好在我自觉已经逃到网的边缘，不至像那些懵懂无知的人一样深陷其中。但正因如此，我同时又处在一个矛盾、尴尬的境地：逃又逃不脱，进又不想进，仿佛一脚门里一脚门外、哪哪都没着落的感觉。

我知道除了习惯，还和勇气有关，我可以在书房里认同生活的荒谬，出了书房却少有实际的行动。而我的侄女小秋，一个中学都没上到底的十七岁少女，却已跳河自杀过三次。她的父亲也就是我的弟弟是个出租司机，他一直在辛辛苦苦地攒钱，想着将来把小秋送出国去。可是，小秋不想听家里的安排，就一次次地跳河。我知道小秋课本之外的书一本都没读过，我和她的区别，大约是我每天都能想到自杀但一辈子都难尝试一回，而小秋她平时很少想什么自杀，一旦想了就立刻见于行动。所以一想到小秋我就不由得心生惭愧。

不要说自杀，就是和冯远的婚姻，也一样地没有勇气。首先是离婚没有勇气，我没勇气对人们说，离婚只是为了想过单身生活。其次是沟通没有勇气，我没勇气对冯远说，咱们坐下来谈一谈吧。甚至，提出自己的看法也没有勇气，我没勇气对冯远说，"我们宁愿有更多的虚无，我们实在需要精神来支撑受苦的身躯。"这是我在读书笔记中写过的一句话，读书笔记我从没给冯远看过，我害怕他会为难，害怕他会打哈欠，更害怕他因害怕而违心地附和我。我们有时就像一对陌生的动物，久久地对峙着，相互害怕，却又谁也不肯主动地出击或者和解。

就这么看着想着，想着看着，肚子渐渐地觉出空了，却也懒得从椅子上站起来。

这时，门铃忽然响了，紧接着，又换了咚咚咚咚的敲门声，声音很是急促。

将门打开，见是小秋闯了进来！

小秋张口就说，姑姑，小秋求您来了！

小秋这孩子，长得还好，但不会打整自己，衣服的颜色总是模模糊糊的，肥瘦也不合身，就像穿的别人的旧衣服；头发也总像扎不紧，脸前永远有散乱的头发，需要她不时地抬手捋开。

现在，她就一边说着，一边抬手捋着散乱的头发。她的另一只手里，还提了个编织袋，袋子沉甸甸的，也不知装的什么。

小秋告诉我，她爱上了一个男人，她爸肯定不会同意，要我想办法说服她爸，不然她就不想活下去了。

我要她放下袋子，在沙发里坐定了，然后问她，这男人做什么工作？

小秋说，他没工作，这些天在街上卖鞭炮。

我说，多大岁数？

小秋说，31岁。

我说，为什么爱他？

小秋说，您看那么多书还不明白，爱是不要理由的呀！

我说，不可能。

小秋说，什么不可能？

我说，你跟这么个男人，是不可能的！

我的声音忽然提高了许多，就像在学校里和同事们争论某个哲学的命题一样。我还意识到我的脸有些发热，嘴唇微微地有些抖，说完身子还不由自主地站起来了！

小秋是我的侄女，我的侄女怎么可能嫁给一个卖鞭炮的？我有一种突如其来的受伤害的感觉。

小秋像是有意跟我作着对比似的，冷静地看着我，说，为什么不可能？

我说，他拿什么养活你？

小秋说，爱，他爱我。

我说，你们不吃饭不穿衣吗？

小秋说，你不是说过精神最重要吗？

我说，那你们的精神在哪儿？

小秋怔了一下，忽然一指地板上的编织袋子，说，鞭炮，在鞭炮里。

我不屑地看看那袋子，在干净的木地板上它显得萎缩而又丑陋。一个卖鞭炮的男人，送给他的女朋友几挂鞭炮，也能叫精神吗？

小秋说，有一天收了摊儿，他为我，把十挂一万头的浏阳鞭连在一起，整整放了一顿饭的工夫，放得路上的行人、汽车都停下来了，民心河的冰都化开了，天上的星星都抖起来了。那天我们晚饭都没吃，谁也不饿，全叫精神给填满了。

我听着，心不由得动了一下，但还是说，鞭炮是鞭炮，精神是精神，几挂鞭炮是不能跟精神等同起来的，精神重要，物质也重要，精神是人存在的根本，物质也是。

说完了，我对自己忽然充满了怀疑，这些话，好像不该是从自己嘴里说出来的。

小秋沉默了一会儿，忽然站起来，提了袋子就往门口走。

我拦了她说，你去哪儿？

小秋说，这些鞭炮是他送你的，他猜爱看书的人一定不会嫌弃没钱人，没想到，你跟我爸也没什么两样。我得把鞭炮还给他。

我拦她的手不由得放下来，眼睁睁地看她打开了房门。我不甘心地说，我不是嫌弃他，是心疼你，心疼，你懂不懂？

小秋一脚迈出门外，忽然回过头看了我说，他要是个有钱人呢？

我说，心疼就是心疼，跟钱不钱的没关系。

小秋哼了一声，嘴角似露出一丝嘲讽的笑意，她转过身，一捋额前散乱的头发，大义凛然似的朝楼下走去。

片刻，楼下传来了噼噼啪啪的鞭炮声。我心里一惊，到阳台去看，果然是小秋！小秋已将编织袋里的鞭炮倒出来，铺成了一条长长的红带子，红带子的一头，噼噼啪啪，火星四溅。一旁的小秋，一件松松垮垮的呢料大衣，模模糊糊的颜色，额前飞扬着散乱的头发。

噼噼啪啪噼噼啪啪……

这大约也是一万头的浏阳鞭吧？

我觉得，我再也不能回到书房去了。

我索性穿好衣服，噔噔噔地下楼去了。

我站在离小秋不远的地方，注视着噼啪作响的鞭炮，就像专为了看放鞭炮来的。

可是，在活泼、快乐的鞭炮声中，我却看到了小秋抽搐的肩膀。近前去看，见小秋的脸上竟已满是泪水！

我想对她说，是姑姑不好。还没开口，小秋却先说道，那十挂一万头的浏阳鞭，不过是她一厢情愿的梦想，他其实从没给过她一挂鞭炮。小秋说，编织袋里的这些鞭炮，还是她自个儿花钱买的。也不为自个儿放，就因为鞭炮是他卖的，她便喜欢买。小秋说，她多么渴望他送她一挂鞭炮啊，可他就是不送，这时候，她就努力地去想姑姑的话，姑姑说，精神是人存在的根本。

看着小秋的泪水，我的眼睛也潮湿了。我的眼睛已很长时间没潮湿过了，潮湿的感觉让人真舒服。我没有抑制它，任它一点点地扩大，扩大，最后变成了满脸的眼泪。

我想若是楼上有人在看，定会看到我们的眼泪，但那又怎么样？

眼泪似乎激发了我行动的冲动，待燃尽最后一颗鞭炮，我忽然拉了小秋的手说，跟我走吧。小秋说，去哪儿？我说，姑姑给你买东西去。小秋说，买什么？我说，鞭炮，烟花，衣服，鞋袜，你喜欢什么就买什么。

我和小秋，便手拉手地去了全市最大的一家超市。

这超市的名字叫"易初莲花"，我们便在"莲花"里心荡神怡地穿来穿去。

小秋像是把那卖鞭炮的忘记了，我也像是把书本丢在了脑后，她不断"哇""哇"地惊呼着，我也不停地"啊""啊"地感叹着，真是满眼的物品，满眼的喜爱！

从前喜爱物品的时候，总莫名地有几分惭愧，现在，却有点像一个浅薄的没有读书阅历的傻女人。我知道我的声音大得有点过分，知道我笑时牙齿暴露得太多，知道购物车上愈来愈多的物品并不是非买不可，比如一只玩具狗，比如一个精美的靠背垫，比如一瓶包装古怪的白酒……白酒放进购物车我们几乎笑弯了腰，因为我们知道，小秋和我，也许一辈子都不会喝那白酒一口。一边笑我一边暗暗惊诧着物的力量，这力量是如此自然，如此势不可挡，仿佛早就潜伏在身体的某处，单等了这一刻的释放。

"易初莲花"太大了，我们在"莲花"里游荡了不过一个花瓣儿，购物车上就满得装不下了。小秋开心得，有一刻忽然搂了我的脖子大声喊道，姑姑，我爱你！我为小秋买了一身可身的颜色鲜亮的衣服，还亲手为她梳理了头发，我想，我也爱她，爱是要有付出的，物的付出。

走出"易初莲花"，我还在一个鞭炮销售点为小秋买了足够多的烟花、鞭炮，欢喜得她眼泪都淌出来了。

我们快乐着，同时也意犹未尽，因此在分手时，我们几乎同时想出了一个主意：明天，也就是大年初一，叫上家里所有的人，一起来逛"易初莲花"！小秋大笑了说，那就不叫拜年，应该叫拜物了！我想，即便是拜物，也只能这样了，因为它势不可挡……

可是，第二天，我们的主意没能实现，我的姐姐、哥哥、嫂子、弟弟，所有的人都坚决反对，他们说，大年初一是拜年的日子，点心盒子都买好了，去了超市，点心盒子还怎么送？我们不能动摇他们，却也不想让他们动摇，点心盒子，他们就知道点心盒子，要说拜物，他们才该算是拜物呢。早晨吃过饺子，我和小秋，就相约着向"易初莲花"出发了。

在这之前，我已把姐姐送来的"福"字、窗花什么的全都布置起来了。我没有送给陈师傅家，昨天从超市回来就忽然变了主意，开始一样一样地贴、挂起来。我发现，这个家一下子亮堂了许多，也温暖了许多。晚上躺在床上，灯笼朦朦胧胧的光色由阳台照射进来。真是万分地惬意。这时，"亲切"这个词，随了朦胧的光色，就犹如一位飘然而至的神仙，出人意料地出现了……以至我想，与冯远，也许不是没有勇气的问题，而是由于"亲切"的存在吧？我还想，即便是"绝望"的舍斯托夫，也不会拒绝"亲切"吧，或许由于绝望，他会更渴望亲切呢。我忽然觉得，我对"亲切"的发现，与他老人家的"绝望"是分不开的。那张巨大的思考习惯的网，我自以为是在网的边缘，自以为路在边缘以外的地方，但也许恰恰相反，也许我和姐姐、嫂子们并无多大差别，都一样地深陷其中，区别仅仅在于，能否从自己深陷其中的地方突破，与网的反面息息相通。这当然非常非常不易，但或许这才是最最自然、可行的办法！

　　早晨离开家的时候，冯远还没下班回来，我走到楼下，又一次看到了那个放鞭炮的老者。今天，他已换了崭新的装束，一件藏蓝色的羽绒上衣，一条黑色的纯棉水洗裤，一双布底布面的黑棉鞋。头上那顶老式的棉帽子不见了，换了一条深灰色的羊毛围巾。他的脸上依然没有笑容，眼角和嘴角依然下拉，看不出他的表情是严肃还是沉闷，与昨天有区别的，是甬路上的雪已经化开了，露出了灰色的水泥地，鲜红的鞭炮不再放在路上，而是放在了旁边依然是白雪覆盖的草地上。

　　鞭炮被点着了，噼噼啪啪噼噼啪啪……雪地上一条红带子铺得很长，大约又是一挂一万头的浏阳鞭吧？

　　我究竟也没猜出老者的身份，以及他真实的心情，但他也一定不会知道，这一年，我其实是从他的鞭炮声中开始的。

原载《山花》2006年第6期
《小说月报》2006年第8期选载

浅薄的女人

水华已经有半个月没听到刘英的声音了。

水华没有主动给刘英打电话的习惯,她想,再等等吧,也许刘英会打来的,也许,她会习惯没有刘英的声音?

她和刘英算不上多么好的朋友,却算得上联系最多的,平时刘英隔不过三天,准会打来个电话。刘英喜欢京戏,水华也喜欢,电话里两人"喂"一声就开唱,你唱一段,我唱一段,唱完了互相夸奖,也互挑毛病。水华喜欢这样的交往,不谈其他,只谈京戏。她还有两个打太极拳的朋友,也是这样,不谈其他,只谈打拳。

水华不过38岁,这样的年龄喜欢京戏喜欢太极拳,她自个儿都说不出原因。她倒听过别人背后的议论,说她一个女单身,喜欢什么都不奇怪,不然她的时间往哪儿打发呀。人们对刘英的喜欢京戏倒是有些奇怪的,虽说她比水华大了许多岁,虽说她的丈夫她的公公婆婆都是戏迷,她成为戏迷也理所当然,可人们就是觉得刘英和京戏是两码事,一句"海岛冰轮初转腾"(京戏《贵妃醉酒》里的唱词)出来,杨贵妃的雍容华贵一下子就被她唱没了。

水华是在一次采访"戏迷之家"中认识刘英的,过后很快就把刘英忘掉了。有一天,刘英忽然打来电话,张口就问,学得怎么样了?水华问她是谁,她在电话那边唱道,苏三离了洪洞县……水华立刻就笑了,她想起那天采访结束时,她曾对刘英说她正在学唱《苏三离了洪洞县》,刘英说,好啊,过几天我检查检查你的学习结果。想不到,她还真的来检查了。刘英逼迫了半天,水华才在电话里唱出来。

除了打电话,刘英有时也会跑到水华的家里来,事先也不约,来到楼下才打电话给水华。人都到楼下了,水华还能说什么呢。

几年前,水华的一位女友来家里,上完厕所忘记冲马桶,臭味儿一直弥散到了客厅里。那以后,水华就再不带人来家里了。刘英的来家里让水华已经不习惯了,好歹两人一唱起戏来,水也不喝了,厕所也不去了,什么什么就都忘记了。

有一次来家里,不只刘英自个儿,身后还跟了个肥胖的中年男人。这人手里提了个松紧口的布袋,打开布袋,现出一把老旧的京胡来。水华早就想伴了京胡唱一唱了,看到京胡,先是一喜,但再看那只拿京胡的手,不由得又一惊,那手长的,简直就是一只熊掌,手掌又大又厚,汗毛又密又长,五根手指接出去,就像五根擀饺子皮的擀面杖一样。他穿了件泛了黄的白背心,一条黑色的半截裤,裤上有两条白蚯蚓一样的汗痕。京胡拉得倒不错,也很懂得和她们的配合,但这个人身上的气味太不对了,水华一边唱一边恶心,应该吸气的时候气吸得总也不够,应该呼气的时候气又呼得太过,拉京胡的男人还直提醒说,吸气,注意吸气。

刘英带这人走后,水华把所有的窗子都打开了,自个儿则逃到了报社里。那天正是个星期天,报社里冷冷清清,几个加班的同事问她,干吗来了?她说,家里遭灾了。同事问,什么灾?她说,人味儿灾。同事看看她,便再不好问什么了。她坐在自个儿桌前,冷静了一会儿,还是给刘英拨了电话。她说,刘英啊,往后还是在电话里唱唱吧。刘英那边沉默了一会儿,说,我早看出来了,你对老胡不感冒,老胡这人是不大讲究,但他没条件啊,两口子都下岗,孩子的工作也有一天没一天的,我们还能要求他什么?

水华想到了刘英会附和她,也想到了刘英会反对她,但就是没想到刘英会提出老胡的下岗,一提下岗,她就一句话都不能说了,人家生存都成问题了,你还嫌弃人家的气味儿,你算什么人啊?

好在刘英是个大大咧咧的人，并没因此就不理水华，照样地打电话，照样地来水华家里。只是再没带老胡来过，倒像是在老胡的问题上，她反向水华做了妥协似的。水华这边，心里感激着刘英，却又对刘英有着新的发现，这发现自是不好的，但为了那份感激，她只能将这不好藏在心里，让刘英没有一丝的察觉。

刘英的不好，是她打嗝儿的味道，她总是乱吃东西，手里永远拿了食物，不是一根黄瓜，就是一截萝卜，吃完了就一个嗝儿接一个嗝儿地打。开始去水华家她还有所收敛，去得多了，便不顾忌了，有时打着嗝儿还说，水华你听听，老是往上走，我多想它往下走，痛痛快快地放几个大屁呀。水华听着，是又好气又好笑，心想，往上走的味儿就够受了，还要往下走，快省省吧。

水华委屈着自个儿，尽力维持着和刘英的交往。不管怎样，刘英是个热心肠，从没因水华的不主动而小心眼儿过。为这，水华已经和不少的熟人、朋友失去联系了。水华在与人交往上天生是个不主动的人，她也不是不想主动，只是一到行动时就不由自主地退缩了，那主动的力量怎么也拗不过退缩的力量。刘英这样主动的人儿，水华还是头一回遇到，为了维持下去，水华是宁可受点委屈的。

水华知道，刘英那边兴许也是委屈的，有时刘英想扯她的家务，水华就往戏上扯，好几次，刘英刚开个头儿，水华就给挡回去了。刘英的丈夫能挣钱，但也能在外面搞女人，水华只在采访时见过一回，就猜出刘英的处境了。但水华不想破坏自个儿的交往原则，再说刘英说话的口音有些农村老家的味道，水华从那口音里总莫名其妙地嗅出一股汗腥味儿，有一回一点唾沫星子喷到了水华的脸上，水华一连几天都觉得脸上有汗腥的味道。她知道这对刘英不公平，但她没办法，她总不能让自个儿无限止地委屈。

有时候，刘英会延长和水华联系的时间，五天或者六天或者七天，水华便猜，刘英也许是觉得委屈了。水华克制着内疚，尽力忙着自个儿的事，知道刘英早晚会来找她的。果然，顶多超不过七天，刘英就打电话来了。

这一次，刘英延长的时间却都超过了两个七天了！

前些天，刘英在医院做了个妇科手术，水华去医院看她，她问水华能不能留下来照顾她，因为丈夫和孩子习惯了被人照顾，这时候很难指望上。水华呢，答应是答应了，但只在医院待了半天，下午就撒谎报社有采访任务离开了，直到刘英出院，水华也没再去过医院。

水华猜，刘英这回一定是委屈大了，联系的时间也就拉长了。可她委屈，自个儿也委屈呀，那病房的味道，刘英身体的味道，还有刘英的小便的味道，真是把她折磨坏了，她端了刘英的便盆往厕所走，便盆里的味道刺激得她都要哭出来了。到了厕所，她不由得连便盆也咣啷啷扔出去了。离开医院的谎言就是在那一刻生出来的，她几乎一刻都没犹豫，捡起便盆就奔病房去了。待她将谎言对刘英说出来，刘英的目光失望而又怀疑。她躲开刘英的目光，仿佛一个被识破的小偷一样逃离了病房。

刘英出院那天，曾给水华打来个电话，电话里只字未提她的病情，却讲了一个搬家的故事。她说，有一个女人，三年里已经搬过两次家了，一次是因为一家大工厂的味道，一次是因为一家小工厂的味道。她说，这个女人对味道也是敏感的，但她的敏感是在大味道上，无论大工厂小工厂，凡有害于居民健康的味道，她都是毫不妥协的。她曾多次向上级部门反映，反映没有结果，她就以搬家表示抗议，以搬家维护环保的利益。她说，这个女人对待家人、朋友，是宁愿让自个儿在味道上变得迟钝，有一次邻居病了，她每天端屎端尿地侍候她，从没嫌弃过病人的味道。她说，知道这个女人是谁吗？她就是我，刘英。

刘英说完就放了电话，水华这边拿了电话，半天都没能放下来。这一回刘英对她的道德批判，比老胡那回还要令她汗颜，她想，比起刘英的环保意识，比起刘英对邻居的照顾，她的行为简直就是小气就是可耻就是无可救药呢。奇怪的是，挨了批判，水华心里仅存的一点点对刘英的歉疚，竟也莫名其妙地消失了，她甚至开始想，即便和刘英从此不再联系，她也没什么不可以接受吧。但她立刻又想，要是将这想法告诉刘英，刘英不知又会怎么批判她呢。

　　水华忽然就觉得，现在的刘英仿佛是一面镜子，她走到哪里镜子就照到哪里，简直都让她无处躲藏了。这感觉让她真是不舒服极了，也恼火极了，她和刘英有什么，不过是一起唱唱戏而已，就像和她一起打拳的两个女人一样，那两个女人，电话都没打过一个，话都没说过几句呢。她不知为什么就跟刘英走成了现在这个样子，镜子，多么好笑，刘英凭什么来做她的镜子呢？

　　时间一天天地过去，水华也一天天地让自己不再去想刘英。她和刘英认识的时候是在春天，现在眼看都到了秋天了，出门穿裙子都有些凉了。
　　就在水华真的开始习惯起没有刘英的日子时，有一天，刘英却又忽然给水华打来了电话了。
　　水华说，喂？
　　刘英说，是我，刘英。
　　水华觉得自个儿的心跳都加快了。
　　刘英说，水华，给你打电话我就想弄个明白，这些天，你真就没想过给我打电话吗？
　　……
　　刘英说，你怎么不说话？想过就想过，没想过就没想过，要是说没想过，我也就放心了，我从此就再不会给你打电话了。
　　水华不由得脱口说道，没想过。
　　水华听到，刘英那边啪地把电话挂了，电话里响起嘟嘟的忙音。水华想，这回连批判也没有了，真是要彻底地断了呢。水华自个儿也感到纳闷，那边一说不再打电话了，她这边张口就说没想过，好像巴不得要跟刘英了断似的。一个刘英，何必呢。

　　又过了些天，水华下班，一进小区门口就听到了一个令她振奋的消息：著名的京剧表演艺术家李明月，晚上要来小区进行慰问演出了！李明月是水华最喜欢的京剧演员了，她学的几个唱段，全都听的李明月的录音，对李明月的声音，她熟悉得就好像家人一样了呢。

　　这个消息来得突然，突然得都让她不知如何是好了。慌乱之中，她不知为什么就想到了刘英，刘英学的也是李明月的段子，她要是知道了，不知会怎样高兴呢。可是，刘英已经说过再不会给她打电话了，不打电话，这消息她怎么会知道呢。唯一的办法，当然是水华主动给刘英打过去，可是，两人联系频繁的时候水华都没打过，现在中断了联系，水华还怎么好打过去啊。

　　水华回到家里，饭也想不起去做，目光只是盯在电话上，久久地，一动不动。若是搁在两人联系频繁的时候，水华想都不会想一下刘英的，可是现在，刘英却像赖在了她的心里，赶都赶不走。水华和这个赖在心里的刘英对抗着，任凭眼睛盯了电话，两只手却躲在口袋里死死地攥着，坚决不把它们伸出去。

　　就在这时，电话自个儿却丁零零地响起来了，水华先是吓了一跳，脑瓜还没想明白，手却已迫不及待地冲出口袋，将电话抓起来了。

　　电话里竟是刘英的声音！

　　刘英竟也是向水华通报李明月的消息的，刘英问水华，这事你知道吗？

　　水华说，不知道。水华不明白，自个儿干吗总不能好好地跟刘英说话？

　　刘英说，你可真是个书呆子，自个儿小区的事都不知道，按理说你该打电话向我通报的。

　　……

　　刘英说，我是说过不再给你打电话的话，但一听说李明月的消息，不小心还是把电话拿起来了。

　　水华趁机笑了一声，以表示和好的意思。

　　刘英听到水华的笑声，好像也放松了许多，她说，你呀，我跟人打了一辈子交道，也没遇到过你这样的，我算是栽在你手里了。赶快做饭吧，吃完饭在家等我。

　　水华说，不是看戏嘛，还来家干什么？

刘英说，不欢迎啊？不欢迎我也要去，说好了，在家等我！

刘英说完就挂了电话。水华看着话筒，不由得又一次涌上难以言说的抗拒心理，她想，她说要在家等她，我就一定得等她吗？

水华这顿晚饭吃得别别扭扭，吃完饭就跑到小区门口去了，她决意要在小区门口等待刘英的到来。

因为李明月晚上的演出，小区门口已开始戒严了，小区外面的人已经不准许进来了。水华庆幸着这个意外的不必在家等刘英的理由，她站在门口，不住地踮起脚尖张望着。她还跟门口的几名保安说起要到来的刘英，说她是一名票友，而她水华是一名记者，她今晚还担当着采访票友的任务。保安立刻对她刮目相看，当即表示，刘英来后一定给她大开方便之门。

小区门口临了一条大街，大街上声音混杂，气味也混杂，一浪接一浪地拍打过来。水华从不愿在大街上等人，这些声音和气味总会让她变得空前的迟钝。

终于，一个骑自行车的女人跳下车子，向了小区门口走来。

这女人大红的上衣，雪白的裤子，一双红白相间的运动鞋。但她的脸是黑的，腰是粗的，背是驼的，头发里闪动着无数的白发。她从自行车上跳下来的时候，动作是缓慢的，腰显得更粗了，背显得更驼了，两腿一迈步，完全是一副老太太的样子了。

水华从没在大街上看见过刘英，也从没见刘英有过这样的打扮，她看了又看，终于认定是刘英时，心里反有了几分陌生感。

刘英见到水华也有些发怔，水华是短款的白上衣，一条浅色的牛仔长裤，平时挽起的头发现在变成了披肩长发，风将那长发轻轻地吹起来，愈发显得这人儿清清爽爽的，仿佛一个二十来岁的女孩一般。

但刘英很快就调整好了自己，她不露痕迹地责怪水华说，不是让你在家等我吗？

刘英的声音水华到底是熟悉的，她终于找回了自个儿的角色，她说，我要在家等你，你今儿就甭想进来了。

刘英笑笑，没有再怪水华，但仍是要坚持去水华家，她指指车筐里的东西，说，我拿来了，你不能让我还拿走吧？水华问她是什么，刘英说，西红柿。水华不由得笑起来，刘英说，笑什么，老家人自个儿种的，没打过农药，真正的环保食品。

这一说，水华就不能不收了。

一边往家里走，刘英一边教导水华说，你应该多吃蔬菜，看我，蔬菜天天都不离口的。说完响响地打了个饱嗝儿。

水华不由得后退一步，离得刘英远了些，她壮起胆子不客气地说，你应该做一做深呼吸。

刘英说，要是做深呼吸管用，我早就没这毛病了。

刘英也走得慢了些，等了水华赶上来，她说，你躲什么，一个打嗝儿，又不是放屁，即便是放屁，也不该躲得远远的，在我眼里，朋友什么都是好的，屁也是好的。在这点上，我是绝不浅薄的。

刘英的口气是恼火的，使水华又一次感到了挨批判的滋味儿，她想，也许自个儿真是浅薄的？挑剔她的打嗝儿，挑剔她的穿着，挑剔她的体态，挑剔的全是她的表面，不是浅薄又是什么呢？

刘英将西红柿放进水华的冰箱里，顺手又抽出根黄瓜，嘎嘣嘎嘣地咬起来。

水华说，我知道你为什么消化有问题了。

刘英说，别那么小气，不就一根黄瓜嘛。

水华说，你干吗不洗洗再吃呢？

刘英说，我又不嫌你的东西脏。

水华说，可我嫌你脏。

两人都是笑了说的，开玩笑一样。可是说完了，两人的笑容还是一点点地消失了。

好在，小区中心广场那边已经响起锣鼓声了，锣鼓声让她们的注意力一下子转移了，她们慌慌地出门，慌慌地下楼，慌慌地往中心广场那边走。她们自个儿都觉得慌得有些夸张了，可是，眼下她们是宁愿夸张，也不想回到刚才的尴尬中去了。

慌张过去，接下来是观看李明月的演唱。她们在观看中继续着她们的夸张，眼睛直勾勾的，身体一动不动，呼吸都停了似的，仿佛她们眼前只有个李明月了，仿佛李明月以外的东西全都不存在了。

李明月以外是一个小小的广场，广场上黑压压地坐满了居民，居民里不断传出说笑、吵闹的声音，烟味儿、汗味儿、屁味儿，也随了这声音悄悄地扩散着。这使站在广场中间的李明月不免有些势单力孤：所有的灯光都打在了她的身上，无比美艳，无比光彩照人，使她就如同个天上的人儿，与黑暗中的人们没有了一点关系。

李明月唱的是《贵妃醉酒》："海岛冰轮初转腾，见玉兔，玉兔又早东升。那冰轮离海岛，乾坤分外明，皓月当空，恰便似那嫦娥离月宫，奴似嫦娥离月宫……"

词美，腔也美，由李明月唱出来，是柔婉深阔，美妙动听。她没穿戏服，只穿了件黑底红花的旗袍，但声一出口人一亮相，你会觉得她就是杨贵妃，她甚至就是天上的嫦娥！

开始，水华和刘英还在意着自个儿的夸张，做出沉浸其中的样子，但渐渐地，就把那夸张忘掉了，就真的沉浸到李明月的演唱中去了。这段子两人都会唱的，李明月的录音也都不知听过多少遍了，但从没有像现在这样让她们感动，感动得连唱词、唱腔都搁在一边了，感动得心里就只有一个杨贵妃了，这个一唱一念都无比美妙的杨贵妃，这个一举一动都牵动人心的杨贵妃，这个不食人间烟火的天上的人儿啊！

渐渐地，广场上的居民们也安静下来了，他们虽听不清唱词，也不懂得唱腔，但他们看出了李明月的投入，一个不着戏装的女人，却又完全是一派戏里的神态，这种反差吸引了他们，他们闭了嘴巴，再顾不得说笑、吵闹了，有的还拿脚丫子打起节拍，眼睛眯着脑袋晃着，仿佛一个京戏的行家一样。

待最后一句唱完，广场上爆发出热烈的掌声，水华和刘英也拼命地拍啊拍，手掌都拍疼了，眼睛都拍得泪花花的了。

接下来唱的，是李明月的几个学生，她们的打扮、长相，个个都不次于李明月，但一开口一亮戏相，就远不能跟她们的老师比了。

刘英转过头对水华说，到底不一样，你我上去唱一段，比她们也不会差到哪里呢。

水华却像仍沉浸在刚才的意境里，眼睛直勾勾的。

刘英用手指在水华眼前划一划，说，还想着杨玉环呢？

水华却忽然站起身来，朝了广场中央走去。

刘英诧异道，你想干什么？

水华仍不答话，只是走自个儿的。

刘英看到，水华走啊走，已经走到了广场中央了，已经走到李明月面前，在深深地向她鞠躬了，已经挨在她的身边，高高兴兴地坐下来了。

李明月的学生们仍在唱着，水华和李明月则坐在学生们的身后听着。她们坐的是一条板凳，肩膀挨了肩膀，屁股挨了屁股。

李明月的学生们唱了两个段子，足足有十几分钟，在这十几分钟里，水华和李明月就一直那么亲密无间地坐着，有时，水华的脑袋还会歪过去，和李明月的脑袋挨在一起，小声说着什么。

刘英坐在人群里，把水华的一举一动都细细地看在了眼里。

学生们唱完，李明月站了起来，水华也跟着站了起来，她同李明月握一握手，表示告辞的样子。但就在这时，水华却忽然又出人意料地上前一步，紧紧抱住了李明月！

水华和李明月拥抱的场面大家是都看到了，掌声哗哗地响起来，也不知是为她们的拥抱，还是为那几个学生的演唱。

现在，又是李明月上场了。

现在，水华又坐回到刘英的身边了。

李明月依然吸引着水华，却再也不能吸引刘英了。

李明月现在唱的是《女起解》，苏三是一个身陷囹圄的囚犯，但李明月仍显得那么高贵，那么光彩照人。

在李明月的唱声中，刘英忽然将嘴贴在水华的耳边，讲了一个有关李明月的传闻。

这传闻是说，李明月喜好养狗，视狗为她的家人，十几条狗可以随便地上餐桌上床，她的身上永远带着狗毛和狗的气味。为此她的丈夫离开了她，她的几个学生也从不和她握手、拥抱。

讲完了，刘英问水华，狗的气味儿，你就一点没闻到吗？

水华的眼睛盯了场上的李明月，说，没闻到。

刘英说，没闻到知道为什么吗？

水华说，不知道。

刘英说，浅薄，因为你的浅薄。

……

刘英说，要是老胡也成了名角，你还会嫌弃他吗？

水华转头看看刘英，发现刘英恶狠狠的样子，鼻子、嘴巴都是歪的了。她不由得吓了一跳，这又是一个陌生的刘英，比那个老态的刘英还要陌生了。

水华都懒得和这个陌生的刘英说什么了，但她还是争辩了一句，她说，你以为我看重的是李明月的名声吗？我看重的是我的感受，这种感受，只有李明月能给我！

刘英却仍不依不饶地说，是啊，因为李明月是个名人，她才能给你啊，老胡他算什么，刘英她算什么，他们狗屁都不如呢！

水华忍不住说，你说对了，我就是浅薄，就是势利小人，那你干吗还总打电话？

刘英怔了一下，忽然说道，以为我打电话是喜欢你吗？我是做给老张看的，做给他们全家人看的，我要让他们知道，我也有你这样的朋友！可是，你这样的朋友又有什么好？

水华知道老张是刘英的丈夫，她看着刘英，简直要怀疑自个儿的耳朵了，她想，这也应该叫浅薄吧？

李明月在小区演出之后，水华就再也没跟刘英联系过了，当然，确切地说，是刘英没再跟水华联系过。水华觉得，那天她们都把话说到了尽头，她们的关系，是再不可能挽回了。

刘英送来的西红柿，水华一直没想起吃，等要吃时，西红柿已经烂在冰箱里了。从散发出的难闻的气味里，水华不知为什么就想到了刘英说过的那条传闻，她想，传闻若是真的，她和李明月紧紧拥抱，怎么就一点没有感觉呢？

为此水华上网查了李明月的有关资料，在一篇题目为《李明月和她的狗们》的文章里，刘英说的传闻竟是得到了证实。水华的目光停在这骇人的题目上，不禁有些理解刘英说的浅薄了，但她认为那究竟是刘英理解的浅薄，跟一个真正的水华还是没什么关系的。

原载《莽原》2006年第1期
《中华文学选刊》2006年第3期选载

父 亲

父亲一生中有三件事是雷打不动的，一是早起刷牙，一是睡前洗脚，一是冷水洗身。

受他的影响，我和哥哥也是，早起刷牙，睡前洗脚，雷打不动。唯有冷水洗身这一样，我做不到，哥哥也做不到。

我做不到父亲不说什么，哥哥做不到父亲就不高兴了，有一次哥哥在自己房里洗澡，父亲忽然推门进去，手摸一摸澡盆里的水，也不说话，抬脚就把澡盆踢翻了。尽管这样，哥哥还是不能长进，只要父亲在家，他就绝不洗澡；只要洗澡，他就一定要兑些热水的。

这年冬天，父亲雷打不动的事又多了一件，就是，每天下班回家。不管刮风下雪，不管天寒地冻，吃晚饭的时候，父亲的自行车一定就咣啷咣啷地进了院儿里了。

从前父亲是一周回一次的，忙的时候，会一两个月回一次。他上班的建筑公司，离我们住的村子只有十几里路，骑车子半小时就到了，他本可以从开始就天天回家的，可是一直到这年冬天他才把铺盖搬回来，彻底地不在公司住了。这之前他已经在单位住了十八年了，最初的单位是交通公司，然后是搬运公司，然后是建筑公司。公司不同，工作却一样，都是给领导当秘书。这次搬回来，听母亲说是公司的领导被造反派打倒了，父亲这秘书也受了牵连，撵他到下面的工程队劳动改造去了。

父亲明显的变化，是脸黑了，人瘦了，叹气多了。母亲心疼他，把饭食做成了两样，父亲吃细粮，我们吃粗粮，父亲吃炒菜，我们吃咸菜。但这也不能阻止父亲的叹气，那气叹的，就像是一生的郁闷都在一口气里了。我们听着，心里不管多么想吃细粮想吃炒菜，都要忍一忍了。

母亲到底是了解父亲的，有一天晚上，把村支书和大队长叫到家里来了，备了酒，炒了菜，和父亲坐在一起，天南海北地神聊。

父亲和这两个人从小就在一块儿玩，一直玩到了在城里找到工作。父亲曾给他们介绍过两份工作，当时他们舍不得离家，两份工作就给了另外两个人，如今那两人一个是服装厂的厂长，一个是制药厂的支部书记，身边秘书都用上了。论学问，他们当然比不了父亲，初到城里时，他们连自个儿的名字都写不好呢。可父亲喜欢有出息的人，一有空闲，就把两人召到酒馆里，或谈天说地，或为他们出谋划策，像是给他们当了秘书一样。

现在，母亲是想把那酒馆里的神聊，搬到自个儿家里来呢。

聊的人变了，气氛却没变，一聊，父亲就长了精神了，村支书和大队长也长精神，父亲的见识，于他们总是新鲜的。后来，也不管村里有多少事要忙，也不管天有多晚，想来了，啪啪啪就来敲门，像是进他们自个儿家一样了。有时候父亲睡下了，不理他们，他们就一直啪啪啪地敲。他们拿自个儿不当外人，父亲却有些不以为然，对母亲说，到底是村里人，不懂规矩。

但不管怎样，父亲叹气还是少多了，就像一个迷路的小孩子被人引上了正路一样，眼见得又黑又瘦的脸上有了些儿光泽了。从前父亲可是不黑也不瘦的，劳动改造没几天，人就一整个儿地变了。母亲说，你爸不是累的，是怕的，他怕干活儿，他哪是个干活儿的人。母亲说父亲干的是搬运水泥预制板的活儿，一块预制板就上千斤，好歹是几个人一起搬运，要搁他自个儿，早就撑不下去了。可也正是几个人一起搬运，他才天天遭人家的白眼，他没力气啊。

这一年我14岁，哥哥17岁，正是不知事的年龄。依我们的看法，父亲是有些势利眼的，看不起普通人，看不起小孩子，眼里只有街面上有头有脸的人物；父亲还有些剥削阶级思想，喜欢享受，不爱劳动，卫生讲得有点过头儿。父亲自个儿不喝生水，也不许我和哥哥喝生水，自个儿不吃生菜，也不许我和哥哥吃生菜，就看这村里的家家户户，哪个孩子不喝生水，哪个孩子不吃生菜啊。可父亲说，你们跟他们不一样，你们是徐文多的孩子。我们想，徐文多又怎么样，手不能提篮肩不能担担，还一直给人家当秘书，又怎么样啊？这想法最初是听街上的人说的，时间长了印在脑子里，就成了我们自个儿的想法了。我们隐隐觉得，这也许正是父亲的痛处，因此我们从没敢当了父亲说出来过。

不过对父亲的事，想过了就忘了，我和哥哥都在忙自个儿的事，哥哥迷上了拉二胡，我则迷上了踢毽子。学校没课上了，学生们有的在学校闹革命，有的回家去了，我和哥哥属于回家的。

踢毽子就要缚毽子，缚毽子就要找好看的鸡毛和空心的铜钱，为这两样，我和几个伙伴几乎跑遍了村里村外的角角落落。我们贪心得很，缚完一只又缚一只，每个人差不多都有十几只毽子了。我把毽子们摆在窗台上，就如同一排五颜六色、千姿百态的花朵。母亲擦拭窗台的时候，抹布如进无物之境，呼啦啦，毽子们就被她擦到地上去了。母亲就是这样，对我们没有一点耐心，全部的耐心，都用到父亲身上去了。我把毽子一只只地捡起来，心里很想报复一下母亲，想了一会儿，便说道，我听到有人骂我爸了。

这一着果然灵验，母亲立时着了慌，她一把抓了我的肩膀问，谁？谁骂你爸了？骂你爸什么？

我想起我们去村东被挖开的坟地寻找铜钱时，一群背了筐的社员正在猫腰捡砖头。真是遍地的砖头，捡也捡不完。我知道，这砖头跟父亲有关，父亲在家里对村支书和大队长说，出村三条路，没有一条不是狼烟滚滚的深沟，解放前这样，解放二十年了还这样，就不能把它填平吗？村支书和大队长当时有些犹豫，说上边的任务太多了，顾不上啊。父亲说，你就是完成上级的上千件任务，也抵不上这一件，这一件办成了，村里人会记住你们的。村支书和大队长一听，立刻不再犹豫了。凡当领导的，哪个不想被记住啊。可是，他们都没想到，挖了高的填了低的，低的和高的平是平了，但原来的高地下面，是一大片陈年的坟地，朽掉的棺材板子和遍地的砖头瓦块比那原来的深沟还要叫人头疼。这一个冬天，社员们再也不能坐在暖和屋里抓革命了，为能开春之前在这块生地上种上庄稼，生地上的砖头非要清理干净不可呢。可是砖头一块挨一块的，一层接一层的，面上的捡干净了，锄头一刨，下一层还是一块接一块的。再愚钝的人都会明白，这是一项太大的工程，大得都赶得上铁棒磨成针了。我在地里寻找铜钱，社员们就往筐里一块一块地捡砖头。我听到一个社员说，徐文多真他妈的是狗拿耗子。另一个社员就说，猫尿灌出来的主意能有好的？这话我身边寻铜钱的伙伴也听到了，她本能地将目光从地上转到了我身上。我说，看什么，叫徐文多的人多了。她却还傻傻地问，我怎么没听说过，谁还叫徐文多？我气得抢白她说，你，你叫徐文多！

　　我把社员们的话对母亲说了。母亲立刻变成了热锅上的蚂蚁。她提了抹布在屋里转来转去的，嘴里说，早知道村里人多嘴杂，你爸会在这事上落不是的。

　　晚上父亲下班回来，母亲把我的话又对父亲说了一遍。父亲却远不像母亲一样惊慌，他一边吃着母亲为他备下的炒菜，一边不以为然地说，听蝲蝲蛄叫还不种庄稼了？母亲说，不是蝲蝲蛄叫的事，是砖头的事，支书和大队长有些天没来了，不会是为这事吧？父亲说，不会吧，从长远看这是件好事啊。母亲说，要是砖头总也捡不完呢？父亲说，怎么会捡不完？一年捡不完两年，两年捡不完三年，总有一天会捡完的。母亲说，村里的事不比城里，人们可是没耐心等到两年的。父亲皱皱眉头，说，要不，吃完饭你去叫他们一趟吧。母亲说，我不去，人家要是不想来呢？父亲说，有酒有菜，他们不想来才怪。这顿晚饭，父亲吃得不多，炒菜剩了大半，最后全被我和哥哥打扫光了。

　　村支书和大队长果然没被叫来。母亲说，他们说要开支部会。父亲说，散了会呢？母亲说，人家没说。父亲听完就坐在椅子上开始抽烟，一支接了一支，抽得屋子里雾气腾腾的。这天晚上，烟灰缸里的烟屁股被父亲都塞得满满的了，村支书和大队长也没见露面。

　　父亲抽烟的时候，母亲在床边做针线，哥哥在他的房里拉二胡，我呢，手里拿了只没缚好的毽子，一会儿跑到哥哥房里，一会儿又跑到母亲房里。跑到母亲房里是为了用她的针线，跑到哥哥房里则为了看他拉二胡。哥哥拉起二胡来，就像父亲跟村支书、大队长说话一样，能长十分的精神，你看他，有些下拉的眼角翘起来了，长了几道抬头纹的额头舒展开来了，无精打采的眼睛也闪出光泽来了，那张喜欢闭得紧紧的嘴巴，也微微地张开，就像有许多话要说一样。可那些话，全都通过一双手，神奇地跑到琴弦上去了。琴弦上的声音啊，比说话可要美妙多了，就是听一辈子都不会听够呢。可奇怪的，是父亲撵我睡觉的时候，忽然问我，你哥呢？怎么一直没见你哥？母亲代我回答说，你呀，没听见他拉二胡啊。父亲听一听，忽然冲哥哥的房里吼道，别拉了，深更半夜的拉什么拉？

父亲对哥哥就是这样，常常忽视他的存在，却又常常干涉他的事情。哥哥是个结巴，不到非说不可的时候是从不说话的。父亲有一天发现哥哥是个结巴时，曾很是无望地对母亲说，徐文多的儿子是个结巴，为什么呢？父亲反感哥哥的结巴，反感哥哥的不说话，反感哥哥的拉二胡，还反感那些和哥哥一起拉二胡的朋友，那些人来了，父亲招呼都不打一个。我知道他是希望哥哥能像他一样口齿伶俐，关心大事，有责任感，可哥哥那样的人，一辈子都不会像他一样了。有一回他指了哥哥的二胡说，堂堂七尺男儿，整天吱扭吱扭地拉这玩意儿，有意思吗？哥哥呢，从不顶撞父亲，但也从不听父亲的。他的二胡，便在父亲的骂声中学成了。

要说父亲不喜欢吹拉弹唱这类事吧，他自个儿还常常哼几句京戏，最常哼的，是《空城计》里的几句唱：

  我本是卧龙岗散淡的人，凭阴阳如反掌保定乾坤。
  先帝爷下南阳御驾三请，算就了汉家的业鼎足三分，
  官封到武乡侯执掌帅印，东西战南北剿博古通今。
  周文王访姜尚周室大振，俺诸葛怎比得前辈的先生，
  闲无事在敌楼我亮一亮琴音，我面前缺少个知音的人。

唱腔好听，父亲唱得也好听，我曾撺掇哥哥给父亲伴奏，哥哥狠狠地呵斥我说，这……这是二胡，不……不……不是京胡！我后来知道，京戏乐器里并不只有京胡，二胡也有一把的，就是说，哥哥对我的呵斥是完全

没道理的。

　　在以后的几天里，不断有关于修路的风言风语传到家里来。传言倒也罢了，有一天母亲出门，竟发现门口贴了张大字报，大字报上画了三个端了酒杯的人，他们身后是堆成了山一样的烂砖头，砖头上写了四个大字：劳民伤财。母亲看看左右没人，一把就撕下来拿回家去了。为这大字报母亲整整哭了一天，她对我和哥哥说，有理讲理，糟践人算什么本事，你爸的头发几时那么乱过？你爸的衣服几时敞开过？胸口还有一堆汗毛，他哪来的汗毛啊？我们要看，她却又死死攥在手里不肯放。后来，我们看见她点着一根火柴，将那大字报烧掉了，火光映着她通红的眼睛，还映着她从未有过的嫌恶的表情。

　　母亲大约一辈子也没感受过这样的污辱，虽说这种事现在到处都在发生，对谁不满意了，一张大字报就上墙了，城市、农村、学校，所有的墙面都散发着纸张和糨糊的气息。但母亲是不大关心外面的事的，外面的事忽然来到了家里，她当然远没有我和哥哥表现得镇定。我还知道，用纯白面熬成的糨糊是粘不牢的，须要兑上些泡花碱才行，学校的学生们都是这么干的。母亲能一把撕下来，说明农村的大字报还是欠火候的。

　　母亲把这当成一件天大的事藏在了心里，她还嘱咐我和哥哥千万别让父亲知道。村支书和大队长不来了，父亲再次开始叹气，她还又为父亲找来了几个文化人。这几个，多是自以为满腹才学，却又窝屈在农村不被社会重用的人，交谈起来，天上地下，国内国外，几乎没有他们不知的。他们对父亲修路的主意也自有评论，有赞成的，有反对的，赞成的反对的都能说出一千条的理由来。可父亲很快地就不耐烦了，他们走的时候他送都没送。他对母亲说，再别让他们来了。母亲问为什么，父亲只说了八个字：言过其实，终无大用！

　　这八个字，我后来看《三国演义》，才知道是出自刘备对马谡的评价，父亲将这评价用在他们身上，可看出对他们的小视。但不知为什么，我总觉得父亲对他们的反感，更像是对同类的排斥，而他和村支书、大队长的交往，倒更像是异类的相吸，父亲的所知比村支书们自是要多得多，但父亲需要的，似更是怎样行动，对于行动，村支书和大队长比那几个文化人当然要在行多了。我把这想法对哥哥说了，哥哥却像看陌生人一样地看了我半天，然后说，一……一个毛丫头，想这些干……干什么，跟我学……学拉二胡吧。我当真好奇地跟他学了两天，但两天之后就没耐心了，它不像踢毽子，身体总在腾跃之中，它是一种静态，除了手指，身体就像是一尊佛，半天动也不动，我怎么可能像佛一样地动也不动呢。我仍又去踢我的毽子了，我已经能踢到200下了，翻身别花儿也能别到30个了，我还能用脚尖踢，脚跟踢，脚外侧踢，两只脚替换了踢，一群踢毽子的伙伴，哪个也比不上我，他们众星捧月似的看了我踢，那感觉真是好极了。

可我和哥哥都没想到，我们喜欢做的事情马上就要不能做了，有一天我们得听从父亲的命令，像那些社员一样背了筐去地里捡砖头了。

听到这命令时，我们正在吃早饭。我们还以为听错了，停了吃饭，诧异地望着父亲。父亲不理我们，低下头继续吃饭。

母亲说，他们才能捡几块砖头？

父亲说，捡了几块算几块。

母亲说，捡砖头不怕，怕的是人们的嘴……

父亲说，让他们去正是要堵人们的嘴啊。

母亲说，他们还是孩子……

父亲说，孩子才要经历一些事，不然总也长不大。

母亲说，错是大人的，就算孩子去了，人们也不会算完的。

父亲一下跳起来说，错了错了，谁说我错了？我怎么就错了？他们不算完怎么着，莫非还要我徐文多亲自去捡砖头？

母亲不由得也急了，冲口说道，你亲自捡砖头怎么了，主意是你出的，支书和大队长都受了牵连了，你捡砖头还不应该吗？

这话，母亲说出来就后悔了，因为父亲听完就咚咚咚往仓房去了，从仓房出来的时候，肩上背了只筐，手里拿了把锄头，全然是一副要下地的样子了。

母亲急忙去夺锄头，但父亲再没力气，也是能夺过母亲的，看着父亲满身干净地走出门去，母亲立刻唤我和哥哥跟上去。我说，饭还没吃完呢。母亲说，吃什么饭，这时候了还吃什么饭啊！

我和哥哥在前面走，母亲也很快背了筐跟上来了，我问，妈，你也去啊？母亲说，去，去把你爸换回来，你爸那样的人能捡砖头吗？

母亲其实已有很多年没下地了，我六岁那年，母亲怀上了第三个孩子，同一年，祖母忽然得脑溢血去世，于是父亲就建议母亲把孩子做掉，因为我和哥哥都是祖母帮母亲带大的，祖母去世了，谁来帮母亲呢？父亲当然是指望不上的，父亲正是一两个月才回来一次的时候，即便回来他也做不了什么，他孩子也不会抱，好好地交到他手上，孩子哇地就哭了。但父亲连陪母亲到医院的时间也没有，母亲只好图方便，吃了按一偏方抓来的草药，结果，孩子是打掉了，大人却因失血过多，再难将身体恢复到原来的样子了。

母亲胳膊上戴了套袖，腰里的围裙也没顾得解下来，围裙的一角被风一掀一掀的，脚步急促而又踉跄。

已经看得见前面的父亲了，瘦高的个子，一件浅灰色的中山装，一双老旧的却闪了光泽的黑皮鞋，走起路来八字脚，大甩手，脑袋昂得高高的，仿佛一只傲气的不服输的斗鸡。

路上不断有上工的社员了，他们向这一家人投来惊奇的目光。大家都认识父亲，父亲对大家却是生疏的，他就那么大甩了手，脑袋昂得高高的，从大家身边走了过去。

母亲也没怎么跟大家打招呼，她的脑袋却是微微低下的，眼睛只看了一米以内。遇到跟她打招呼的人，她会有些慌乱地抬起头来，仿佛一个做了错事的小媳妇。

我对母亲的表现很不满意，我想，就算是父亲的主意错了，做决定的也是村支书和大队长啊；就算是决定错了，他们为的也是大家啊。哥哥自是不会想这些的，他沉着脸，一副不情愿的样子，有时抬起他那双细长的拉二胡的手，看呀看的，仿佛已经受到了砖头的伤害似的。我对哥哥的表现也不满意，对母亲不敢说什么，对哥哥就不怕了，我伸手就朝哥哥的手打去，声音清脆而又响亮，惊得阳光都抖了一下。

母亲追上父亲，执意要他回去，父亲却执意不肯，父亲说，我倒要看看，地里到底有多少砖头！在众目睽睽之下，母亲羞于跟父亲争辩，只好由了他去了。这样，我们一家四口，便齐刷刷地往砖头地里走去了。

这块砖头地，名字叫东岗头，原来地势比村子还高，夏天种上玉米，从村里望过去，天上的云彩都要被它遮住了。现在，地里光秃秃的，已和相邻的地块连成一片了，从这头就能望到地的那头。那头是一轮刚初升的太阳，又大又圆，笑眯眯的，仿佛是在嘲笑我们一家人的尴尬。

地里的砖头，不捡不知道，一捡，还真让我们吃了一惊，我们的锄头，只要触到地上，就能听到刺耳的与砖头撞击的声音，我们的手指，闭了眼睛都能摸到硬邦邦的砖头瓦块，一个畦子还没走出去，筐里的砖头已经满满的了。

修路修成这么个结果，父亲当然不会想到，东岗头这块地，少说也有上百亩吧，明年，后年，甚至大后年，都不要奢望它能长好庄稼了，而且，还要搭上不知多少捡砖头的劳力。可是，修路若是错的，不修路就是对的吗？

不多时，捡砖头的社员们也都到地里来了，他们成群结队的足有七八十人，却没有一个肯靠近我们。一边是黑压压的一片，一边是冷清清的四个人，我发现，这样的阵势，连父亲都有些不安了，他几次往筐里扔砖头都没扔进去，有一次还扔到了我的脚上，疼得我哎哟哎哟的，他却就像没听见一样。

我知道，在生产队干活儿是要计工分的，我便问母亲，我们计不计工分？母亲几乎是带了哭声说，你还想计工分啊？

社员们那边不断传来阵阵的笑闹声。风是逆风，也听不清他们笑闹的是什么。但每回笑声一起，我们都止不住地往那边望，仿佛那笑是一块一块的砖头，随时都可能砸过来一样。我感到，即便是一直这么相安无事下去，我们一家人也似坚持不了多久了。

果然，有一刻母亲忽然就将筐里的砖头呼啦啦倒了出来，她说，走，回家去，不捡了！我和哥哥和父亲怔怔地看着她。她说，咱就是捡上十年，也堵不住人家的嘴的！

我和哥哥自是站在母亲一边，把手里的砖头立刻扔掉了。

我们却没想到，父亲说什么都不肯走，他将一只筐一把锄拿到身边，长长地叹一口气说，你们走吧，我自个儿捡。

母亲说，你自个儿才能捡几块砖头？

父亲仍是回答，捡了几块算几块。

母亲说，他们会把你骂死的。

父亲说，不捡就更得挨骂了。

母亲说，我看你是自个儿往自个儿头上扣屎盆子呢。

父亲说，不扣也逃不脱的。

父亲不肯走，母亲也不好走，倒出的砖头却又不想再捡回筐里，正不知如何是好时，一个人也不知从哪儿走来的，忽然就到了我们跟前了。

这人矮小的个头，一张瓦刀脸，脸上有几颗很大的麻子。我和哥哥都见过他，知道他是生产队长。父亲和母亲当然也知道。

生产队长其貌不扬，眼睛却亮得叫人心惊，他挨个看了我们一家人一遍，问道，谁让你们来捡砖头的？

我们都回答不出。

生产队长又说，我是一队之长，我没派的人是不能来的，知道不知道？

母亲分辩说，我们又不挣队上的工分。

生产队长说，不挣工分也不能想来就来，再说你们说不挣，大家谁知道你们不挣？

母亲说，这是什么话，莫非还要我们挨门挨户地嚷嚷一遍？

生产队长说，你不干了，不就也省了嚷嚷了？

母亲说，不干就不干，我们还正不想干呢。

生产队长说，不干就对了，赶紧的，回家去吧。

生产队长说得不急不慌的，脸上没有恼意，也没有笑意。

母亲纳闷地看看他，也顾不得多想，拉了我和哥哥就走。走开几步回头去看父亲，父亲却仍纹丝没动。母亲急道，你没听见队长的话吗？父亲却说，你听队长的，我一个国家干部，干吗要听他的？

生产队长接过去说，你可以不听我的，但你我得听党的，党把这块地交给我，我就不能随便把人放进来。

生产队长比父亲年轻了许多，按街乡辈的叫法，他该叫父亲一声叔的，但我从没听他叫过。我想大约是父亲没给过他机会，父亲每天骑了车子上班下班，眼睛从没在过往的村人身上停留过。可是现在，我看父亲开始对这个小小的生产队长注意地看着了。

不过是一两眼吧，也不知父亲从生产队长身上发现了什么，他忽然就换了恳切的语气问道，你，你叫什么来着？母亲没好气地代队长答道，杨扁。父亲接了说，对，杨扁，你说实话，这块砖头地，今年能不能种上庄稼？

杨扁说，能啊。

父亲说，种上了能收几成？

杨扁说，往好里说，四五成吧。

父亲说，几年才能到十成？

杨扁说，那就不好说了，一要看砖头还有多少，二要看底肥能上多少，三还要看社员们干活儿有没有耐心。

父亲说，有没有耐心，还不全看你做工作了？

杨扁说，是啊，工作哪就那么好做，好比眼下，你们不走，大家捡砖头就要走眼，一走眼砖头就捡不多。我又不是国家干部，得罪了人拍屁股就走，我得跟他们打一辈子交道呢。

杨扁仍是不慌不忙，仍是不恼也不笑，这种样子说出来的话，就是不想嘲讽也会透出几分嘲讽的。

父亲像是有些恍然，又像是有些不甘心，他说，杨扁，要我走好说，但我还是想问你一句话。

杨扁说，你说吧。

父亲说，修这条路，是好事还是坏事？

杨扁说，好事啊。

父亲说，那这块地影响了收成呢？

杨扁说，坏事啊。

父亲不解地看着杨扁。

杨扁说，你一个国家干部，好事坏事还搞不明白啊？

父亲说，那你说这条路该修不该修？

杨扁说，该修啊。

杨扁把眼睛眯成了两条缝，语气中透出的嘲讽意味更足了。

父亲说，我是正经问你话呢。

杨扁说，我也是正经在答啊。

父亲看一看自个儿手里的筐和锄头，说，既然该修，我就要用我的行动感动大家。

杨扁忽然把嘴咧开了。他显然在笑，但没发出声音。他不笑的时候难看，笑的时候就更难看了，几颗麻子挤在了一起，嘴角扯的，都快接到耳朵上去了。他就这么咧了嘴说，我看不是修路有问题，是你有问题呢。

父亲说，我有什么问题？

杨扁说，你把自个儿太当个人物了。

说完，杨扁转身就往那边的人群里去了。他走路也是大甩手，也是八字脚，却是个里八字，每一步都像是要把地牢牢地钩住一样。

回到家里，父亲张口就问母亲，怎么就没听你提起过这个人呢？母亲说，你也没问起过啊。父亲说，他什么文化程度？母亲说，小学都没上过。父亲说，小学都没上过他还有什么好狂的！

叫人不解的，是这天晚上，父亲让母亲备了酒菜，竟把杨扁请到家里来了。

杨扁喝了杯酒，吃了口菜，话还没聊几句，就要起身告辞，说队上还有一大堆事等他处理，他真是没空闲聊。父亲自是不便硬留，送他出门返回屋里，呆了半晌才说道，人再聪明能干，不学习也难成大器。母亲说，跟你学习就能成大器了？父亲说，你什么意思，跟杨扁都一个口气了。母亲说，我还不是想让你过清静的日子。

这时，哥哥房里的二胡正拉得如痴如醉。是一首美妙、忧伤的曲子，就犹如一个美丽的女人在对她心爱的人诉说衷肠。

父亲说，我何尝不想过清静日子？跟你说吧，我做梦都想！可一个大男人，要是一天到晚地躲在屋里拉二胡，大家会怎么看你？社会会怎么看你?

母亲说,管他们怎么看。

父亲说,一个女人可以不管,一个男人就不能不管了!

父亲的口气激动而又无奈,母亲不禁也长长地叹一口气,转身给父亲打洗脚水去了。

父亲洗着脚,唱出了一段我很少听过的戏词:

一轮明月照窗前,愁人心中似箭穿。
……
我好比哀哀长空雁;我好比龙游在浅沙滩;
我好比鱼儿吞了钩线;我好比波浪中失舵的舟船。
思来想去我的肝肠断,今夜晚怎能够盼到明天?
……

原载《北京文学》2006年第1期

入选《文艺报》2006年作品评介榜

天 外 之 音

母亲给顾一红准备的早餐是一杯牛奶、两个鸡蛋。

牛奶是热的，鸡蛋是热的，天也是热的。

顾一红看着它们，脸上的汗先冒了出来。但她没有反抗，拿起烫手的鸡蛋，顺从地剥着皮子。她已经习惯了对母亲的顺从了。

母亲看着顾一红剥鸡蛋。

顾一红的手在鸡蛋上，眼睛却在杯子上，蛋皮半天才剥下来一点点。

母亲终于忍无可忍，从顾一红的手里夺下鸡蛋，自个儿噼里啪啦地剥起来。

母亲做什么都是性急的，她最看不得心在东墙上，手却跑到西墙上去了，可是她唯一的孩子顾一红，永远就是这么一副心不在焉的样子。

顾一红吃着母亲剥的鸡蛋，脸上平平静静的，既没有感激，也没有自责，更没有恼怒。母亲指了顾一红说，你呀，跟多多一个样，没囊没气，没心没肺啊！

多多是只漂亮的京巴狗，短腿、长毛、雪白的颜色，一双孩子似的大眼睛。跟它说话时，它的脑袋会歪起来，眼睛直勾勾地望着你，用心在听的样子。

总是母亲来照管多多，有时母亲的巴掌打在多多身上，多多不反抗，也不跑远，只瞪了大眼睛看母亲。这时母亲就说，没囊没气的东西，哪怕你咬我一口呢。

母亲照管多多的吃饭，照管多多的洗澡，吃完饭洗完澡，多多就跑到父亲身边去了。

母亲和顾一红都知道多多为什么要找父亲，父亲那双大手，经常在多多的身上划来划去，凡这时候，多多总是将四脚伸直，肚皮贴在地上，动也不动，陶醉了似的。要说，划拉几下有什么难的，可是母亲和顾一红就是不去划拉，母亲是没有耐心，顾一红则是由于忌妒，她想，那双大手落在她身上的时候总是疼痛的，在父亲眼里，她还不如一个多多呢。

母亲和父亲对待顾一红，通常是一个用嘴，一个用手，母亲嘴里的话激烈起来时，父亲的手就跟上去了，父亲和母亲就像雷电一样配合默契。雷电来临时，顾一红的心会猛地抽搐一下子，抽搐过后，顾一红就不去管它了，就只去管自个儿的脸了，她能让自个儿的脸变得就像没听到母亲的责骂没挨到父亲的巴掌一样。

母亲和父亲从不知道顾一红内心的抽搐，他们还以为顾一红真的是没事人儿一样呢。愈是这样，顾一红就愈不让他们知道，她平平静静地吃下两个鸡蛋，喝下一杯牛奶，便到仓房里推自行车去了。她在村办工厂里上班，村办工厂有很稳定的收入，她没有理由违背父母的意愿到城里去，尽管到城里她做梦都想呢。在她的眼里，稳定的收入算个狗屁，但她若是把这话说出来，会把母亲气疯的，母亲生起气来，手哆嗦腿也哆嗦，眼睛红得就像要杀人一样。父亲配合母亲，顾一红总觉得是被母亲这样子吓的。母亲这样子顾一红也怕，但她和父亲不一样，她的办法是和母亲形成强烈的对比，母亲愈是生气，她就愈是平静，她把真话藏在心里，任凭母亲把她骂成个没心没肺的人，要是有心有肺，她怕是一天都难活下去呢。

顾一红推出自行车，没出院儿就骑了上去。

母亲便在后面嚷，下来下来，该急的时候不急，不该急的时候瞎急，屁股大个院儿，就差这两步啊？

顾一红只好跳下了车子。她并不急了上班，但一推车子就想骑上去，对离开这个家，一刻也等不得似的。

刚要走，就听母亲又喊，回来回来，不穿衣服就上班啊？

顾一红回过头来，不解地看着母亲。

母亲说，看什么，回屋穿衣服去啊！

顾一红穿了件大红的背带背心，她说，这不穿了吗？

母亲说，这叫穿吗，袒胸露背的？

顾一红说，这么穿的人多了。

母亲说，别人穿我不管，你穿就不行，我的闺女不能光膀子去上班！

这叫光膀子吗，天啊！顾一红脸上的汗一下冒了出来，后背的汗也沾湿了衣裳。但她习惯地保持着平静，不说话，也不行动。

这样子恰是母亲最反感的，母亲忽然抬高了嗓门说，你穿不穿？顾一红你穿不穿？不穿我今儿就撞死在你跟前了！

母亲话来得突然，让顾一红没一点防备，她看见母亲的脸变了形，眼睛一点一点地红起来，手和腿也开始哆嗦起来了。

顾一红没有任何选择，回屋换了件半袖衬衫，在母亲的注视下推车走出了院子。

门外是一条宽敞的胡同，胡同里不见一个人影，顾一红抬起车子，狠狠地摔了几下，要上车时，发现多多跟在车后，呼哧呼哧的，她便将腿变了方向，朝多多踢去。在多多的尖叫声中，顾一红骑车就跑，她知道这一脚是太恶劣了，但自个儿都不知怎么踢过去的，不踢就过不去了似的。

顾一红没想到，刚出胡同口，车子就被一个人拦下了。

这人脑袋光光的，眼睛大大的，穿一件肥大的半袖体恤，一条半长的牛仔裤，裤下是一双厚重的蓝白相间的旅游鞋，鞋的上方，露出了一截白袜。

一看，顾一红就傻了，她不管不顾地还要骑下去，这人却紧紧攥了车把，两条腿夹了车轱辘，车子动都不能动了。

顾一红说，你想干什么？

想看看你。

顾一红说，不是说好了不见面了？

不行，我做不到。

顾一红说，你就不怕我爸我妈吗？

你爸你妈大不了骂我几句，为了你，我苏小武还怕他们骂几句吗？

这时，街上有来往的人，停下来看着他们。

顾一红说，你把手放开。

你下来我就放开。

顾一红看看左右的人，跳下来把车交给苏小武，说，边走边说吧。

苏小武问，上哪儿？

顾一红说，厂里。

苏小武说，你去厂里我不是白来了？

顾一红说，那你还想干什么？

苏小武便不再吱声，骑上车，脚上用足了力气，车子立刻被他骑得飞起来了。

几只母鸡吓得扑棱棱四散逃开，一条被惊吓的黄狗不服气似的，紧追在车后汪汪直叫，几个在街心闲聊的女人慌慌地躲闪着。女人们都认识顾一红，却不认识苏小武，她们说，好好的一个闺女，怎么跟这种人搅在一起？苏小武的打扮，一定是让她们想起了20世纪70年代的坏孩子，那些孩子一律穿白色的运动鞋，名字叫个什么白鞋队呢。

顾一红坐在车后，想起苏小武头一回来找她，母亲问他是谁，他说是平平的表哥，母亲问平平是谁，他说平平是顾一红的同学，母亲上下打量了他一会儿，忽然说，这样的衣服，这样的脑袋，你妈就让你出门吗？顾一红后来劝苏小武换一种打扮，苏小武就反问顾一红，你喜欢不喜欢？顾一红说，我喜欢不喜欢是小事，我爸我妈不喜欢呢。苏小武说，我找的是你，又不是你爸你妈。苏小武就是这样的固执。父母得知苏小武是一个没工作的城里人时，愈发反对顾一红和他的来往，父亲说，没有工作，他拿什么来养活你呢？顾一红说，不过交个朋友，哪就说得上养活不养活的？父亲说，不说养活，交的什么朋友！顾一红只好又劝苏小武找个工作，苏小武却又反问顾一红，你是喜欢我的人呢，还是喜欢我的工作？顾一红是对父亲无言以对，对苏小武也无言以对，她想，他们谁都是真理在握的样子，可她的真理在哪里呢？

顾一红第一次在兰兰家见到苏小武，是又新奇又有一种说不出的惊喜，他的光脑袋，他的肥衣肥裤，他随口溜出的一句流行歌曲，他随手做出的一个街舞动作，都让她看也看不够。后来，苏小武约顾一红到城里去玩儿，顾一红又看到了一个从小在城市长大的男孩的如鱼得水般的从容，特别是，他那么熟悉城市的每一条街道，他可以带了她，躲过每一个交通警，在胡同、小巷里鱼一样地穿行。穿行的时候，她觉得他就像这城市的主人一样。一个城市的主人，还用想工作不工作的事嘛！后来，这些话被母亲逼问出来时，顾一红自个儿没觉得什么，母亲却哭天抹泪地说，傻啊，穿街过巷算什么本事，傻透了啊你！

现在，他们已经穿过了两条街道，再往前是一所小学校，小学校往前是一片玉米地，玉米地再往前，便是顾一红所在的工厂了。

愈走近小学校，去上学的孩子就愈多起来，到了学校门口，路都被孩子们堵死了，苏小武和顾一红只好跳下车，等孩子们让出路来。

孩子们有好奇的，朝苏小武不住地打量着，有的还伸出胳膊向苏小武打着街舞式的招呼。苏小武笑笑，也立刻伸胳膊抬腿的，向那孩子做出了反应。这一来，更多的孩子注意起苏小武来，也不知哪个孩子喊了一声，跳一段给我们看看吧！其他孩子便也跟了喊起来，跳一段，跳一段吧！

顾一红看着苏小武。

苏小武说，看什么，我就是不会跳，也高兴他们这么喊。

顾一红想起自个儿当初，一点没想过苏小武不会跳街舞，更没想过苏小武只会一个伸胳膊抬腿的动作。她说，那时候，我就像这些小学生一样。

苏小武说，不要拿你跟这些小学生比，小学生可没你身上的俗气。

顾一红说，我是俗，是嫌你没工作，是嫌你没房子，是嫌你不会做一件养活自个儿的事，是嫌你连自个儿唯一喜欢的一件事都做不来。

苏小武的脸一下子阴暗下来，他推了车子，从孩子们中间横冲直撞地冲了出去。孩子们慌乱地躲闪着。

顾一红远远地走在后面。一个女孩拒绝一个男孩，那些当然完全可以成为原因，但那绝不会是她顾一红的原因。她不是嫌他不能，她也许是嫌他太能呢！由于父母的反对，她提出不再与他见面时，他竟当即砍了他的手指头，若不是及时到医院救治，那指头就要残废了呢。她把这事说给厂里的女伴们时，女伴们竟还羡慕极了，她们说，一个肯为你砍指头的男人，如今上哪儿去找啊！但顾一红一回想起苏小武砍指头时的表情，就觉得和生气时的母亲是太相像了，一样的红红的眼睛，一样的变了形的脸……她甚至有些后怕地想，幸亏他砍了他的手指头，不然，她不是又要和一个母亲一样的人在一起了嘛！

再往前走，就是大片的玉米地了。玉米长得已有一人多高了，风一吹，哗啦哗啦的，就像雨点落在玉米叶子上一样。

苏小武停了车等在前面，他低了脑袋，背对了顾一红，就像是一个少了脑袋的人。

顾一红看着他，莫名地有些惊怕，但还是平静着自个儿走上前去，坐在了他的身后。车子骑动了，她听到苏小武说，我发现你跟从前真是不一样了，我不明白，你怎么说不一样就不一样了？

顾一红说，能不能骑快点，我要迟到了。

苏小武没吱声，也没骑快。

顾一红说，迟到了要挨骂，还要扣奖金。

苏小武还是不吱声，还是不骑快。

顾一红说，苏小武，你听见没有啊？

苏小武开口说，你还没答我话呢，怎么说不一样就不一样了？

顾一红说，这要问你自己。

这时，苏小武忽然将腰弯了下去，车子眼见着就快起来了。

一棵一棵的玉米向顾一红的身后闪过去。已经看得见玉米地的那头儿了，玉米地过去，就是工厂的围墙，围墙过去，就是工厂的大门口了。

顾一红做好了下车的准备。

但苏小武没有慢下来，反而骑得更快了。

顾一红喊，停下，停下啊！

苏小武不理她，车子骑得嗖嗖的，顾一红都能听到耳边的风声了。

玉米地过去了，围墙过去了，厂门口也过去了。

顾一红开始用拳头捶打着苏小武的后背。

苏小武说，你答应我件事，我就停下来！

顾一红说，你说！

苏小武说，跟我到城里去！

顾一红说，不可能！

苏小武说，只一天！

顾一红说，不可能！

苏小武说，最后一次，最后的告别，只要你答应我，我发誓再不会来找你了！

顾一红仍然说，不可能！

前面不远处，传来了汽车喇叭的声音。

苏小武说，你要不答应，我今儿就撞死在你的面前！

又是撞死，跟母亲的话一模一样。顾一红发现，苏小武和母亲永远是非此即彼，不给别人也不给自个儿留半点的余地，她想，比较撞死，她也许只能选择"最后的告别了"，妈的，这最后的告别！

顾一红终于答应了苏小武。她拿出手机，给车间主任打了请假的电话，她说，一个朋友病了，我要送他到医院去。

在最初的恼怒过去之后，顾一红决定用自己平静的力量，来和苏小武做一次真正的分手，她叮嘱自己，要服从，要坚持，要有最大的耐心。

按了苏小武的提议，他们先去了中心广场，中心广场的一棵柳树下，是他们第一次约会的地方。他们坐在那条曾经坐过的长椅上，眼睛看了地上，半天也没找出要说的话来。前面不远的地方，是曾让他们欢呼雀跃过的音乐喷泉，那天，苏小武拉了顾一红在水的森林里兴奋地跑来跑去，两人都淋得落汤鸡一样，却谁也不肯从里面跑出来。他们最怕的是音乐停止的一刻，那时，"森林"没有了，旋律没有了，只剩了一个乏味的世界,就如同一下子从天上掉在了地上。现在,音乐依然响着,水的森林依然存在,但在顾一红的感觉里,她和苏小武已经定格在音乐停止的一刻了,且是一个永远的定格,她想,他们再不可能从地上回到天上去了。

在两人的沉默中,顾一红的手机忽然响了起来,打开一听,是母亲的声音。母亲张口就问,你跟谁在一起?顾一红说,跟一个同学。母亲说,哪个同学?顾一红迟疑了一下,母亲忽然抬高声音说,你还骗我,你们把村里搞得鸡飞狗跳的,还骗我,你要把你妈气死啊!顾一红不由得就将手机合住了,她想她不能在这时候听到母亲的声音,有一个苏小武就够了。

手机又响起来,是一首欢快的华尔兹,顾一红害怕似的将手机放进了包里。

苏小武一直看着顾一红,脸上似露出了一丝喜色,他说,不想接,就关掉算了。

顾一红没理他,继续看着不远处的音乐喷泉,喷泉四周围满了观看的人们,人们不停地发出惊叹之声,从人们的夹缝里,仍可看到几个忘情的被淋成了落汤鸡的人。

华尔兹依然顽强地欢快着,可给顾一红的感觉却有些恐怖。

苏小武也随了顾一红的目光望着喷泉,他说,关掉吧,你不想我们安安静静地待一天吗?

安静,顾一红想,你们谁又给过我安静呢?

手机的声音,苏小武的声音,就仿佛合成了一种刺耳的喧嚣,顾一红终于忍无可忍,将手伸进包里,关掉了手机。

苏小武更添了几分喜色,他说,谢谢你红红。

顾一红说,苏小武,你真的说话算话吗?

苏小武说,你指什么?

顾一红说,最后一次。

苏小武说,当然。

顾一红说,那就走吧。

苏小武问，去哪儿？

顾一红有些茫然地看了远方，说，随便吧。

不知为什么，顾一红总觉得母亲会追到城里来的，待在任何地方都可能被母亲追到，当她一跃坐向后坐时，不禁有一种仓皇出逃的感觉，她便朝了身前的苏小武说，转胡同吧，你不是熟悉所有的胡同吗？

离中心广场最近的一条胡同叫金马胡同。名字叫得堂皇，胡同却已十分老旧了，水泥地面坑坑洼洼的，两边的砖墙碱出了砖粉，墙上隔不远就有一个大大的"拆"字。一家一户的门紧闭着，门面脏兮兮的，就像一个人的脸上挂满了灰尘。顾一红和苏小武，便行走在这老旧之中，车子发出咣啷咣啷的响声，身体随了车子的起伏而起伏着。

苏小武说，市中心的胡同都要拆掉的，再不来逛，你可就逛不到了。

顾一红嗯了一声。

苏小武问顾一红，还记得这条胡同吗？

顾一红又嗯了一声。她眼前闪现着的，其实是母亲气急败坏的表情。

苏小武说，那回你的鞋子掉了，一群小孩子抢了就跑，就在前面，那个黑铁门的前面。

顾一红记起来，那时苏小武追上那群孩子，用鞋子敲着他们的脑袋，还抓住一个没来得及逃走的，将他拖到黑铁门里，一下将门关上，吓得那孩子哇哇大哭。要不是顾一红坚持将门打开，苏小武还要找来一条绳子把门栓拴起来呢。

苏小武说，我最不能容忍有人对你不好了。

顾一红没有答话，那回事后她已经说过对苏小武不满的话了，现在她不想再说，对苏小武的这种表白，她也再无法感动起来了。

黑铁门很快地就在两人面前了，苏小武一只脚支在地上，将车停了下来。顾一红看到，铁门紧闭着，门上一把大锁，锁头都有些生锈了。

苏小武说，那时要有一把锁就好了，叫那小子尝尝做坏事的后果。

顾一红仍没答话，心里的反感却忽然像潮水一样涌了上来，她想，她对他说过的那些话，看来他是一点不记得了。她不由得从车上跳了下来。

苏小武自是不允许她的跳，他将自行车挡在顾一红面前，等待顾一红坐上去。顾一红却执拗地绕过了他。苏小武赶上去再挡再等，顾一红就再次绕过他。

这样反复了几遍，顾一红终于没拗过苏小武。她坐上去，听到身前的苏小武说，你呀，你是不明白，这个世界是没什么道理好讲的，一讲道理就要吃亏，我做人的原则，就是任何时候都不能吃亏。

顾一红还是第一次听苏小武讲他的做人原则，她不禁有些吃惊，她说，他们还是孩子。

苏小武说，孩子才该教训呢。

顾一红说，你不吃亏，别人可就要吃亏了。

苏小武说，当然都不吃亏最好，实在做不到，也只能把亏给别人了。

顾一红说，那我就明白了。

苏小武说，明白什么？

顾一红说，明白你为什么去村里找我了。

苏小武说，天地良心，唯有在对你的事上，我才是不怕吃亏的！

顾一红不再说什么，苏小武也不好再做什么争辩，但都觉出，他们的关系并没有随了回顾往事变得亲近，反而更有些疏远了。

这时，大半个胡同已经过去了，再往前走，左边出现了一条更窄的胡同，苏小武停在胡同口上问顾一红，是向左还是向前？顾一红看看前面，是另一条热闹的大街，街上有数不清的行人、车辆，顾一红便说，向左吧。

这胡同的地面稍好了些，也有了些生气，不时会看到哪个人站在自家门口，悠闲地看着过往的行人。透过门口，还隐约可见院儿里晾晒的衣服。顾一红记起这胡同他们也来过的，那是一天晚上，胡同里的路灯隔得很远，在路灯照不见的一个暗处，苏小武第一次拥抱了她。

显然，苏小武也是记得的，他甚至准确地记得那个暗处就在前面那堵最高的砖墙与一堵最矮的砖墙的交接处。他骑到那交接处时，用一只手指了说，看，我们在过的地方。

顾一红的心跳还是止不住地加快了。那天晚上是美好的，美好的时候她无论如何不会想到今天这样的结果。她觉得，母亲和苏小武，只要有一方心平气和一点，美好也许就不会被破坏。对，心平气和，她是太需要心平气和了，她是太厌恶要死要活了！记得小时候，有一次母亲莫名其妙地打了她，她不甘心地哇哇大哭，忽然走来一个她不认识的和蔼可亲的女人，这女人对她说，别哭了孩子，哭多了会变丑的呀。她便立刻把哭止住了。她倒不是害怕变丑，而是格外被这女人平静、亲切的声音打动了，在她自个儿的家里，可从来没有过这样的声音呢。至今，她仍能记得那声音给她带来的奇妙的感觉，就仿佛一种天外之音，把一整个村子都变得温和、明亮了许多。

车子没有停下来，苏小武大约是害怕她再次跳下车吧？但车子骑过的一瞬，顾一红还是注意到，那交接处大大小小的有几片湿地。她想，那不仅是美好的记忆的地方，还是随便小便的地方。

这时，她听到苏小武说，红红，你为了和我在一起，宁愿这么一条一条地穿胡同，说明了什么呢？

顾一红说，不是为了和你在一起。

苏小武说，要是不想和我在一起，你就会盼着见到你父母，见到他们，"最后的分手"也就完成了，可是你没有，你反而生怕见着他们，千方百计地躲避他们。

顾一红说，这只说明我的善意。

苏小武不屑地笑了一声。接着他加快了速度，使顾一红不得不将手搭在了他的腰间。他又笑了一声，这一声除了不屑，还有相当的得意了。

眼看，这条胡同也要走完了，胡同那头，依然是一条热闹的街道。苏小武说，要想去另一条胡同，只能穿过这条街道了。

骑到胡同口，两人犹豫了片刻，还是走向了大街。顾一红低了头，就像一个犯了事的害怕被人认出的人，苏小武则一手推车一手拉了顾一红，边走边躲闪着来往的车辆。

穿过大街，沿大街走了一段，向右出现了一条小街，苏小武说，他说的那条胡同，就在这条小街上。顾一红这才抬起头来，不加犹豫地拐向了小街。

可就在这时，顾一红忽然听到了一声熟悉的狗叫，她不由得脸色大变，回头看去，果然，就在大街的对面，一只白色的小狗正卧在自行车筐里，车由一个男人推着，男人的身边站了一个女人。天啊，这男人和女人，除了她的父母还能是谁呢？显然，多多是发现了她才叫起来的，这时，父母也已将目光转了过来……

顾一红急忙背过身去，没待苏小武骑上车就坐了上去，她说，快快，快走，快走啊！

苏小武骑了车，迅速找到了胡同口，仿佛鱼儿隐进水里一样，一下子就摆脱了追赶人的视线。顾一红问这胡同通向哪里，苏小武说，这是全市最长的一条胡同，这头是城东，那头就是城西了，胡同里还套胡同，大大小小足有十几条，进了里面，就像进了迷宫，不要说你爸你妈，就是从小在这儿长大的人，也难保能弄清楚呢。顾一红这才放心了许多，她说，那就走套胡同，胡同愈深愈好。

顾一红还是第一次走进这样的迷宫，除了那条最长的胡同之外，其他胡同都是又窄又短，走不了几步就到了尽头。尽头处往往是一堵墙挡在那里，正惊疑间，忽见墙的一侧与胡同成直角现出了一条路来，这路只有一人多宽，对面来个人须要侧身才能过去。也就十几米远吧，走出去，就又到了一条胡同。这胡同依然是又窄又短，依然是尽头处一堵墙挡着，走近了，在墙的一侧，又现出了一条路来。有一次在这路上，只有苏小武和顾一红两个人，左右是高高的砖墙，上面是窄窄的一线天，顾一红正有些害怕时，苏小武忽然扔下车子，将她紧紧地抱住了。她竟任他抱了一会儿，才醒悟了似的挣扎了出来。再走上这种路时，顾一红就远远地跟在苏小武的身后，再不肯靠近他了。苏小武为此很是恼火地说，我就不明白，你又要躲你的父母又要躲我苏小武，你的心到底在哪边呢？

顾一红自是回答不出，她想说，我的心在对你们的厌恶上，可是眼下全凭了苏小武的引导，她才得以躲开父母的追赶，她怎么能说得出口呢？要说，她早晚是要回家的，就算父母追赶上，她也没什么好怕的，但不知为什么，她就要躲开他们，她就要他们不知她的下落！她的手机一直关着，她希望自个儿清清静静的一个人，谁也不能找到她，包括苏小武。但她知道是不可能的，眼下是不可能离开苏小武，离开了苏小武，又不可能离开家里。她想，她是多么可怜，就连一个清静的时刻都不可能得到，多么可怜！

这样出了胡同又进胡同的，也不知穿过了多少条胡同，连苏小武自个儿都有些穿糊涂了，有一刻他从一条胡同里走出来，看看接下去的另一条胡同，说，这是到哪儿了呢？

苏小武都糊涂起来，顾一红就更放心了，更相信父母不会找到她了。这时，他们都非常累，便不由自主地停下来，一个靠了车子，一个坐在一家门口的石阶上。

苏小武说，他们也许回家了吧？

顾一红说，也许吧。

苏小武说，那我们去看场电影吧？

顾一红说，也许他们就在电影院门口等着呢。

苏小武说，那就去歌厅？

顾一红说，也许他们就在歌厅门口呢。

苏小武说，那咖啡馆呢？

顾一红说，咖啡馆也说不定，他们随时都可能出现，就像你随时都可能出现一样。

苏小武说，可你到底是选择了我。

顾一红说，不是选择。

苏小武说，好，不是选择就不是选择。

说着苏小武将车子支好，和顾一红并肩坐在了石阶上。这家的门紧闭着，胡同里见不到一个人影，胡同的墙根处竟还长出了不少的青草。他们都有一种到了另一个世界的感觉，连街上的汽车喇叭声都听得十分遥远了。

苏小武将手搭在顾一红的肩上，说，红红你知道吗，约你出来，我只有一个想法。

顾一红把苏小武的手拿了下来。

苏小武再一次将手放了上去，说，我就是想弄明白，你到底爱不爱我？

顾一红说，我不是早说过了吗？

苏小武说，我不相信，除非你今天不跟我来，除非你今天不跟我穿胡同，除非……

顾一红说，除非什么？

苏小武没有回答，只忽然抱紧顾一红，将嘴压向了顾一红的嘴唇。

顾一红拼命挣扎着。苏小武也拼命阻止着她的挣扎，仿佛只要顾一红服从了他，就能得到爱的证明一样。

这时的苏小武，变得专心而又蛮横，眼睛红红的，嘴巴张得老大，有一刻，为了对付顾一红的挣扎，一只手还掐住了她的脖子。若不是吱呀一声门响，一个小孩子从里面跑出来，顾一红几乎就要死过去了。

两人站起来的时候，谁也没敢看那孩子一眼。

顾一红走在前面，苏小武推车在后面。走啊走，走啊走，安静极了，一整个胡同都像是被他们的沉默吓住了。

总是那些短小的胡同，总是那些窄得可怜的过道，好像永远走不出了似的。

苏小武忽然开口说，红红，对不起。

……

苏小武说，我不是故意的。

……

苏小武说，我真不是故意的，我也不知怎么搞的。

这时，就见顾一红的眼睛忽然一亮，仿佛见到了什么救星一样。

苏小武随了她的目光看去，发现胡同口外，已是一条热闹的街道了！就是说，他们已不知不觉走出了胡同的迷宫！但他还是不甘心地问道，是往回返还是走大街？他听到顾一红回答说，你走你的，我走我的，咱们到此分手吧。他说，红红，我真不是故意的，你要相信我啊！

顾一红下了决心似的，抓住车把，将苏小武闪在了一边，自个儿推了车，头也不回地朝大街走去。

这时的顾一红，是既有些后怕，又格外地有些轻松，她想，若没有经历刚才那死的一刻，她会早早地脱开身吗？

但顾一红的轻松，还没待持续到胡同口，就又被另一种景象吓呆了：

一只雪白的小狗，在胡同口外的车辆之间飞快地穿行着，看上去就像从天上掉下来的一朵白云。它令许多车辆都减慢了速度，也令许多行人都停下来注视着它。不知是它灵敏地躲过了汽车，还是汽车及时地将它赦免，它竟是成功地穿过了大街，箭一般地奔她而来！

天啊，又是多多！这一回，它竟冲出了车筐，自个儿在马路上跑起来了。多多的后面，一定又是她的父亲、母亲！

这情景，被跟在顾一红身后的苏小武全都看在了眼里，他比多多还要迅速，几步跑上来，不由分说地抢过车子扭转车把，催促顾一红道，快，快上去！

顾一红试图夺回车子，但这时多多已来在了脚下，就见它摇了尾巴，身子像小孩子一样地直立着，巴巴地望着她。顾一红不由得鼻子一酸，一把将它抱了起来。

而后面的父亲、母亲，已被来往的车辆挡在了马路中间。

顾一红看看父母，又看看这边的苏小武，忽然就抱紧了多多，朝了马路上的车辆而去！

车辆是向东行驶的，顾一红也随了向东走，她选了两个车道之间的位置，走得是从容不迫，仿佛自个儿给自个儿新开了条人行道。

站在马路中间的父亲和母亲，看得是目瞪口呆，他们想，这闺女，莫不是疯了吗？还是母亲，在父亲还不知如何是好时，她已不管不顾地冲了出去。但没冲出多远，就被一名警察扯了回来，警察说，回去回去，不要命了？母亲气急败坏地嚷，快，抓住她！抓住她！救救她啊！

胡同口上的苏小武，也像是被顾一红的行为吓住了，他就那么一直站着，眼里现出了一种从未有过的失望。

顾一红抱了多多，无所畏惧又心平气和地走在路上。

两边飞驰而过的汽车吹起了她的头发，鼓起了她的衣服，多多的长毛也漂亮地竖了起来。她的耳边，奇妙地响起了那个陌生女人平静的声音：

别哭了孩子……

顾一红快乐而又忧伤地想，她的心平气和竟是在这汽车之间得到了，竟是在她最不心平气和的时候得到了！

她不知这心平气和能保持多久，但得到一会儿她就要充分地享受它，她相信，只要走在这路上，父母和苏小武就再没有机会靠近她了，她到底是自由的了！

她看着多多平和、简单的大眼睛，感受着它的体温，觉得她的得到似也和多多有关，若不是抱了它，她自个儿有胆量走在这样的路上吗？想起早晨自个儿还曾对多多踢了一脚，她便心疼地吻一吻它毛茸茸的脑袋，愈发地将它抱紧了。

原载《当代》2006年第1期
《小说选刊》2006年第1期选载
入选《2006年短篇小说新选（专家年选）》（文化艺术出版社）
入选《2006中国年度短篇小说》（漓江出版社）

劳动在1969年

全村的劳力，大约七八百人吧，两人一辆小车，从村西排到村东，又从村东排到村西，来来回回，行人的路都被堵死了。

路上还从没有过这样多的人，这样多的车，就是夏收、秋收也没有过。车上插了小红旗，两头的工地上插了大红旗，工地上还安了喇叭，喇叭里放着农业学大寨的歌，真是红旗飞扬，歌声嘹亮，劳动的队伍浩浩荡荡啊！

人一多，兴奋就来了，劲头也来了，一锨土拍上去，小车都晃晃悠悠的，人却见不出吃力，脚一蹬腰一弯一锨土又跟上了。

要说，不少的人心里明镜似的，这样的劳动没多少收效，挖了这边的土，垫了那边的沙，沙上的庄稼长不好，土上的庄稼也长不好了，因为是生地呀，因为生地指不定是什么土质，还要从头来培养呢。这样，就如同赔了夫人又折兵，哪边都弄不好了。特别是原来在副业点上干活儿的人们，心里就更明白了，粉房是什么收效？磨房是什么收效？砖窑是什么收效……但明白是一回事，干起来又是一回事，大家都把小车装得小山一样，大家的脸都红扑扑地冒着热汗，你不由得也要和大家一样了。就像是一个节日，大家都在张灯结彩地过元宵节，你难免也想要扎一个彩灯了。

铁姑娘队的人也来了，还是一式的绿军装，只是胳膊上多了花布做的套袖，花套袖在一片绿色中晃来晃去的，倒很有了家常姑娘的味道。她们其实也很不易，不挣工分，车还要装得高，路还要跑得快，遇到上坡的路，还要帮了铁姑娘队以外的人推车，若视而不见地过去，铁姑娘队的名声一下子就砸了，人家会说，什么铁姑娘队，铁心肠队还差不多。而铁姑娘们自个儿那份任务，却是一点儿没减，全由家人承担了。家人替她们扛着任务，她们却在外面义务劳动，事情就是这样的滑稽。但她们高兴极了，比过节的日子还要精神百倍，家人的责骂和普通人的指指点点她们都听见过，一聚到一起就忘掉了，写有"铁姑娘队"的旗子呼啦啦地飞扬着，她们的情绪也随了旗子要飞到天上去了。比起她们的高兴，那些责骂和指点如同毛毛雨一样，是丝毫也妨碍不到她们的。甚至挺恶毒的玩笑，比如：被管制分子义务劳动，你们也义务劳动，是帮忙呢，还是跟他们比赛呢？她们听了也不生气，只管干自个儿的。她们年轻的身体要焕发的干劲太多了，生气都顾不得了呢。

　　被管制分子也参加进来了，铁姑娘们是一队绿色，他们是一队黑色，铁姑娘们的脸是光艳的，他们的脸则是灰暗的，经过他们身边，人们总忍不住看了又看的，他们和铁姑娘队，是多么不同的两队人啊！但他们所做的，又是多么的相同！车一样要装得高，路一样要跑得快，遇到上坡的路，一样地要帮人推车。若视而不见地过去，现场批斗会说不定就要开上了。和铁姑娘们不同的，是他们自个儿没分任务（阶级敌人只有劳动改造的资格，没有分配劳动任务的资格），因此他们不必连累到自个儿的家人，也因此，他们比铁姑娘们还要轻松些了。

　　其余的人，便是一家一户的了，姐妹俩、兄妹俩、父女俩、母子俩什么的，多是强弱劳力搭配着。一些没有强劳力的人家，也只有硬了头皮上，无非是车装得小一点，路走得慢一点，忍受住强劳力的讥笑罢了。谁愿意受人的讥笑啊，但力气这东西，不是想有就有的，一样的车，这人拉上挺胸抬头、轻轻松松的，那人却一路都弯了腰，一块小瓦片都能把车挡下来。再说，路是太难走了，多年轧成的车辙不算，还有上上下下的陡坡、慢坡，车子行在上面，时时要经着心，一不小心，哪只车轱辘就陷进车辙里了。车辙是又深又硬，车子立时变得一边高一边低了，有经验的，会缓缓地顺了车辙走一段，寻到有缺口的地儿，忽然地一转把一用力，那轱辘就上来了；没经验的，往往是硬性地向上拉，轱辘没上去，车槽倒掉下来了，想顺了车辙走都不成了。还有的，车槽没事，车胎却嘣的一声先放了炮，这比车槽掉下来还要糟糕，就像马失了前蹄，一整车土，只能扔在半路上了。

车辙还算没什么危险，遇上陡坡，就是千小心万小心，有时也难免在最后一刻忽然地没了力气，连车带人一齐地滚下去了。因此逢到陡坡，后面一辆车是绝不敢紧跟的，看前面一辆上去了，才鼓足了力气向上走。

还有村边那口大河坑，坑沿和路紧连在一起，坑沿就是路边，路边就是坑沿，虽说人们习惯了，那条界限不用记也在心上了，但万一掉进去，比车辙、陡坡可要命多了，一辆车赔进去不算，人命说不定都要搭进去了。河坑的水已经变成冰了，却是薄薄的一层，只禁得住几只麻雀，一只鸡站上去都会把冰踩碎的。

就是这样的一条路，已经走了数不清的年头了，一天一天一年一年的，人们闭了眼睛也知道哪儿是车辙哪儿是陡坡。下了雨，鞋子钻进泥里了，自行车扛在肩上，小车轱辘则陷进车辙里，把原有的车辙轧得更深了。人们只是骂上几句，天一晴路面一干，就连骂也忘了，又照常地行走起来了。

人们除了对路的习惯，还有对不作主张的习惯，一切都是上级说了算的，上级没有修路的打算，百姓想也是白想。不过这也正对了人们懒惰的习性，不必想什么，一切都有人来给安排，只要大家有一口饭吃，就少不了自个儿的。多么难得啊！人活在世上不能太贪，一样轻闲就够了，你有了轻闲，一条路好走不好走的，又有什么要紧呢！

所以，不爱思想的人们，很轻易地就被大场面感染了，血液不由得就沸腾了，劳动的节奏不由得就加快了，相互见了面，先问对方第几车了，若对方超过了自个儿，立时发起急来，车辙也不管了，陡坡也不管了，弯了腰像一头蛮牛一样，拼了全力往前超。这时的车轱辘轰隆隆的，像是把车辙、陡坡也吓怕了，竟是让他顺顺当当地超过去了。但赶上对方时才发现，自个儿的棉袄、棉裤全湿透了，头发变成了一绺一绺的，两条腿站在那里不停地抖，话说出来也飘飘悠悠的少了底气，一整个儿人啊，几乎都消耗尽了呢！好在是年轻人，歇上一会儿，力气又有了，便还是个不服输，跟对方又接了比下去了。

大场面的一大好处，是见的人比过去多了。过去劳动只限于一个生产队，每天是一样的面孔，见面眼皮都不想抬起来了；现在全村十几个生产队的人都聚在一起，新鲜面孔一个接了一个，眼睛看累了都不舍得歇一歇，生怕有什么熟人、好看的人儿错过去。一个村子住着，听也听说过，见也见过一两眼，但这么车挨车、人挨人地一起劳动，还真是头一回，小伙子注意着年轻姑娘，姑娘们注意着自个儿早就心仪的人，上些年岁的，则注意着熟人、朋友。熟人、朋友见面，不像年轻男女那样矜持，老远地就招呼上了，笑容一直带在脸上，分手都老半天了，那笑还凝固着，嘴微微地张着，眼角的鱼尾纹挤在一起，像是有意地要保持，以证明自个儿并不简单，在其他生产队也是有熟人、朋友的。

喇叭里农业学大寨的歌声停了，换了村支书的声音。声音十分洪亮，只是回音太多了，东南西北全是他的声音了，因此到底也没听清他说了什么。接着是生产大队长，也是一样的效果。无非是学大寨、鼓干劲一类的话吧。大家都无心去听，他们这些当头儿的，就会在喇叭里瞎嚷嚷，下来拉一车试试啊！

大家不满是不满，却也不影响劳动的干劲，大队干部换了一茬又一茬的，下边永远地有话说，就像是生产队长，谁当上了谁挨骂。但要彻底地造了反，大家又不愿意了，人无头不走，鸟无头不飞，没有他们支应着，大家就是有劲，又该往哪里使呢？

因此，听不清头儿们说什么，有他们的声音就够了，有农业学大寨的歌儿就够了，有大大小小的红旗就够了，这叫造势，没有人造这个势，这么重的体力活儿，拉两趟就没人想拉了。

不要说大家，就是刚从学校回来的李三定，也不由得受了这势的影响了，他将绳子勒在肩上，走在蒋寡妇的左侧，前前后后都是陌生的面孔，有时候，他觉得这世界小的，只剩了他和蒋寡妇两个人了；有时候，又觉得这世界大的，满眼都是红旗都是人群了，连自个儿、连蒋寡妇都看不到在哪里了。

蒋寡妇是高高瘦瘦的个人儿，脸也是瘦的，突出着一副高颧骨。脸色是白的，眼角和嘴角都有些向下拉，给人冷面、不快的感觉。但偶尔笑一回，就像换了个人，眼睛亮起来了，嘴角翘起来了，一整个脸都生动起来了，几乎可说是美丽了。都说是一白压百丑，她却是一笑压百丑的，那白反被她浪费掉了。她要是个爱笑的人儿也好，却偏偏不爱，一天到晚冷了脸子，仿佛心上有一条怨恨的河，永远流不断似的。因此她的美丽就很少有人看见。

　　蒋寡妇的车也有些像她的人儿，细细长长的，车板儿有些薄，车厢有些窄，两根车把细的，还比不上壮小伙的胳膊。车帮上本该有坐板的，她的车却没有，只窄窄的一根木条，使车更显得苗条了。只看模样，不要说拉土，拉一车棉花都要禁不住似的。

　　李三定是不懂车的，人他也不大懂，真如同一头被蒙了眼的驴子，稀里糊涂就上了套了。

　　拉车是要一人驾辕一人拉绳的，蒋寡妇问他，是架车还是拉绳？李三定说，随便。蒋寡妇仿佛冷笑了一下，自个儿架起车，让李三定拿起了一侧的绳子。

　　李三定不知她为什么冷笑，也不想追究，拉了两趟，发现有男人的车，全都是男人驾辕的。他便有些恍然，拉第三趟，便提出自个儿驾辕。却想不到，蒋寡妇还是个冷笑，还是架了车就走，对李三定的建议理也不理。

　　李三定便有些恼火，想起自个儿的母亲和两个姐姐，觉得女人们都是莫名其妙的，谁也别想弄懂她们。但到了第四趟，李三定不提架车了，蒋寡妇却又忽然说道，三定你说，我是把你当一个孩子呢，还是把你当一个男人呢？当个孩子我架车理所应当，当个男人，你可就应该架车了。

　　这时车已经开始走了，李三定走在蒋寡妇左侧的前面，李三定看不见蒋寡妇，蒋寡妇却可以看得见李三定。

　　李三定便更加恼火道，随便。

　　蒋寡妇说，随便是什么意思？

　　……

　　蒋寡妇说，要拿你当个孩子，就不是一递一车的事了，也不是你一车我两车的事了，起码要你一车我三车了，你懂不懂？

李三定在前面还是说，随便随便。

蒋寡妇看着李三定，那乱蓬蓬的后脑勺，那瘦削的肩膀，那看不出轮廓的屁股，那咧开嘴的啪嚓啪嚓响的军绿鞋……蒋寡妇皱了眉头说，除了随便，你还会不会说点别的？

……

蒋寡妇说，你装车装不了，卸车卸不了，架车又架不了，还随便随便。

李三定忍无可忍地说，我还没架车，你怎么知道我架不了？

李三定没敢提装车、卸车，因为他实在装得不好，卸得也不好，蒋寡妇那一锨装上去，能是他那一锨的两倍，蒋寡妇卸起车来也利落极了，一举一放一簸，毫不拖泥带水，特别是那一簸，两只手端了车把，就像端了簸箕一样轻巧，车尾不管有多少土，也会被她簸得干干净净的了。她那么瘦个人，也不知哪来的力气。但即便这样，她又有什么了不起的？

蒋寡妇却更加不留情面地说，你就是架不了，没让你架车是怕你翻了车，翻了车是小事，把车弄坏了，这一冬我就甭想干活儿了。

李三定走在前面，觉得一切都是那么被动，蒋寡妇架了车，就像占了王位一样地居高临下，她是想怎么看他就怎么看他，想怎么说他就怎么说他，而他要说句话，回一回头都困难呢。

农业学大寨的歌在漫天里响着，李三定却一句也听不到了，耳边都是蒋寡妇刻薄的声音了。

蒋寡妇继续说道，还以为你年轻轻的错不了呢，谁知是要力气没力气要眼力没眼力，看看这绳儿，绷是绷紧了，就是我这儿觉不出轻来，你是真使劲还是假使劲啊，我怎么长短觉不出轻来呢？

李三定和蒋寡妇，虽说住一个胡同，却是谁也不知谁的。蒋寡妇是一贯的提防心理，生怕哪一个坑害了她，十八九岁正是不知怕的年龄，不给他来个先发制人，岂是能降伏他的？李三定呢，则是一贯的漫不经心，只要别人不挑他的毛病，他是绝不会向别人进攻的。但蒋寡妇也真是欺人太甚了，她就像用她那只瘦骨嶙峋的手掐住了他的脖子，他要是不反抗，不把她的手拼力掰开，很可能就要被她掐死了。此刻，他的脸涨得通红，胸口憋得要死，气是一口紧一口的。

　　忽然，李三定猛地一转身，手就朝了蒋寡妇的手去了，他将蒋寡妇的手拼力掰开，将她不由分说地推出车辕的位置，然后自个儿就将那位置占领了。

　　一切是这样的迅速，蒋寡妇都不知是怎样发生的，待她回过味儿来，李三定已经将车把稳稳地握在手里了。蒋寡妇是又急又气，想把车把抢回来已经不可能了，前前后后都是拉车的人，她总不能跟李三定打一架吧？

　　接下来，就是蒋寡妇走在李三定的前头了。

　　但蒋寡妇实在是担心自个儿的车子，走在前头仍不时地要回头看，路上深深浅浅的车辙是太多了，万一掉进去，车子八成是要受损的。这车虽说单薄了些，却也相跟了自个儿不少年了，有她经着心，多重的活儿都没压垮过。有这么辆车，她可以少求多少人啊，她又可以让多少人上门来求她啊！不是每一家都有车的，遇到拉车的活儿，那没车的人家找不到车，就只能歇在家里了。为此，她不知得罪了多少人，因为她的车是从不外借的，有车在，就有她在，她不拉车，车就永远地被锁在她的仓房里，外人是休想单独地将车拉出去的。这样，有时她就连队长也得罪了，队长讲的是时节不等人，要的是全体出动，有人却由于蒋寡妇的不借车歇在家里，队长能不急吗？但面对队长蒋寡妇也一样地不让步，她不说不借，只说车坏了，不能用了，队长就是急又有什么办法？第二天队长派她拉车，她仍可以面无愧色地将车拉出来，若问她车不是坏了？她就说，又修好了啊。她就是这样，为了车，仿佛什么都豁得出去。不像别人，喜欢以物换个人情，她是为了物，反不惜牺牲人情的。不仅车，锄头、铁锨什么的也一样地不外借，她自个儿也不借别人的，实在没有了，就在家里歇上一天。而周围的人哪个不借啊，借锄头、铁锨，借斧头、镰刀，借水桶、扁担，甚至油盐酱醋也要借，有的人家，干脆就不去买，借了东家借西家，年年月月地借，日子几乎是靠借撑着了。大家都借，不借的人自是就不叫人喜欢了，去谁家借东西没借出来，人人都会小看这人家的小气。而蒋寡妇，是有些死猪不怕开水烫的样子了，反正我就这样，你们爱说什么说什么吧。其实，她曾经向外借过东西的，但有一次把她心爱的搓衣板借出去，一家传一家的，再也没传回来，她便铁了心要守住自个儿的东西了。她本就不想外借，却抗不住大家都借，这一次，正好有理由抗一抗了。她自个儿也没想到，这一抗抗成了习惯了，任谁也不能让她改回去。自个儿的东西，她真是样样都觉得可亲可爱，拿走一样，就如同拿去了她的一根肋骨一般，想想，她怎么可能拿自个儿的肋骨去换取一份人情呢。再说，人情是什么东西，今天跟你有情了，明天你犯了事，情立刻没有了，大家的脸比天上的云变得还快，人情啊，真还不如她的一把铁锨一把锄头呢。

李三定呢，架了车的感觉，到底跟拉绳套的感觉不一样了，肩头上重是重了些，心里却踏实下来了，再也不必听蒋寡妇那些尖酸刻薄的话了。他还可以想怎么看前面的蒋寡妇就怎么看了，蒋寡妇看起来是个瘦人儿，肩头却是圆的，屁股却是鼓的，偶尔回一下头，胸也高高地耸着，她穿了件碎花中式棉袄，棉袄可身极了，因此她身材的轮廓就凸显出来了。她细瘦的地方是腰和脖子，那么高的中式领子，领子上边还露了一段细细的白；她的腰弯下去时，脑袋几乎能够着地面。这时李三定不由得会想起演芭蕾舞的娘子军，但他又立刻制止自个儿的想，觉得把蒋寡妇跟娘子军比在一起，真是把娘子军给糟践了。

李三定唯一的一次驾车，还是拉了自个儿家的猪往猪场上走的那回，但一头猪不过百十来斤，一车土就不同了，少说也有千把来斤吧。李三定驾车走了没多远，脑袋上的汗就出来了，喘气也粗起来，一口一口的白气吐在脸前，渐渐地，都缭绕到蒋寡妇的身前身后去了。

蒋寡妇很快地察觉了，一次一次地回头看，嘴里说，不行可别逞强，无论如何车把得攥住了，听见没有啊？

李三定低了头，尽力地闭了嘴，不让蒋寡妇听到他的喘气声。他的手却真的将车把攥紧了，脚下的路也经了心，分毫不差地轧在前面的车辙上。他知道，他是不能出一点差错的，让蒋寡妇抓住了把柄，往后的日子就更不好过了。他的一双大手，握这两根细细的车把是绰绰有余了，他的大脚走这坚硬的土路也没什么困难，再加上他天生是有些灵巧的，车把扭向哪里，车轱辘轧在哪里，车把该高该低，他的感觉都还算准确。他只是力气小了点，憋一会儿气，还是忍不住要吐出大口大口的白气来，他的汗水也在增多，心跳也在加快，喘气的声音也一声比一声响。这时蒋寡妇就又看他，又说，不行可别逞强，千万别毁了车，听见没有啊？

李三定仍低了头，对蒋寡妇不看也不理，但他心里真是已有了一千次毁车的念头了，只要他撒了车把，车把重重地落下去，就可能咔嚓一声断为两截了；但他同时也有一千次坚持下去的念头，坚持坚持坚持，看这辆车能把他李三定怎么样，看蒋寡妇能把他李三定怎么样，看这一整个村子能把他李三定怎么样？他不能预知坚持的结果，也不能预知不坚持的结果，只觉得是又一个困难临头了，一辆小车犹如一只虎一样横在了前面。这个村子啊，别看大大小小的旗子飘扬着，别看大喇叭里热闹着，真的下步一走，仿佛处处都存着陷阱一样，每走一步，都要拿出全部的力量来对付，一个不小心掉进陷阱里，还不知有多少更大的麻烦在等着你呢！

李三定，最终还是让意志占了上风了。他的意志，不过是克服当下困难的意志罢了，说不上有什么信仰的支撑，因此他只会把"下定决心，不怕牺牲，排除万难，去争取胜利"的语录拿来，以支撑他盲目的意志。对他来说，语录是谁的并不重要，重要的是能给予他当下的力量。

不管怎样，李三定没有把蒋寡妇的车把断为两截，而是用他那大手更紧地攥住了车把，迈开大脚，啪嚓啪嚓地往前走了。这走自是万分艰难，身后的土如山一样重，身前的人如冰一样冷，脚下的路如独木桥一样充满危机，但李三定，既然不想把身后的车毁掉，不这么硬了头皮走下去又有什么办法呢！

要上坡了，虽只是一个慢坡，也不能马虎大意，全身的力量都要调动起来，弯腰，弓腿，蹬脚，一鼓作气，千万别停下，后面还有车跟着呢，没有哪一辆车上不去一个慢坡的。但也太不易了，短时的一鼓作气还行，时间一长，气就有些向外泄了。这时的蒋寡妇，也一样地在一鼓作气，那绳子绷的，是紧得不能再紧了，那腰弯的，是低得不能再低了，那屁股撅的，简直要到天上去了。也多亏了蒋寡妇了，蒋寡妇那根绳子的力量让李三定明显地感觉到了，它就像一双提气的手，把李三定要跑掉的气一下子给托上去了，有一瞬间，李三定就觉得不是自个儿在驾车，驾车的反而是蒋寡妇了。

坡总算是上去了，没有停顿，一鼓作气地上去了，但李三定的一双腿变得软绵绵的，就像走在云里雾里似的。蒋寡妇的碎花棉袄，后背上也汗湿了一大块，背上的绳也变得松松垮垮的，像是一样地给累坏了。

李三定听到蒋寡妇长长地叹了口气，说，跟别人一车，是绝费不了这样的力气的。

这个蒋寡妇，可真是招人恨呀，李三定刚刚对她有了点感激之心，这一下，那感激却被她赶得远远的了。

李三定不示弱地说，那你干吗不找别人？

蒋寡妇也不示弱地说，要找得着我会要你吗？就个顶个地数数，这队里有一个好东西没有？

听蒋寡妇的意思，仿佛她是个顶个地数完才要的他李三定，李三定却也没有丝毫的感动，反更恼火道，你是为了拉车呢，还是为了挑好人坏人呢？

蒋寡妇说，你懂个屁，弄个坏人搭伴，还能拉好车吗？

李三定在心里说，别人坏，你就那么好吗？

蒋寡妇说，你坏不坏眼下我还看不准，有一天看准了，你放心，我半会儿也不会留你的。

蒋寡妇又说，我敢说，我这人站得直行得正，队里没有人比得上我，你们家别看算是知书达理的，但跟我比还是差得多。

李三定听着，不由得都觉得好笑了，一个寡妇，一个不识多少字的农村妇女，自我感觉竟好到天上去了，真是莫名其妙呢。

后来蒋寡妇又说了些什么，李三定就听不到耳朵里去了，他只是想，要是一个人说话能把另一个人烦死，那这个人是好人还是坏人呢？

又要上坡了，这可是个陡坡，前面的几辆车已停下来，上去一辆，后面的车才敢接了上。

正在上的像是一对夫妻，男的驾车，女的拉绳，男的粗壮，女的单薄，男的嘴里不停地发出"嗨嗨"的声音，女的则一声不吭，但他们的腰，都弯得几乎要趴在地上了，他们的脸，也都龇牙咧嘴的，有几分狰狞。脸是从后面看到的，倒挂着，仿佛是另一个人的。

夫妻很快地上去了，但给大家留下了一副丑相。接下来是一对父女，上坡之前，女儿要抢下父亲驾车的位置，父亲是死活没让。女儿说，逞强吧逞强吧，回家躺到炕上没人管你！上坡时他们都一声不吭，只听得到车子吱吱呀呀的声音。他们的脸从后面也能看到，仿佛不约而同吸取了那夫妻的教训，都绷紧了嘴巴，没露出一点牙齿，但眼睛可是瞪大了，大得都要从眼眶里蹦出来了，老远看，一张脸上有这样的一双眼睛，比那夫妻俩也好不到哪里了。

父女俩后面的车，也就是李三定和蒋寡妇前面的车了，这是一对姑嫂，小姑子一直驾车，嫂子一直拉绳。两人一路都在打嘴仗，你一句我一句的，也听不清说的什么。有时候，嫂子会抹起眼泪来，小姑子便说，哭哭哭，就知道哭，你这算什么，人家八九个月还拉车呢！小姑子声儿高了点，前后的人便知道，这嫂子原来怀孕了，注意看去，果然腰有些粗，走起路来有些笨重。但也都不去在意，就像那小姑子说的，八九个月还有拉车的呢，何况她也就四五个月吧。但不知为什么，小姑子也跟了哭起来了，还是出声的哭，两手驾了车，没办法擦眼泪，就低头往肩膀上一下一下地抹。

父女俩上去了，该着姑嫂俩了，就见这姑嫂二人，看看前面的陡坡，又看看后面的车，反反复复看了几回，忽然地，小姑子就一转车把，向了路边的河坑去了。嫂子先是一怔，随即也配合小姑子向河坑边拉去。

后面的人看着她们，并不上前阻止，只有人喊，别呀，大伙帮着一推就上去了！但都知喊也是白喊，凡把土往河坑里倒的，一定是没有一点气力，没有一点办法了，这个坡上去了，下一个坡怎么办？这一趟拉去了，下一趟怎么办？气力的事不比别的，没有就是没有，大家帮也帮不来的。这种事也不是一回两回了，坡上不去了，或者平地上也拉不动了，一眼又瞥见了河坑，气力一下子就散了，谁说什么都不管用了，不把土扔进河坑里，心就不甘了似的。

还是蒋寡妇眼尖，一下子就发现小姑子为什么哭了，原来她的棉裤后面，醒目地洇湿了一块，那既不像汗水，更不是泪水，显然是血水嘛！这闺女八成是来月经了呢！果然，有血从裤腿里流出来了，一滴一滴地滴在了地上，却很快又被掩在腾起的尘土里了。

蒋寡妇没有声张，李三定却随了她的眼神看到了，他立刻转移了目光，没敢再看下去。女人的月经他多少是知道些的，他忽然觉得，跟这姑嫂俩比，自个儿的困难简直算不上困难了，不就是费点力气嘛，不就是跟这蒋寡妇别扭点嘛，上坡就上坡吧，不管它是多陡的坡，只管拼了命上就是了，万一上不去，也没什么了不起的，反正肚子里是没有孩子的，反正裤子里是不会流出血来的！

李三定和蒋寡妇，弯腰，弓腿，蹬脚，又一次地上坡了。

奇怪得很，这一回，两人都觉得力气还没用尽，坡却已被他们爬上去了。有一瞬间，他们的确感到了坡度的危险，身后犹如吊了块巨石，随时都可能让他们人仰车翻，但瞬间过去，坡也过去了，他们的车的确平稳下来了，他们的腰的确可以直起来了。他们先是向车后看，怀疑有人帮他们推车，然后又相互看，猜测对方比上一回多花了力气，但都没有。都没有意味着什么？他们拉着车，长时间地沉默着，连他们自个儿也搞不明白了。

但就在这沉默之后，他们达成了一种默契似的，再有多难爬的坡，再有多难走的路，他们都可以齐心协力地平安地过去了。蒋寡妇再没有抱怨李三定的话了，李三定对蒋寡妇也少了反感，虽然之间话不算多，但双方的信任是有了，在这样一条漫长的劳动的路上，不要说友好，就是信任，又是多么难得！有一刻，在李三定和蒋寡妇都沉默着的时候，李三定的鼻子竟忽然地有些发酸。他终于阻止了那酸对眼睛的进攻，并且坚决否定这是某种感动，劳动的气势给他的新鲜感从开始就结束了，而劳动的艰苦，于他无异于水深火热，在水深火热之中，还谈什么感动，至多不过是自个儿对自个儿的怜悯罢了。但就是怜悯，他也坚决地不要，当下顾得上要的，也许只有劳动，只有拉车，只有上坡，只有躲避险恶的车辙，凭了他的灵巧，凭了他消化良好的胃口，对付这些还勉强说得过去，至于其他，就都让它们见鬼去吧！

原载《当代人》2006年第1期

《小说月报》2006年第3期选载

入选中国作协创研部选编《2006年中国短篇小说精选》（长江文艺出版社）

红 沙 发

我的书房是个不规则的五边形，冲东南那边是扇窗子，其他四边，三边排满了书柜，一边则放了张大红的布艺沙发。

四花便被安顿在这张沙发上。

四花已经在这沙发上被安顿了两个月了。

这沙发的靠背、坐垫、扶手全是大红，靠背挪开，宽度能赶得上一张小床；长度呢，四花伸直了腿躺上去，脚头还能宽宽绰绰坐下个屁股。

当然，四花的个头是矮了些，一米五五。这尺寸既不像她爸，也不像她妈，倒跟她的姑姑有些相近，她姑姑的身高是一米五六。

四花的姑姑就是我。四花是我弟弟的女儿，弟弟、弟媳和我一样，都是在离这七八十里的南秀村长大的，他们和我的区别，是我靠自个儿的努力终于从南秀村挣扎了出来，而他们，却把挣扎的希望寄托在了下一代四花身上。

我居住的城市是座省城，省城的有钱人很多，下岗工人也很多，我在一所中学教书，生活状况在这两者之间偏下，出租车是不敢随便打的，美容院也从没去过，身上的衣服只敢在两百元以内挑选。但在弟弟、弟媳的眼里，我就是这城市的一盏明灯，城市有钱人再多，穷苦人再多，都于他们没有关系，有关系的只有这个姐姐。他们祈盼着，我这盏明灯能将他们的女儿照亮，不仅照亮，有朝一日自个儿还能发出光来。自个儿发光，跟借别人的光到底是不一样的。

但两个月以来，我却看不出四花有什么发光的希望。我已先后为她介绍了三份工作，但三份工作都因她的不努力给弄丢了。一份是在一家机关单位收发报纸，由于她总是占用收发室的电话跟同学聊天，两星期不到人家就又找来个退休的老头代替了她。一份是在一家理发店做学徒工，她嫌钱给得少，每天到点就走人，不肯在店里多待一分钟，老板娘说她几句，她还一递一句地跟人家顶嘴，也就一星期吧，理发店的工作也没了。第三份工作倒干得长了些，但不是因她的努力，而是她刚去不久那美容店老板就有了将店转让他人的打算，由打算到正式转让，足足经历了一个多月，这一个多月里，老板忙碌着另一个店的开张，对这店的事很少过问，多半时间店里只有四花和另一个叫兰兰的女孩。这对两个女孩，真是难逢的良机，天赐的自由，她们简直要快乐死了，不是有那么一句话嘛，"若为自由故，二者皆可抛"，眼下是她们什么都不必抛，自由就来到了，虽不知能有多久，但有一天就要享受一天，她们才不舍得让它白白地溜过去呢。她们先是一个守在店里，另一个到街上闲逛，顾客来多了，就以人手不够打发掉。几天下来，省城所有热闹的街道都被她们逛遍了。很快地，她们又由白天的逛街转到了晚上的上网。晚上出门，再不必一个人留下来守店，她们早早地关了门，胡乱吃点什么，便双双地奔了网吧。网吧里没有时间限制，时间上的自由也令她们欢欣不已，她们一玩儿就是半宿，有时甚至借口住在店里，整宿整宿地泡在网吧。第二天，店门开得倒是不晚，但一个躺在床上睡觉，一个歪在沙发上打盹儿，上门的顾客见此情景，话都不说一句就走开了。好好的一个店，由于她们对自由的享受，一天一天地开始变得冷清。但她们执迷不悟，在自由的路上愈走愈远，后来，网吧不去了，又招引了些男孩子来到店里，玩儿扑克，唱"老鼠爱大米"，谈天说地，甚至谈情说爱。男孩多是附近小区的保安，与四花她们一样从农村来到城市，但绝没有四花她们天堂一般的环境，彩色的墙壁，柔和的灯光，一尘不染的床位，让人想入非非的巨幅美人照，犹如在耳边低语一般的音响，以及角角落落都充溢着的浓郁的甜腻腻的香气……男孩们有些受宠若惊地讨好着两个女孩，仿佛她们就是这店里的主人。愈是这样，两个女孩就愈每天每天地邀请着他们，哪天他们没到，她们便顿感无聊，你望了我我望了你的，连句话都想不出了。更糟糕的，是这段时间里她们还恋上了同一个男孩子，而那男孩又只爱她们其中的一个，失恋的一个，是爱也不能，恨也不妥，只能痛苦万端地看这一对恋人相亲相爱。事情发展到了这个地步，实在出乎失恋女孩的意料，她想，与其忍受这样的折磨，倒不如没有这样的自由了。但回头是不可能了，老板仍是一天一天地不露面，她们就仿佛是被丢弃的孩子，最初的无拘无束，正一天一天地被失落和不安所代替。失落和不安主要来自失恋的女孩，那恋爱的一个，正沉浸在前所未有的幸福之中，偶有失落和不安，也是因了幸福引起，来得快，去得也快，不像失恋的一个，一天到晚都是沉郁的脸色，面对顾客都难挤出一丝笑来，有两次，手没了准头，弄疼了顾客还不肯道歉，顾客当下就打电话找了老板。女孩却对这电话无动于衷，她想，有什么比林强更重要呢。林强是那男孩的名字，女孩每天在心里一千遍地念着它，有时候，还会不知不觉地溜到嘴上。溜到嘴上时，那另一个女孩便不悦地激她到大街上去喊。喊就喊，有一回她还真就打开店门跑到大街上去了，她喊，林强，我爱你！街上的行人纷纷停下来，看疯子一样地看她，而她却是一发而不可收，以尖厉的嗓音，以全部的力气，将这话切切实实地喊了十遍！可想而知，两个女孩的关系已是如何的尴尬，如何的紧张。好在这时，老板的另一个店开张了，这店的转让也已谈妥，两个女孩当即被他双双地辞退，使她们从此再不必有任何的关系。后来她们得知，老板原本是有过续用她们的打算的，他对这边店里不大过问，忙是一层原因，对她们的考验其实也是一层，结果她们选择了自由，他只好就让她们为自己的选择付出了代价。

　　两个女孩在美容店的所为，我是后来从美容店老板嘴里得知的，老板看似不闻不问，店里的事却桩桩件件都瞒不过他。我还吃惊地得知，那失恋的女孩竟是四花！我不由得连连地摇头，怀疑老板在信口编造辞退的理由。老板说，你不信，自己去问四花嘛。

　　我当然要问四花，我是四花的姑姑，发生这些事时四花还每天睡在我书房里大红的沙发上，我怎么能不问呢？

　　可是，从四花吞吞吐吐的回答里，老板说的那些，竟是都一一得到了证实。

我听着，真正是目瞪口呆。

我想，逛街，泡网吧，疯疯癫癫地喊"我爱你"，怎么可能是眼前这个四花呢？

所有的事，我最相信些的是四花的失恋。四花的个子虽与她的姑姑相近，但绝没有姑姑的聪明和毅力，姑姑懂得节食，能够在最饥饿的时候抑制住吃的欲望；姑姑懂得立身之本，能够在最艰苦的时候也不放弃专业的学习；姑姑懂得生存之道，能够在大家失去耐心的时候做最后的坚持。因此姑姑个子不高，体形是匀称的，职业不引人注目，成绩是突出的，性格不那么张扬，却是从不言败的。可是四花她，这三点她都不懂，她的自制力太差，想吃什么就吃什么，想吃多少就吃多少，吃得眼睛都小了，屁股都撅起来了，手上的坑一个挨一个的，脚面厚的呀，就如同孕妇的浮肿一样。她还没耐心坐下来读书，我的书房里有多少书供她来读，但她一本也不肯动，至多翻一翻报架上的几份报纸，报纸也只看有明星照片的那一版。至于竞争意识，她更是少有自觉，仿佛搁在哪里都行，仿佛不搁在哪里也行，一副有一天算一天的样子。我当然一遍一遍地为她讲过我奋斗的历史，不指望她和我一样，至少要比她的过去有所进步。我讲话时她总是低了脑袋，为自己感到惭愧似的。因此我觉得她也是想进步的，只是不能很好地约束自己罢了。就好比恋爱这种事情，她其实太应该有自知之明，收敛住自己的欲望，选择在工作上将那女孩打败，若是一比一地人家恋她也跟了去恋，不落个失恋的下场才怪。

在我的书房里，在那张大红的长沙发上，我久久地和四花对坐着。

四花还是如同以往，低了脑袋，为自己感到惭愧似的。

她这个样子，其实并不能给我多少好感。她的脑袋圆乎乎的，一头超短发又黑又硬，看上去就像只圆滚滚的刺猬。这总让我想起我们学校的一位女老师，女老师也是圆脑袋，也是又黑又硬的短发，也是一双让赘肉挤小的眼睛。只是她已经五十多岁了。有一次洗澡，她脱掉衣服，让我见到了她堆满赘肉的肚子，那肚子可真是肥胖，赘肉一块一块地挂在上面，就仿佛随时要掉下来一样。肚脐周围，挤满了大大小小的黑斑，如同一堆抢了往肚脐眼儿钻的蚂蚁。黑斑下面，是一道红色的蚯蚓一样的疤痕。疤痕直通向一堆乱蓬蓬的黑色世界……我本能地移开了目光，从此对那女老师的反感再也无法改变。女老师曾求我替她挠背上的痒痒，走路要把胳膊搭在我的肩上，要我看她新买的漂亮的内衣等等，我都一概拒绝。我坚持不让她的肉体近我一步。她曾一脸无辜地问我为什么，我自是回答不出，我怎么能对她说，是因为她那衰老的丑陋的肚子呢。

我也不明白，一个一切都可以自觉地清醒地约束自己的人，为什么就不能容忍一个老女人的丑陋？我甚至还不可抑制地把年轻的四花和那女老师扯在了一起，四花若是知道了，该会怎样地难过？因此在四花睡觉的时候，我尽量地不走进书房；在四花洗澡的时候，我绝不看她一眼；在四花换衣服的时候，我一定远远地走开。这样做自是为了避免想到女老师，但事实上愈是这样，女老师的影子就愈是紧紧缠绕。有时候我真想，认认真真地看一回四花，以将她和那老师彻底地区分开，她年轻的身体和女老师一定是不一样的。但事到临头又有点害怕，万一呢，万一有一点相同，就还不如不看的好了。

但有一次，我还是意外地看到了。那时四花正在卫生间，裤子将提未提的样子，她背对了我，就那么裸露了屁股一步一步地朝了壁橱挪，像是要去拿里面的卫生纸。将近壁橱时，她忽然弯下腰来，将脑袋贴近了腿间。我不知她要干什么，猜想她也许是不舒服了，刚想询问，发现她两手扯出内裤的裆部，鼻子贴近它，像狗一样地嗅起来……我立刻转身走了出去。虽说没看到她的肚子，虽说看到的只是她的屁股，但她的表现比那女老师的肚子还要叫人恶心。后来，我不由得大发雷霆，责问她在卫生间为什么不插门？她不知缘由，但还是委屈万端地向我保证，今后去卫生间再不敢不插门了。

四花在我面前，永远是一副听话的样子。我便不甘心地再次问她，那个林强，你真爱他吗？

四花点了点头。

我说，爱就要到大街上喊叫吗？

四花低了脑袋，短短的头发又黑又硬。

我说，林强知道吗？

四花说，知道什么？

我说，喊叫的事？

四花说，知道。

我说，知道了他什么反应？

四花说，请我吃了顿饭。

我说，请吃饭什么意思？

四花说，了结的意思。

我说，了结了吗？

四花点了点头。

我不由得冷笑道，一顿饭就可以了结一场爱情，那叫狗屁的爱情！

四花猛然抬起了脑袋，一张胖脸红红的，但还没待看清是羞愧还是愤怒，脑袋就又低下去了。

我说，把头抬起来。

四花意外地没有听话。

我说，听见了吗？

四花仍是没有听话。

四花的短发又黑又硬，头顶有几根朝天直立着，锐利而又愚蠢。

我不想再看到它们，手伸到四花的下巴，猛一用力，将它们翻出了我的视线。

出现在我的视线里的，竟是一张淌满眼泪的脸。

我看到，这张脸显示的是愤怒，不是羞愧。

即便是愤怒，我也一下子有些心软，我想，刚才的话对一个女孩子也许是太粗鲁了。可是，一个敢到大街上喊"我爱你"的女孩子，她还在乎别人的说法粗鲁不粗鲁吗？

我的手离开了四花的下巴，四花的脑袋又低了下去。

这时正是上午的九点钟，阳光从东南方向的窗口照进来，使一整个书房灿烂无比，我和四花坐着的大红沙发，愈发地美艳、醒目。买这红沙发时，我知道它和书房是不和谐的，但我还是买了，我喜欢它燃烧一样的颜色，我喜欢躺在它的上面读书，我喜欢读书时那安详而又莫名地激动的状态。

　　自从四花住在了这里，我就再没有躺在上面了，我住的是两室一厅的房子，书房是其中一室，就是说，我再怎样地喜欢这沙发，也只能让四花占去了。

　　看得出四花也是喜欢这沙发的，从外面回来她总是先进书房，包儿扔在沙发上，外衣扔在沙发上，摘下的围巾、脱下的袜子也扔在沙发上，就像是把沙发当成了她自个儿的家，就像是把她自个儿的家缩小在了一张沙发上，而沙发以外的东西她则视而不见。我多少次地纠正过她，东西放在该放的地方，沙发上是不能乱放东西的，但她当下改正了，下次又忘了，沙发上永远是乱糟糟的。有时我不吱声替她拿走东西，她就会没头苍蝇一样地找来找去，东西都放在该放的地方，可她呀，就是找不到。更加不能容忍的，是她睡觉总是不铺单子，我为她备下的白单子永远在沙发一角叠得方方正正，动也不曾动过。我几次发现沙发上留下了她的头发和皮屑，当下扫干净了，第二天又出现了；且背部躺过的地方，大红的颜色已多少有些深了。我心里啊，是又气又疼，问她为什么，她竟说不知道。我问怎么会不知道呢？她想了半天，才说，因为喜欢吧。我说，喜欢就该爱护，而你是在糟蹋它，你知道不知道？那以后，单子她倒是听话地铺上了，但不是我备下的那块，而是一块大红的单子，和那沙发的颜色一模一样。我问她哪来的，她说自个儿买的。我便忽然明白，她和我一样，喜欢的是这红颜色，睡觉都要贴了红颜色睡了。我不知她为什么也会喜欢，但我绝不想把她的喜欢和我的喜欢相提并论，尽管我为什么喜欢自个儿也同样地说不明白。

　　一时间，这红沙发就像有了一种魔力，在我和四花之间弥散、缠绕。

　　可是，沙发被四花占据着，我喜欢也是空喜欢。我能做的，只能是替四花收拾乱扔的东西，替四花打扫留下的头发和皮屑。虽说四花铺了单子，但那单子大约是按她的身长买的，比沙发短了许多，睡觉稍不老实，身体就又会滚到沙发上去。

　　我自己喜爱的沙发，却只能收拾和打扫，于是我对四花的不满和挑剔与日俱增着。四花在我面前脑袋永远是低下的，就像是一只胆怯的小鸡。可是，她对沙发的"糟蹋"一点不因胆怯而减弱，有一天，她竟在沙发上留下了她的月经；她对食量的不加控制也一点不因胆怯而改正，冰箱里的雪糕、甜食一类每天仍在惊人地减少；她的不学习不上进，更是不因胆怯而有些微的变化，她回家来要做的事永远只有两件，在客厅里看电视和躺在沙发上睡大觉。但她低垂的脑袋，有时又让我怀疑发生的一切，觉得干这一切的不是低了脑袋的四花而是另一个四花。不管怎样，我自认为对四花还是有权威性的，至少她当作了"家"的红沙发是我供给她的，我可以供给她，也可以随时从她手里收回，这对我来说都是轻而易举，对她，带来的却可能是命运的改变。

现在，阳光灿烂，沙发火红，沙发上方是一幅凡·高的向日葵，向日葵以及三壁橘黄色的书橱都似乎要被染成红色了。

我的目光避开这一切，将视线转到了沙发以下。视线里出现了一双胖脚，胖脚把我那双大一号的红拖鞋塞得满满的，吊在沙发与地板之间，一来一去地摇晃着。袜子也是红色的，脚跟处已磨出了破洞，一只脚一个，有眼睛那么大，就像是让那红色闹的，脚丫子再不肯安分地在里面了。

看着看着，我自己也没料到，会猛然地从沙发上站起来，仿佛遭遇了一场威胁，一场红色的威胁。由于是下意识的，站起来却又不知做什么，幸好窗前有一张写字桌，写字桌前有一只靠背椅，我立刻视作救星一样地走近它，佯装从容地坐了上去。

我背对了窗口，也背对了阳光，有些居高临下地看着沙发上的四花。四花穿了件米黄色的高领毛衫，这毛衫是我为她买的，之前她总认为粗短脖子的人只适合低领，但穿上这毛衫后那些低领毛衫她就再不肯穿了。她的脚仍摇晃着，一来一去，一来一去。

她头上的向日葵是怒放的，她虽低了脑袋，但我却有一种她与怒放的向日葵遥相呼应的感觉。几次的工作实践，两个月的红沙发生活，我对她似乎已经黔驴技穷。

我居高临下地看着四花，忽然地就想使用一下我最后的权力了。

我开口道，四花，这回姑姑可没有工作给你介绍了，你还是回家吧。

四花的脑袋仍没抬起来，但她的脚停止了摇晃。

我听到她低低的声音说，不。

我说，你说什么？

她的声音大了一点，不，我不回家。

这倒也不是那个搁在哪里也行的四花了，但我反而更加恼火，我问，不回家你干什么呢？

她的脚又摇晃起来，像是以摇晃代替着回答。

我说，就是有工作干，你也不能住在这里了。

这回，四花忽然抬起了脑袋，一脸惊慌地望着我。

她问，为什么？

我说，这要问你自己。

她说，我不知道。

我说，不知道就好好想想，反正除了让你回家，我是没有一点办法了。

说完我站起身来就往门外走。经过四花身边时，没想到她竟一把拽住了我。由于拽得莽撞，我几乎跌倒在沙发上。

我气恼地甩开她，说，干什么，你想干什么？

四花没有答话，但她再一次拽住了我，这一次力气更大，一下就让我倒在了沙发上。

我气得浑身发抖。我的胳膊仍被她死死地攥着，就像是被她押解着的俘虏。但我觉出她的手也在颤抖。

我就这么被迫靠在沙发上，四花则将她的胖腿顶了我的腿站在沙发前面。四花的力气大得出乎了我的意料，我竟动也不能动。

我说，四花，你到底想干什么？

四花说，我不回家。

我说，你可以不回家。

四花说，我要住在这儿。

我说，你不能住在这儿。

四花说，住在这儿，让我干什么都行。

我说，你干什么都行，就是住在这儿不行。

四花说，为什么？

我看着四花，感受着胳膊的疼痛，忽然冒出了一个恶劣的念头。我说，你放开我，放开我讲给你听。

四花似乎这才意识到还攥着我的胳膊，便将我放开，转身坐在了我刚才坐的靠背椅上。

我活动活动胳膊，一只手慢慢揉着痛处，开始给她讲起我们学校的女老师，那个五十多岁的老女人。我讲她的肥胖，讲她的圆脑袋，讲她的头发，讲她堆满赘肉的丑陋的肚子，还讲我坚持不让她近我一步……

四花静静地听着，一言不发。阳光打在我的脸上，使我无法看清她脸上的表情，但我看见她那两条习惯性摆动的胖腿，已经由快到慢，由慢到停了。

讲完女老师，四花沉默了足足有两分钟，然后她开口问我，你是什么意思？

我不知该怎样回答，什么意思我怎么能讲清楚？但我还是很快找到了正当的理由，我说，这还不明白嘛，少壮不努力，老大徒伤悲，你连自己的嘴都管不住，住下去还有什么意义？我可不希望你将来老了，连一个女同事的喜欢都得不到。

四花又沉默了一会儿，忽然以反唇相讥的语气说道，像你这样的女同事能有几个？

这样的语气，对我她还从没有过，显然她是恼火了，非常恼火了，就见她的脑袋昂得高高的，后背牢牢地靠在椅子上，平时那胆怯的样子再也看不到了，已全然是一种挑战的姿态了。

多少年与老师同事们的角逐、争战，这点小样儿算得了什么，我也许害怕眼泪，但从来就没害怕过挑战。我坐在红沙发里，灿烂的阳光打在我身上，我自觉和红沙发一样美艳无比。

人一有了激情，脑瓜儿也变得无比活跃，我立刻又想到了一个新话题，我说，还有一个人的故事，姑姑今天必须讲给你听。

没待四花表示同意，我就又开始讲起来了。四花坐在靠背椅上，虽说有些居高临下，但她要是不想听要是想离开书房，必须先得经过我和沙发，这段距离大约对她多少是个难度，因此就见她身体离开靠背，脚丫拉在了地板上，眼睛不住地望着门口，但她终于没再动身。当然跟我的讲也有关系，这些年我尽是研究讲话的吸引力了，没有吸引力，学生们就不想听课，不想听课，分数就考不上去；分数上不去，就要被其他的老师打败。我没被其他老师打败过，多半就是靠的这吸引力了。

我说，从前，南秀村有个叫伍跟头的人。他原名叫伍金斗，只因为他在村里的文艺宣传队里专翻跟头，人们就都叫他伍跟头了。其实他跟头翻得也不好，一回只能翻一个，翻两个就跟跟跄跄地站不稳了，可他除了翻跟头再不会别的，他参加宣传队的愿望又格外强烈，宣传队长不答应他，他就天天到人家里痛哭流涕，宣传队长被他缠不过，只好就安排他翻跟头了。那时的年轻人，是没有一个不以能参加宣传队为荣的，就像今天的年轻人以能找到一份挣钱的工作为荣一样。

我说，伍跟头这样的人，按说跟文艺宣传队是无缘的，他长得又矮又胖，一张口还就跑调儿，一个"拿起笔，做刀枪"的动作，学了三天都没学会，可是，除了参加宣传队，其他事他又没有一样热心的，一穿上宣传队员的绿军装，军装上再配一条红袖章，他的眼睛立刻就亮起来了，脚下的步子也轻起来了，走在街上昂首挺胸的，乡亲们打招呼都听不见了。特别是翻跟头，穿上军装戴上袖章，跟头可以翻得干净利落，换了别的衣服，就仿佛泄了气的皮球，人立马就不行了，不是翻不过去，就是翻得跟跟跄跄，一遍一遍的，无论如何也找不到感觉了。因此，逢到排练或是演出，伍跟头是一定要穿军装戴袖章的，少了这行头，对他就好比古装戏里的老生没戴髯口青衣少了水袖一样，戏就一准要演砸了。

我说，你看，说他跟宣传队无缘吧，他跟宣传队的服装又像是有缘的，说他有缘吧，他却又只会几个不那么过关的跟头，真是叫人说不清呢。别人说不清，他自个儿也说不清，对军装、袖章的喜欢他是能肯定的，但他知道除了喜欢似还有更重要的，那更重要的是什么，他就没办法想明白了。翻跟头是一桩，还有爱情也是一桩。参加宣传队以后，他爱上了一个叫明月的女孩，女孩在宣传队很平常，只演几个集体合演的舞蹈节目,《革命造反舞》《翻身农奴把歌唱》一类,因此她演出不必换服装,台下什么样,台上还什么样,一身绿军装,一条红袖章,两根羊角辫,典型的那个年代的时尚打扮。他爱人家,人家却不爱他,人家爱的是另一个长得帅气的小伙子。为此伍跟头自是痛苦万分。可后来明月不知为什么跟小伙子闹起矛盾来了,一回又一回的,有一回竟一赌气,离开宣传队再也不回来了。不在宣传队了,明月的绿军装就不穿了,红袖章也不戴了,换了一身家常的花布衣服,像许多普通的农村女孩一样了。伍跟头看着这样打扮的明月,爱慕的感觉竟是一下子就没了,仿佛明月变了个人,再不是从前的那个明月了。他自个儿也纳闷得很,他到底是爱明月,还是爱明月的衣服呢?有一次他忍不住把这感觉说给了宣传队的一个女孩,女孩立刻就给他传得沸沸扬扬的了,大家一见伍跟头就嚷,伍跟头啊伍跟头,看不出你还是个势利鬼啊。

我说,说他势利,其实是有点冤枉他,每天从宣传队回到家里,把绿军装脱下来,他镜子都不敢照一照,生怕那个不穿军装的人让自个儿厌恶。对自个儿他都这样,何况是对明月呢。他知道,要想不厌恶自个儿,就得在宣传队长期地待下去,要待下去,光靠翻跟头是不行的,有一天来一个比他翻得好的,他就是再纠缠也没用了。他便下定决心,要学会一样乐器。在宣传队,他最羡慕的就是乐队那几个了,不必唱不必跳,还比谁都牛气,有人唱错或跳错了,他们会鼻子不是鼻子脸不是脸地说,重来重来!他真希望,有一天他也坐在乐队里,对那群会唱会跳的在他面前趾高气扬的队员也说,重来重来!可是,一个唱歌跑调、谱子都不识的人,学乐器又谈何容易,他选中的第一种乐器是扬琴,结果没敲几下就被使用扬琴的人制止了,说,让你砸夯呢?扬琴不成又学二胡,吱吱扭扭拉了两天,宣传队所有的人都捂耳朵,拉二胡的人还反反复复看他的手,然后伸出自己的手跟他比了比,一句话没说就把二胡收回去了。是啊,不比不知道,一比他这手哪叫手啊,又粗又短,又硬又笨,琴弦是多么精细的东西,哪是这种手碰得的。二胡不成,接了又学手风琴,手风琴没有琴弦了吧,但又遇上左手的节奏问题,拉出声音容易,拉成调也不难,拉出节奏就不容易了,那几排黑色的纽扣一样的东西,对他就像是漠然的全副武装的士兵，他觉得永远都不可能和它们熟悉起来了。后来，他还学过月琴、笛子什么的，但统统都以失败而告终。

我说，那段日子，伍跟头真是沮丧极了，一句话都不说，整天就是没完没了地翻跟头。一翻还要连翻两个，有时两个翻过去，还要接了翻第三个。第三个没见翻成功，脸上的血痂倒添了不少，腿也常常一拐一拐的，绿军装上永远有一两块尘土挂在那里。有一次，宣传队长批评他说，这么练可不行，万一有个好歹，误了演出怎么办？伍跟头点头接受着，但练起来就又不管不顾的了，那股劲头，仿佛这辈子都要和跟头干上了。还真是，功夫不负有心人，有一天，第三个跟头竟被他翻过去了。其实，他的跟头多少宣传队长从没在意过，有跟头的节目也就一两个，且这一两个节目，没有跟头也一样可以演的。可是，伍跟头像是看不出宣传队长的不在意，像是第三个跟头能决定他的前途、命运一样，那些天兴奋得，见人就笑，见人就要翻跟头给人家看，翻过了还要等人家的夸奖，弄得大家见了他都躲得远远的，生怕被拽了看他的跟头。

我忽然停了说，望向四花身后的窗口。

四花说，怎么不讲了？

我说，讲到这还算是喜剧，再往下讲就是悲剧了。

四花说，你不讲我来讲吧，后来有一次演出，伍跟头的第三个跟头翻到了台下，脑袋撞在一块大石头上，人没送到医院就死了。

我惊异地看着四花，伍跟头死的时候，四花还远没出生呢。

四花说，伍跟头的事我早知道，但听你说还是第一次，我知道你什么意思，你无非是说，伍跟头进宣传队好歹还有翻跟头作资本，你四花找工作有什么资本呢？

我说，我不是……

四花打断我说，还有，你四花跟伍跟头一样又矮又胖，一样不识时务，如果不肯回家，早晚就是伍跟头的下场。

我说，我不是……

四花近乎仇视地看了我说，你是，你太是了！来这之前，我想到了你会严厉，也想到了你会挑剔，但没想到你会厌恶。我四花真就那么叫人厌恶吗？

四花坐在靠背椅上，脸是红的，眼睛也是红的，就差眼泪没淌出来了。

我觉得我正在受到四花义正词严的审判。我不知这角色是怎样转换过去的。

四花她说的那些意思，我的脑子里也许都闪现过，但一经她说出来，就一定是错的了。什么才是对的？我讲这些究竟想干什么？为什么就想到了伍跟头这个人？特别是，讲完之后的滋味儿，怎么倒还不如没讲那会儿了？

我觉得，我是被一种不安控制住了，这不安莫名而又强烈。

我本是把伍跟头当作个可笑的人物来讲的，可讲完了才发觉他并不可笑。

我自以为伍跟头是和四花有关的，可讲完了才发觉他竟是和四花的姑姑有些相像。

我由了自个儿的情绪，随心所欲地想讲什么就讲什么，就像四花的想干什么就干什么一样，结果都是：搬起石头砸了自个儿的脚。

当然我完全可以对四花说，我是想通过伍跟头的故事让你了解人生的不易，激发你奋进的力量；我还可以胡诌什么，我是在思考人与红沙发，人与绿军装、红袖章，人的行为、本能和理想、信念的关系。但我看着四花，看着四花身后的窗口，最终也没说出一句话来。

倒是四花又说道，伍跟头他翻跟头，我也没闲着，我一直在努力，只不过我的努力和他的努力不一样罢了，你凭什么跟我讲他？凭什么把我跟他扯到一起？

我心想，事实上，是我把自个儿跟他扯到一起去了。

四花又说了些什么，我已无心去听，四花的背后可以看到灰蒙蒙的天空，天空中有几只鸟儿飞翔而过，这给我不安的心似又添了几许悲凉。

至此，这场以四花为劣势的质询，竟是以我的不安和悲凉而告终了。

更令我难堪的，是四花并没有因为她的胜利而赖在家里不走，当天下午她就出门联系住处去了，第二天，她将她所有的东西收拾进一只大提包里，彻底离开了她栖身两个月的姑姑家。

看来四花是一定要在这城市里待下去了。

两天之后，由于弟弟、弟媳电话里的询问，我还是去四花新租的房子看望了她。这是七层楼房的顶层，一室一厅，原来，她和兰兰一起合住，兰兰离开美容店后，没有了天堂一般的环境，那个林强也和她分手了，四花则和兰兰重归于好。

我注意到，客厅里有一张破旧的三人沙发，灰秃秃的，已看不清什么颜色了，只座位上铺了一层大红的布单。我认出那正是四花自个儿买的那块。

接下来，为了弟弟、弟媳的请求，我仍为四花四处寻找着工作。但四花再也没找过我。当我好容易找到一份工作兴冲冲地去通知四花时，四花却告诉我说，工作她早就找到了，是在一家商场做收款员。她看我将信将疑的样子，又说，她在学校时数学最好，网吧里的电脑也没白玩儿，她是从50比1的比例中竞争上去的。

四花的语气不冷不热的，从前胆怯、顺从的样子再也看不到了。

我不知该为她的变化高兴还是难过，嘴里连声说着好，好，心里却有些酸兮兮地想，又一个奋斗史要开始了。

原载《人民文学》2005年第11期
荣获河北省2005年十佳优秀作品奖

飞翔的豆芽

婶婶坐在门槛上纳鞋底子。门槛约有一尺来高，婶婶的两条腿伸直在地上，腿压了腿脚压了脚，就像一只长在门槛上的胖大萝卜。本来可以进出两个人的房门，她这么一坐，一个人进出都难了。豆芽多少次想象，贴了婶婶肥胖的身体向外挤，窄窄的胸顶了门框，胸被门框硌得生疼，后背是一团热乎乎的肉体，肉体散发出刺鼻的酸臭味儿。豆芽恶心着，正欲逃脱，却忽然被婶婶拦腰抱住，更大的酸臭味儿向豆芽袭来……婶婶的抱时而是凶时而是亲，豆芽永远猜不准，但酸臭味儿是永远的，豆芽忍受住门外的诱惑，尽量不去挨近婶婶。

门槛外挂了副竹帘子，竹帘子外面是一所很大的院子，院子里有婶婶喂养的鸡和鸭子，有叔叔种下的梨树桃树。梨树桃树长大了，不用叔叔管了，鸡和鸭婶婶得天天管，因此婶婶是忙碌的，除了照管鸡和鸭子，还要做饭给豆芽和叔叔吃，还要做鞋给豆芽和叔叔穿，豆芽和叔叔穿鞋就像吃鞋一样，十天露脚指头，二十天露脚后跟，一个月鞋帮和鞋底就分家了。就是说，婶婶一个月至少要做两双鞋，两双鞋做不上，豆芽和叔叔就要光脚丫子走路了。其实也不能怪豆芽和叔叔，婶婶做的鞋总是比脚小一码，大脚穿在小鞋里，岂是肯老实的？婶婶做鞋没准头，说话可是一句是一句的，就像扔出去的砖头，句句砸得人心惊肉跳的。但多数的时候婶婶并不说话，一双眼皮耷拉着，像睡着了一样。偶尔抬起，眼睛呈三角形，白多黑少，是一副吓人的凶相。相比之下，叔叔比婶婶要可爱得多，叔叔一副瘦身板，小脑袋，小眼睛，除了婶婶，见谁都是副笑模样。叔叔还会吹口哨，《高山流水》《二泉映月》，还有《花儿为什么这样红》，什么什么都会吹。这些曲名豆芽哪里知道，豆芽是从灵姑姑嘴里听来的，灵姑姑说，吹一首《高山流水》吧，叔叔就吹《高山流水》；灵姑姑说，吹一首《花儿为什么这样红》吧，叔叔就吹《花儿为什么这样红》。在豆芽眼里，叔叔就像灵姑姑家的那条狗，听话极了。那条狗的名字叫盼盼，深黄的颜色，长有一双忧伤的眼睛，听灵姑姑的，也听叔叔的，叔叔专有一种召唤盼盼的口哨，那是一声高亢的带颤音的长鸣，盼盼只要听见，就会箭一般朝了哨音而去。

　　婶婶屁股下的门槛，宽窄就像她旁边的那只板凳腿，一大半屁股都坐不上。但婶婶偏不坐板凳，偏要坐门槛。豆芽知道，这是专为挡在门口，不准他出去和叔叔在一起。婶婶总是说，你爸妈把你交给我，我就要管到底，管吃管穿还要管做人，你叔不是人，他会把你带坏的。而叔叔也说婶婶的坏话，叔叔说的是：杨桂桂不是人，杨桂桂是只母老虎。叔叔的评价豆芽觉得很过瘾，婶婶的凶样子的确像只母老虎，婶婶还格外地小肚鸡肠，倘若哪一回她发现他没听她的，就立刻会写信给他在外地工作的父母，或者去学校报告他的老师，为此他已经多次受到父母和老师的惩罚了。父母给他的惩罚是不再寄糖果给他吃，老师的惩罚则是多留作业给他做，一篇课文，别人写五遍，他却要写十遍。叔叔对老师的评价是：一头蠢猪。这也让豆芽觉得过瘾，老师长了只大脑袋，脑袋上是一双支棱棱的耳朵，没有比"蠢猪"更适合老师的了。叔叔对人的评价就是这么聪明，叔叔聪明的时候，是豆芽最感到快乐的时候。

　　现在，婶婶坐在门槛上纳鞋底子，豆芽坐在桌前写作业。偶尔，门外会传来一声短促的口哨，豆芽心里就一激灵，笔下的字就写错一个。

　　豆芽知道那是叔叔对他的召唤。吃过晚饭，叔叔喜欢带了豆芽到灵姑姑家去，碰上人叔叔就说，豆芽要找盼盼玩儿。叔叔从不一个人到灵姑姑家去，灵姑姑家有灵姑姑的爹，那老头儿当着村支书，叔叔像是有些怕他。其实豆芽对去灵姑姑家并不那么情愿，叔叔一见灵姑姑就把他给忘了，盯了灵姑姑没完没了地说话，他只好去跟盼盼玩儿。但盼盼是个爱往外跑的家伙，一不留神它就从门缝钻出去了，豆芽只好也跟了跑。盼盼见有了伴儿，愈发跑得疯，边跑边还回头望，逗得豆芽更加拼命地追。豆芽的鞋多半都是这样坏掉的，有一次盼盼引他跑遍了全村所有的街道、胡同，回到灵姑姑家时，脚上只剩了一只鞋了。要不是叔叔背了他一条街一条街地找回鞋子，他真就再不想来灵姑姑家了。灵姑姑虽比婶婶好看些，但也和婶婶一样很少说话，尽是叔叔一个人说啊说的。这一点豆芽最不明白，叔叔的话打哪来的？见了婶婶，叔叔的话又到哪去了呢？有时豆芽看看叔叔又看看灵姑姑的，觉得一点意思也没有。可再没意思也比和婶婶憋在家里好受，豆芽一边写一边瞟着婶婶脸前那撮乱蓬蓬的头发，只要婶婶将那头发往耳后一捋，八成就要站起身来了。但那撮头发随了婶婶手里的鞋底一晃一晃的，总也不见捋到耳后去。豆芽想，她像是一辈子都要坐在门槛上了。

好不容易，婶婶的屁股往起欠了欠，却听得噗的一声，只是一声闷屁。婶婶总是这样，噗的一声，狠狠的，一点不躲闪，要跟谁过不去似的。

豆芽屏住气，防御着臭气的扩散。这时他听到婶婶说，豆芽，你过来。

豆芽不得不走过去。

婶婶叉开腿，抱豆芽坐在自己的右腿上，然后去脱豆芽的鞋子。

豆芽不由得挣扎着。婶婶抱紧了他说，又不杀你，怕什么！

婶婶脱下鞋子，拿自己纳的那只鞋底子去比豆芽的脚，发现脚比鞋底子还长了一截。婶婶将鞋底子在门槛上一摔，说，妈的，长得比做得还快，这活儿不能干了！

豆芽吓得一哆嗦，挣扎也不敢了，坐在灼人的大腿上，忍气吞声地任婶婶摔打。

这么与婶婶身贴身的，豆芽都要憋屈死了，他想，叔叔，吹口哨吧，快快吹口哨吧。

婶婶像是猜透了豆芽的心思，她将豆芽从腿上放下来，推搡一把说，没良心的，写作业去，今儿甭想出屋门一步！

豆芽心里绝望着，不甘心地反问，要是作业写完了呢？

婶婶说，写完了也不准出门！

豆芽说，要是想撒尿呢？

婶婶说，撒尿屋里有尿盆！

豆芽低下头，不想再看婶婶。他的视线里，是一双露脚趾露脚后跟的鞋子。

婶婶忽然凑过来，在身上摸摸索索的，终于摸出一块糖来，剥开糖纸，有些讨好地将糖块递向豆芽的嘴里。豆芽尝到了一种混合着酸臭味儿的甜味儿。

婶婶说，只要你听婶婶的话，婶婶保证你天天有糖吃。

婶婶又说，只要你听婶婶的话，婶婶保证你不穿露脚趾的鞋子。

婶婶还说，只要你听婶婶的话，婶婶保证不再对你爸妈说你的坏话。

最后，婶婶用她那粗糙的手指摸了豆芽的脸蛋说，豆芽你对婶婶说，你叔去你灵姑姑家都干过什么？

豆芽忍受着婶婶的气味儿和手指，回答说，说话。

婶婶说，还有呢？

豆芽想想说，喝水。

婶婶说，还有呢？

豆芽摇摇头说，没有了。

婶婶将脸贴向豆芽的脸，说，你叔和灵姑姑这样亲过没有？

豆芽躲闪着，说，没有。

婶婶用一双骨节分明的手抓住豆芽瘦小的肩膀，压低嗓门说，你要记住，他们要真这样过，老天都不会容他们的！

豆芽背靠了门，一动也不能动，他又急又怕，眼泪都不由得流出来了。

豆芽乘婶婶进里屋找鞋样子的当儿，还是跑出去了。叔叔正在院门外等得焦急，他说，再不出来我就自个儿先走了，叔叔每回都这样说，但从没自个儿先走过。豆芽感激着叔叔，同时又觉得叔叔其实也需要他。

豆芽没把婶婶的话告诉叔叔，因为婶婶一再嘱咐他不要对叔叔说。他觉得这很是个负担，走在叔叔身边，便一直闷声不响着。

叔叔问他，怎么了，作业还没写完？

豆芽摇了摇头。

叔叔说，没关系，你叔上学的时候就总完不成作业，但一考试就考第一。

豆芽想到自己一考试就考第二第三，比叔叔也差不到哪里。但他闷头走着，还是没说话。

这时天已经黑透了，街灯还没有亮起来，夜色中时而传来孩子的啼哭和大人的训斥。牲畜们也趁机肆无忌惮地叫着。村子的上空到处飘散着从厨房和牲口棚传出的味道。时而一两个人影走得近了，你看我我看你的，还没认出是谁却已经过去了。街灯的开关在大队广播室，大队广播室的钥匙由灵姑姑的爹一人掌握着，他是想开了就开，想关了就关，常常大白天里街灯开着，大黑天里街灯却关着。豆芽曾听叔叔问过灵姑姑，你爹是不是记性不好？灵姑姑一撇嘴说，好着呢，开关全看他高兴不高兴了。豆芽听了不由得惊讶着，这可是全村人的事呢，他也真敢啊。

走着走着，豆芽发现朝的不是灵姑姑家的方向，灵姑姑家住在村子中心，叔叔却带了他在往村外走，他问叔叔，咱们去哪儿？叔叔说，到时你就知道了。他觉得叔叔今晚说出的每一个字都能变成个星星飞到天上去，叔叔的脚步也又轻又快，就像是天下最好的一个地方在等着他。

走出村口，天显得更黑了，除了一条隐约可见的土路，树木、庄稼、高岗、沟壑，什么什么都分辨不清了。叔叔开始吹起《花儿为什么这样红》的曲子，悠扬的口哨声就像鸟儿一样在黑暗中自由地飞翔着。口哨能飞似也能照亮，渐渐地，眼前的庄稼显出了轮廓，高高的玉米穗子，矮矮的红薯蔓子，浅色的花生棵子，深色的豆角架子，有甜香味的甜瓜垄子，有农药味的棉花叶子……豆芽就觉得，没有叔叔村外的夜是可怕的，有了叔叔村外的夜忽然变得有趣了，他受着叔叔的感染，情绪也慢慢地快活起来了。

在一块长得望不到边的玉米地前，叔叔停下了，豆芽也随了停下来。

挨了玉米地是一块西红柿地，西红柿地和玉米地之间是一条长流不息的渠水，叔叔就停在水泥砌成的水渠沿上，嘴里继续吹着《花儿为什么这样红》。

豆芽问，你在等灵姑姑吗？

叔叔用手指在豆芽的脑门儿上敲了一下，依然顾着他嘴里的旋律。

豆芽说，灵姑姑一来，盼盼一准儿会跟来。

叔叔点着头。

豆芽说，你是因为怕灵姑姑的爹才来这儿的吗？

叔叔停了吹，惊讶地问，谁说我怕他的？

豆芽说，我看出来的。

叔叔说，你怎么看出来的？

豆芽说，去灵姑姑家，你从不敢自个儿去。

叔叔笑了说，小兔崽子，那是叔叔怕你在家里闷得慌。

夜色中，除了天上的星星，一切都是模糊的，豆芽去看叔叔的脸，也只是一圈黑色的轮廓。豆芽只好抬头去看星星。但星星也是不经看的，不知哪一会儿就看跑了，再找不到原来的那一颗了。

豆芽听到叔叔问，你还看出什么了？

豆芽说，你也怕我婶婶。

豆芽觉得，黑天里说出的话，不由得就和白天不一样了，有些愣头愣脑的。

叔叔更笑了说，我怕你婶婶，我怎么怕你婶婶了？

豆芽说，叫我去灵姑姑家的时候，你总是吹口哨。

叔叔说，我那不是怕她，是懒得理她，懂不懂啊你？要说怕，这世上我只怕一个人。

豆芽说，谁？

叔叔说，你灵姑姑。

豆芽说，我才不信，我要是怕谁，就跟他没话，可你跟灵姑姑有说不完的话。

叔叔说，怕跟怕是不一样的，等你长大了，怕上了一个女人你就知道了。

豆芽说，你不怕婶婶，也不怕灵姑姑的爹，为什么不敢亲灵姑姑？是怕老天不容吗？

豆芽说完，一阵莫名的突突的心跳。这种事似是不该被一个孩子提起的，可从离开婶婶到现在，这事还像一团乱麻，一直在他心里缠绕着。

叔叔果然吃惊道，这话打哪儿来的，是不是你听人说什么了？

豆芽只是摇头，却心跳得更厉害了。

叔叔说，不对，一定是有人说什么了。

豆芽仍是摇头。

叔叔说，一定是你婶婶，你婶婶说，他们要是胆敢那样，老天都不会容他们。

豆芽才不再摇头。但他一点都没觉得轻松，反而比刚才的负担还重了。他搞不清这负担的来由，很后悔自己提起这事。但后悔已经晚了，他看见叔叔在水渠沿上来来回回地走，走着走着忽然往对面的沿上一跳，又一阵来来回回地走。叔叔的口哨也不吹了，脸上的笑容像是也没了，所有的力量都用在了一双脚上，咚咚咚咚咚咚咚咚的，豆芽就觉得，叔叔变成了一头狮子，就像他看过的画书里的那头雄狮一样。这狮子正在酝酿一件可怕的事情。豆芽不能想象那事情是什么，只看见狮子身边的玉米地被风吹得哗啦哗啦响，狮子脚下的渠水闪烁着诡秘的白光，豆芽忽然感到身体有些发冷，牙齿也随了身体打起架来。

这时，一声尖厉的带颤音的口哨忽然响起来。叔叔显然是有些等不及了，就如同雄狮召唤雌狮一样，叔叔在召唤盼盼和灵姑姑。

天啊，那口哨尖厉的，把夜空都要划破了，豆芽抬头望去，看见星星们眨巴着眼睛，真的受到了惊吓一样。

很快地，一条黑影子就箭一般地冲到了叔叔面前。叔叔弯下腰，像迎接一个孩子一样用双手接住了盼盼高高抬起的前腿。

叔叔的目光越过盼盼，向远处望着。

盼盼看懂了似的跳下来，一转头又朝回跑去。

盼盼很快就把灵姑姑带来了。盼盼走路没声音，灵姑姑走路也没声音,黑暗中的两个影子就像飘过来的一样……

接下来,叔叔眼里就只有灵姑姑了,他和灵姑姑挨肩坐在水渠边上,一只手揽在灵姑姑的身后,比在灵姑姑家的时候亲密多了。两人说话的声音也低了许多,就像有意不让豆芽和盼盼听到似的。

盼盼在两个大人身边转了一会儿,看没人理会,只好去找豆芽了。它讨好地挨了豆芽卧下来,学了豆芽的样子,也朝天上望着。它知道豆芽不像叔叔那么在意它,但和豆芽追逐起来,还是很好玩儿的。

豆芽装作没看见盼盼的讨好,目光仍然朝了天上,他害怕一注意它,它又会一阵疯跑。今儿晚他可不想跟它跑了,他的心事太重了,重得跑不起来了。他不看盼盼。也不看叔叔和灵姑姑,对他们他不是不想看,而是不敢看,他生怕去看时,叔叔的脸正贴在灵姑姑的脸上。他觉得那样的事今儿晚免不了要发生了,他真不知到时他该怎样面对。

天上的星星愈来愈多了,密密麻麻就像灵姑姑身上那件黑底白星星的衣服。豆芽不由得朝灵姑姑那边望了一眼,发现她身上的白星星不见了,一件黑乎乎的衣服披在上面,而叔叔身上只剩了件白衬衣了。不过还好,两人虽说肩挨了肩脑袋挨了脑袋,仍是在不停地说话,并没有豆芽担心的事情发生。

渐渐地,天起风了,不算大,却持续地刮着,身后的玉米叶子唰唰地响起来,就像雨下大了一样,身前的西红柿棵子也微微地摇着,如同在向豆芽悄悄地招手。豆芽想起叔叔对他说,今儿晚让你把西红柿吃个够。可眼下他一点不想吃什么西红柿,他的心思全让叔叔和灵姑姑占满了。

风是从叔叔和灵姑姑那边往豆芽这边刮的,叔叔和灵姑姑的话就比刚才能听见些了,有一刻豆芽闭上眼睛,发觉听得更清楚了。

……

叔叔说,我总在想……

灵姑姑说,想什么?

叔叔说,说出来怕你不高兴。

灵姑姑说,你说嘛。

叔叔说,我总在想,要是没了你爹也没了杨桂桂,这个世界就再好不过了。

……

叔叔说，看看，我说你会不高兴吧。

灵姑姑说，不是不高兴，是觉得你太把他们放在眼里了。

叔叔说，一个是村支书，一个是母老虎，就算我不把他们放在眼里，他们也不会放过我的。

灵姑姑说，你还是怕他们不放过你。他们要不是村支书不是母老虎呢？

叔叔说，可他们是。

灵姑姑说，是又怎么样？

叔叔说，还不是怕他们伤害了你，伤害了你我会心疼的。

……

叔叔说，老天像是也站在他们一边。

灵姑姑说，老天？

叔叔说，杨桂桂说，他们要是胆敢那样，老天都不会容他们。

灵姑姑说，你竟信她的，你竟连老天都怕了。

叔叔说，我是真怕，可也是真想，特别是今儿晚上……

灵姑姑说，小点声，豆芽会听见的。

叔叔说，没关系，他一个小孩子。

灵姑姑说，他是没关系，就怕他不小心让你老婆问出来。

叔叔说，看，你也怕了吧。你放心，我让他不说出去就是了。

……

豆芽闭了眼睛听得真真的。婶婶那边和叔叔这边都有不让他说出去的秘密，这些秘密装在脑子里，他觉得就像老师给他的多余的作业，又像婶婶做的不合脚的鞋子，是留不想留，丢又不能丢，真是烦心啊。

这时，叔叔忽然提高嗓门喊，豆芽，去，给叔叔摘几个柿子去！

豆芽睁开眼睛，看见叔叔离灵姑姑远了些，他们一齐望了他，像是充满期望地等待着。

豆芽只好站起来，向西红柿地里走去。

架上的西红柿还不太多，摸索半天才摘到一个，豆芽摘得手上拿不住了，也无心去吃，匆匆地就往外走。架子上的竹尖时而会划到他，脚下的鞋子也常会被田埂绊下来，青涩的西红柿秧子的味道刺激着他的鼻子，他躲避着竹尖，寻找着鞋子，连连地打着喷嚏，步履艰难地向外走。

可是，等他走出来，水渠边上已看不见叔叔和灵姑姑了。

水渠两边黑森森的，水渠的流水像条鬼兮兮的长蛇。盼盼也不知哪里去了，只听见玉米叶子哗啦哗啦的声响。

豆芽的心咚咚跳着，大声喊，盼盼！

就见一条黑影子，嗖地从对面的玉米地里钻了出来。

盼盼跃过水渠，来到豆芽身边，目光仍朝了玉米地。

豆芽便明白，叔叔和灵姑姑是在玉米地里了。刚才叔叔要他去摘柿子，原来是要支开他，原来是要和灵姑姑往玉米地里去呢。

豆芽将西红柿放在地上，拍拍盼盼的脑袋，引盼盼去吃。他说，吃吧吃吧，都给我吃完！他想象着叔叔和灵姑姑脸贴了脸的情景，不知为什么，眼里涌出了一串串的眼泪。

盼盼低头嗅了嗅，抬起脑袋，也无心吃的样子。豆芽说，吃吃吃，吃啊吃啊！他用力按着盼盼的脑袋，使盼盼的嘴巴紧贴在西红柿上。

盼盼挣扎着，一次一次将嘴巴扭向一边。豆芽不由得举起拳头就打。盼盼尖叫一声，脱开豆芽撒腿跑了开去。

盼盼跑，豆芽就追。盼盼见豆芽追，就愈发地疯跑。豆芽也不知哪来的力量，紧紧跟在盼盼的后面，一步也不肯落下。

豆芽的耳边是呼呼的风声，脚下是坚实的土路，那双露脚指头露脚后跟的鞋子呱嗒呱嗒拍打着地面。豆芽觉得要不是鞋子，他几乎都能飞起来了。这时他可真想飞起来，飞得高高的远远的，管他什么叔叔婶婶，管他什么灵姑姑、灵姑姑的爹，管他什么盼盼。

盼盼跑在前面，不断地停停望望，奇怪这小孩子怎么像换了个人，跑得都要有一只鸟快了，看那两片呼扇呼扇的上衣，分明就是两个鸟的翅膀啊。它先还循了田间小路跑，见总也甩不下豆芽，索性一转弯，闯进一片红薯地里去了。

红薯地里是一道一道的垄沟，红薯蔓子一条连一条的，织成了一张看不到尽头的网。盼盼便在这网上跑啊跑，豆芽便在这网上追啊追。

豆芽的鞋子很快就被红薯蔓子挂掉了，光了脚丫，反而轻快了许多，只需将脚趾一点地身子就往前去了，而脚下的垄沟和蔓子已被他视为了平地。有一刻豆芽试着闭上眼睛，张开双臂，像一只鸟那样让身体离开地面，奇迹竟是真的发生了，他的双脚同时腾起，在空中飞行了很长的一段（至少在他的意识里很长）。落下来睁开眼时，发现盼盼就停在离他一米远的地方。它歪了脑袋，一脸不解地看着他。

但这时的豆芽已无法抑制飞行的兴奋了，他双脚蹬地，身体前倾，几乎是向盼盼俯冲过去的样子。盼盼被吓得即刻掉转头又跑起来了。

豆芽一次次地飞行着，当然也难免一次次地摔着跟头，有一次还掉进了一个坟窟窿里，棺材板都被他触摸到了，但他顾不得害怕，爬起来依然不改飞行的姿势。

盼盼似乎被豆芽吓蒙了，抬头向有灯光的村庄望一望，脑袋一低就往村庄的方向跑。豆芽也紧随在后，飞啊飞，飞啊飞……

跑到村里，晕头晕脑的盼盼先回了灵姑姑家，找不到灵姑姑，又往叔叔家跑。就在豆芽也要从灵姑姑家去追盼盼时，一只胳膊却被人狠狠地抓住了。

这是灵姑姑的爹。这老头有劲极了，豆芽的胳膊都要被他扯断了。他问豆芽，他们去哪儿了？豆芽说不知道。他说他们是不是在你家？豆芽说没有。他说不在你家在谁家？豆芽说，他们谁家也不在！灵姑姑的爹说，那他们是到村外去了？豆芽被拽得太疼了，老头的目光也太叫人害怕了，豆芽不由得点了点头。

灵姑姑的爹很快就往大队部去了。

豆芽揉着疼痛的胳膊，心情沉重地去找盼盼。他没想到事情会是这样，本来飞得好好的，怎么一下子就被灵姑姑的爹抓住了呢？

街灯已经亮起来了，街上不断有人在走动，豆芽碰上人便问，看见盼盼没有？有看见的人就说，往你家那条街上去了。到了自己家那条街，又有人说，往你家胡同里去了。到了胡同，见胡同里黑洞洞空荡荡的，豆芽莫名地有些紧张，他一边喊着盼盼一边往家走，将近家门口时，忽然被什么东西绊了一下，软乎乎毛茸茸的，低头去看，天啊，竟是盼盼！

豆芽的心咚咚跳着，希望盼盼是在跟他开玩笑，他拍拍它说，快起来快起来，别闹了，快找灵姑姑他们去！见盼盼不动，又去拽它的腿；还是不动，又拽它的尾巴；还是不动，豆芽才真的慌起来了，伸手掰一掰盼盼的嘴巴，摸一摸它的鼻子，已是一点气息都没有了。

豆芽吓得撒腿就往家里跑，推开家门，见屋里院外漆黑一团，婶婶也不开灯，像个鬼影子似的在屋门前转来转去的。

婶婶先是吓了一跳，见是豆芽，才一把抓住豆芽问，你叔叔呢，你叔叔去哪儿了？

豆芽想，这一回是再不能说了。他便回答说在灵姑姑家。

婶婶推搡着豆芽说，你个没良心的，以为婶婶不知道？那个小贱人屋里一个人毛也没有！我早知会有这一天的，他们敢做，老娘也敢做，看他妈的谁能做过谁！

豆芽听着，忽然闪过一个可怕的念头，他说，盼盼、盼盼是不是你……

婶婶毫不迟疑地说，是我，要不是它进来，你婶婶我就喝农药死了，一条狗命抵一条人命，还便宜它了呢！

豆芽悲愤地喊，你……你怎么能害死它？

婶婶说，我怎么不能害死它，它比你婶婶的命还要紧吗？我是看在村支书的面上，才一直不跟那个小贱人一般见识，但他们不能欺人太甚，欺人太甚老天也不容的！

豆芽说，不是老天不容，是你不容！

婶婶冷笑了说，你懂个屁，是它自个儿闯进来的，不是天意叫吗它自个儿闯进来，这儿又不是它的家。

豆芽无法再跟婶婶理论下去了，他有一种天塌下来的感觉，黑暗压迫着他的身体，压迫着他的眼睛，还压迫着他的胸口，他觉得憋闷得都要喘不上气来了。

这时，大队的广播喇叭里忽然传出了村支书的声音：全体民兵，马上到村口集合，有紧急情况，有紧急情况！

豆芽不知灵姑姑的爹要干什么，但从声音里他听出了一种可怕的气息，他拼命摆脱婶婶，重又在黑暗中奔跑起来。他听到婶婶的叫骂声在身后回荡着：你给我回来，你个没良心的小兔崽子！

有不少人也在往村口跑，豆芽知道那是喇叭里喊来的民兵们。他闭上眼睛，张开双臂，试图再次飞起来，他想他必须赶在他们的前面。可不知为什么，他的双脚就像灌满了铅，沉重得再也飞不起来了。他徒劳地将手臂张开着，敞开的衣服也做好了准备，只是脚底像和地面粘连着，别说同时腾起两只脚，就是一只脚离开地面也要使出全身的力气。他的样子显得很可笑，经过他身边的人奇怪地看着他，有个人还摸了摸他的脑袋，大惊小怪地说，哎呀呀，烧成这样了还不回家，赶紧回家吧！

他理也没理他们，心里说，这帮蠢猪！他不由得用了叔叔对老师的评价，他觉得很是准确。他拼尽全力地奔跑着，说是奔跑，其实比行走还要缓慢。愈是这样，他就愈是要张开着双臂，希冀有一刻会忽然地飞起来。

渐渐地，他觉得他真的飞起来了，这回飞的，比原来飞得高多了，什么红薯地，什么花生地，什么玉米地，在他眼里都是一般般高了。他可以看到很远很远的灯火，他还可以看到不远处那群追赶他的民兵们。他学着鸟的样子，双腿伸直并拢，双臂像翅膀一样有节奏地拍打着，他觉得他的飞翔从没有像现在这样标准这样优美过。

现在，他唯一的疑虑，倒是在叔叔和灵姑姑身上了：他见到他们时，他们会不会难为情？会不会嫌弃他？会不会感激他？或者，会不会怨恨他？为什么不会呢，这所有的危险，还有盼盼的死，都是因他豆芽而起的呢。

他飞翔着，却时而还能听到杂乱的脚步声和说话声，那声音就像在他跟前一样：

"听说阶级敌人就藏在一块玉米地里，是个小孩子报告的。"

"什么阶级敌人，是支书的闺女被人拐跑了。"

"小点声，民兵还想不想当了？"

"快跟上快跟上，不要交头接耳！"

"操，什么东西，绊老子一脚。"

"是只死狗吧，个头还不小呢。"

"听见没有，不要交头接耳，快跟上快跟上！"

豆芽飞翔着，觉得被人踩了一脚，接着又被踩了一脚，一脚又一脚的，也不知被踩了多少脚。却也不疼。豆芽奇怪着，一个飞在天上的人，怎么会被脚踩着呢？

即便这样，也没能影响豆芽的飞翔，豆芽依然拍打着翅膀，飞啊飞的。他想，也许刚才是在做梦呢，梦里被人踩着，怎么会疼呢？

原载《当代》2005年第1期

榜　　样

　　郝克俭家住在李一士家的对面，之间是一条安静的石子铺路的街道。
　　这街道叫举子街，也有人管它叫红薯街。只因当年街上出过不少的秀才、举人，而秀才、举人们又主要靠了红薯的喂养。要说，一整个村子大大小小有七条街，七条街上的人家红薯都没少吃，举子街出了秀才、举人，其他六条街也一样地能出才是，却奇怪得很，就仿佛有人在那六条街的红薯里做了什么手脚，不要说举人，秀才都没出过一个。这样的局面，一直到今天都没有太大的改变，举子街的大学生、高中生就像夏天的青草一样，一茬接一茬，永无衰败，而其他六条街，却犹如难侍候的荒滩，怎样地浇水灌溉草们也不肯往高里长一长。
　　郝克俭家原来并不住在举子街，从大儿子上小学开始，他才跟老婆的一个远房亲戚换房换了过来。那远房亲戚只身一人，没有孩子考学的忧虑，况且郝克俭家的房子还多出了两间，他便欣然换过去了。而郝克俭这边，虽说五间房换成了三间房，想到孩子们的前途，却也是心甘情愿。
　　可是十多年过去了，郝克俭并没有如愿以偿，他的孩子们没有一个能上大学，高中倒是上去了两个，但一个因屡次打架被学校开除了，一个则是自个儿对课本没了耐心，早早地就回家来了。没上高中的两个，更是与课本无缘，一上课就犯困，一下课就精神，怎样地教训都无济于事。这样，四个孩子，便一个一个地毁灭了郝克俭的理想，他摸了日渐花白的头发想，举子街真是白白地住了，举子街的红薯也白白地吃了啊。他的花白的头发其实也所剩不多了，头顶光光的，与长了皱纹的前额连成了一片，村里都有人叫他"教授"了。可"教授"这玩笑愈开，他就愈是伤心，红薯不好吃了，可以随手扔掉，孩子不争气了，撑都撑不走的，教授，唉，丢人啊。

　　郝克俭家的情况，在举子街也实在是个例外，其他人家的孩子，无论如何不会上到初中就没了耐心，至少要到高中毕业，至少要碰一碰大学的门槛，且碰进去的，几乎遍及了家家户户。就说对面的李一士家，和郝克俭家一样是四个孩子，一样是三男一女，三男一个一个地全都考上了大学，一女虽没考上，却也是一副眼镜，一张细白的面皮，文质彬彬的招人羡慕。

　　郝克俭总是教导孩子们说，要跟你姑你叔们学啊。姑指的是那一女，叔们自指的是那三男了。在这村里，讲究的是街乡辈、瞎胡混，郝克俭跟李一士不一个姓氏，叫法上就自由了许多，郝克俭喜欢尊称有知识的人家，喜欢让自个儿小这人家一辈。他教导孩子们说，要跟你姑你叔们学啊，孩子们嘴上应承着，行动上却各行其是，他是没有一点办法。他却又是从不舍得打孩子的人，有时老婆要打他也坚决地制止，他以李一士为理由说，人家的孩子们被打过吗？

　　李一士原是一名中学教师，妻子是乡卫生站的一名接生员，现在都退了休，且在村里新规划的楼区里买了房子，不久一家人就要搬到楼区去住了。三个儿子都像鸟儿一样一个一个地飞走了，飞走了就难说再回来，因此房子也不必为他们准备，不像郝克俭，每个儿子都要备一套房子，没有房子，郝家的媳妇怎么娶回家呢。

　　好在，郝克俭老婆的那个远房亲戚去世了，临终前答应，只要无人追究，房子可以让郝克俭长期住下去。远房亲戚无儿无女，村里人的目光又都在新楼区里，谁会追究这几间旧房呢。因此，郝克俭便将两个儿子打发到了那里，且张罗了媳妇，再也不去管他们了。剩下的一儿一女，女儿大荣最大，早就嫁出去了，儿子四荣最小，刚刚地定了亲，就剩登记结婚了。郝克俭本打算把媳妇娶到家里的，但人家媳妇不干，嫌房子太少，说除非公公婆婆搬出去。四荣为此话将没过门的媳妇狠狠打了个耳光。一家人都以为这亲事是吹定了，想不到那媳妇是认打的，一打立刻改了口，变成了：只要不睡在露天地里，四荣俺是跟定了。

就在这时，李一士要搬走的消息传到了郝克俭的耳朵里，郝克俭就想，举子街是住进来了，举子街的房子却又是有差别的，若是四荣能住进李一士家的房子，郝家的后代兴许有望呢。

对儿子本是无望了的郝克俭，由于李一士家的搬迁，他禁不住又要在儿子的儿子身上打打主意了。

李一士是个通情达理的人，这些年与郝克俭的关系也算和睦，一说，立刻同意了。两人商定，由郝克俭出三千块钱，房子就归在他的名下。不过李一士有一个条件，就是他那女儿不想立刻住到楼区去，须要在这里住一段日子，因此六间房四荣暂时只能住上四间。这样的条件郝克俭自是满口答应，人家从小在这里长大，不要说住一段日子，就是住上三年五载他又能说什么。况且，李一士的三间是什么样的三间，其价值，能顶得上他郝克俭十倍的三间呢。

事实上，李一士家的房子也非常普通，青砖青瓦，木檩木梁，房前一条走廊，廊上几根红漆剥落的柱子，廊下几级踩没了边角的石阶。在举子街，这种结构的房子到处都是，郝克俭现在住的房子，除了石阶少了几级，房子少了几间，其他和李一士的房子一模一样。可是，郝克俭就是觉得不一样，他认为，一样的房子，有人能住成猪窝，有人就能住成金銮殿。他的老婆质问他的认为说，你是说咱住成猪窝了？他没跟老婆较真，但心里的想法是坚定的，李一士家他去得不多，但每次去他都有一种自惭形秽的感觉，他相信这感觉是有理由的。除了这家人的彬彬有礼，大约还有，院子里不见一点杂物，屋子里不见一粒尘土，房顶上不见一棵杂草，屋里屋外不见一只苍蝇。而郝克俭又从没见过李一士家的人动手打扫，就仿佛是天造地设，过去这样，现在这样，将来也这样，永不会变化的一样。这样的房子里，能住些什么人就可想而知了，岂止是彬彬有礼，琴棋书画，是各有各的特长，没有一个不行的，即便是李一士的老婆，也能和李一士在棋盘上对阵一番、随了女儿的口琴唱支《在北京的金山上》、给孩子们讲一段《红楼梦》什么的。在郝克俭的印象里，这家人的生活就像跟农村没关系似的，不是读书就是下棋，不是唱歌就是写字，别人家拉土垫圈，割草喂猪，拆洗缝补，一天到晚有忙不完的活儿，他们家是不见忙，也不见活儿，仿佛是一群不食人间烟火的神仙。猪倒也喂过一只，却跟主人一样地讲究，吃饭要加热的，睡觉要有软和的干草，拉屎拉尿要跑到下面的圈里去，猪炕上猪槽里永远是一尘不染。这样的猪，干活儿到底是不行的，别人家的猪一年能踩出三四圈粪，它踩一圈都还有些夹生呢。但这又有什么，一圈粪的价值不过是多出几块红薯，一本书一首歌一盘棋的价值可就没法估量了。结果怎么样，人家四个孩子三个都考出去了，而那些在家里忙忙活活的人，就是一年忙出十圈粪来，能顶得一个大学生吗？道理是明白，向人家学就不容易了，郝克俭自然也想效仿李一士，但从老婆那儿就阻力重重，她打的猪草晾满了院子，垫圈的土堆得像座小山，屋里要拆洗的棉衣棉被这里一堆那里一团，她说，以为我想干这些吗？你要像李一士一样地挣工资，我立马就拿本书看去。郝克俭一边无奈地苦笑，一边又禁不住嘲讽老婆道，你看书，让书看你吧。老婆也不相让地说，你就好到哪里去？小学都没上完呢。他们的孩子在一旁便嘻嘻地笑。一个十分重大的问题，一下子就被他们笑得轻飘起来了。郝克俭便明白，这辈子他都不可能有李一士那样的一个家了，不在于挣不挣工资，也不在于上完没上完小学，而在于一家人的向往，一家人都不想以李一士家为榜样，只他一个人能做得了什么呢。更可气的，是孩子们说起李一士家的孩子还总是不屑的口气，说他们挑担水都晃晃悠悠，就算考到外国去又怎么样？

　　孩子们说这话的时候，郝克俭气是气，却也阻止不住他们，他们是那么年轻气盛，那么健壮活泼，堵了这个的嘴，那个又开始了，且边说边笑，老子的气一点感染不了他们。若是郝克俭说，真正的力气不在身上在脑子里，他们就会说，您老人家用脑子挑担水我们看看。若是郝克俭说，你们要能考到外国去，我宁愿你们挑水晃晃悠悠。他们就会说，那您不是白养我们了？您舍得我们，我们还舍不得您呢。他们总是嬉皮笑脸的样子，使郝克俭紧绷着的脸总也不能长久，不由自主地就松弛下来了。有时候坚持着要绷到底，老婆就会插进来说，省省吧，又没人看。就像拔了气嘴子的轮胎，郝克俭一下就低了脑袋，变得无精打采的了。

　　要说一家人都不想往李一士那样的人家也不尽然，郝克俭的女儿大荣，就跟她的弟弟们不同。郝克俭夸奖李一士家的时候，最初也没见大荣有过什么响应，但自她从高中退回家来以后，忽然就常常地往李一士家跑了。去李一士家找的自是李一士的女儿雅明，当时看到她们在一起的时候，郝克俭真是欣慰极了，就像看到自个儿亲手栽下的红薯芽子经了一半天的打蔫之后忽然舒展开来了一样。他想，近朱者赤近墨者黑，学上不成，人做成了也好啊。大荣比雅明小两岁，却比雅明长得高大胖壮，说话也不像雅明一样慢声细语，做事也不像雅明一样从容稳妥，脸是黑的，一张嘴很像她的母亲，有些突出，笑的时候牙齿露在外面，不笑的时候牙齿也在外面，仿佛永远是喜洋洋的样子。这样的大荣，要说跟雅明怎么也走不到一起的，可她们就是好了，在很长一段时间里，她们都你找我我找你的，形影相随，寸步不离。

　　大荣和雅明要好的时候，村里还没搞土地承包，两人可以随了生产队的钟声一起上工一起下工，一起在田地里劳动，非常有要好的条件。时间上是一条，活计上的关照也是一条，大荣有力气，干起活儿来有的是关照雅明的资本，比如拉车送粪，装车的、驾辕的永远是郝大荣，而空车回返时，坐车的永远是李雅明。不是雅明不肯装车驾辕，是大荣死活不让，久而久之，雅明也就习惯了。不过雅明对大荣也算不错，大荣有力气，她有脑子，一有机会她就把脑子里的东西讲给大荣听。她为大荣讲过书上的故事，讲过自个儿经历过的真事，还讲过对周围一个个的平庸之辈的看法。平庸是雅明最常用的词了，用多了，大荣便体会到了什么是傲慢了，别看雅明低眉敛气不声不响的样子，世上的人们，在她眼里几乎全都是平庸之辈呢！若这傲慢的是另外的人，大荣会恶心得啐他一口的，在学校上学的时候，她就常常啐那些傲慢的同学；可换了雅明，恶心没有了，有的尽是钦佩和亲近，仿佛雅明跟她一好，傲慢也分到了她身上，她和雅明可以一同地傲慢，一同地批判平庸了。晚上躺在床上的时候，她有时就会痴痴地想，世上多少个平庸的人啊，而雅明却单单将她大荣挑了出来，一日日地相伴在一起，对她好，为她用脑子，就算那傲慢有一千个不是，也别指望从她这里去反对它了。

　　大荣和雅明的好，一家人都看得真真的，大荣的弟弟们都喊她跟屁虫，大荣的娘不夸奖也不责备，只常常地问她，今儿是你驾辕还是雅明架辕？这话自是明知故问，大荣便不理她，心里却早将她连同弟弟们都一齐划到平庸之辈里去了。唯有她的爹郝克俭还说得过去，他自个儿文化不高，优劣深浅却是明白的。可大荣又看得清楚，他就是再明白，跟李一士也不可能有真正的接近，因为一个教课，一个种地，时间上不允许，更要紧的，是他这个人想得多，说得多，做得少，不像她，想跟雅明好了，抬脚就往雅明家里跑，而他，一年也去不了人家几回呢。为此，大荣稍稍地有点得意，也稍稍地有点小视她的老子，她曾悄悄向雅明问过对郝克俭的看法，没想到两人竟是英雄所见略同，雅明说，你爹呀，是心有余力不足，而力有余的时候气又不足呢。大荣是个心里装不下话的人，回到家就将这话对郝克俭说了。郝克俭嘴上没说什么，心里却有些别扭，想，到底是李一士家的人，一个毛丫头都是自作聪明的样子，但她只知其一不知其二，他就是有心有力有气也不可能做成什么的，好比是栽下的秧子长成的红薯，再浇水上肥也不可能变成萝卜白菜了，除非他从选老婆开始再重新活上一回。这么想着，他就觉得自个儿有点不像话，竟还想到选老婆上去了，一个毛丫头的话，还值得往心里过一过吗？

不管怎样，李雅明的话郝克俭是听到耳朵里了，再见到李雅明，郝克俭不由得有些羞答答的，头一低就过去了，倒像是有愧于李雅明了似的。郝克俭为自个儿这表现也有些别扭，觉得大可不必，李雅明连大学都没考上，说明她也没什么了不起。但他明白不是上不上大学的事，是感觉上的事，李雅明跟别的女孩子太不一样了，她总是那么从容沉着，仿佛从没发过慌，跟人对视的时候，首先转移目光的一定不会是她。别看她戴了副眼镜，那藏在镜片后面的眼睛似是有胆气得很，无论男人无论女人，无论大人无论孩子，她都会无拘无束地看到底，不会有一丝的慌怕。他知道，大荣跟李雅明就是再好，也学不会那样看人的。

学不会是学不会的事，但大荣的确在跟了雅明学，许多地方都在学。比如从前家里事她是一概不管的，现在变得喜欢收拾屋子了。每天早晨起来，第一件事就是叠被子，一家人的被子她全要叠，别人叠好了她也要拆掉重来。她叠得也真是好看，方方正正的，有棱有角的，跟李一士家的叠法一模一样。枕巾、床单也洗过了，铺上去清清爽爽的，叫人坐都不敢坐了。若是有人不小心坐了屁股印，大荣会大发雷霆，是弟弟打他的脑袋，是父母给他们脸子看，就像她受到了最严重的侵犯一样。屋里的地也是她打扫了，桌椅板凳也是她来擦了，一家人出出进进的，她不看人，只看人的鞋子，哪个鞋子上带了泥巴，她立刻会用手一指，吓得人家再不敢待在屋里了。大家也不是怕她，是懒得跟她纠缠，有时候被逼不过了，弟弟们就会拿"跟屁虫"来嘲笑她，甚至娘也会说，有本事就样样学，光学个叠被子算什么。大荣气得咬牙切齿的，说，我倒想样样学，只要你把那些草啊土啊扔出去就行，这个家弄不好，就是你给折腾的。娘原本是能管住大荣的，但自从大荣跟雅明交往以来，大荣是愈来愈不听她的了，不听也罢，她反倒还多少有些怵着大荣了。她便向大荣的爹求救说，你听听你听听，倒成了我的不是了。爹自是不会向了大荣娘说话的，但此时他也不想向了大荣说话，大荣的叠被子、打扫屋子要说都没有错，向李一士家学习也是他多年的号召，可他就是觉得什么地方不对劲，就算是按了大荣娘的说法，样样学，也还是不对劲。怎样才对劲？他也说不清，想想这些年，他总教导孩子们说"要跟你姑你叔们学啊"，怎样学，他可从没说过。就是说，他的号召其实一直是停留在口头上的，他自个儿没做过什么，更没指导孩子做过什么，而孩子真做了，他又觉得不对劲。有时候，他自个儿都觉得自个儿没用、没劲了，因此即便觉得不对劲，也不去责备大荣，假如大荣问他，你说怎么才对劲？不就把他难住了？还有大荣的看人，他发现也在发生着变化，从前是大大咧咧漫不经心的，现在开始变得专一了。专一了不怕，她竟然还真学起李雅明无拘无束的样子来了，死死地盯了一个人看，直到那人移开目光。可是，李雅明那里是无拘无束，到郝大荣这儿就变成了粗野了，李雅明那里是从容沉着，到郝大荣这儿就变成了装腔作势了。郝克俭知道大荣是不可能的。他是真想大荣能有李雅明一样的神态，可也真想阻止大荣对李雅明的模仿，别看他什么都没说，他可是比谁都焦急呢。

只学这些倒也罢了，有时候，李雅明身上的毛病大荣也学起来了。有一回她忽然地床也不起了，早饭也不吃了，生产队的活儿也给人家撂了，生产队长来催她，她插了门就是不肯开，直到把李雅明叫来，她才从被窝里爬出来了。头天她自是睡得晚，困了些，但也实在是因为李雅明干过同样的事，李雅明说，人不能总是起早贪黑，该睡懒觉的时候还得睡它一回。睡懒觉的机会来了，大荣自是不能放过。又有一回，一个邻居来家里，她一反过去的谦和热情，变得矜持又淡然，人家大荣大荣地叫她，她只肯从鼻子里哼了一声。一连多少天，家里来人，她都是这么一副表情。郝克俭知道，她这是学李一士家的与人保持距离呢，可人家做出来是彬彬有礼，她做出来就是漠然无礼了。他便说她，你就不能跟人家笑笑吗？她反说郝克俭，你就不能不笑吗？郝克俭说，我笑怎么了？大荣说，虚伪。郝克俭说，你那才是虚伪呢。大荣说，我怎么虚伪了？郝克俭说，自个儿想想，是真不想笑呢，还是为了模仿李雅明？这一回，郝克俭还是忍不住把话说出来了，不然大荣她是太过分太没有辨别分寸的能力了。可没想到，大荣立刻反问他说，你自个儿也想想，是真想笑呢，还是为了讨别人的欢心？这一问，倒把郝克俭给问怔了，他想，是啊，要是不想笑而勉强地笑，自个儿比大荣又好到了哪里呢？

　　郝克俭和大荣在这事上竟是没争出个所以然来。但在接下来的一件事上，郝克俭是再也没有犹豫，坚决地站到大荣的对立面上去了。那就是大荣的婚姻大事。

　　郝大荣，竟是在婚姻上也要学一学李雅明了。李雅明是非说普通话的不嫁，她也要嫁个会说普通话的；李雅明是个头儿不到一米八〇的不嫁，她也要嫁个高个子；李雅明是非城市户口的不嫁，她也要嫁个城里人。郝克俭想，按了李雅明的条件，大荣怕是一辈子都要嫁不出去了。在这件事上，郝克俭和老婆第一次站在了一起，他们思来想去，选中了原来街上的一户人家，且立刻托人去提亲。那小伙子他们见过，中等个，圆乎脸，一双手又大又厚，一看就是个结实、可靠的。这当然不是郝克俭的理想女婿，但绝对可以给大荣做一个好丈夫。从提亲到结婚，大荣自是一直在反抗，不是大哭大闹，就是跑到李雅明家不回家，还差点把一瓶农药喝下肚去。但这一次郝克俭像换了个人，任大荣怎样地闹也不动心，后来连她的弟弟们都来为她求情了，连李一士都来家里反对他的做法了，可都没有奏效，大荣最终是屈从爹娘的意志回到原来的街上去了。头一年，大荣还经常跑回举子街跟雅明待上一会儿，第二年有了孩子，大荣就再也没回来找雅明了。有时郝克俭和老婆去看她，见她又是那副大大咧咧欢欢喜喜的样子。郝克俭一边定了心，一边却又有一种莫名的失落，他再也没敢跟大荣提起过雅明，大荣也没提起过，就像是将雅明忘了似的。

李雅明，这个内心傲慢的人，到郝四荣搬进她家的住房时，她已经是个37岁的老姑娘了。郝四荣也已23岁，长成了唇边拱出小胡子的小伙子了。

大荣的事过去之后，郝克俭对李一士一家人仍是非常谦恭、钦敬的态度。李家别人没说什么，只有李雅明问过他，为什么要对大荣那样？郝克俭回答说，为了她好。李雅明说，你不是总让她跟我学吗？郝克俭说，她学不成的。李雅明说，明知她学不成还要她学，你这不是成心害她吗？郝克俭当时是无言以对。李雅明质问的，其实他也早就质问过自个儿，但质问之后，他不由得还是要那样说，在类似大荣一样的事上，他也还是不由得要那样做。他就这样说一套做一套的，说的时候坚信没有错，做的时候仍是坚信没有错。到说和做合在一起讲不通的时候，他就开脱自个儿似的想，若不这样，他又能怎样呢？

买下李一士的房子，让小儿子四荣住进去，这可是郝克俭自号召家人向李一士家学习以来，最重大也最具体的一次行动了。为此郝克俭自个儿也有些兴奋不已，扫房子、搬家具，布置屋里的角角落落，样样都和老婆一起干。四荣是个顽皮的家伙，自个儿袖手站了，对忙碌的老两口说，是我结婚还是你们结婚啊？老两口便伸出巴掌去打他，他猛地一躲，巴掌都落在走廊的柱子上去了，疼得两口子咝哈咝哈的。儿子笑，老子也笑，那儿子还手一抬身子一跃，荡在了柱子旁的一根横木上，来来去去的，就像荡了秋千一样。这一切，都被站在窗前的李雅明看得清清楚楚的，她不由得随了一家人的笑也扯动了一下嘴角。

郝克俭一再地嘱咐四荣，跟李家姑娘住在一起，一定要少说话，多叫姑，少打扰，多干活儿。四荣边听边笑，说，多叫姑怎么能少说话呢？多干活儿怎么能少打扰呢？郝克俭明白四荣是不会听他的，但愈不听就愈要说,说跟不说总是不一样的。还有那个没过门的媳妇兰珍,他也一再嘱咐儿子,不要让她在那儿过夜,不要随随便便地当了李雅明亲热,李雅明是个有脑子有看法的人,不要惹她笑话。四荣对这些话仍是一种讥讽的态度,他说,记住了记住了,她有脑子有看法,我是个白痴是个傻瓜,行了吧?

四荣在郝克俭的三个儿子中是个头最矮的一个,只有一米六〇,但他又是最活泼好动的一个,喜欢将两根带杈的木头绑在脚上当高跷踩,喜欢头朝下在墙上"贴饼子",喜欢在院子里一个一个地翻跟头,从这头翻到那头,又从那头翻到这头。他原本和父亲一起在地里种菜,种得没兴致,就托人介绍到村办工厂当了一名保安。保安用的力气,跟种菜自是没法比的,身上有太多用不出去的力气,回家来就愈发地要打发一下了。他做这些的时候,郝克俭便悄悄地在窗玻璃后面看,心里的欢喜潮水一样地一涌一涌的。但看够了,他还是要走出去制止说,行了行了,当你还是小孩子啊?四荣停下来,顽皮地笑着。郝克俭就又说,我就不明白,你怎么就不能拿本书看呢?四荣说,我要拿本书看,您还能看见我翻跟头吗?

四荣就是这么个人,嘻嘻哈哈的没正形。这回搬到李一士家的房子里,房子宽绰了许多,院子也大了许多,就更有他的用武之地了,搬到这里的第一个早晨,他就在院里来来回回地翻了两趟,咕咚咕咚的,把鸡窝里的鸡们都惊动了,门上的挡板被它们哐当哐当地撞击着,终于哗的一声,挡板被撞开了,一群花花绿绿的鸡扑棱棱地跑出来,围了四荣,慌张而又好奇地看着。

四荣爱动,也爱说话,他给鸡们起着稀奇古怪的名字,还把它们一对一对地结成了姐妹或夫妻。鸡们不懂他说的什么,但很快地不那么慌了,有的还试探着啄他的脚,看没什么危险,便愈发放肆地啄起来。

就在四荣被鸡啄了脚的时候,李雅明从房里走出来了。

李雅明穿了身白色的真丝睡衣,脚上是一双缎面的绣花拖鞋,一副睡眼惺忪的样子。她问四荣,刚才咕咚咕咚的,是你吧?

四荣说,是我。

李雅明说,干什么呢?

四荣说，晨练呢。

李雅明说，再练一回我看看。

李雅明的目光直视着四荣，没有笑意，也看不出有什么敌意，就像是对那群在地上啄来啄去的鸡们说话一样。

四荣也看着她。别人害怕和她对视，他可不怕。他觉得那睡衣和鞋子很好看，只是睡衣里的人儿实在不年轻了，眼袋、皱纹全有了，脸的一侧还有了几块浅浅的黑斑。

四荣也没有笑意地说，我练过了。

李雅明说，练过了就不能再练一回吗？

四荣说，不能。

李雅明有些恼火地看着四荣，可到底也没能把四荣的目光看到别处去，只好一转身进了自己房里，关门时重重地哐当了一声。

四荣看着那门，忽然地一跃而起，身体落地时，肚皮朝外，四肢着地，将身体几乎变成了一张弯弓。鸡们被他吓得四处逃窜，接着李雅明的房里也啪嚓一声响，像是什么东西给摔碎了。四荣就那么弓了身子笑了笑，他知道，今儿是彻底地把这李家姑娘给得罪了。

到了晚上，四荣迫不及待地将兰珍叫了来，要与她一起享受属于自个儿的空间。兰珍本就早盼了这一天的，进屋没顾得关门，就和四荣抱在了一起。

两人在屋里不管不顾地亲热，却不知门外自始至终有一双眼睛。兰珍是一个关键时刻就要死过去的人，那一瞬间，门外忽然有人呀了一声。四荣和兰珍都听得真真的，但都没顾得理会，比起幸福的晕眩时刻，有人看见算得了什么，反正他们是要结婚的。

兰珍是另一条街上的人，四荣没留她过夜，一直将她送回到了家里。

待走回来，四荣发现院门关了，推一推，动也不动。四荣明白，除了李雅明再不会有别人了，刚才偷看的也一准是她。他和她相差太多的年龄，虽对面住着，却话都没说过几句。他只知她是个傲慢的人，但想不到她还这样地鬼祟、小气。他气恼着，从腰带上取下钥匙链上的小刀，一点一点地将那门拨开了。

第二天，四荣仍是早早地就起来了，在院儿里咕咚咕咚翻了几个跟头，然后脑袋朝下，将身体直直地贴在了房对面的墙上。

倒了看对面的房子，就跟平时的感觉不大一样，像是矮了许多，也破旧了许多，柱子上的红漆脱落得斑斑点点的，每一根都有大大小小的裂缝，有的裂缝，几乎都能伸进根手指头。屋子的门窗也有些变形了，就像人老了要弓背一样，那褪了色的窗棂和门板，也开始弓起背来了。墙砖看上去还算整齐，但凡是墙角，一人高以下的地方，全都磨损成了小小的平面，且那平面都有些凹下去了。

正看着，李雅明那房间的门忽然开了，就见她手里拿了把梳子，一边一下一下地拢头，一边朝四荣这里走过来。

她仍穿了那身睡衣，仍蹬了那双拖鞋，但由于倒了身子，竟像是年轻了许多，身材瘦瘦的，脸色白白的，两条腿又长又直，待在他眼前站下来，他发现那并拢的两条腿之间不见一丝缝隙。沿了腿向上看，一双没穿袜子的脚藏在拖鞋里，小巧玲珑，白白净净，仿佛那鞋是天生装这脚的，任何的鞋，都会将这脚糟蹋了的。

四荣猜她是要说点什么，便贴在墙上等待着。现在，她离他近的，就只能看到她的一双脚了。

但这双脚站了一会儿，忽然又啪嚓啪嚓地走开了。四荣什么都没听到。

四荣从墙上翻了下来，奇怪地看着向屋里走去的李雅明。

鸡窝里的鸡们大约又被惊动了，挡板又一次被撞开，花花绿绿的鸡们伸着懒腰，扑扇着翅膀，比昨天显得沉着多了。一只公鸡跳上墙头伸长脖子尖厉地叫着，地上的母鸡们也咕咕、咯咯地发着声音。西边的墙上，第一缕阳光已爬了上来，使整个院子顿时亮堂了许多，连同那老旧的房子，似也添了勃勃的生气。

四荣没去追上李雅明问个明白，即便他再气恼，昨晚的事也让他有些羞于面对她。他的面前是一群悠闲地走来走去的鸡婆，那块挡板被它们视而不见地踩在脚下。他不由得恨恨地想，一个鸡窝都挡不结实的人，她有什么了不起呢。

当天晚上兰珍又来了。这回四荣注意把房门关了,把窗帘也拉上了。事后,他还告诉兰珍,明晚别再来了。兰珍问他为什么,他不好说出理由,便有些不耐烦,说,叫你来你来,不叫你来你也来,我可不喜欢这样的人做老婆。兰珍听了自是伤心地哭起来,说往后再也不会来了。四荣只当她是气话,也不解释什么,揽了她的肩膀,将她默默送回家去了。

回到住处,发现院门竟又一次被插上了。这一回,四荣没用小刀,举起拳头咚咚地敲起来。李雅明不来开门,四荣就一直敲,咚咚咚咚的,直敲得左邻右舍的灯都亮起来了,村里的狗都叫起来了。

终于听到了李雅明的脚步声,听到了插销被拉开的声音。

夜色里,就见李雅明素衣素裤,飘飘的长发,好似个女仙,又如同个女鬼,四荣想也没想,一把就抓住了她的衣袖。

李雅明却也不反抗,任他抓了衣袖往他的房间走。

院子到走廊的台阶有七级,四荣只迈了六级,最后一级几乎将他绊倒。之后是走廊上的柱子碰了他的脑袋,之后半尺高的门槛也被他当平地踩了,要不是李雅明拉他一把,他都要跪倒在地上了。

进了屋,四荣摸摸索索地寻找开关,又是李雅明,轻车熟路地将灯按亮了。

到这时,四荣的盛气,已是被一路的碰撞消去了大半。他也不知怎么了,在任何地方任何人面前,他都没这么狼狈过,这个新家,这个李雅明啊!

四荣放开李雅明,指了门边的一只木凳,让李雅明坐上去,自个儿则两手叉腰,站在她的前面。

四荣说,你到底是什么意思?

李雅明说,怎么了?

四荣说,你要知道,这已经是郝四荣的家了,不是你李雅明的了。

李雅明说,怎么了,我不就把门插上了,你又没说一声,我怎么知道你回不回来?

四荣说,你怎么就不知道,你明知我要回来的!

李雅明说,就算知道,也不知道你什么时候回来,我不可能等你回来再插门睡觉，我又不是你的用人。

四荣不由得冷笑道，还用人，鸡窝都挡不好，还用人！

四荣竟然在这时候提起了鸡窝。

四荣自个儿也觉得这话有些愚蠢，挡好挡不好鸡窝，跟要说的事有什么关系呢。但他这时看见，李雅明那原本不慌不怕的脸，仿佛有些不大自然。

李雅明说，房子是你家的，鸡还是我家的，挡不好也用不着你来教训。

在四荣看来，那句愚蠢的话根本不必反击，但李雅明还是认真地反击了，而关于房子是谁的问题，李雅明倒像是不那么在意的。

这样接下去，四荣竟不知该说点什么好了，他看着几乎是被自个儿强迫坐在木凳上的李雅明，忽然有一种滑稽的感觉，他想，房子说是自个儿的，可怎么就找不到自个儿的感觉呢？

四荣住的四间，是左右两个卧室，正中两间敞开的客厅。客厅大得几乎能翻跟头，除了一套四荣新买的沙发，还摆了一套旧式的方桌、圈椅，都是深红的颜色，闪了沉着的光泽。这套方桌、圈椅原是李一士家的，因楼房摆不下，便留在这里了。四荣不想要，但郝克俭喜欢，他死活不许四荣动它们，还在原来的房间，还是原来的摆法，即便和沙发不相配也不许动。还有稍显褪色的壁纸，高高的不小心就要绊腿的门槛，老式的小格子的窗子，郝克俭都要原封保留。四荣虽不满意，却由于贪玩不喜干活儿，也就顺势同意了。但住进去之后，他才体味出了懒惰的代价，这房子里，仿佛到处都弥漫着老房子的气息，连新搬来的家具都有些变了味道了。他迫不及待地把兰珍叫来，除了独居的兴奋，也有和兰珍一起抵御那气息的意思。要说保留的那些东西也都完好无损，比他原来住的房子不知要好多少，但他就是觉不出好来，一想到那气息还有可能带了李一士夫妻身上的气味，心里就更加不舒服了。

四荣的这些感觉，被迫坐在木凳上的李雅明哪里会知道，四荣搬进来后，她还是第一次来到这房子，她的感觉，倒是和四荣正相反的。那套离她不远的沙发，是大红、大绿和明黄的结合，颜色是整块的、醒目的，给人铺天盖地的感觉，一走进来，她诧异得简直都不敢相信自己的眼睛。这颜色，她的父母包括她自己一辈子都不会选择的，他们都会认为它们是浅薄和粗俗的，但眼下在这房子里，她却充满了无法抑制的新鲜感，就像到了一个陌生人的家里，跟自个儿家毫无关系了似的。即便是那套熟悉极了的方桌、圈椅，与沙发放在一起也变得有些奇怪，仿佛她压根就没见过它们一样。她还看到方桌前随意扔着一双鞋子，沙发坐上团了一件衣服，茶几上放着一顶四荣做保安的帽子……这些在她的家里是绝不会发生的，而在这里发生了，她不但没有鄙视，反而还有些被打动。她想，天啊，这可是从没有过的事呢！

屁股下的木凳，她注意到是三条腿的，比小板凳高些，又比高板凳矮些，凳面不那么规矩，说圆不圆说方不方的，也不那么光滑，就像是用斧头一斧一斧砍出来的，但却敦敦实实，坐在上面就觉得一辈子都不会倒似的。

李雅明就带着这些感觉，回答着四荣的质问。有时她会觉得，她的回答是一个人，她的感觉却是另外一个人的，而这两个人又像严格恪守着自己的职责，谁也不肯向对方靠近一步。

她的目光最后停留在那张长沙发上，那天晚上，她看见的四荣和兰珍，正是躺在那沙发上的。

忽然，李雅明从木凳上站了起来。

这大约连她自己都没想到，因为她有些手足无措的样子，脸上是从未有过的茫然、慌乱。

但很快地，她就掩饰似的指了刚才坐过的木凳说道，这种凳子是不能摆在客厅里的，它应该在厨房里。

四荣对这忽然而至的话题显然没有准备，他本能地反驳说，你懂什么，它从小跟我长大，我在哪它就得在哪，客厅里就是没有方桌没有沙发，也得有它的。

李雅明原本是没话找话的，听四荣这样说，便有些惊奇，不由得笑了一声。

四荣怀疑这笑也是不屑的，说，你笑什么，这板凳我老爷爷都坐过，它是我们家祖宗辈呢。

这样说着，四荣心里就愈发地别扭了，他想，他把她拉到这儿来，究竟是要说什么呢？

这时，两个人都觉得，他们有点如同迷了路的孩子，往下的路是不知如何走下去了。

好在，李雅明是沉着惯了的，片刻的茫然之后，她很快找到了路的出口。她说，四荣，插门的事，我没有办法，我习惯10点钟就插门的，门不插好我就睡不着觉，多少年都是这样，往后你回来晚了，我还是要插的。

李雅明说完就往门外走。她以为以这作结束语最合适不过了，它就像一把抹子，抹去了她的一切尴尬和难以言说的隐秘。但她哪知，看似是出口的地方，有时也许恰恰是条死胡同呢。

就在李雅明一脚门里一脚门外两腿骑在高高的门槛上的时候，她却又一次地被四荣抓住了。

这一回，四荣抓的是她的肩膀，他虽不喜干活儿，手却是相当有力，李雅明哎哟了一声，身体竟是抑制不住地颤抖起来。

四荣说，你先别走，今儿你必须搞明白，这已经是我郝四荣的家了，我回来晚不晚跟你没关系，你睡着睡不着觉跟我也没关系，房子是我的，院子是我的，院门也是我的，院门插不插，往后你就少操心吧！

四荣感到，这话又回到开始去了，但也许回到开始，才是最正确的。

可是，这时的李雅明像是颤抖得更厉害了，她的身子不由自主地在向他这边倾斜，与其说是被他抓着，倒不如说是被他扶着了。

四荣不由得担心地问道，你，你怎么了？

背对了他的李雅明没有吱声，两手却忽然向后一抓，抓住了四荣的衣服。

四荣感觉她有点像是求生一样，抓住了什么算什么的。他便任她抓着，直到颤抖渐渐地平息下来。

四荣又问，你到底怎么了？

李雅明仍没回答，松开四荣的衣服，将后一只脚迈过门槛，慢慢地向自己的房间走去了。

四荣叹一口气,想起院门还没关,便也迈过门槛往院门走。

刚要关门,就见外面有个黑影子,一看,竟是自个儿的爹郝克俭。郝克俭压低了嗓门问,我睡着了没听见,听你娘说,又是敲门又是狗叫的,怎么回事啊?

四荣说,没事。

郝克俭说,真没事?

四荣说,真没事。

郝克俭说,不是兰珍来过吧?

四荣说,没有。

四荣说着就要关门,郝克俭用手推了门说,我可告诉你,出来不比在自个儿家,想怎么样就怎么样,你也老大不小的了,应该学得懂事了,听见没有?

四荣将门关得只露了个脑袋,他说,我听不懂您在说什么,这不就是我自个儿的家吗?

说完四荣哐当就将门关上了,哗地上了插销。郝克俭站在外面,听着儿子咚咚的脚步声,是又气儿子,又悔自个儿,他想,也真是老糊涂了,不比在自个儿家,说的什么话啊。

自四荣说过兰珍之后,兰珍果真就没再来,第二天没来,第三天没来,第四天仍没来。四荣知道这是等他去叫呢,那天自个儿说了那话,兰珍兴许是赌气,也兴许是被他吓住了。他几次想去兰珍家一趟,但不知为什么都没去,手头倒有一些要做的事,比如将门窗、柱子上一遍油漆,比如把屋里、院里碱掉的地砖换掉,凸凹不平的地方整整平等等。这些活儿兰珍曾表示要跟他一起干的,他也答应了,但他到底也没叫她。他干的时候,李雅明有时在旁边看一会儿,有时就回她自个儿的房间。他听不到她的一点动静,也猜不出她在干什么。有一回,他忍不住从她的窗外向里瞅,发现窗子附近有只大书橱,书橱里一排排的排满了书,挨了书橱,倒立了一个白衣白裤的人。他被吓了一跳,再往里看,无非是床啊衣柜啊什么的,床上铺的是白单子,衣柜、书橱、墙壁也都是白色的,有点医院病房的感觉。不同的，是白色的墙上挂了许多花花绿绿的东西，形状各异，颜色也不同，说是衣服吧，又太小了，说是猫狗吧，又不大像是动物，看来看去也猜不出是什么，倒是给这"病房"添了不少的热闹。这时，倒立的人翻身站了起来，四荣吓得急忙走开了。他想，她竟也要贴一贴"饼子"呢。第二天早晨他在院里"晨练"，见她出来，就不由得来劲了许多，他将自个儿长时间地贴在墙上，一动不动，仿佛在给她做着榜样。她看了他一会儿，却又转身回房间去了。过了一会儿，房间里忽然传出了口琴声。这么近地听吹口琴，他还是第一次，他觉得好听极了。他却也不知好在哪里，也听不出吹的什么，在墙上傻了一会儿，不由有些沮丧地翻了下来。不知为什么，这琴声，还有那一排排的书，他更习惯的还是排斥它们。他想，有什么了不起，还不是一样在村里，嫁都嫁不出去呢。他听说李雅明的标准始终没肯改变，由于她的坚持，已经很多年没人给她提亲了。她现在一家村办工厂的化验室工作，很轻闲，但也很寂寞，一人一间屋，只有一屋子的瓶瓶罐罐与她为伴。他想，在厂里一个人，回家还一个人，闷也要闷死了呢。

　　这一天，四荣正在班上，他的爹郝克俭忽然找他来了，劈头就问，你小子做什么事了？四荣说，没有啊。郝克俭说，那李雅明怎么搬走了？四荣说，不可能吧？郝克俭说，不信你就去看看。四荣也有些慌了，拔腿就往家里跑。郝克俭则跟在后面，一老一少，跑啊跑，引得街上的人直问，出什么事了？家里着火了？

　　回到家里，就见李雅明的房间果然变了样子，书橱没有了，衣柜没有了，床也没有了，只墙上那些花花绿绿的东西还在。窗台上李雅明留下了一封信，说请四荣原谅一件事，就是她没经四荣允许，把那只木凳搬走了，因为她实在喜欢它，好在她有一只口琴，就拿口琴来换它吧。还有墙上的小衣服，她也留下了，那是她一针一针织成的，将来可以给他的孩子，穿和看都可以，相信孩子会喜欢。

　　父子俩看看口琴，又看看那些小衣服，竟是说不出一句话来。

　　半响，郝克俭才说，奇怪，那么个破凳子有什么稀罕的？

　　见儿子不说话，郝克俭又说，她的口琴还算好东西，往后你也学学，好歹比你翻跟头有出息吧。

儿子还是不吱声。郝克俭又问，你叫过她姑吗？

四荣摇了摇头。

郝克俭说，就知道你不会叫的，你呀，就是不懂事。

郝克俭责备着儿子，但脸上像是并不多么恼火，反透着一丝喜气似的。

四荣熟悉这喜气，这是老子对儿子本能的得意，这得意大约他自个儿都觉不出呢。但四荣眼下顾不得体味这些，他双手推了老子的肩膀，一步一步地往外推，直推到院门外，将门关了，他才深深地舒了口气。他想，他要好好地静下来，想想这几天的事。他还要扔下一切活计，好好看看墙上那些小衣服。至于口琴，他还没想好，是把它还给李雅明，还是自个儿留下来。留下来若是不吹，不是把好好的东西糟蹋了嘛。现在，唯一让他有些遗憾的，是他还从没走进过李雅明的房间，一切都是隔窗而看，一切都是模模糊糊的。他不由得想到了一句话：机不可失，失不再来。可不就是，在他想看的时候，这房间却已经永远地不存在了。

四荣站在院子里，心头不禁涌起了一种从未有过的忧伤。这忧伤于他是如此的陌生，又是如此的强烈，一时间，他竟不知该怎样来对待它了。忽然，他听到一只公鸡闷声闷气的叫声，循了声音看去，原来是从鸡窝里传出来的，原来鸡们还没被放出来呢。他上前去打开挡板，发现挡板两边多了两根立起的铁棍，铁棍卡了挡板，挡板外面还挡了块大石头。怪不得鸡们跑不出来了呢。他将鸡们放出来，不由自主地将其中一只抱在了怀里。他觉得，那股忧伤仍在继续着，唯一的办法，也许只有将这只鸡抱在怀里了。

原载《长城》2005年第5期
《小说月报》2005年第12期选载
《21世纪年度小说·2005短篇小说》（人民文学出版社）选载

到一棵柳胡同去

　　起初，秋月跟在丈夫的后面，是想跟丈夫开个玩笑的，或者蒙住他的眼睛，或者从后面猛地阻住他一只甩动着的胳膊。已经很有些日子没开这种玩笑了，也很有些日子没有在大街上相遇了，秋月心里不由得荡漾起一股激情。但在她还没拿定主意是蒙住他的眼睛还是阻住他的胳膊时，却见丈夫一转身，隐进北侧的一条胡同里去了。

　　现在秋月走着的是一条热闹的商业街，临街大大小小的店铺一家挨了一家，秋月发现丈夫时丈夫正从一家超市里走出来，手里提了个塑料袋，塑料袋里装的像是斤把面条。天色已有些暗了，街灯还没亮起来，行人们的脸变得灰秃秃的，秋月的丈夫走在其中，是个黑面庞高个子的男人，秋月一眼就认出了。她对他手里的面条意外而又满意，他不买面条也很有些日子了，他是服装厂的一名修理工，厂里的活儿不多，厂外的活儿却一件接了一件，他总是说，忙，忙啊。他忙，秋月就买，反正每天的面条是要吃的，他爱吃，秋月也爱吃，好吃，好做，还不贵。这一回，秋月猜他，一定是不那么忙了。

　　秋月也随丈夫拐进了胡同，她是这么想，胡同里也许有个厂外的客户，他买了面条定是又想起点什么，要跟人家说一声的。那么，她就该把他手里的面条接过来，由他一个人忙去。她跟在丈夫的后面没有声张，心里还是想着要跟丈夫开个玩笑，家里的日子一天到晚的太平淡乏味了，她不想让这次相遇仍跟在家里一样平淡地过去。

这胡同相当长，另一头可以通到北面的一条大街上，因此胡同里的行人还是有一些的，秋月在这些行人的掩护下，悄悄地跟在丈夫后面走。丈夫的身板从前是挺直的，这两年显出了一点驼背，两条腿也有些拖泥带水，不像从前，脚底下咚咚咚的，震得地都要颤起来。他的头发倒还没有变白，只是脑后的一撮头发总也拢不妥帖，小黑旗子似的挺立着，上摩丝，电吹风，开水烫，什么办法都用过，就是不管用。年轻的时候秋月也没记得这样过，上了些年纪，就像潜伏多年的疾病，大大小小的全冒出来了，连头发都要猖獗一下了。秋月十分地想替丈夫拢一拢，然后，趁他还没回过头时，猛地蒙住他的眼睛。她刚要伸出手去，身边的行人忽然咳嗽了一声，吓得她立刻将手缩了回去。她也不知她怕的什么，自个儿的丈夫，不要说蒙眼睛，就是搂住他的脖子又有什么不可以的？就在她犹豫的当儿，丈夫仿佛一只脱手的泥鳅，早又离她远远的了。不知不觉地，胡同就走了一大半，北面那条街上的行人，都看得清他们衣服的颜色了。秋月恼火着自个儿，觉得这日子的平淡乏味，多半是自个儿的过错，一个玩笑都找不到机会开，多么笨拙啊。

　　终于，丈夫停了下来，秋月望去，他面对的似是一扇锈迹斑斑的铁门。秋月觉得机不可失，踮了脚尖疾步跑了上去。

　　丈夫的眼睛被蒙住，却也不慌，提着的塑料袋子叼在嘴里，空下来的手一边一只，很轻易地就把秋月的手掰开了。掰开了也不回头，两手一用力，如同提一只猫一样就把秋月提到了自己的背上。秋月惊得话都说不出来了，这样的举动，仿佛又让她回到了二十年前，那个都叫他大刘的小伙子，那个力大无穷却不爱说话的小伙子，正是这样，双手一提，她便被提到云里雾里去了。天啊，这不是在做梦吧？

　　接着，丈夫的两只手背到身后，将秋月的腿箍得紧紧地，一只脚踢开铁门，咚咚咚地就往门里走。

　　秋月在云里雾里忍不住地娇嗔着，大刘你干什么啊你？

　　话没落音，秋月就觉得丈夫的手一松身子一抖，仿佛被火燎着了一般，秋月就被抖到地上去了。

　　秋月跟跄了几步，再看丈夫，心里就有几分明白，环顾左右，不过是个几平方米的小院儿，小院儿里两间北房，一间东房，东房是用油毡搭起来的简易的厨房。

秋月也不问丈夫，抬腿就往北房里闯。

北房的门虚掩着，推门进去，外屋空荡荡的，几乎没什么家具，里屋门口吊了布帘，挑开布帘，就见小小的房间突出着一张大床，床的上面，躺了一个赤身裸体的女人。

秋月唰地就将布帘放下了，返身向外走时，丈夫也到了跟前，秋月的眼泪一下流了出来，说，你刚才背的，就是她吧？

好好的日子，秋月就觉得，一下子艰难起来了，仿佛一条被雨水蹂躏过的土路，每一步都要留下一个深深的脚印，每一步沉重得都要过不去了似的。

秋月原是公共汽车公司的职工，十年前公司减员时被减了下来。秋月的丈夫是那种喜欢充当女人的保护者的男人，他没有再让秋月找工作，他说，有我一口饭吃，就不会让你饿着。秋月呢，喜欢的也正是这样的男人，她不习惯多思多虑，不习惯担当任何事情，家里现成的活计都可以去做，就是别让她担当。好比生孩子这件事，当时她就惧怕得很，不是惧怕疼痛，而是惧怕孩子生下来，她担当不起抚养的责任。她说，猫一样大的孩子，有点闪失怎么办？还是丈夫一再地说，没关系，有我呢，她才稍稍定下心来，将生孩子的事完成了。孩子生下来，丈夫果然总是抢了担当一切，丈夫说母乳喂养对孩子好，秋月就母乳喂养；丈夫说该断奶了，秋月就给孩子断奶；丈夫说给孩子买辆小车吧，两人就一起上街去买小车；孩子病了，去不去医院的事通常也由丈夫来决定；甚至孩子上街穿哪件衣服，秋月都习惯去问丈夫。秋月倒也不是没有自个儿的看法，但到最后做决定时，这看法一定变成丈夫的看法她才会放心。就这样，一天又一天一年又一年的，女儿竟然都长成十七岁的大姑娘了，个子比秋月还高出了半头。日子过得是俭朴了些，但秋月是知足的，她总是有些后怕地想，要是丈夫也是个不能做决定的人，她的日子可怎么过啊。她以为，有了这个丈夫，她就一劳永逸，就可以高枕无忧了，她从没想到过晴天里也会响霹雳，好好的日子也会生意外，看到听到的意外虽说也不少，但那都是别人的，别人的就离自个儿远着呢。可这一回，就像做梦没商量一样，别人的事竟也没商量地在她自个儿身上发生了。

像所有遇到这种事的女人一样，秋月先是不让丈夫进门，门挡不住又跟丈夫大吵大闹，闹得丈夫终于出了门，却又不放心，悄悄跟在后面，像个侦探一样盯了一程又一程。开始丈夫还有所顾忌，绕个好大的弯子，觉得将秋月甩掉了，才敢溜进那条胡同里去。到了后来，秋月总跟总跟的，丈夫索性弯子也不绕了，径直就往那胡同里去了，手里提了斤把面条，仿佛回他自个儿的家一样。若是没有那斤把面条，秋月对丈夫还是有些信心的，在她看来，面条比一束花什么的要可怕得多，什么样的感情，才可以平心静气地坐在一起，吃一碗家常的面条啊！

盯了丈夫几回，秋月熟悉了那条路线，也熟悉了那条胡同。那条胡同的名字叫一棵柳，早已列入拆迁的范围。胡同里的住户大多都搬走了，留下的多是来打工的外地人，那女人就是从安徽乡下来的，原在一家个体服装厂打工，秋月的丈夫去厂里维修机器时认识了她。秋月怎么也不明白，认识和上床有多远的路要走，他们怎么一下子就走完了呢？一再地追问，丈夫才说，厂里老板请他吃饭时，让那女人作陪，她看出他没吃饱，饭后又单请他吃了顿面条。那以后，倒也没怎么见面，只偶尔打打电话。有一次她在电话里说，服装厂太累了，她想到歌厅去试试，他脑子一冲动，就说，千万不能去，有我一口饭吃，就不会饿着你。这么着，为报他的知遇之恩，她才请他到胡同里去的。秋月说，看看你，多么行啊，饿不着老婆不算，还饿不着别的女人，你有多少口饭吃啊？丈夫辩解说，他到胡同里去，本心是对一个打工妹的怜悯，跟对老婆可不一样。秋月说，都怜悯到床上去了，都怜悯得跟人家过起日子来了，当然不一样，你给她买面条，给我买过几回面条啊？说完了秋月是又伤心又有些后悔，倒像是跟那婊子攀比起来了，她秋月是谁，跟她攀比，她也配呢！丈夫果然就接过去说，往后天天给你买面条还不行吗？秋月说，不行，你必须答应，往后再不迈进一棵柳一步！

秋月明白，这事搁到别的女人身上，第一个反应就是要跟丈夫离婚的，但她不是别的女人，离婚的念头一出来就被她给打消了，对自个儿她是太了解了，若没了大刘，她的日子就只剩了优柔寡断了，而日子几乎是要靠大大小小的决断来完成的，哪怕是混账透顶的决断。因此她只能把再不迈进一棵柳一步，作为惩罚丈夫的底线。她心里自是万般委屈的，可即便这样，丈夫也没肯痛快地答应，他说，不去一棵柳可以，但厂外的几家客户都在一棵柳呢。秋月说，那厂外的钱就不挣了，喝西北风我认了。情急之中，秋月竟也说出了一个决断，但这种决断显然是不能作数的，喝西北风能活人吗？活不了人厂外的钱就不能不挣，厂外的钱要挣就不能不去一棵柳。因此秋月没有决断便罢，有了决断，通常也只是拿来说说的决断，不像丈夫，每一个决断，都是要付诸行动的。

秋月觉得，生活真是难透了，从前听丈夫的，是因为丈夫和她是一致的，现在丈夫和她不一致了，她显然不能再听丈夫的了，她只能自个儿听自个儿的了。这一点她还是再明白不过的，可她的难题在于，她听自个儿的什么？就是说，她自个儿该有一个什么样的能够付诸行动的决断呢？

这一天上午，秋月出了家门，不由自主地就往一棵柳胡同走。她本是要去菜市场买菜的，但两只脚不听话，执拗地拽了身体走。去那里干什么，她一点不知道，但那里和她有关系是一定的，就像当年知青下乡的时候，她不由自主地要往大队部跑，因为能不能返城全凭大队支书一句话了；也像后来知青待业的时候，她不由自主地要往街道办事处跑，因为能不能找上工作全看办事处的人帮忙不帮忙了；更像前些年要下岗的时候，她不由自主地要往汽车公司的办公大楼跑，因为下岗不下岗全看办公大楼的人是点头是摇头了。直到现在，她还经常做这种无着无落、跑来跑去的梦，在梦里，总是大家都返城了，只她一个还留在农村，她便天天往大队部跑啊跑。老做老做的，秋月就明白，她最怕的，莫过于再次重复从前的孤单无助的日子了。她便努力地想，怎么可能，如同流水一样的日子怎么可能会重复呢？即便现在，她也十分不满自个儿以上的联想，那胡同里的女人怎么能决定她秋月的事情，她将那肮脏的住所竟比作了大队部，比作了办事机关，真是有些急糊涂了呢。

　　一棵柳胡同离她家并不远，不走大街走小街，十几分钟就到了。在一个街口转弯处，秋月停留片刻，想起女儿昨晚从学校来电话说，今儿中午要回家吃饭，还是让意志战胜了双脚，朝了菜市场的方向去了。

　　菜市场永远是乱糟糟的，声音乱，气味乱，人也乱，一切都混杂在一起，走在其中，多么出色的人物都会被淹没的。秋月不出色，就没有被淹没的担心，反而有一种归家似的安心。说起来，在这城市里，没有比菜市场更让她安心的了，商场、影院、饭店什么的都不行，那些地方只能给她增添莫名的紧张。她也搞不明白，从小在这城市里长大，哪哪都熟悉得不能再熟悉了，有什么可紧张的，可是，紧张就像是一条咬住年龄不放的狗，年龄愈大，紧张就愈多，紧张愈多，城市里属于她的地方就愈少，到现在，真正属于她的，除了家，似只剩了这菜市场了。

　　秋月提的是一只草编的篮子，身上是一件半袖的针织上衣，篮子和上衣都是她自个儿织成的，家里所有的针织品也都出自她的手。但这又能说明什么呢，没有哪个人会因为这些编织物去在意一个家庭妇女的。除非是丈夫，还得是那个年轻时候的丈夫。有一次，她为丈夫织了一件上海针的毛衣，丈夫走到哪里都穿在身上，逢人就说，看，媳妇织的，上海针。丈夫这个人，除了对女人有保护意识，还特别喜欢时尚，那时候上海针是时尚的，帮媳妇干家务也是时尚的，于是，上海针，做饭、洗衣，丈夫就一样也不落后。慢慢地，秋月下了岗，年轻的大刘变成了中年的老刘，上海针不再成为时尚，帮媳妇干家务也成了过去，日子快的，就像过电影一样，转眼间就到了今天的改革开放二十年了。今天的时尚，虽说多得数都数不清，但对秋月来说，似是没有一样能赶得上的。她觉得她和丈夫的区别大约就在，她赶不上就不去赶，丈夫却是赶上赶不上也要跃跃欲试的。找女人的事现在不止丈夫一个，有钱的男人找，没钱的男人也在找，和丈夫一起的维修工至少一半的人都有这种事，开始秋月还听丈夫在电话里劝过他们。看来丈夫的劝是白劝了，说不定那时他对他们的劝正是诱惑的开始呢，说不定他们反倒会劝他呢，别傻了，这种事算什么，没这事才对不起今天的时代呢。而他呢，等的似正是这句话，这句话就像一条真理一样，从此为他照亮了行动的方向。

　　秋月提了篮子，在熙熙攘攘的人群中走着，有认识她的商贩，热情地同她打着招呼。她回应着他们，看一看他们的货色，就又往前走。她是他们的老顾客，她与他们之间多年形成了一种不言而喻的信任，她从没讲过价，他们也从没亏待过她，这种信任，有时想想，似比夫妻间的感情还要牢靠。那个卖菜的老王，大脸盘，阔嘴巴，胖身材，站在那里永远是笑眯眯的，就像是一尊弥勒佛。他总叫她妹妹，不只叫她一个，熟悉不熟悉的女人他都叫，男人他则都叫兄弟，就像天下的人都跟他是一家一样。那个卖豆制品的田嫂，紧挨了老王，却是黑瘦黑瘦的，与老王与她的豆腐都形成太大的反差，但她的声音十分甜脆，脸上的光泽也是柔和的，一双眼睛眯得比老王还要可亲，老王人缘好，她的人缘也不差，人们通常是买完老王的菜，跟着就去买她的豆制品。还有那个卖肉的汉子，看起来相貌挺凶，也很少跟人说话，但他案前的顾客总是最多的，特别对她，每回都会选案子上最好的一块给她。至于卖面条的小李，更是不必说的了，这些年吃的面条多半是他家的，从前是他的父亲老李，老李上了年纪后接上了儿子小李，小李年轻有活力，一上来就由机器压面改成了手工擀面，生意比老李那会儿还红火。有一次小李贴在她的耳边说，知道吗，要不是因为你，我才懒得弄什么手工擀面呢。她便哈哈地笑起来，说，你呀你呀，比你爹那会儿还会说话。小李红了脸说，我说的可是心里话。她依然笑着，但小伙子的红脸让她一直不能忘，无论是由于他会说话还是他说的真是心里话，红脸总归是一个可爱的印象。

　　秋月买了老王的两样青菜，买了田嫂的一块豆腐，便往卖面条的小李那里去了。卖肉的汉子那里，她十天半月才能去一次，丈夫挣的那点钱，远不够天天割肉吃的。

　　豆腐摊离面条摊也就十几米的样子，老远地，小李那边就喊上了，大姐啊，正等你呢！秋月冲那边笑笑，脚下仍不紧不慢的。小李每回都这么喊，不是贴了她耳边说话就是这么热辣辣地喊，她都习惯了。

　　小李正双手按了擀面杖，推一推倒两倒的，舞蹈似的忙碌着。他身上是红背心，白围裙，米黄色的水洗布的裤子，哪哪都是干净的。干净是从老李那儿继承来的,只有过之而无不及,和老李不同的,是小李衣服的颜色明艳了许多,红、黄、绿、蓝,愈是鲜艳愈是要穿,连头发也染成了黄色,阳光照下来,丝丝都是亮闪闪的,就像那种名贵的宠物的毛色。

小李前面已站了两位顾客,一位肥胖的老太太,一位尖嘴猴腮的中年男人。秋月先没注意,跟小李说了几句话,忽听得有人叫她嫂子,定睛细看,才发现那中年男人原来是和丈夫一个厂的维修工,丈夫总叫他老四、老四的那个。

秋月的脸立时有些沉,转过目光继续和小李说话,理也不理他。她清楚地记得,那次电话里丈夫劝说的正是这个老四,放下电话,丈夫还愣了半天的神儿。她始终觉得,丈夫的变化正是从那次电话开始的。小李呢,看看中年男人又看看秋月,一边有些惊奇,一边乐滋滋地应答着,巴不得秋月只跟他一人说话似的。

秋月说,看小李打扮的,愈来洋味儿愈足了。

小李说,大姐又骂我了,看我哪儿不顺眼,尽管说出来,我一定改。

秋月说,我就不明白,好好的黑头发,干吗要染成黄头发呢?

小李隔了案子,将脑袋向前伸了伸,说,大姐说句话,要说黄头发不好看,今儿晚上我就让它变成黑的。

秋月说,千万别,把你的女朋友变没了,我可担待不起。

秋月很少跟人说笑的,唯有跟这小李,脑子过都不过话就出来了,随便得自个儿都常常吃惊。

小李说,没关系,她不爱我还有大姐爱我,我怕什么。

秋月笑,旁边肥胖的老太太也笑,只那老四被冷落着,笑也不是说也不是的样子。

这时,小李的面擀得已看不见面杖了,他停下来,两手一扬,薄薄的一片面就铺展开了,仿佛铺一块浆洗好的布单。然后,一只手抓些干面,天女散花似的撒上去,再用面杖卷起面片,一层层地退,退,退成了长长的一列。不知什么时候,手里的面杖已变成了面刀了,就看他一双手那么静静地不动声色地平移着,可以说是不见刀起,只见刀落,嚓嚓嚓嚓的,眨眼间,便从这头到了那头。最后,切成的面丝被他拦腰提起来,悬空抖了又抖的，面丝真实的面目就被抖出来，细腻、均匀、齐整，宛如一挂直流而下的瀑布。

秋月早看熟了，并不觉得什么，只那老太太连声称赞着，说将来谁嫁了这样伶俐个人，可就享福了。小李便接了老太太的话茬，仍回到秋月身上，说，要是大姐还没成家，我宁愿娶大姐为妻，让大姐一辈子享福。

小李说着，开始给老太太称面条，打发老太太满意地走了，又给中年男人称。中年男人接过面条，走开几步，忽然又返回身来，再次对秋月叫了声嫂子。

秋月怔一怔，仍不理他，反冲了小李喊道，快称快称，这都等半天了，磨蹭什么呢？

小李问她，要多少？

秋月心不在焉地说，随便，多少都成。

小李称了二斤，装进一个塑料袋里，递给秋月。

这时，中年男人又开口道，嫂子，你得说明白，为什么不理我？

秋月沉了脸，看也不看他，将钱交给小李，逃似的转身就走。

中年男人则紧跟其后，秋月不开口就誓不罢休似的。

小李扶了案子愣了会儿神，忽然解下围裙，也追了上去。

秋月走在最前面，不回头，也不理会老四的喊。菜市场人声嘈杂，老四的喊很快就被淹没了。但老四的腿快，一有机会，他就挤在秋月身边，同秋月并排走了。秋月便加快脚步，再次将老四落在身后。

这么快一回更快一回的，菜市场就走出来了，向左一拐，是条小街，车辆、行人忽然地少了许多，安静得，老四的喘气声秋月都听到了。

秋月索性停下来，回头气哼哼地冲了老四说，你干吗要跟着我？你到底想干什么？

老四也停下来，气喘吁吁地说，我能干什么，我无非是想听你说句话，别人不理我，你也不理我，所有的人都不理我，我心里难受，我不能就这么没完没了地难受下去。

秋月有些奇怪地看看他，发现他的眼圈在红起来，眼角挤出了一点眼屎，胡子老长，头发也横一绺竖一绺的，似是很长时间没洗过了。秋月仍气哼哼地说，你不是有相好的嘛，找你相好的去呀！

老四说，快别提相好的了，第一个不理我的就是她了，接着是你们老刘，接着是厂里的弟兄们，接着就是你了。

老四说，相好的不理我是因为又和你们老刘相好上了，老刘不理我是因为我打了那个忘恩负义的婊子，厂里的弟兄们呢，不理我是因为老刘不理我，弟兄们都听你们老刘的呀。

老四说，无论如何，老刘为了一个女人这么对我是不应该的，他对女人是仗义了，对我老四可不仗义了啊。如今这人们，全他妈势利眼，有女人喜欢，身价都会高起来，我怎么也不明白，老刘黑不溜秋个人，我老四能比他差到哪里，相好的说翻脸就翻脸了，弟兄们说不理就不理了，老婆呢，说离婚就离婚了，他妈的我能差到哪里呢？老刘不就是会说，有我一碗饭吃就饿不着你，这种大话谁不会说，我老四也说过不止一回呢。

老四说，我早想过了，甭看老刘一时得意，他是兔子尾巴长不了的，我太了解那婊子了，谁对她动真情她就一准儿背叛谁，我头脚跟老婆离婚，她后脚就去找老刘了。老刘开始还把得住，没几天就不行了，泡在胡同里活儿都不想干了，弟兄们替他找客户他都不干。不干活儿就挣不上钱，挣不上钱就吃不上花不上，吃不上花不上还不是长不了了？老刘比人家大二十岁，人家图个什么呀？

老四说，所以嫂子你也不用太着急，男人们都这德行，吃回亏上回当就老实了，谁叫他们赶上好时候了呢。

老四说，嫂子不理我，其实我心里明镜似的，我还用问为什么吗，我不过是不甘心，想抓住个人说说，不说说憋也要憋死了呢。

老四说，嫂子，说实话，你倒霉，我更倒霉，咱们的倒霉都是他老刘造成的，咱应该都恨他才对，你说是不是？

老四啪啦啪啦的，跟谁抢一样地说着，生怕哪一刻空下来，秋月会一扭身走开似的。

秋月垂了眼帘听着，眼下只看得见老四一双脏兮兮的皮凉鞋，鞋的样式却是今年流行的，坡跟，宽带，后跟的带子可以折到脚面上去。老刘也有这么一双，老刘买回来的时候说，他一买，厂里好多人都买了，不贵，还时髦。

老四说，嫂子你说实话，想不想让老刘离开那婊子？

秋月抬起眼帘，说，你什么意思？

老四说，我有一个主意，只要你愿意，一准儿灵。

老四往秋月跟前凑了凑，说，离婚，跟老刘离婚，你前脚离，后脚那婊子就一准儿不要老刘了。

秋月怀疑地看着老四。

老四说，不信你就试试，我敢说，这是拉回老刘的唯一办法了。老刘拉回来，你们可以再复婚啊。

秋月说，要是老刘不肯再复婚呢？

老四说，他一个穷工人，又不是什么大款，女儿又跟你一条心，不复婚，哼，除非他是个傻子。

秋月说，你怎么知道女儿跟我一条心？

老四说，还用说吗，哪个女儿不跟当妈的亲，她总不能跟她爸爸的情人去亲吧。

情人从老四嘴里说出来，让秋月不由得感到了恶心，她皱皱眉头，想起女儿中午回家吃饭的事，便不再理老四，转身就往家的方向走。

老四说，哎，怎么说走就走，你倒是同意不同意啊？

秋月头也不回，离老四愈来愈远着。老四狠狠地呸了一声，说，女人都他妈的一个德行，说翻脸就翻脸！

秋月回到家里，洗手、洗脸、换衣服、换鞋子，然后坐在沙发上，累极了似的长长地舒了口气。正要起身进厨房做饭时，门铃忽然响了，秋月以为是女儿回来了，开门一看，门外站着的竟是卖面条的小李！

秋月惊奇道，你怎么来了？

小李满脸通红，结结巴巴地说，你……你的事，我都……都知道了。

秋月请他进来，关上房门，说，我的什么事你知道了？

小李说，路上，你们路上说的事。

秋月惊异道，你怎么知道的？

小李说，我看那人不怀好意，就一直跟着你们。

看秋月脸上没一点喜色，小李便有些慌，说，我是想回去来着，可两条腿不听话，在门外我还直想赶它们走开，赶不走我才按了门铃的。

小李身上没了围裙，上身的红和下身的黄就更突出了，站在秋月面前，鲜亮得直晃秋月的眼睛。

秋月却仍是没笑，只叹口气说，既然来了，就在这儿尝尝你的手擀面吧。

小李喜出望外，以往的从容很快恢复了，说，好家伙，以为会赶我出门呢，要真被赶出去，往后你就再吃不上我的手擀面条了。

秋月说，怎么？

小李说，我出门就撞汽车去。

秋月这才笑道，你呀，什么时候才有个正形啊。

小李却猛地抓住秋月的手说，我说的可是真话，女朋友我都见过一打了，没一个看上的，我就知道，只要你在，任何人都不会走进我的心了。

秋月抽出手说，胡说什么，我都可以做你的阿姨了。

小李再次抓住秋月的手说，爱情是没有年龄界限的，在我眼里，你是最年轻漂亮的。

这时候，电话铃忽然响起来，秋月急忙脱身去接电话。是女儿打来的，告诉她，学校临时有点事，中午不能回来了，只能等星期天了。女儿已有两个星期没回家了，她觉得女儿是在逃避这个家。

放下电话，小李又要靠近，秋月挡了他说，你让我想想，孩子不回来，做饭就不着急了，我要好好想想。

秋月背对了小李，远远地坐在一把木椅上，真的在想什么一样。其实她脑子里乱极了，理不出一点头绪，她只不过在躲避小李，同时也在躲避自己，有点躲了一时说一时的意思。小李却毫不知晓，他听话地等待着，以为眼前的女人是个有主见的一言九鼎的女人，一旦想好，一定是不同凡响的。而他不喜欢年轻女孩，正是因为她们的轻浅和她们的飘忽不定。

秋月前面的墙上有一只石英钟，钟的黑色的时针已快接近12点了，秋月想丈夫这时候还没回来，一定是又在一棵柳胡同里吃饭了。最近他总是说也不说一声就不回来吃饭，她也不去问他，只是一趟一趟地往一棵柳胡同跑，丈夫的每一次行踪，几乎都不能逃过她的眼睛。她对那个锈迹斑斑的铁门已是相当熟悉了，但她从没敢推开过，推开了，她和那个年轻女人在丈夫面前就有一个比较了，她害怕那样的比较。她觉得她对比较的害怕比对丈夫与那女人在一起的害怕还要强烈。

　　黑色的时针已经压在12上了，它像一把利剑不容分说地划开了一道界限。秋月忽然有些赌气地想，要是再过一分钟他仍不回来，她就答应小李做他想做的事情。

　　秒针嗒嗒嗒嗒地走着，速度快得超过了秋月的想象，将近一分钟时，她紧张得汗都出来了，她想，还是再过一分钟吧。又一分钟过去了，她又想，再过一分钟吧。这么一分钟推又一分钟的，五六分钟就过去了，她便忽然意识到，她是不可能答应小李做什么了。小李呢，大约等得有些不耐烦了，跑到厨房，又是洗菜又是打卤的，竟是自个儿先忙活起来了。

　　秋月听到声音，转身望去，发现厨房里的小李显得矮了许多，丈夫在厨房的时候，头顶是和墙上橱柜的拉手比齐的，而小李的头顶远在拉手以下。

　　秋月也到厨房去了，和小李一起忙碌着。小李在菜市场上是伶俐、潇洒的，在厨房却有些毛手毛脚，黄瓜皮子没削就切成丝了，黄豆煮得只适合没牙的老太太吃，卤呢，做得咸了些，粉芡也放得太多，都成面糊糊了。一切都不合她和老刘吃面条的习惯。

　　两人吃着饭，小李问秋月，怎么样，想好了吗？

　　秋月说，没想好。

　　小李说，什么时候才能想好呢？

　　秋月说，不知道。

　　小李说，我什么地方比不上他？

　　秋月说，没有。

　　小李说，那你还犹豫什么？

　　秋月说，不是犹豫，是害怕。

小李说，害怕什么？

秋月说，害怕……害怕做一种梦。

小李说，什么梦？

秋月想着梦里那个没着没落、跑来跑去的自己，苦笑笑，说，你不会懂的。

这顿饭吃得有些沉闷，尽管两人都极力地找话说，但在菜市场上的欢声笑语始终没有出现。吃完饭，秋月不容分说地将小李送出了门。小李往菜市场走，她则往另外的方向走。小李问她去哪里，她说去一棵柳。小李问她去一棵柳干什么，她说，不知道，就是想去。小李说，不知道干什么最好别去。她说，我也这么劝自个儿，可是没用。小李走了一段路，回头去望，见秋月在一个街头拐角处一闪就不见了。他摇了摇头，无奈地叹了口气。

原载《青春》2004年第4期

《小说选刊》2004年第5期选载

《中华文学选刊》2004年第7期选载

高 跟 鞋

田普琴搬到这小区已有七个月了。她对时间一向没有准确的概念，每个月物业管理处都有个胖胖的女孩上门来收物业费，物业费的收据已攒下了七张，她便知七个月是不会错的了。虽说女孩每月的上门像钟表一样准时，但女孩出现时她还是会感到吃惊：又一个月过去了吗？她的吃惊也许还由于胖女孩本身的缘故，胖女孩永远是呼哧呼哧喘气的模样，嘴巴张得就像一个受了惊吓的人。

七个月之前田普琴在另一个小区里居住，那里环境不错，物业管理也说得过去，但邻居们让她不喜欢。邻居们习惯聚集在单元门口说话儿，三五个或者五六个或者更多，抱了臂膀站在那里，你说几句我说几句的，就像一个约定好了的集会。看似临时站一站的样子，但这个走了那个又来了，集会永远没有完结的时候，从早上天亮开始，通常要到夜里12点才会安静下来。有上下班的人进出单元门口，他们就礼貌地让出一条路，熟悉地打着招呼，不熟悉的也送着目光，使那经过的人无可逃避。一打听，这单元里大半都是从市中心的大杂院儿里搬来的，老邻居们习惯了在院儿里说话，单元门口原来是被他们当成了大杂院儿呢。只这也罢了，邻居们还相当热情，若从外面买了什么沉重的东西，一箱饮料或者一包书籍，大家的说话儿会自觉中断，争抢着上来帮忙，想拒绝都不可能。而田普琴就是一个想拒绝的人，在几次拒绝不可能之后，她便毫不犹豫地搬出来了。

这个小区里安静多了，单元门口再没有热闹的集会，出来进去的全是生面孔，这次遇上了，下次见面还不知什么时候，也许十天半月，也许一年半载，再见面上回的印象早忘了，面孔依然是生的。田普琴喜欢生面孔，在生面孔中她是踏实的，从容的，是一种水融于大海的感觉，而在熟面孔中是水在阳光下的感觉，这滴水再是傲然独立，也有被阳光蒸发掉的一天。

　　这一天，田普琴吃过晚饭，按了惯例去楼下的中心草坪散步。这小区的草坪也是好的，整齐，干净，角角落落都显示出勃勃生机。中心草坪被环绕在几十座楼房之间，面积相当一座小小的公园。公园里有的水池、亭榭这里都有，公园里没有的娱乐、健身设施这里也有，田普琴第一次到这里散步时，感动得眼泪都下来了。她甚至觉得，一个人住在这里未免有些奢侈了，不如再喂养一只小狗，或者雇用个小保姆，或者呢，请一位女友一起来住。但最终，都因害怕而一个一个地否掉了。不是害怕别的，是害怕她自个儿少有应付的能力，那小狗在屋里拉屎撒尿怎么办？把别人咬伤了怎么办？那小保姆做饭不香怎么办？不爱洗手怎么办？那女友让她讨厌了怎么办？请来了请不走怎么办？她想，看来她是注定要过单身生活，奢侈也是没有办法的了。

　　草坪上已有了走动着的人们，人们的脚下是石板铺成的小路，小路一条又一条的，哪一条最终都可以通向人们想去的地方。田普琴想去的是草坪上的一块幽静之地，那地方在草坪的中心，不过是一块用方砖铺就的空地。空地由几棵环绕的垂柳掩映着，看上去就像一个柳枝搭成的凉亭。"凉亭"里只够一个人打打拳的，边上的一条石凳也只够一对恋人来坐，田普琴虽不打拳，也没有恋人，却是每天必去。她喜欢那种处在开阔地带的小景色，就像处在众楼之中的她的小小居室一样，那会给她柳暗花明、世界切换的感觉。对，是世界的切换，是大家的世界和她自个儿的世界的切换，忽而这里忽而那里，变幻起来就如同思想意识一样轻易。

　　田普琴先绕草坪走完了长长的一圈，然后便从一条石板路走了进去。她去，也就是三五分钟，伸伸腰踢踢腿，手扶了石凳做几个俯卧撑什么的，去了，心里就不再挂念，仿佛回了趟自个儿的家似的。

通常"家"里是没有人的，但这一次她却发现，那条石凳上已是坐了一对勾肩搭背的男女了。

　　夜幕已经覆盖了草坪，借了草坪上地灯的光亮，田普琴隐约可见那女的穿了件浅色连衣裙，高跟皮凉鞋，男的则是背心、短裤，一双装了肥厚大脚的拖鞋。女的瘦些，男的胖些，女的一只手绕在男的身后，男的一只手则搭在女的肩头。

　　她猜这一对男女定是年纪还轻，只有没多少阅历的人才会有这份情趣；即便是有了些年纪，也一定是那种头脑简单、将电视里对爱情的歌颂认真对待的人。

　　田普琴正转身要走，忽然听到那女的喊了声："田老师！"田普琴环顾左右，不见有别的人，便知是在喊自个儿了。声音是陌生的，语调却是欣喜的，就像是见了久别的老朋友一样。田普琴正纳闷间，那女的已站起身朝她走过来，高跟鞋嗒嗒嗒的，很响地磕在砖地上。

　　走近了，脸对脸的，田普琴仍没认出是谁，女的笑着，有些羞涩地介绍了自己。田普琴才知道，原来是一位给她投过稿的文学爱好者，都很久很久的事了。再介绍，名字、年纪也想起来了，姓米，名叫米良，约有二十六七的样子，过去了两三年，现在该有二十八九了吧。田普琴还记得，为这名字还问过米良，是分开讲还是合起来讲，米良说她希望分开讲，一生良善嘛，但父亲起这名字时却是合起来讲的，家里缺粮吃缺怕了，盼望这名字能给全家带来富裕的日子。田普琴嘴上没说什么，心里却说了个"俗"字，她一向不喜欢将文字功利地应用，她觉得那就像让一个沉浸在爱情中的女人同时还为她爱着的男人传宗接代一样，任何事情的功利性质都让她反感。

　　米良和田普琴说话的时候，那男的也站了起来，远远地礼貌地站着，直到米良介绍他时，他才走近了与她们搭话。一说话，田普琴才知是个能言善辩的人物，口齿伶俐，思维敏捷，说到什么他都可以侃侃而谈。但依田普琴的经验，这样的男人平庸者居多，再接下去，说不定他还会给她讲讲文学呢。田普琴不动声色地听着，米良则倚在男的身边，十分满足、自豪的样子。终于，也不知谁开的头，与文学沾了边，男的果然不甘寂寞，啪啦啪啦地讲了起来。各人的表情都被夜色掩饰着，只有声音是裸露的，两个女声渐渐退出，只剩了一个粗哑而又飞扬的男声。男声便愈发地飞扬，小说、散文、杂志、书籍，哪哪都说到了，知道的倒也真是不少，有些定义一样的说法，连田普琴都是记不准的。到后来，教导的口气都出来了，像今后的文学应该朝了什么样的方向发展、你们做文学编辑的应该怎样怎样，等等。田普琴听着，对米良不由得充满了怜悯之心，她想，这么个喜欢说话的人，烦也要烦死了呢。

男的到底是有些聪明的，见田普琴总不接话，便找了个机会反问，田老师您说呢？

他的问题，田普琴本是张口就能答的，但她偏偏不答，反忽然面向了米良问道，米良，出来散步为什么要穿高跟鞋呢？

话来得突然，米良和那男的便都有些怔怔的，半天，米良才转而笑道，为他穿的呗，我的个子太低了。

田普琴立刻接了说，你为他穿高跟鞋，他可就不该穿拖鞋了。

语气是玩笑的不见外的语气，两人竟是少心没肺地笑了一阵，男的还不忘卖弄地说，女为悦己者容嘛。

事情就这样有惊无险地过去了，但田普琴相信，她的表现是会对这一对恩爱夫妻产生影响的，她就是想让米良明白，米良的男人并不似米良认为的那样可爱，他的毛病几乎是不可容忍的。米良说，他们已经结婚三年，至今依然恩爱如初。田普琴在米良说这话时脸上充满了怀疑和不屑，夜色中米良一点看不清田普琴的真实面目，还以为田普琴对她的爱情故事会大感兴趣呢，她补充说，反正都住在一个小区了，我们的事我会慢慢讲给您听的。

一星期后的一天，田普琴和米良夫妻又相遇了，这一次，是在中心草坪的一条石板路上。米良在前，男的在后，米良仍是连衣裙，男的仍是背心、短裤，只是脚上有了变化，男的是一双圆口布鞋，米良倒穿了双拖鞋。两人是从田普琴的对面走过来的，田普琴没注意，两人也没注意，侧身要过去时，米良才忽然叫出了"田老师"。

由于石板路靠近草坪边上的一盏路灯，田普琴看清了，男的不仅是胖，年岁还大，肚子已经鼓起来，头顶已秃了一小块，厚厚的背部已有了弯度。脸是那种笨拙的长方脸，长是长在下巴上，笨也笨在下巴上，虽说鼻子大了点，眼睛小了点，但和下巴比起来就都显不出了，因为这下巴真是太大了，乍一看就像是人工做了手脚，安了一截假下巴似的。倒多亏了他那高大的身材，让这一切不如意的地方有了担待，若搁在一个矮个子身上，真可说得上是个丑人呢。相比之下，米良则显得小巧玲珑了许多，个子小，脸盘小，嘴巴小，鼻子小，唯有眼睛是大的，眼睛上面有长长的睫毛，忽而上忽而下的，给本有些老实的眼睛添了妩媚。再往上，眉毛一般些，额头却是宽的，且光洁、饱满，一下子，就让这张脸有了几分大气。但这大气本人又似不觉得，跟人说话，反有几分卑怯，就像人人都可能做她的指导一样。

田普琴只顾看了，两人与她说话她便有些心不在焉，男的说，看田老师，走路还想着文章的事呢。田普琴不理男的，却问米良道，你们住在这里多长时间了？男的抢了说，一年多了。田普琴仍问米良，一年多每天都散步吗？男的仍抢了说，每天散步。田普琴说，散步每天都一起吗？男的说，每天一起。田普琴这才将目光转向男的，笑了说道，是你对人家米良紧追不放吧？男的也笑，说，你问问她。米良便说，是我对他紧追不放。三人便都笑起来，田普琴却又忽然说，谁紧追不放，最后受伤害的就一准是谁。两人怔了怔，男的说，这您放心，我一辈子都会对米良好的，绝不会让她受伤害。田普琴说，要是你对她紧追不放呢？男的说，她也不会让我受伤害，是不是米良？米良说，田老师是开个玩笑，你还当真了。男的说，在这种事上，玩笑我也要认真对待，你不是不知道我的态度的。男的说这话的语气，有了些执拗的意味，目光对了米良，其实也是在说给田普琴听。田普琴自是觉出来了，她还发现，男的说话时眼睛总在不停地眨动，就像是有什么东西撞上了眼睛，下巴却又是不大动的，看上去眼睛和下巴仿佛是两个人。田普琴想，这样的毛病，米良怎么能够容忍呢？

在田普琴这边，其实十分地想让男的走开，她好与米良单独地说一会儿话。不知为什么，第一次见到他们她就有了单独与米良说话的愿望，不是一个编辑对一个作者，而是一个女人对一个女人，但男的显然不可能走开，他并且还时时地想代替米良，仿佛和田普琴较上了劲，田普琴愈不想和他说话，他就愈要引起田普琴对他的注意。他的眼睛眨巴眨巴的，下巴不大动，头顶秃了一块，肚子在鼓起来，肥厚的背部有了弯度，但他似一点不气馁，一点不羞涩，一点不退后，什么都要参与，什么都要抢在米良的前头。他说不定还认为，他自个儿才华横溢，他远远优越于米良呢。

由于走的是相反的方向，分手就快了些，道声再见，两边很快地就拉开了距离。米良没显出什么，田普琴倒莫名地有些心慌，仿佛自个儿的什么东西被人带去了似的。走了几步，回头去望他们，不由得就又喜又惊，那米良也正回头朝她望呢！米良很快把头转了回去，田普琴却依然望着，见这一次，是变成了男的在前，米良在后，米良一步迈一块石板，男的是一步迈两块，米良迈得轻盈，男的则迈得笨重，就像一个小孩子跟在一个迟缓的大人后面。

回到家里，田普琴心烦意乱地打开电视，电视里正在放一部由她编发过的小说改编的电视剧，她便投入地看了下去。本以为会将外面的事忘记的，看完电视剧躺在床上，眼前又都是米良和那男的了，赶也赶不走，就像有时看过的一篇小说，其中的人物和自个儿有了瓜葛一般，离开了心慌，总想着也是心慌，怎样都没个安生了。

田普琴一夜也没睡好，第二天早晨往单位打电话请了个假，打算睡上一个上午。但刚刚躺下，门铃忽然响起来，爬起来将门打开，见门外站着的竟是米良！

田普琴几乎都想和米良拥抱一下了，但她还是只伸出手欢迎了米良。米良有些羞怯地笑着，仿佛为自己的贸然登门感到了难为情。

米良的到来让田普琴睡意全无，她毫不怀疑这上门跟那男的有关，米良早已经不写稿子了，她也从没有跟她谈稿子的兴趣，她觉得米良本身就是一篇魅力十足的稿子。

田普琴倒上茶水，递上水果，打开空调，使这夏天的居室就像春天一样舒适、惬意。米良坐在沙发里仍是羞怯的样子，田普琴想，不急，她总会开口的，跟那样的男人在一起，她不说什么才是怪事。

　　果然，米良抿了一小口茶水后，抬起那双老实又妩媚的眼睛，开口说的第一句话就是，我来，是想跟您谈谈我和老于的。

　　田普琴有些按捺不住地喜悦着，脱口说道，我知道。

　　米良看看田普琴，说，您知道……

　　田普琴肯定地说，我知道，你早应该跟我说一说了。

　　米良顿了一下，忽然有些调皮地问道，您知道我要跟您谈老于的什么呢？

　　田普琴说，无非是对他的不满，要是对一个人满意，还有什么可谈的呢。

　　米良说，为什么要对他不满呢？

　　田普琴说，我自信我对人的第一感觉绝对准确。

　　米良说，您对他的第一感觉是什么？

　　田普琴毫不犹豫地说，平庸。

　　米良说，平庸就是对一个人不满的理由吗？

　　米良这样反问着，脸一下子涨得通红，像是激动，又像是冒犯了她敬重的人有些不安。

　　田普琴则继续着她的肯定，她说，当然，平庸还不够吗，对你来说？

　　米良说，要是我也平庸呢？

　　田普琴说，你可能会不反对他的平庸，但你自个儿绝不平庸。

　　米良说，所以我才想跟您谈谈我和老于，您其实一点不了解我们。

　　米良的脸更红了，有了一点赌气的意思，她端茶杯的手还有了些颤抖，另一只手将裙摆撩起又放下的，十分局促不安。她的一双没穿袜子的腿并在一起，脚上是一双高跟皮凉鞋，像是和那天晚上的不同，那天晚上是浅颜色的，现在换了深红的颜色，细细的两根带子缚在脚面与脚趾之间，脚指甲抹了亮亮的指甲油。鞋跟也似高了许多，细了许多，人坐在沙发上，膝盖都被抬得高高的了。

田普琴拿了双拖鞋要她换上，自信地说，我不必多么了解，昨儿晚我注意到了，你穿的是拖鞋，今儿没和老于一起走，倒穿了高跟鞋。

米良说，这能说明什么，昨儿晚我是忘换鞋了，下楼才发现穿的是拖鞋；今儿呢，我是和老于一起来的，老于他就等在楼下！

一时间，田普琴有些怔怔的，问米良，你说什么，他就等在楼下，他等在楼下干什么？是他让你来跟我谈的？

米良摇摇头，说，但他知道我要跟你谈什么。

田普琴有些沮丧地靠在沙发上，垂了脑袋，耷拉了眼皮，说，他等在楼下，他等在楼下你能跟我谈什么呢。

米良还是硬了头皮开始了她的说。

米良的目光朝了窗外，田普琴则坐在米良的侧面，垂了脑袋，耷拉了眼皮。

米良说，在这世上，老于是对我最好的男人了。

接着，就是列举老于对她怎样个好法，一件事又一件事的，件件都可说是真实感人，无可反驳。比如说吃饭，剩菜剩饭不好吃的饭永远是老于的，他的肚子就像个垃圾桶，吃下什么都没关系。当然，没关系最终是怕她有关系。比如说出门，遇到阴天下雨她永远不必担心，因为老于随时都可能拿了雨伞赶到她面前。比如说家里的账目，从不用她操心，他有足够的耐心记下一笔一笔的收入、支出，至今她连银行的门都没进过。管钱，他还管她的一些琐事，她的衣服少了扣子他会第一个发现，她的内衣有了汗味儿总不会逃过他的鼻子，她的经期，他比她记得还准确无误。连她的通讯录，都是他一笔一画地替她抄下来的。还有她的高跟鞋，他知道她喜欢穿，每次出差都不忘买，她脚上的高跟鞋永远是新的。她甚至做爱都说到了，说每次做爱，他都像一个贪婪的孩子，没完没了，他说，他是爱不够她，永远永远地爱不够。

米良说，老于在意小事，大事上干得也算不错，他本是个农村的孩子，从打工开始，一步一步，干到了机关干部的位置，最近已经升到了副处级了。而她呢，虽说在城市长大，但在事业上没一点长进，开始当小学老师，现在还当小学老师，梦想着当作家，一篇文章都没发表过；梦想着当歌唱家，当众一唱歌就脸红；梦想着当舞蹈家，个子又太矮了，跳交谊舞都没人邀请。像她这样一个跳舞都没人邀请的人，老于能如此地对她好，已经是她的福气了。老于当然也不是无可挑剔，但问题不在挑不挑剔，问题在于她有没有挑剔的资格，一个一生都一事无成的人，有什么资格去挑剔一个各方面都胜于她的人呢？

　　米良说，她看出来了，从开始她就看出来了，田老师不喜欢老于。田老师是她一生最仰慕的人，她喜欢的人田老师却不喜欢，这让她真是难过。她的难过还因为老于，别看老于人高马大，心眼儿有时却不算大，他几次问她，我没说错什么吧？他还说，许多知识分子喜欢跟他交朋友，其中不乏个性强的，脾气倔的，田老师这样的人也看不出有什么个性，脾气也算不上倔强，她对他的态度怎么就还不如对米良好呢？老于的问题其实也正是她米良的问题，她太了解老于了，老于是个见面熟，跟任何人都可以很快打成一片，她的小学校的同事们，见了他比见了她米良还要热情；她的家人们也从没说过他的不是；还有他的同事、朋友，过年过节他总要张罗聚一聚，聚会上永远是以他为主，任何人的一句话都可以引出他一箩筐的话来。当然不只是说话，哪个求他帮忙，他会当成自个儿的事一样去做，就是没求他的，他也会主动去帮人家。他喜欢说话，也喜欢做事，一天到晚就像个大火炉，走到哪里哪里都是热的。但没想到，他这个大火炉在田老师这里却被浇了一瓢冷水，浇得他嗞嗞嗞的，看似冒的是热气，身上却冷热交加得要多难受有多难受。要说，他跟田老师原来不认识，一点犯不着这么在意，但他知道米良对田老师在意，他认为米良在意的人他也应该在意，而他在意的人反过来也应该在意他。可是，田老师这边全让他乱了方寸，他一边装得没心没肺，一边心里却一直在犯嘀咕，他说，不知为什么，自从碰上田老师以后，他总有一种不祥的预感。问他什么预感他也不说，有了心事的样子。往常他可没这样过，肚子里的话总是水一样没有断流的时候，总是他在说，她在听。

　　米良忽然停了下来，从窗外收回目光，看看垂了脑袋的田普琴，轻轻叫了声田老师。

田普琴抬起头来，问米良，完了？

米良说，完了。

田普琴说，我怎么觉得还没有完？

米良怔了一下，说，我是想知道，我讲的这些，您怎么看？

田普琴说，你话没全说出来，我能怎么看。

米良惊愕道，我还能有什么话？

田普琴说，你自个儿的感觉，你只说老于，怎么不说说你自个儿的感觉？

米良困惑地看着田普琴。

田普琴说，一个男人要是连女人的内衣、经期、通讯录都不放过，这个女人会是什么感觉？

米良的脸又一次涨得通红，说，不是不放过，是关心，我喜欢他的关心。

田普琴说，你真喜欢？

米良说，真喜欢。

田普琴不以为然地摇摇头，说，你要真喜欢，就不会说出来了。

米良也反抗似的摇着头，说，正因为喜欢，我才要说出来。

田普琴像是毫不在意她的反抗，说，知道吗，你说的每一件事，在我听来都像是你的疑问，比如你说他的肚子像个垃圾桶，这就是疑问，一个肚子里什么都装的人会不会影响他的脑子？你说他随时都可能拿了雨衣出现在你面前，这也是疑问，随时有时就相当于跟踪，相当于跟踪的时候是不是幸福？你说他没完没了地做爱说是因为爱你，这更是疑问，他呼哧呼哧喘气的时候究竟是出于爱还是出于性欲？还有，你的高跟鞋，不是你喜欢穿，是你在为他而穿，而他呢，就像把没完没了地做爱说成是爱你一样，没完没了地买高跟鞋给你穿也说成了爱你。你还说到了大火炉，我听起来就像是那种夏天的讨人厌的大火炉，要是一个人一天到晚地把说给人听、做给人看引以为自豪的话，那他就是天下最浅薄、最平庸、最无趣的人了。说到底，你其实是想在我这儿得到一个明确的答案：老于做的每件事都值得肯定，老于是个值得你爱的男人。

可是，你明明知道我不会，知道我不会你却还是来了，这说明你同时还想得到相反的答案，因为那些疑问对你太是个折磨了，哪怕是相反的答案对你也会是一种解脱的。就比如你说到的你和他的比较，要是得出结论，说你这个一事无成的小学教师比他那个副处级干部要优秀得多，你会不会从心里更认同？我相信你会的，一定会的，因为你的确比他优秀。你说呢，米良？

这时的米良已经情不自禁地站起来了，她脸上的颜色在渐渐加深，由红几乎变成了紫色。她说，我……我还能说什么，真没想到，您会……

米良没说完就往门口走去，打开房门，忽然又回头寻找她的高跟鞋。一边换着鞋子她一边问田普琴道，要是他做的每一件事都反过来，每一件事都对我不好，是不是就不平庸就变得高尚了呢？

米良换好鞋子看了脚尖等了一会儿，没听到田普琴的回答，便走出门外，哐当一声关住了房门。门外很快响起了嗒嗒嗒的脚步声。

后来的日子，田普琴又见过米良和老于两回，仍是在散步的时候，米良仍穿了高跟鞋，挽了老于的胳膊，形影不离的样子。田普琴本能地试图躲开，老于却总是老远地就打招呼，亲切、热情如同以往，就像什么都没发生过一样。米良呢，也仍是带了羞涩的笑意，由了老于说啊说的，就像田普琴是老于的熟人，跟她米良倒没关系了似的。

这样地见了两回，田普琴便十分地大惑不解，她想，除非是她看错了米良，米良压根儿不过是老于一样的人罢了，可是，米良怎么可能是老于一样的人呢？她还发现，米良的高跟鞋又换了一双，是那种抢眼的明黄色，一堆你来我往的细带子，一张网似的网住了脚面。鞋跟磕在地上的声音也更响了，嗒嗒嗒的，人没见到就先听到脚步声了。现在，田普琴没有了邻居们的搅扰，倒是有些怕起这高跟鞋的声音来了，有几个晚上，她甚至以工作为由，把每天雷打不动的散步取消了。她就像做了亏心事一样躲在自个儿的居室里，一边又心不甘地想，该是米良怕她才对，她怎么倒怕起米良来了？

等到有一天田普琴重新下楼散步了。却又看不见米良和老于了，沿了草坪转了一圈又一圈的，草坪上的石板路也一条一条地全部走过，散步时间也延长了又延长，就是没有他们的影子。有时听的有高跟鞋的声音，循声望去，总是个子高高的女人，那个小个子、宽额头、大眼睛的让她另眼相看的米良，就仿佛永远地从这小区里消失了一样。

又到了收物业费的时候了，一天中午，那个胖胖的女孩气喘吁吁地敲开了田普琴的房门。田普琴见女孩提了几个塑料袋子，每个袋子里都装了个鞋盒子，就开玩笑说，上门推销鞋子啊？女孩却认真道，不是推销，是送给您的。女孩告诉田普琴，是她收物业费时，一个姓于的业主交给她的，说老婆跟他离婚了，衣服什么的都带走了，只将这几双高跟鞋留在了家里，他看着堵心，要她转交给田老师，说田老师一看就会明白的。

鞋盒子一个个地打开，红的、黄的、白的，田普琴都见过，正是米良穿过的鞋子！田普琴问胖女孩，姓于的还说了什么？胖女孩说，跟我没再说什么了，只是他自个儿嘟嘟囔囔的，好像在说，这笔账早晚要算一算的。

田普琴收下鞋子，交了物业费，将女孩送出门去，才来得及靠在沙发上想，这个米良，她对她真是没有看错，她其实心里是再明白不过的。

田普琴知道今后在这小区再不好待下去了，那个老于比起从前的邻居们要难应付得多，她只好又一次开始着手搬家的事情。她猜想米良也许会给她打电话的，便有意拖延了一些天，终于没等着，才郁郁不乐地搬走了。走时她没带米良的鞋子，因为那是老于送给她的，有些谴责甚至威骇的意思，她要把这意思丢在小区里。米良说得不错，他看起来人高马大，心眼儿却不算大，什么什么都要在心里过一过呢。

谁想，就在田普琴搬家那天，物业的胖女孩又气喘吁吁地上来了，说，幸亏你还没搬走，那个老于又往回要鞋子呢，说是老婆得知自个儿怀了孕，又不想离开他了。我要他来拿，他说这时候他不想见到你，他说……

田普琴正在满头是汗地搬运东西，她问，他说什么？

胖女孩说，他说……你是个成事不足败事有余的人。

田普琴指给胖女孩一个地方,要她自个儿去拿高跟鞋,一边说,你转告老于,重要的不在米良回不回来,重要的是,米良已经想过离开了。

胖女孩摇了摇头,一脸的不解。她提起装了高跟鞋的塑料袋子,开门要离开时,忽然回头问田普琴道,你搬家,是因为那个老于吗?

田普琴怔了一下,腾出只手擦了把脸上的汗,一抬头,发现面对的是一个陌生的脏兮兮的女人,脸上的汗是黑色的,衣服上沾满了灰尘,神情沮丧而又狼狈,就仿佛一个战败了的逃兵一样。田普琴不相信这就是自己,她认为自己永远该是自信的,从容的,纹丝不乱的。她不由得恼火地躲开镜子,提高了嗓门道,因为他?我跟他从来不认识,跟他有什么关系?

胖女孩张开嘴,仍是一副受了惊吓的样子,终于在一刻回过神来,小心地溜出去了。

原载《江南》2004年第6期

《21世纪年度小说·2004短篇小说》(人民文学出版社)选载

地 久 天 长

风刮起来了，
雨下起来了。
草长起来了，
虫叫起来了。
老婆走了，
孩子哭了。
母鸡飞了，
蛋也打了。
……

　　这是书秀的奶奶经常哼唱的一首歌。书秀的奶奶今年八十岁了，一张嘴看不到一星亮点，但就是这张黑洞似的说话都说不清的嘴，硬是能把这歌儿唱得明明白白。奶奶一唱书秀的母亲就烦，书秀的母亲使劲地拧着眉头，使劲使得脸都青了，但她宁愿青着脸也不阻止奶奶，她只在当了外人的时候和奶奶说话，在家里她是从不和奶奶说话的。

　　书秀倒是喜欢奶奶，但不喜欢奶奶这歌儿，她觉得调子不好听，词也叫人莫名地心慌。奶奶一唱她就嚷，奶奶奶奶，您还有完没完呀？或者以自个儿的唱对抗奶奶的唱。书秀唱的是：

爹爹给我无价宝，
光辉照儿永向前。
爹爹的品德传给我，
儿脚跟站稳如磐石坚。
爹爹的智慧传给我，
儿心明眼亮永不受欺瞒。
爹爹的胆量传给我，
儿敢与豺狼虎豹来周旋。
……

书秀一唱奶奶就不唱了，书秀今年十七岁，正是有劲不知往哪儿使的时候，一嗓子唱出来，能惊得一村的鸟儿飞起来，奶奶就是再唱得明白，也难是她的对手了。

书秀的母亲也不喜欢书秀唱，书秀的父亲早去世了，书秀老是"爹爹、爹爹"的，母亲听着心里堵得慌。特别是这阵子，村里正搞清理阶级队伍运动，每个生产队都要搞，生产队运动领导小组竟想到母亲头上来了。母亲出身贫农，自是不能算到清理之列，但母亲的丈夫在日伪时期当过警察，人死了历史的污点还在，作为当事人的老婆总是该向人民有个交代。母亲想着"交代"的事，怎么能听书秀唱"爹爹"，书秀一唱母亲就说，滚，给我滚出去！母亲是个识文断字的人，轻易不说"滚"的，现在说出来书秀就知道，母亲是又遇上大的烦心事了。

不过母亲的烦心事也太稠密了，一件接一件的，在书秀的印象里，母亲的眉头就像一把锁，一年四季总是锁着的，锁她自己，也锁书秀和奶奶，家里到处弥漫着"锁头"的气息，即便是母亲眉头舒展的时候，这气息也仍留存着，就像浸染布料的颜色，颜色已是渗透到了每一个布丝，无论如何也休想改变了。因此，书秀也不问母亲，有空就找鸣英玩儿，生怕那气息会渗透到自个儿的身体里，她要的是快乐，她可不想要什么锁头。

村里能给她快乐的也就是鸣英了。鸣英比她大半岁，但这半岁给了她太多的方便，她可以冲鸣英赌气、撒娇、使性子，还可以自私自利，在好事临头的时候把鸣英忘得一干二净。鸣英当然也生气，但不到两分钟就恢复了常态。她的常态是奉献大于收获又不斤斤计较的那种（当然只对书秀），书秀喜欢这独属于她的常态，因为喜欢就愈发地要和鸣英斤斤计较，以更充分地享受鸣英的不计较。

这一天吃过晚饭，书秀和鸣英约好了去打谷场上学骑自行车。

主意是书秀出的，和书秀、鸣英同龄的女孩子都在学针线，书秀偏偏要不同于她们，偏偏要学骑自行车。在这之前书秀还和鸣英学过安装半导体，学过吹笛子，学过拉二胡，就是不学针线。书秀不学，鸣英也不学，任凭家里人骂死也不学。鸣英倒不是对音乐、无线电感兴趣，是因为书秀要学，书秀要做的事她永远是支持的。书秀也不是对音乐、无线电感兴趣，除了要不同于别的女孩，还因为她愿意显示她和鸣英的好，愿意鸣英和她形影不离地在一起。书秀对鸣英来说更像是风和雨的关系，书秀是风，鸣英是雨，只要有风，雨一定是会跟上来的。书秀要的就是这种跟，村里现在都在讲亲不亲阶级分，书秀的奶奶被划的中农，鸣英家则是贫农，严格说起来不能算一个阶级的，但书秀觉得那是大人们的事，碍不着她和鸣英的，她和鸣英是亲不亲跟上分的。当然这话是她私下的想法，对鸣英也不能说出来的，愈不能说出来的话反愈是扎了根似的，对错都要随它去了。

自行车是一辆大队公用车，漆都掉光了，车圈也锈得没了亮度，铃铛、车闸也没了，一推咣啷咣啷响，就像村西那个常年看地的秃兮兮丑兮兮的小老头儿。即便这么辆车，还是鸣英从哥哥房里偷出来的，鸣英的哥哥这些天正在外出调查书秀父亲的历史问题，他是生产队目前当红的人物，据说完成了外调任务他的入党问题也就差不多了。他白天出去调查，晚上回来向运动领导小组作汇报，鸣英就是趁他作汇报的当儿偷偷扛出来的（鸣英的父母就在隔壁，他们知道了一定会告密的，他们为儿子的当红正陶醉得要命）。两人咣啷咣啷地一起往谷场上走。书秀说，小老头儿就小老头儿吧，咱是学骑，又不是真骑，真骑的时候要借个鸣英这样的。鸣英就呵呵地乐。村外的新鲜空气和自行车的声响让她们格外兴奋，她们就愈发憧憬着"真骑"的一天，那一天她们将借上一辆年轻的好看的自行车，一个骑一个坐了，转遍城市的每一个角角落落。她们是想去哪儿去哪儿想不去哪儿就不去哪儿，再也不必用两条腿走路了。从村里到城里二十多里路，每回走到城里都该吃晌午饭了，她们进城的第一件事永远得是寻找吃饭的小饭馆。学会了骑车就不同了，骑车进城顶多也就个把钟头吧，那她们进城的第一件事，就可以是看电影或者逛公园了，看出来逛出来说不定还会有富余时间，她们就骑上车逛城市的街道，把从前两条腿走不到的地方全都逛个遍。然后，她们就去找饭馆吃饭，这家不行再换一家，东城不行就去西城，反正有自行车呢，有了自行车的她们还怕什么呢！她们还想着骑上车到3里外的中学找老师们去，吹笛子、拉二胡、安装半导体就是跟老师们学的，虽然她们到底是照葫芦画瓢，没学出个样儿来，但她们的目的是要显示与众不同，与众不同了就够了，因此她们不能忘了老师。说到老师时书秀故意提起了教物理的范老师，说，范老师真是的，上回从他那儿回来，刚刮点风就死乞白赖要咱们带上雨伞，雨伞还在你那儿吧？鸣英说，还在。书秀说，还在还在，装得跟没事人似的。鸣英说，怎么了？书秀说，他死乞白赖你也死乞白赖。鸣英说，我怎么死乞白赖了？书秀说，他是死乞白赖让人拿雨伞，你是死乞白赖要把雨伞留在你家里。鸣英着急道，你又冤枉人了，是你不肯留我才拿回家的呀。书秀说，我是看你想留才不肯拿的。鸣英说，我说想留了吗？书秀说，你没说但你心想了。鸣英说，我没想。书秀说，你想了。鸣英说，我没想。书秀说，想了就是想了，你瞒不过我。看鸣英不吱声了，书秀又说，你是没上过中学，范老师对女生一向是关怀备至，对每个女生都那德行。鸣英沉默了一会儿，忽然说，我看范老师对你就不一样，他对我好其实是为了对你好。书秀望一望夜色中的鸣英，脸是模糊的，身影却是赌气的，一双眼睛借了夜色凶凶地放着光。书秀不由得笑起来，说，看不出你倒有这份聪明，不过跟你说实话，就算范老师对我好，我也不会跟他好的，我不喜欢他脸上的那颗黑痣，那颗黑痣真是长错了地方，长在你脸上准就是颗美人痣了。说得鸣英也笑了。这一笑，立时就将那范老师笑远了，鸣英甚至说，这世上除了书秀，她任何人都不会看上的。书秀也被鸣英说得激动起来，表示只跟鸣英一个人好，其他任何人想挤进来冲散她们都是妄想。身边的自行车咣啷咣啷的，地里的草虫们在轻轻地鸣叫，空阔的打谷场已像一个新世界一样展现在她们面前，她们心里几乎是荡漾着幸福的感觉，开始了骑自行车的学习。

"小老头儿"其貌不扬，却是挺难驯服，书秀和鸣英一次次地骑上去，一次次地又被摔下来。但两人正是不知怕的年龄，愈是摔就愈是不服，车子摔她们，她们也摔车子，摔来摔去的，倒是车子先有些禁不住，咣啷咣啷的声音更大起来。她们不怕摔，对车子的声音倒有些怕了，她们开始谨慎地对待"小老头儿"，有时候宁愿摔着自个儿，也要拼命抓了车子不让它倒下。特别是鸣英，在力气上鸣英是强过书秀的，逢到鸣英替书秀扶了车时，车总是要稳妥得多，多少次惊险都是靠鸣英的拼力相扶而转危为安了。相反，书秀替鸣英扶车时就不行了，鸣英一上去车就歪歪斜斜的，骑不出几米远就落得人仰马翻了。书秀怪鸣英两手用力不自然，车把捉得太死，鸣英就说，算了算了，我不行，还是你学吧。书秀倒也不客气，接过车子就骑了上去。车子自也是歪歪斜斜的，鸣英急忙用力扶住，一扶住车子就不歪不斜地往前走了。鸣英就说，也不知是怪我还是怪你。书秀骑在车上说，怪我。书秀一说"怪我"，鸣英就不吱声了。鸣英最怕书秀不高兴了。书秀却不算完，骑完一圈下来，一定要换了鸣英上，好歹不肯再接着骑了。鸣英说，不行不行，我一上去就摔车子，车子都让我摔烂了。书秀说，还以为是为了我呢，原来是为了车子呀。鸣英说，车子坏了，不就谁也骑不成了。书秀说，首先是你哥骑不成吧？

鸣英没想到，书秀会忽然提起她的哥哥，她怔了一会儿，说，他骑不成才好呢。

书秀却不讲理地说，你心里才不这么想，你心里生怕他骑不成呢。

鸣英说，我没那么想。

书秀说，你就想了。

鸣英说，我没想。

书秀说，你想了。

鸣英说，我没想。

书秀说，想了就是想了，你瞒不过我。

鸣英又一次不吱声了。但这一回，书秀面对鸣英的不吱声却不知该说点什么了。

已是深秋季节了，一阵风吹来，两人都不由得打了个冷战。

过了一会儿，倒是鸣英先开口道，我知道我哥不该调查你爸的事，可人家派到他头上，他有什么办法。

书秀说，听听听听，他有什么办法，他怎么就没办法？

鸣英委屈地说，为这事我都不理他了。

书秀说，不理他你就有理啦，我呢，因为你哥的调查我就要变成反革命的狗崽子了！

鸣英说，我早说过，你变成什么我都会跟你好的。

书秀说，拉倒拉倒，一提你哥你就心疼，跟我好个屁呀！还有车子，看把你心疼的，你家的命一样，有一天你哥飞黄腾达了它可是第一个功臣呢。

鸣英气得嘴唇直抖，忽然就将脑袋趴在车座子上，呜呜地哭起来了。

书秀却还不依不饶地说，你哭什么，好像谁欺侮了你了，其实是你在欺侮我呢！

鸣英忽然停了哭，抬起头来说，你说这世上你最烦的就是你妈了，我看不是。

书秀也没想到鸣英会忽然提起她的母亲，但她仍气势不减地说，不是怎么了，你向了你哥我就不能向了我妈了？再说，我向我妈是看她可怜，你向你哥是为了什么，是看他整我妈整得还不够？

最后的结果自是鸣英不再吱声，但两人也没像以往一样重新好起来，书秀扔了车子就往村里走，鸣英则推了车子咣啷咣啷地跟在后面，一路上谁也没再说一句话。

第二天下地干活儿，两人没被派在一块地里，谁也没见着谁，直到下工往回走的时候，鸣英才老远地见到书秀走在前面。书秀正和一个叫大霞的女孩并肩走着，时而还将手搭在大霞的肩上，十分亲密的样子。那大霞显然很兴奋，说话的声音比平时高了两倍。鸣英加快脚步，赶上她们，然后和她们擦肩而过。

鸣英非常希望书秀会喊她一声，只要喊她一声，她就会重新与书秀和好。可书秀没有，书秀反而与大霞更亲热地说笑着，就像压根儿没看见她一样。鸣英的眼泪立刻流了出来，她几乎是小跑着回到家的。

吃晚饭时，鸣英的哥哥还没回来，鸣英妈让鸣英去队部看看，说下工时看见队部外面有辆自行车，说不定早回来了。鸣英知道哥哥又在汇报外调的事情，便说，不去，爱吃不吃。鸣英妈说，没良心的，饭桌上没你的时候你哥可是从不肯吃饭的。鸣英爸也说，你哥是干大事的人，顾不上吃饭是常有的事，家里人不替他想谁替他想？鸣英说，什么大事，调查一个死了的人，明摆着是整活人嘛。鸣英爸说，你懂个屁，这话可是能说的？这是全国的事，全国都在搞调查，你哥能参加进去是咱家的光荣，你少胡说八道吧！

在父母的责骂下鸣英到底是往队部去了，过去的日子里哥哥对她还是蛮不错的，只是最近显得严肃了许多，动不动就告诫她别和书秀那么火热，她家是个不清白的人家。她说，她家不清白跟她有什么关系？哥哥就说，跟她没关系跟我有关系，我调查她爸的历史问题，你又跟她打得火热，人家会怎么说？她说，为什么非得你来调查？哥哥还没说话父亲就说，你懂个屁，多少人想调查还调查不上呢！

去队部要经过书秀家，书秀家的门敞开着，里面传来书秀奶奶的哼唱，还是那首老掉牙的歌：风刮起来了，雨下起来了。草长起来了，虫叫起来了。老婆走了，孩子哭了。母鸡飞了，蛋也打了……鸣英觉得书秀的奶奶很可怜，好好的个识文断字的儿媳，不知为什么一辈子不理她，她不哼唱几声，憋也要憋死了。鸣英的脚步匆匆的，生怕书秀从门里一步走出来，看见她往队部里去，这时的队部，对书秀家来说就好比是一个可怕的指挥部，指挥部一个命令，就可能给她家带来天大的灾难。而这命令，多半又要由她哥的调查来决定……但于她来说哥哥更是那个饭桌上的哥哥，没她在哥哥就不肯吃饭，哥哥还总把好菜让给她，即便这些天不理他他仍不改变……想着想着鸣英鼻子又有些酸，眼泪直在眼圈里打转，要不是队部到了，她简直都想痛痛快快地哭一场了。

　　队部门外的自行车果然是哥哥骑的那辆，没了漆的车身满是大大小小的泥点子，车圈和辐条几乎都被污泥糊满了，车梯也没了作用，靠在墙上随时要倒的样子。鸣英便有些吃惊，又疼又恨地想，车都这样了，人该是什么样呢。

　　队部的门虚掩着，门里传来一个陌生人的声音。陌生人一定是上面派下来的工作组的人，不经常来队部的，鸣英不由得停了脚步。

　　鸣英听到那声音说，很好，这样的调查材料太宝贵了，人进了坟墓，历史不能进坟墓，再说这事他老婆不会不知道，他老婆要是知道就也难逃罪责，至少是在替历史反革命包庇。这一趟没白去，可谓是一箭双雕啊。

　　一个兴奋的声音说，一不做二不休，干脆晚上就把刘惠平叫来，来个速战速决，有材料在手，还怕她不老实交代？

　　鸣英听出来，这是生产队政治队长，他地里活儿不会干，开会讲话可是一套一套的。鸣英的心扑扑直跳，哥哥的调查果然是要给书秀家带来灾难了！

　　静了一会儿，鸣英听到哥哥的声音说，是不是再调查一两个人，只他一个人的材料……

　　哥哥的声音有些胆怯，还没说完就被政治队长打断了。政治队长说，没有必要，要相信人民群众嘛，再说人也是刘惠平提供的啊。

　　工作组的人问，她还提供了别人没有？

　　哥哥说，有，可那两个人早死了。谁知她还能不能提供别人？

　　你小子是不是骑车骑上瘾了？为她这鸡巴点事，可用了咱队七八个工了。

　　鸣英听出是生产队长的声音，生产队长是个暴躁又吝啬的家伙，他最拿手的就是克扣社员的工分了。

　　只听砰的一声，好像谁拍了下桌子，接着那个陌生的声音说，什么话，这是政治，是革命，七八个工算什么，七八百个工也得干，没有革命,哪来的生产!

没听到生产队长的反驳,屋里安静极了。生产队长怕是还从没这么被驯服过呢。

工作组的人接着说,话又说回来了,没必要的工我们也不会用的,不是为了节省,是服从革命的意义,革命的意义就是,保护我们的运动成果,不放过任何一个现行的、历史的阶级敌人,把他们彻底清理出来,以保证我们的无产阶级政权更加巩固。

哥哥问,那,那还调查不调查了?

政治队长说,还没听明白,保护运动成果啊,你自个儿调查来的材料,你还不相信啊?

工作组的人没再理哥哥,开始安排晚上的事情,说要政治队长全权负责,审讯完后立刻上报工作组。

鸣英听着,转身正想走掉,忽听政治队长说,我看鸣英和刘惠平家的书秀好得一个人一样,你回去可要注意保密。哥哥说,这你放心,我不会说的。政治队长说,光不会说不行,还要劝她别整天跟书秀黏在一块儿,老大不小的了,连这点深浅都不懂……

鸣英没敢再听下去,匆匆地就往书秀家走,她想,问题真是严重了,连书秀他们都注意到了啊!

鸣英在书秀家里,说了刚才听到的一切。书秀家的人都在跟前,母亲,奶奶,书秀。鸣英原本只想说给书秀一个人的,可书秀不肯让她进自己的屋,还是奶奶和母亲把鸣英请进大屋的。

鸣英说完就走了出来,母亲和奶奶连送别的话也没说,似还沉浸在她的述说里。走出几米远后鸣英回头看了看,发现书秀站在家门口,正朝了她望呢。鸣英转过头去继续走。她听到书秀在后面喊,晚上还去不去打谷场?鸣英头也不回地说,不去。书秀却更大声地说,去,不去也得去!

鸣英心里的乌云一下子驱开了大半,脚下不知是什么东西绊了一下,鸣英飞起一脚就踢了出去,那东西定是打中了谁家的狗,狗汪汪地叫起来,引得其他的狗也呼应似的叫着。大队的喇叭里正放着李铁梅的"打不尽豺狼决不下战场",高昂的声音使那几声狗叫显得微不足道。鸣英不喜欢这段唱,太激昂,太高亢了,不是一般人能唱得了的,相比之下还是书秀喜欢的"爹爹留下无价宝"要好得多,就像书秀说的:韵味十足。有一阵子书秀着了魔似的,每天每天地唱这段子,自个儿唱,还非教鸣英唱不可,每一个节拍每一个咬字都教得认真得要命。不学不知道,一学鸣英才明白这京戏真不是人人都能唱的,只最后一句"铁梅我定要把它好好保留在身边"的"边"字,鸣英学了半月都没学会。那是个长长的拖腔,别说韵味,只那拐来拐去的音调也没几个能唱得准的。可书秀就行,她是无师自通,无论什么唱段只要听几遍收音机就能唱得跟收音机里一样样的了。鸣英想起"心明眼亮"的"亮"字,她唱出来总是又直又白,书秀一遍遍地纠正她,告诉她如何张口,舌尖先阻在哪里等等,鸣英就问书秀,舌尖的事你怎么知道?书秀就说,天才呗。鸣英想着书秀得意的样子,脸上不由得也露出了笑意。

吃过晚饭,待哥哥去了队部,鸣英就又悄悄扛出自行车,到村外的打谷场去了。

打谷场也是过去的麦场,场角堆了两个大蘑菇一样的麦秸垛,鸣英从麦秸垛上抽出把麦秸,擦着车上的泥点子。泥点子都干巴了,抓在车上像长了腿,捋都捋不下来。鸣英一遍遍地捋着,想象那泥巴的腿已被她扯得七棱八瓣,再也难抓下去了。秋风将她擦下的尘粒吹得远远的,给她送来的倒是一阵阵的麦秸的香味儿。

擦完了,鸣英就坐在麦秸垛下等待书秀。若是往常书秀早来了,书秀傲气是傲气,却是讲信用,说来肯定会来的。鸣英望着夜色中那条通向村里的小路,时时期待着会有一个身影出现。

天上的星一会儿比一会儿多起来,夜色也一会儿比一会儿加重了颜色,可是小路上还是不见书秀。鸣英便有些急,站起来自个儿先骑了几回,却又骑一回摔一回的,摔得腿都一瘸一拐的了。正捋起裤腿看摔伤处时,忽听得身后有人咳了一声,知是书秀,故意仍低了头,不去看她。书秀转到前面,蹲下来面对着她,鸣英才抬起头来,将抑制着的高兴露了出来。

书秀没有解释晚来的事，不声不响地同鸣英学骑自行车。

书秀的母亲这时候正在队部受着审讯，书秀和鸣英都知道，但她们都不提起。

让她们满意的是，今天一上车，就明显比昨天有了长进，骑车的人有了准头，扶车的人也省了力气，有时候，扶车人偷偷放开一会儿，骑车人竟可以顺顺当当地骑出好远了。这让她们更来劲了，学会了骑车又学下车，学会了下车又学拐弯，学会了拐弯又学上路，一上路才发现，上车竟还没学会，总不能每回都让人扶了上车吧。两人竟哈哈地笑了一阵，然后开始你一回我一回地轮流学着上车。这一回，鸣英是三上两上就学会了，书秀却不知为什么，一上车就倒一上车就倒，试了几十回也没学会。鸣英自是耐心地示范，要书秀这样或者那样的，但无论怎样，这上车于书秀就像鸣英学那句拖腔，永远地没了希望似的。

鸣英建议歇一会儿，书秀却几乎翻了脸道，歇吧歇吧，你当然想歇了，反正你也学会了！吓得鸣英立刻不敢再说什么，扶了车继续陪书秀练下去。而书秀又坚持自己练，不要鸣英扶车，鸣英刚说了句小心摔着，书秀就接过去说，摔死了才好呢，摔死了省得烦心了！书秀说得狠，做起来更狠，她的身体就像有意冲撞着车子，而车子又冲撞着地面，一次又一次的，猛烈而又鲁莽。站在一旁的鸣英又惊又怕，心想，这书秀也怪了，平时灵巧得什么似的，今儿是怎么了？

好在书秀到底是学会了，似乎是经过了太多的摔打，上下车比鸣英还要稳当多了。

书秀终于坐了下来。

鸣英望了书秀说，好家伙，快把人吓死了，这下高兴了吧？

书秀没有吱声，却忽然仰面躺了下去。

鸣英也学书秀的样子在她一侧躺下来。

一躺下来眼前显得开阔、豁亮了许多，满天的星星之光都像投到她们这里来了。

沉默了一会儿，书秀忽然开口道，要是能到天上去就好了。

鸣英不知该说点什么，就没说话。

书秀又说，你哥调查来的材料都是真的。

鸣英说，你怎么知道？

书秀说，奶奶告诉我的。

鸣英说，材料上说什么？

书秀说，我爸干警察时，跟一个日本女人相好过。

鸣英说，你妈知道不知道？

书秀说，知道，所以我妈才不理我奶奶。

鸣英说，这跟你奶奶有什么关系？

书秀说，我奶奶袒护过我爸，她说那个日本女人是个好人。

鸣英说，这就是你奶奶的不对了，她再好也还有你妈呀。

书秀说，我奶奶说，她袒护不袒护我爸都不会听她的，那阵子他像疯了似的。

鸣英说，这也太不公平了，他疯了似的，倒叫你妈替他受罪。

两人一递一句的，一个漠然，一个热切，一个看了天说，一个看了人说，就像一瘸一拐的两条腿。鸣英自是觉出来了，就愈是显示着热切，期望书秀的目光能从天上转到她的身上。

书秀又一次说道，要是能到天上去就好了。

鸣英安慰书秀说，不能到天上到城里也好啊，赶明儿咱就去城里吧？

书秀冷笑道，到城里就不搞运动了？我这样的到哪儿都一个样。

鸣英说，我说过，不管你什么样，我都会跟你好的。

书秀说，你跟我好？你跟我好我就一定跟你好啊？

书秀的声音更加漠然更加生分了，鸣英怔了说，怎么了？

书秀说，没怎么，回家。

说着书秀站了起来，她的声音在空阔的田野上起着回声，就像另一个人的声音。鸣英不甘心地跟着站起来，问，为什么？不跟我好你干吗还要来？

书秀说，来是对你去我们家的报答，报答完了跟你也就两清了。

鸣英带了哭声说，你说清楚，是因为我还是因为我哥还是因为你爸？

书秀却说，不知道。然后丢下她一个人，顾自往村里走去了。

第二天晚上，在工作组的指导下，队里召开了对汉奸包庇分子刘惠平的批斗大会。会上书秀坐在角落里，一直低了头，没看任何的人。在这之前，鸣英哥哥骑的那辆公车奇怪地丢失了，政治队长派几个人挨家搜寻也没找到。工作组为惩罚鸣英的哥哥取消了他的大会发言，还建议党支部延缓他的入党问题。

只有书秀明白车的事是谁干的。即便这样，她也觉得她已再无法同鸣英像从前那样好起来了。鸣英呢，也没再来找她，彻底地伤了心似的。

全队只有奶奶一个人没参加批斗大会，政治队长曾派人通知过她，但她只顾哼唱着一首老掉牙的歌，就像没听见一样。通知的人报告政治队长说，也许是吓出毛病来了，老太太只会唱歌不会说话。政治队长只好作罢。

原载《人民文学》2002年第10期
《小说选刊》2003年第1期选载
《中国当代乡土小说大系·第三卷（2000~2009）》（农村读物出版社）选载
荣获河北省2002年十佳优秀作品奖

杀猪的日子

一进腊月，我家房后就热闹起来了。房后原是生产队开会、派工的地方，现在，农户们一年一次的杀猪也在这里了。

随着第一声猪的嘶叫，我家墙上的月份牌也变得重要起来，每天都有人去关注它，仿佛腊月的日子全在月份牌上。

月份牌的上面是扇小小的后窗，后窗一层纱窗，一层玻璃窗，每天早晨，我家都要开一会儿玻璃窗，以迎进些新鲜空气。新鲜不新鲜的，我妈不大在意，在意的是我爸，我爸起床后的第一件事永远是打开后窗。紧接着他刷牙、洗脸、吃饭，然后去城里上班，然后关窗的事就落在我头上。我爸个子高，胳膊一伸脚后跟一抬窗就关上了，而我关窗时，通常要登上那张一人凳。一人凳没上油漆，踩脏了也不心疼，又轻便、好搬，几乎是我家唯一一件我搬得动的家具，不足的地方，是它的四条腿不一般儿高，放在地上总有一条腿要离开地面，这条腿贴了地面另一条腿又翘了起来，简简单单的一张一人凳却永远预示着危机似的。这一人凳是我爸做的，我妈说，在我一岁左右的时候我爸买全了做木工的工具，到头来做成的就只这张一人凳。我听了一点也不奇怪，这类事我爸做得多了，他利用我们家的大院子养过猪，养过鸡，种过葡萄，还种过西瓜，但到头来总是以失败而告终。我妈说，你爸天生是个要人侍候的人，别说那些事，拍个苍蝇都拍不死。我妈这话绝不是怨言，听起来反而透着自豪感。我知道我妈爱我爸有多深，我肯定即使我爸有一天沦落街头当了叫花子我妈也会紧随不舍的。当然我爸是不会当叫花子的，至少目前不会，他挣有一份工资，他饭前洗手睡前洗脚，他喜欢穿一尘不染的浅色衣服，他还喜欢当了众人讲时事，讲科学，讲文明，他口齿清楚妙语连珠，话一出口就引人注目，他还能把说出的话写成文章，登在当地的报纸上。这些村里男人少有的东西他都有，我猜我妈爱的正是他这份旁人的少有吧。

我却和我妈不同，我喜欢的是麦叔那样的人。

麦叔现在就在房后的宰猪场上，登上一人凳从后窗就能看到他。他的嘴巴总是紧紧地闭着，眼睛也永远地向下看，他的手和脚就是他的嘴，他手里锋利的刀子是他的舌头，这张嘴与我爸那张嘴一样地引人注目，且还格外有一种说不出的力量。麦叔的个子和我爸一样高大，只是比我爸黑了些，身板也宽了些，若无意中与他撞上，就像撞到了一堵墙，那力量会让人心惊。而我爸，是那种软弱的脚下无根似的高大，就像我家院子里新栽的细高细高的杨树，一阵小风吹来都能让它摇三摇的。

我见过麦叔和我爸往房上拽麦子，先是我爸拽，半口袋麦子拽呀拽的，拽到房檐处就阻在那里上不去了，房檐的砖都被绳子磨成了深沟沟。房下的我妈没办法，只好跑出去找人帮忙，一出门恰好碰上了麦叔。就见麦叔先一纵身上了院墙，再从院墙一纵身上了房顶，就那么大猫似的一纵再纵，连梯子都没用。我正看得发呆，那半口袋麦子已被麦叔轻轻提了上去，就像提只鸡那样省力。房下还有一整袋麦子，我妈要把它分成两半，麦叔冲我妈摆了摆手，然后两手抓住绳子，倒了两回手口袋就拽了上去，房檐的砖碰都没碰一下。下房时麦叔仍没用梯子，他是利用一根伸到房前的槐树枝荡下来的，那黑塔似的身子荡在地上竟没发出什么声响，倒是那棵槐树，颤颤悠悠地抖动了许久，槐花的味道比平时浓了两倍，有的还被抖在了地上。麦叔就踩着落地的槐花向我妈告辞。正从梯子上下房的我爸看来不及告辞了，就从兜里抽出支香烟扔了下去。香烟从麦叔的肩膀上滑下来落在了地上，麦叔却没去捡，看也没看我爸一眼就转身走了出去。我妈把烟捡起来递给我，要我去追麦叔，我嘴里答应着，跑出门却站了下来。不知为什么我感觉麦叔对我爸是怀有敌意的，至少是怀有不屑，如果烟是我妈给的麦叔一定会接过去的。麦叔走后我爸嘲笑麦叔不懂事，烟不抽也罢总该捡起来，还有身上那件汗衫，不知多少天没洗了，闻一闻能把人熏个跟头。以往我妈总是要附和我爸的，可这一次，我妈却反驳我爸说，人家力气也出了，帮人也帮了，还不许有点不懂事？我妈当然也是为了安慰我爸才这么说的，但我相信他们都看出来了，麦叔那不是不懂事，是有意显示的一种傲气，就像我爸对了众人说话时的傲气一样。他们不说出来，或是不想承认麦叔的傲气，或就是在顾及自己的面子。看着我爸默然无语，我心里忽然感到了一阵疼痛。这疼痛让我明白，对麦叔再喜欢我仍是我爸的女儿，我其实盼望的更是他们的友好。但指望麦叔对我爸友好，我感觉就如同指望黄鼠狼对鸡友好一样，那真是天下最难最难的事了。

这一天，我爸上班走后，我又蹬了一人凳去关后窗。

已经是腊月初八了，早晨我妈熬的腊八粥，粥熬好了外面天还是黑的。我知道我妈是被房后的猪闹的，杀猪的人家一天天多起来，多了就要排队，排队就想排在前头，有的人家，半夜里就把猪套过来了，吱吱的叫声一阵接了一阵，我妈怎能睡得着。后来连我爸也起来了，嘴里叼根烟卷，趴在桌上写着什么。我猜他又在给报社写文章了，我看见过那些文章，总是很小的一块，连那页报纸的一半也占不到。我妈替我爸辩护说，占到一半那就是专业的了，你爸不过是个业余的。我不懂什么专业、业余，倒注意到，这天屋里的空气有些沉闷，我爸不停地抽烟，我妈阻止了几次他也不听，两人的眉头都是紧锁的，就像有了愁事似的。还没想出什么愁事，我就又睡着了，待再醒来时，发现我爸正在开那后窗，边开边说，这个老麦，又到了他逞能的时候了。我妈盛了碗腊八粥放在饭桌上。我爸坐下来，吃着腊八粥，又说，爱逞能的人早晚要栽跟头的。我妈开口说，你呢？我爸说，我那不叫逞能，我那是为国为民为革命。我妈说，你是没逞能，可是栽跟头了。我爸吸溜吸溜地喝着粥，没再说什么。我翻过身，仰脸躺着，看到他们的身影巨大地映在墙上，碗里的热气如同火焰一样燎着他们的头发。他们也不躲开，脑袋沉重地低垂着。腊八粥的香味儿缭绕在屋子里，房后的血腥味儿、粪便味儿、烟火味儿也阵阵地袭来，它们不那么好闻,却最早地透出了年味儿。我闭上眼睛,贪婪地吸着鼻子,很快就将他们沉重的影子忘记了。

我站在一人凳上,没有马上去关玻璃窗,反将那层纱窗也打开了。一阵冷气冲进来,我响响地打了个喷嚏,但我没有退缩,迎了冷气,趴在窗台,寻找着外面人群中的麦叔。

杀猪的场地就像是个小小的集市,熙熙攘攘,人声嘈杂,热气缭绕。有一群一伙围观不动的人,也有匆匆忙忙穿来穿去的人,那穿来穿去的多是猪的主人,须要抱柴烧水了,须要找家什接猪血了,须要给杀猪的师傅点支烟了等等,哪里也要顾到,即便没了事做,养了一年的活物忽然地就没有了,心里一时也不能安定,只好以匆匆忙忙的走动来掩饰着不安。他们与其他围观者形成了鲜明的对比,其他围观者只是一个观看的目的,一道工序如同一幕戏剧那般地观看,从头至尾,看得真真细细,却又冷静超脱,多么惨烈的事情也敢拍手叫出好来。比如捅猪,有时一刀下错了地方,猪非但不死,反猛地跳起来,带了满头的鲜血在人群中窜来窜去,有人便如看到了戏的高潮,兴奋一下子调动起来,叫好不说,还奋力追赶,说是在帮忙逮住那猪,其实是为了引出更多的意外,使那戏剧更加好看。意外当然是会有的,带了伤的猪早已失了平日的憨态,是见物撞物,见人撞人,有那躲闪不及的观者,面对疯了的猪倒先吓得哭叫起来。哭叫就是个意外,若哭叫的是个男人,就更是个意外了,那赶猪的人不但创造了戏剧,还收获了多少天的谈资,他会添油加醋,给那男人编出一连串的故事。这种事情,收拾残局的一定会是麦叔,在大家惊慌失措大呼小叫之时,只有麦叔一言不发,猪的主人向他求助,他也不答应什么,但不知什么时候,他就一个箭步冲向前去,三下两下就生擒了那猪,使那猪只剩了哼哼的份了。其他工序出了不好收拾的差错,一样地也要靠麦叔,杀猪的五个人里,唯有麦叔是全通的,无论捅、吹、烫、刮还是开膛破肚,麦叔无一不精。但不到万不得已,麦叔是绝不越位的,他的本职是人们最爱看的一幕,那就是,将一具割了脑袋、净了猪毛的猪身挂上架去,然后用一把快刀自上而下地劈开,露出一肚子的繁杂世界。

现在的麦叔，显然已将那一幕演过去了，肚子里的杂物已交给了翻洗肠子的老安。老安是个笨人，常常翻着翻着就把肠子翻破了，但这种脏活儿除了老安没人想干，人们只好认可他和他的翻破的肠子。架上的猪身变成了两半，两扇排骨也已扒下来装进主人带来的筐里，接下来，就是将那两半猪身一条一条地割下，扔进主人的筐里，连同挂在架上穿了铁钩子的那块，也最后一扔，就算宣告了这一幕的结束了。我喜欢的，却恰恰是这结尾的部分，它没有了猪的反抗，它只剩了麦叔手里的刀子，那刀子就像我爸手里的钢笔，轻快而又自如；又像样板戏里杨子荣的手枪，洒脱而又准确；还像舞台上红卫兵的红缨枪，叫人忐忑不安而又快活淋漓。前些天城里的红卫兵来村里演出，我正站在麦叔的前面，回头看时，发现麦叔的两眼都看直了呢。

现在是轮到我看麦叔看得两眼发直了，麦叔一刀一刀的，拉豆腐块似的，右手的刀刚见抬起来，一块肉已经飞落在他的右手上。我趴在窗台上，就感觉那刀是在上上下下地飞舞着，有一刻还舞到了我的体内，却一丝地不疼痛，反有一种说不出的舒坦和亲近。我不由得笑了，想象这时麦叔若是朝这里望一眼，我说不定会大喊一声"麦叔"的。

让我惊喜的，是这时的麦叔果真往这里看了一眼，虽说人多视线也杂，但麦叔的视线确是朝了这里的。我们四目相对了一秒钟，时间是太短了点，但一秒钟也能证明麦叔是关注过这里的呀。我激动得正要大喊"麦叔"，忽听得我妈在下面喊道，吃饭吃饭，上学要晚了！

我关好窗，无奈地跳下来，看见我妈正在为我盛饭，她侧面对了我，短发顺在耳后，眼睛、鼻子、嘴巴比平日显得更美了些。我忽然想，麦叔那一眼不会是为了我妈吧？吃着饭，我便对我妈说，麦叔直往咱家看呢。我妈一脸的不耐烦，说，吃饭吃饭。我说，麦叔切肉跟切豆腐一样。我妈说，吃饭吃饭。我说，麦叔手一抬刀一晃比演戏还好看。我妈说，麦叔麦叔的你有完没完啊。我说，咱家什么时候杀猪啊？我妈没好气地说，星期天。我掰了指头数一数，到星期天还有五天。我说，为什么非得星期天？我妈仍没好气地说，你爸那天在家。我说，我爸能干什么？我妈终于彻底地翻了脸，说，小混蛋，你爸能干不能干还轮不到你说！

过年过节的时候我妈是从不生气的，谁有天大的过错也不生气，因为我妈确信，这一天的平安，会预示一年的祥和。可是，腊八日这天，她却现出了一脸的凶相。我的眼泪直在眼圈里打转，我不服气地嚷，我爸就是不能干嘛！我爸就是不如麦叔嘛！我妈似是忍无可忍，伸出巴掌就朝我打来，我脸上顿感火辣辣的，伸手捂了半边脸，不由得哇的一声哭了。

　　碗里的饭我坚决没再吃，一副委屈万端的样子上学去了。下了学我没回家，径直就去了我家房后，我要到跟前看麦叔的演戏，我要在麦叔身边度过腊八这个节日。

　　我喜欢麦叔，麦叔却并不知道我的喜欢。我站在一群大人的前面，希望他能轻易地看到我，他的目光却总是离不开架上的猪肉，瞟都不往这里瞟一眼。他穿了部队的那种棉衣棉裤，胸前围了白色的帆布围裙，却也不臃肿，反还有些英武。我知道他曾当过两年兵，因为不识字没分配工作，又回到了村里。我还知道场上的五个人唯有麦叔敢在干活儿的时候穿棉衣棉裤，他做什么都轻而易举，因此就不必担心会碍手碍脚。

　　场上种种的味道更加浓烈了，它们混合在一起，让人不由自主地就要兴奋，麦叔不看我我也兴奋。我似乎还闻到了麦叔身上的味道，那是烟味儿、汗味儿、生肉味儿混合的味道，它有一种逼人的气势，使人不由自主地要后退一步，但绝不是反感。我发现，麦叔举手投足的好看只还是表面，重要的是他用刀的准确，每一刀下去，都会引来围观者的一片赞叹。麦叔对此却没有回应，一脸的冷峻，仿佛没听见一样。这让我想起他在我爸面前表现出的傲气，我又一次感到了一点心痛，但很快地就被崇拜的激情淹没了。今天上课我们学了"崇拜"一词，我的同桌问我，你最崇拜的是谁？我不知道怎样回答，就反问他。他说，他最崇拜红卫兵。他刚当上了红小兵，班里当上红小兵的只有三个人，再当下去自然就是红卫兵了。他却不放过我，又反问我。我只好犹犹疑疑地说，我也是。但到了麦叔跟前，我才真正明白了崇拜的意义。

　　偶尔，麦叔的目光也会离开猪肉，投向别处，我惊喜地发现，那别处正是我家的后窗！麦叔的目光也就是轻轻地一瞥，我相信任何人都不会注意到，但我却看得真真切切。这时的后窗紧闭着，一道夕阳打在窗玻璃上，闪烁出耀眼的光芒。我想象那光芒若是我妈的笑脸，麦叔不定会有多高兴呢。麦叔高兴起来不知是什么样子，我几乎从没见他笑过，他用他的手脚说话，但总不能也用他的手脚来笑吧。

　　我一直看到场上的灯亮起来，才被我妈强硬地拽走了。这时麦叔仿佛刚刚发现了我，由于我拧了身子不肯离开，麦叔从身上摸出把小刀送给了我。这真是意外的收获，我不顾我妈的阻拦，毫不犹豫地接了过去。

　　这是把小巧玲珑的刀子，总共不过半尺来长，秀气的刀把上刻了"麦"字，薄薄的刀身闪着喜人的白光。我不知麦叔怎么会有这样的刀子，它显然是不能用来杀猪的，但也不会专为送人的吧？回到家我妈就强行把刀子没收了，她骂我不懂事，当了那么多人丢人现眼，别人的东西是那么好要的，何况还是把刀子！我妈的样子比早晨还凶，终于把我吓得再不敢讨回刀子。她却也没给麦叔还回去，而是把它用牛皮纸裹了一层又一层的，放进了她自己的衣箱里。见我怔怔地看着，她就说，别人的东西是不能要的，早晚得还给人家。我却想，还给人家干吗还要往衣箱里放呢？

　　晚上我爸回来，我妈没向他告我的状，当然也就没让他看那把刀子。吃过晚饭我爸又趴在桌上写啊写的，我则坐在他的对面写我的作业。我妈收拾着碗筷问我爸，昨儿写的没通过？我爸点着支烟，狠狠地抽了一口，吐出的烟雾缭绕在我与他之间。我听到他说，没有。我妈说，今儿写的要再通不过呢？我爸说，再通不过就要开会挨批判了。我妈说，你就不能写得让它通过？我爸说，以为我不想？是他们压根儿就不想让你通过！我爸的声音忽然高起来，吓得我一哆嗦，透过烟雾我看到他拿钢笔的手也在哆嗦。在我的记忆中，我爸从没这么高声同我妈嚷过，他总是和颜悦色、和声细语，他只需和颜悦色、和声细语就足够让我妈爱他了。果然，收拾碗筷的声音停下来，哪个角落里传来了我妈低低的抽泣声。要搁以往，我爸会马上跑去替我妈擦眼泪的，边擦边还低低地在我妈耳边说着什么，说着说着就把我妈说笑了。可这一回，我爸只长长叹了口气，眼睛盯着桌上的稿纸，动也没动。我没敢问他写的什么，从对面望过去，只隐约识出题目上的几个字：我的交代。我使劲擦了擦眼睛，又看了一遍，的确是这四个字。"交代"总是和有罪行的人连在一起的，我开始明白我爸和我妈的沉重，可是，我爸这样一个苍蝇都拍不死的人，能犯下什么罪行呢？

到睡觉时，我妈把她的被子搬到了我的床上，我爸看见了，不作声地又搬了回去。我妈就又搬回来，我爸则又再搬回去。这样反反复复了许多次，我妈终于没再坚持。第二天一早醒来，我看见我爸正在打开后窗，我妈正在为他盛饭，一切都如同以往，我放下心来，闭上眼就又睡过去了。

接下来的几天，家里显得风平浪静，我爸我妈的眉头没有展开，却也再没有高声地嚷叫，我便一次次地往房后疯跑，一心地看麦叔开膛破肚，一心地等待星期天的到来。

杀猪的人家仍在一天天地增加，麦叔他们每天早晨五点钟到场，晚上十点钟还不能回去。但杀猪的人家也自有说法，说猪已经饿了好些天了，再找不出东西给猪吃了，待饿成了一张皮，还怎么过这个年啊。没东西喂猪是今年家家遇到的难题，我搞不清为什么，但看到饭桌上的白面愈来愈少了，原来喂猪的萝卜、红薯倒端了上来，人一开始吃这些，猪的口粮自然就吃紧了。我听我爸对来我家闲坐的人说过，这是暂时现象，只要革命抓好了，生产总有一天会上去的。闲坐的人走后，我妈就说我爸，城市那一套别跟村里人讲，他们不想听的。我爸说，怎么是城市那一套，整个国家都是这个口号啊。我妈说，我知道，可在村里没用。我爸说，这正是中国难办的地方，农民太多了啊。我猜这也是我妈爱我爸的地方，我爸总是立足城市，眼观全国，见识不同于村里的男人。虽说我妈总在提醒着我爸，但我相信她是信服我爸说的城市那一套的。我妈信服的结果，是我们家的猪总是喂不大，到年底总是全村最瘦最小的一个，原因是我们家的萝卜、红薯什么的多半都换成细粮给我爸吃了，照顾了我爸，猪就自然不能照顾了。村里有的人家是省下细粮，把细粮换成萝卜、红薯给猪吃，这通常被认为是会过日子的人家，因为把猪喂肥了，一年的饭菜才会有些油水，像我妈这样的做法，全村怕是唯一的一个。不管怎样，猪是普遍地在瘦下去，即便换掉细粮的人家，称一称也难超过二百斤去。这样，麦叔他们时间上是辛苦些，却不必费太大的力气，想象若都是二百斤以上，不要说难套难烫，只那上架，没有两三个人相帮着也难上去，而现在，通常只麦叔一个人就轻巧地挂上去了。我为麦叔着想，希望我家的猪更瘦小些，但我妈说，麦叔最不喜欢瘦猪了。我问为什么，我妈说，对不起他的刀呗。我妈还说，你不是喜欢看嘛，星期天你到跟前，我在后窗看着你。我问为什么，我妈不耐烦地说，没有那么多为什么，到时你去就是了。我说，那我爸呢？我妈说，你爸能不能在家还不一定呢。我妈说这话的时候除了不耐烦，还有更多的忧心忡忡。我迷惑不解地望着她，心里更多的仍是快乐，那一天，因为猪的关系，麦叔毕竟会注意到我的，即便我不站在人群的前面，他也会喊着我的名字，让我把盛肉的筐放到他面前的。还有，这几天麦叔也像是注意到了我的存在，只要我站到前面，他总不时地看看我又看看我家的后窗。有一回他还将尿泡吹起个气球送给我玩儿，引得周围的几个孩子羡慕极了，他们纷纷央求麦叔，给我吹一个吧。麦叔也不理他们。后来他们喊成了一个声音，麦叔挥挥手里的刀子，说，再喊，再喊宰了你们！吓得他们才安静下来。虽说我觉出麦叔对我好与我妈有关，但还是高兴极了，兴冲冲地将那气球拿回家去给我妈看。没想到我妈接过去就扔进了猪圈。我妈的理由是，我爸见了会不高兴的，他会说，这不是我的孩子玩儿的东西。

我一天一天地数着日子，到底把星期天数到了。

这一天我乖极了，抱柴，烧水，给杀猪的五位叔叔、伯伯递烟……而我妈，就站在那张一人凳上，从后窗看着我，一直看着。我猜我妈不是嫌猪太瘦小招人嘲笑，就是怕见麦叔，怕见麦叔的原因我搞不清，似乎是麦叔愈想见到她她就愈躲着他。大人们的事啊，真是叫人猜不透。

我爸果真没能在家，我一再追问，我妈才说，我爸因为发在报上的一篇文章，被关起来了。我的乖也跟我爸这事有关，我看到我妈的眼睛都哭红了，我不忍心再惹她不高兴了。

我家的猪是麦叔帮着套走的，我妈没请他来，是他听到我家猪叫自个儿来的。那时我和我妈正急得要命，我妈用绳索挽成个环状，在猪前晃来晃去的，那猪却懂得它的危险似的，死活不肯挨近绳索。我便拿根棍子打它的屁股，打得它吱吱直叫，就在这时，麦叔一步跨进门来。麦叔接过我妈手里的绳索，嘴里"了了"地叫着，就像念咒语一样，那猪竟是乖乖地进了绳套。麦叔牵着套牢的猪，看了我妈说，走吧？麦叔那样子像是生怕我妈不去，我甚至觉得，他也像我一样在盼着我家杀猪的这一天，只不过他的目的是为了我妈能到跟前。可是，我妈只随他走了几步就又返回去了，她的理由是，她不想看着自个儿喂大的猪被杀。我妈的态度十分坚决，麦叔显然对她的坚决失望而又不满，他说，我这猪是白套了。我妈说，不会，杀了送个肘子给你。麦叔几乎冷笑道，就这肘子，四个也不够我一盘菜呢。我妈说，不够就把杂碎也加上。我妈似笑非笑的样子，麦叔脸上却已没了一点儿笑容。我跟在麦叔的后面，直到场地他也没向后望一眼，完全将我忘了似的。

　　我家的猪套去时，已有十几头猪排在那里了。我猜麦叔原是要公事公办，将我家的猪排在后面的，但就在这时，麦叔不经意地抬头向我家的后窗看了一眼，恰好看到了窗后的我妈，而我妈也正在看着他呢！于是，麦叔突然指了我家的猪向那负责捅猪的人吩咐道，先捅这头。那人惊异地说，别人有意见咋办？麦叔说，有意见找别人杀去，革命不是请客吃饭。麦叔这话在场的人几乎都听到了，既说得坚决果断，又有些没头没脑，但麦叔的话在这杀猪场上就是权威，没有人敢不听的，那十几头猪的主人即便不满，也不肯找别人杀去，这村谁能比得上麦叔那把刀的厉害呢。

　　这时的我别提有多高兴了，学了大人的样子开始在场子里忙这忙那。要捅猪了，我拿了盆子去接猪血；要烫猪了，我上灶前添把柴火；猪要上架了，我又急忙把盛肉的筐递上前去。我还把我妈给我的烟一人一盒地递给五位叔叔伯伯，烟是荷花牌的，两毛四一盒，比起其他人家的烟要稍好些，因为我爸挣工资，我妈总希望在人前显得体面些。只是我家的猪太小了，挂在架上就像只瘦羊，肉皮是蔫的，与薄薄的瘦肉连在一起，几乎看不到白色的肉膘。周围的人一片唏嘘，说这样的猪杀掉是太可惜了。有人甚至说，吃这样的猪肉还不如杀只兔子吃过瘾呢。我的脸不禁一阵红一阵白的，求救似的去望麦叔，麦叔却黑着脸子，不说一句话，不知是在生那些风凉话的气，还是在气我家这头不争气的猪。

仿佛说风凉话过了嘴瘾，便没有什么人对麦叔对我家的偏待表示不满，以致到了后来，麦叔甚至扔下架上的活儿帮老安翻洗我家的猪肠子，也没人说什么。其实老安这次并没出错，麦叔不知为什么就把老安撑到一边，自个儿翻洗起来。麦叔做这件事之前又往我家的后窗望了一眼，我妈当然还站在窗后，接着麦叔便不容分辩地替代了老安。

一切还算顺利，我家的猪终于变成了一堆肉和杂碎。往家扛时，我自是扛不动，老安要替我扛，被麦叔挡了，麦叔说，我来。老安说，架上正等着你呢。麦叔说，等会儿怕什么，天还会塌下来？麦叔就在众目睽睽之下扛了筐往我家去了，我则小跑着跟在麦叔后面。

到家门口时，麦叔忽然向后望了一眼，问我说，猪血还没端回来吧？我恍然想起，那半盆猪血忘记放在筐里了。我感激着麦叔的细心，转身就往回跑去。

猪血端回来了，我看见麦叔正端了碗茶水喝着，我妈则坐在麦叔的对面。我对我妈非常满意，麦叔为我家忙碌了半天，太应该倒杯茶水给他喝了。我听到麦叔对我妈夸奖了我几句，然后从兜里掏出一块钱递在我手里，说，替我打斤酒去吧，杀猪的人是不能没有酒喝的，可是人们就知道送烟。我妈说，小孩子知道打什么酒，还是我去吧。麦叔说，你这孩子可不一样，干起事来比大人还行，去吧去吧，一块钱的散酒就行。我还从没被麦叔夸过，这么一夸，全身都轻飘飘的了。我干吗不去，麦叔让我干的事我干吗不去！我没听见我妈说了句什么，只管兴冲冲地出了家门。

卖酒的小卖部在另一条街上，我走啊走的，总也走不到似的。到了小卖部，没想到人又挤得满满的，排了半天的队才把酒打上。我心里都要急死了，麦叔是个忙人，我可不能因为这酒误了麦叔的事情。回来我几乎是一路小跑，将要到家门口时，脚下忽然被砖头绊了一下，酒瓶从手里脱出去，啪地摔在地上，浓烈的酒味儿立时散发出来，瓶子碎了，酒在地上流淌，我的眼泪也随之淌满了脸颊。

我觉得天都要塌下来了。这时，恰又见麦叔从我家里走出来了，我望着他黑塔似的身躯，禁不住哇的一声哭了。

麦叔却没有责怪我，只拍一拍我的脑袋，说，洒了就洒了，哭什么，快回家吧。说着也没有停留，脚步匆匆地赶往我家房后去了。

我把麦叔的脚步匆匆看成了他的不高兴，酒洒了一块钱白扔了他又不能去怪一个孩子他能高兴吗，于是我更伤心地哭着。奇怪的是，我的哇哇大哭竟没能把我妈惊动出来，待我哭够了回到家里，看见我妈正蒙了被子躺在炕上。我妈没待我说话就先说道，出去玩儿吧，我要睡一会儿。我看不见她的脸，她是把脸蒙在被子里说的，声音嗡嗡的如同得了感冒一样。她大白天从不睡觉的，不知为什么现在却要睡觉。不过这倒也正对了我的心思，省得让她问起打酒的事了，我颇感轻松地跑出家玩儿去了。

在街上和几个小女孩跳了会儿皮筋，觉得没一点意思，禁不住离开她们又往杀猪场去了。我没敢到麦叔跟前，远远地看他将一个整猪一刀一刀地割卸下来。他似乎比以往显得亢奋了许多，每一刀下去嘴里都"嗨"地发出一声，那刀是又快又准，每每都引得围观者随了"嗨"声猛地叫出一声"好"来。场上的气氛比以往热烈了许多，活猪、死猪的气味就像我妈蒸馒头用的发酵面一样使这气氛愈发膨胀着。我一动不动地站着，心里却惊涛骇浪般地激动不已。不知为什么我想起了麦叔说的那句话：革命不是请客吃饭。我还想起了我爸说的一句话：革命搞好了，生产总有一天会上去的。这些话当然不是他们说的，但从他们嘴里说出来我就格外地记在心里了。我不知道杀猪和革命有什么关系，但我的兴奋、激动是真真切切的。

很晚我才回到家里，我妈早已把饭做好了。小米稀饭，玉米饼子，还有大葱炒猪血。我大口大口地吃着猪血，觉得香极了。我妈看着我，忽然问，杀咱家的猪，你一点儿没难过？我没想到她会这样问我，我说，难过什么，喂猪不就为了杀猪嘛。我妈说，也不知你像谁，要是你爸在场，你爸也会难过的。我说，是不是麦叔说我什么了？我妈说，没有，他说你干什么。我妈像是脸红了一下，羞于提起麦叔似的。

吃过晚饭，我在床上躺下来，迷迷糊糊要睡着时，忽听得我妈喊道，那把刀子哪儿去了？我睁开眼睛，看见我妈正从衣箱里翻找着什么。我说，哪把刀子？我妈说，你麦叔送你的那把呀。我说，不是在衣箱里吗？我妈说，你真的没拿？我说，没拿。我妈走近我，手抓了我的肩膀再次问道，你说实话，真的没拿？她一脸的惊慌，抓我的手还有些抖，我害怕地再次摇了摇头。我妈松开我，身体一下子瘫软在了地上。

我妈认定是我爸将刀子拿走了，因为我爸曾对她说过，最伤心的，莫过于人家对他的不信任了，怎么说都不信任，还不如死了的好。我妈说完这话就站起来，拉了我就往外走。我问她去哪儿，她说，找你爸去。

腊月寒冬，外面又黑又冷，我被我妈拉了，深一脚浅一脚地走着。从村里到城里有二十多里的路程，我妈却像串个门一样，大衣没穿，围巾也没围，一路上走得疯快，使我只有小跑着才能跟上。我妈脚不停，嘴也不停，一路上都在重复着一句话：你爸真要死了，就是老天对我的报应。她甚至这样问我，你爸要是死了，你会不会难过？我觉得我妈真是有些疯了，我说，我爸不会死的。我妈说，我看出来了，你不像你爸，你爸心软心善，你不是。我妈还絮絮叨叨地说，你爸这辈子，什么都没学会，就学会了替国家担忧，到了还栽在这上头了。

直走到半夜十二点钟，我们才到了我爸的单位。单位里几个戴红袖章的人接待了我们，他们脸上严肃得要命，先问我们是我爸的什么人，又问为什么深更半夜赶来，是不是得知了什么消息。我妈都一一答了。他们相互看了看，其中一个人说，还真让你猜对了，你丈夫已经畏罪自杀了。我妈立时有些站不住，我用力搀扶着她。那人又说，不过算他命大，被人发现得早，已经抢救过来了。我妈急问道，他在哪儿？那人说，在医院里。我妈立刻就要走，那人说，先别忙，你们来得正好，我们正要调查调查呢。说着就见那人从抽屉里拿出把刀子，问，这刀子怎么回事，谁送给你丈夫的？"麦"是什么意思？我妈要去接那刀子，被那人挡住了，我妈只好将刀子的来历照实说了。那人说，你丈夫既是不知刀子这回事，怎么会把它拿走呢？我妈说，也许是拿衣服时发现的吧。那人说，送人刀子的人，想必不是什么好人，他是什么出身？我妈说，贫农。那人怀疑地看看我妈，忽然低下头来问我，那个杀猪的，他是不是贫农？我胆怯地说，是贫农。那人又问，他和你爸什么关系？我说，他不喜欢我爸，我爸也不喜欢他。那人问，为什么？我说，他会的我爸不会，我爸会的他不会。那人问，他会什么？我说，他会杀猪，会上房，会……那人打断我说，你爸这种臭知识分子，天生是瞧不起劳动人民的。

他们终于放了我们，我和我妈在昏暗的路灯下向医院走去。我妈埋怨我不该说那些喜欢不喜欢的废话，我反问她，那你说他们是什么关系？我妈把手一甩说，他们没有关系。从我妈的口气里，就像要把麦叔从我们中间一下子驱除似的。我怯怯地说，要是麦叔，他就不会自杀。我妈说，他当然不会自杀，他有猪可杀，你爸呢，你爸连苍蝇都杀不死，他不自杀干什么！我妈说得斩钉截铁、不容置疑，一张脸在灯下铁青铁青的，眼睛里闪着吓人的光，换了个人一样。我没敢再看她，也没敢再吱声。街上没有一个行人，我的目光只好落在了我和我妈的影子上。那影子忽而长忽而短，忽而胖忽而瘦，忽而双忽而单的，看来倒也有趣。

原载《当代》2003年第1期
《小说精选》2003年第3期选载
《新世纪编年文选·2003年短篇小说》（山东画报出版社）选载
荣获河北省2003年度十佳优秀作品奖

母 女 之 间

小可对我说，她不想在村办工厂干下去了，想到城里来，要我为她在城里找份工作。小可这话是昨晚在电话里说的，我问为什么，她说明天见面再说吧。

上午九点钟，我就开始站在阳台上向下望，一回又一回的，一直到十点钟，才见小可骑了那辆银灰色的摩托车出现在了小区的大门口。小可的服饰、摩托包括头盔都充溢着青春的气息，见了就叫人喜欢。尽管小可来我这里通常是求我为她做点什么的，可我表现出的样子总像是有求于她。

因此她见到我开始总是放肆的，挑剔我身上的衣服、脚上的鞋子、头上的发式，挑剔我家一切她所能挑剔的地方。但她来我这儿的目的毕竟不是挑剔，她开始说她的心事，一边说一边听我来解释她的心事，渐渐地，脸上就换了欣喜、顺从的表情。她总是说，是啊是啊，你说得太对了，你怎么知道的呀？我怎么知道的她当然不会知道，那须要她一日一日一年一年地体验，一直体验到了我这个年龄，她自会知道的。但她从来不信，她的欣喜和顺从永远是暂时的，紧接着她就会说，你说说你的心事，我一样能给你做解释。

我的心事从没对她说过。我和她的区别也许就在于她有心事总想对我说而我有心事从想不起对她说。

更让她不解的是有些事我宁愿对她的母亲也就是我的嫂子去说。有一次她不客气地问我，咱们是不是朋友？我说是啊。她说，我看不是，我看你和我妈倒是朋友，我为你和我妈那样的人是朋友而替你脸红。

楼道里响起了快捷的脚步声。我打开房门，迎接着小可。

小可的脸上没有一点笑容，也没有以往的放肆，进屋放下头盔，脱掉外衣，懒懒地躺在了长沙发上。

我发现她鞋子都没换，一双红色的无跟无带的尖头皮鞋在沙发扶手上晃来晃去，随时要掉下来的样子。

我替她把鞋子脱下来，然后去卫生间洗手，然后拿出她最爱吃的杏仁巧克力。

她却没吃，也不看我。

我又进厨房从冰箱里取了瓶果汁，回到客厅，发现她的脸上已有了两行泪水。

我说，说吧，到底怎么了？

她开始喝果汁，喝完果汁又一块一块地剥着巧克力，剥一块，往嘴里填一块，咯嘣咯嘣的声音不停地响着。

我一直看着她。她吃得十分凶狠，脸上的泪水也不去擦。

忽然，像是巧克力卡了嗓子，她不得不坐起来，剧烈地咳着，咳得满脸通红，眼里涌出更多的泪水。

好容易停了咳，她看着我，张了张嘴，说出口的却是，我该走了。

我说，什么意思？

她说，我……我没法说。

我说，那就待会儿再说，先看会儿影碟？

她摇了摇头。

我说，要不下去走走？

她仍是摇头。

我说，要不带你逛超市去吧，新开的，就在小区门口，好大好大的一个超市。

她说，你这个人，我拿你当朋友，你却总拿我当小孩子。

我只好住了口，望了她等待着。

她像是仍在犹豫，随手从茶几上拿的一张纸已被她撕得一条一条的，现在正开始把纸条撕成碎片。

我忽然想起来，纸上有一个刚记下的电话号码。但已经来不及了，我只好没事人似的不作声。

小可终于开口道，我……我和"克林顿"在一起的时候，被我妈看见了，全……全看见了。

我说，克林顿？哪个克林顿？

小可说，反正不是美国的克林顿，我们一个厂的。

我说，你的男朋友？

小可说，要是男朋友就好了。

我说，有妇之夫？

小可点了点头。

我说，你爱他？

小可摇了摇头。

我说，活该。

小可说，不是不爱，是不知道。

我说，怎么会不知道，这种事你怎么会不知道？

小可说，我来找你，不是让你来折磨我的。现在是全世界的人都有理，唯有我一个人没理，我希望能从你这儿找出一条理来，哪怕是一条歪理呢。我知道你有这个本事。

小可完全是一种求救的渴望的语气，眼里又有泪花在闪烁。

我不由得心软下来，说，你不用急着找什么歪理，看见的是你妈，又不是别人。

小可说，你怎么不明白，我妈看见了就等于我爸看见了，我爸看见了就等于全厂的人都看见了，我爸会到厂里找人家算账的。

我说，你妈她，也许是不会对你爸说的。

小可说，你又高估她，一向地高估她。你不是不知道，她絮絮叨叨，还神经兮兮。

我说，那事是什么时候发生的？

小可说，昨儿个傍黑。

我说，这以后你见过你爸没有？

小可说，见过，早饭还是跟他一起吃的。

我说，看看，你爸要知道是绝不会跟你一起吃早饭的，就是说，你妈已为你守了一夜的秘密。

小可说，一夜算什么，我觉得她是被吓蒙了，今儿醒过来她早晚会说的。

我摇摇头，说，对你妈你还是不了解。

小可说，你了解，你了解你又凭什么呢？

我望着小可那张年轻的闪了光泽的脸，说，凭我和她在一口锅里吃过五年饭。

小可不屑地说，五年饭，我跟她还吃过二十年饭呢。

我没答应小可找工作的事，小可也没再坚持，她知道我能力有限，若找一份比她在村办工厂还好的工作几乎没有可能，她在村办工厂当管库员，一个月能挣到1200元。但她至少要住在这里，她说即便母亲保守秘密她也没办法再面对母亲，本来她一向是居高临下对母亲的，现在母亲若反过来居高临下地对她，她受不了。我只好答应她，每天从这里去村办工厂上班；而我呢，立刻回村去见她的母亲，以免她万一不小心把那事吐露出去。

回到村里已到了吃午饭的时候，村里处处飘荡着饭菜的香味儿。我骑自行车在路上走了整整一小时，觉得十分舒服。我一点儿不在乎小可的讥讽，小可说，一个城市人，汽车都该开上了。小可还说，你让我非常为难，有时候觉得你走在所有人的前头，有时候又觉得你不如所有人，真不知该怎么对待你。

我明白小可的意思，但我更明白，一切事情都不是一刀切似的那么界限分明，界限不分明的时候，就干脆相信自个儿的感觉。从前和嫂子一起住在家里的时候，我就像今天的小可一样绝对，我瞧不起嫂子的絮絮叨叨，瞧不起嫂子的生活习惯，还瞧不起嫂子的生长地。嫂子的生长地是偏远的县区，我挑剔她的时候，她就设法反驳我，一点儿不因她的出生地而气馁。她几乎每回都能找到反驳的理由，每回都气得我直想跟她打一架。五年里我和嫂子简直就是在挑剔和反驳中度过来的，那时候我把这叫作进步与落后的斗争。但离开嫂子自个儿成家过日子以后，我忽然意识到，和嫂子在一起的五年里自个儿没做过一次饭，没涮过一次碗，没拆洗、缝补过一次衣服，那些个琐碎的烦人的却又每天都要干的事全是嫂子一个人干下来的，而我竟然对此浑然不觉！我知道换了我是绝不干的，因为我和丈夫三年前的离婚大半就是由于在家务上的斤斤计较。

　　嫂子现在住的是单元房，四室两厅，比我城市的房子宽绰多了。这自然是在小可的坚持下才买的，小可多次说，她对这个家最大的贡献，就是从平房走向了楼房。据说搬家那天，嫂子抱住平房院儿里那棵枣树大哭了一场，枣树是她结婚那年和哥一起种下的，那是她恋爱、结婚的见证。小可不懂，小可把她母亲的行为叫作愚昧。类似这样的事嫂子还做过一次，那是村里由种粮棉改成种菜的第一年，嫂子曾在上一年种过棉花的地块里放声恸哭。那时我还在村里，我知道嫂子喜欢种棉花，她曾是她那个县份的种棉能手，结婚以后虽然不再是种棉能手干起棉花地的活儿来仍是胜人一筹。但我不愿替嫂子想这些，只愿想她的落后和愚昧，种粮棉改成种菜是我们市郊人盼望已久的事情，它标志着我们所住的村子又向城市靠近了一步，几乎所有的村民都高兴地接受了这一改变。因此那一次，许多天里我都没理嫂子，我为她是我们家的一员而感到脸红。

　　嫂子家住的四楼，房门关得死死的，按了半天门铃，也不见有人来开。我知道，哥哥的午饭通常是在厂里吃的，可嫂子呢，嫂子的午饭总不会开在地里吧？村里多数人都在村办工厂上班，嫂子自是也有多次进厂的机会，但她都拒绝了，她说她喜欢种地，离开地她是没办法活下去的。小可当然一直反对她的做法，但不同于搬家那次，她始终没肯改变主意，照小可的话说，是将她"愚蠢的做法"坚持到了最后。嫂子坚持的结果是每年为家里每个人絮一床棉被，因为她将她承包的几亩菜田全部种成了棉花。为此小可曾尖锐地责问我，和她母亲的亲近是不是因为一床棉被？要是因为一床棉被我在她心里的形象就彻底地完了，不仅因为我贪图小利，还因为我思想的保守、陈旧,看看商场里的床上用品,哪里还有棉被半寸的位置?我只是不置可否地微笑着,我觉得在小可这样的年龄,我是无法向她说明白棉被本身的好处和与棉被有关的种种话题的。

往楼下走的时候,碰上一个我已想不起来的熟人,她说我嫂子不在家,下地打棉花杈去了,建议我上她家吃饭去,说甭指望她中午回来,她早嫁给棉花地了。

我在这熟人的笑声中向棉花地走去。棉花地和嫂子住的楼房也就隔了一条柏油路,我穿过柏油路,沿了一条熟悉的田间土路走了二三十米,一片绿色的棉花地就在眼前了。

对棉花地我也是熟悉的,掰杈、打尖、喷药、摘花什么什么都干过,最怕的就属掰杈和摘花了,掰杈是太难,又要眼尖又要手快又要有准确地识别疯杈的能力;摘花是太苦,手上会永远带着划破和冻破的血口子。因此在听说要改种菜地的那个冬天的晚上,我们一伙年轻人迎了寒风站在街上唱了半宿的革命歌曲。

棉花棵子已有半人高了,我喊了两声嫂子,没有回应,又喊了两声,还是没回应。正是正午,地里不见一个人影,周围的菠菜、香菜、萝卜什么的在日光下安详而又蓬勃。我拨开棉花棵子向里走,走啊走的,忽然发现,嫂子就躺在脚下潮湿的花地上!

我吓得头发都竖起来了,伏下身急急地摇晃嫂子。就见嫂子猛地睁开了眼睛,吃惊地看看我,然后开心地笑了,说,是你回来了,我当是谁呢。

天啊,嫂子原来是在这棉花地里睡大觉呢!

嫂子告诉我,她是昨晚没睡好,今儿到棉花地里补觉来了。她说棉花地是她的福地,什么时候睡不着觉了,什么时候心里憋屈了,甚至什么时候头疼脑热了,来地里待上半天儿就没事了。有一回怎样怎样,又有一回怎样怎样。

嫂子仍是老样子,坐在地上,也不问我什么,顾自絮絮叨叨,说了一回又一回的。她真是没睡好,眼皮浮肿,眼圈发黑,向上迎了阳光时,眼睛眯成了细细的一条缝。我蹲在一旁听着，没一会儿腿就麻了，忍不住站起来时，她才醒悟了似的说道，你还没吃饭吧，走，回家吃饭去。

向地外走着，看着茂盛、茁壮的棉花棵子，我由衷地夸奖起来，我说真好，好得都想帮你干一会儿了。嫂子被我夸奖得似又忘了吃饭的事，一定要我干一干试试，看我还记得不。她孩子似的拉了我的手，找到她还没干完的垄子，示意我为身边的一棵棉花整枝打杈。在她的感染下，我也来了兴致，弯下腰，聚精会神地观察起那些枝叶。我听到嫂子在旁边说，要都像你这么相面似的，它们可怎么活啊。说着手就伸了过来，噼里啪啦的，眨眼间就把一棵棉花打整得清清爽爽的了。

嫂子满脸的笑，满脸的得意，使我不由得想起和她在一起时我们的无休无止的你来我往的戗戗。那时候她就爱用这种语式：要都像你似的，怎样怎样。比如我反对吃剩饭剩菜，只要剩了饭菜就坚持倒掉。嫂子就说，都像你似的，要浪费多少粮食造多少罪呀。比如我坚持让她丢掉肥腿裤，穿那种时兴的又瘦又短的裤子，她就说，都像你似的，不能蹲不能蜷的，地里活儿还咋干啊。还比如我爱洗手，摸了什么东西都要洗，我洗也监督嫂子洗，生怕吃上她不洗手做的饭，她就说，都像你这么洗啊洗的，人还敢动不敢动啊。我看起书来那算是更霸道了，不准别人说话，不准开收音机，还不准有人来来回回地走动。嫂子就说，都像你似的，家还叫不叫个家呀。戗戗是戗戗，但我离开村子那年忽然发现，一些习惯她已不知不觉地在与我靠近；而我呢，仿佛由于她的反驳、挑剔、苛求的态度也不由自主地在走向缓和。

嫂子打整完，让我再开始另一棵。看我在另一棵面前犹犹豫豫的，她又忍不住噼里啪啦替我打整了。她说，看你在城市待的，真是忘了本了。我又开始第三棵，刚打掉两个杈，她就说，太慢了太慢了，都像你似的，非满地都是疯杈子不可。

我不作声，任凭她得意着，任凭她表现着自个儿的能干。这么一棵又一棵的，不知不觉一垄棉花就整到了地头。地头是一片萝卜地，翠绿翠绿的缨子，缨子下的土已被萝卜拱出了几条裂缝。

嫂子真是将吃饭的事忘了，扭转身又开始了另一垄。一边干，嘴也不闲着，说一棵棉花就是一个孩子，你不管它它就要疯长，开不了花结不了果，到最后比好孩子耗费得养分还多。

我的肚子开始咕咕地叫起来，忍不住伸手就拔了棵萝卜。萝卜只比指头粗一点，我用萝卜缨子擦呀擦的，又一点点地剥开皮子，等到能吃的时候，只剩了筷子般粗细，一口就咬下去了。

嫂子听到声音抬起头，不由得扑哧一笑，说，还记得前些年不，你是吃黄瓜要削皮，吃西红柿要开水烫，带泥的萝卜看都不会看一眼呢。

我觉出，嫂子说话仍有意无意带着前些年那种以攻为守的习惯，便笑了坦白说，有时候那是故意的，因为要跟你对比嘛。

嫂子说，你走以后，没几年就接上了小可，小可比那时候的你还要气我，黄瓜不吃皮子，馒头都不吃皮子了，东西还要和我分开用。唉，我这辈子，是注定要被你们划到落后、愚昧一边去了。

我说，也许是我们落后、愚昧呢。

嫂子看看我，忽然认真地问我，你知道，我这辈子最佩服的是什么人？

我摇摇头。

嫂子说，你当然不会知道，连你哥我都没说过，我最佩服的，是对书能着迷的人。

我惊奇地望着嫂子。

嫂子说，你和你哥看起书来都能着迷，这叫我一辈子都自愧不如。别看那时候我总戗了你说，心里可知道，你这样的人早晚会出息的。说实话，你在家时我是没过过一天安生日子，生怕什么时候你又挑出个毛病来。挑毛病不怕，怕的是挑一回毛病我就少一回底气。戗了你说不是别的，是在往回找底气呢。人没了底气，不要说你，就是你哥也会不把我放在眼里了。

我还是第一次听嫂子说这样的话，心里不由得惊奇着，嘴里说，我怎么就没觉得你没底气，倒觉得你是底气十足呢。

嫂子说，硬撑着呗。有时候也就差那么一点点，稍稍一松气，一辈子都完了。

我望着嫂子，发现她已有了不少白发，额头、眼角的皱纹也添了许多，特别眉心间那三道皱纹，原来是时隐时现的，现在却像是刀刻般地永远隐不去了。我的鼻子不禁有些发酸。我一直以为自个儿这些年是不易的，却从没想到过嫂子的不易，即便想到她的辛苦，也只以为那不过是她劳动的本色罢了。

我便鼻子酸酸地说，要不是你给我那么多看书的时间，我怕是还在家里跟你饨饨呢。

嫂子笑笑，叹了口气说，你是饨饨出来了，我呢？幸亏你哥是个粗心人，对那些饨饨的事不大在意，他要在意起来，我可就真没法活了。不过也怪，他不在意，我倒在意起来了，如今有时候还挑他的毛病，按你们的眼光挑他的毛病。

我和嫂子离开棉花地往家里走。老远地都能看见吃完饭下地来的人了。嫂子说，我这个人，一来地里就什么都忘了。小可总是"农民、农民"地讥讽我，我就说农民有什么不好，农民要是对地着了迷还算是个好农民呢，你小可算什么？

嫂子又说，小可不行，小可对书不着迷，看两页就扔掉了，她只对恋爱着迷。

嫂子看着我说，你说我说得对不对？

我不知该怎样回答嫂子。

嫂子说，我知道你是为她的事来的，我早知道。昨晚我还在想，要不要对你哥说，要不要找那个"克林顿"去？

我等待她说下去。

嫂子说，我总觉得，你哥是一家之主，这么大的事，他不能不知道。

我说，你也是一家之主。

嫂子说，我算什么，家里出了这种事，我心里真是慌得很。

我说，你想怎么跟我哥说呢？

嫂子说，实话实说呗。

我说，只你见到的那点事？

嫂子说，那点事还不够吗？

我说，小可怎么想的，你知道不知道？

嫂子说，事都做出来了，还用问她怎么想吗？

我说，你就真的不想问问小可？

嫂子说，不想问。

我坚持着，说，要是想问，我可以在场。

嫂子沉默了一会儿，说，你就甭费心了，我其实是不想见她。

我说，那你是一定要跟我哥说了？

嫂子说，早说早了，省得哪天弄出更大的事来，后悔都来不及了。

我说，你该相信小可已经不是小孩子了，她总会经历一些事，她自己最终会处理好的。

嫂子说，她跟你不一样，她连书都不看，叫我怎么相信？

我说，那你就相信我还不行吗？

嫂子说，一码说一码，你相信她是你跟她的事，我不相信她是我跟她的事。

我看着嫂子，发现她眉心里的皱纹更深了，仿佛意味着她更深的固执。

我和嫂子一起度过了一个艰难的下午，谁也没能说服了谁。嫂子说话时，我便不停地喝水，仿佛要凭了水抑制焦躁不安的情绪。手里的茶杯是小可的，嫂子把这杯子递给我时说，就用她的，看她能怎么样。天色将晚时，嫂子要留我吃晚饭，被我拒绝了，我推了车子，在嫂子的陪同下往村外走。我们没再说一句话，直到我蹬车上路。

回到我居住的小区时，小可已是焦急地在大门口等着了。

小可张口就怪怨说，你要再不回来，我就另找地方住去了。

我说，不是给你钥匙了？

小可说，钥匙又不是人，一个人有什么意思，我不像你，一个人一住就是三年，没有伴儿的日子一天我也受不了。

一直到家里，小可都期待地在看我。我却不说什么，脱了外衣就往厨房走。

小可跟我走了几步，忽然站住了，说，我知道是什么结果了。

小可又躺到沙发上去了。我则借在厨房做饭，一分一秒地推延着对小可的"汇报"。我听到小可在客厅里喊，你不是说了解她吗？你不是说跟她一口锅里吃过五年饭吗？

一个星期过去了，小可一直住在我这里，她的事情却也不见任何的动静。

没有动静，就说明嫂子没把那事说出去。有一天，选了小可和哥哥都不在场的时间，我拨通了嫂子的电话。

嫂子那边的声音有些嘶哑，时而还有些咳嗽。我问她怎么了，她说没事，不过是头疼脑热的事，快过去了。我问起她的棉花，她说挺好，她每天都去看看。又扯了些别的，我们终于沉默下来，仿佛在等待着对方的开口。

我忍不住先说道，小可她，可是有些想家了。

嫂子说，不行，我不想见她。

嫂子的口气出人意外地坚决。我问她为什么，她说没有为什么，不想见就是不想见。

我问，那你什么时候才想见她？

嫂子说，不知道。

我说，小可也不容易，饭吃不下，觉睡不好，长了满嘴的泡。

嫂子说，她不容易什么，我一个人替她扛到现在，她还想怎么着？

嫂子说，知道吗，我愈来愈……我比开始那会儿还不想见她。

我听着，忽然感到，那件事的根本，也许并不在嫂子的说与不说？也许只是在嫂子和小可之间？

这天小可一下班回来，我就问她想不想回去，她坚决地一摇头，说，不想。口气竟比嫂子还要不容置疑。我说，你不该感谢你妈为你做的吗？她说，感谢是感谢的事，不想见是不想见的事。我说，你不见她，怎么证明你感谢她呢？她说，不知道，可是我实在想不好怎么去面对她。

又几天过去了，嫂子打过电话来问我，小可真说过想回来吗？我说，没说，是我看出来的。嫂子停了片刻，说，她想回来也行，不过有个条件，所有她和我分开用的东西，茶杯、饭碗、筷子、拖鞋、梳子、洗脚盆……都不能再分。

待小可下班回来，我把嫂子的话说给她，她立刻跳起来说，我什么时候说要回去了，别说有条件，没条件我也没想过回去啊。我说，可你总得要面对她，你不能在我这儿住一辈子吧？小可说，你也嫌弃我了？我说，不是嫌弃不嫌弃的事，你妈也从没嫌弃过你。小可说，可她那条件，比嫌弃还要过分。我说，你就不能退一步了？小可说，我退一步，她就要进一步，我太了解她了。我说，你知道不知道，这一次，你等于没商量地把一件天大的事压给了她一个人。小可说，她不是也正开始压给我吗？我说，那些东西分就分，不分就不分，有那么重要吗？小可白了我一眼，说，重要，与其答应她，倒不如让她把那事说出去算了。

正当母女俩僵持不下时，单位忽然派给了我一项出差任务，我只好把家交给了小可。几天后我从外面打电话给家里，小可在那边迫不及待地告诉我，她妈到底一人扛不住，把那事对她爸说了，可奇怪的是，她爸那么个一点就着的毛草脾气，竟一点没声张，只是劝她回去，说要跟她好好谈谈。小可说，她真想知道，她妈是怎么跟她爸说那件事的。我说，你只有回去才可能知道啊。小可说，那她提的条件怎么办？我说，车到山前总会有路的，你妈的做法就是证明。再说，你答应了她也没什么了不得。小可说，不可能，谈话可以，答应条件绝不可能。小可的口气依然坚决，但声音里透出的一点喜悦也是能叫人觉出来的。放下电话，我一边替小可高兴，一边又无不担心地想，天知道，等待小可的是喜是忧呢。

原载《当代人》2003年第8期

《小说选刊》2003年第10期选载

《21世纪年度小说·2003短篇小说》（人民文学出版社）选载

入选中国作协创研部选编《2003年中国短篇小说精选》（长江文艺出版社）

《2003中国年度最佳短篇小说》（漓江出版社）选载

天 地 之 间

现在好了，现在米瑶和丁洛已经达成了妥协：米瑶不再阻止丁洛去菜市场，丁洛也不再干涉米瑶去舞厅。丁洛去菜市场是为了买菜，米瑶去舞厅则是为了锻炼身体，经过了最初的相互干涉之后，他们终于找到了这两个简单的现实的说得过去的理由。理由让他们的日常生活变得平静和正常起来。

在这之前，他们还曾有过一次交锋，那就是要不要孩子。交锋的结果也是相互让了步，由要不要一致变成了暂时不要。他们达成的共识是：他们都还年轻，都有自己喜欢做的事情，时间紧凑得就像不能隔断的电影，要了孩子，就意味着把他们的电影停下来，换上另一个陌生的片子。那陌生的片子还是晚些到来得好。

而这一次的交锋，却远不似头一回那么轻松，米瑶和丁洛都毫无准备地经历了一场病症的折磨，米瑶是严重的神经衰弱，整宿整宿地不能入睡；丁洛则是莫名其妙的肚子疼，上班还好好的，下班就疼起来，多少次到医院也没查出原因。这可把他们吓得不轻，不由得相互都让了步。因此他们达成的妥协，几乎是以身体为代价换来的。也因此他们都不愿再干涉对方什么，有意要把对方看简单些，像许多夫妻一样，上班、下班，买菜、做饭，跳跳舞，看看电视……很好，像许多夫妻一样，很好。

米瑶锻炼身体是在晚饭之后，丁洛买菜是在晚饭之前，两件事情的时间其实一点儿不矛盾，若是别的夫妻就可能相陪了一起做的，但米瑶和丁洛一开始就显示出了不可能。米瑶不喜欢菜市场的气味儿，每回丁洛从菜市场回来她都坚持要他脱下衣服用香皂洗呀洗的洗个不停，丁洛不肯每回都洗，米瑶就只好来阻止他了。丁洛则不喜欢舞厅的音乐，一听到那音乐他就心里发慌，他觉得米瑶也一样地发慌，因为晚饭她总是做得很潦草，吃得也潦草，吃不上几口就跑出去了。他当然知道慌和慌是不一样的，但他有意把两种慌混在一起说，说那种地方没好处，只会扰乱他们正常的生活。

最后的结果就是这样，米瑶去她的舞厅，丁洛去他的菜市场，各不相扰。

很好。现在很好。

舞厅就设在生活小区的中心，晚上从他们的窗口望出去，那里有两个醒目的灯光摇曳、人影晃动的窗口，音乐声时隐时现地传过来，窗下草坪的清香一阵一阵地扑进鼻孔，邻居的女孩儿在吱吱呀呀地学拉小提琴……当然，这一切通常是丈夫丁洛感受到的，妻子米瑶这时早已在舞厅里了，那晃动着的人影里一定有一个是她的。

这一天，米瑶吃过晚饭，轻快地下楼，轻快地迎了初夏的暖风向小区中心走去。

这是座工业污染严重的北方城市，白日看不到蓝天，夜间看不到星星，街道上空永远飞扬着打人脸面的灰尘。而米瑶居住的小区却别开生面，干净得出奇，路面、草坪都像被清水洗过的，一簇簇的迎春花、月季花竞相开放，白墙、红顶的楼房排列得错落有致，绿色的草坪上石板小径弯弯曲曲，上面时而行走着一两个身材修长的穿连衣裙的女人……米瑶和丁洛都很满意这样的环境，比他们过去住了多少年的吵吵嚷嚷的大杂院儿不知要好多少倍，他们一想起自己有过的病痛就努力去想自己的过错，他们觉得，相互挑剔相互干扰地生活是太不应该了。

米瑶也穿了连衣裙，也是身材修长的女人。连衣裙是火红的底色，将她原本白皙的面庞映照得红润、健康；身体在裙子里美丽地扭动，每个节奏都似是青春活力的一个证明。她本该沿了洁净如洗的甬路走的，但有意跳跃着上了草坪上的石板小径。走在小径上她总有一种与花草融为一体的感觉。她猜丁洛也许正从窗口向这里望着，那正是她希望的，她就是要他看看，他的女人是怎样的一个女人，他的女人就是这景色，或者说这景色就是他的女人！她还希望花草的芳香会冲洗他衣服上的气味儿，待她从舞厅里返回时，他和他们的房间已溢满了芳香……

　　希望归希望，米瑶知道这是不可能的，因为丁洛对气味儿也是敏感的，他的敏感在于对她喜欢的气味儿的拒绝。也许他一闻到花草的香味儿就把窗户关上了，只隔了窗玻璃向外望着；也许他望也没望，反而将他从菜市场买回的一堆东西铺排一地，趁她不在家的当儿重温游逛菜市场的快乐，她回到家时闻到的只不过是令人作呕的烂菜味儿、鱼腥味儿……

　　丁洛曾对她说，小时候他家门外就是个菜市场，那是他唯一喜欢的玩耍场所。他每天在数不清的大人们的腿间穿来穿去，每天在种种混杂的气味儿中一阵阵地陶醉。他无师自通，帮那些忙碌的卖菜人摆放鲜货，帮他们抢先算出买卖的钱数。他总是比大人们算得还快还准，所有的卖菜人都夸他有出息，说他将来上学定是个好学生。可是不知为什么上学后他的学习成绩并不好，尤其数学，他很长时间都停留在菜市场帮人算账的水平上。因此菜市场的那段日子愈发地让他刻骨铭心，让他永生难忘。他还对她说，他很小的时候母亲就去世了，连张照片都没留下，要是有母亲照管，他也许不会喜欢菜市场那样的地方，但既是喜欢上了，他也就没有办法了。父亲呢，从没向他提起过母亲，每回问起，父亲只说她是病死的，因为她的身体总是柔弱得像个纸人儿。

　　米瑶走着想着，脚下的石板路奇怪地充满了弹力，浓郁的草香仿佛不是通过鼻孔而是通过数万个毛孔摄入她的身体，连衣裙的下摆伴随了她身体的跳跃旗帜一般飞扬着……若是插上翅膀，她觉得她简直会飞起来的！她奇怪丁洛的事情一点儿没影响到她身体的轻盈，她几乎都要怀疑自己对丁洛的感情了。可现在确是这样，仿佛丁洛根本与她无关，根本就是个外人，那些事情只在她的脑际一掠而过，不要说内心，连她的肩膀都没碰一碰。

　　当然当然，和丁洛在一起的时候，她也是要和丁洛说一些话的，比如她曾对丁洛说过，她是在这城市的另一个大杂院儿里长大的，但她家和他家不同，他家附近是个菜市场，她家附近则是所艺术学校。她只在八岁那年进去过一次，为的是看一群小孩子的排练。但没看一会儿就被父亲拖了出来，父亲告诫她，再去那儿就打断她的双腿。后来她才知道，母亲曾爱过那学校的一位老师，父亲和母亲平日的争吵经常是由于那位老师。其实她去看排练时那老师早调到另一个城市去了，但父亲仍不讲理地憎恨着老师在过的学校，他甚至不能看到母亲发呆的样子，一发呆就一定认为母亲的心跑到学校里去了。米瑶对丁洛说这些只是为了说明她想离开父母的迫切心情，父母的争吵实在是让她烦透了，还有母亲的发呆，她一点儿都不喜欢，她想要真是爱另一个人，她会义无反顾地舍弃一切去找他的，绝不会像母亲一样只会发呆。

在大杂院儿里发生的另一件事她可没对丁洛说过，那可说是她刻骨铭心的初恋。她不喜欢母亲的发呆，发呆却意想不到地轮到了她的头上。那时她才14岁，让她发呆的是邻居家一个刚刚上班的大男孩。那男孩高中毕业后一直在家待业，后来不知在哪里找到了一份工作，便每天骑了自行车来来去去地上班下班。上班下班倒也算不了什么，问题是上班下班时他总要从她的窗前经过，他的脚步声他的说话声甚至他的呼吸声她都能听得一清二楚。从窗前经过也许仍算不了什么，问题是那阵子艺术学校着了魔了似的总在男孩上班下班的时间播放同一首歌曲，那歌曲真是美妙极了，刚刚听到第一个旋律她就被神奇地击倒了。她眼睁睁地看着男孩每天伴随了那歌曲离开，又伴随了那歌曲归来，却不敢上前说一句话。在她的眼里这歌曲只属于男孩一个人，或者说男孩就是这美妙的歌曲的化身，她只配默默地注视和倾听他。结局自是惨痛的，她为男孩不知度过多少个不眠之夜，不知流过多少次眼泪，男孩却始终一无所知，直到他离开大杂院儿，与女朋友共同搬进他们的新居。

她不想认为她的初恋和艺术学校有关，但和那首歌曲有关是肯定的，后来只要听到那首歌曲她就想到那个男孩，同样，看到那个男孩那首歌曲的旋律就会响在她的耳边。有一天她终于知道了那首歌曲的名字，那是个诗意的令她心痛的名字：《此情可待》。

她在石板路上轻盈地行走着。初恋的故事由于藏在内心深处，已是很难轻易地化为忧伤了，相反她倒是一副快乐的样子，仿佛那深处的故事变成了种子，她不得不依了种子的本性抽芽、长叶、开花……她顾不得再去多想什么，因为舞厅那边已响起了音乐声。她抬头望望舞厅的两个窗口，发现里面的灯已经亮起来了，隐约可看见晃动的人影。她想，老天，可真有积极的呀，天还没有黑下来呢。

米瑶环顾四周，一整个小区只有舞厅的两个窗口亮着，此时它于她就如同一个醒目的标志，使她只能目无旁顾地朝那里奔去。

米瑶在舞厅里，其实并不是个积极的舞者。积极的舞者是每只曲子都要跳的，舞伴也随意得很，无论和什么人都可以。而米瑶是挑剔的，挑剔曲子，也挑剔舞伴。一晚上下来，她常常只能跳很少的几只曲子，更多的时候她则是在一侧的长椅上作着等待。对此她自己都感到了过分，但她没有办法，即便她不嫌弃那些不中意的曲子和舞伴，曲子和舞伴也会嫌弃她的，因为她跳起来会连连地出错，看上去就像个笨拙的初学者。一晚又一晚的，大家看出了她的挑剔，找她跳的人就愈来愈少了。这样倒也不错，反让她有了两三个固定的舞伴，舞曲反反复复就那么几盘带子，舞伴也就知道了她喜欢的那几首，逢到那几首到来时，舞伴便过来邀请她。别看她有笨拙的时候，她不笨拙的时候却是颇引人注目的一个，她身体轻盈，步态优美，神情忘我，给人的感觉，仿佛舞场里只有她和她的舞伴，仿佛那舞曲只为她和她的舞伴而起。她不由自主地体现着两个极端：笨拙或者优美，使周围的舞者无不惊奇。这倒也罢了，有一回她沉浸其中的神态还引起了一个舞伴的误解，那舞伴以为她是在为他沉浸，便忍不住低头吻了她。但他立刻从她脸上的惊恐、恼怒知道他犯了个多大的错误，至少他是要失去一个最好的舞伴了。

那三两个舞伴对米瑶来说却不是最好的，哪里不好她也说不清楚，只知道他们是应该再好些的，现在的他们只是节奏准确，舞步也算优美，但与一个舞伴的接触岂止是节奏和舞步？比如他们的呼吸，她希望不那么粗重，最好是感觉不到，但感觉不到一个舞伴的呼吸怎么可能？

还比如他们的手势，她希望不那么专断，又不那么含混，但不专断了必然会变得含混，仍还是个不可能。还有许许多多的细节，大多属于不可能的范围，她却的确又不能满足。不过舞还是要跳下去，她只好不去关注对方，只将注意力转到自己身上，让自己单方地在舞步、音乐中沉醉。她就这样委屈着自己，在有限的几首舞曲几个舞伴中鼓励自己坚持下去。因为，她这样的人，她这样一个与菜市场的气味儿格格不入的人，不去舞厅又能去哪里呢？

一切都与以往一样，音乐响起来，舞伴们一对对地步入舞场。先是只慢四的曲子，接着是中三，接着是快四，接着又将是中三……这盘带子米瑶已是十分熟悉，熟悉得如同她自个儿的家似的了，有一次去商场买东西，商场里正放这盘带子，她忽然就有了种回到家的感觉。她知道，那再一回的中三，与前面的中三可就大不相同了，它是一只极好听的入心入肺的曲子，一支听到就非跳不可的曲子，她一直沉着地坐在这里，等的就是它，从第一支曲子开始，她仿佛就听到了它遥远的召唤了。

仍如以往一样，快四过后，一个熟悉米瑶的男子微笑着向她走来。

米瑶站起身来，迎接他的邀请。

米瑶和这男子之间，已是熟悉到无须说话，他们只是跳啊跳的，注意力全给了音乐和身体。米瑶十分满意这样的关系：不说什么，一心一意地跳舞。

最初这男子可是个爱说话的人，说起话来嗓门不大嘴巴却张得很大，嘴里的气味儿直扑米瑶的脸面。气味儿倒也不是令人作呕的那种，但连续地扑面而来仍迫使米瑶紧紧地闭了嘴巴。米瑶总不开口，渐渐地，他也只好就知趣地不开口了。

米瑶注意到，现在他做别人的舞伴时，也已变得不大说话了。为此米瑶很感到欣慰。

跳到这一曲要结束时，他忽然开口对她说道，今儿晚有乐队要来。

米瑶惊喜地看了看他。他又开口道，今儿晚能不能多跳几个曲子？

惊喜让米瑶不由得点了头。谁都知道，乐队和录音的感觉是不一样的。

果然，下一支曲子到中途时，忽然停了下来，话筒里传来舞厅管理人的声音，他说，今天请了"五只蚂蚁"乐队给大家演奏，还有乐队的歌手为大家演唱歌曲，希望大家欢迎！

大家当然是喜欢的，岂止喜欢，还是激奋的，舞厅里一阵掌声，掌声里还有不少的欢呼声。乐队将那曲子重新接续了下去，歌手也随之开始了歌唱，一对一对的舞伴翩翩起舞，舞厅的气氛是空前地热烈。

米瑶自也是激奋的，她本是独自坐在长椅上的，这时不禁站了起来，站起来才意识到，她还没有相应的舞伴。

她尴尬地看着一对对的男女从眼前旋转而过，心里前所未有地感到了孤单。

她迫使自己重新坐下去，努力恢复着平日的沉静，她想无非是一支乐队，与自个儿有什么相干，自个儿慌的是什么呢？

但乐队奏出的声音实在是不同的，这声音像是不容分说地进入了她的身体，加快着她血液的流动，很快地她就感到，她全部的身心已被这声音控制，以往的沉静甚至对舞曲的区分是再难找回来了。

她又一次茫然地站了起来。好在刚才的男子很快发现了她，他离开身边的舞伴，张开手臂迎向了她。

她真是太感谢他了，他几乎可以说是挽救了她，在她茫然无助或者说在她激情荡漾的时候。

但她没来得及说声谢谢就沉浸到节奏中去了。对，节奏，这是一种感性的不同于录音磁带的节奏，这节奏像是声声击在她的心上，一下接一下的，每一下都可以波及她身体的全部。

她甚至因此破坏了她不说话的习惯。

她开口说道，我今生最大的遗憾，是没能做一个和音乐有关的人。

她说，最难过的，莫过于在天与地之间的徘徊了。

她说，我是不信教的，可明明又在信着什么，你说我信着的是什么呢？

她说，你信不信，"五只蚂蚁"是绝不喜欢菜市场的。

这一回，却是轮到男子闭了嘴巴不开口了。他不是不想开口，是无法开口，他弄不懂她说的是什么，他甚至怀疑她不是在跟他说话，而压根儿是一个人的自言自语。因此他干脆沉默着，一心地带领她将节奏继续下去。而她呢，仿佛也并不需要他的答话，反而还感谢他的沉默似的，以她比以往任何时候都要出色的姿势出色的节奏感配合了他。

在这舞厅里，他们无疑是最出色的一对，也是最忘我的一对，音乐的节奏像是成了他们身体的一部分，以致大家停下来时，他们还在跳着，毫无知觉音乐的停止。

男子感觉到了大家的目光时，试图停下来，但米瑶不停，他也不好强硬地停止，对大家的目光，他同时还有些得意，索性更投入地配合着她，直到另一支曲子的开始。

就这样一曲接一曲的，米瑶一直没有停歇。她对曲子已全然失去了平日的鉴别能力，耳朵里听到的只有节奏。现在，所有的曲子都让她喜欢，所有的曲子却也让她听不出了感觉，她兴奋着，心的深处隐约感到了一点缺憾，但很快就被兴奋的潮水淹没了。

也不知过了多长时间，乐队的歌手告诉大家，他将献给大家最后一首歌曲。在这之前，他已献过了十几首歌曲，音质很好，几乎是无可挑剔，但米瑶都没太在意。这最后一首歌曲米瑶也说不准自个儿会不会在意，她觉得在意不在意，今儿晚似乎是全由不得她自个儿了。

她哪里知道，在她正陶醉于乐队给她的感性的节奏的时候，一首曾神奇地将她击倒的歌曲正悄悄地向她靠近，她的陶醉将遭到这歌曲无情的破坏，她甚至会为自己刚才的陶醉羞愧，因为在这歌曲面前，所有的音乐都会如同星星遇到月亮一样显出它的无足轻重。

她和舞伴依然在节奏之中。

乐队已开始了新的一曲的演奏。

歌手正在发出他的声音。

忽然，她停下脚步，有些粗鲁地推开舞伴，中断了他们的节奏。舞伴连连地问着什么，她也不理，一个人怔怔地站着，仿佛只剩了没有魂魄的躯壳。

渐渐地，就看她向那歌手走去。

许多人的目光在注视她。

天啊，她竟伸出手向那歌手发出了邀请。

人们替她担心着，担心歌手会拒绝她，都预先替她感到了难堪。

还好，歌手倒还随和，一边唱一边迎向了她。

现在，她的舞伴已是这歌手了。她像是幸福得有些晕眩，眼睛眯起来，脑袋微微倚靠在歌手的胸前。

歌手就带领这个沉醉的女人，跳啊跳啊，时而舒展，时而节制，时而如惊涛骇浪般狂猛，时而又如潺潺流水般柔婉。这时在女人这里，已只会受着歌手的支配，或者说只会受着歌曲的支配，她对节奏啊、动作啊似全没了感觉，但她与歌手的配合又是出人意料地天衣无缝，优美至极！

所有人都惊讶地停下了脚步。

刚才与她为伴的那男子这时忽然想起了她的喃喃自语，他想，这一回，她也许已不在天地之间了，她也许已去了天上了……

《此情可待》结束后，乐队包括那歌手就离开了舞厅。

舞厅里的音乐重新换成了录音，大家继续在录制的音乐中跳着，同时也唱着——学那歌手的样子。

谁也没有注意，这时米瑶丢下大家，尾随在乐队后面，一直走出了她居住的小区。

米瑶曾听说过许多这样的故事，某个戏迷或歌迷离开家，跟随了戏班子或乐队飘游四方……她意识到了这行为的可笑，但她确信，她绝不属于这样的故事。

乐队住得离小区不是太远，路却七拐八拐的，拐得米瑶辨不清方向的时候，几个青年在一座旧式的宅院前停了下来。

他们自是早就发现了米瑶的跟踪，先是没理她，后便推举歌手劝她回去。歌手在舞厅里热情洋溢，这时却十分漠然，他说，她跟的又不是我。另几个便说，不是跟你她能跟谁，总不会是跟我们吧？歌手说，你们知道什么，她跟的肯定不是我，不信你们就问问。

另几个还真来了兴趣，他们停在院门前，待米瑶到了跟前，便问她跟的是哪一个？

米瑶的回答却令他们感到了失望，米瑶说，我跟的是《此情可待》。他们说，《此情可待》早就结束了呀。米瑶固执地说，没有结束。他们问她为什么没有结束，她却避而不答，反问他们，能不能再为她演奏一遍《此情可待》？

他们当然没答应她的要求，一夜的演奏，他们已是很累了，即便不累，又凭什么答应她呢？

他们各自背了乐器进院儿去了，只把一个米瑶丢在了院外。他们一点没觉得这有什么不妥。

这时，米瑶这边却是觉出了天大的不妥了，就在他们其中的一个要关院门时，米瑶忽然冲上去推了门说，这是什么地方你们知道吗？

走进院儿里的几个人回过头惊异地望她。

关门的一个说，什么地方？

米瑶说，你们闻一闻，闻一闻就知道是什么地方了。

关门的一个真的就耸了耸鼻子，说，什么地方，我怎么闻不到？

米瑶则急得什么似的，说，怎么会闻不到，多么大的菜市场的味道呀！

院儿里的一个接过去说，是菜市场，我们房后就是个菜市场。菜市场怎么了？

不知哪里的灯光照进院儿里，米瑶清晰地看到了他们几个淡然的表情。她有些失望地说，我……我还以为你们不知道呢。

另一个不放过地问，菜市场到底怎么了？

米瑶只好向他们解释说，所有的味道中她最不喜欢的就是菜市场的味道了，但每日三餐，餐餐又都离不开菜市场的东西，这几乎成了她今生最大的痛苦。她原本以为他们也和她一样不喜欢菜市场的味道的，可看来并不是这样。奇怪的也许不是他们而是她自己，和他们待了一晚上她竟然没闻出他们身上的味道，尤其是那个歌手，她和他离得是那样近，鼻子几乎就贴在他的衣服上……

米瑶的声音在夜色中真诚地颤抖着，但终也没引起几个青年人的在意，关门的一个甚至显出了不耐烦，有一刻他的两只手一用力，门到底还是被关上了。

回来的路上就只剩了米瑶一个人了。

米瑶原本就有些迷路，在七拐八拐的街道上走了一会儿，向人一打听，离她住的小区反而更远了。望着陌生的街道，她心里空前地孤单着，她想，来的路上耳边还满是那迷人的歌声，这时那歌声哪儿去了呢？

最后，米瑶没有办法，只好去叫出租车了。

米瑶穿的是连衣裙，没带钱包，也没带钥匙，车开到小区，她让司机等在楼下，自己跑上楼去敲门。谁知敲了半天，也听不到门里的动静；她又压低了嗓门丁洛丁洛地喊，仍不见有人开门。她猜丁洛是睡着了，只好提高了声音又喊。这样敲一会儿喊一会儿的，门终于被打开了。就见丁洛衣着齐整、面无困意的样子，米瑶问他，你没睡觉？丁洛说，没有。米瑶说，那你没听到敲门吗？丁洛说，没有。米瑶奇怪地望着他，说，没有？怎么会没有呢？丁洛却依然说，真的没有。

米瑶从钱包里取了钱，下楼付给了司机。上楼来仍接了问丁洛，敲门的时候你到底在干什么，什么事情让你连敲门的声音都听不到？

丁洛坚持说，没听到，也没干什么。

这时，米瑶忽然闻到了一股熟悉的气味儿。

米瑶循了气味儿，从客厅走向卧室，又从卧室走向了阳台。

打开阳台的灯，米瑶一下子惊呆了，就见从前摆放花盆的宽大的窗台上，已换上了一排蔬菜，绿的、红的、白的、紫的，满满的一排蔬菜！

米瑶注意到，菜们的前面还放了一张小凳。

米瑶转向丁洛，问，刚才你就在这儿？

丁洛点了点头。

米瑶说，因为这些菜们没听到敲门？

丁洛说，我……我在祈祷。

米瑶惊异道，祈祷什么？

丁洛说，为……为我母亲祈祷。

米瑶更惊异道，你母亲不早去世了吗？

丁洛说，也许没有，除了父亲，没有什么人能证明她的去世。

米瑶看看窗台，那已全然是一个蔬菜的世界，那世界外面，是一片不可知的神秘的虚空。米瑶说，这些菜们，和你母亲有关系吗？

丁洛说，有关系。

米瑶说，有什么关系？

丁洛说，如果没关系，我这么喜欢菜市场就没法解释了。

丁洛看着米瑶，让米瑶意想不到地更加坚定地接下去说，重要的不是母亲还在不在世上，也不是母亲和这些有没有关系，重要的是，我自个儿觉得她老人家还在世上，我自个儿觉得她老人家和这些有关系。有这么个感觉，和没有这么个感觉是不一样的，你明白吗？

米瑶也看着丁洛，忽然就觉得眼前这个自己视为丈夫的人一时间陌生了许多。在米瑶的眼里，丁洛大约是这世上最实际最平俗最与神灵、虚无之类无缘的人了，可是，就在当下，就在她和他家的阳台上，他却做着与神灵、虚无最最接近的事情！天啊，连她这样一个不屑平俗的人都无缘与神灵这样郑重地交流过呢！

接下来，米瑶和丁洛都像是很累，都像是走过了很长很长的一段历程，连说话的力气都没有了，各自躺在床上，没一会儿就睡着了。

第二天早晨，米瑶睁开眼睛，发现丈夫已经起床，他正从阳台上一趟一趟地往冰箱里安置那些蔬菜。米瑶想起昨晚的事情，非常地想让他停下来，非常地想同他谈谈昨晚的自个儿，谈谈那个初恋的自个儿，可是看他目无旁顾、专心弄菜的样子，蔬菜的味道又肆无忌惮地刺激着鼻子，还有照进屋来的有些晃眼的阳光，她终于还是打消了谈的念头，努力将那一切沉在了心底。

原载《长城》2002年第6期
《小说精选》2003年第1期选载

小说和犹豫不决（代后记）

我曾在1998年写过一个短篇，题目叫《楼下楼上》，主要写一个人在懊悔之中的挣扎，在这期间，这个人遇到了楼下和楼上两个不相干的人，让他没想到的，是这两人与他的内心竟有了深刻的挥之不去的联结。当时起下这个题目，只是想隐喻主人公犹豫不决的心理状态，但后来的一些年里，我感觉到它的意义远不止一个短篇的题目，它隐喻的犹豫不决，与自己的存在，与自己的写作，以及与许多的人和事，都仿佛有着难以言说的联系。在后来的一篇短文里，我曾这样写道："有'犹豫不决'的存在，我们心里就踏实了许多，说明我们至少没有麻木僵化，至少还在思考，至少还有矛盾交织中的希望，也就至少不会忽略'犹豫不决'于我们的重要。"

我出生和成长在一个城市与县区农村交界的地方。这样的地方，既不是城市，又和县区的农村有所不同，不说生活习惯，待人处事，只说话的口音，就上上下下的游移不定。这地方，就如同一个人处在此岸与彼岸之间一样，自然地就比两岸的人多了张望，多了比较，也多了不确定和犹豫不决。而我生长的家庭，也有点类似这地方，我的父亲在城市工作，母亲则是一个每天扛锄头下地的农民。记得那时父亲和母亲为一些为人处世方面的事常有争论，母亲最常说的一句话就是："这是农村，不是你们城市！"在我看来，父亲是有些不切实际地在农村套用城市的方式，而母亲虽识字不多，做事全凭了感觉，但那感觉多半都是准确的。虽是这样，父亲在家庭的作用仍是不可小视；首先他每月六七十元的工资，成为我们全家生活的保障；其次他总是把收音机、录音机、电视机这样的电器率先买回家来，使我们家几乎与城市的进程同步；再者，由于他的存在，我家晚上总是坐满了乡亲，听广播，看电视，议论国家大事，谈论城乡趣闻，使我们家仿佛成了一个城乡交界处的交界处。这样的环境，对成全我后来的写作自是难得的好事，但那时的我却并不知晓，反而一心渴望着一个属于自己的房间。姐姐考上大学走后，这愿望终于实现了，我在自己的房间里读书或者呆坐，或者招来一群女孩子谈天说地。但奇怪的是，满足之余我仍不能摆脱父母房里的诱惑，常常地，就跑到热闹的烟气腾腾的屋里坐上一会儿。很多年里，我都在自己的房间和父母的房间之间跑来跑去，独处的时候向往热闹，热闹的时候又向往独处。

而我和城市的关系，与以上的情形也有些相似。那时，户口对人的束缚还相当严重，尽管我们与城市近在咫尺，城市户口与农村户口就像今天富人和穷人的差别一样，是一条难以逾越的鸿沟。我们村的一批年轻人，不甘心这样的差别，每天骑了自行车，到城市去做各种各样的临时工。就如同今天的农民工一样，区别只在于，今天的农民工更多的是为了赚钱，而过去的我们更多的是怀了对城市一份浪漫的向往。我自然也是那批年轻人中的一个，每天从家到城市，又从城市回到家里。那之间是一条十几里长的坑洼不平的土路，晴天里颠得自行车咣啷咣啷响，雨天里须要把自行车扛在肩上。即便这样，心里还是有几分优越，因为八小时的工作时间毕竟和村人们有了区别，在太阳还老高的时候，已经下了班的我们骑了自行车从仍在劳作的村人跟前经过，那感觉的好真是难以言说。

如今，那条土路早已变成了笔直宽阔的柏油路。可那条路在我这里，仿佛从来就没有消失过，我仿佛永远地走在路上，永远地无法抵达路的另一头。我知道，那条路其实已变成了一条心路，它联结的已不仅仅是城市和村庄，还波及了与心有关的方方面面，比如生与死，比如善与恶，比如爱情与婚姻，比如写作与生活……但无论它波及得多么深远，我总能看到一个犹豫不决的影子，它不那么坚定，不那么明晰，却可以体味、体察在任何一头都难以体味、体察的人生滋味和真谛。

我常想，若没有那条坑洼不平的土路，若没有对"犹豫不决"的发现，还会不会有我今天的写作？

我是二十多岁开始写作的，记得我曾在一篇散文里写到过自己十八九岁时的生活："白天我们（指一群女孩子）在田地里受苦。晚上我们便酿造快乐驱赶我们的受苦，没有电影看的时候，我们就聚在一起重温电影或者小说，内容是次要的，只要沾点虚无之光，我们的心灵如同萤火虫一样，不由自主地就往那里去了。反正我们不肯让具体的受苦多侵占我们的生活半步，我们宁愿有更多的虚无，我们实在需要精神来支撑受苦的身躯。"

因此，我最初的写作，其实更是要从世俗生活中超脱出来的浪漫写作。而小说又是谈人的精神的，正需要这超脱的精神状态。待写作深入下来，我才开始意识到，写作其实远不只是一片浪漫的云彩，它也许是一种超脱，但它更是一种对世俗生活的回望，只有回望了，那云彩才可能闪烁出灵光异彩。

记得对我初期小说的评论，常可看到"清新""明澈"的字眼儿，后来的小说，就常有人谈它的模糊性了。我想这是因为，我对小说的理解发生了变化，或者说我对人的存在的理解发生了变化，它不再是单一的或此或彼的，由于太多的不确定因素，太多的这种因素的神秘联结，它更应该是混沌的、复杂而微妙的，就如同一棵树、一个人、一个城市、一个国家一样，五脏六腑，样样俱全，是一个完整的独立的自给自足的世界。

当然，创造一个小说世界，并不比建造一个世俗世界更容易，因为小说世界虽说用的是世俗的材料，但它全来自一个主观的心脑，一不小心，心脑就可能武断地凌驾于小说的内在秩序之上，让小说世界听命于自个儿的指挥。相反，放任材料，无节制地铺陈，同样不是对小说世界的尊重，因为在混沌、复杂的同时，简单、纯粹的作用也非同小可，就如同画龙点睛一样，这点睛的一笔，往往才最是有力量的。

于是，我便在小说的复杂、简单之间，在清澈、模糊之间，在安静、热烈之间，在微妙、宏伟之间，在持续、开始之间，在意识、潜意识之间，在行动、心理之间，在人与物之间，在人与人物与物之间，在思想、物质之间，在世俗性和神性之间，来来去去地行走着，就如同当年在那条坑洼不平的土路上的行走一样。

小说的思考，实在应该是一种路上的思考，一种犹豫不决的不确定的却又坚定地超越于思想和世俗的思考。

好在，我写作前的生存背景，可说是为这样的思考做了可靠的铺垫；或者说，这样的小说思考必然会呼应这样的生存。我需要做的，也许只是耐心、认真地走在其中，不确定什么，不追赶什么，永远地、勇敢地走啊走。是的，勇敢，我感到，犹豫不决也是需要一份勇敢的。

2011年2月13日